두 번째
왕후

1

가하

두 번째 왕후 1

이리리 장편소설

두 번째 왕후 1

지은이 이리리
펴낸이 이형기
펴낸곳 도서출판 가하

초판인쇄 2022년 11월 2일
초판발행 2022년 11월 9일
출판등록 2008년 10월 15일 제 318-2008-00100호

주소 서울 영등포구 양평로 67, 1209 (당산동5가, 한강포스빌)
전화 02-2631-2846 **팩스** 02-2631-1846

www.ixbook.co.kr

ISBN 979-11-300-5438-4 04810
      979-11-300-5437-7 04810(set)

값 14,500원

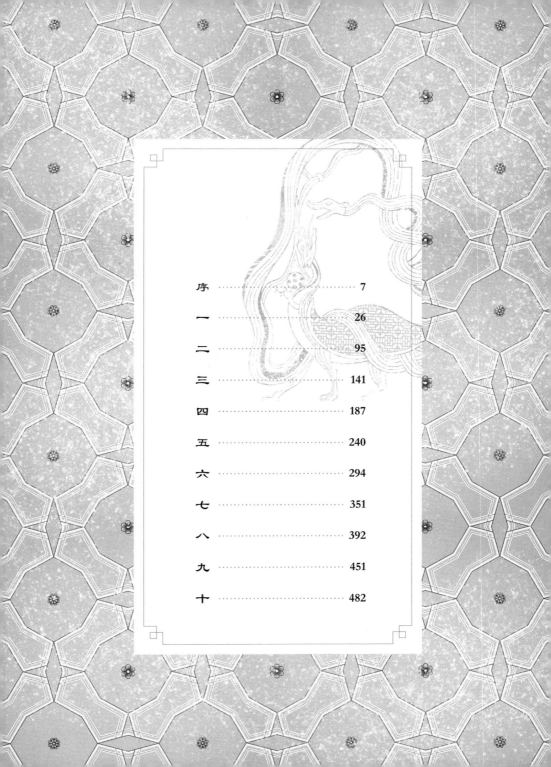

🏵 고구려 초기의 부족적 명칭인 5부는, 3세기 말에 행정적 성격의 5부('동, 서, 남, 북, 내' 또는 '청, 백, 적, 흑, 황')로 개칭되었습니다. 다만, '두 번째 왕후'에서는 5부 이전의 부족적 명칭인 순노부(환나부), 소노부(비류부), 관노부 (관나부), 절노부(연나부), 계루부(왕족)를 사용했습니다.

🏵 이 이야기는 역사적 사실에 작가의 상상을 더한 팩션입니다.

序

국내성.

겨울이라 게으른 해가 아직 떠오르지 않은 어둑어둑한 이른 새벽임에도 절노부의 세력가들이 모여 사는 동쪽 거리 중심부에 자리 잡은 대저택은 대낮처럼 불이 환히 밝혀져 있었다.

너른 바깥마당에 세워진 호화로운 수레를 정성 들여 닦는 하인들이며, 바삐 오가는 사람들의 움직임은 꼭두새벽에 어울리지 않을 정도로 분주했다.

가장 소란스러운 곳은 늘 고적하던 안채였다. 해가 뜨기도 전부터 부지런을 떨었는지 탕옥에서는 뜨거운 물이 내뿜는 자욱한 김 가운데 앳된 소녀가 목욕 시중을 받고 있었다. 겨우 부풀락 말락 하는 가슴을 수줍게 가리고 있는 소녀. 아직 애티를 채 벗지도 못했다. 여체라고 부르기도 민망한 깡마른 몸을 내려다보는 여인들의 눈에 복잡다단한 감정이 스쳐갔다.

초조(初潮)도 치르지 않은 것 같은데. 아무리 영광된 최고의 자리라지만 아직 피지도 않은 앳된 아이를 벌써 여인의 길로 보내는 것인가. 저 어리고 잔약한 육신에 너무 가혹한 게 아닌가.

하나 그건 눈으로만 오가는 무언의 대화이고 공감일 뿐. 그 누구도 감히 품은 생각을 입 밖에 내지는 못했다.

시중드는 여인들의 동정을 받는 소녀의 볼에 어린 발그레한 홍조는 뜨거운 물 때문만은 아니었다. 흥분과 기대였다.

그녀는 제 앞에 펼쳐질 운명이 얼마나 험난한 것일지 아직 몰랐다. 가장 높고 귀한 자리가 얼마나 외롭고 고독한 것인지, 그 책임과 견뎌내야 할 몫이 얼마나 크고 무거운지 어린 그녀는 알지 못했다.

어린 소녀가 아는 것은 오직 하나였다.

"해류 아가씨가 태자비가 되시면 오랜만에 명림가에서 왕후가 나오겠군요."

"가문의 숙원을 풀어주는 거지요. 아가씨가 정말 장한 일을 하시는 거예요."

그녀가 태자비 후보로 낙점된 뒤 하늘과 땅이 뒤집힌 듯 달라진 주변의 변화였다.

어미와 고립되어 눈칫밥을 먹으며 자란 아이는 태어나 처음 받아보는 관심에 떨리면서도 행복감을 주체할 수 없었다. 분명 그녀도 명림가의 딸이건만 집안의 하인은 물론이고 노예들에게도 해류 모녀는 뒷전이었다.

평소 말 한마디 붙여주지 않던 아비와 명절 때 먼발치에서 눈길로나 가끔 스치던 조부가 처음으로 그녀를 따사로운 관심을 갖고 바라보아주었다. 그러자 주위 사람들도 손바닥 뒤집듯 돌변했다.

해류의 어머니는 과거 국내성 최고의 포목 상단을 운영하던 예 씨의 외동딸이었다. 부모가 물려준 막대한 재산을 갖고 온 정실이지만 아들을 줄줄이 낳은 측실들에게 밀려 숨소리도 크게 못 내었다. 튼튼한 아들들이며, 부푼 배를 보란 듯이 자랑하며 어머니를 멸시하던 여인들이 갑자기 어머니와 그녀의 눈치를 보며 절절맸다. 그런 아비의 여인들과 이복동생들을 바라보는 심정은 너무도 통쾌했다.

태자비가 되면 어머니를 무시하고 그녀를 발가락의 때만큼도 여기지 않던 이들에게 큰 벌을 내려야지. 모두 굽실거리며 평생 어머니 앞에서 고개도 들지 못하게 하리라.

그 상상만으로도 웃음이 벙실벙실 나왔다. 때문에 해도 뜨기 전부터 일으켜져 이 난리를 겪고 있음에도 하나도 고단하지 않았다.

꽃도장 무늬를 찍은 색 고운 비단 저고리에 색동 주름치마를 겹겹이 차려입고 띠고리와 띠꾸미개가 주렁주렁 달린 은 요대를 걸쳤다. 반만 올린 풍성한 머릿결 곳곳에 곱게 반짝이는 구슬과 금붙이들이 머리가 무거울 정도로 매달려 흔들거렸다. 입술과 볼에 빨간 연지를 칠하고, 눈썹도 머나먼 서쪽 나라에서 가져온 비싼 먹으로 진하게 그려 넣었다.

솜씨 좋은 수모들이 최대한 성숙하게 보이려고 정성을 바친 보람이 닿았는지 영판 아이 같던 아까와 달리 제법 여인의 모양새가 갖춰졌다.

"이리 꾸며놓으니 정말 곱구나. 네가 수고가 많았다."

이마에 땀방울이 송골송골 맺힐 정도로 어린 소녀를 여인으로 변모시키려 용쓰던 수모는 치하에 화색이 돌았다.

"송구하옵니다, 마님."

수모들이 물통과 남은 꾸미개를 주섬주섬 챙겨 밖으로 나가자 소녀와 마님이라 불린 고운 여인만 남았다.

국내성에서도 빠지지 않는 대저택이지만 그들이 사는 안채는 하나의 섬이었다. 몇 차례 유산한 뒤 더 이상 아이를 가질 수 없는 정실은 사내에게 무가치했다. 가장 중심부에 있되 고도(孤島)처럼 적막한 공간이었다. 그 안에서 서로만 의지하며 살아왔다. 모든 걸 공유하는, 더없이 애틋한 모녀간이기도 했다.

곱다고, 잘 치장했다고 칭찬했으나 실은 입에 발린 소리. 국내성에서 가장 솜씨 좋다는 수모가 안간힘을 써서 어찌어찌 어른 흉내를 내긴 했지만 어미의 눈에는 아직도 아기나 다름없었다.

언젠가는 헤어져야 한다는 걸 알고 있었다. 그래도 데릴사위를 들여 손주 한둘은 낳은 다음에 보내리라 내심 작정하고 있었다. 아무리 적게 잡아도 10년은 더 품에 둘 수 있으리라 믿었다. 이리 빨리 헤어지리라고는 상상도 하지 못했기에 마음이 찢어졌다.

태자는 벌써 열아홉. 한창 혈기 방장한 연치인데 과연 아이나 다름없는 어린 신부를 눈에 들어 할 것인가. 설령 그리된다고 해도 올해 열셋이 된 아이에게 벌써 여인의 길로 서라는 것인데, 그게 가당키나 한 일인지.

할 수만 있다면 지금이라도 막고 싶었다. 그렇지만 대대로 아들만 많기로 소문난 명림가였다. 방계의 방계까지 탈탈 다 털어도 혼기 근처에나마 닿는 미혼 여아는 해류 하나뿐이었다. 어미의 의사와는 상관없이 모든 것은 일사천리로 진행되어 이제는 형식상의 마지막 절차만이 남아 있었다.

처음 칠해본 연지가 어색한지 입술을 오므리고 있는 딸의 볼로 서늘한 손을 올리는 여진의 눈가에 기어이 이슬이 맺혔다.

"어머니?"

마주한 동그란 눈망울이 금세 따라 젖어드는 것을 보자 여진은 화들짝 놀라며 고개를 저어 눈물을 털어냈다.

"아직도 아기 같은데. 어린 네가 벌써 내 품을 떠나는구나 싶으니 기쁘고 아쉬운 마음에 주책을 떨었구나."

"잘할 거예요. 제가 아들로 태어나지 않아 어머니가 많은 설움을 받으신 거 잘 알아요. 비록 곁에서 모시지는 못한다고 해도 제가 태자비가 되면 아무도 어머니를 함부로 대하지 못하도록 할 것입니다. 그러니 제가 떠난다고 슬퍼하지 마세요."

측실들에게 어미가 알게 모르게 얼마나 괄시받아왔는지, 바로 옆에서 지켜보면서도 힘이 없어 동동거리며 함께 눈물만 삼켰던 소녀였다. 이제는 그녀의 힘으로 어머니를 지켜드릴 수 있다는 사실에 의기양양 없던 힘까지 솟았다.

"고맙구나."

딸에게 절대 밝힐 수 없는 비밀을 속으로 갈무리하며 여진은 목청을 가다듬었다.

"해류야, 고귀한 신분일수록 그 책임도 막중한 법이란다. 네 마음은 갸륵하지만 태자비가 되면 이 어미를 포함한 사사로운 인연은 다 접고 오로지 태자 전하를 잘 보필하고 태왕 폐하께 순종하는 며느리가 되어야 한다. 어미가 네게 바라는 것은 오로지 그뿐이니 명심하도록 해라."

이리 곱게 순응하시고 다 받아주시니 아랫것들이며 작은 부인들이 어머니를 무시하고 기승을 떠는 거지요.

볼멘소리를 하려는데 바깥에서 여진의 몸종 나름의 다급한 음성이 들려왔다.

"마님, 아가씨. 어서 나오시지요. 나리께서 서두르시랍니다."

조금만 수틀려도 어머니에게 마구 분을 쏟아내는 아비, 명림두지의 성미를 잘 아는 터라 해류가 서둘러 일어섰다.

문을 열라는 소리를 하기도 전에 하녀들이 들어와 무거운 성장을 한 해류를 부축했다. 색색의 비단을 세로로 이어 만든 기다란 옷자락에 흙이라도 묻을세라 조심스레 치맛단을 들어줬다. 수레가 있는 바깥채로 나오자 마침맞게 명림두지가 반대편 문에서 나타났다.

조금이라도 기다리게 했으면 큰 난리가 났을 터. 다행이다. 안도의 한숨을 삼키며 해류는 몸을 숙여 아버지를 맞았다.

술에 취해서는 어미처럼 약해빠지고 못생겨 쓸모도 없는 여아라고 폭언을 퍼붓고, 맨정신이면 냉랭하게 무시하던 두지였건만 오늘은 만면에 미소를 띤 채 해류와 아내 여진에게 아는 척을 해주었다. 그를 배웅하기 위해 나온 후실이며 애지중지 귀히 여기던 아들들은 아예 존재하지도 않는 듯 그의 시선은 오롯이 해류에게 꽂혀 있었다.

"그리 꾸미니 어미를 닮아 정말 곱구나. 태자 전하와 태왕 폐하께서도 마음에 들어 하시겠다."

매해 아들을 낳아 위세가 당당했던 둘째 부인이며, 연전에 시집오자마자 회임해 덩실하니 부른 배를 안고 유세를 떨다 바로 얼마 전 아들을 낳은 셋째 부인의 얼굴이 동시에 땡감을 씹은 듯 일그러졌다.

아무리 억울해도 명림두지부터 그 형제들까지 명림가를 통틀어 여아는 해류와 올해 여덟 살이 된 한 명. 없는 여아를 하늘에서 따 올 수도 없으니 여태 무시하던 첫 부인과 그녀의 구박데기 딸이 태자비가 되는 걸 부러움에 몸부림치며 바라보는 수밖에 없었다.

수레에 오르는 딸을 배웅하고 돌아서는 여진의 태도는 평소와 다를 바가 없었지만, 고깝게 바라보는 작은 부인들의 눈에는 거만함이 철철 넘쳐 흘러내리는 듯 비쳤다.

허울만 큰마님이지 그림자 같은 여진과 달리 해류 저것은 어려서부터 성깔이 보통은 넘었는데. 태자비가 되면 얼마나 위세를 부려대려나.

아비의 관심 밖에 있는 천덕꾸러기라 믿고서 해류를 함부로 대했던 기억들이 떠오르자 갑자기 등골이 오싹해졌다. 둘째와 셋째 부인은 이변이라도 일어나 해류가 뚝 떨어져버렸으면 하는 간절한 바람을 품고 해류 부녀가 사라져간 왕궁 방향을 바라봤다. 벌써 태자의 장인인 고추대가가 된 듯 거들먹거리는 명림두지가 알면 당장 쫓겨날 일이지만, 그녀들은 진심이었다.

그렇지만 누가 봐도 해류는 가장 확실한 후보였다. 큰일 날 바람과는 반대로 태자비가 되지 않는다는 게 어불성설일 정도로.

조부는 선선대 소수림왕의 총애를 받아 벼슬길에 나선 이후 선대 고국양왕부터 작금에 이르기까지 한결같은 신임을 받는 대신이었고 현재는 태왕 바로 아래인 국상. 더구나 명림가는 거의 예외 없이 대대로 왕후를 배출해온 왕비족인 절노부였다.

2대에 걸쳐 여아가 태어나지 않거나 요절하다 보니 절노부의 다른 가문에서 왕비가 나오는 걸 손가락만 빨며 지켜봤지만 이번엔 달랐다. 다른 부에서도 후보를 냈지만 후보들도, 딸들을 올린 각 부의 유력자들도 자신들이 그저 들러리라는 건 알고 있을 터였다. 오늘 이 자리는 이미 모두가 알고 있는 사실을 확인받는 절차일 뿐.

평생 밉상이던 해류를 더없이 소중한 보물인 양 데리고 명림두지는 의기양양하게 입궐했다.

최종적으로 선정된 태자비 후보들을 선보이는 자리엔 태왕과 왕후, 그리고 방계 왕족들이 있었다.

백제와의 전쟁에서 전사한 고국원왕 때부터 왕실은 손이 귀했다. 선대 고국양왕은 아들을 두지 못한 소수림왕의 동생. 현 태왕 역시 독자였기에 태자의 국혼은 왕실의 번영을 위해 꼭 필요한, 오랫동안 기다려온 자리였다.

색색의 화사한 무늬 비단과 패물로 곱게 치장한 처녀들이 집안의 서열 순서에 맞춰 들어섰다. 선두에 선 것은 당연히 해류였다. 간택의 최종 후보에 오른 처녀 중 가장 위세 당당한 후보. 어려운 자리라 고개를 들지 못하는 다른 처녀들과 달리 유난히 또렷한 눈매를 들고 있기에 더 눈에 띄었다. 그러나 화려한 꾸밈에도 불구하고 다른 처녀들과 함께 서자 해류는 확실히 어려 보였다.

아직 열리지 않은 누각의 안쪽에선 논의가 한창이었다. 처녀들이 기다리는 곳으로 나가기 위해 나란히 앉은 젊은 태왕과 왕후가 옆에 선 태자에게 웃음기 물린 눈길을 주었다.

"정말 사람 꽃이 있다면 바로 저 처녀들이지 싶구나. 하나같이 아름답고 가문이며 재주가 나무랄 데 없는 처자들 중에서 한 명만 골라야 한다니 태자의 고심이 크겠다."

부왕의 놀림에 얼굴이 조금 상기된 태자가 진중하게 대답했다.

"제 내자이기 이전에 고구려의 태자비이고 장차는 대고구려의 왕후가 되어야할 사람입니다. 가장 현명하고 덕이 높아 보이는 이로 어른들이 간택하여주시면 소자는 따를 것입니다."

남의 혼사인 듯 무감한 태자의 대꾸에 왕후가 펄쩍 뛰었다.

"태자, 아무리 왕실의 혼인이라고 해도 태자비이기 이전에 평생 함께 살아야 하는 귀한 반려예요. 같이 가서 만나보지요. 우리가 혹 놓칠지도 모르는 태자의 인연을 그대가 직접 발견할 수 있을지 누가 압니까."

"모후께서 그리 말씀하시니 참석은 하겠습니다."

내키지 않으나 모후의 뜻이 그러하니 따르겠다는 점을 명확히 하면서 태자도 따라나섰다.

무뚝뚝한 왕과 달리 늘 효성스럽고 깍듯한 아들을 감사와 애정이 담뿍 담긴 눈으로 바라보며 왕후가 그의 손을 끌었다.

"자, 나가보시지요. 폐하, 앞장서시옵소서."

고개를 한 번 끄덕하며 태왕이 일어서자 그의 등장을 알리듯 북소리가 둥둥 울려 퍼졌다. 높은 누각을 내려가 처녀들이 기다리는 아랫단에 이르기까지 북소리는 점점 커졌다. 북의 대합주가 절정에 달한 순간, 마치 연출이라도 하는 것처럼 처녀들이 선 안쪽의 묵직한 휘장이 걷혔다. 그 사이로 태왕과 왕후, 태자를 선두로 한 왕족들이 줄을 지어 들어섰다.

대부분의 후보들은 수줍음과 두려움으로 감히 고개를 들 엄두도 내지 못했다. 예외는 단 하나였다. 다른 처녀들과 달리 그 어떤 감정보다도 장차 낭군이 될 분에 대한 호기심이 강했던 해류는 거련 태자와 눈이 딱 마주쳤다. 찰나, 소녀의 여린 방심에 첫 연모라는 화살이 꽂히고 연홍빛 설렘이 심장을 채웠다.

거련 태자는 아름다웠다. 사내에게 결코 걸맞은 칭송은 아니지만 그녀가 아는 단어 중에 그에게 가장 어울리는 형용사는 아름다움. 무술로 다져진 단단한 몸과 장신이 아니었다면 자칫 여인으로 오해받을 수 있는 수준의 요요함과 헌앙함이 그에게 넘쳐흘렀다.

무엇보다 해류를 사로잡은 건 그의 눈이었다. 어쩌면 저리 맑고 검으면서 총명한 빛이 넘치는지. 구름 한 점 없이 맑은 겨울밤, 별이 가득한 밤하늘을 바라보는 느낌이었다.

태자가 돼지처럼 풍풍한 데다 얽은 얼굴의 바보천치라고 해도 그녀는 태자비가 되어야 했다. 그래도 이처럼 아름답고 늠름한 분의 반려가 되어 평생을 해로할 수 있다는 사실은 다시없는 축복으로 느껴졌다. 그동안 저주받은 굴레였던 명림두지의 딸이라는 것이 너무도 고마웠다. 부친에게 무시당하고 상처받은 모든 시간을 다 용서하고 잊을 수 있겠다 싶을 정도였다.

저분을 위해서라면 목숨도 바칠 수 있으리라. 정말 몸과 마음을 다 바쳐 사모하고 도움이 되는 반려가 되겠다.

철없는 소녀는 생애 최초로 품은 첫 애모의 사내를 위해 다부진 결심을 했다.

그 짧은 눈 마주침에서 운명을 느낀 그녀와 달리 태자는 해류에게 아무런 느낌도, 인상도 받지 않은 듯했다. 그녀에겐 남은 생 내내 소중히 간직할 추억이고 보물이 될 그 시간은 실로 찰나. 그의 시선은 해류에게 결코 길게 머물지 않고 곧바로 고개를 숙인 다른 처녀들에게 옮겨갔다.

몽롱한 첫 사모의 충격에 허우적거리는 해류는 그의 시선이 거두어지자 조신한 척 고개를 숙였다. 눈치껏 태왕과 왕후를 구경하며 그들에게서 태자의 모습을 찾았다. 그런데 태자도 그녀처럼 부모를 닮지 않은 듯했다.

고구려 개국 이래 최고의 명장이고 성군이라 칭송받는 태왕은 그 명성에 기대되는 모습 그대로였다. 명림가는 다들 거구인지라 사내의 덩치에 위압감을 느끼는 일이 거의 없는 해류마저 은근히 기가 죽을 정도로 훤칠한 장신이었다. 위엄 있는 입매며 날카로운 눈초리와 남성적인 굵은 선은 상상하던 태왕의 풍모 그대로였다.

좀 더 섬세하고 절제된 풍모를 지닌 태자와는 확연히 달랐다. 큰 키와 날카로운 눈매를 제외한다면 부자 사이라는 걸 믿기 어려울 정도였다. 태자가 외유내강으로 웅크린 힘을 감추고 있는 모양이라면 태왕은 아무 감춤 없이 막강한 존재감을 뿜어내고 있었다. 존재 자체로 자연스럽게 복종을 유도하는 압도적인 힘. 호기심 넘치고 당찬 해류마저도 저절로 그 기세에 눌려 눈을 내리깔고 눈치를 보게 하는 위압감이었다.

저렇게 화산처럼 타오르는 무서운 분보다는 와룡처럼 기세를 감추고 절제하는 태자 전하가 난 훨씬 더 좋다.

태자에게 다시 한 점을 더 올리며 해류는 왠지 무서운 태왕 대신 왕후에게 눈을 돌렸다.

외탁도 하지 않은 모양인지, 왕후와도 닮은 점을 찾기 힘들었다. 눈에 띄게 화려하거나 아름답지는 않았지만 왕후 역시 자리가 주는 것 이상의 위엄과 단아한 기품이 가득했다. 하지만 어린 해류의 눈길을 끈 것은 알게 모르게 풍기는 애수였다. 태왕을 바라보는 시선에 분명 애정이 가득했다. 동시에 그녀의 어미에게서 종종 비치던 공허와 서글픔이 배어나고 있었다. 찰나처럼 짧은 순간에 스친 편린이었으나 여진에게서 언제나 봐왔던 감정이었기에 해류는 놓치지 않았다.

태왕의 유일한 비이고 든든한 왕자를 두 분이나 생산하신 분이 왜 불행해 보이는 걸까. 가장 존귀하고 높은 여인으로 온 고구려 여인들의 부러움을 한 몸에 받으시는 분인데.

왕실 여인의 삶이 보는 것처럼 화려하고 행복하지만은 않다. 높이 올라가고 많이 가질수록 그만큼 잃는 것이 많다는, 오늘 아침까지도 받아들이기 힘들었던 어머니의 충고가 어렴풋이 이해될 것 같았다.

나는 다를 것이다. 태자 전하와 태왕, 왕후 폐하의 사랑을 듬뿍 받으며 행복하게 살 것이다.

다시금 약해지는 마음을 가다듬고 결심을 다지며 해류는 태자와 태왕 부처의 눈에 들기 위해 최선을 다했다.

간택의 최종 후보에 오른 처녀들에게 통상적인 질문이라도 던지지 않을까. 여러 가지 질문을 예상하고 모범답안까지 준비했던 게 허무하게 최종 간택은 말 그대로 집안 순서대로 선보이는 걸로 간단하게 끝이 났다.

이 형식적인 절차는 손녀인 해류가 태자비로 낙점된 증거라고 믿어 의심치 않는 명림죽리의 흐뭇한 미소가 더욱 짙어졌다. 명림 일가의 저택은 소문을 듣고 조금이라도 빨리 명림가에 눈도장을 찍으려는 사람들로 벌써부터 북적북적 문턱이 닳았다.

왕궁 내실에서는 명림가의 기대와 전혀 다른 대화가 펼쳐지고 있었다.

"태자는 오늘 간택장에서 특별히 마음이 가거나 끌리는 처자가 있었느냐? 만에 하나 눈에 담은 처녀가 있었다면 망설이지 말고 말하라."

태자의 대답은 간택장에 들어서기 전처럼 담백했다.

"두 분 폐하의 배려로 감히 후보로 올라온 처녀들과 선을 볼 수 있었습니다. 하오나 저는 제 혼인이 그저 필부의 혼사가 아님을 잘 알고 있습니다. 누가 되든 제 반려로 잘 보살피고 아끼며 해로할 것이니 염려하지 마시고 두 분이 보시기에 가장 적합한 처녀로 선택하십시오."

원하는 대답에 흡족함과 함께 일말의 염려를 담으며 태왕이 다시 물었다.

"정녕 그리해도 아쉽지 않겠느냐? 번복하거나 물릴 수 없는 일이니 신중하게 답하라."

왕이 무슨 이유로 저리 확답을 받고 싶어 하는지 너무도 잘 알기에 왕후의 눈에 고통이 스쳤다. 하지만 무심한 두 부자는 그녀가 견뎌내야 하는 아픔을 눈치채지 못하고 대화를 마무리 지었다.

"국혼을 선포하시기 전, 제 의사를 하문하셨을 때도 같은 답을 올렸습니다. 최종 후보로 올라온 처녀들이니 누구도 빠짐이 없으리라 믿습니다. 소자는 부왕의 뜻에 따르겠습니다."

"태자의 뜻이 그렇다면 네 비는 왕후와 의논해 결정하겠다. 태자는 이만 물러나라."

조용히 사라지는 아들을 보는 태왕의 입가에 대견함과 아련한 그리움이 머물다 흩어졌다.

"저 아이가 벌써 비를 맞이할 나이가 되었다니. 세월이 정말 유수와 같군."

눈앞의 왕후가 아니라 그 너머 아득히 먼 곳을 멍하니 응시하던 태왕이 금세 감상을 떨치고 시선을 내렸다.

"왕후는 서운할지도 모르겠으나 이번 일에 대해선 양보를 좀 부탁해야겠소."

영리한 왕후였다. 태왕이 운을 떼자마자 그의 의도를 곧바로 간파해냈다.

"하면…… 절노부가 아니라 다른 부에서 태자비를 택하실 작정이십니까?"

"그렇소. 왕후는 절노부에서 나오는 것이 관례이긴 하나 명림가의 딸은 너무 어리더군. 한창 혈기 방장한 태자에겐 맞지 않을 것 같소."

그게 핑계라는 건 왕후도 잘 알았다.

어리다고 해봤자 명림해류는 열셋. 조금 이른 편이긴 하지만 혼인을 해도 무방한 나이였다.

진중하고 참을성 강한 태자였다. 그보다 더 어린 소녀를 비로 맞아도 부왕의 뜻이라면 얼마든지 기다릴 것이다. 태왕이 문제가 될 것도 없는 나이를 들먹여 명림해류를 제외시키려는 뜻은 오로지 하나였다.

선선대 소수림왕 시절부터 조정에 막강한 세력을 구축한 명림가를 견제하고, 나아가서는 강력한 왕후족 절노부 귀족의 권세를 한풀이라도 더 꺾으려는 것.

그녀에 대한 예의로 양해니 양보니 했지만, 입에 발린 소리일 뿐 태왕은 이미 뜻을 정했다. 왕후나 절노부가 아무리 반대해도 밀어붙일 거였다.

한숨을 베어 물며 그녀는 온후한 표정으로 왕을 응시했다.

"폐하께서 염두에 두신 처녀는 어느 부의 여식인지요?"

"관노부 욕살[1] 연협부의 딸이오. 다섯 처녀 중 가문은 가장 한미하나 나이도 적당하고 미모도 그만하면 빼어난 데다 성정도 온순해 보이니 태자를 어질게 보필할 것 같소."

---

[1] 고구려 각 부의 행정과 군사 양면을 관장하는 책임자. 중기까지는 각 부의 출신이 맡았으나 부가 해체되면서 나중에는 중앙에서 임명했다.

그러다가 무언가 생각난 듯 몇 마디를 툭 덧붙였다.

"명림가의 딸은 나이도 나이지만 아직 어린 여아가 보통이 넘어 보이더만. 그 어려운 자리에서 다른 처녀들은 감히 고개를 들 엄두도 못 내는 가운데 태자와 우리를 똑바로 마주하는 총기 넘치는 눈을 보니…… 여인이 아니라 오히려 사내였다면 우리 고구려에 더 큰 보탬이 되었지 싶어. 퍽 안타깝군."

입으론 안타깝다고 말하나 전혀 아쉽지 않은 어조로 태왕은 명림해류에 대한 평을 마무리했다.

"그 강단이나 대범함이 아깝지 않은 건 아니나 외로운 지존의 자리를 지켜나가야 할 태자에겐 강한 성정보다는 곁에서 위로해줄 봄날처럼 따뜻하고 순후한 처녀가 잘 어울릴 것 같아 결정했으니 이해해주시오."

"예. 저도 폐하의 뜻을 따르겠습니다."

다음 날 관노부의 연세아가 태자비로 정해졌다는 칙령이 내려졌다.

대대로 왕후를 배출해온 절노부의 반발을 예상한 듯 왕은 태자나 간택한 태자비 모두 혼기가 꽉 찼다는 이유로 국혼의 날짜도 바로 반년 뒤로 정해 선포했다.

실로 전광석화. 명림가에는 날벼락이었다. 같은 절노부 왕후 소생의 왕자가 있음에도 명림가는 태자가 어릴 때부터 앞장서서 지지해왔다. 명림죽리와 그 일가에 대한 태왕의 신임도 깊으니 당연히 태자비는 떼어놓은 당상이라고 믿어 의심치 않았다.

태왕은 아무 내색도 않았다. 중신들과 이미 포섭된 종친들의 뜻을 따르는 것처럼 보였다. 한두 해 전에 벌써 태자비를 들였어야 했지만 명림가가 주동해 간택을 차일피일 늦추는 것을 용인해줬기에 완전히 방심했다. 이런 상황에 대한 대비는 전혀 없었기에 속수무책이었다.

종횡무진 대륙을 누비면서 남북의 국가들과 이방 민족들을 거침없이 정벌하던 태왕이 전쟁 때 보여주던 전략을 국혼에도 적용했음을 뒤늦게 깨닫고 땅을 쳐야만 했다.

내정된 태자비가 급사라도 하지 않는 한 절대 되돌릴 수 없었다. 그 방도에 대한 유혹은 당연히 컸다.

"아직 시일이 있으니 연협부의 딸을 제거하면 어떨지요?"

명철한 명림죽리는 혈기와 더불어 욕심마저 넘쳐 눈먼 아우나 아들들과 달랐다. 태왕이 한 수 앞서 둔 안배를 간파해냈다.

"이미 연세아에게 겹겹이 호위가 붙었을 것이다."

"하지만, 아버님!"

"경거망동하지 말래도! 성공한다고 하면 그것이 진정한 재앙의 단초가 되리라는 걸 모르겠느냐? 만에 하나 연세아를 제거하면 태왕께서는 우리를 범인으로 지목해 칼날을 휘두르실 것이다. 빤히 보이는 함정에 뛰어들지 마라."

두지를 포함한 아들들의 얼굴에 불만이 가득했지만 명림죽리의 지적은 정확했다. 눈앞에 들씌워진 분노와 욕심의 꺼풀이 벗겨지자 위험에 대한 자각이 그들을 일깨웠다.

"태왕의 뜻이 명림가를 배제하는 데 있다면 연세아를 제거한들 또 다른 처녀가 그 자리를 메울 것이다. 해류 그 아이가 너무 기가 세고 당돌해 조신한 처자를 원하는 태자나 태왕의 눈에 들지 못한 것이 아쉽구나."

"나이도 어린 것이 그 어려운 자리에서 떨지도 않고 되바라졌다 싶더니 기어이. 쯧쯧."

"좀 고분고분하도록 훈육할 것이지, 넌 어찌 딸자식을 그렇게 드세게 키운 것이냐."

태왕 폐하를 비롯한 왕족들 앞에서도 침착하더라. 사시나무처럼 달달 떠는 다른 유약한 처자들과 확연히 비교된다. 입을 모아 칭찬하던 당당함이 순식간에 거친 성정으로 변화되어 비판의 대상이 되어버렸다.

태자의 장인, 장차는 태왕의 장인이 될 희망에 부풀었다가 나락에 떨어진 두지에게 아비와 형들의 비난은 활활 타는 불에 기름을 끼얹은 격이었다.

그에게는 해류가 반드시 태자비가 되어야 할 절대적인 이유가 있었다. 그가 가진 재산의 대부분은 아내가 친정에서 물려받은 것이었다. 그걸 바탕으로 재물을 엄청나게 모으긴 했지만 그래봤자 아내의 유산에 비할 바가 아니었다. 만약 해류가 혼인하면 고스란히 딸 내외에게 물려줘야 했다. 그 재산을 지키는 일이 왕의 장인이 되는 것보다 더 절실했다.

태자비가 되면 고스란히 남길 수 있었던 막대한 재물. 그것이 스르르 손가락 사이로 빠져나가는 것이 보이자 속에서 천불이 났다. 어떻게 얻고 불린 재산인데, 죽 쒀서 개 준다고 사위 놈에게 그걸 몽땅 빼앗길 수 없다.

그의 머릿속엔 태자비 자리를 놓친 아쉬움은 이미 사라지고 재산을 지킬 궁리만이 꽉 들어찼다. 그 가운데 큰형의 한마디가 마치 계시처럼 그의 귀에 쏙 빨려들어왔다.

"부여신(扶餘神)[2] 사당의 보연 신녀에게……."

신녀.

번개처럼 떠오른 완벽한 해결책에 그의 가슴 위에 얹힌 돌덩이가 순식간에 사라졌다. 앞으로의 정국 흐름이며 소소한 뒷일을 의논하는 것을 듣는 둥 마는 둥 하다 빠져나왔다. 아버지의 저택에서 나오자마자 제집 안채로 들어섰다.

"나리!"

생전 가야 본부인이 있는 안채에는 눈길도 주지 않던 두지의 출현에 시비들이 놀라 나자빠졌다.

해류 아가씨가 간택에서 떨어진 일로 상심하신 마님을 위로하러 오셨나 보다. 꿈보다 해몽이 좋다고, 그들 나름대로 주인의 갑작스런 발걸음의 이유를 예상하며 귀를 쫑긋 곤두세웠다.

안주인의 방에서는 그들의 예상과는 십만팔천 리는 떨어진 대화가 펼쳐지고 있었다.

"해류, 너를 유화부인 사당의 신녀로 보내기로 했다."

여진이 펄쩍 뛰었다. 주눅 들어 그의 앞에서 숨소리도 크게 못 내던 사람이라는 게 믿기지 않을 정도로 강경하게 나왔다.

---

2 국모이자 대모신인 유화부인을 모신 사당. 추모왕 사당과 함께 가장 중요한 신성한 장소.

"신녀라니요! 무슨 말도 안 되는 소리세요!"

해류의 반항은 예상했었다. 그가 밖으로 돌고 줄줄이 첩을 들여도 큰소리 한번 내는 법이 없던 여진의 거센 반대는 천만뜻밖이라 두지는 움찔했다. 평소 무시하던 아내의 기세에 잠시 밀렸던 것이 분해진 그는 위압적으로 목청을 높였다.

"대대로 왕후를 배출해온 절노부가 태자비 간택에서 떨어지는 망신을 당하고도 그럼 다른 곳에 시집갈 궁리를 했단 말이냐! 절노부에서 얼굴을 들지 못하도록 망신시켰으면 사당에라도 자리를 굳건히 잡아 집안에 조금이라도 보탬이 되어야지!"

여진은 기가 막혀 말문이 막혔다. 여리고 조용한 어미와 달리 말싸움이라면 누구에게도 지지 않는 해류는 아비의 억지를 곧바로 받아쳤다.

"간택에서 떨어진 것은 아버님 못지않게 저도 안타깝습니다. 하지만 태왕께서 다른 처자를 마음에 더 들어 하신 것이 제 죄는 아니지 않습니까!"

"네가 이리 되바라졌으니 태왕의 눈 밖에 난 것이 아니냐! 어미를 닮아 볼품없는 외모라면 품행이라도 방정하게 굴었어야지! 태왕께서 뭐라고 하셨는지 아느냐? 너더러 사내였다면 우리 고구려에 큰 동량(棟梁)[3]이 되었겠다는 소리를 하셨다! 지금 와서 널 사내로 바꿀 수는 없으니 신녀가 되어라."

"전 신을 모시면서 혼인도 못 하고 바삭바삭 늙어갈 생각은 추호도 없습니다."

태자비가 되어 어머니의 위세를 세워줄 꿈은 사라졌지만 전화위복이다 싶기도 했다.

본가로 꼭 돌아가지 않아도 되는 셋째나 넷째 정도인, 착하고 성실한 사내가 데릴사위로 들어오면 나와 어머니에게 큰 바람막이가 되어주리라. 그렇게 몇 년을 살며 아이를 두엇 낳으면 어머니를 모시고 분가해야지.

첫눈에 어린 소녀의 방심을 마구 뒤흔든 아름다운 사내, 운명이라고 확신했던 거련 태자와의 미래가 신기루처럼 사라지자 해류는 아픈 가슴을 현실적인 미래로 애써 달랬다. 어머니와 함께할 새로운 꿈을 꾸려고 했다.

---

3 마룻대와 들보

그런데 마음을 정리한 지 반나절도 되기 전에 아버지란 인간이 달려와서 한다는 소리가 어쩌면 이렇게 사람의 복장을 뒤집는지. 과연 아버지가 맞는가 싶은 원망과 의심까지 들 지경이었다.

"다른 부에서 태자비가 나온 적이 드물긴 했지만, 처음은 아니지 않습니까! 지금 태왕께서도……."

순간 눈에서 불이 번쩍 나는 것 같은 아픔에 해류의 대답은 채 끝을 맺지 못했다.

온갖 폭언과 무시에는 익숙했지만 두지가 그녀에게까지 직접 폭력을 행사한 것은 드물었다. 맞았다는 충격에 해류도, 여진도 그대로 돌기둥이 되었다.

최초의 충격이 가시자 분노가 해류를 휩쌌다. 벌겋게 부푼 볼을 감싼 그녀는 두려움도 잊고 대들었다.

"왜 때리십니까? 제가 틀린 소리를 했나요?"

태왕과 사돈이 될 거란 미래, 해류가 물려받을 재산이 모조리 자신의 것이라는 흐뭇한 기대가 사라져 울화통이 치미는 판이었다. 그나마 찾아낸 해결책이 예상외로 순조롭게 받아들여지지 않자 두지의 얕은 참을성이 바닥이 났다.

"말을 듣지 않는 아이는 매가 약인 법이지."

그는 작정하고서 해류의 멀쩡한 다른 뺨을 다시 한번 세게 후려쳤다.

"아비가 가라면 얌전히 가는 것이지. 네가 뭘 잘했다고 눈을 치뜨고 말대답이냐! 너처럼 못나고 되바라진 것을 어느 사내가 받아주겠느냐!"

충동적으로 손이 나간 조금 전과 달리 작정하고 때린 것이라 그 힘에 밀린 해류가 바닥으로 쓰러졌다. 바닥에 엎드린 딸을 감싸며 여진이 외쳤다.

"왜 이러십니까! 도대체 해류가 무슨 잘못을 했다고요! 태왕께서도……."

"당신이 이렇게 오냐오냐하며 감싸니까 그 어려운 자리에서 경거망동해 반반한 낯짝 말고는 볼 것도 없는 관노부의 여식에게 태자비 자리를 뺏긴 게 아니오! 이렇게 기가 센 아이는 신을 모시는 게 제격이오."

"절대 안 됩니다! 신기라곤 하나도 없는 아이입니다. 사당에 들어가봤자 평생 고위 신녀들의 뒤치다꺼리만 하며 살아야 합니다. 해류라면 얼마든지 좋은 집안의 자제를 골라 혼인할 수 있는데 왜 하필 신녀입니까!"

위세 높은 명림가란 배경에 해류가 물려받을 재산까지 더하면 혼인하겠다고 나설 사내들은 외성 밖까지 줄을 세워도 남았다. 잘 알지만 그건 그가 가장 바라지 않는 일이었다.

두지는 여진과 길게 말을 섞지 않고 그녀를 거칠게 떼어냈다. 그리고 해류의 어깨를 잡아 올려 고개를 들게 한 뒤 다시 물었다.

"신녀가 되겠느냐?"

해류는 두지를 똑바로 보며 바락바락 대들었다.

"죽어도 싫어요!"

"네가 아직 매가 부족했던 모양이구나."

적당한 회초릿감을 찾는 그의 손이 화로를 뒤적이는 부지깽이로 향하자 여진이 비명을 지르며 그의 팔에 매달렸다.

"왜 이러십니까! 해류를 죽일 작정이세요!"

"말을 듣지 않는 자식은 그 버릇을 고쳐야지."

가볍게 여진을 떨쳐낸 그가 손을 치켜들자 해류가 아비의 손을 꽉 물었다.

"아악!"

인정사정없이 문 터라 손에서 피가 배어나왔다. 피를 옷자락에 슥 닦아낸 그는 화풀이하듯 부지깽이를 휘둘렀다.

"네 이년! 감히 아비의 몸에 상처를 내다니."

제대로 후려쳤는지 바닥에 쓰러졌지만 해류는 비명도 지르지 않았다. 금방 고개를 빳빳이 들고 올려다보는 눈엔 기죽은 기색은 하나도 없었다. 죽으면 죽었지 네가 원하는 답을 주지 않겠다는 의지만이 활활 타오르고 있었다.

"어디, 네가 얼마나 버티나 보자!"

그가 다시 부지깽이를 들자 여진이 필사적으로 감쌌다.

"차라리 저를 죽이세요. 해류는 안 됩니다!"

"내가 못 할 줄 아느냐!"

남의 이목이 있어 그동안은 최소한 크게 드러나도록 아내를 핍박하진 않았다. 원하는 걸 다 잃게 된 분노와 통증으로 눈이 뒤집힌 두지는 아랑곳 않았다.

퍽퍽 소리와 딸을 감싼 어머니의 입에서 터져 나오는 고통스런 비명이 방을 채웠다. 그 비명이 점점 작아지고 희미한 신음으로 바뀌었다. 반쯤 정신을 잃었으면서도 여진은 해류를 감싼 팔을 풀지 않았다.

두지가 바라는 대답을 들려주기 싫어 눈물을 줄줄 흘리면서도 이를 악물던 해류는 축 늘어지는 어머니의 육신을 느끼자 더 이상 버틸 수 없었다.

"알겠습니다. 유화부인 사당으로 가겠습니다."

해류의 대답에 두지는 매질을 멈췄다.

"나중에 번복하지 않는다는 보장이 어디 있느냐? 천지신명에 두고 맹세해라."

무지막지한 폭력에 거의 정신을 잃었지만 딸이 무어라 하는지는 들리는 모양이었다. 여진이 필사적으로 고개를 저었다. 눈물로 흐려진 눈으로 그 광경을 보면서 해류는 입술을 꾹 깨물었다.

이를 갈면서 죽기보다 싫은 맹세를 천천히 내뱉었다.

"천지신명께 맹세코, 어머니께서 회복되시는 대로 유화부인 사당으로 가 신녀가 되겠습니다."

모양새도 형편없이 구겼고, 예상보다 힘이 좀 들긴 했지만 어쨌든 뜻을 이룬 셈. 쓰러진 아내와 독기를 가득 품고 자신을 노려보는 딸을 번갈아 훑어보며 두지가 방을 빠져나갔다.

일말의 양심은 있는지, 아니면 아내가 죽으면 받을 벌이나 구설이 무서운지 서둘러 의원을 부르라고 지시하는 소리가 들려왔다.

"어머니! 정신 차리세요!"

피투성이가 된 여진의 귀에 울먹이는 해류의 음성이 들렸는지 그녀가 희미하게 눈을 떴다. 그리고 고개를 저었다.

"안…… 된다. 넌 행복하게…… 아이들을 낳고……."

"이미 맹세를 했어요."

"해류야."

그동안도 별다른 정이 없었지만 이제는 미움만이 가득한 아버지라는 인간. 끝까지 버렸다면 정말로 어머니를 죽이고 그녀까지 죽였을 수도 있었다. 부지깽이를 휘두르던 두지의 눈에 가득하던 음침한 광기라면 그러고도 남았다.

퉁퉁 부어 엉망인 어머니를 보며 해류는 두지에 대한 원망을 토해냈다.

"오늘부터 제게는 어머니밖에 없습니다. 아버지라고 생각하지도 않을 거예요. 천륜을 끊은 죄인이라고 천벌을 받아도 할 수 없어요."

내가 좀 더 버텼더라면.

딸을 보호해주지 못한 어미로서의 무력감이 여진의 슬픈 눈망울에 가득했다. 벌써 퉁퉁 붓기 시작해 잘 떠지지도 않는 눈꺼풀 사이로 눈물이 방울방울 흘러내렸다.

서로 간의 필요로 맺은 허울만의 천륜이었다.

내 딸이 친부를 증오한다는 죄의식을 갖고 살게는 할 수 없지. 먼저 끊은 것은 당신이니.

미움과 원망, 죄책감이 뒤섞인 해류의 귓가에 여진은 오랫동안 품어온 비밀을 속삭였다.

"명림두지는…… 그는 네 생부가 아니다."

一

　5년 뒤.

　동맹은 아직도 멀었고 하늘에 올리는 커다란 제사도 없는 따스한 봄날. 여느 때
라면 가장 한가롭고 조용해야 할 유화부인 사당은 왕후가 사흘 뒤 제를 올리러 직
접 올 거라는 갑작스러운 연통에 술렁거리고 있었다.

　해류가 사당에 온 다음 해 여름, 연협부의 딸 연세아와 태자가 온 백성의 축복을
받으며 성대한 국혼례를 올렸다. 호사다마였는지 같은 해 가을 황산원(黃山原)에 사
냥을 갔다 돌아온 영락(永樂)⁴ 태왕이 병석에 누웠다. 금방 털고 일어날 거란 모두의
예상과 달리 한 달 뒤 불혹을 앞둔 비교적 젊은 연치로 갑자기 세상을 떠났다.

　곧바로 거련 태자가 건흥(建興)⁵을 연호로 하며 태왕으로 즉위했다. 이듬해 국내
성 인근에 부왕의 묘와 비석을 크게 세우고 '국강상광개토경평안호태왕(國岡上廣開土
境平安好太王)'이란 묘호를 올렸다.

　이처럼 연달아 나라에 큰일이 있었기에 후사가 늦어지는 것에 대해 아무도 신
경을 쓰지 못했었다. 하지만 새 태왕의 치세도 안정되자 당연히 후계자 문제에 관
심이 집중되었다.

4　광개토대왕의 연호
5　장춘(長春)과 함께 장수왕의 첫 연호로 추정. 이후 20년마다 장수(長壽), 연가(延嘉), 연수(延壽)로 바꿔서 썼
다는 설도 있다.

왕자에 대한 기다림이 슬슬 커지기 시작한 게 두세 해 전부터. 왕후가 아직 젊으니 그 문제는 꺼내지 말라는 젊은 왕의 일갈이 워낙에 매서워 다들 눈치만 보고 있었다. 나쁘지 않은 금슬에도 불구하고 계속 소식이 없으니, 후비를 들여야 하지 않겠냐는 소리가 은근슬쩍 나온 지 오래였다.

그 물밑의 술렁임이 커진 최근 1년은 부여신 사당은 물론이고 별을 모시는 영성 사당 등 곳곳에서 왕자를 점지해달라, 간절한 기원제를 올리는 일이 부쩍 잦았다. 왕후가 직접 정성을 올리러 오는 일도 많았다. 때문에 왕후의 방문은 그다지 놀랍지도 않았고 사당에 속한 자들을 긴장하게 하진 않았다.

다만 왕후가 내리는 후한 공물에 걸맞은 성대한 제사를 드리는 일은 녹록지 않았다. 제사를 주관하는 고위 신녀들은 왕후를 모시고 온갖 생색을 낼 뿐, 그 준비는 고스란히 아랫사람들의 몫이었다. 최소한 일주일의 말미는 주지, 어찌 이렇게 번갯불에 콩을 구우라고 하나, 투덜거렸다. 속으로는 구시렁거리면서 다들 꽁지에 불이라도 붙은 듯 각자 소임을 다하러 이리 뛰고 저리 뛰어다녀야 했다.

해류 역시 예외는 아니었다. 사당의 창고를 관리하는 우품신녀를 보좌하는 터라 누구보다도 바빴다. 모자란 것은 무엇인지 정리해 거래하는 상단에 연통을 보내고 급한 것은 시장에 나가 바로 구매하는 일까지 손수 처리해야 했다. 하루가 어찌 지났는지도 모를 정도였다.

연통이 온 이른 새벽부터 다리에서 요롱 소리가 나도록 돌아다녔지만 긴 봄날의 햇살이 서쪽으로 넘어갈 무렵에야 사당으로 돌아올 수 있었다.

필요한 물목을 잔뜩 실은 수레를 끌고 사당의 노예들과 함께 해류가 들어서자 내내 그녀를 초조하게 기다리던 동무, 사란이 쪼르르 달려왔다. 물건들을 창고에 차곡차곡 쌓는 노예들을 흘끗거리던 사란이 해류의 귀에만 들리는 낮은 음성으로 속삭였다.

"모두루 어르신의 상단이 국내성에 돌아왔대."

지난겨울부터 기다리던 반가운 소식이라 해류의 음성에 활기가 돌았다.

"단주가 국내성에 와 있다고?"

"상단의 심부름꾼이 아까 들렀어. 네가 자리를 비웠다니 내게 말을 전하고 갔는데, 언제든 시간이 나는 대로 상단으로 오라고 하는구나. 아, 이번엔 얼마나 많은 은자를 벌어 왔을지."

사란은 기대감에 몸까지 보르르 떨었다.

"딱 마침맞게 왕후 폐하께서 왕자를 점지해달라는 기원을 올리러 사당에 오신 다니 그날 살짝 다녀오면 되겠네."

"그러게."

사란의 말마따나 해류도 웬 떡이냐 싶었다. 왕후가 오는 날이라면 들어오는 자들에 대한 검문이며 호위가 삼엄하지만 나가는 것에 대해서는 상대적으로 느슨했다. 왕후의 방문으로 북새통일 테니 창고 점검이며 물목 관리 같은 일은 없을 터. 빠져나가 볼일을 보기에 더없이 적당했다.

제를 올리는 날, 왕후는 열을 지어 기다리는 신녀들의 환영을 받으며 청동 방울과 구슬 주렴으로 장식한 화려한 수레에서 내렸다. 고구려 여인들의 시샘을 한 몸에 받는 고아한 귀빈을 먼발치에서 일별하며 해류는 신전 쪽문을 살짝 빠져나갔다.

외성 동문 쪽 상인들이 모여 사는 저잣거리로 향하자 북적이는 상점과 상단의 건물이 보였다. 물건을 사러 온 모양새도 아니고, 동행도 없는 신녀를 의아하게, 혹은 음흉하게 바라보는 눈길이 수도 없이 스쳐갔다. 하지만 해류는 사란과 공들여 선별한 본보기 물건이 든 보퉁이를 끌어안고 옆눈도 주지 않고서 목적지를 향해 빠르게 걸어갔다.

모두루 상단의 본거지인 커다란 건물 앞에 서자 안면 있는 문지기가 반색하며 그녀를 맞았다.

"어서 드시지요."

수레와 물건들로 가득한 바깥채를 지나 깊숙한 별채의 문을 열고 들어서자 눈에 익은 미소와 나른한 음성이 그녀를 맞았다.

"오랜만에 뵙습니다, 해류 신녀님."

앞에 선 청년에게 해류도 반색하며 다가섰다.

"그러게요. 벌써 한 해가 넘게 흘렀다니. 정말 세월이 어찌 가는지 모르겠습니다. 무탈하게 돌아오신 마리습 단주님을 뵈니 정말 기쁘네요."

"제가 반가우신 겁니까, 아니면 제가 가져왔을 금전이 반가우신 건지요?"

"둘 다라고 말씀드리는 게 정직한 답이겠지요. 하지만 제게 주시는 이득과 상관없이 단주의 무사 귀환은 늘 소망하고 있고, 또 강건한 모습을 뵈니 기쁜 것 역시 한 점 틀림없는 진실입니다."

여전히 똑 부러지는 해류를 보는 마리습의 눈길에 웃음기와 함께 드문 온기가 담겼다.

"신력 높으신 신녀님의 기원이 있어 제가 험한 장삿길을 무사히 다녀온 듯싶습니다."

그녀에게 신력이라곤 단 한 톨도 없다는 건 피차 아는 처지. 어차피 듣기 좋으라고 하는 인사말이기에 해류는 가타부타 토를 달지 않았다. 대신 곧바로 본론으로 들어가려 가져온 보따리를 풀었다.

"새로 만들어둔 본보기 물건 중에 가장 쓸 만한 것들로 골라봤습니다. 단주께서 낙점한 것은 다음 장삿길까지 충분히 가져가시도록 완성하겠습니다. 달리 필요한 것을 말씀해주시면 그것도 만들 수 있고요."

"팔릴 물건을 보는 눈은 저보다 신녀께서 더 정확하신 것 같은데요……."

엉너리를 치면서도 물건을 살피는 그의 눈은 기민하고 날카로웠다. 숨도 쉬지 못하고 조마조마하게 그를 바라봤다. 해류의 긴장은 곱게 색을 들여 자수까지 한 액건이며 주머니, 허리띠를 집어 드는 그의 입가에 희미한 미소가 떠오르자 비로소 풀어졌다.

"어쩜, 이 몇몇 개는 정교함을 넘어 신묘하다고 할 수준이군요. 왕실에 납품해도 좋을 성싶습니다. 신녀님들의 솜씨가 더욱 좋아지신 것 같습니다?"

상품의 품평에 있어서는 조금의 과장이나 봐주는 소리가 없는 그의 칭찬에 안도의 한숨과 함께 그녀의 입귀에도 보스스 미소가 피어올랐다.

"손이 많이 간 특상등품일수록 후한 값을 받으니 다들 최선을 다할 밖에요. 어느 정도나 필요하십니까. 원하시는 만큼 마련하겠습니다."

"이 정도 수준이라면 수량에 한계를 두지 않겠습니다. 그리고 이것보다 한 등급이 낮은 것도 우리 상단이 다 선매하지요. 물목은 넉넉히 준비해두셨겠지요?"

예상보다 훨씬 좋은 결과에 빨라지는 고동을 느끼면서 해류는 최대한 침착하게 자신만만하니 대답했다.

"물론입니다. 단주께서 예상보다 조금 일찍 귀국하시는 바람에 아직 완성을 못 시켰는데요, 북방에서 귀족들의 껴묻거리(부장품)로 가장 비싸게 팔린다는 금실로 수놓은 불상 향주머니도 만들고 있습니다. 그것은 단주님께 최우선으로 선택권을 드리려고 아직 국내성의 상인 중 누구에게도 보이지 않았답니다."

마리습의 눈에 웃음과 가벼운 찬탄이 스쳤다.

"하하하. 팔릴 물건을 찾아 만들어내는 해류 신녀님의 눈썰미에 어지간히 익숙해졌다고 믿었건만. 또 놀라게 하시는군요. 유화부인을 모신 사당의 신녀들에게 사이가 좋지 않은 서역 신을 수놓게 하다니. 정말 신녀님의 수완은 이제 제가 배워야 할 것 같습니다."

빈틈없는 계산으로 가득한 눈으로 물건들을 계속 살피면서 그가 지나가는 투로 슬쩍 물었다.

"그런데, 신녀님들이 순순히 그걸 만드시더이까?"

역시 마리습 단주는 바로 알아차리는구나. 해류는 쓴웃음을 삼켰다.

신녀들에게 불상을 수놓게 하기까지 우여곡절이 대단했다. 구구절절 하소연하자면 밤을 꼬박 새워도 모자랄 터라 해류는 짧게 요약했다.

"처음부터 아주 순조롭지는 않았습니다. 하지만 우리 고구려인들이 시조신을 숭앙하듯 석가모니를 믿는 자들은 그 나름의 신물을 필요로 하는 것인걸요. 믿음과 실속은 별개의 문제지요. 그걸 만든다고 석가모니를 섬기는 것도 아닌데 누가 무엇을 만들든 무슨 상관이 있답니까. 아무도 관심도 없을걸요."

자신만만하게 장담했지만 실은 조금 켕기긴 했다. 소수림왕 때부터 태왕의 적극적인 후원을 받아 은근슬쩍 세력을 확대해가고 있는 불교는 사당에겐 그들의 영향력을 갉아먹는 눈엣가시였다. 까마득히 높은 곳에 있는 유화부인 사당이나 고등신[6] 사당의 고위 신관들이 알았다면 절대 불가능했을 터다.

고맙게도 그들은 하급 신녀들에 대해선 아무런 관심이 없었다. 해류 같은 하급 신녀들은 사당에 딸린 노예나 가구, 부속품이나 다름없었다. 놓인 자리에서 그 소임만 제대로 하면 되었다. 신을 모시고 천기를 살펴 태왕에게 고하는 그들의 안락한 일상이 지장 없이 흘러가는 한, 그녀들이 무엇을 하는지 절대 알려 들지 않았다.

해류는 그 생태를 일찌감치 간파했다. 오히려 난관이었던 건 신녀들의 두려움이었다.

신녀들이 자신의 솜씨로 용채(용돈)를 버는 것은 전례이니 거리낄 것이 없지만 불상을 수놓다가 동티가 나거나 천벌을 받으면 어쩌나. 순박한 신녀들은 처음엔 많이 두려워했다. 하지만 인간사의 대부분이 그렇듯 실속과 탐욕이 승리했다.

해류에게 일감을 받는 신녀들은 차츰 깨닫고 있었다. 자신의 딸들이 다른 신을 위한 물건을 만들어도 유화부인은 아무런 벌을 내리지 않는다는 것을. 그들이 모시는 신이 그 석가모니라는 서역 신보다 더 자비로운 것에 감사하며 신녀들은 열심히 불상을 수놓았다.

자세히 설명하진 않았지만 마리습도 돌아가는 판세를 재빠르게 읽어낸 듯싶었다.

"말싸움이나 논리로 해류 신녀님을 이길 사람은 대모신(大母神) 사당에서 있을 수가 없지요. 신녀님이라면 서역의 바위소금 광산에 옥저의 바닷소금이라도 파실 수 있을 것 같습니다."

"그건 마리습 단주께서 들으셔야 할 칭송인 것 같은데요."

한마디도 지지 않고 따박따박 받아치는 해류를 바라보는 그의 시선에 유쾌함이 흘렀다.

밤새 대화를 나눠도 지루하지 않겠지만 말장난으로 노닥거리기엔 그도 해류도 한가롭지는 않았다. 아쉬움을 삼키며 그는 장부를 꺼내 해류 앞에 펼쳤다.

---

6 동명성왕 혹은 추모신을 모신 사당

"그런 칭찬이라면 며칠 밤을 새우면서 계속 나누고 싶으나 일각이 아쉬우니 이만 각설하고 이걸 보시지요. 축하드립니다. 이번 장삿길에서 얻은 재물만으로도 신녀께선 이 국내성에서 어설픈 부자는 눈 아래로 보시게 됐습니다. 이런 물목들을 갖고 몇 번만 다녀오면 조만간 저보다 더 많은 재물을 쌓겠습니다."

"이게 다 단주님 덕분이지요. 저뿐 아니라 저를 도와주는 동료들이며 동무들도 모두 단주께 감사하고 있습니다."

새로운 물건을 보이고 이번 장삿길에서 얻은 이득을 알아보려는 주목적은 이뤘다. 드러낼 수 없는 또 다른 목적을 위해 해류는 원하는 화제가 나오도록 유도했다.

"다음 길은 어디로 가실 예정이신가요?"

"이번엔 평양성으로 내려가 바닷길로 동진까지 내려가볼 예정입니다. 가봐야 알겠지만 지금 계획으로는 거기서 북쪽으로 가 귀족가문의 상단이 잘 가지 않는 서량과 서진, 하나라까지 들러보려고 합니다."

"동진이요? 그곳에도 고구려인들이 많이 있는지요?"

"북연이나 북위만큼은 아니지만 조금은 있지요. 하지만 동진은 거리가 가까운 백잔(百殘)[7]과 많이 왕래하기 때문에 우리 고구려인들보다는 백잔인들이 훨씬 많습니다."

"동진의 풍습이며 기후는 어떻습니까? 살기가 어떤 곳이지요?"

해류의 지대한 관심이 조금은 의아한 듯 미간을 모으면서도 그는 선선히 대답해줬다.

"따뜻한 남쪽이라 오곡이 풍부해 살기 좋은 곳입니다. 그래서 그런지 북방보다 더 사치스럽고 비단이며 차와 같은 사치품들이 많이 나지요. 하지만 계속 왕조가 바뀌어 정국은 상당히 혼란스럽습니다. 지금은 동진이 남방의 맹주지만 언제 또 그 자리를 내어줄지 모르는 상황이지요."

처음 설명을 들을 때는 잔뜩 부풀었던 가슴이 뒤편으로 갈수록 푹 가라앉았다.

---

7   고구려에서 백제를 낮춰 부르던 단어. 도적떼라는 의미.

역시 북위가 낫겠다고 판단하면서도 해류는 마리습에게 궁금한 것을 계속 캐물었다.

"그리 혼란스럽다면서 장사가 가능한지요?"

"왕궁 담벼락 안에서의 정쟁은 왕과 그를 둘러싼 사람들의 것이지요. 대다수 백성들은 전란이 그들 집 앞에서 벌어지지 않는 한 왕조가 바뀌어도 그 삶에는 별다른 영향이 없습니다. 왕이 누구건, 나라 이름이 무엇이건 끼니를 걱정하고, 장사를 하는 이들과는 무관하지요. 그리고 본래 큰 이문은 안전한 곳보다는 혼란스럽고 위험한 곳에서 크게 나는 법입니다. 물론 잘못되면 쪽박을 찰 수도 있지만요. 하하."

농담을 가장하나 묵직한 뼈를 담고 있는 대답에 해류는 직감적으로 그가 다음 교역에 큰 모험을 걸고 있음을 깨달았다.

북방의 두 강대국, 북연과 북위의 장삿길을 꽉 잡고 있는 것은 절노부를 비롯한 귀족가에서 운영하는 상단이었다. 마리습의 상단이 아무리 날고 긴다고 해도 그 기득권을 파고들어가는 데는 한계가 있었다. 더구나 그의 상단이 커질수록 견제도 심해지고 있었다. 철저하게 독점적이고 폐쇄적인 그들은 자신들의 영역을 야금야금 갉아먹는 마리습의 상단에 신경을 곤두세웠다. 노골적인 방해 공작은 물론이고 은근슬쩍 충돌도 커지고 있었다.

"방해가 더 심해진 모양이지요?"

장사에 관한 한 속을 거의 터놓는 사이기에 마리습도 굳이 실상을 감추지 않았다.

"감당하려면 못 할 것도 없으나 굳이 불필요한 충돌이나 경쟁으로 손해를 볼 필요는 없을 것 같아서요. 평소에 반목해도 자신들을 위협하는 신진 세력이 나타나면 희한할 정도로 똘똘 뭉치는 귀족가의 상단과 정면으로 대결하기엔 아직 무리지요."

"하긴. 우회할 길이 있다면 그 거대하고 집요한 담합과 직접 부딪쳐 불필요한 상처를 받을 필요는 없겠죠."

"그래서 이번에 동진으로 가면 오색 강옥과 보화가 돌멩이처럼 널렸다는 섬라곡국(태국)이나 천축(인도), 파사(페르시아) 등으로 가는 바닷길을 알아볼 생각입니다."

"그러다 저 서쪽 끝에 있다는 대진국(로마)까지 진출하시는 거 아닙니까?"

"그리만 되면 정말 바랄 나위가 없지요."

분명 위험은 클 테지만 그녀가 간절히 고대하고 바라 마지않던 기회였다. 어머니가 두지 몰래 숨겨둔 약간의 재물과 자신의 재주를 믿고 시작한 일이었다. 마리습을 알게 되면서 예상보다 빠르게 많은 부를 쌓고 있지만 그녀와 어머니의 미래를 항구적으로 안전하게 보장하기엔 모자랐다. 고구려를 떠나 명림가의 영향력이 닿을 수 없는 곳에서 새 출발을 하려는 계획까지 감안한다면 좀 더 확실한 버팀목이 필요했다.

지금까지 간택 때 단 한 번을 제외하고 직감을 따라서 손해 본 적은 없었다. 신기는 전혀 없으나 신기라고 해도 무관할 정도로 예민한 그녀의 직감은 이 순간이 다시없을 기회라고 외쳤다. 해류는 그 소리에 기꺼이 따랐다.

"크게 작정하고 떠나시는 장도이니 그 어느 때보다 많은 준비와 충분한 물목을 마련하시겠군요."

"그러려고 합니다."

"그렇다면, 이번 장삿길에 제가 투자를 해도 되겠습니까?"

해류의 제안은 정말 의외였는지 나른하니 고저 없던 마리습의 음성에 놀라움이 실렸다.

"투자라니요?"

"제가 가진 은과 금이 얼마인지 저를 제외하고 가장 잘 아시는 분이 단주이실 겁니다. 그 모두를 투자하겠습니다. 그걸 밑천으로 물목을 장만해 팔아주십시오. 그 노고에 대한 중개료는 당연히 떼셔야겠지요."

그는 재밌다는 표정으로 너털웃음을 날리며 해류를 응시했다.

"허허, 나를 어찌 믿고 전 재산을 맡기시는 겁니까?"

"마리습이라는 사람이 아니라 단주를 믿습니다. 제가 단주 덕에 재물을 조금 모았다고 하나 단주께 대면 새 발의 피지요. 그 엄청난 부를 굴리는 단주께서 그 정도 푼돈에 신용과 앞으로 이어질 긴 이익을 저버리시겠습니까?"

날카롭게 해류를 한참을 보던 그가 대놓고 물어왔다.

"집안의 뒷배가 없는 신녀님들은 오로지 금전만이 기댈 수 있는 유일한 의지처라고 치지만 해류 신녀님은 나는 새도 떨어뜨리는 명림가의 영애이십니다. 앞으로 못해도 우품 이상의 상급 신녀이고, 잘하면 수품은 물론이고 대신녀까지도 충분히 가능하실 텐데요. 그것이 아니더라도 부친께서 직접 운영하시는 상단 역시 저희와 비교할 수도 없이 크지요. 그런데 이리 무모한 제안을 하시는 신녀님의 행보가 제게는 참으로 기이합니다."

신전에 물건을 대러 온 마리습을 처음 본 것은 다섯 해 전. 그와 직접 거래를 튼 것은 세 해 전부터였다. 눈인사라도 나눈 횟수까지 다 따져봐야 함께한 자리는 예닐곱 번. 그녀가 동업하자고 다짜고짜 찾아간 그날 이후 그가 국내성으로 돌아오면 이익을 계산하고 다음 장사의 의논을 하긴 했지만 오로지 그뿐이었다. 이렇게 시시콜콜 개인사를 묻는 건 처음이었다.

그의 질문이 내심 불편했다. 거래에 필요한 내용을 제외하고는 절대 묻지도 관여하지도 않던 그였다. 전에 없는 관심은 그들의 신뢰 관계가 한 단계 더 깊어짐을 의미할 수도 있었다.

속내를 알 수 없는 마리습의 가는 눈을 응시하며 해류는 냉소를 머금었다. 이 사람은 다 알고 묻는 거다. 마리습처럼 신중한 장사꾼이 아무것도 모르고 거래를 트지는 않았을 것이다. 여기서 허세를 부리는 것은 무의미하다.

잠시 망설이던 해류는 빙그레 웃음을 피워 올렸다.

"제 성이 명림이기는 하나 태자비 간택에서 떨어진 뒤 집안에서 불필요한 존재이고, 제가 혼인해 어머니의 재산이 사위에게로 흘러가는 걸 가문의 그 누구도 원치 않는다는 사실을 잘 아시는 분이 왜 그런 우문을 하십니까?"

그녀의 솔직함이 뜻밖이었는지 유유하던 그의 웃음이 흔들렸다. 그러나 곧 자신이 이 어린 처녀에게 당혹감을 노출했다는 사실을 덮으려는 듯 커다란 웃음이 작은 방 안을 채웠다.

"이거, 이거 신녀님께 한 방 먹었습니다. 제게 처음 찾아오셨을 때도 크게 한 대 맞았으니 도합 두 대가 되겠군요. 이 마리습이 그리 길게 살진 않았으나 제 뒤통수를 두 번 친 건 신녀님이 처음이신 것 같습니다. 또한 저를 이리 들었다 놨다 하다가 웃게 해주시는 분은 신녀님이 처음이자 마지막일 겁니다. 이러고 있으니 처음 찾아오셨던 그날이 생각이 나는군요."

마주한 두 사람은 동시에 세 해 전 바로 이곳에서의 만남을 떠올렸다.

시조 추모왕을 모시는 고등신, 대모신인 유화부인을 모시는 부여신, 두 사당 고위 신관들의 사치는 권세가인 명림가에 결코 뒤지지 않았다. 각종 제례와 제사 때는 물론이고 일상의 쓰임거리도 겉모양만 소박할 뿐 그 재료의 품질이며 꾸밈에 드는 공은 실상 왕실에 버금갈 정도였다.

국내성에서도 손꼽히는 갑부의 유일한 손녀로 태어나 외조부모가 세상을 뜰 때까지 장중보옥으로 금이야 옥이야 자란 해류였다. 태어날 때부터 각국에서 온 최상등품으로만 둘러싸여 당연하게 그걸 향유해왔다. 귀한 물건을 가리는 눈은 일찌감치 뜨여 있었다.

사당에 와서는 뛰어난 암산 실력을 인정받아 재정 관리의 소임을 맡은 신녀 밑으로 들어갔고, 덕분에 안목은 더욱 높아졌다.

그런 가운데 그녀는 신전과 작은 거래를 튼 마리습의 상단이 가져오는 물건에 눈길을 주게 되었다. 먼 장삿길의 위험을 아랑곳하지 않고 저 먼 토번(티베트)부터 왜까지 종횡무진 오간다는 신흥 상단이었다. 그들은 어디서도 찾기 힘든 최상등품의 염료와 유리, 향료와 귀한 약재를 신전에 공급해주고 있었다.

처음엔 좀처럼 구하기 힘든 귀물들을 구경하는 재미에 그들의 존재를 알게 된 해류는 점차로 그 물건을 가져오는 상인들에게도 관심을 가지게 되었다. 호기심 많은 어린 그녀의 눈길을 가장 크게 잡은 것은 이질감이었다.

상단의 단주는 모두루란 중년 사내였다. 그렇지만 그가 왠지 모르게 심복이라는 청년의 눈치를 보는 것 같다는 느낌을 떨칠 수 없었다. 결정적으로 확신을 갖게 된 것은 거래에서 중대한 결정을 내려야 할 시점에 속이 좋지 않다고 양해를 구하고 밖으로 나온 단주가 그 청년과 의논하는 모습을 보았을 때였다.

그들은 멀찌감치 서서 지대한 흥미를 갖고 그들을 보는 어린 신녀의 존재를 당연히 눈치채지 못했다. 설령 알았다고 해도 그녀가 눈과 귀를 쫑긋 세우고 그들을 관찰하고 있을 거라고는 생각하지 못했을 터다.

　마리습의 상단을 포함해서 사당에 드나드는 상인들의 대화를 귀담아들으면서 해류는 상인들이 무역을 통해 얼마나 막대한 이문을 남기는지 깨달았다. 그리고 신녀들이 자투리 시간을 이용해 푼돈 벌이 삼아 만드는 소소한 자수품들이 시중에서 얼마나 비싸게 유통이 되는지, 여기서는 흔하디흔한 염색 재료며 종이, 약초가 다른 나라에서는 얼마나 비싸게 거래되는지도 알아차렸다.

　사당에 드나드는 상인들과 상단을 보면서 그녀도 잘 몰랐던 상인의 피가 끓어올랐다.

　사내들처럼 직접 온 천하를 누비며 장삿길에 나서는 건 힘들지 몰라도 그런 일을 대신 해줄 조력자를 찾으면 되지 않을까.

　물건을 보는 눈은 자신이 있었다. 하품(下品)을 그럴듯하게 포장해 속여넘기려는 약삭빠른 상인들의 속임수를 그녀가 얼마나 숱하게 잡아냈던가. 약간의 도움만 있으면 가능하다.

　사당에 처음 왔을 때 그녀는 벗어나는 걸 포기했었다. 어린 그녀가 아무리 발버둥 쳐봤자 이길 수 없는 싸움. 두지와 달리 아내를 아껴주고 자식을 귀히 여길 사내를 만나 어머니를 모시고 오순도순 살고픈 욕망은 이룰 수 없는 꿈이라고 접었었다. 뜻밖에 새로운 길이 보인 거였다.

　딸이 허울 좋은 신녀로 평생 처녀로 늙어 죽는 걸 절대 원치 않는 어머니는 해류의 계획에 적극적인 동조자가 되어주었다. 갖고 있던 패물과 은밀히 빼돌려둔 소량의 은괴를 밑천으로 준 것은 물론이고, 가문의 비전도 그녀에게 전수했다. 해류가 모시는 직속의 우품신녀에게도 때마다 귀한 선물을 바쳐 해류가 최대한 자유롭게 운신하도록 편의를 봐주게 만들었다.

　그렇게 국내성의 상인들과 거래하면서 한 해 넘게 소소한 손해와 이익을 보기 시작했다. 어느새 장사에 눈뜬 해류는 자신의 눈썰미에 확신이 생기자 승부를 걸고픈 욕심이 생겨났다. 마침 마리습의 상단이 국내성으로 돌아오자 해류는 그들의 본거지로 찾아갔다.

　콕 집어 자신을 만나겠다고 지목해, 쫓아내려는 온갖 시도를 뚫고 제 앞에 도달한 어린 신녀를 마주한 마리슙의 음성엔 약간의 호기심과 귀찮음만이 가득했다.

"고귀한 신녀님께서 이런 누추한 곳에 무슨 일이신지요?"

해류는 대답 대신 가져간 보따리를 펼쳐 보였다.

"단주님과 거래하고 싶습니다."

"아니, 뭔가 착각을 하신 것 같습니다. 저는 상단의 일개 호위무사에 불과합니다. 물건을 파시려면 단주님을 뵈셔야지요."

엉너리를 치면서도 해류가 펼쳐놓은 작은 향낭이며 거울 주머니, 색색의 실을 꼬아 만든 머리끈, 고운 장식술 등 치장거리를 빠르게 훑는 그의 눈길은 기민했다. 해류는 그걸 놓치지 않았다.

"모두루 어르신은 이름뿐이고 이 상단의 실질적인 단주는 무사님이라는 걸 알고 있습니다."

"허허, 왜 그런 착각을 하셨는지. 단주님을 사칭한다는 오해를 받아 쫓겨날까 두렵습니다. 농으로라도 그런 말씀은 하지 마십시오."

딱 잡아떼는 그의 태도는 혹시나 착각한 게 아닐까 싶을 정도로 능청맞았다.

지난 2년간 그에게 지대한 관심을 갖고 지켜봐온 해류는 물러서지 않았다.

"모두루 어르신이 단주라면 왜 신전에서 중요한 결정을 내려야 할 때마다 꼭 핑계를 대서 무사님과 의논하시는지요? 그리고 단주님의 아들이라는 그 부단주님은 왜 무사님께 존대를 하는가요? 그 이유를 납득하게 설명해주시면 제가 착각한 것이니 사죄하고 물러나 모두루 단주님을 찾아뵙겠습니다."

그의 턱이 아래로 스르르 떨어졌다.

아마도 마리슙의 일생에서 곧바로 대답하지 못한 건 이때가 처음이었을 거였다. 그것도 존재하는지조차 몰랐던 어린 신녀에게 정체를 들켰다는 사실이 믿기지 않는 듯 그는 벌어진 입을 한동안 다물지 못했다. 동시에 눈초리가 칼날처럼 날카로워졌다. 허리춤으로 오른손이 슬그머니 내려가는 모양새는 당장이라도 장검을 빼어 이 당돌한 소녀를 베어버리려는 듯 살기마저 배어났다.

그 살의를 감지한 해류의 몸이 절로 떨렸다. 아무에게도 알리지 않고 몰래 빠져나온 터라 이대로 죽으면 쥐도 새도 모르게 묻혀버릴 수 있었다. 하지만 여기서 물러서면 피 한 방울 섞이지 않은 부친이 재단한 대로 원치 않는 삶에 순응해야 했다. 그 사실이 그녀의 오기를 발동시켰다. 떨리는 무릎에 힘을 주면서 그녀는 주먹을 꽉 쥐고 시선을 맞받았다.

그러기를 한참, 아니 아주 잠깐이었을 수도 있지만 해류에게는 영겁처럼 느껴지는 시간이 흐른 뒤 어느 순간 활처럼 팽팽했던 긴장감이 툭 끊어졌다.

다시 자세를 느긋하게 바꾼 마리습은 지대해진 흥미를 그대로 드러냈다.

"아무리 어린 신녀님이라고 해도 눈과 귀가 있는 것을……. 방심하고 주의를 게을리한 대가를 톡톡히 치르는군요. 그 입을 다무는 대가로 무엇을 원하십니까?"

"뭔가 크게 오해하고 계신 듯하네요. 저와의 거래를 거절한다고 해도 단주가 누군지 아는 척하거나 입을 놀리고 다닐 생각은 추호도 없습니다. 제가 단주를 직접 뵙자고 한 것은 그저 가장 빠르게 담판을 짓고 싶어서입니다. 감추려던 것을 알아낸 제가 불쾌하실 수 있겠지만 사감을 접고 이 물건들을 봐주십시오."

과연 진심인지. 가늠하는 것처럼 물끄러미 해류를 응시하던 그는 시선을 내려 탁자에 가득 펼쳐놓은 자수품들을 새삼스럽게 훑었다.

"신녀님께선 물건을 보는 안목이 확실히 있으신 것 같습니다만, 이런 물건은 저희도 대어주는 단골이 있습니다."

"그곳보다 일할을 싸게 대어드리겠습니다."

"신녀님, 시세를 알고 하시는 얘긴지요? 제가 터무니없는 값을 부르면 어쩌려고 그러십니까?"

해류는 여기 찾아오기 전에 수도 없이 반복했던 연설을 시작했다. 열심히 연습한 보람이 있는지 스스로도 탄복할 정도로 말이 술술 나왔다.

"장인에게서 물건을 거둬 가는 중매인들과 거래하시는 걸로 알고 있습니다. 장사를 결심하고 지난 한 해 동안 진금성[8]과 좌인[9]들의 마을을 탐문해왔습니다. 그들

---

8   비단을 짜는 장인들이 모여 사는 부락
9   노예 신분의 기술자

은 만든 물건을 모두 나라와 주인에게 세금으로 바치거나 정해진 중매인에게 넘겨야지 직접 파는 것이 금지되어 있지요. 할당량을 채우고 알음알음 몰래 뒤로 빼돌리긴 하지만 극히 소량입니다. 그 정도는 방물장수나 난전에서나 소용이 되지, 많은 물목이 필요한 단주님 같은 분에겐 그 수고에 비해 가치가 별로 없지요. 그들에게 물건을 거두는 주인이나 중매인들이 상인들에게 얼마에 넘기는지 그 가격은 알고 있습니다. 바로 거기에서 일할을 싸게."

해류는 상대가 입술을 들썩이는 걸 빤히 바라보면서 그가 하려던 지적에 대한 답까지 이었다.

"고르신 품목은 원하는 수량만큼 책임지고 같은 수준의 품질로 얼마든지 만들어드리겠습니다. 단, 기한은 서로 합의해서 정하고요."

흥미와 짜증만이 가득하던 그의 눈빛에 처음으로 진지한, 해류가 기대하던 장사꾼의 계산속이 비쳤다.

"얼마든지요?"

"예."

"흠……."

마리습은 고운 머리끈을 손가락에 감아 그 감촉을 즐기며 품질을 가늠했다. 비로소 진지하게 고민하는 듯 조마조마하게 지켜보는 해류에게 천천히 시선을 맞췄다.

"신전에 드나드는 상단이 한둘이 아닌데 굳이 저를 찾아오신 연유는 무엇입니까?"

"단주의 상단이 가장 정직하게 거래하셨기 때문입니다."

"하하, 정직이요? 이거야 원."

손바닥으로 머리를 치며 그는 허리가 빠져라 웃어댔다.

무엇이 우스워 저리 재밌어하며 폭소를 감추지 못하나. 해류가 슬그머니 짜증이 날 즈음에야 그는 너무 웃어 눈가에 맺힌 눈물을 걷어내며 겨우 자세를 바로 했다.

"이거 장사꾼에게 칭찬인지 욕인지 모를 소리로군요. 여하튼 궁금합니다. 무엇을 보고 그리 판단을 하셨습니까?"

"두 가지가 있었습니다. 사당의 높은 분들은 워낙 귀물들에 둘러싸여 살아왔기에 그 가치를 판별하는 안목이 있으나 그 소수를 제외하고는 대부분 물정이 어두워 정말 귀한 것과 겉만 멀쩡한 것을 잘 구별하지 못합니다. 그걸 노려 번지르르하게 포장한 하등품을 비싸게 떠넘기는 상인들이 왕왕 있지요. 단주가 이끄는 상단에서는 단 한 번도 저 같은 하급 신녀나 신전에 딸린 보잘것없는 이들에게도 하품을 비싸게 속여넘기지 않으셨습니다."

이 여아가 물건의 진면목을 살피는 안목까지 가졌단 말인가.

마리습의 눈에 이채가 감돌았다. 그렇지만 마리습을 설득해야만 한다는 지상 과제에 집중한 해류는 그의 변화를 눈치채지 못했다.

"단주는 직접 거래하는 좌인들이나 성의 직공들에게도 정당한 가격을 지불하고 또 중개하는 이들에게도 쓸데없이 지불을 늦추지 않는 걸로 아주 명망이 높으시더군요. 지불을 늦춰 그동안 고리(高利)로 금전을 돌리고, 어떻게든 물건값을 깎아내려 이윤을 높이려는 상인들과 다른 분이라면 물정 모르는 여인을 갈취하지 않으시리라 확신했습니다."

그는 다시금 풋, 실소를 터뜨렸다.

"물정을 모른다니. 지금 제 앞에 계신 신녀님께는 전혀 적합하지 않은 표현 같군요."

그는 아까 만지작거리던 풍성한 술이 달린 장식끈을 손가락 끝으로 집어 올렸다.

"만약 내가 이 끈을 두 배 이상 길게, 색을 바꿔 백 개 이상 요구한다고 해도 가능하십니까?"

"당장 수삼 일 안에는 불가능하지만 일주일 정도만 주시면 가능할 겁니다."

백이란 숫자를 제시하긴 했지만 가능하리라곤 기대하지 않았던 모양이었다. 해류의 장담에 마리습의 눈이 커졌다.

"누가 그렇게 대량으로 이런 상등품을 생산할 수 있습니까? 어디 몰래 좌인들이라도 잔뜩 감추어두신 겁니까?"

"이 자수품들은 모두 제 동료 신녀가 만든 것입니다. 다들 성실하고 솜씨 좋은 이들이니 단주께서 저와 거래를 맺으시면 앞으로 이런 물건들을 얼마든지 만들어 공급해드릴 것입니다."

"사기를 꺾고 싶지 않지만 다른 신녀들을 움직여 제가 요구하는 수량을 댈 수 있을지, 솔직히 걱정이 되는군요. 저는 그동안 신녀님의 물건을 사 간 상인들과 다릅니다."

그는 해류가 가져온 물건 중에서 가장 값진 재료를 쓴, 거울을 넣는 자수 주머니를 귀신처럼 집어 올렸다.

"저희는 중상품은 쳐다보지도 않고 오로지 최상품만을 취급합니다. 아무리 공들여 만들었다고 해도 우리 상단의 수준에 맞지 않는 상품은 받아들이지 않을 겁니다. 날짜를 맞추는 것만도 쉽지 않을 텐데, 생각해두신 방도라도 있으신지요?"

해류의 자신감을 꺾으려는 시도였다면 실패였다. 그녀의 얼굴에는 두려움 대신 자신만만한 미소가 떠올랐다.

"전 단주님께 배운 방법을 쓰고 있으니 괜찮습니다."

"예? 무슨 뜻인지?"

"저는 단주님이 거래하는 좌인들에게 하신 것처럼 높은 값에 팔릴 수 있는 것을 알려주고 그들이 만든 것을 방물장수들이나 상인보다 후한 값을 주고 사들이고 있습니다."

해류는 마리습의 시선이 머물렀던 향낭을 들어 그의 앞에 내밀었다.

"솜씨가 좋은 신녀들은 자투리 천으로 이런 걸 틈나는 대로 만들어 드나드는 방물장수나 장사치들에게 알음알음 팝니다. 아시다시피 시세며 물정을 모르는 이들이라 그 수고에 비해 터무니없는 가격으로 넘겨왔지요. 제가 좋은 재료를 대주고 그 품질에 따라 정확히 대가를 지불하니 다들 제겐 최고를 주려고 안간힘을 쓰지요. 단주님이 거부하신 것은 적절한 이문을 붙여 다른 상인들에게 팔면 되니 제겐 손해날 것 없습니다."

잠깐 멈칫하던 그가 고개를 절레절레 흔들었다.

"제 평생 놀란 양보다 지금 신녀님과 마주해 기함한 분량이 더 많은 것 같습니다. 그나저나 백성들과 달리 먹고살 걱정이 없는 신전에서 고귀한 신을 모시는 신녀님들이 이리 돈벌이에 열을 올리실 거라고는…… 정말 의외입니다."

해류의 입가에 사늘하니 냉소가 떠올랐다.

신기를 타고나 정말 부름을 받지 않은 이상 자신이 원해 신에게 의탁하는 여인이 몇이나 있을까. 자식이 많은 곤궁한 집안에서 데릴사위를 들이기도 여의치 않은 어린 딸자식을 치워 입 하나 덜려는 의도. 그도 아닌 경우는 딸을 고위 신녀로 만들어 그 연으로 집안의 위세를 높여보고자 하는 거였다.

후자의 경우는 그나마 가문의 뒷배라도 있으니 편한 직책을 맡아 견습 시절을 보내다가 금방 상급 신녀가 돼 존경과 부귀를 얻을 미래가 약속되어 있었다. 신력도 없고 돈도 가문도 없는 대다수는 허울이 좋아 신녀이지 평생 허드렛일만 하다가 늙어 죽는 것이 고작이었다.

"금수가 아닌 이상 먹고사는 것만으로 만족할 수는 없지요. 당장 다음 끼니가 걱정인 상황이라면 눈 돌릴 겨를이 없겠지만 그게 충족되는 이상 다른 욕망을 품게 되는 건 인지상정입니다. 아예 몰랐다면 그러려니 하지만 가장 사치스럽고 훌륭한 것을 본 이들은 최소한 그 근처에 근접하고 사람답게 살길 소망하지요. 다른 욕구가 모두 금지된 신녀들에겐 그것이 재물입니다. 그리고 저는 그걸 정당한 방법으로 얻을 길을 열어주는 것이지요."

"그 과정에서 가장 많은 재물을 얻는 것은 신녀님이시고요."

따져보면 마리습에게 사정하는 처지지만 해류는 한마디도 밀리지 않았다.

"저뿐 아니라 단주도 마찬가지지요. 혼자 이득을 독점하지 않고 함께 흥하려는 항심(恒心)을 잃지 않는다면 재물도 사람도 다 따라온다고 믿습니다."

항심.

그때 그가 해류의 요청에 응했던 것은 본능적으로 맡은 황금의 냄새보다는 강렬한 호기심이었다.

과연 이 당돌한 어린 소녀가 장담한 항심을 지켜낼 수 있을까.

궁금증과 별개로 신녀들의 솜씨는 잘만 이용하면 두고두고 큰 이득이 되리라는 판단도 섰다. 종국에 그는 해류의 제안을 승낙했다. 만약 그녀가 힘에 부쳐 하면 적절한 도움을 줄, 전혀 그답지 않은 작정까지 했었다. 그렇지만 해류는 놀랄 정도로 훌륭하게 약속을 지켰다.

세 해 전, 처음 가져온 것도 꽤 훌륭했지만 이제는 그때와 비교도 할 수 없는 수준의 고급 수예품들을 보며 그는 그 순간을 다시금 떠올렸다.

"제가 장사에 나서면서 한 결단 중 가장 현명한 것을 꼽으라면 해류 신녀님과 거래를 튼 것이지 싶습니다."

"그건 제가 드릴 말씀이지요. 단주가 아니었으면 이렇게 빨리 축재를 하진 못했을 것입니다."

"이렇게 빨리까지는 아니어도 언젠가는 이루셨겠지요."

그것은 진실이었다. 마리습을 만나지 못했더라도 그녀는 제가 원하는 수준에 도달하고, 상인들과 지략싸움을 위해 끊임없이 머리를 짜내고 모험을 했을 거였다. 더 느리고 어쩌면 더 많은 실패나 손해가 있었을지 몰라도 결국은 탈출구를 만들어 낼 자신이 있었다.

해류는 굳이 겸손을 가장하지 않았다.

"아직은 아닙니다. 하지만 단주께서 제 투자를 받아주시면 그때는 가능하겠지요."

돌봐야 할 가족이 있는 것도 아니고, 다른 귀족 출신의 신녀들처럼 높은 직위로 올라갈 욕심도 없는 듯한데 왜 빈털터리가 될 위험까지 무릅쓰면서 악착같이 치부 (致富)[10]에 열을 올리는 것일까. 머릿속으로 그 해답을 부지런히 찾으며 그는 마지막으로 경고했다.

"동진에는 뱃길로는 저도 거의 십여 년 만에 가보려는 겁니다. 처음 갔을 때 홍수 때문에 발이 묶여 종이며 약재들이 모조리 상해 엄청난 손해를 입고 거의 빈털터리가 되었지요. 황하 남쪽은 북방의 나라들에 없는 서책이나 진귀한 향료며 비단

---

10 재물을 모아 부자가 됨

등이 많으니 무사히 돌아만 온다면 분명 이득은 많겠지만 위험 역시 지금까지와 비교할 수 없이 큽니다."

그녀가 그의 존재를 알았을 때부터 내내 승승장구, 단 한 번도 실패 없이 돌아온 마리습이기에 백전백승인 줄 알았더니. 어찌 보면 당연했다. 그도 인간이니 늘 성공한다는 보장은 없었고 실패할 수도 있다.

목매며 기다리던 탈출의 순간이 눈앞에 왔다는 강렬한 직감에 눌려 숨죽이던 불안감이 슬금슬금 기어 올라왔다. 해류는 눈을 질끈 감았다.

한 번만 더 성공하면 어머니와 자신이 원하던 자유와 어릴 때부터 꿈꿔왔던 미래를 움켜쥘 수 있다. 명림가의 손길이 미치지 않는 안전한 곳에 자리만 잡으면 그들 모녀는 누구보다도 잘 살 재주도 있었다. 그날이 오면 어머니를 잘 모시고 나를 아껴줄 든든하고 착실한 사내를 골라 혼인해 자식도 많이 낳고 살 것이다. 그리고 두지가 죽으면 고구려로 돌아와 보란 듯이 어머니와 내 몫을 되찾아야지.

승리와 복수의 쾌감은 상상만으로도 충분히 짜릿했다. 행복한 미래를 그리며 그녀는 자신만만하게 고개를 끄덕였다.

"그 정도 위험을 감수하지도 않고 막대한 이문을 기대하는 건 도둑놈 심보겠지요. 저는 단주를 믿습니다. 혹, 만에 하나 실패하신다면 그것은 불가항력일 테니 처음부터 다시 시작하면 되는 거고요."

마리습의 예리한 눈은 해류의 온몸에서 넘쳐흐르는, 칙칙한 신전에서 말라비틀어지지 않겠다는 강렬한 열망을 간파해냈다.

해류 신녀는 신전을 벗어나려고 하는구나.

처음 만났을 때 해류는 비쩍 말라 껑충한 소년 같았다. 고고한 신녀의 가면 뒤에 숨겨진 남다른 의지와 용기는 높이 샀지만 여인으로는 전혀 보지 않았었다. 그런데 서서히 젖어들듯 어느 날부터 달리 다가오기 시작했다. 사내 같다고 일부러 놀리고 멀리하며 품어선 안 될 감정을 지우느라 애써왔다. 오랜만에 마주한 지금은 그가 알던 그 해류가 맞나 싶을 정도로 아름다워져서 그의 가슴을 시리게 하고 있었다.

희한하게 해류의 완연한 변화를 눈치챈 것은 그 혼자뿐이었다. 가시 갑옷을 두른 듯 뾰족하고 얼음처럼 냉랭한 태도에 다른 사내들은 다가서기는 고사하고 감히 쳐다볼 엄두도 못 냈다. 치마만 두르면 헤벌쭉거리며 곁눈질하기 바쁜 상단 동료들도 해류의 이름이 나오면 몸서리부터 쳤다. 매사에 지나치게 빈틈이 없다, 너무 매섭고 살천스럽다고 슬슬 피해 다닐 정도였다.

다른 사내들이 청맹과니인 것이 얼마나 고마운지.

새로운 가능성에 대한 기대에 빨라지는 박동을 진정시키며 마리습은 고개를 끄덕였다.

"정 그러시다면, 기꺼이 신녀님의 제안을 받아들이겠습니다."

예상 이상의 성과에 뿌듯해하며 해류는 날듯이 사당으로 돌아왔다. 해류가 오길 안달복달하며 기다리고 있었는지, 문손잡이에 손을 대기도 전에 방문이 활짝 열렸다.

"많이 늦었구나."

반색하는 사란에게 해류는 잘되었다는 표시로 고개를 크게 끄덕여줬다.

"얘기가 좀 길어졌어. 별일 없었지?"

"오늘 왕후 폐하께서 오셨는데 널 찾을 일이 뭐가 있겠니."

서둘러 해류를 안으로 끌던 사란은 둘이 함께 쓰는 방으로 들어가자마자 그녀 옆에 바짝 다가앉았다.

"이번엔 얼마나 많은 은자를 가져오셨대? 네가 대어준 물건은 다 팔았다니? 우리가 구해달라고 한 구슬이며 중원의 비단 색실과 염료는 차질 없이 다 가져오셨고?"

"당연하지. 이번에 가져온 서역의 실과 천들은 그동안 보지 못한 희귀한 것들이니 그걸로 만드는 것들은 국내성에서 비싼 값에 팔 수 있을 거야. 그리고 이번에 챙겨 간 본보기 물건들도 다 마음에 든다고 떠나기 전까지 지금 있는 것 모두에 더해 최대한 많이 만들어달라고 하더라."

"눈알이 빠져라 살핀 보람이 있었군."

자부심이 두 여인의 눈망울에 떠올랐다.

팔릴 물목을 찾아내는 감식안은 해류가 위지만 바늘땀 하나 튄 하자까지 꼼꼼하게 찾아내고 품질을 살피는 능력은 사란이 위. 동료들이 만든 물건의 상중하를 매기는 일은 사란이 도맡아왔다. 최상급품만 취급하는 마리습의 상단이기에 견본품을 고를 때 그 어느 때보다도 신경을 썼지만 그래도 걱정되던 참이었다.

큰 숙제를 해결했다는 안도감을 노골적으로 토해내며 희희낙락하던 사란이 갑자기 무엇인가 생각난 듯 정색했다.

"참, 하요랑 소별이 둘이 앙큼한 작당을 하고 있는 거 있지."

"하요랑 소별이? 그 아이들이 왜?"

"그것들이 우리 몰래 다른 상인들에게 주문을 받아 뒷구멍으로 물건을 빼돌리고 있더라고. 땡전 한 푼 없어 늘 궁색만 떨다가 네 덕분에 재물을 좀 만지더니 은혜도 모르고. 내 참 기가 막혀서. 다른 아이들도 덩달아 딴마음 먹지 않도록 본보기를 단단히 내야 할 것 같아."

지난 몇 년간 닳고 닳은 상인들과 능란하게 거래를 뚫고, 말 많고 불평 많은 동료들을 잘 휘어잡아온 해류이니 두 번 다시 그런 협잡질을 못 하도록 잘 단속할 것이다.

사란의 부푼 기대는 해류의 무심한 중얼거림에 산산이 깨어 흩어졌다.

"속지 않을 자신이 있다면 나보다 더 좋은 값을 주는 거래처를 스스로 뚫는 것도 나쁘지 않겠지."

"해류야!"

"사란아, 신녀들이 자신들의 솜씨로 소소히 용채를 버는 건 수 대에 걸쳐 묵인된 일인데 그걸 트집 잡을 수는 없잖니. 그 덕분에 누구보다도 큰 이득을 얻고 있는게 우리니 더더욱 그럴 자격이 없지."

"하지만…… 그러다 모두들 걔네처럼 딴짓을 하면."

"수완 있는 이들은 거기에 상응하는 대가를 얻겠지. 나처럼 제값을 치러주는 거래 상대를 찾을 수 있다면 말릴 생각은 없어. 하지만 너도 알다시피 상인들이란 그렇게 녹록한 존재가 아니야. 그건 네가 누구보다도 잘 알잖니."

사란의 침선 재주는 동료들은 물론이고 상급 신녀들도 혀를 내두를 정도로 빼어났다. 때문에 매년 제사나 의식에서 쓰는 정교한 입성은 거의 도맡다시피 만들고 있었다. 그 와중에도 궁색한 본가에 보탬을 주려고 밤잠을 줄여가며 손가락에 굳은 살이 박이도록 바느질을 해왔다.

그렇지만 바느질삯은 너무도 박했고 후려치기가 몸에 밴 상인들에게 제값을 받고 물건을 파는 것은 불가능했다. 그나마도 이 핑계 저 핑계로 지불을 늦추거나 떼이기도 일쑤였다. 신녀들의 재주에 제값을 준 건 해류가 사실상 유일무이했다. 어릴 때부터 산전수전 다 겪어 대가 세다고 자부하는 사란도 상인들을 상대하는 건 여전히 힘들었다. 그녀보다 훨씬 물정 모르는 동료들에겐 불가능했다.

"그래. 뭐…… 하요처럼 영악한 아이라면 몰라도 다른 아이들에겐 언감생심이지. 걔도 당하지 않고 얼마나 버티나 구경이나 해봐야겠다. 어쨌든, 하요가 네가 대어준 값진 재료들을 얻지 않도록 단속 잘할게. 만든 걸 네게 파는 조건으로 이문을 남기지 않고 비단실이며 피륙들을 대어줬는데 죽 쒀서 개 줄 수는 없지."

그러나 해류의 대답은 이번에도 사란의 예상과 완전히 달랐다.

"그러지 말고, 하요가 재료를 얼마에 구하는지 알아보고 만약 비싸게 값을 치르고 있으면 내가 다른 신녀들에게 대어주는 것보다 이할 높은 가격으로 쓰라고 해."

"얘!"

이거야말로 정말 참을 수가 없는 소리다 싶었는지 사란의 음성이 째지게 높아졌다.

"가만히 두는 것도 정말 크게 봐주는 건데, 힘들게 구해놓은 값진 재료들을 그렇게 대주라고? 오색 비단은 물론이고 특히 이 칠직금(七織錦)[11] 반 자나 자투리들은 그냥 내다 팔아도 그 갑절은 받을 수 있는데 그 귀한 것들에 고작 이할?"

그동안 나름대로 생각을 해왔었는지 사란이 해류 앞으로 바짝 다가앉아 속삭였다.

"해류야, 우리 재료들을 탐내는 상인들도 많으니 그것들도 값을 잘 쳐서 팔아보는 게 어떻겠니? 그럼 꿩 먹고 알 먹고잖아."

---

11 일곱 가지 색이 어우러진 무늬를 넣어 짠 가장 상급의 고구려 비단. 고도의 기술로만 제작이 가능했다.

생각할수록 신통방통한 장사였다. 사란의 부푼 기대와 달리 해류는 단호하게 고개를 저었다.

"그 물건을 시중에 풀면 당장 모두루 상단과 경쟁을 하게 되는 격인데 그럼 그가 지금처럼 내게만 그렇게 싸게 주겠니? 소탐대실하고 싶진 않아."

그 외에 다른 이유도 있었다.

모두가 탐내는 오색 비단과 칠직금은 마리습에게 산 것이 아니었다. 그 출처는 해류가 가장 믿고 의지하는 사란도 몰랐다. 마리습은 해류가 귀한 비단을 용케 구한다고 감탄하고 사란은 마리습이 최고로 좋은 비단만 대준다고 감사하고 있었다.

해류는 사란이 납득하게 설명을 덧붙였다.

"사당 안에서의 거래는 다르지. 나는 적으나마 속 편히 이윤을 남길 수 있고, 하요도 싸게 살 수 있으니 서로 좋은 일이잖아. 하요에게 그 재료들을 밖에 되팔지 않겠다는 약조를 받고, 혹시라도 뒤로 빼돌리지 않도록 그 감시는 철저히 좀 해줘. 그것마저 어기면 그때는 하요나 소별에겐 재료를 주지 않으면 돼."

입을 떡 벌리고 해류를 한참 응시하던 사란이 고개를 절레절레 저었다.

"네가 아량이 넓은 건지 배포가 큰 건지 난 정말 모르겠다."

"그냥 실리적인 거야."

만류하니 참기는 하지만 여전히 씩씩거리는 동무에게 해류는 빙그레 웃으면서 부채질을 해줬다.

"너도 네가 보기에 괜찮다 싶은 곳이 있으면 의리를 지킨다는 이유로 외면하지 말고 잘 뚫어봐. 너야말로 눈썰미만 좋은 게 아니라 진짜 솜씨도 좋고, 장사치들을 다루는 것도 이젠 곧잘 하잖아. 나만 너무 믿지 말고."

"해류야, 어째 넌 늘 죽을 날을 받아놨거나 어디로 영영 떠날 사람처럼 말을 하니."

순간 뜨끔했지만 해류는 웃음으로 엉너리를 쳤다.

"죽을 날이야 하늘만 아는 거고, 난 너나 다른 동무들과 달리 이곳을 절대 떠날 수 없다는 걸 잘 알면서 그러니."

언니의 남편이 데릴사위로 들어와 있고, 여동생은 한 살 터울. 언니 부부가 본가로 돌아간 뒤에는 동생이 혼인해야 한 해라도 더 데릴사위가 집에 머무니 사란은 애매한 딸이었다. 그럴 바엔 빨리 입이나 하나 덜자고 사란은 신녀가 되었다.

해류는 그런 자신보다 더 치사스러운 이유로 사실상 유폐된 것이나 다름없다는 사실을 사란도 잘 알았다.

사란은 자신의 처지에 대한 하소연으로 위로를 대신했다.

"신을 모시던 여인과 연을 맺으면 동티가 난다고 다들 기겁을 하는데 뭘. 사당을 떠난다고 뾰족한 수가 없기는 마찬가지다. 다들 그걸 아니까 죽으나 사나 여기서 늙어가는 거 아니냐."

"재물만 많이 있으면 급살을 맞아도 상관없다는 사내들이 줄을 설걸."

"귀족이랍시고 목에 힘만 주고 내가 조금 쥔 푼돈을 보고 달려드는 사내라면 이쪽에서 사양이다. 제대로 건사하지도 못할 자식만 해마다 줄줄이 낳아 궁상떨며 사는 건 우리 부모님만으로 족해. 형부나 제부들이 천년만년 우리 집에 살며 먹여 살려주는 것도 아니고. 내가 너를 만난 덕분에 밑 빠진 독에 물 붓기라도 해주니 망정이지, 아니었으면 내 아우들은 경당[12]은 고사하고 피죽도 제대로 못 먹고 있을걸."

우리 둘 다 아버지 복은 어지간히 없지.

쓸쓸한 동질감이 담긴 시선이 얽혔다가 낮은 한숨과 함께 아래로 떨어졌다.

잠깐이었지만 해류는 자신의 계획을 밝히고 함께 떠나자고 권해볼까 망설였다. 하지만 곧 마음을 바꿨다.

무능력한 아비와 병약한 어머니, 줄줄이 딸린 동생들. 그 뒷바라지가 지긋지긋하다고 입에 달고 살기는 해도 사란은 결코 그들을 버리지 못한다. 지쳐 쓰러지더라도 끝까지 가족을 지고 갈 동무를 위해 해줄 수 있는 것은 단 하나. 자신이 떠난 뒤에도 곤궁하지 않도록 기반을 다져주는 것뿐이었다.

이번 장삿길은 두세 해는 걸릴 거라고 하니 마리습이 돌아올 즈음이면 사란도 자립할 수 있을 것이다. 속내를 혼자 갈무리하며 해류는 장부책을 꺼냈다.

---

12   고구려의 청소년 교육기관. 유교 경전과 무술을 익혔다.

"그래. 해봤자 소용없는 얘기는 그만하고, 장부나 같이 살펴보자. 네 말마따나 너나 나나 여기에 뼈를 묻어야 하겠지만 내가 다른 성으로 제사를 모시러 가는 신녀님을 따르는 수행원에 선발되어 길게 자리를 비울 수도 있잖니. 급한 거래가 있을 때 아플 수도 있는 거고. 너도 다 챙기고 있어야 그럴 때 문제가 없지."

해류의 지적이 옳다 싶었는지 사란도 눈에 띄게 열성을 보였다.

"그래. 듣고 보니 맞는 소리네. 외성 서문 바깥 서(西)시장에 나간 물건 대금부터 정리하면 되지?"

차곡차곡 쌓이는 재물은 소소한 우울 따위는 얼마든지 날려버릴 수 있는 영약이었다. 두 처녀는 고단함도 잊고 장부를 맞춰나가고, 마리습의 상단이 떠나기 전에 높은 값을 받을 만한 물건을 댈 궁리를 하느라 지샌달이 뜰 무렵에야 눈을 붙였다.

그해 봄의 부여신 사당은 하급 신녀도, 고위급 신녀도 각기 다른 이유로 분주했다.

왕자를 얻게 해달라는 기원제가 시작되었다. 그동안은 중요한 날에만 드문드문 찾아와 치성을 올렸지만 이번에는 작정한 듯 제사가 백일 동안 이어졌다. 때문에 연일 사당은 북적이고 왕후와 고위 신녀들은 왕자를 얻게 해달라는 기도로 밤을 지새웠다.

해류나 하급 신녀들 대다수는 그런 간절한 기원엔 관심이 없었다. 그저 약속한 날짜에 물건을 맞추기 위해 밤잠을 줄이고 묵직해지는 주머니에 행복해했다.

여름 초엽, 마리습은 북쪽 나라에서 비싸게 팔 온갖 물품들과 새로 개척할 동진과 교역할 물건까지 수레마다 가득 싣고 행렬을 지어 먼 길을 떠났다.

공교롭게도 왕자 탄생을 비는 제의 마지막인 백일 날이었다. 왕후뿐 아니라 태후까지 참여하는 가장 중요한 자리라 신녀라면 반드시 참석해야 했다. 한마음으로 왕자 탄생을 축원하라는 엄명에 해류도 말석을 지키고 앉았다. 그녀는 무덤덤한 눈으로 대모신, 유화부인의 상 앞에 다산을 상징하는 원추리꽃을 바치는 왕후를 응시했다.

제 자리를 빼앗아 간 여인.

한때는 그렇게 믿었기에 미웠었다. 가장 존귀한 영광의 자리를 빼앗겼다는 분함보다는 한눈에 사로잡힌 아름답고 늠름한 태자님을 잃었다는 사실 때문에. 다른 여인을 안곁으로 맞은 태자를 두 번 다시 볼 수도 없다는 사실이 가슴 찢어지게 아팠다.

저 연 씨처럼 태왕 앞에서 고개도 들지 못하며 다소곳하게 행동했다면 그녀가 간택되지 않았을까. 해도 소용없는 후회를 수도 없이 곱씹었다.

세상과 담을 쌓은 척하지만 실은 가장 권력과 밀착된 곳이 사당이었다. 권력의 주변부에서 흘러나오는 소문의 바다이기도 했다. 누가 가르쳐주지 않았지만 해류도 곧 깨달았다.

영락태왕은 태자비로 강한 처족은 원치 않았다. 절노부와 명림 일족을 견제하기 위해 어떤 핑계를 대서건 상대적으로 약한 다른 부에서 태자비를 택했을 거라는 사실을. 그녀가 아무리 음전하게 행동하고 또 태자의 눈을 사로잡을 정도로 아름다웠다고 해도 결코 간택될 수 없었다.

영락태왕은 왕후 소생의 독자였고 태자 역시 왕후의 장자. 어릴 때부터 진중하고 총명하다고 소문 자자했고 태왕이 직접 제왕 교육을 시켜왔다. 능력뿐 아니라 정통성도 완벽하기에 딱히 강성한 왕후 일족의 지지는 중요하지 않았다. 강력한 왕권을 확립하려는 태왕은 마음대로 휘두를 수 있는 미약한 처족을 원했다. 그 확고한 의지를 간파했기에 노회한 명림죽리가 반발하지 않고 태왕의 결정을 순순히 받아들인 거였다.

그걸 알게 되면서 첫 순정의 남은 미련도 마저 털어졌다. 가뜩이나 한미한 관노부 출신인 데다 왕자를 낳지 못해 몇 년째 전전긍긍, 가시방석에 앉은 왕후를 보니 무덤덤을 넘어 희미하나마 연민마저 일었다.

태자비 자리는 떼어놓은 당상이란 소리를 들으며 왕실에 선을 보이러 갈 때 왜 어머니가 근심 가득한 표정이었는지, 간택에 떨어졌을 때 왜 안도하는 기색을 감추지 못했는지 이제는 알 것 같았다. 외척의 권세를 견제하기 위해 선택된 여인은 그 대가를 호되게 치르고 있었다. 해류가 간택되었다면 역시 다른 형태로 대가를 치르고 있을 거였다.

철없던 시절에는 왕후라는 게 얼마나 무겁고 외로운 자리인지 몰라서 그렇게 바랐었지. 만약 선왕께서 나를 택하셨다면 너무나 화려하면서도 처량한 모습을 한 저 여인이 나였을 수도 있을 것이다.

진심으로 안도감을 곱씹으면서 해류는 마땅히 올려야 하는 왕자 탄생의 기원 대신 마리습의 장삿길에 대운이 있기를 빌었다. 왕실에 갇혀 바삭바삭 말라가는 왕후와 달리 자신은 날개를 활짝 펴고 날아가 행복하게 살도록 해달라고 간절히 기도했다.

한 남자를 놓고 본의 아니게 경쟁했던 두 여인은 같은 자리에서 각기 다른 기원을 품은 채 일상으로 돌아갔다. 각자의 위치에서 지금까지처럼 평온하게 삶은 흘러가는 것 같았다.

그렇지만 해류는 몰랐다. 백일의 기원이 끝난 뒤 내린 신탁이 그 평온함을 완전히 뒤흔들고 있다는 것을.

"뭐라고! 그것이 무슨 소립니까! 그럴 리가 없습니다!"

청천벽력을 맞은 듯 노여움으로 파들거리는 여인을 차마 마주하지 못하며 수품 신녀인 보연이 침통하게 신탁을 반복했다.

"송구하옵니다. 갑자기 접신하신 대신녀님의 말씀이 도무지 믿기지 않아 신벌을 각오하고 저도 산가지를 던져 재차 삼차 확인을 했으나 같은 점괘가 계속 나왔습니다. 왕후 폐하께선 태왕 폐하와의 사이에서는 무자(無子)라는……."

남다른 신기와 예지력에 천기를 읽는 능력까지 있다는 대신녀 혜와의 입에서 나온 말이라니 절대 무시할 수 없었다. 거기에다 보연의 점괘까지 똑같이 나왔다면…….

아득한 절망감에 왕후의 얼굴에서 핏기가 사라졌다. 한참을 그렇게 멍하니 허공을 응시하던 왕후 연 씨가 천천히 고개를 들었다.

"이 일을…… 누가 또…….”

어렵게 띄엄띄엄 나오는 왕후의 말뜻을 얼른 알아챈 보연이 잽싸게 받아챘다.

"혜와 대신녀님은 접신 후 바로 혼절하셨다가 깨어나셨지만 요즘 워낙 기력이 떨어지신 터라 무슨 예언을 하셨는지 기억은 못 하십니다. 요행히 저만 곁을 지키고 있었습니다.”

왕후의 복잡한 심중을 오랜 신녀 생활로 사람의 속내를 들여다보는 데 이골이 난 보연이 놓칠 리가 없었다.

"소인의 입은 하늘로 돌아가 천신을 뵙는 그날까지 무겁게 닫혀 있을 것입니다.”

버거운 자리에 치여 짓눌린 가련한 여인의 눈망울에 감사의 눈물이 차올랐다.

"고……맙소.”

"폐하, 지성이면 감천이라고 하였습니다. 제가 짚어본 점괘에 따르면 왕후 폐하의 팔자에 분명 자식이 있사옵니다. 다만 태왕 폐하와의 합이 왕손을 얻는 부분에만 맞지 않은 것이니…… 하지만 저희가 다시 정성을 모아 천신께 빌어보겠습니다. 간절함이 닿으면 하늘의 뜻도 움직일 수 있을 것입니다.”

절망의 늪에 푹 빠진 여인의 귀엔 그 소리가 전혀 들어가지 않는 듯 대답은 돌아오지 않았다.

사려 깊은 신녀는 왕후가 홀로 충격을 소화할 수 있도록 조용히 읍하며 물러났다.

"부디 자중자애하십시오.”

신을 모시는 자임에도 도울 수 없다는 절절한 안타까움과 위로가 신녀의 음성에 한가득 풍겼다. 왕후궁을 나서는 신녀의 얼굴은 수심이 깊어 보였으나 명성대로 더없이 자애로웠다. 그렇지만 왕궁을 나와 수레의 휘장을 내리고 홀로 남자 수품신녀 보연의 얼굴을 덮었던 온화함은 씻은 듯이 사라졌다. 대신 만족감과 의기양양한 미소가 만면을 한가득 채웠다.

다음 해 봄.

왕궁 내성 안쪽 정전의 분위기는 침통한 동시에 살벌했다. 상당수 중신들은 얼굴이 납빛이 되어 민망함에 차마 고개도 들지 못하고 있었고, 나머지 반절 정도는 침통함 뒤에 회심의 미소를 감추며 젊은 태왕을 압박하고 있었다.

"연 씨는 감히 태왕 폐하와 왕실을 기망하는 대역죄를 저질렀습니다. 그런데 폐위와 함께 연금이라니요. 이것은 왕실의 기강을 흔드는 처사이십니다!"

"폐하의 하해와 같은 너그러움은 모두 알고 있사오나 천부당만부당한 명이시옵니다. 대죄인은 불에 태워 죽이라는 율령이 엄연히 있사온데 왕후였다는 이유로 터무니없는 온정을 베푸시면 누가 법을 두려워하겠사옵니까. 부디 통촉하여주시옵소서."

왕후의 사통.

차마 입에 담을 수 없는 추문이라 대놓고 그 일을 들쑤시지는 못했다. 대신 절노부를 중심으로 한 귀족들은 빙빙 돌려가면서 태왕의 명이 부당하다고 고하고 있었다. 한 명이 끝나면 또 다른 한 명이 이어받으며 지치지도 않고 계속 반박했지만 반시진이 넘도록 옥좌 위 태왕은 미동도 하지 않았다.

자신들만 입에 침을 튀기고 있지, 벽에다 대고 경을 읽는 양 태왕이 아예 대꾸도 하지 않는다는 사실을 그제야 깨달은 듯 떠들어대던 음성이 잦아들면서 정전은 고요해졌다.

의문과 두려움으로 가득한 눈망울이 제게로 집중되자 그제야 석상처럼 앉아 있던 태왕이 시선을 그들에게로 내렸다.

"충분히 다 떠들었는가?"

충심으로 고한 간언을 어찌 그리 폄훼하느냐는 반발이 목구멍까지 치솟았지만 그런 대꾸를 하기엔 태왕의 눈이 너무도 서늘했다. 태생부터 지배자로 결정되어 양육된 자의 무거운 위압감이 그들을 짓눌렀다. 여기서 한 발 더 나가는 건 위험할 수도 있겠다는 자각에 움찔 목을 움츠렸다.

"왕후였던 연 씨와 사통한 관노부의 사졸(하급 무사)은 화형시키고 그 일가는 가산과 직위를 모두 몰수한 뒤 낙인을 찍어 변방의 성 쌓는 노역장으로 보낸다. 그리고,"

한 호흡을 하며 아랫단에 있는 귀족들의 긴장감을 최대한 높인 뒤 왕은 좀 전의 명령을 반복했다.

"연 씨는 폐위한다. 관노부의 욕살 연협부와 그 일가는 모든 직위에서 파직하고 폐왕후 연 씨와 일가 모두 국내성에서 추방해 휘발고성과 무려성으로 보낸다. 향후 큰 공을 세운 자를 제외하고는 국내성으로 돌아오는 것을 금한다."

휘발고성은 북쪽 끝, 무려성은 서쪽 끝의 험지. 언뜻 듣기엔 가혹한 추방으로 보였다. 하지만 공을 세우면 국내성으로 돌아올 수 있다는 여지가 담긴 처벌이었다. 이 역시 지나치게 무른 처사라고 반발하고 싶지만 태왕의 음성엔 강력한 경고가 넘쳐나도록 담겨 있었다. 단단히 판을 짜고 온 절노부 귀족들조차 반발할 엄두를 내지 못할 정도였다.

세의 강함을 믿고 감히 나대는 간 큰 귀족들과 불필요한 실랑이를 더 이상 하고 싶지 않다. 의도된 불쾌감을 노골적으로 드러내며 왕은 옥좌에서 일어섰다.

"신라 왕족 석도종의 망명은 허락하고, 질자(質子)[13]인 왕자 김복호의 건은 차후에 다루겠으니 내조(來朝)한 박제상이라는 그 신라 사신은 숙소에서 대기토록 하라."

왕후는 화형시키고, 그 일가는 모조리 노비로 만들거나 변방으로 추방해야 마땅하다는 간언을 올릴 용기를 겨우 냈을 때 태왕은 이미 정전에서 사라지고 없었다.

전무후무한 추문으로 왕실의 명예를 땅에 떨어뜨린 왕후 연 씨에 대한 동정은 관노부 귀족들에게도 없었다. 왕후의 목숨은 일찌감치 포기했었다. 그들의 관심사는 왕후 때문에 그나마 관노부의 중심을 잡아주던 연협부의 일가가 풍비박산이 나고 절노부를 중심으로 한 북부 귀족들에게 밀려나지 않을까란 위기감이었다. 연씨 일가가 노비로 떨어지지 않도록 버텨보자던 각오가 무색한, 최상의 결과였다.

다 잡은 먹이를 놓쳤다고 이를 가는 북부 귀족들의 등 뒤에서 그들은 남몰래 가

13　나라 간에 조약 이행을 담보로 상대국에 억류하여 두던 왕자나 유력한 사람. 볼모.

슴을 쓸어내렸다. 가장 펄펄 뛰고 노여워해야 할 태왕이 강경하게 구명해주는 높은 아량에 감탄했다. 왕후에 대한 정이 정말 깊은 모양이라며 후일을 기약하자는 실낱같은 기대감까지 품었다.

그들의 기대에 부응이라도 하듯 정전을 나선 왕이 향한 곳은 왕후궁이었다. 가장 고귀한 태왕의 반려가 머무는 곳이라 은밀한 가운데 철통같이 호위되던 곳이었다. 지금은 그런 은밀함은 사라지고 높은 담을 에워싼 병사들의 모습엔 대죄인이 갇힌 감옥을 호위하는 살벌함만이 가득했다.

그를 보자 놀라 예를 표하는 이들을 무표정하게 지나친 태왕은 성큼성큼 침전으로 들어섰다.

"폐하!"

태왕을 본 왕후의 눈이 믿을 수 없다는 듯 커다래졌다가 금세 눈물이 흘러내렸다. 백옥같이 고운 뺨에 방울방울 흘러내리는 눈물은 서럽도록 고왔다. 그녀의 눈에 슬픔이 고이는 것은 보고 싶지 않다고, 조금만 눈물을 보여도 다정하게 연유를 묻고 달래주던 지아비였건만. 오늘은 볼이 푹 젖어들고 옷깃을 적실 때까지도 그는 미동도 않았다.

그칠 줄 모르던 눈물이 드디어 말랐는지 구슬픈 오열이 잠잠해지자 드디어 왕이 입을 열었다.

"사가로 가도록 조치했소."

"폐하……."

남은 길은 죽음뿐이라고 믿었는데. 갑자기 삶으로 향한 문이 열리자 기운이 쭉 빠졌다. 휘청하니 비틀거리다 바닥에 주저앉아버렸다. 흉한 모습을 보인 것이 부끄러워 고개를 숙이는데 그가 나가려는 듯 움직이는 게 보였다.

이렇게 보낼 수는 없었다. 변명이라도 하고 싶었다. 얼른 의자를 짚고 일어선 연씨는 달려가 태왕의 등을 끌어안았다.

"폐하. 차마 용서해달라는 말씀도 못 드리겠습니다. 하지만…… 제가 애오라지 연모하는 분은 폐하 단 한 분뿐입니다."

사통 사실을 들켰을 때도, 간부(奸夫)와 함께 그의 앞에서 그 사실을 인정했을 때도 무서울 정도로 침착하던 그의 눈이, 음성이 처음으로 흔들렸다. 자신이 노여워하고 있다는 사실을 드러내는 것조차도 자존심이 상해 억지로 꾹꾹 눌러왔다. 그 감정이 처음으로 단단한 굴레를 뚫고 터져 나왔다.

"왜 그랬소?"

죄상이 드러났을 때 가장 먼저 받았어야 할 질문이었다. 그동안 수없이 그에게 사죄하며 그 사연을 고하는 상상을 했지만 막상 현실로 닥치자 입이 떨어지지 않았다. 다시금 흘러넘치는 흐느낌 속에 왕후는 띄엄띄엄 하소연을 풀었다.

"폐하의 아이를 낳고 싶었습니다."

"왕후도 짐도 아직 젊으니 하늘에 맡기고 기다리면 될 것을 왜 그렇게까지 했소?"

"연전에 백일기도를 마친 뒤 혜와 대신녀가 신탁을 받았는데…… 전 폐하의 아이는 낳을 수 없다고…… 흑."

"하……!"

이 사달의 원인이 어디에 있었는지 비로소 알게 된 왕의 입술에서 실소가 흘러나왔다.

"하! 설령 태자를 낳지 못한다고 해도 왕후는 오직 그대뿐이라는 짐의 약조를 믿지 못한 것이오?"

"믿었습니다. 하지만…… 왕후를 폐하거나 소후(小后)를 들이라는 주청이 빗발치고 있으니…… 제 태로 폐하의 왕자를 정말 낳아드리고 싶었습니다. 폐하의 곁을 떠나고 싶지 않았습니다."

"그래서…… 다른 사내를 끌어들인 거로군. 다른 사내의 씨를 받아서까지 나에게 아들을 낳아주고 싶었다니…… 가상해. 정말 눈물이 나도록 고맙소."

"폐하! 그것이 아니라,"

"세아, 무슨 일이 있어도 지켜준다지 않았습니까! 내가 가장 화가 나는 건 무슨 일이 있어도 그대를 지켜주겠다는 내 약속을 그대가 믿지 않았다는 사실이오. 설령 그대가 아들을 낳지 못한다고 해도 난 왕후를 지켜줬을 것이오. 그리 언약했으니까. 그대는 나를 믿지 못함으로 그대와 나 둘 다를 능멸한 거요. 믿음이 없는 부부가 어찌 평생을 해로할 수 있답니까. 이제 두 번 다시 그대를 보지 않을 것이오."

실망감과 혐오가 엄습했다. 왕후의 사통보다 그것이 오히려 더 가슴 쓰렸다. 여기서 흥분하며 감정을 마구 폭발시킬 정도로 추락하고 싶지 않았다. 그는 모든 것을 잃은 가련한 여인에게 모멸감까지 드러내고 싶지 않아 몸을 돌렸다.

자신이 무슨 짓을 저질렀는지, 지금 무엇을 잃어버렸는지에 대한 뒤늦은 깨달음이 늘 수동적이고 심약하던 여인을 격동하게 했다. 저 가는 팔에 이런 힘이 있었나 놀랄 정도로 강하게 그의 허리를 끌어안았다.

"예. 제 잘못입니다. 제 어리석음으로 왕후의 자리에 있을 수 없음은 잘 알고 있습니다. 그래도 기다리겠습니다. 나중에 폐하의 노여움이 조금이라도 풀리면 후궁의 가장 말석이라도, 아니 가장 천한 궁노라도 좋으니 폐하 곁으로 돌아올 수 있도록 해주십시오. 곁에서 모시며 제 죄를 씻을 수 있도록 기회를 주십시오."

그는 눈을 질끈 감았다.

더없이 곱고 선량하지만 왕후라는 자리를 감당하기엔 너무도 유약한 여인. 자신이 얼마나 무겁디무거운 의무를 져야 하는지 모른 채 그의 곁에 선 여인이기에 온 힘을 다해서 아끼고 지켜주려고 했다.

차라리 이제까지처럼 남이 이끄는 대로 살아갈 것이지. 우유부단하고 겁 많은 사람이 하필이면 이런 끔찍하고 무모한 결단을 내렸는지. 안타까움과 의문을 접으며 그는 허리를 감싼 손가락을 부드럽게, 하지만 단호한 태도로 하나씩 풀어냈다.

"자중자애하시오."

"폐하, 저는 믿고 기다릴 것입니다. 제 숨이 끊어지는 날까지 연모할 것입니다."

그는 끝내 대답을 들려주지 않고 왕후궁을 나왔다.

태왕이 왕후궁을 나선 직후 칙명으로 폐왕후가 된 연세아는 왕실에서 쫓겨나 사가로 돌아갔다. 마지막으로 태왕이 있는 침전 방향에 절을 하고 떠나면서도 그녀는 희망을 버리지 않음을, 끝없는 연모와 사죄를 외쳤다. 그 호소가 지아비에게 들리기를 바라며 끌려 나갔다.

그 가련한 희망은 천생 무관인 아비 연협부에 의해 끝이 났다.

딸이 가문에 입힌 치명적인 상처를 조금이라도 만회하고, 풍전등화가 된 남부 귀족 관노부가 조정에서 명맥이라도 지키려면 확실한 희생 제물이 필요했다. 그는 바로 그날 밤 끝내 자진(自盡)을 거부하는 딸을 직접 교살하고 뒤따라 자결했다.

폐왕후 연 씨와 그 아비의 참혹한 죽음은 절노부를 제외한 나머지 네 부 귀족들과 백성들의 동정을 불러일으켰다. 연협부의 의도대로 여론은 목숨을 던져 명예를 지킨 그에 대한 찬사로 이어졌다. 연씨 일가에 대한 처벌이 너무 미약하다는 비난은 슬그머니 묻혀버렸다. 덕분에 풍비박산이 나기 직전이었던 관노부도 영향력은 한없이 축소되었지만 명맥은 가까스로 유지할 수 있었다.

추문을 최대한 빨리 덮어야 한다는 암묵적인 합의 아래 왕후의 사통이라는 전무후무한 태풍은 잠잠해지는 듯싶었다. 동시에 물밑에선 그 빈자리를 빨리 채워야 한다는 소리가 점점 커졌다.

용서받기 힘든 죄를 짓기는 했으나 어쨌든 5년여를 함께해온 반려였다. 비참하게 세상을 떠난 연 씨를 애도하고 슬픔을 달랠 시간을 줘야 하지 않을까, 젊은 태왕의 심정을 헤아리는 의견도 조심스럽게 나왔지만 그것은 극히 소수였다.

입이 백 개라도 할 말이 없는 관노부는 아예 나설 엄두도 내지 못하는 가운데 이번에야말로 저희 집안에서 왕후를 내려는 야심에 불타는 절노부가 나섰다. 종실인 계루부와 왕실마저도 아직 후사가 없는 태왕을 걱정해 서둘러 간택을 해야 한다는 데 의견을 모았다.

몇 달이 흘렀다. 그들 나름으로 충분히 기다렸다고 믿고, 일을 성사시킬 적절한 때라고 판단한 10월. 동맹 행사를 끝내고 왕궁에 온 종실과 각 부 귀족들이 다 모인 가운데 연극이 시작되었다.

"폐하, 올해도 풍성한 수확을 얻어 만백성이 즐거운 행사를 열게 된 것은 폐하의 높은 덕이 있어 가능했던 것 같사옵니다."

참기름을 바른 듯 매끄럽고 향긋한 아첨에도 태왕은 극히 심드렁했다.

"우리 고구려를 지키시는 고등신과 부여신의 가호에 더불어 백성들이 힘들여 일한 덕분이겠지."

기대와 다른 반응에 운을 뗀 대신이 잠시 멈칫했지만 이미 각자 역할을 맡은 터였다. 얼마나 공들인 계획인데 여기서 물러날 수는 없었다.

"왕이 덕이 있어야 신들께서도 돌보신다고 하지요. 그 역시 폐하의 덕이시지요."

"만약 가뭄이나 홍수가 들어 난리가 나면 그 역시 짐의 덕이 모자란 탓이 되겠구려."

"아…… 아니, 그것이 아니오라……."

더듬거리다가 완전히 말문이 막혀버린 귀족과 낭패한 표정으로 그를 응시하는 다른 귀족, 종실들을 천천히 훑으면서 태왕이 서늘하게 웃었다.

"다들 보아하니 짐에게 하고픈 말이 있는 것 같은데, 힘들게 빙빙 돌리지 말고 직접 고해보라."

냉랭한 눈초리를 보아하니 태왕은 이미 제 뒤에서 무슨 논의가 오갔는지, 그들이 무슨 주청을 올리려는지 다 간파한 듯싶었다.

오늘 일을 논의한 귀족들의 눈이 은밀하게 국상 명림죽리에게로 향했다. 여기서 모르는 척 물러나 다음을 기약해야 할지, 내친김에 그냥 밀어붙일지, 그 결정을 내려달라는 물음이었다.

그 무언의 대화를 지켜보는 태왕의 눈빛이 더더욱 한랭해졌다.

짧은 망설임을 마친 명림죽리는 허리를 깊이 숙이며 한 발 앞으로 나섰다.

"지혜로우신 폐하 앞에서 잔꾀를 쓰려 한 점을 용서하여주시옵소서. 하지만 사안이 워낙 민감하고 중대하여 가능한 한 부드럽게 주청을 드리고픈 소신들의 충심이었사옵니다."

말씨름을 해선 이 노회한 노인을 결코 이길 수 없지.

비소를 삼킨 태왕은 흥미로움을 가장하며 그를 지그시 응시했다.

"그래, 무슨 소리를 하고픈 것이오?"

"그것은…… 국혼이옵니다."

"국혼?"

이때다 싶은지 종실의 원로가 나섰다.

"폐하, 단 한시도 비워놓을 수 없는 것이 왕후의 자리입니다. 더구나 아직 왕자도 한 분 없지 않습니까. 이제는 새 왕후를 얻어 왕실을 튼튼하게 하여야지요. 폐하의 심기를 살피느라 아무 말 못 하고 있지만 태후께서도 근심이 크십니다. 부디 충성스런 간언을 가납하여주십시오."

본래 짰던 계획과는 조금 멀리 흐트러졌지만 어쨌든 비슷한 길로 왔다. 다들 목청을 높였다.

"국상의 말씀이 옳사옵니다."

"폐하, 부디 통촉하여주시옵소서."

태왕 거련의 미간에 미미하게 주름이 잡히고 입술은 팽팽하게 일자로 다물어졌다.

예상은 하던 바였다. 그래도 망자(亡者)에 대한 예우를 지켜 해는 넘겨주지 않을까 했던 기대가 어그러진 것이 유일한 계산 착오. 어차피 받아들여야 한다면 먼저 허를 찌르는 편이 나았다. 뭉그적거리다가는 꼼짝없이 저들의 세력을 강화시켜줄 여인을 왕후로 받아들여야 할 것이다.

판단을 마친 그는 우선 한발 물러서는 척을 해줬다.

"경들의 뜻이 정 그렇다면…… 받아들여야겠군."

"성은이 망극하옵니다."

다 되었다. 희희낙락. 벌린 입을 다물지 못하는 절노부 귀족들을 차갑게 응시하면서 태왕은 번개처럼 머리를 스친 묘안을 입에 담았다.

"짐에게 주청할 때에는 이미 각 부에서 일차로 염두에 둔 처자들이 있어서겠지? 이왕 그리하기로 결정을 내렸으니 서두르는 것이 좋겠다."

이건 또 무슨 소리인가?

갑작스러운 전개에 불길한 예감이 명림죽리를 포함한 절노부 귀족들의 등골을 훑고 내려갔다. 그리고 그 직감은 곧바로 맞아떨어졌다.

"왕후는 무겁고 어려운 자리다. 어린 처녀는 감당하기 힘들 것이다. 더구나 하루빨리 후사를 봐야 하는 문제도 있으니 올해 열여덟을 넘긴 처녀 중에서 간택하겠다. 다음 주까지 각 부에서 한 명씩 천거하면 태후 전하와 왕실에서 결정을 내릴 것이다."

이 명령은 명림 일가에는 청천벽력이었다.

태왕의 지적대로 각 부마다 간택에 올릴 처녀들을 대충 내정해놓고 있었지만 열여덟 살을 넘긴 다른 처녀로 대체하는 데 큰 무리가 없었다. 유일하게 명림가만 아니었다. 그들이 왕후로 올리려는 후보는 올해 열네 살이 된 명림죽리의 손녀였다. 딸이 귀한 명림가에서 하나뿐인 귀한 금지옥엽이지만 후보의 나이를 열여덟 살 이상으로 못 박은 이상 아예 내어놓을 수도 없었다.

바로 명림 일가를 겨냥한 조건이라는 걸 모두 알아챌 수 있었다.

잘하면 다른 가문에서 또 왕후가 나올 수도 있겠구나.

절노부의 위세에 밀려 들러리를 서야 한다고 믿었던 순노부와 소노부 귀족들의 얼굴에 화색이 돌았다. 과년한 딸이 있는 절노부 다른 성씨들의 눈빛도 은근해졌다.

느닷없이 촉발된 소리 없는 아귀다툼에 명림죽리는 어금니를 지그시 깨물었다.

자신이 던진 고깃덩이로 인해 옥좌 아래에서 벌어지는 치열한 암투를 고소를 머금은 채 느긋하게 바라보면서 태왕은 마지막 못을 쾅쾅 박았다.

"때가 때이니만큼 국혼은 간택을 마치고 곧바로 치르도록 하겠다."

각 부에서 열여덟 살이 넘도록 혼인하지 않은 처녀를 찾아 고르느라 분주한 가운데 명림가의 저택에는 침통한 침묵만이 감돌았다.

"허허. 폐하께서 이리 뒤통수를 때릴 줄이야."

강력한 정복 정책으로 군사력을 틀어잡고 귀족들을 누르던 영락태왕이 돌연 세상을 떠난 뒤 혼란스런 정국에서 국상인 명림가의 위엄과 세력은 다시 커졌다.

호쾌하고 사내다운 위엄이 넘치는 전왕과 달리 현 태왕 거련은 태자 때부터 조용하고 진중했다. 때문에 대신들은 그의 즉위 이후 그 압도적인 존재감과 위압감에서 벗어나 한숨 돌리고 있었다……라고 생각했다. 그것이 얼마나 오산이었는지.

깊은 물속처럼 많은 계책을 품고 있는 분이다. 지금 왕후를 우리 집안에서 들여 균형을 맞추지 않으면 전대 때처럼 힘이 태왕에게 압도적으로 기울 수 있다. 그래서는 안 된다.

복잡한 계산으로 머리가 터지려는 명림죽리 앞에서 아들들이 계속 우왕좌왕 떠들어뎄다.

"어쩌야 할까요? 고은이가 나이에 비해 많이 성숙하긴 하나 감히 왕실에 열여덟 살이라고 속일 수도 없고……."

"간택까지 기한이라도 넉넉하면 먼 친척들까지 수소문해 양녀로 들일 과년한 아이를 찾아보련만. 일주일이면 너무나 촉박합니다."

"허, 참. 다른 가문은 아들이 없어 고민이구먼, 어찌 우리 가문은 딸이 없어 난리인지."

"어디서 열여덟 살 먹은 아이를 만들어 내올 수도 없고, 이거 원."

도움이 되지 않는 시끄러운 잔소리에 머리가 지끈거리는지 죽리가 고함을 질렀다.

"다들 조용히 좀 하거라. 이렇게 떠들 시간이 있으면 사나흘이면 오갈 수 있는 곳의 친척들에게라도 파발을 돌려보든가."

딸을 두지 못한 죄인이 되어 다들 입을 꾹 다물고 앉아 있던 가운데 별안간 죽리의 장남 명림소규가 무릎을 탁 쳤다.

"그래! 해류가 지금 몇 살이지?"

"해류요?"

"아, 맞다! 해류가 있었구나!"

왁자지껄. 음침하던 분위기가 환해지고 목소리에도 흥이 실렸다.

"예전에 그 간택 때 아마…… 열셋이었지? 그래! 그러면 올해 열아홉. 이거야말로 맞춤이로구나!"

여섯 해 전, 태자비 간택에 올렸다가 떨어진 조카. 태자비 간택 후보로 오르기 전에는 얄밉궂고 되바라졌다고 구박했고 사당으로 쫓아낸 이후에는 아예 잊고 있었는데 그 존재가 보배처럼 그들 앞에 뚝 떨어졌다.

"아버님, 이제 되었습니다. 천신께서 정말 우리 가문을 돌보시는 듯합니다."

대화에 끼지 않던 죽리의 주름진 얼굴에도 함박웃음이 그득 맺혔다.

"그래. 해류가 있다는 걸 알았을 때 폐하의 표정이 어떨지…… 심히 궁금하구나."

매년 동맹 날이면 부여신 사당에선 유화부인의 신상을 모시고 국내성 동편 동굴에 가 수신(隧神)을 접신시켰다. 수신을 모셔와 태왕의 주관 아래 제사를 지내는 것은 사당에서 가장 중대하고 엄중한 행사였다.

　태왕과 귀족들 앞에서 조금이라도 실수가 있을까, 아니면 그 장대함이나 호화로움이 부족하다는 질책을 받지 않을까, 늦여름부터 모두 초긴장해서 내내 그 준비에만 몰두한 터라 큰 숙제를 무사히 마친 사당의 공기는 위아래 한정할 것 없이 느긋했다.

　그 한가로운 분위기는 명림죽리의 수레가 예고도 없이 들이닥치자 긴장으로 돌변했다. 태왕에 버금가는 권력자인 국상의 방문이라 수품신녀 보연이 달려 나왔다.

　"대신녀께서는 몸이 좋지 않으셔서 제가 나왔으니 부디 양해해주십시오."

　"허허, 아니오. 동맹 행사를 주관하느라 곤하실 터인데 연통도 없이 찾아온 결례는 이쪽이 범한 것을요."

　겸손한 국상의 대답에 보연이 잔잔한 미소를 지으며 그를 안내했다.

　"어서 객당으로 드시지요."

　"그럼 폐를 끼치겠습니다."

　그들이 객당에 자리를 잡자 보연의 심복인 신녀 하나가 곧 약초차를 끓여 왔다. 찻잔을 죽리에게 놓아주면서 보연이 눈짓을 하자 눈치 빠른 신녀는 문을 단단히 닫고 바깥에 섰다.

　주변이 확실히 비워진 것을 확인한 죽리가 품에서 묵직한 주머니를 꺼내어 탁자에 올려놨다.

　"약소하지만 감사의 의미로 신녀께 드리는 예물입니다. 정말 큰일을 해주셨습니다."

　일부러 단단히 조이지 않은 주머니 사이로 보이는 것은 번쩍이는 황금. 그 금보다 더 짙은 탐욕이 내리깐 가는 눈에 가득히 번쩍였지만 보연은 입에 발린 소리를 잊지 않았다.

"제가 무엇을 한 게 있다고요. 다 국상의 신묘한 계책에 따른 것뿐인 것을요."

"그래도 신녀께서 도와주시지 않았다면 연 씨를 쉽게 쳐내지는 못했을 것입니다. 가문의 대사를 모른 척 않고 신명을 다해 나서주신 신녀께 우리 절노부 모두가 깊이 감읍하고 있습니다."

"부여신께 의탁하고 있으나 저 역시 절노부의 일원입니다. 관노부 여인이 왕후 위를 차지하다니 어불성설이었지요. 이제야말로 제대로 된 왕후를 세워야지요."

신탁을 가장한 엄청난 음모를 꾸몄고, 그 일로 억울한 생목숨이 줄줄이 끊어졌음에도 둘 중 누구도 가책은 그림자도 비치지 않았다. 마주한 시선에는 치밀하게 짠 계략이 잘 들어맞아 성공적으로 정적을 제거했다는 만족감만이 가득했다.

훌륭한 조력자와 끈끈한 동지애를 다진 뒤 죽리는 가장 중요한 본론으로 들어갔다.

"그런데 갑자기 난관이 생겨서 다시 신녀님의 도움이 필요합니다."

"난관이요?"

"어제 폐하께 고해 새 왕후의 간택에 대한 윤허를 얻었습니다."

기다리던 희소식이라 보연도 반색했다.

"아! 다행입니다. 공연한 상심으로 국혼이 늦어질까 염려했는데 정말 잘되었습니다. 하면 이제 고은 아가씨가 간택에 나서겠군요."

"그것이…… 폐하께서 열여덟 살 이상의 과년한 처녀 중에서 택하되, 간택 날짜를 엿새 뒤로 정하셨습니다."

예상 밖의 전개에 보연의 미간이 미미하게 찌푸려 들었다.

"예? 고은 아가씨는 아직……."

"예. 고은이는 이제 열넷이지요. 그래서 그런 조건을 내세우셨을 겁니다."

보연이 안타까움을 토해냈다.

"하아, 고은 아가씨의 심려가 크겠군요. 왕후 자리에 더없이 어울리는 미모와 고고한 기품을 지닌 분인데……."

"어쩌겠습니까. 연이 따로 있는 것을요."

죽리가 길게 설명할 것도 없었다. 보연은 그 말을 듣자마자 그가 오늘 이곳을 찾아온 목적을 알아챘다.

"해류가 올해 열아홉이지요. 우리 부여신 사당에선 신녀가 속세로 돌아가는 것을 금지하지 않으니 본인이 본래 올라야 할 자리에 오르면 되겠습니다. 아아. 정말 다행입니다. 그때 여기로 보내신 것이 천신의 가호였군요. 아니면 왕후가 되어야 할 아이가 한낱 범부의 아낙이 되었을 것 아닙니까?"

기운 세고 성질만 급하지 머리 돌아가는 것은 느린 아들들과 달리 척하면 척 알아듣는 보연 신녀가 새삼스럽게 든든했다. 나른하게 고개를 끄덕이는 죽리의 입술이 길게 휘어졌다.

"예. 저도 천신의 가호라 믿습니다."

자신의 등 뒤에서 어떤 회오리바람이 몰려오고 있는지 전혀 모르는 해류는 느긋한 일상을 이용해 장부를 맞춰보느라 여념이 없었다.

"동시(東市)의 방물점은 반드시 선금을 받고 물건을 주도록 해야겠어."

"그러게. 장사가 안되는 것도 아닌데 지불을 차일피일 미루는 게 정말……. 더구나 한동안 잠잠하더니 셈을 치를 때 또 중원의 척을 가지고 자 속임을 하려는 거 있지. 내가 그 자리에서 딱 잡아내니 그때서야 자를 잘못 꺼내 왔네 어쩌네 하는데 말이야."

사란이 막 최근 속을 썩이는 거래처에 대한 불평을 마구 늘어놓으려는 찰나, 문밖이 떠들썩해졌다.

"해류는 얼른 나오너라."

외인의 출입이 엄격히 금지된 신녀들의 처소에 울리는 느닷없는 사내의 목소리에 해류와 사란의 눈이 동시에 동그래졌다.

누구지?

분명 귀에 익은 음성이었다. 정체를 가늠하는 그 짧은 머뭇거림도 아까운지 그 음성의 주인공은 감히 방문을 벌컥 열어젖혔다.

"아버님!"

습관이란 게 얼마나 무서운 것인지. 제가 명림두지의 자식이 아님을 알고, 그를 아버지로 여기지 않은 지 오래이건만 그를 보자 반사적으로 익숙한 호칭이 터져 나왔다.

"그래. 잘 지냈느냐? 네 어미를 닮아 참으로 곱게 잘 자랐구나."

전에 없는 훈훈한, 두지와 어울리지 않는 칭찬에 해류는 기가 막혔다.

두지를 마지막으로 봤던 것은 6년도 전이다. 남의 눈을 의식해 한두 번 챙겨주는 척이라도 할 법하건만, 그는 철저하게 해류를 무시해왔다. 그러다 느닷없이 나타나서 도대체 왜 이러는 것인가. 무슨 꿍꿍이인지 도무지 영문을 알 수 없었다. 이 위인이 죽을 날을 받아놓은 게 아닐까. 황당한 가운데 코웃음이 나왔다.

상황을 파악하려고 흘끗 주변을 살피는데 놀랍게도 방문 너머 신녀들의 처소 마당에 수품신녀 보연이 보였다. 그녀 같은 하급 신녀들은 얼굴은 고사하고 머리 뒤꼭지도 보기 힘든 수품신녀가 왜 두지와 함께 이 처소에 온 것인지? 최초의 경악이 사라지자 곧 의문이 그녀를 감쌌다.

실상은 남보다도 못하지만 세상의 눈으로 볼 때는 어쨌든 아버지였다. 아주 자연스럽게 장부책을 덮어 사란에게로 살짝 밀어놓으며 그녀는 다소곳이 일어나 두지를 맞았다.

"정말 오랜만에 뵙습니다. 아버님."

공손함을 가장하고 있으나 말에 뼈가 있었다. 거기에 가시까지 뾰족하게 세운 응대라는 걸 두지도 모를 리가 없었다. 목적한 바가 있기에 그는 자애롭고 다감한 아버지의 가면을 벗지 않았다.

"그래. 대모신의 가호 아래 잘 지내고 있었단 소식은 네 어미에게 늘 전해 듣고 있었다."

입에 침이나 바르고 거짓말을 하시지.

당장이라도 뱉어내고픈 독설을 꾹 누르며 해류도 신전에서 익힌 차갑고 다소곳한 가면을 쓰고 응수했다.

"예, 들으신 대로일 겁니다."

명백한 비꼼에 두지의 얇은 인내심이 바닥났다. 보연 신녀를 의식해 점잖게 진행하려던 계획을 버리고 단도직입적으로 목적을 밝혔다.

"이제 너도 과년하니 혼인을 해야 할 것 아니냐."

"예에?"

해류와 사란이 동시에 낮은 비명을 내질렀다.

"이곳은 대모신 유화부인을 모시는 신성한 사당입니다. 신을 모시는 신녀에게 무슨 망발이십니까."

"그래. 신을 모시는 것도 중요하지. 하지만 네겐 더 중요한 소명이 있으니, 환속을 해야겠다. 하니 서둘러 차비해라."

내가 물려받을 재산보다 더 나은 걸 얻을 정략혼 자리가 나타났나 보구나.

해류는 잽싸게 상황을 파악했다. 그녀의 의사는 하나도 고려되지 않고, 오로지 두지를 위해 팔려 가진 않을 것이다. 언젠가 사당을 떠나긴 하겠지만 결코 당신 가문을 위해서는 아니다. 속으로 강다짐하며 해류는 산산이 흩어졌던 침착함을 그러모았다.

"당치도 않습니다. 저는 이미 신께 의탁하고 평생 유화부인을 모시기로 서약한 몸입니다. 설로 숙부의 딸인 고은이 혼례를 올려도 될 나이가 되었으니 연을 맺어야 할 가문이 있다면 그 아이와 맺어주시는 게 순리일 것 같군요."

말보다 주먹이 앞서고, 머리 쓰는 일보다는 기운 쓰는 일을 열 배는 잘하는 두지였다. 권위나 완력으로 윽박지르는 건 몰라도 말로는 이전부터도 이미 어린 해류에게 당하지 못했었다. 지난 6년간 해류는 신전에서 감정을 감추고 절제하는 법을 배우고, 닳고 닳은 상인들과 대적해왔다. 이제 논리에서 두지는 그 상대가 될 수 없었다.

마지막 남은 인내심마저 사라졌는지 두지는 신녀들의 처소인 것도 잊고 버럭 고함을 쳤다.

"아비인 내가 너를 혼인시키겠다는데 무슨 잔소리가 이리 많은 것이야!"

"여섯 해 전 아버지의 명으로 신녀가 됐을 적에 평범한 여인의 길은 버렸습니다. 이대로 신을 모시고 살겠습니다."

퐁당퐁당. 끝이 나지 않을 것 같은 말씨름이 답답했는지 보연이 나섰다.

"신의 딸이기 이전에 네 부친의 자식인 것이 우선이고 천륜이다. 왕후가 되는 것이 너 자신과 가문을 위한 길이고 네게 주어진 큰 소명이니 어서 부친의 명을 따라라."

"왕……후?"

이미 간택에서 떨어진 그녀에게 다시 간택장에 나서라니. 전혀 예측하지 못한 상황이었다.

"왕후라고요? 무슨 소리입니까?"

그때야 고은이 너무 어려서 그랬다지만, 집안에서 애지중지 귀염을 받는 사촌 여동생이었다. 아리땁다고 칭송 자자한 그 금지옥엽을 제치고 그녀를 후보로 올린다는 게 납득이 가지 않았다.

그 사실을 지적하려고 했지만 보연의 조력에 기세를 되찾은 두지가 먼저 연유를 나불나불거렸다.

"태왕께서 열여덟 살 이상의 처녀 중에서만 왕후를 뽑겠다고 하셨다."

아하, 그랬구나. 그러면 그렇지.

그런 이유가 아니라면 두지를 비롯한 명림가에서 그녀를 환속시키려 할 리가 없었다. 새삼스럽게 실망할 이유도 없었다. 해류는 벽창호인 두지가 아니라 보연 신녀에게 제 의지를 표명했다.

"신녀로서 품위를 잃는 죄를 지어 그 직분을 박탈당하지 않는 한 본인의 의사에 반해 사당을 떠날 수는 없는 걸로 알고 있습니다. 저는 이 길을 계속 가겠습니다."

은은한 비웃음을 흘리며 두지에게 해결책까지 제시해줬다.

"방계의 방계까지 뒤져보면 과년한 처자 한둘쯤은 있을 것입니다. 양녀로 입적해 후보로 올리면 되겠지요."

지독하게 말을 듣지 않는 해류와, 보기 싫은 딸에게 찾아와 아쉬운 소리를 하게 만드는 태왕에 대한 분노를 동시에 담아 두지가 고함을 버럭 질렀다.

"누가 그걸 몰라서 그러는 줄 아느냐! 폐하께서 닷새 뒤 간택을 마무리하고, 곧바로 국혼을 거행한다고 하셨다. 닷새 안에 어디서 처녀를 구해 오란 말이냐!"

그러면 그렇지. 해류는 속으로 코웃음을 치면서도 천연덕스러운 표정을 유지했다.

"그것은 제가 관여할 바가 아니지요. 처첩을 여럿 두는 내력 덕분에 더없이 번성한 일가이니 금방 적당한 여아를 찾아낼 것입니다."

대놓고 비웃고 있다는 건 보연만 눈치챈 모양이었다. 해류의 완강한 태도에 짜증이 나는지 싸늘하게 눈을 흘기는가 싶더니 보연은 곧 냉정을 되찾았다.

"해류야, 넌 절노부의 일원이라는 걸 잊었느냐? 이번에는 반드시 우리 부에서 왕후가 나와야 한다."

"신녀님, 신을 모시는 자는 다 버려야 한다고 배웠습니다. 속세의 연은 다 끊으라 엄히 경계하시던 신녀님께서 그리 말씀하시니 저는 몹시 혼란스럽습니다."

말이 그렇다는 것이지, 해류를 포함해 신전에 속한 대다수가 속세와 아주 질긴 줄을 겹겹이 이어놓고 살고 있었다.

명목상이고 허울만 남았다고 해도 신법은 신법이었다. 해류의 딱 부러지는 논리에 수품신녀라는 직책에 묶인 보연은 입을 다물 수밖에 없었다.

왕후가 된다는 소리에 예전처럼 잔뜩 들떠 희희낙락하는 해류를 금방 데리고 돌아갈 거라고 생각했던 두지는 예상과 다르게 돌아가는 형세에 짜증이 머리끝까지 치밀어 올랐다. 성질대로라면 사당으로 가겠다는 약속을 받던 그날처럼 흠씬 두드려 패주면 딱 좋으련만, 지금은 보는 눈이 너무도 많았다.

불끈 솟는 울화통을 꾹꾹 눌러 참으며 그는 우선 보연 신녀에게 양해를 구했다.

"신녀님, 해류와 함께 얘기를 좀 나누고 싶으니 주변을 물려주실 수 있으실지요?"

사당의 일이 아니니 권위도 통하지 않고, 해류를 논리로 설득시키는 건 자신으론 역부족이라 판단을 내린 보연은 흔쾌히 응낙했다.

"그러시지요. 자, 해류가 부친과 사담을 나눌 수 있도록 자리를 비켜드리자꾸나. 사란이 너도 나오너라."

해류가 신전에 올 때 무지막지한 부친에게 어떤 겁박을 당했는지 잘 알던 터라, 사란은 어떻게든 도움을 주고파 뭉그적거리며 버텨보려고 했지만 수품신녀의 지시를 무시할 순 없었다. 동정심과 염려를 가득 담은 시선을 해류에게 던지고선 일어섰다.

주변의 이목이 사라지자 두지는 거침없이 본색을 드러냈다. 수염을 쓰다듬으며 그는 빈정거렸다.

"네가 신녀가 되겠다고 내 앞에서 싹싹 빌며 약속하던 날을 벌써 잊은 것이냐? 여섯 해가 길긴 했지."

"그날의 일은 제가 죽을 때까지 잊을 수가 없지요."

분명 위협하려고 했건만, 기가 죽어 마땅한 해류의 빳빳함에 그의 주먹이 불끈 쥐어졌다. 그걸 빤히 보면서 해류가 차갑게 현실을 지적했다.

"만일 제가 간택에 나서 왕후가 된다면 초야에 온몸에 든 멍과 상처를 어떻게 설명할까요? 자초지종을 들어보니 태왕께선 절노부에서 왕후를 얻고 싶지 않으신 듯한데, 흠결이 있는 처녀를 고귀한 자리에 올려 태왕을 능멸했다는 이유로 가문 전체가 대죄를 받을 수도 있겠네요."

어깨 위로 올라가던 두지의 팔이 그대로 굳었다. 말마따나 때려서 멍이라도 들었다간 태왕의 눈에 띄어 사달이 날 수도 있었다. 신체적인 겁박이나 폭력으로는 불가능하단 판단이 서자 그제야 머리가 돌아갔다.

"네가 왕후가 되지 않으면 네 어미가 무사치 못할 것이다."

"무슨 잘못으로요? 죄없이 사람을 상하게 하면 엄벌을 받는다는 걸 잊으셨습니까? 그때는 어리고 힘이 없어 당했지만 지금은 다릅니다. 만에 하나 어머니께 해를 끼친다면 국법에 호소하겠습니다."

해류의 반발을 예상했던지 두지는 소름이 끼칠 만큼 악의 가득한 시선으로 그녀를 노려보며 이를 갈듯 위협을 내뱉었다.

"내가 굳이 나설 필요가 없지. 사통은 네가 그리 좋아하는 국법으로도 처벌되는 것이니."

"정신이 나가셨어요? 어머니가 사통이라니요! 증거라도 있습니까?"

사냥감의 숨통을 단숨에 끊을 수 있는 가장 커다란 무기를 그가 휘둘렀다.

"네가 바로 그 증거이다. 넌 내 딸이 아니다."

충격이 해류를 강타했다. 하지만 그것은 두지가 기대한 것과 성분이 다른 놀라움이었다. 그녀를 경악시킨 것은 두지가 그 사실을 알면서도 지금까지 용케 감추고 있었다는 부분이었다.

결코 진중하다거나 신의가 깊다고 할 수 없는 두지였다. 이날까지 그의 입을 막아준 건 어머니가 물려받은 재산과 신묘한 자수와 길쌈 재주 때문이라고 해류는 짐작했다. 재산이 축날 걱정이 없거나 여진이 축재에 도움이 되지 않았다면 없는 누명이라도 씌워 쫓아내거나 죽였을 터. 그의 탐욕이 얼마나 지독한지 새삼 오싹해졌다.

기대보다 훨씬 약한 반응에 두지는 기분이 팍 상했다. 어지간히 독하고 모진 것이라고 속으로 욕을 중얼거리며 해류가 이미 알고 있는 사실을 그의 시각에서 풀어냈다.

"네 어미는 다른 사내와 사통해 이미 너를 가진 상태에서 모두를 감쪽같이 속이고 나와 혼인했다. 모두 네가 칠삭둥이인 줄 알고 있지만 넌 달수를 제대로 채워서 태어났다."

다른 사내의 아이를 가진 걸 알면서 막대한 재산을 탐내어 감언이설로 처가를 속이고, 그를 거부하는 어머니와 혼인했으면서. 마치 속아서 그녀를 억지로 떠맡은 양 호도하는 가증스러움에 구토가 치밀었다.

밝혀지면 그에게도 치명적인 추문이었다. 지난 세월 꼭꼭 감춰놓고 있었을 비밀을 지금 이 순간에 꺼내놓는 게 이해가 되지 않았다.

"이미 스무 해 가까이 흐른 일입니다. 새삼스럽게 들춰서 당신께 무슨 이득이 있습니까?"

이쯤 되어서야 두지는 해류가 그를 아버지라고 부르지도 않는 걸 감지한 듯했다. 차분하기 그지없는 반응을 보건대 해류가 진즉부터 그 사실을 알고 있었다는 걸 깨달았는지 두지의 얼굴이 험상궂게 일그러졌다.

"이득이 없을 건 또 무엇이냐? 사통한 것을 이제서야 알게 됐다고 하면 그만인 것을. 감히 명림가에 다른 씨를 들인 여인을 쫓아낸다고 한들 누가 뭐라고 할 것이며…… 국법으로 따지자면 화형이지."

"사통으로 낳은, 누구의 씨인지도 모르는 여식이 왕후가 될 수 있을 것 같습니까?"

"당연히 될 수 없지. 그러니 네가 왕후가 되면 이 비밀은 하늘 아래 절대 드러나지 않을 것이다."

그럴 것이었다. 두지는 고추대가, 왕의 장인이라는 자신의 영광스러운 위치가 위태로워지는 걸 원치 않을 테니까. 비밀을 알아챈 누군가가 어리석게도 그걸 세상에 드러나게 하려 시도하면 철저하게 부인하고 묻어버릴 거였다. 본인의 이익을 지키는 데는 철두철미한 그이니 그건 확실했다.

그녀 혼자만이라면 얼마든지 버텨낼 자신이 있었다. 하지만 어머니는 달랐다. 알몸으로 쫓겨나 간부(奸婦)라는 오명을 뒤집어쓰고 험한 세상의 돌팔매를 맞게 할 수 없었다. 욕심에 눈이 뒤집힌 두지라면 고추대가의 꿈을 무산시킨 해류에게 복수하기 위해서 어머니를 직접 해칠 수도 있었다.

거의 다 빠져나갔다고 믿은 올가미에 다시 묶였다는 사실을 해류는 쓰게 인정했다. 다 지고 철저하게 망한 거래라도 한 가지는 건져야 했다. 해류는 승리를 확신하며 희희낙락하고 있는 두지를 똑바로 마주 봤다.

"간택에 참여하겠습니다."

"이제야 정신을 좀 차렸구나."

"대신 조건이 있습니다."

"뭐?"

곱게 숙이고 벌벌 기어도 모자라건만 이 무슨 망발이냐고 눈을 희번덕거리는 그에게서 호통이 터져 나오기 전, 해류가 선수를 쳤다.

"간택에 나가 태왕과 태후의 눈에 들도록 최선을 다하겠습니다. 하지만 간택 조건을 볼 때 명림가는 가능한 한 배제하려는 것이 태왕 폐하의 의중이시지요. 이번에도 다른 부의 처녀가 선택될 수 있습니다. 그때엔 저는 다시 사당으로 돌아오고 어머니의 일은 평생 덮겠다고 지금 이 자리에서 천신께 맹세하세요."

분명 칼자루는 이쪽이 쥐고 있는데 형국은 자신이 밀리는 것 같아 영 마음에 들지 않았다. 그렇지만 해류의 말은 틀린 게 없었다. 해류가 왕후가 되는 게 최선이지만 혹여 떨어진다면 신녀로 돌아오는 게 확실히 더 나았다. 여진의 과거 역시 드러나면 그에게 망신인 것도 사실. 처단하면 당장은 시원하겠지만 여진의 재주가 그에게 벌어주고 있는 재물도 아까웠다. 여러모로 손해날 게 없다는 계산이 선 두지가 고개를 끄덕였다.

"왕후에 다른 처녀가 낙점되면 넌 사당으로 돌려보내고 네 어미의 일은 절대 발설하지 않겠다. 천신께 맹세한다."

동시에 위협도 잊지 않았다.

"만에 하나 간택에서 떨어지려 잔꾀를 부린다거나 여섯 해 전처럼 경거망동해 왕실 어른들의 눈 밖에 나면 이 맹세는 무효이다."

"그건 염려 마세요. 어느 부의 처녀도 감히 따라올 수 없을 정도로 다소곳하고 순종적으로 행동해드리지요."

빈정거림이 잔뜩 섞인 대답이 마음에 썩 들지는 않았지만 그는 그쯤에서 만족했다. 어미의 생사가 달린 일인데 허투루 하지는 않을 것이다.

나름의 깜냥을 갈무리한 그는 얼른 방을 나왔다. 날듯이 달려 신녀들의 처소와 밖을 가르는 문을 활짝 열었다. 체통도 버리고 담장 문 앞에서 초조하게 서 있던 보연 신녀가 화들짝 놀라며 물러섰다.

"보연 신녀님, 간택 전에 준비할 것도 많으니 바로 해류를 데리고 떠났으면 합니다."

어떤 방법을 썼는지 모르겠으나 해류가 뜻을 꺾었다는 소리였다. 그녀는 만면에 희색을 감추지 않았다.

"물론입니다. 어제 대신녀님께 해류의 환속 건을 말씀드려놓았으니 하직인사를 고한 뒤 가시지요. 귀한 자리에 오를 것이니 형식적이더라도 절차는 다 지키는 것이 뒷말도 적고 모양새가 좋을 것입니다."

오가는 대화를 들어보니 이미 손발을 다 맞춰놓은 게 확연히 보였다.

정작 신심 깊고 신력이 높은 신녀들보다 보연처럼 권세가를 등에 업거나 밀착한 신녀들이 오히려 득세하는 것은 암암리에 다들 알고 있었다. 소문으로만 들었던 광경을 직접 목격하니 얼마 남지 않은 신에 대한 경외감이며 최소한의 존경심마저 다 쓸려갔다.

천기를 읽으며 신과 소통하는 신성하고 고귀한 분들이라고 떠받드는 이 수품신녀가 얼마나 신성과 거리가 먼 존재인지 알게 된다면, 과연 백성들은 어떻게 반응할까? 저야 곁에서 그 추한 진면목을 목격했기에 진상을 아는 것이지, 아마 다른 이들은 바로 눈앞에서 이 광경을 지켜보아도 진실을 달리 해석할 거였다.

보연에 대한 혐오를 꾹 눌러 삼키며 해류는 약속한 대로 순순히 두지와 보연의 뒤를 따랐다.

하급 신녀들의 처소까지는 보연의 묵인 아래 난입하는 만행을 저지를 수 있었지만 고위 신녀들의 공간은 달랐다. 아무렇지도 않게 열린 문으로 발을 들이려는 두지를 보연이 단호하게 막았다.

"이곳은 외인의 출입이 엄히 금지된 곳입니다. 나리께서는 객당에서 기다려주십시오."

해류를 눈 밖에 두는 게 불안하고 못마땅한 기색이 곧바로 드러났다. 하지만 상대는 대신녀 혜와였다. 지금은 노환으로 앓아눕는 일이 잦지만 젊은 시절부터 보여준 그녀의 엄청난 신력은 고구려인들에겐 경이였다. 신력과 별개로 그녀는 왕족이기도 했다. 아무리 막무가내 천둥벌거숭이인 두지라도 모두에게 우러름받는 대신녀의 공간에 뛰어드는 모욕을 저지를 정도로 모자라진 않았다. 그는 순순히 발걸음을 멈췄다.

"그럼 저는 여기서 기다리지요. 부디 서둘러주십시오."

대신녀의 공간은 신에게 올리는 향냄새로도 지우지 못한 진한 탕약의 향기가 문밖까지 가득 배어나고 있었다.

"대신녀님, 보연입니다. 환속을 청한 해류를 데리고 왔습니다."

누워 있다 일어나는지 안에서 움직이는 기척이 나더니 곧 희미한 음성이 새어나왔다.

"들어오너라."

대신녀는 쪽구들에 놓은 침상에 앉아 있었다. 그녀의 손짓에 따라 앞에 놓인 평상에 해류와 보연이 무릎을 꿇고 앉았다.

"네가 해류로구나."

먼발치에서 보던 대신녀는 꼿꼿하니 위엄은 있지만 병약하고 왜소한 노인이었다. 처음으로 가까이 마주한 그녀에겐 범접하기 힘든 예기가 넘쳐흘렀다. 항상 거만하니 누구 앞에서도 기세가 눌리는 법이 없던 보연마저도 대신녀를 제대로 쳐다보지 못했다. 공손하게 무릎을 꿇고 고개를 숙였다.

지은 죄가 많으니 똑바로 쳐다보기 힘들겠지.

고소(苦笑)가 절로 떠올랐다. 보연을 흉내 내어 더할 나위 없이 다소곳한 자세를 하고 있는데 대신녀가 뜻밖의 명을 내렸다.

"해류야, 고개를 좀 들어보렴."

그 지시는 보연에게도 의외였는지 움찔 놀라는 기색이었다.

해류는 시키는 대로 담담히 눈을 들어 대신녀를 마주 봤다.

주름진 눈 사이로 비치는 맑은 안광은 영혼의 바닥까지 다 들여다보이는 느낌. 해류는 자신이 다 비치는 투명한 못이 된 거 같았다. 완력이라면 몰라도 기세에서 위축감을 느껴본 적은 거의 없었다. 태어나 처음으로 눈을 피하고 싶단 욕구가 강하게 밀려왔다.

천신의 눈으로 보면 불경죄를 비롯해 수많은 죄를 짓긴 했어도 부끄럽게 살지는 않았다. 그 자신감과 알지 못할 오기에 해류는 신력에 굴복하고픈 유혹을 끝끝내 이겨냈다.

지그시 해류를 응시하던 대신녀의 눈에 희미한 찬탄이 떠올랐다.

"폐왕후가 돌아가셨을 때부터 목성이 국내성 동편으로 크게 범하더니…… 이곳에서 왕후가 나올 거라고 알려주는 징조였구나."

목성의 의미는 왕후. 보연이 숨을 들이켰다. 놀라 얼른 입을 가리긴 했지만 온몸에서 넘쳐흐르는 기쁨까지 가리는 건 역부족이었다. 하늘의 문을 열어 천기를 읽는 대신녀 혜와의 말이라면 그것은 틀림없는 사실이었다. 이 소식을 얼른 두지에게 알려주고 싶어 입이 근질거렸다.

대신녀는 마음이 바빠 엉덩이가 들썩이는 보연의 심정은 아랑곳 않았다. 한참을 그대로 해류를 응시하다가 한마디 한마디 새기듯이 천천히 이었다.

"그런데 얘야, 목성이 범한 날부터 거해궁(巨蟹宮)[14]의 적시기(積尸氣)[15] 역시 크게 빛나고 있으니 이를 어찌 해석해야 할꼬?"

이번엔 다른 이유로 보연이 숨 막히는 소리를 냈다.

적시기는 떼죽음의 예언. 수많은 죽음을 부르는 흉란의 징조였다. 무덤에 벽화를 그릴 때조차도 빼버리는 가장 불길한 별자리였다.

고위 신녀들처럼 별을 보며 천기를 읽는 법은 배우지 못했지만 그것이 입에 담기 두려울 정도로 흉한 별이란 것 정도는 해류도 알고 있었다. 해류뿐 아니라 고구려 사람이라면 일자무식의 무지렁이조차도 알았다.

가장 기함하며 놀라야 하는데 오히려 담담해졌다. 내키지 않는 간택 자리에 억지로 끌려 나가야 하는 그녀와 원치 않는 여인을 왕후로 뽑으라고 강요당하는 태왕의 결합이니 어쩌면 당연하겠지.

하늘을 보며 천기를 읽는 건 그저 시늉으로, 어리석은 백성을 속이는 혹세무민인 줄 알았다. 적당히 갖다 붙인 허황된 소리는 아닌 모양이라는 씁쓸한 감흥만이 그녀를 감쌌다.

"그것이 하늘의 뜻이라면 따라야겠지요."

입으로는 곱게 순응하나 눈은 아니었다. 반항기 가득한 눈빛은 완전히 다른 뜻을 담고 있었다.

내게 불리한 운명이라면 절대 순순히 따르지는 않을 것이다. 원치 않는 길을 가는 것도 모자라 비참하게 생을 마감한 연씨 왕후의 전철을 밟지는 않을 것이다.

공손한 어투 가운데 그녀는 독하게 각오했다.

놀랄 정도로 담담한 해류를 바라보는 대신녀의 주름진 눈이 초승달처럼 둥글게 휘어졌다. 해류의 눈에 담긴 결단에 대답하듯 조금 전과 다른 소리를 중얼거렸다. 그 음성엔 착각인가 싶을 정도로 상냥한 격려가 담겨 있었다.

---

14 귀신 별자리. 귀신이 탄 가마, 상여를 가리킨다. 여귀, 귀수라고도 부른다.
15 거해궁 안에 있는 뿌연 기운. 시체가 쌓여 있는 기운이란 뜻으로 사망, 상례, 제사를 의미.

"천기란 수시로 변하는 것이고, 또 하늘이 보여주는 뜻을 인간이 가늠하는 것은 한계가 있는 법이긴 하다."

"맞습니다, 대신녀님."

해류가 왕후가 될 거라는 첫 번째 예언에 희희낙락하던 것은 싹 잊은 듯 보연이 불경스러울 정도로 열렬하게 맞장구를 쳤다.

대신녀는 보연을 무시하며 해류에게 꽂은 시선을 거두지 않았다.

"신녀가 된 것도 고구려의 왕후라는 네 운명으로 가기 위한 안배였던 것 같다. 자리가 사람을 만들기도 하지만 때론 그 자리를 위해 태어나는 사람도 있는 법이지. 하늘의 뜻도 거스르겠다는 네 의지가 참 가상하긴 하다만……"

이번엔 보연 대신 해류가 숨을 삼켜야 했다. 아니, 숨이 막힐 뻔했다는 표현이 더 적절했다. 정말 천리안이라도 있는 것인지. 어떻게 속내를 파악했을까. 새삼스럽게 두려움이 밀려왔다.

기력이 떨어지는지 밭은 숨을 몰아쉬면서 대신녀는 하려던 당부를 마무리했다.

"그래. 너라면…… 어쩌면 넌 정말 원하면 하늘의 뜻마저도 바꿀 수 있을 것이다. 하지만 본디 타고난 운명을 거부하지 않고 순리를 따르는 게 대체로 편한 법이란다. 너뿐 아니라 모두에게 말이다. 천명이란 게 꼭 반드시 따라야 하는 건 아니지만…… 얘야, 너무 험난한 길을 가려고 하지는 말거라."

되기 싫은 왕후가 되는 것도 모자라서 곱게 앉아서 죽으란 소리입니까.

꼭 하고픈 그 항변은 끝내 하지 못했다. 더 말하기도 힘겨운 듯 물러가라는 맥없는 손짓에 보연에게 끌려 나와야 했다.

대신녀가 읽은 천기는 길흉이 극명하게 얽혀 있었기에 여러 가지 의미로 해석될 수 있는 알쏭달쏭한 예언이긴 했다. 그래도 최고의 영광과 가장 비참한 최후를 함께 예고해놨다는 것은 분명한 사실. 그런데도 운명을 따르라는 대신녀의 충고에 기가 막혔다.

보연은 듣고 싶지 않은 내용은 깔끔하게 지우기로 결심한 듯했다. 신녀로서 감히 입에 담기 힘든 소리까지 하면서 해류를 격려했다.

"요즘 대신녀님께서 기력이 쇠잔하셔서 천기를 읽는 능력이 예전 같지 않으시다. 내가 어제 산가지로 뽑은 점괘에서도 넌 왕후가 될 거라고 나왔으니 불길한 소리는 잊고 최선을 다해 간택에 임하도록 해라."

그것도 모자란지 입구에서 초조하게 기다리는 두지에게 희소식을 전했다.

"대신녀님께서 해류에게 왕후의 운명을 타고났다고 하셨습니다."

두지의 입이 크게 벌어졌다. 좋아서 어쩔 줄을 모르는 게 목소리에 뚝뚝 묻어났다.

"예에? 그것이 참말입니까?"

"이 중대한 사안에 어찌 거짓을 고하겠습니까. 그리고 폐왕후가 죄를 받아 죽은 이후 목성이 계속 국내성 동편으로 범했었다는 말씀도 하셨지요, 우리 사당이 있는 곳이 바로 국내성 동편이니 해류가 왕후가 되는 것은 하늘의 뜻입니다."

제게 이득이 되는 일에는 팽팽 돌아가는 두지의 잔머리가 곧바로 빛을 발했다.

"이런 상서로운 징조를 우리만 알고 있어서는 아니 되지 않겠습니까? 고등신 사당 일자[16]들의 우두머리인 여리지에게도 연통을 보내면 어떨까요?"

보연도 그 뜻을 곧바로 알아들었다.

"천신의 뜻을 만방에 고하는 것은 바로 저희의 소임이지요."

이심전심. 긴말이 오가지 않아도 삽시간에 계획은 완성되었다.

하나는 북 치고 하나는 장구 치고. 아주 손발이 척척 맞는구나. 해류의 얼굴에 쓴웃음이 떠올랐다. 두지야 이미 바닥까지 봤으니 새삼스레 실망할 것도 없었지만 보연 신녀의 진면목은 갈수록 기가 막혔다.

외인들이나 하급 신녀들 앞에선 고고하고 성스러운 자태만 보여주던 수품신녀였다. 신력은 미약하지만 권세가와 선을 대는 수완이 만만치 않다는 소문을 들었지만 이 정도일 줄은 미처 몰랐다.

이제는 눈치 볼 이유도 없어 해류는 대놓고 코웃음을 쳤다. 두지나 보연 신녀 둘 다 눈치가 없는 사람이 아닌 터. 해류의 시건방진 태도에 마뜩잖은 티가 팍팍 났다.

---

16 해, 달, 별 등 천문관측과 기록, 절기 계산을 하는 관리

그렇지만 사소한 일에 연연하다가 해류가 수틀려 어깃장을 놓으면 손해다 싶은지 굳이 트집 잡지 않았다.

두지는 좋은 소식과 해류를 함께 갖고 싱글벙글, 수레를 재촉해 귀가했고, 보연도 지체 없이 움직였다. 어찌나 기민하게 행동했던지, 두지가 희소식을 집안과 부친에게 전할 즈음엔 대신녀가 명림가의 딸 해류에게 왕후가 될 거라는 신탁을 내렸다는 소식이 사당 바깥으로 퍼져나가기 시작했다.

그들의 기대대로 태왕 거련이 공포한 간택의 날이 다가올 즈음에는 국내성과 그 일대 백성들은 하늘의 뜻을 받은 새 왕후의 일을 떠들었다. 왕실 역시 대신녀 혜와의 신탁을 받은 처녀가 누군지 관심이 집중되고 있었다.

6년 전 그때처럼 왕후 자리는 명림가의 해류가 떼어놓은 당상으로 보였다. 오히려 그때보다 더한 기대감과 자신감이 명림가에 넘쳐흘렀다. 아무리 태왕의 뜻이 다른 곳에 있다고 해도 하늘의 뜻을 거역할 수는 없는 법. 그렇지만 신탁의 주인공인 해류는 대신녀의 예언이 틀리기를 고대하며 예장을 차리고 있었다.

여섯 해 전, 아직 아이 티도 채 벗지 않은 해류의 치장을 준비해주며 염려와 동정을 감추지 못했던 수모와 치장어미들은 이번엔 진심을 담은 칭찬을 하느라 입에 침이 말랐다.

"어쩌면 이리도 고고한 기품이 넘치시는지요."

"청순하면서도 농염한 매혹이 가득 흐르시는 것이 태왕 폐하께서 한눈에 사로잡히시겠습니다."

잘 닦은 동경에 비치는 모습은 낯설었다.

사당에는 신당의 신물(神物)을 제외하고 아예 거울이 없었다. 덕분에 그녀가 기억하는 자신의 얼굴은 열세 살, 간택을 준비하던 날에 멈춰 있었다.

어울리지 않는 진한 화장과 온갖 패물, 호화찬란한 의장으로 어른 흉내를 낸 아이. 과한 치장에 귀여움마저도 지워졌던 그 어색한 모습은 간데없었다. 오히려 그때보다 장신구도 의복도 훨씬 절제했지만…… 또렷한 이목구비에 진하고 긴 눈매를 가진 거울 속 여인은 은은한 화장만 했음에도 더없이 도도하고 화려했다. 짙고 긴 속눈썹에 가린, 살짝 눈꼬리가 올라간 눈은 유혹적이면서 요요하다는 표현이 어울렸다.

세월이 흘러도 변하지 않은 건 흑수정처럼 까맣게 빛나는 눈동자뿐이었다. 아무리 수줍고 고아한 척하려고 해도 당당하고 도전적인 눈빛은 지울 수가 없었다.

그때 나는 공작새의 깃털을 모아 꽂은 볼품없는 참새의 형상이었겠구나.

과거의 자신을 연민하며 해류가 일어서자 주변의 여인들이 찬탄과 부러움의 한숨을 삼켰다.

"참으로…… 잘 어울리십니다."

"이렇게 선명한 색의 색동 주름치마는 자칫하면 옷만 살고 사람은 칙칙하게 보이는 경우가 다반사인데 정말 맞춤이십니다. 명림가의 핏줄답게 키도 훤칠하시고 신색이 미려하시니 호사스러움에 위엄이 더해져 절로 고개가 숙여지네요. 정말 대신녀님의 말씀대로 타고난 왕후의 재목이신 모양이어요."

자그마하고 가녀린 어머니 여진과 달리 해류는 여느 여인들보다 반 뼘 정도는 키가 컸다. 어머니가 절대 가르쳐주지 않아 출신도 이름도 모르는 생부. 그도 아마 두지처럼 기골이 장대했을 것이다. 때문에 왜소한 여인이 입었다면 너무 화려해 우스꽝스럽게 보일 수도 있는, 칠합선군(七合旋裙)[17]으로 한껏 부풀린 보색의 색동 주름치마며 수놓은 금빛 가선, 현란한 불꽃무늬를 찍고 장식 단추를 단 적황색 비단 포가 전혀 어색하지 않았다.

그렇지만 당시엔 반짝거리던 기대감은 간 데가 없고 지금 심경은 딱 도살장에 끌려가는 소의 형국. 보연이 의도적으로 빼놓은 적시기라는 그 떼죽음의 예언이 그녀를 짓눌렀다.

예전과 똑같은 것을 하나 더 꼽자면 딸을 안타깝게 바라보는 어머니의 아픈 시선이었다. 당시엔 몰랐던 저 촉촉한 눈시울의 의미를 그녀도 이제는 알 수 있었다.

그때나 지금이나 무력한 것은 똑같았다. 조금은 더 힘이 생기고 영리해졌다고

---

17 7단 예복용 속치마. 의장에 따라 3단, 5단, 7단으로 대었다.

믿었는데 고스란히 제자리. 목구멍이 뜨거워졌다. 아무리 억눌러도 계속 치밀어 오르는 슬픔과 분노를 지그시 누르며 해류는 이제 들뜬 아이가 아니라 어른의 눈으로 어머니를 위로했다.

"잘할 것입니다. 그리고 태왕의 뜻이 강력하시니 희소식을 들을 수도 있고요."

둘러싼 다른 여인들은 결코 이해할 수 없는, 두 모녀에게만 반가운 소식. 간절한 염원을 담은 그런한 시선이 애틋하게 얽혔다.

"네 말이 맞다. 네게 가장 이로운 결과가 나오도록 천신께 계속 기도하고 기다릴 것이야."

"예. 어머니. 바라는 소식이 들리길 기도해주세요."

선대 태왕인 영락태왕이 있던 자리에 젊은 건흥태왕 거련이 앉은 걸 제외하고는 간택 절차는 6년 전과 거의 똑같았다. 후보에 오른 각 부의 처녀들을 지켜보는 왕실의 어른들도 태후도 거의 변함이 없었다. 살짝 스치듯 훔쳐본 태후는 세월의 흐름을 비껴간 듯 여전히 젊고 아름다웠다.

소녀의 새하얗고 풋풋한 여심을 사정없이 뒤흔들고 붉은 물을 들여놓았던 젊은 태자는 늠름한 어른이 되어 있었다.

보통 기억은 윤색되어 실제보다 아름다운 거라고, 그래서 태자가 그리도 빛이 났다고 생각했었다. 그런데 실제의 그는 타고난 기품에다 6년 전에 모자랐던 추상 같은 위엄과 권위까지 더해져 그야말로 광휘가 감돌았다. 그와는 절대 맺어져선 안 된다고 믿음에도 황당하게 가슴이 살짝 뛰었다.

어리석은 것 같으니라고.

속으로 스스로를 쥐어박으며 해류는 고개를 숙였다. 이 잠시 잠깐의 흔들림이 착각이고, 다시 한번 고개를 들어 태왕을 보면 눈에 씐 콩깍지가 떨어질 거라고 믿고 싶었다. 천성인 호기심이 자꾸 치솟았지만 약속은 약속이었다. 도끼눈을 뜨고 지켜보는 조부 명림죽리를 비롯한 절노부의 어른들에게 뒷소리가 나올 행동은 절대 하지 않기로 작심한 터였다. 해류는 하급 신녀에게 요구되던 몸가짐 그대로 조신하고 다소곳한 자세를 유지했다.

대신녀 혜와와 일자감 여리지의 예언은 이미 왕실에도 들어왔다. 종친들의 관심은 당연히 해류에게로 집중되어 있었다. 과거 간택 때 어린 소녀임에도 상당히 담대하고 겁 없던 모습을 기억하던 태후는 사람이 바뀐 듯 눈에 띄게 조신한 해류를 보며 태왕에게 속삭였다.

"참으로 고아하고 아리따운 자태이지 않습니까? 그때는 너무 어려서 솔직히 볼품이 좀 모자랐었는데 이제는 활짝 피어나는 꽃봉오리 같습니다."

"이름을 따르는 모양이지요."

태왕의 시큰둥한 대꾸에 잠시 멍했던 태후는 곧 손으로 입술을 가리며 작게 호호 웃었다.

"그러고 보니 해류란 이름은 바다석류 꽃이란 의미더군요. 바다석류는 이름만 들었지 꽃은 본 적이 없는데 갑자기 궁금해집니다."

"따뜻한 남쪽 바닷가에서 자라는 꽃이라 들었습니다. 나중에 남쪽으로 순행을 할 때 모후를 모셔서 구경시켜드리겠습니다."

"호호. 폐하 덕분에 제가 좋은 구경을 하게 생겼습니다."

기뻐하며 치하하던 태후는 자신들에게 집중된 시선에 이 자리의 목적을 떠올린 듯 다른 처녀들도 찬찬히 관찰하는 척했다. 자리에 참석한 종친들 역시 점잖은 시선으로 단자와 규수들을 번갈아 보면서 또 태왕의 눈치를 살폈다.

태왕의 옥안엔 심기를 알아챌 수 있는 아무런 표시도 없었다. 만족감은 물론이고 흔한 불쾌감조차 없었다. 그렇다고 무관심한 심드렁함이나 지루함이 보이는 것도 아니었다. 무표정도 표정이라면 바로 딱 그의 지금 모습. 오뚝한 콧날부터 반듯한 턱선까지, 깎아놓은 조각상처럼 단정하지만 관찰의 대상자인 처녀들의 오금이 저릴 정도로 그 안에 서슬 퍼런 날이 서 있음을 안목 있는 이는 알아챌 수 있었다.

그는 당장이라도 자리를 박차고 일어나고 싶을 정도로 몹시 불쾌했다. 왕이라는 이유로 마음에 들지 않는 여인 중 무조건 하나를 골라야 하는 종마가 된 듯한 기분이었다. 선택권이라도 있으면 조금은 위로가 되었겠지만 자승자박한 꼴. 완전히 잊고 있었던, 여섯 해 전의 그 맹랑한 소녀가 다 자란 처녀가 되어 그의 앞에 들이밀어져 있었다.

그때엔 강력한 부왕의 힘으로 겨우 물리칠 수 있었던 명림가의 권세에 이제 신탁이라는 엄청난 뒷배까지 더해져 있었다. 신탁이 없었다면 신을 모시던 여인을 감히 왕후로 맞을 수 없다는 억지라도 부려보겠지만 대신녀의 예언은 그 무게감이 달랐다. 근래에 없이 강력한 신력을 지닌 동시에 그의 대고모뻘이기도 한 혜와. 그녀는 단 한 번도 거짓이나 틀린 예언을 한 적이 없었다.

신탁은 그가 세심하게 짜놓았던 판도를 흔들었다. 절노부를 견제하는 것에 동감하던 계루부와 왕실의 종친들마저도 이번엔 명림해류를 택해야 할 것 같다고 조심스레 조언을 건넸다.

왕의 혼인은 남녀의 결합이 아니라 귀족들과 줄다리기를 하며 철저한 계산 끝에 거래하는 통치 행위였다. 현재 그의 선택지는 하나밖에 없다는 걸 이 자리의 모두가 알고 있었다. 이미 패배가 결정된 자리에 구색을 갖추기 위해 앉아 있었다. 원활한 정국 운영을 위해선 명림가 여인을 왕후로 맞아야 했다.

더할 나위 없이 얌전하고 다소곳한 척을 하고 있지만 어릴 때도 거세던 성정이 어디 가진 않았겠지. 조부의 권세를 등에 업고 얼마나 전횡을 할지.

벌써부터 골이 지끈거렸지만 그는 노여움을 지그시 눌렀다. 부왕이 시작했지만 끝은 맺지 못한 싸움. 연전연승이던 고인이 유일하게 이기지 못한 전쟁을 마무리 짓는 것은 아들인 그의 몫이었다.

혜와의 예언은 명림해류가 왕후가 된다는 것까지뿐이다. 그 이후의 운명은 내가 결정한다.

하늘과 연결된 혈통. 천신의 가호를 입고 등극한 왕이지만 신을 두려워하지 않는 젊은 태왕은 이길 수 없는, 아니 당장은 이겨서는 안 될 싸움에선 순순히 물러서 주기로 했다. 길게 버둥거려봤자 상처 입고 추해지는 건 그였다.

기대감에 가득 차서 그를 바라보는 중신들, 특히 절노부와 명림가를 향해 칼을 갈며 그는 천천히 입을 열었다.

"공포한 대로 오늘 간택을 마무리 짓도록 하겠소. 천신과 종친들의 뜻이 모두 한 명을 지목하고 있다고 하니 그 소망을 받아들여 명림가의 해류를 왕후로 맞겠다."

명림가를 비롯한 절노부 귀족들의 얼굴이 확 펴졌다. 예상했던 바라 다른 부 역시 별반 실망하는 기색은 없었다. 혹시라도 어깃장을 놓지 않을까, 염려하던 태후나 종친들의 얼굴에 흡족한 빛이 떠올랐다.

이어지는 왕의 선언에 당혹감이 그들 모두를 덮었다.

"왕후의 자리는 오래 비워둬서는 안 되는 것이니 국혼은 열흘 뒤에 올린다."

야합도 아니고 후궁을 들일 때도 이보다는 더 많은 기일을 두고 준비하는 법이었다. 경악을 감추지 못하며 태후가 태왕을 응시했다. 겨우 정신을 수습하고 한마디 하려고 했지만 그가 한발 빨랐다.

"폐왕후의 일로 망신당한 것이 바로 얼마 전입니다. 지금 떠들썩한 국혼은 백성들이 보기에도 좋지 않은 것 같습니다."

유일하게 제게 반발할 수 있는 태후를 논리적으로 막은 그는 귀족들이 정신을 차리고 다른 이유를 찾아내기 전에 모든 걸 기정사실로 만들었다.

"성대한 축하연과 같은 불필요한 허례허식을 생략하면 열흘이면 충분할 것이다. 왕실 밖에서 하는 행사는 종묘, 국조 사당과 부여신 사당에 참례하는 것으로 그치고 그 외에는 최대한 간소하게 준비하도록 하라."

숨도 쉴 수 없는 급작스런 전개에 놀라 잠깐 고개를 든 해류와 마침 아래를 내려다보던 왕의 눈길이 마주쳤다.

그녀를 향한 태왕의 눈에 번뜩이는 감정은 혐오와 모멸감. 일순간의 편린이었을 뿐 그는 한결같이 지켜오던 무표정으로 복귀했다.

찰나간에 번개처럼 스쳐 지나간 그 짧은 파편을 해류는 놓치지 않았다. 최대한 간소하게 하라는 어명은 왕실의 위신이나 국가 재정을 염려하는 것이 아니라 해류와 명림가에 모욕을 주기 위함임을, 억지로 떠밀려 받아들이지만 결코 그녀를 곱게 두고 보지는 않으리라는 의지의 표현이었다.

원치 않는 왕후 자리. 그것도 모자라 일평생 함께 살아야 할 반려의 증오까지 떠안고 살아야 한단 운명에 정신이 아득해졌다. 할 수만 있다면 태왕을 붙잡고 자신은 왕후 자리에 아무 욕심이 없다고 속이라도 열어 보여주고 싶었다. 슬프게도 그 모든 것은 부질없는 공상일 뿐이었다. 그녀가 원하건 원치 않건 간에 이미 운명의 수레바퀴는 돌아가고 있었다.

　하루하루가 어떻게 지나가는지 모를 만큼 국혼 준비로 왕실과 조정, 명림가
각기 바빴고 모든 준비는 사력을 다해 일사천리로 진행되었다.

　마음에 들지 않는 신부지만 트집 잡히지 않도록 구색은 갖춰야 한다는 판단을
한 모양이었다. 혼인할 때 처가에 예물을 보내는 관례에 따라 예단이 명림가에 도
착했다. 육장(肉醬), 어장(魚醬), 두장(豆醬) 등 갖가지 장(醬)부터 산삼과 꿀, 온갖 차에 값
진 비단까지. 명림가로 보내진 혼인 예물은 거상의 외동딸로 사치스럽게 자란 여진
이나 장사를 하면서 누구 못지않게 귀물을 많이 접해본 해류마저도 입이 떡 벌어질
정도였다.

　패물은 간소했지만 다른 예물이 워낙 어마어마하다 보니 사치를 경계하는 태왕
의 뜻이려니 하고 아무도 신경 쓰지 않았다. 그러나 그녀에게 줄 것은 호사스런 삶
뿐이라 말해주려는 듯 태왕의 배려는 그것이 처음이자 마지막이었다.

　불필요한 허식을 제외하고 최대한 간소하게 하라는 명대로 많은 것이 생략되었
다. 가장 큰 논란거리는 왕이 탄 어가가 명림두지의 저택으로 신부를 데리러 오는
절차가 사라진 거였다. 어가의 행렬이 길어지면 백성들의 일상에 지장이 있다는 논
리였다. 백성을 위해서라니 명분과 절차를 꼬장꼬장하게 따지는 보수적인 귀족들
도 물러날 수밖에 없었다. 예상대로 그 결정에 태왕의 자비로움과 사려 깊음에 대
한 칭송이 국내성에 울려 퍼졌다. 그 뜻을 따른 새 왕후에 대한 칭찬도 퍼져나갔다.

　백성을 아끼는 마음으로 잘 포장되었지만 해류는 자신을 무시하는 태왕의 또
다른 표현이란 걸 놓치지 않았다.

　아무리 간소함을 주장하는 태왕이라도 절대 무시할 수 없는 절차가 시조신 동
명성왕 사당과 대모신 유화부인의 사당에 경사스러운 국혼을 고하는 의식이었다.

　열흘 만에 해류는 앞으로 평생을 함께 살아야 한다고 하늘과 인간의 뜻으로 정
해진 사내를 다시 마주했다.

태왕을 이토록 가까이에서 보는 것은 처음이었다. 그는 미려했다. 왕의 얼굴을 지칭하는 옥안(玉顔)이라는 말이 딱 어울리는 외모. 처음 봤을 때는 사내가 저리 고와도 되나 싶을 정도로 해사했던 얼굴은 세월의 침입도 물리친 모양이었다. 이제는 용맹함과 차가우면서도 부드러운 위엄까지 더해졌다. 태왕을 두고 종종 들리던 음용겸미(音容兼美)라는 찬사가 절대 아첨은 아니다 싶었다.

그것은 아름다운 경치를 구경하는 것 같은 밋밋한 감흥이었다. 혼인을 준비하는 과정에서 당한 무시와 모멸감이 흔적만 남아 있던 철없는 방심마저 다 걷어갔다. 이전과 달리 금직(錦織)¹⁸ 예복에 삼족오와 태양을 상징하는 찬란한 일곱 개의 불꽃 기둥이 세워진 금관을 쓴, 천신처럼 기품 있고 준수한 태왕을 봐도 평온했다. 바로 곁에 섰는데도 전과 달리 가슴은 전혀 두방망이질 치지 않았다.

나도 아주 바보천치는 아닌 모양이구나.

쓸쓸한 고소를 희미하게 머금으며 해류는 귀에 못이 박이도록 들은 대로 인형처럼 꼬박꼬박 절차를 따랐다. 기대가 없으니 설렘이 없고, 설렘이 없으니 떨림이나 흥분도 없었다. 덕분에 마치 남의 혼인을 구경하는 듯 해류는 덤덤할 수 있었다.

그 침착한 모습에 궁인들은 본디부터 왕후 자리에 있었던 분 같다고 속닥였고, 태후를 비롯해 몇 안 되는 왕실의 종친들도 흐뭇한 감탄의 눈길을 던졌다. 다른 부의 귀족들은 질시를 감춘 채, 왕후를 내기 위해 딸을 저리 잘 키워났다고 명림죽리와 두지에게 칭찬을 던졌다. 순수하게 해류의 미래를 염려하고 진심으로 축수하는 것은 오로지 어머니 여진뿐이었다.

당사자 두 사람을 제외하고 모두가 그럭저럭 만족하고 행복한 연극은 해가 질 무렵에 끝났다.

본래대로라면 국혼이 치러진 날부터 최소한 사흘에서 열흘은 전국 각지의 성주나 속국에서 찾아온 축하 사신을 받고 연회가 이어져야 했다. 태왕은 간소한 연회라도 열어야 한다는 태후의 청마저도 거절했다. 그 덕분에 혼례에 겨우 맞춰 당도

———
18 금실로 수를 놓았거나 금실을 섞어서 짠 비단

한 귀족들의 하례를 받는 것으로 공식적인 행사는 끝이 났다.

지칠 대로 지친 해류는 대부분의 절차를 생략하도록 한 태왕의 결정이 씁쓸하면서도 고마웠다. 명림가에서는 대놓고 해류를 홀대하는 것이라고 분개했고 뒤에서 들리는 소곤거림 역시 비슷했지만 상관없었다.

피차 내키지 않는 혼인. 불필요한 기대 따위는 애초에 갖지도 않고 최소한의 접촉만 하면서 어떻게든 버텨나가는 것이 상책이었다. 남은 난관은 하나뿐이었다. 무엇이 기다리는지 알고 있었다. 마음에 없는 사내와 몸을 섞는 게 내키지 않았지만 피할 수 없다면 담담히 겪어내는 수밖에 없었다.

해류는 각오를 단단히 하고 왕후궁으로 향했다.

동뢰를 치를 왕후궁의 침전만큼은 곳곳에 꽃등이 달리고 화사하니 신방의 분위기를 가득 풍기고 있었다. 그렇지만 지친 해류의 눈에는 공들인 공간의 모습이 하나도 들어오지 않았다.

지금 그녀의 소원은 몇 겹을 껴입었는지 기억도 나지 않는 불편한 예장과 머리를 꽉 조이는 무거운 금관이며 주렁주렁한 패물들에서 벗어나는 것. 그 일을 해줄 수 있는 유일한 사람은 온종일 눈길 한번 주지 않은 태왕이었다.

새 왕후를 모실 궁녀들과 여관이 뜨끈뜨끈한 열기가 뿜어져 나오는 구들 침상 옆 평상에 해류를 앉혔다. 다정한 격려와 축하로 짐작되는 궁녀들의 속삭임들이 귓전을 멍하니 튕기며 허공으로 사라졌다.

넓은 침실에는 곧 해류만이 남았다. 두툼한 새 요가 깔린 침상을 해류는 맥없이 응시했다.

곧…….

체념과 두려움, 그리고 아주 약간의 두근거림이 그녀를 내리눌렀다.

어떻게든 살아지는 것이다. 잘 살아낼 것이다. 쓰러지려는 자신을 다잡으며 해류는 허리를 꼿꼿이 세웠다.

얼마 있지 않아 문이 열리고 두툼한 비단 휘장 사이로 태왕이 들어오는 소리가 들렸다.

연유야 어찌 됐든 부부가 된 첫 밤. 얼굴을 들어 그를 바라보기는 수줍어 해류는 가만히 고개를 숙인 채 앉아 있었다.

뚜벅뚜벅. 천천히 다가온 발소리가 해류가 앉은 평상 앞에서 멈췄다. 온종일 곁에 섰던 사내의 시선이 처음으로 그녀에게 닿는 것이 느껴졌다. 왠지 모를 냉랭함이 어깨를 스치는데 예상외의 칭찬이 들려왔다.

"왕후라는 자리를 위해 맞춤으로 태어난 것 같다는 칭송이 하늘을 찌르더군요."

부부가 되어 처음 듣는 태왕의 목소리. 낮게 울리는 저음은 부드러웠다. 내용은 분명히 칭찬이건만 공허했다. 첫날밤 신부에게 건네는 인사말에 의당 깃들어야 할 따스함은 어디에도 찾아볼 수 없고 스산한 찬바람만 불었다.

묵묵부답으로 있을 수 없어 그녀도 가장 무난한 대답을 찾았다.

"황공하옵니다."

용기를 내어 고개를 들어볼까, 아니면 왕이 그녀를 일으켜줄 때를 기다려야 할까. 망설이고 있는데 곁에 섰던 그의 발걸음이 다시 멀어졌다.

"오늘 고생이 많았습니다."

그렇게 말하면서 침상 옆 탁자 위에 그가 관을 벗어 내려놓는 소리가 들렸다. 뒤이어 허리에 찬 검들이며 허리띠와 띠드리개를 시작으로 겹겹이 입은 의장을 벗는지 금속에 이어 비단 스치는 소리도 났다.

순간 황당해졌다. 저 일은 태왕이 그녀의 예장을 벗겨준 뒤 그녀가 할 첫날밤의 소임 중 하나였다. 손수 옷을 벗다니 의도가 무엇인가.

오싹한 한기와 함께 덮쳐온 불길한 예감은 어김없이 맞아떨어졌다. 태왕은 곱게 개켜놓은 침의를 입고 허리를 묶으며 침상에 앉았다.

"해류(海榴)라 하였던가요?"

이미 알고 있는 이름은 왜 새삼스럽게 묻는지. 황당했지만 어쨌든 상대는 낭군이자 태왕이었다. 그녀는 짜증을 꾹 누르고 고분고분 대답해줬다.

"예. 맞습니다."

"홍화백연(紅花百緣), 꽃잎이 피고 지는 것이 다른 꽃보다 더디고 석류와 비슷하나 열매를 맺지 못하는 바다석류라……."

바다석류. 해류가 제 이름 꽃이긴 했다. 하지만 신라 남쪽 바닷가에서 많이 자란다는 꽃이라 실제로 본 적은 없었다. 그녀는 잘 알지도 못하던 꽃에 대한 태왕의 설명에 갈수록 영문을 모르겠다 싶었다.

도대체 무슨 의도인지 한번 물어나 보자고 마음먹은 찰나, 왕이 그녀를 응시하며 혼잣말처럼 중얼거렸다.

"그대의 이름이 운명을 예고했다는 생각이 드는군요."

등골을 스치는 한기를 애써 떨치며 해류는 태왕을 응시했다.

"무슨 말씀이신지요?"

검은 밤하늘처럼 짙고 단단한 눈만큼이나 담담한 음성으로, 그러나 태산처럼 무겁게 그가 선언했다.

"절노부를 외가로 둔 후계자는 보지 않으려고 합니다."

이대로 휘청하며 쓰러질 것 같아 해류는 힘줄이 튀어나오도록 주먹을 꽉 움켜쥐었다.

하늘이 무너지는 것 같은 느낌. 아무리 정략이라고 하나, 그래도 이제 일평생 함께할 사람이라고 여겼다. 모든 것을 다 비우고 왔다지만 남은 기대가 있었던 모양이었다. 참을 수 없는 배신감까지 치밀어 올라왔다. 그럴 작정이면서 어째서 나를 왕후로 맞았는지 묻고 싶었다.

그렇지만 너무도 태연하고 무덤덤한 얼굴로 그녀를 거부하고 최악의 모욕을 준 태왕에게 울거나 흐트러진 모습까지 보여 만족감을 주고 싶진 않았다. 화끈거리는 눈을 꼭 감았다 뜬 해류는 모든 의지를 끌어모아 담담하게 대꾸했다.

"폐하의 뜻이 그러시면 따라야겠지요."

침착한 그녀의 반응이 의외였는지 그가 약간 숨을 몰아쉬었지만 그뿐이었다.

"이해해주니 고맙군요."

해류의 순응이 진심인지 탐색하는 눈초리로 시선을 떼지 않던 그가 그날 처음으로 희미하나마 미소 비슷한 것을 지었다.

"그대가 명림가의 딸이 아니라 짐의 왕후라는 본분을 지키는 한, 짐도 그대를 내치지는 않을 것입니다."

순간 무서운 깨달음이 그녀를 관통했다. 왕은 명림가를 숙청하려고 한다. 그래서 그들을 안심시키고 약점을 드러내도록 하기 위해 밀리는 척 명림가에서 왕후를 받아들인 것이다. 부드러움 속에 노회한 전략가이자 냉혹한 지배자의 면모를 가진 젊은 태왕이 진심으로 두려워졌다.

왕후를 상징하는 목성이 비친 순간부터 적시기가 함께 빛났다는 혜와 대신녀의 예언이 어떤 의미였는지 비로소 알 것 같았다. 그녀를 왕후로 만든 대가로 명림가와 절노부는 도륙당할 것이다. 적시기가 상징하는 수많은 죽음은 바로 그걸 알려주는 거였다.

만약 그녀가 정말로 명림두지의 딸이었다면, 첫 간택 때처럼 정치도 모르고 그저 태자비가 된다는 사실에 들뜬 철없는 소녀였을 때였다면 이 선언은 날벼락이고 절대적으로 저항하고 바꿔야 할 운명이었을 거였다. 나이는 열아홉이나 이미 중년 여인 이상으로 닳고 영악해진 해류는 아니었다.

태왕은 그녀에게 선택권을 준 거였다. 절노부 명림가를 따르는 왕후로 있을지, 아니면 태왕을 따르는 왕후가 될지. 대신녀의 말마따나 운명에 순응해 왕의 뜻에 맞춰 산다면 나름대로 평온한 삶을 누릴 수 있을 터였다. 태왕이 약속을 지켜준다면 숙청의 살겁에서 그녀만큼은 무사할 수도 있었다.

하지만 그녀에겐 어머니가 있었다. 왕후의 어머니이기 이전에 명림두지의 아내. 태왕이 그녀의 목숨은 몰라도 어머니까지 구해주진 않을 것이다.

무엇보다 해류는 그저 살아남는 데 만족할 수 없었다. 자식도 없고 뒷배도 없는 왕후를 다른 귀족들이 가만히 두고 봐줄 리가 없었다. 용케 태왕이 약속을 지킨다고 해도 신전에서 늙어 죽는 거나 왕궁에서 처녀로 늙어 죽는 거나 둘 다 그녀가 원치 않는 삶.

해류는 스쳐 들었던 또 다른 예언을 떠올렸다. 대신녀는 그녀라면 운명을 바꿀 수도 있을 거라고 했었다.

그래. 하늘의 뜻과 싸워 이길 가능성이 조금이라도 있다면 나는 절대 물러설 수 없다.

순응하며 왕후로 적당히 살아보겠다던 약한 마음은 저 멀리 물러났다. 초야에 무참하게 거부당했다는 당혹감과 슬픔도 깨끗이 사라졌다.

제 담담한 태도를 은은한 감탄의 눈길이 훑어 내려가는 것을 그녀는 몰랐다. 지금 그녀의 머릿속은 눈앞에 닥쳐온 운명을 어떻게 싸워 이겨낼 수 있을지로 가득 차 있었기에.

"그럼 왕후도 쉬세요."

형식적인 권유를 던진 뒤 태왕은 침상에 누웠다. 곧 잠이 들었는지, 아니면 잠든 척을 하는 건지 규칙적인 숨소리가 들려왔다.

아무리 해류가 대담하고 뻔뻔하다고 해도 첫날밤에 그녀를 사정없이 거부한 사내의 옆에 누울 정도까진 아니었다. 이대로 앉아서 밤을 새울망정 태왕 곁에 눕고 싶진 않았다. 그녀를 잔인하게 거부한 저 사내가 벗겨주지 않는다고 해서 무거운 예장에 밤새 눌려 목이 부러질 이유도 없었다.

해류는 제일 먼저 금관을 벗어 탁자에 내려놓았다. 날아오르는 용과 봉황을 중심으로 휘날리는 불꽃 구름 모양 금관은 첫날밤부터 소박맞은 처지를 놀리는 것처럼 눈이 부시게 빛났다. 순간 왕후관을 내동댕이치고 우지끈 소리가 나도록 밟아 우그러뜨리고 싶은 충동이 강하게 밀려왔다. 실제로 거의 굴복할 뻔했다. 마지막 순간에 그녀를 말린 것은 자존심도 이성도 아니었다.

저 무심하고 냉혹한 사내 때문에 어느 장인이 피땀 흘려 만들었을 이 귀물을 상하게 할 수는 없다. 혼이 깃든 것 같은, 가치를 따질 수 없는 이 섬세한 왕관이 무슨 죄가 있으랴.

물건을 귀히 여기는 상인의 피와 타고난 심미안이 어리석은 유혹을 죽였다.

요 몇 년간 오매불망 바라던 소원 중 하나가 고구려를 떠나 어릴 때처럼 아름다운 귀물들에 둘러싸여 호화롭게 사는 거였는데. 그 호사와 행복을 함께 누릴 서방과 자식이 없는 걸 제외하고 아주 일부분은 이뤄졌구나. 앞으로 소원은 신중하게 빌어야겠다.

쓴웃음을 삼키며 해류는 높이 틀어 올린 머리와 가체를 고정시킨 정교한 날개 모양 비녀며 봉황 꽂이 등을 하나씩 빼냈다. 금붙이가 한 짐이 떨어져 나가자 묵직했던 머리가 한결 가벼워졌다. 차랑거리는 금과 색색 구슬 사슬, 귀걸이에 무거운 팔찌, 금은 드리개가 주렁주렁 달린 허리띠까지 복잡한 장신구도 다 풀어내렸다.

족쇄 같은 패물들에서 해방된 뻣뻣한 어깨와 목을 주무르면서 가장 편해 보이는 의자를 탁자 앞으로 옮겼다.

낮에는 무겁고 거추장스러워 원수 같았던 열두 겹 예장이 이제는 추위를 막아줄 고마운 방한구로 느껴지니 인간이란 얼마나 간사한 존재인지.

가장 겉에 입었던 금으로 수놓은 오색 비단 포를 이불처럼 덮어 귀 아래까지 끌어올리며 해류는 탁자에 엎드렸다. 잠깐만 쉬겠다는 생각이었지만 점점 몸이 무거워졌다. 전날 꼭두새벽부터 시작한 국혼 준비와 긴 행사로 켜켜이 쌓인 피로는 원망을 포함한 오만 감정들보다 강했다. 천근만근인 눈꺼풀이 내려오더니 스르르 수마에 굴복했다.

쩍쩍, 고른 숨소리를 내며 해류가 세상모르고 곯아떨어지자 침상에 누워 있던 그림자가 몸을 일으켰다.

탁자에 옹송그려 엎드린 여인의 그림자를 내려다보는 눈에 놀랍다는 감정이 떠올랐다. 입술에 희미하니 미소도 감돌았다. 그는 천천히 침상에서 일어나 잠든 여인에게 다가섰다. 추운지 잔뜩 몸을 웅크린 모습에 안되었단 연민이 불현듯 들었다. 하지만 그 흔들림은 일순뿐. 침상으로 옮겨주려고 팔을 뻗던 그는 마지막 순간에 손을 내렸다.

감정을 지운 얼굴로 그녀를 응시하면서 그가 중얼거렸다.

"그 어떤 기대도 품지 않는 편이…… 그대에겐 오히려 나을 것이다."

침상 아래쪽에 산을 이루고 있는 옷더미 중 대수자포(大袖紫袍)만 걸쳐 입은 그는 침실을 나갔다.

二

"왕후 폐하 듭시옵니다."

궁녀가 내전 안쪽에 고하자 새 왕후의 첫인사를 받기 위한 소례복 차림의 태후가 좌상에서 일어나 해류를 맞았다.

"어서 와요, 왕후."

예상치 않은 환대에 해류는 민망해 얼른 다가가 태후를 만류했다.

"태후 전하, 부디 앉아 계십시오. 소첩 때문에 움직이시니 민망합니다."

"아닙니다. 이 궁에서 태왕 폐하를 제외하고는 당신이 가장 윗전이니 당연히 왕후에게 걸맞은 예로 대접해야지요."

"송구합니다."

태후는 웃으며 맞은편을 가리켰다.

"앉으세요. 왕후가 오늘 온다고 해서 다과상을 준비하고 있으니 곧 가져올 거요. 그걸 드시면서 잠시 담소나 나눕시다."

"먼저 인사를 받으셔야……."

"아, 그렇군요. 어쨌든 혼례 후 첫인사이니."

태후가 좌상에 다시 앉자, 해류가 한쪽 무릎을 굽히고 허리를 깊이 숙여 절을 올렸다.

"태후 전하께 첫 문안 올립니다."

태후도 살짝 고개를 숙이는 예로 해류의 인사를 받았다.

"이제 우리 고구려의 귀한 왕후입니다. 부디 태왕 폐하와 다복하고 화목하세요.

내가 바라는 건 그뿐입니다."

다복? 화목? 그녀와 태왕 거련 사이에는 절대 존재할 수 없는 단어였다.

첫날밤부터 소박맞은 신부에겐 어울리지 않는 덕담이로구나. 저도 모르게 배어 나오려는 실소를 삼키며 해류는 다소곳이 고개를 끄덕였다.

"명심하겠습니다."

첫 문안을 올리는 예를 끝내고 해류가 맞은편 좌상에 앉자 태후의 궁녀들이 다과상을 들고 왔다.

"왕후가 무엇을 좋아하는지 아직 몰라서 그냥 평소 즐기는 것으로 준비했으니 허물치 말아요."

왕실은 어떤 다과를 먹는지 궁금했던 해류는 의외로 소박한 상차림에 내심 놀랐다. 태후와 그녀 앞에 각기 놓인 소반에는 은은한 꽃향이 풍기는 차와 별다른 장식 없는 떡 두 종류, 기름과 꿀에 절인 과자가 단출하게 올라 있었다.

일반 백성들이라면 평생 몇 번 구경하기 힘든 것들이긴 했지만 부유한 어린 시절을 보냈던 해류에게는 딱히 특별하지 않았다. 그녀의 생일에 어머니가 갖은 솜씨를 부려 만들어준 떡과 과자들이 오히려 더 호사스러울 거였다.

태왕에게 소박맞은 왕후에게 태후전에서 일부러 푸대접하는 것인가란 생각까지 언뜻 스쳐갔다. 그렇지만 그건 속에만 담을 상념일 뿐, 해류는 최대한 진심으로 보이게 다소곳이 감사를 올렸다.

"무슨 송구한 말씀을요. 인삼으로 만든 떡에다 기름에 지져낸 단 과자라니. 태후 전하 덕분에 제가 큰 호사를 하는 것 같습니다."

"그렇다면 다행이지만……."

말끝을 흐리며 차를 한 모금 마신 태후가 나긋하니 설명했다.

"선왕께선 일평생 전장을 누비시며 늘 병사들과 똑같이 소찬을 하셨지요. 궁에서도 큰 제례나 연회 때를 제외하고는 호화로운 상차림을 금하셔서 왕실이지만 부유한 귀족가보다 못할 수도 있을 겁니다."

잘 감췄다고 생각했지만 다과상을 보고 의아해한 기색을 태후가 눈치챈 모양이었다.

태왕의 비로 수십 년 동안 궁을 다스려온 태후답게 눈이 보통 날카로운 게 아니구나.

민망함에 달아오르는 낯을 감추려 해류는 머리를 곱게 숙였다.

"백성을 살피시는 태왕 폐하의 뜻이니 당연히 따라야지요. 저도 명심하겠습니다."

"곡해 없이 받아들이니 고맙습니다."

태후가 기품 있는 손놀림으로 떡을 하나 집으며 은근슬쩍 덧붙였다.

"참, 태왕께서도 삼을 갈아 넣어 찐 이 떡을 좋아하십니다."

"예?"

"부왕을 본받아 태자 시절부터 태왕께서도 검박한 식사를 즐기고 딱히 가리는 건 없지만 이 삼떡과 대추차를 함께 드시는 건 유독 좋아하십니다."

태후가 그녀에게 태왕의 눈에 들 정보를 주고 있다는 사실을 깨달았다. 그러나 그녀가 직접 산삼을 캐거나 인삼찬[19]대로 인삼을 정성으로 키워 캐다가 차를 끓이고 떡을 해다 바친다 해도 태왕은 눈길 하나 주지 않을 거였다. 명림가의 사주를 받아 독살이라도 하려는 게 아닐까 의심하지만 않아도 다행이었다.

고마운 배려였지만 소용없는 짓. 선의로 다가오는 태후에게 굳이 그런 쓴 현실을 고백하며 신세 한탄을 하고 싶지 않았다. 그녀에게 호의적이라고 해도 어쨌든 태후는 태왕의 어머니니 결국은 아들 편이었다.

해류는 상큼하게 웃는 가면을 쓰고 감사인사를 올렸다.

"알려주신 말씀 명심하겠습니다."

해류의 미소에 갑자기 태후의 눈시울이 촉촉해졌다.

"전하?"

의아하게 바라보는 해류를 말갛게 응시하던 태후가 해류의 좌상으로 바짝 다가앉더니 그녀의 손을 잡았다.

---

19 인삼 재배와 채취법을 알려주는 고구려 노래

"왕후가 이리 의연하니 정말 고맙습니다. 역시 하늘이 고구려의 왕후로 점지한 이유가 있군요."

해류는 태후가 첫날밤의 일을 이미 알고 있다는 걸 깨달았다.

하긴, 모르는 게 오히려 이상할 일이었다. 태왕은 잠깐 눈만 붙였다가 왕후궁을 떠났고, 신부는 멀쩡한 침상을 두고 탁자에 엎드려 잠든 밤. 첫 이레가 지나는 오늘까지 태왕은 단 한 번도 왕후궁을 찾지 않았다. 왕후궁의 여관들이 쉬쉬하며 엄히 입단속했지만 태후의 귀에 들어갔을 정도면 이미 궁 밖까지 소문이 났을 확률이 높았다.

명림두지가 알면 시끄러워지겠구나.

복잡다단한 해류의 심정을 아는지 모르는지, 태후는 꼭 잡은 손을 다정하게 다독였다.

"첫정은 본디 무서운 법입니다. 사내도 마찬가지랍니다. 속정이 깊은 분이라 쉬이 마음을 주지 않으나 그대는 태왕의 반려입니다. 부디 인내심을 갖고 기다려요. 기다리면 좋은 날이 올 것입니다."

순간 실소가 터져 나올 뻔했다. 동뢰 날 찬바람이 쌩쌩 부는 태왕을 봤다면 차라리 천신이 다시 하강하는 걸 기다리는 편이 더 빠르다 할 터였다. 자기 아들에게 왕자를 낳아주지 못하는 해류를 태후가 얼마나 길게 인내해줄지도 의문이었다. 미래야 어찌 되든 그녀에게 우호적인 태후를 밀어낼 이유는 없었다. 쓰디쓴 웃음을 삼키면서도 해류는 입귀를 더욱 둥글고 상냥하게 휘었다.

"태후 전하의 귀한 말씀, 명심하겠습니다."

몇 마디 덕담만 더 보태진 뒤 첫인사는 끝이 났다.

태후궁을 나오자 눈을 찌르는 햇살에 해류는 손을 들어 이마를 가렸다. 겨울 하늘은 우울한 해류의 기분과 상관없이 쨍했다. 하늘을 칼로 찌르면 푸른 옥처럼 깨어져 쏟아질 듯 구름 한 점 없었다.

이런 햇볕 아래면 베가 아주 하얗게 바래지겠구나.

신전에서라면 실이나 베를 물들여 말리기 딱인 날씨라고 좋아하며 새벽부터 잿물이나 염료를 준비하느라 바빴을 텐데. 신녀로서 맡은 소임을 하면서 따로 벌여놓은 일들을 챙기면 하루가 어떻게 가는지도 몰랐다. 모든 걸 다 마친 밤에 잠은 어쩌면 그리 꿀 같은지.

반대로 왕궁의 하루는 너무 길었다. 잠도 달지 않았고 새벽에 눈떠 멍하니 왕후궁을 지키는 것 말고는 할 일이 없었다. 오늘은 그나마 태후에게 문안을 드리느라 오전은 보냈지만 남은 시간은 또 무엇을 해야 할지.

해류가 한숨을 삼키는 걸 알아챈 모양이었다. 동행한 여관이 살며시 다가왔다.

"폐하. 무어, 불편한 일이라도 있으십니까?"

"아니네."

여관과 궁녀들은 왕후궁으로 돌아온 해류의 문안용 예장을 벗겨줬다.

"왕실에 남아 계신 큰 어른이 태후 전하밖에 없어서 첫 문안이 금방 끝나셨습니다."

"그렇군."

첩첩이 높고 어려운 어른들을 찾아 인사를 올리는 것이 힘들긴 하겠지만 그래도 여럿이면 오늘 하루는 잘 보낼 수 있지 않았을까.

좋은 건지 싫은 건지 알쏭달쏭한 가운데 풍성한 치마도 일상복으로 갈아입고 치장을 돕는 궁녀와 여관만 남았다. 한껏 높이 묶어 올려 부풀린 머리에 치렁치렁 꽂은 슬슬전소(瑟瑟鈿梳)[20]를 비롯한 예장용 장신구들을 빼내고 간소한 채(釵)[21]와 빗으로 바꿔 정리하는 가운데 여관이 물었다.

"곧 낮것(점심)상을 올리려는데 따로 드시고픈 음식이 있으신지요?"

태후궁에서 먹은 다과도 꺼지지 않고 부대끼는 것 같아 해류는 고개를 저었다.

"되었다. 시장하지 않구나. 좀 전에 먹은 다과로 충분하니 오늘은 거르겠다."

살짝 미간을 찌푸리는 게 마뜩잖아 보이긴 했지만 왕후의 명이니 여관은 고개를 숙였다.

20　서역에서 수입한 녹송석으로 만든 장식용 비녀와 빗. 슬슬은 구슬류에 속하는 투명하고 푸른빛이 도는 보석.

21　올린 머리를 고정시키는 ∩형 꽂이. 장식을 추가한 것과 단순히 고정만 하는 형태의 것이 있었다.

"예. 그리 전하겠습니다."

뒷걸음으로 여관이 침실을 나가자 해류는 머리를 새로 매만져주고 있는 궁녀에게 불쑥 물었다.

"전 왕후께선 평소에 무엇을 하셨더냐?"

"예?!"

툭. 전 왕후란 단어에 기함한 시녀는 뒷머리에 꽂으려던 대모갑 장식빗을 바닥에 떨어뜨렸다. 그 바람에 빗에 아로새겨진 영롱한 칠갑 한 조각이 떨어져 나왔다. 하얗게 질린 궁녀가 얼른 해류 앞에 무릎을 꿇었다.

"용서하소서, 폐하. 소인이…… 불민한 소인이 죽을죄를 지었나이다."

"아니다. 내가 갑작스럽게 이상한 질문을 해서 네가 놀란 모양이구나."

해류는 몸소 빗과 자개 파편을 주워 궁녀에게 건넸다.

"다행히 깨어지지 않았으니 아교풀로 붙이면 멀쩡하겠구나. 자개장에게 보내어 수선시키고 넌 그만 일어나라."

진심인지, 아니면 함정인지. 반신반의하면서도 왕후의 명인지라 그녀는 죽을상을 하면서 일어났다. 덜덜 떨리는 손으로 해류가 건넨 빗을 받아 수건으로 문질렀다. 저러다 닳아 없어지겠다 싶을 정도로 꼼꼼히 닦아내더니 함에 넣고 다른 빗을 꺼내 올린 머리 뒤쪽 가운데에 꽂아줬다.

궁녀의 손에 아무것도 없다는 걸 확인한 해류가 다시 물었다.

"정말 궁금해서 묻는 것이니 아는 대로 답을 좀 해보아라. 연씨 왕후는 여기서 무엇을 하며 하루 종일 시간을 보냈니?"

"전 왕후를 모시던 궁인들은 제대로 보필하지 못한 죄를 물어 모두 쫓겨나거나 먼 외궁이나 별궁으로 옮겨간 터라…… 저희들은 상세히는 모르옵니다만……."

사통이 발각되어 죽은 폐왕후 연 씨라는 화제는 궁에선 금기나 다름없었다. 입에 담는 것도 두려워하는 그 추문의 주인공을 왜 새 왕후께서 묻는지. 두려움에 떨면서도 왕후의 명이라 궁녀는 울상을 하고 읊었다.

"때마다 왕실 어른들께 문안을 올리고, 제사나 국가의 큰 행사 때 태왕 폐하와 함께 참석을 하셨고……."

"그런 것 말고 평소에는 무엇을 하셨니? 문안과 행사가 매일 있는 건 아니지 않느냐."

"아, 예……."

주섬주섬 기억을 더듬던 궁녀는 퍼뜩 떠오르는 게 있는지 눈을 빛냈다.

"다른 일정이 없으시면 바느질이나 자수를 하셨다고 들었습니다. 태왕 폐하의 의복은 모두 왕후께서 직접 지으셨지요. 직녀가 환생한 듯 솜씨가 뛰어나다 칭송이 자자했고, 폐하께서도 기껍게 여기며 늘 칭찬……."

신이 나서 떠들던 궁녀의 음성이 돌연 팍 줄어들었다. 제가 무슨 소리를 하고 있는 것인지. 죽으려고 환장했구나 싶었다.

어떻게 수습을 해야 하나 앞이 캄캄해지는 그녀의 걱정과 달리 새 왕후의 표정엔 아무 변화가 없었다. 당연히 보여야 할 분노나 질투는 전무(全無). 무감동을 넘어 무관심했다. 시큰둥하다는 것이 가장 적절한 표현일 터였다. 이해할 수 없었지만 다행이다 싶었다. 가슴을 쓸어내리며 어떻게든 잃은 점수를 만회하려고 궁녀는 머리를 굴렸다.

"왕후 폐하께서도 태왕 폐하의 어복을 지어보심이 어떠실지요? 마침 정월 초에 물놀이가 있지 않습니까. 투석전의 시작을 알릴 때 포를 벗어 던지시니 그걸 왕후께서 직접 만들어 올리면 폐하께서도 기뻐하시고 백성들도,"

"되었다."

딱 자른 거부에 궁녀의 목이 다시 자라처럼 움츠러들었다. 혹시 바느질이 서투신가.

새 왕후에 대해 잘 알게 될 때까지 입을 조심해야겠다고 다짐하며 궁녀들은 떼어낸 장신구와 치장 일습을 조용히 정리했다. 진주로 장식한 붉은 화(靴)를 황색 이(履)로 바꿔 신으며 공식적인 첫 문안인사는 마무리됐다.

궁녀가 어떤 착각을 하는지 모르는 해류는 근질근질한 손을 긴 소매 안에서 움지럭거리고 있었다.

해류의 외가는 수많은 좌인들을 거느리고 갖가지 귀한 비단을 생산하는 포목상이었다. 그중에서도 최상급품은 오로지 예씨 집안 여인들만 생산했다. 비법인 자수와 침선, 직조법은 대대로 가문을 물려받을 며느리나 딸에게만 전수해왔다. 가문 비전의 무늬 비단과 자수 비단은 고구려의 귀족들은 물론 외국에서도 순번을 정해 몇 년씩 기다릴 정도로 명성이 드높았었다.

외동딸이었던 해류의 어머니는 그 유일한 계승자였다. 부모가 세상을 떠난 뒤 여진은 모친에게 완벽히 전수받지 못해서 칠직금은 혼자서는 못 짠다고 손을 딱 놨다. 예씨의 막대한 재산을 다 강탈하고도 모자란 두지가 시늉이라도 내보라고 난리를 피웠지만 꿋꿋이 버텨냈다. 핍박하거나 말거나 오색 비단에 자수 정도만 놔줬다. 그리고선 해류에게 남몰래, 모질 정도로 엄격하게 예씨의 비법을 전수했다.

고사리손이 북[22]과 바늘을 겨우 잡을 수 있게 되자마자 가르침은 시작되었다. 길쌈은 물론이고 자수와 침선이라면 주부(綢部)[23]의 모(母)[24]나 왕실의 침선장 누구와 겨뤄도 지지 않을 자신이 있었다. 다만 그 솜씨를 허울뿐인 낭군, 태왕에게 쓰고 싶지 않았다.

기껏 만들어줘봤자 패대기만 안 쳐도 다행이게. 사당에선 솜씨를 부려 팔면 은이라도 벌었지, 아까운 비단과 내 재주를 낭비하고 싶지 않다. 무료해서 죽는 한이 있더라도 태왕을 위한 바느질은 절대 하지 않겠다고 결심하며 해류는 의자에서 일어났다.

"폐하?"

"방에만 가만히 있으니 갑갑하구나. 잠깐 바람이라도 쐬어야겠다."

"잠시만 기다리옵소서. 피풍의를 준비하겠습니다."

"이 정도에 무슨 피풍의. 괜찮으니 두어라."

겹겹이 두툼한 비단에 얇게 누비를 한 긴 장포까지 덧입고 있으니 충분했다. 사당이라면 이게 웬 떡이냐 하며 빨래까지도 몰아서 했을 화창한 날씨였다. 궁의 여

---

22 베를 짜는 데 쓰는 도구
23 직물, 수공업 담당 관청
24 직물, 수공업 담당 관청에서 근무하는 여성 관리들

인들은 하나같이 고구려 여인답지 않게 연약하다고 혀를 차며 해류는 방을 나섰다.

뜰로 나오자 어느새 궁녀들이 줄줄이 따라붙었다.

"폐하, 어디로 뫼실까요?"

답답해 뛰쳐나오다시피 나오긴 했지만 솔직히 막막했다. 왕궁에서 아는 데는 제가 머무는 왕후궁과 조금 전 다녀온 태후궁뿐. 왕궁에는 함부로 드나들어서는 안 되는 곳들도 많다고 얼핏 들은 기억도 났다.

해류는 망설이다가 안전하게 가자 싶어 여관에게 길을 맡겼다.

"내가 평생을 살고 보살필 곳인데 너무 아는 것이 없구나. 오늘부터 틈이 나는 대로 찬찬히 살피려고 하니 자네가 안내를 해주게."

"마땅하신 분부, 따르겠나이다. 하면 오늘은 왕후궁에서 가까운 곳부터 모시겠습니다."

왕후궁의 정문을 나서자 여관은 동편의 회랑과 높은 담 위로 보이는 웅장한 건물을 가리켰다.

"저곳이 태왕 폐하의 침전입니다."

"그렇구나."

자신의 궁과 의외로 가까이 있다는 사실이 놀랍고 불편했다. 사실 왕의 침전이 왕후궁 바로 근처에 있는 건 당연했다. 정상적인 부부라면 이 거리도 멀고, 담도 너무 높아 마주 볼 수 없다고 애틋하게 생각했을 거였다.

해류에게는 가장 흥미 없고 영원히 무관할 장소. 그녀는 예의상 고개를 한 번 끄덕이며 서편을 가리켰다.

"그러면 서쪽부터 산책해보자."

"예."

반 발짝 뒤에서 따라 걸으면서 여관은 전각과 건물들을 하나씩 안내했다.

국내성의 평지성[25] 안에 있는 왕궁은 유리명왕 이래 수백 년 동안 고구려의 정궁이었다. 수많은 전란을 겪어 불타기도 하면서 계속 수리하고, 증축해 미로처럼 복잡다단하니 크고 작은 건물들이 많았다. 덕분에 매일 새로운 곳을 구경하며 시간을 보내는 재미가 제법 컸다.

하루하루 지나고 처음의 신선함과 호기심이 사라지면서 의문이 슬슬 그녀를 찾아오기 시작했다. 태왕과 태후, 그녀가 머무는 궁이 있는 일부를 제외하고, 외곽의 전각이나 건물들은 너무나 어수선했다.

해류는 오랫동안 사당의 살림을 맡은 우품신녀의 직속 수하로 일해왔다. 깐깐한 신녀에게 혹독하게 훈련받은 그녀의 예민한 눈에는 제대로 관리되지 않은 곳곳의 허술함이 확확 들어왔다.

안주인이 없는 귀족가도 아니고 왕궁이 어찌 이 모양인지.

의아함과 놀라움은 왕후궁 서편에 있는 작은 전각에서 절정에 달했다.

전각과 정원은 꼼꼼히 살피지 않으면 놓쳤을 정도로 은밀했다. 일부러 눈에 띄지 않도록 설계했는지 자연스러운 둔덕을 이용해 조성한 가산(假山) 옆에 숨듯이 자리하고 있었다. 가산과 정원 주변에 두른 낮은 담 안팎은 무성한 나무와 풀로 뒤덮여 있었다. 만약 나무가 잎을 다 떨군 겨울이 아니었다면 담을 다 가려 있는지도 모르고 지나쳤을 거였다.

주인이 없는 전각이나 정원이 제대로 관리되지 않은 건 요 며칠 종종 봐온 터. 어지간하면 놀라지도 않았지만 이건 도저히 왕궁 안이라고는 믿을 수 없는 수준이었다. 모르면 할 수 없으나 황폐한 담벼락과 정원이 눈에 들어오니 이대로 발길을 돌릴 수가 없었다.

"여기 문을 열어보아라."

"이곳 말씀이십니까?"

해류가 발걸음을 멈추자 따라 멈춘 궁녀들이 어리둥절 서로를 마주 봤다. 귀신

---

25 국내성은 방어 기능을 하는 산성과 도시 기능을 하는 평지성 이중구조. 왕궁은 평지성 북쪽 대로에 있었다.

나오기 딱 좋은 이 황폐한 정원에 왜 관심을 가지실까. 무언으로 의문을 나눴다. 단 한 명, 궁에서 잔뼈가 굵은 여관의 낯빛이 눈에 띄게 창백해졌다.

"오래 비워둔 터라 황폐하여 폐하께서 보시기에 마땅치 않을 것 같사옵니다. 잘 가꿔놓은 다른 전각이나 정원으로,"

길어지는 여관의 만류를 해류가 딱 잘랐다.

"너무 황폐하여 보자고 했네."

왕후가 딱 잘라 명하는데 가타부타 토를 달 수는 없었다. 궁녀들이 무거운 빗장을 들고 문을 밀었다.

끼이이익. 오랫동안 닫혀 있던 문이라 경첩에 녹이 많이 슬었던 모양이었다. 힘껏 미는 힘에 요란한 소리를 내더니 활짝 열렸다.

오랫동안 가꾸지 않은 나무 사이로 작은 전각이 보였다. 담장 너머로 볼 때는 폐허 같았지만 그 안은 의외로 정갈한 구석이 남아 있었다.

천천히 걸으며 주변을 둘러본 해류는 이곳이 굉장히 공들인 정원이란 걸 깨달았다. 바닥에 깔린 판석이며 가산과 잘 연결된 정원과 연못 주변엔 보기 드문 흰 옥돌이 깔려 있었다. 세월과 무관심에 절어 있긴 했지만 한때 색색이 고왔을 화분과 땅에 심어진 작은 나무들은, 죽었는지 살았는지는 모르겠지만, 분재였다.

"분재 정원인가?"

질문을 담은 중얼거림이지만 답은 굳이 필요 없었다.

이곳은 분명 분재 정원이었다. 귀족들이 분재를 모으고 키우는 건 오랜 풍습이니 왕실에도 분재가 있는 건 새삼스럽지 않았다. 궁금한 것은 이 정원이 왜 이렇게 황폐하게 버려져 있는가였다.

혹시 잘못 봤나 싶어 해류는 몸을 숙여 나무를 살폈다. 오래 돌보지 않은 탓에 죽거나 수형이 형편없이 변한 것들도 있지만 본디 잡힌 모양새는 대부분 유지하고 있었다. 여기 있는 것들은 문외한인 해류가 보기에도 애호가들이 취미로 키우는 수준이 아니었다. 분재만을 다루는 장인이 기나긴 세월과 심혈을 기울여 만든 귀하디귀한 것들이었다.

"아니, 이 귀한 것을 어찌 이리……."

왕후가 죽어 비틀어진 나무에 왜 저리 관심을 보이는지. 궁금증을 감추지 못하는 궁녀들과 사색이 된 여관의 표정이 묘하게 대조됐다.

"여기는 왜 방치되었는가?"

왕후궁의 궁녀들은 해류의 책봉과 함께 대부분 새로 뽑거나 먼 외궁에서 차출되어 왔다고 했다. 왕궁의 상황을 잘 모르는 궁녀들에게선 대답을 얻지 못할 거였다.

해류는 여관을 똑바로 응시하며 고쳐 물었다.

"이곳은 누구에게 속한 전각이었는가?"

"그것이…… 소신도 잘 모르옵니다."

지금 수행하는 여관 미려는 왕후궁에 배속된 여관 중 우두머리. 태왕이 태어나기도 전부터 왕궁에 있었다니 모를 리가 없었다. 연유는 모르겠으나 분위기를 보니 쉽게 입을 열 것 같지 않았다.

"그래?"

나중에 다른 여관을 불러 추궁해보리라 결심하고 해류는 정원을 나왔다. 왕후궁으로 돌아오면서 해류는 품고 있던 다른 궁금증을 해소하려 나섰다.

"자네도 눈이 옹이구멍은 아니니 이미 알고 있겠지만."

또 무엇을 봤길래 저리 운을 떼시나. 여관은 한숨을 베어 물었다.

있는 듯 없는 듯 온후했던 전 왕후와 달리 새 왕후는 매사에 호기심도 많고 그냥 넘어가는 법이 없었다. 첫날밤부터 태왕에게 대차게 소박맞고 얼굴도 보지 못했지만 별반 기가 죽은 것 같지도 않았다. 보통 이런 경우라면 어떻게든 태왕의 관심을 끌기 위해 그가 좋아하는 것을 알아내고, 태왕의 침전이나 편전 근처를 오가며 눈에 띄기 위해 노력하는 게 당연했다.

그런데 왕후의 행보는 반대였다. 온 궁을 헤집고 다니면서도 태왕의 처소나 그가 나타날 곳은 기를 쓰고 피했다. 아랫사람의 도리로 부부를 만나게 해주려 일부러 태왕의 동선을 알아내 유도해도 소용이 없었다. 눈치는 또 얼마나 귀신같은지, 근처까지 갔다가도 절대 마주칠 수 없는 반대 방향으로 총총히 향하곤 했다.

미려도 반쯤은 포기한 상태였다.

그렇지만 오늘 왕후가 딱 짚어 관심을 비친 곳은······. 그나마 호의적인 태후의 노여움을 사지 않을까 걱정이 태산인데 궁금한 것이 어찌나 많은지. 바글바글 타오르는 가슴을 남몰래 두드리며 여관은 해류를 조심스럽게 올려다봤다.

"마음에 차지 않는 곳이 있으신지요?"

"자네도 나와 함께 둘러보았으니 알겠지. 나나 태왕 폐하, 태후께서 머무시는 곳을 제외하곤 전반적으로 너무 허술하지 않은가. 귀족들의 사가에서도 해마다 외벽에 칠을 하거나 최소한 묵은 때를 벗겨내고 정원도 흐트러짐 없이 챙기는데 곳곳에 겉치레로 시늉만 한 것이 눈에 보이니 말이야. 아무리 당장 머무는 주인이 없이 비어 있다고 해도 심하다 싶네."

해류의 지적은 반박할 수 없이 정확했다.

눈썰미가 엄청나게 매서운 분이다. 무던하니 모든 걸 맡겨놓던 예전 왕후를 생각하며 은근히 안일해졌던 정신이 번쩍 들었다.

딸이 귀한 명림가의 금지옥엽에, 위세 높은 부여신 사당에서 신녀로 계셨던 분이 어찌 이렇게 수십 년 큰살림을 꾸린 안주인 같은 안목을 가졌는지. 두렵고 감탄하면서도 의아했다. 자신의 죄는 아니지만 여관은 일단 사죄부터 했다.

"송구하옵니다."

"자네 잘못이 아니니 사죄할 필요는 없네."

성큼성큼 걸어가던 해류가 다시 물었다.

"이 왕궁 말이야, 연씨 왕후가 물러난 이후 누가 주관해왔는가?"

"예?"

왕궁의 살림이며 궁에 속한 이들을 다스리는 것은 분명 왕후의 임무였다. 하지만 현 건흥태왕 거련이 즉위한 이후에는 아니었다.

잠시 고심하던 미려 여관은 최대한 중립적으로 사실을 고했다.

"전 왕후께서 태자비로 입궁하셨다 보니······ 그때는 왕후시던 태후께서 당연히 왕실을 주관하셨고, 영락태왕께서 천신께 돌아가신 뒤에도 그냥 태후께서 하시던 대로 전반을 챙기셔서······."

왕후는 아무것도 하지 않고 왕만 모셨다는 소리였다. 민간에서도 새로 들어온 사람은 자신의 집과 살림을 직접 챙겼다. 왕후인데도 왕궁의 대소사를 챙기지 않았다는 게 도무지 이해가 가지 않았다.

태왕은 궁인들에게 의지하며 꽃처럼 아름답게 자리를 지키는 여인을 좋아하는 모양이구나. 크든 작든 내 손에 올려 딱 부러지게 처리하지 않으면 직성이 풀리지 않는 나와는 확실히 상극이다.

해류는 비소를 삼켰다.

두지가 생부든 아니든 제가 명림해류인 이상 어차피 미운털은 단단히 박혔다. 그녀가 무슨 짓을 하든 좋아질 것도 나빠질 것도 없었다. 얼마나 궁에 더 있을지 모르겠지만 지루함에 말라비틀어져 죽느니 뭐라도 해야겠다. 결단을 내린 해류는 태후궁으로 발걸음을 옮겼다.

"태후 전하, 왕후 폐하께서 뵙기를 청하시옵니다."

궁녀의 보고에 태후의 사실(私室) 문이 활짝 열렸다. 처음 인사를 왔을 때처럼 태후는 자리에서 일어나 해류를 반갑게 맞아줬다.

"아니, 왕후께서 웬일인가요?"

"여쭙고 꼭 허락을 받았으면 하는 일이 있어 미리 연통도 드리지 못하고 찾아왔습니다. 부디 허물치 말아주십시오."

"허락이요? 내게? 무슨 일인데요?"

태후 맞은편에 앉은 해류는 곧바로 본론으로 들어갔다.

"요 며칠 궁을 돌아보니 궁인들의 손길이 제대로 닿지 않은 곳들이 보였습니다. 특히 왕후궁 서편 끝자락에 있는 가산과 정원은 예전엔 굉장히 공을 들였던 것 같던데 이제는 덤불처럼 되었더군요. 하여, 그곳이라도 제가 좀 돌봤으면 합니다."

"왕후궁 서편의 가산과 정원요?"

"예. 귀한 분재들이 놓인 정원을 발견했는데 황폐해진 모습이 안타까워서요."

"아…… 그 서편 비원(祕苑)……."

태후의 입이 놀란 듯 벌어졌다가 다시 꼭 다물어졌다. 잠시 허공을 헤매던 그녀의 시선이 해류에게로 돌아와 멈췄다. 해류를 평가하듯 뚫어져라 응시하던 태후가 마침내 고개를 끄덕였다.

"내가 생각이 모자랐군요. 왕궁의 대소사를 주관하는 것은 왕후의 일인데, 고작 정원 하나를 가꾸는 걸로 내게 허락을 받다니요."

혹시 태후의 기분을 상하게 한 건 아닌가 싶어 해류는 펄쩍 뛰었다. 어차피 길게 머무르지도 못할 왕궁에 힘을 쏟고 싶지도 않았다.

"아닙니다. 오랫동안 태후 전하께서 왕실과 궁을 잘 이끌어오셨는데 강건하신 동안에는 계속하셔야지요. 제 뜻을 곡해하지 마십시오. 소첩은 그저 귀한 분재와 정원이 훼손되는 게 안타까워 그것만 허락을 구하러 온 것입니다."

"진즉 넘겼어야 할 일인데, 전 왕후가 극구 사양하는 바람에 이리되었군요."

태후는 의외로 완강했다. 그러더니 그리움과 쓸쓸한 회한이 담긴 음성으로 자신의 심정을 토로했다.

"영락태왕께서 천신께 돌아가신 뒤 만사가 부질없이 느껴지고 솔직히 힘에 부쳤습니다. 내가 기력을 잃고 소홀하니 아랫사람들도 당연히 흐트러졌겠지요. 그러니 왕후의 눈에 부족한 점이 많이 보였을 겁니다. 이제 왕후가 책임지고 왕궁과 왕실의 살림을 관장하세요."

"아, 아니…… 그것이 아니오라……."

어떻게든 빠져나가려 했지만 태후는 모든 걸 기정사실로 만들려는 듯 해류의 손을 꼭 잡았다.

"그럼, 난 왕후만 믿겠습니다. 잘 부탁합니다."

너무 무료하고 갑갑해 잠시 소일거리를 찾으려는 거였는데 갑자기 날벼락을 맞은 느낌이었다. 내키진 않지만 피할 수 없다는 판단이 서자 은근히 흥분도 되고 기대감도 몰려왔다.

남의 일이려니 하고 애써 눈감았던 것들이 줄줄이 떠올랐다. 무엇부터 어떻게 처리해야 할지 생각의 수레바퀴가 마구 굴러가기 시작했다. 그녀의 성격상 아예 안 하면 몰라도 대충 하는 것은 있을 수 없는 일. 일단 하겠다고 결심하자 마음이 바빠졌다.

"소첩, 태후 전하의 발끝에도 미치지 못하겠지만 성심껏 최선을 다하겠습니다."

"고맙습니다. 내, 이제 왕후만 믿겠어요."

볼일을 마친 해류가 급히 나가는 동시에 궁녀가 뒤늦게 다과상을 들고 들어왔다. 어쩔 줄 몰라 하는 궁녀에게서 태후의 심복 여관, 아엄이 다과상을 받아 태후 앞에 놓았다. 다른 궁녀들 위로 머리 하나가 더 큰 거구에 솥뚜껑 같은 손이지만 차를 올리는 움직임은 감탄이 나올 정도로 섬세했다.

아엄이 따르는 대추차를 머금으며 태후가 혼잣말처럼 중얼거렸다.

"그저 유하기만 했던 연 씨를 가엾게 여기는 자들과 내 편을 들어야 한다는 자들의 반발이 있을 텐데……."

"당연히 그렇겠지요."

한 모금 마신 잔을 상에 놓으며 태후가 지시했다.

"아엄, 왕후가 하려는 것을 훼방 놓지 않도록 아랫것들을 단속해라."

"예?"

당황하는 아엄의 반문에 태후는 흐뭇하게 고개를 끄덕였다.

"거저 얻는 것은 없는 법이다. 연협부의 딸은 그걸 몰랐지만 명림죽리의 손녀는 옥좌의 무게를 어렴풋이나마 아는 것 같구나."

태후는 다시 옥잔을 들어 입가로 가져가며 흐릿한 기대감이 감도는 미소를 머금었다.

"가장 높은 자리에 올랐으니 그에 걸맞은 무게를 감당해야지."

해류는 지끈거리는 관자놀이를 누르며 서쪽 비원으로 들어섰다. 왕궁이 넓다고는 하지만 그녀가 마음 둘 곳은 오로지 여기뿐. 심신이 천근만근이었지만 그래도 만사를 다 잊고 손을 움직여야 숨이라도 쉬어질 것 같았다. 깔끔하게 치워놓은 전각에 들어간 해류는 포를 벗어 시녀에게 건네고 벽에 걸어둔 행주치마를 꺼내 입었다.

그녀가 다시 정원으로 나가려 하자 따라온 궁녀가 걱정스레 만류했다.

"폐하, 곧 해가 질 텐데…….”

"어두워지면 그때 돌아가면 되지. 미리부터 방에 틀어박힐 필요는 없지 않니.”

바깥에서 동동거릴 일이 아득한지 궁녀들은 몸을 떨며 잔뜩 웅송그렸다. 불현듯, 좋아하지도 않는 일에 쫓아다녀야 하는 그녀들이 안됐다 싶었다. 사실 혼자 있는 게 더 마음이 편하기도 했다.

"너희는 전각 안에 있는 화분들을 살피고 흙이 마른 것에 물을 주도록 해라. 아직 날이 추워 얼 수 있으니 흙이 많이 젖어 있는 것은 물을 주지 않도록 주의하고.”

전각 안은 화분들이 겨울을 날 수 있도록 밤낮으로 구들에 약하게 불을 넣어 비교적 훈훈했다. 왕후를 따라 추운 정원으로 나가지 않아도 된다는 게 감읍한지 궁녀들의 대답은 진실로 우렁찼다.

"예. 명심하겠습니다.”

홀로 정원으로 나온 해류는 연못가로 향했다. 얼어 죽지 않도록 감싸놓은 짚이 모진 삭풍과 눈보라에 시달려 군데군데 드러나 있었다. 흐트러진 부분을 하나하나 다시 묶어주며 해류는 마치 아기를 달래듯 속삭였다.

"부디, 잘 살아나라.”

왕궁 살림을 직접 관장하라는 태후의 허락을 받자마자 한 일 중 하나가 이 정원의 청소와 정리였다. 죽은 게 확실한 나무와 풀을 뽑아내고, 쌓인 낙엽을 치워버렸다. 황무지에 가까웠던 정원을 본래 모습에 가깝게 돌려놓으면서 심기일전 마음의 준비를 했다. 그리고 왕궁을 다스리기 시작했다.

영락태왕을 먼저 보낸 애통함에 오랫동안 왕실 안주인으로 본분을 소홀히 했다는 태후의 자책은 과장이 아니었다. 켜켜이 쌓인 무관심과 세월의 더께를 벗겨내는 데 예상 이상으로 할 일이 많았다.

규모가 커졌을 뿐, 집안이나 사당, 왕실 모두 돌아가는 원리는 비슷했다.

왕궁의 궁인들이나 관원들은 나름대로 머리를 굴려 왕후에게 어깃장을 놓는다고 놨지만 해류가 보기엔 우스웠다. 체통의 가면을 쓴 권세 있는 자들의 은근한 무시와 핍박의 방식은 명림가에서, 체면을 내려놓은 치졸하고 잡다한 속임수와 이전투구(泥田鬪狗)는 사당에서 상인들을 상대하며 지겹게 겪었다. 온갖 진흙탕에서 평생을 단련해왔다고 해도 과언이 아닌 해류에게 궁인의 눈속임이나 텃세는 신경 쓸 정도도 아니었다.

굴러온 돌인 해류에 대한 반감보다 문제는 습관이 되어버린 무사안일이었다. 전 왕후 연 씨는 변명 못 할 대죄를 짓고 쫓겨나긴 했지만 온후한 성품으로, 그녀에게 호감을 가진 궁인들이 많았다. 태자비 시절부터 왕후가 된 이후에도 그녀에게 심하게 질책당하거나 죄받은 이가 하나도 없다니 그럴 만도 했다.

해류가 볼 때 그건 아무것도 하지 않았다는 의미기도 했다. 사람이 하는 일엔 의도건 아니건 실수나 잘못이 생기는 것이 당연했다. 다스리는 입장에선 상을 주거나 벌을 내려야 할 때가 있었다. 연 씨는 칭찬은 했을지 몰라도 벌줄 일은 눈감았던 게 분명했다.

또 다른 걸림돌은 태후의 권위에 익숙해진 고위 궁인들이었다. 태후가 공식적으로 새 왕후 해류에게 왕궁의 일을 넘긴다고 천명하니 따르는 척은 하지만 진심으로 순명하지 않았다. 그동안 허술한 감독 안에서 편히 지내온 이들은 처음엔 해류를 만만히 보았다. 그러다가 조목조목 따지고 챙기는 지적에 보통내기가 아니란 것을 깨달았다. 뜨끔해진 기색은 조금 보였지만 그들에겐 믿는 구석이 있었다.

귀족들에게 떠밀려 억지로 성사된 국혼이다. 태왕은 혼인날 이후 왕후궁은 쳐다보지도 않는다. 저렇게 날뛰어봤자 길어야 수삼 년 안에 쫓겨나거나 소후가 들어와 왕자를 낳으면 그쪽이 실세가 될 것이다. 그 전에라도 왕후가 저리 포악하게 설치는 꼴을 알면 태왕께서 바로잡아주실 터다.

재빠르게 계산을 마치고선 궁에서 잔뼈가 굵은 이들답게 티 나지 않는 태업으로 반항을 계속했다.

궁관이나 궁인들은 몰랐겠지만 그건 치명적인 실수였다. 그들과 마찬가지로 해류도 제가 이곳에서 오래 머물 거라고 생각하지 않았다. 왕궁에 애정도 없고 자신의 영역이 아닌 곳에 아까운 공력을 쏟을 이유는 더더욱 없었다. 심하게 거슬리는 부분만 처리한 뒤 소소한 건 적당히 굴러가게 눈감으려고 했었다. 그러나 은근슬쩍 무시하며 명을 거역하는 건들이 쌓이고 쌓이자 드디어 폭발했다.

저것들이 나대는 꼴을 보기 싫어서라도 하나부터 열까지 제대로 돌려놓겠다!

무시당하거나 속임당하는 걸 죽기보다 싫어하는 성정에 화르르 불붙은 해류는 본격적으로 팔을 걷고 나섰다.

아침 일찍 해류는 여관에게 궁 안에서 책임직을 맡은 궁관들을 모두 왕후궁으로 부르라고 명령했다. 명을 받은 즉시 달려오라고 했지만 다 모인 것은 점심때가 목전이 되어서였다. 찬염전(攬染典)²⁶의 책임자가 마지막으로 도착하자 해류는 그들이 모인 내전으로 들어왔다.

단 위에 있는 의자에 앉은 해류는 가장 늦게 온 찬염관에게 시선을 꽂았다.

"찬염전 일이 많이 바쁜가 보지?"

"예. 곧 있을 정월 투석전을 위해 태왕 폐하와 왕실의 의장에 쓸 각종 피륙을 새로 염색하고 준비하느라 몹시 분주하옵니다."

나불나불 입을 놀리는 여인을 내려다보는 해류의 눈이 가늘어졌다.

"그래. 그러면 오늘까지 염색을 마친 천의 종류와 색, 그 수량에 대해 좀 고해보라. 요즘 날이 포쇄(曝曬)²⁷하기 아주 좋았으니 제법 진척되었겠구나."

"예?"

예상치 못한 물음에 찬염관의 입술이 떨렸다. 날씨와 때를 잘 맞춰야 하는 일이 찬염이니 그 핑계는 누구도 크게 허물할 수 없었다. 그것을 믿고 일부러 늦었다. 그녀가 예측하지 못한 불운은 왕후가 직물에 관한 한 그들 이상으로 지식이 많다는 사실.

처음에 왕궁을 산책할 때 해류는 왕실의 비단은 어떤 염료로 어떻게 염색하나 궁금해 찬염전에 종종 들렀었다. 덕분에 그들이 여기 모인 관원 중 수위를 다툴 정도로 나태하다는 걸 일찌감치 파악했다. 찬염관이 일찍 도착해 기다리고 있었더라도 가장 먼저 본보기로 삼을 참이었다. 울고 싶은 아이 뺨 때려준다고, 제일 늦기까지 했으니 해류 입장에선 하늘의 도우심이었다.

---

26 옷을 염색하는 곳
27 젖거나 눅눅한 것을 바람을 쐬고 볕에 쬠. '曬'는 '晒'로도 쓴다.

"왕후의 부름에 늦을 정도로 찬염에 몰두한 이가 어찌 그 진척 상황에 관해 대답하지 못하느냐?"

"저, 찬염을 해가면서 멈출지 색을 더 넣어야 할지를 살펴야 하는 터라…… 지금 명확히 고하기는 어렵습니다."

속으로 전전긍긍하던 찬염관은 겨우 핑계를 찾아냈다. 왕후나 높은 분들은 염색이 어찌 이뤄지는지 모르니 이거면 충분할 것이다. 자신감도 슬그머니 돌아왔다.

대놓고 속이려는 수작에 해류의 미간이 확 모였다. 조목조목 얼마든지 따질 수 있지만 찬염관 한 명에게 길게 쓸 시간이 없었다.

해류는 속아주는 척하면서 화제를 돌렸다. 염색하지 않은 천이 가득한 창고를 발견해 상황을 알고 있지만 모르는 척 물었다.

"지금 진행되는 중이라 아직 확실치 않다면 그동안 찬염해놓은 비단의 수량과 종류는 어느 정도인지 고하라."

늦어놓고도 도도하던 찬염관의 낯은 흙빛이 되었다. 지난 수년간 왕후는 물론이고 태후도 필요한 비단을 제때 올리기만 하면 그 진행 일정이나 재고에 대해선 상관하지 않았다. 어느새 거기에 익어 주먹구구로 그때그때 맞춰 필요한 수량만 대고 있었다.

바들바들 떨면서 고개를 푹 숙인 채 대답을 못 하는 여인을 해류가 다그쳤다.

"왜 대답이 없느냐? 설마 정월 행사 때 쓸 비단 말고는 찬염된 게 없는 건 아니겠지?"

찬염관은 왕후가 이미 알고 묻는다는 걸 깨달았다. 빼도 박도 못할 상황. 어설프게 버티다가는 진짜 치도곤을 당하겠다는 판단에 그녀는 얼른 무릎을 꿇고서 이마를 땅에 대고 빌었다.

"용서하시옵소서. 제가 나태하였나이다. 부디 자비를 베풀어주옵소서. 한 번만 기회를 주시면 제 온몸을 바쳐 성심껏 본분을 다하겠습니다. 폐하, 제발 용서하옵소서."

머리를 쿵쿵 바닥에 찧고 눈물바다로 애걸복걸하는 그녀를 해류는 말간 눈으로 가만히 내려다봤다. 왕후는 그야말로 무표정. 노여움도 연민도, 당연한 승리감조차

보이지 않았다.

　예상치 못했던 광경에 왕후궁의 여관들과 부름을 받고 온 관리들의 등골에는 식은땀이 흘렀다. 왕후는 홧김에 그들을 불러모은 게 아니었다. 그들의 태업에 대한 정보를 끌어모으고 만반의 준비를 다 한 뒤 전부 모이게 했다. 지금 찬염관이 당하는 걸 보건대 누구든 저렇게 옴짝달싹 못 할 약점을 잡고 있을 거였다. 솔직히 여기 선 이들 중에 가슴을 쫙 펴고 당당하다 자신할 사람은 한 명도 없었다.

　왕후는 찬염관의 울부짖음을 고요히 지켜보며 한참 동안 피를 말렸다. 눈물마저도 말라 버석버석 마른 울음소리만 나올 즈음, 왕후가 마침내 침묵을 깼다.

　"그 약속 정녕 지킬 수 있느냐?"

　"……."

　살길이 보인다 싶었는지 찬염관의 머리가 번쩍 들려졌다. 눈물 콧물로 엉망인 얼굴을 들었다 숙이며 주억거렸다. 저 정도로 잡았으면 조금은 봐줘도 좋으련만. 왕후는 기어이 다짐을 받았다.

　"네 입으로 직접 말해라. 용서해주면 어찌하겠다고?"

　"제…… 성심성의껏 왕후 폐하를 모시고 따르겠습니다. 부디 한 번만 용서해주십시오."

　그 절절한 맹세는 왕후에게는 별다른 감명을 주지 않은 듯했다. 픽, 가벼운 실소가 입귀를 스치더니 왕후는 가벼운 손짓으로 그녀를 앞에서 치웠다.

　"그 성심성의는 내가 아니라 창고에 쌓여 있는 피륙에게 쏟도록 해라. 속히 돌아가서 네 임무를 마무리하거라. 추후 이런 나태가 반복될 시엔 경고 없이 처단할 것이다."

　"명심, 또 명심하겠습니다."

　사지에서 빠져나온 기분으로 찬염관이 꽁지가 빠지게 물러나자 남은 사람들은 서로 눈치를 봤다. 본보기를 보였으니 오늘은 이쯤에서 끝나겠지. 당분간은 왕후의 눈치를 보며 조심해야겠다.

　간절한 소망이 무색하게 왕후는 예정했던 다음 차례를 지목했다.

　"서쪽 전각들과 정원 관리의 책임을 맡은 자는 누구냐?"

문책의 행렬이 끝난 것은 오후였다.

고구려의 기름을 두고 중원의 면실유를 시세보다 훨씬 비싸게 사들이는 등 몰래 착복한 것이 너무 많아 도저히 덮어줄 수 없었던 기름 출납을 관리하는 관원, 술 사업을 맡은 관원은 그날로 파직했다. 나머지는 한 번만 더 기회를 주는 것으로 일단 끝을 냈다.

당하는 입장에선 벼르던 해류가 신이 나서 그들에게 회초리를 휘둘렀다고 생각하겠지만 아니었다. 남을 질책하고 모진 소리를 하는 건 그녀도 싫었다. 더구나 힘들여 잘해봤자 그녀에겐 나올 것 하나 없는 남의 살림. 이대로는 도저히 안 되겠다 싶어 어쩔 수 없이 시작했고 일단 칼을 뽑은 이상은 끝을 봐야 했다. 덕분에 온 왕궁에 위엄을 세우는 데는 성공했다.

속은 어떨지 몰라도 이제 게으름을 피우거나 해류의 명령에 대놓고 반항은 못할 터. 왕궁은 태후가 왕후이던 시절처럼 깔끔하고 매끄럽게 돌아갈 것이다. 깔끔하게 마무리했지만 입맛이 썼다. 쓸데없이 무슨 짓을 한 것인지 뒤늦게 후회도 밀려왔다.

괜히 발끈해서 악역까지 자처하다니, 밑져도 한참 밑지는 장사를 열심히 했구나. 이제는 봐도 못 본 척하며 살자.

오지랖 넓은 자신을 탓하며 유일한 피난처인 비원으로 걸음 했다.

자신들은 전각에 편히 있고 왕후 혼자 추운 밖에서 일하는 것이 걸렸는지 궁녀들이 주춤주춤 다시 나왔다.

"폐하, 이런 일은 동산바치[28]나 궁노에게 시키시지요. 손수 흙을 만지시니 심히 민망합니다."

왕후가 된 뒤 수도 없이 들은 소리라 해류는 입버릇처럼 하는 말로 가볍게 넘겼다.

---

28 조경 기술자

"본래 눈처럼 게으른 게 없고 손처럼 부지런한 것이 없다고 했다."

그녀는 어깨를 내리누르는 부담감과 불안을 떨치려 돋을양지에 있는 분재를 짚으로 더욱 꽁꽁 감싸줬다.

"얼마나 살아날지 모르겠지만…… 봄이 되면 알겠지."

그녀에게 허락된 기다림은 이뿐. 서편으로 시시각각으로 이울어지는 짧은 햇덧을 바라보면서 해류는 아직 먼 봄을 기다렸다.

매년 정월 대보름이면 신분 고하를 가리지 않고 온 백성들이 국내성 남쪽 마자수(馬訾水)[29]에 모여 물놀이하고 사내들은 편을 나눠 투석전을 벌였다. 물놀이와 투석전을 위해, 이 축제를 구경하기 위해 사람들은 구름처럼 강가로 몰려왔다.

왕과 왕후가 함께 물놀이를 지켜보고 투석전의 시작을 명하는 것은 오랜 전통이었다. 태왕이 탄 말과 왕후가 탄 수레가 도착하자 백성들은 앞다퉈 환호성을 터뜨렸다.

"태왕 폐하 만세!"

"왕후 폐하 만세!"

미소를 지으며 손을 들어 백성들을 진정시킨 태왕은 천천히 말에서 내렸다. 해류도 수레에서 내려 태왕 거련과 나란히 강가에 마련된 단 위 옥좌로 향했다. 태왕 부처가 자리에 앉고 물놀이가 시작됐다.

남쪽 사람들에겐 아직도 뼈를 에는 추위지만 북방의 고구려인들은 슬금슬금 다가오는 봄의 기운을 느끼기 시작하는 시기. 얼음이 녹기 시작한 강에 들어간 사내들은 마치 한여름인 것처럼 웃고 떠들었다. 그 모습을 여인과 어린아이들은 강가에서 지켜보거나 그들도 가볍게 물을 튀기며 놀았다.

---

29 압록강

해류가 정월의 물놀이 축제를 구경한 것은 외조부모가 살아 있을 때다. 벌써 10년도 더 전의 일이라 이런 떠들썩한 왁자지껄이 신기하고 재미있었다. 저도 모르게 몸을 앞으로 주욱 빼고 몰두해 구경하고 있었던 모양이었다.

"물놀이를 좋아하는 모양입니다."

"예?"

제게 하는 얘기인 줄 모르고 잠시 두리번거리던 해류는 태왕의 시선을 느끼자 얼른 고개를 끄덕여 인정했다.

"아, 예에. 아주 오랜만에 보는 터라 저도 모르게 몰입하였나 봅니다."

"그렇군요. 즐거워 보이니 다행입니다."

다시 강에 눈을 고정한 태왕의 옆모습을 흘끗거리며 그와 이렇게 한자리에서 말이라도 섞은 것이 얼마 만인지 기억을 더듬었다. 조금은 서글프고 황당하지만 지난겨울, 혼례식 날 이후 처음이었다.

바로 보름 전 정월 초하루에는 제사를 마친 뒤 신년 하례를 올리기 위해 태후궁 입구에서 만났다. 함께 들어가 세배를 올리고 나와 각자 연회를 주최하기 위해 헤어졌다. 말도 섞지 않고 가버릴 줄 알았는데 새해에 으레 나누는 짧은 인사는 건네긴 했다.

지금 이 대화도 주변을 의식한 예의일 터였다. 그녀가 선을 넘지 않는 한 왕후로 대접하겠다는 약속은 최소한도에서 지켜주고 있었다. 이걸 고마워해야 할지.

해류 입장에선 궁에서 그림자로 늙어 죽는 것보다는 시원하게 쫓아내 알아서 살도록 해주는 것이 더 감사한 처사였다. 그걸 태왕에게 직접 알려줄 수도 없으니 속이 갑갑했다.

예상대로 태왕과 해류 사이가 데면데면, 냉랭하다는 소문이 밖에도 퍼졌는지 백부며 조부가 그들을 유심히 살피는 게 느껴졌다. 그나마 태왕이 말이라도 걸어준 덕분에 아직은 기연가미연가하지만 조만간 그들도 진실을 알게 될 것이다.

그러면 어떻게 나올지. 소박데기라도 어쨌든 왕후이니 전처럼 대놓고 함부로 대할 수는 없겠지만 여러 가지 압박이 있을 터였다. 가장 걱정되는 건 또 어머니를 핍박할까.

태왕이 말을 걸어줬을 때 조금이라도 길게 끌고 하다못해 웃는 척이라도 할걸.

뒤늦게 후회하며 고심하는 해류와 달리 태왕의 관심은 이미 떠나 있었다. 최소한의 예의는 차렸으니 충분하다 싶었는지 물놀이를 하는 백성들에서 시선을 떼지 않았다.

시간이 지나면서 물놀이는 소강상태에 접어들었다. 아무리 추위에 익숙한 강건한 사내들이라고 해도 초봄의 강에서 길게 놀기엔 무리였다. 차츰 물 밖으로 나와 곳곳에 피워놓은 화톳불에 몸을 녹이고 옷을 말리는 이가 늘어났다. 다들 몸이 따뜻해지자 슬슬 투석전에 대한 기대감이 차오르는 게 보였다. 좌부는 청색, 우부는 백색, 건을 하나둘 머리에 두르며 싸울 준비에 들어갔다.

단상에 시선이 몰리자 태왕이 천천히 일어났다. 태왕만이 입는 대수자포를 벗어 강에 던졌다.

"와아아!"

좌부와 우부로 나뉜 사내들이 강과 그 주변에서 돌을 던지기 시작했다. 함께 어울려 노는 물놀이와 달리 투석전은 격렬한 다툼. 무기가 돌일 뿐이지 전쟁이나 다름없었다. 지휘를 맡은 부장들은 상대편을 제압할 작전을 세우고 양편 장정들은 그에 따라 일사불란하게 움직였다.

우열을 가리기 힘들 정도의 난전이었지만 점점 청색 건을 두른 쪽이 우세해지고 있었다. 처음엔 강대강으로 세게 맞서다가 밀리는 척하더니 항아리처럼 적을 안으로 끌어들인 뒤 돌을 퍼부어 백색 건을 두른 우부가 크게 당황하고 있었다. 우부의 부장이 포위를 뚫으려고 앞장서서 독려했지만 대다수는 쏟아지는 돌에 전의를 상실한 뒤였다.

"만약 실제 전쟁이었다면 저것은 돌이 아니라 화살 소나기였으니, 우부의 부대는 이미 전멸이겠구먼."

"올해 석전은 양 부장들이 진짜 전쟁처럼 싸움을 이끄니, 보는 재미가 아주 좋습니다. 좌부의 부장은 자기 군사의 손실을 최소화하는 법을 아는군요."

"백성들에게 실전에 대비한 아주 좋은 훈련이 되겠습니다."

옥좌를 둘러싼 대신들의 품평을 듣던 태왕이 조용히 끼어들었다.

"올해 좌부의 지휘를 맡은 자가 누구냐?"

대신들에게도 낯선 이라 서로 얼굴을 마주 보는데, 순노부의 욕살이 의기양양한 음성으로 고했다.

"가라달(可邏達)[30] 설일우의 오남, 사수루입니다."

설가는 순노부에 속한 성씨. 이제는 존재감이 거의 사라진 순노부였다. 우리 부에도 이런 인재가 있다는 걸 자랑할 드문 기회라 순노부 욕살 걸사비유의 음성엔 신명이 가득 실렸다.

"농오리산성(籠五里山城)[31]에 있는 아비 일우를 따라갔는데 태학[32]에서 수학하기 위해 지지난해에 국내성으로 왔습니다."

좀 더 칭찬이 나오면 좋으련만. 애타게 태왕의 입만 쳐다보는 순노부 욕살의 소망과 달리 태왕의 반응은 짧았다.

"그렇군."

이야기를 나누는 동안 투석전은 좌부의 승리로 끝났다. 기민한 전술과 그대로 잘 따른 좌부 청년들 때문에 예년에 비해선 싱거운 승부였다. 더 격렬하고 긴 전투를 기대했던 일부는 투덜거리긴 했지만 큰 부상자 없이 마무리되어 지켜보는 이들은 안도의 한숨을 삼켰다.

승리한 좌부에게 술과 돼지고기가, 부장에겐 강물에 던진 태왕의 포가 하사되면서 정월의 축제는 끝이 났다.

어두워지는 길을 달려 왕궁으로 돌아왔다. 왕의 침전과 왕후궁으로 이어진 문 앞, 해류가 수레에서 내렸다. 말을 타고 앞섰기에 벌써 자신의 침전으로 갔으려니 했던 태왕이 의외로 그녀를 기다리고 있었다.

"큰 행사라 힘들었을 텐데 오늘도 수고하셨습니다."

---

30 고구려의 고위 지방관. 대성(大城) 책임자의 부관급이거나 소성(小城)의 책임자.

31 평안북도 태천군에 있는 고구려 성

32 고구려의 상위 교육기관

뜬금없이 이 무슨 치하인가 싶었다. 그래도 웃는 얼굴에 침 못 뱉는다고, 해류도 곱게 답례를 올렸다.

"아닙니다. 폐하께 누를 끼치지 않고 마무리해서 다행입니다."

다정히 환담을 나누시니 얼마나 보기 좋은지. 이렇게 기다려주신 김에 함께 왕후궁으로 듭시지 않을까.

수행한 궁인들이 기대감에 눈을 빛냈지만 태왕의 호의는 거기까지였다.

"짐은 처결할 정무가 남아 있어서 편전으로 돌아가야겠습니다. 왕후께선 푹 쉬십시오."

바로 돌아서서 편전으로 향하는 그의 단단한 등을 보면서 왕후궁의 여관과 궁녀들은 실망감을 감추지 못했다. 왕후가 받았을 상처를 걱정하며 조심조심 눈치를 살폈다.

그녀들의 염려와 달리 해류는 태왕에 대한 기대를 다 털어버렸기에 그의 냉담한 태도에 상처받지 않았다. 지금 그녀의 심장을 조이는 건 다른 이유였다. 자신이 효용 가치가 없다는 것이 확실해졌을 때 어머니가 당할 고초. 어떻게 하면 어머니를 보호할 수 있을까. 그 궁리만을 머리에 가득 담은 채 해류는 왕후궁으로 걸어갔다.

물놀이와 투석전 행사가 끝난 다음 날도 중요한 일과를 끝낸 해류의 발걸음은 습관처럼 서쪽 비원으로 향했다. 예상했던 바이지만, 전각 안에 옮겨온 화분들의 절반 이상은 이미 오래전에 죽어 있었다. 그렇지만 요행히 생명을 부지하고 있었던 것들은 살뜰한 보살핌에 파릇한 기운을 되찾았다. 이른 꽃을 피우려는지 봉오리를 한껏 부풀린 것도 있었다.

"오!"

애틋하고 반가운 마음에 그녀는 분재 앞으로 다가서 몸을 숙였다. 해류를 따라온 궁녀도 꽃을 발견했는지 펄쩍 뛰며 반색했다.

"폐하, 꽃이 피려나 보옵니다. 아직 봄이 오고 꽃이 피려면 한참 멀었는데, 상서로운 징조가 아닐지요. 왕후 폐하께 좋은 일이 있으려나 봅니다. 분명 길조입니다."

"고작 꽃 한 송이가 피려는 것에 무슨."

길조니 징조니 갖다 붙이는 궁녀의 호들갑은 대수롭잖게 취급했지만 실은 해류도 펄쩍펄쩍 뛰고 싶을 정도로 기뻤다. 꽃이 핀 분재가 동기간이나 되는 것처럼 애틋함이 밀려와 괜히 눈시울도 뜨끈해졌다. 혹시라도 상할까 두려워 해류는 봉오리 주변만 가만가만 어루만졌다.

"모진 세월을 이겨내더니…… 참으로 장하구나."

여관과 궁녀들이 왜 왕후가 비원을 애지중지하며 손수 가꾸는지 이상하다 여기는 걸 알고 있었다.

해류에겐 정원과 분재들이 자신같이 느껴졌다. 한때는 귀하게 누군가에게 보살핌을 받았겠지만 버려지고 잊힌 장소. 혹독한 날씨와 가뭄에 말라 죽거나 그 와중에도 어떻게든 홀로 버티며 살아남은 분재들은 바로 그녀였다.

저를 아예 궁에서 쫓아내주면 좋겠지만 자비를 베푼답시고 첫날밤 공언한 대로 허울뿐인 왕후로 갇혀 살게 되면 이 정원에 즐비한 값진 분재의 추레한 꼬락서니가 바로 그녀의 미래였다. 자신의 미래는 바꿀 수 없지만 정원과 분재라도 바꿔주고 싶었다. 과거의 영광엔 미치지 못하겠지만 그래도 살아남은 것은 그 보람을 느끼도록 애를 써왔다.

화분에 심은 분재 중에 모진 세월을 버텨낸 것이 반절에 조금 못 미치니, 정원에 있는 것도 비슷할 거였다. 날이 따뜻해져 싹이 트면 산 것과 죽은 것이 확실히 판별될 터. 그때 죽은 것은 파내고 꽃을 심거나 어울릴 분재를 구해 새로 심는 것도 좋겠다.

봄이 되어 변할 정원의 모습을 떠올리는 해류의 미소가 짙어졌다. 새삼스레 봄이 기다려졌다.

"무슨 즐거운 생각이라도 나신 모양입니다?"

궁녀의 물음에 상상의 정원 속에서 거닐던 해류가 퍼뜩 현실로 돌아왔다.

어릴 때부터 자수나 직물의 문양을 고를 때를 제외하고 초목에 관심을 가져본 적이 단 한 번도 없었다. 바늘을 잡으면 태왕의 것이 아닐까 하는 기대와 닭달이 귀찮아 반짇고리는 쳐다도 안 보았다. 그러다 보니 팍팍하고 긴장을 늦출 수 없는 왕궁 생활에서 정원이 유일한 안식이 되어버렸다.

"아아, 잠시 다른 생각을 했던 모양이다."

밤새 머물며 들여다봐도 힘들지 않겠지만 내려앉는 땅거미를 보니 돌아가야 할 시간이었다. 오늘 저녁 전에 그동안 소홀히 관리했던 전각들의 수선과 청소에 대해 보고를 들어야 했다. 원치 않는 자리지만 최소한 왕후인 동안엔 아랫사람들에게 약점을 잡히는 행동은 금물. 해류는 내키지 않는 발걸음을 뗐다.

"그만 돌아가자."

정원에 나오니 벌써 해거름. 예상보다 시간이 많이 흘러 있었다.

"서둘러야겠다."

해류가 잽싼 걸음으로 움직였다. 조금도 꾸물거리는 게 용납되지 않던 사당에서 오래 살아 본디도 날랜 편이었던 해류의 걸음걸이는 더 빨라져 있었다. 느긋나긋하고 얌전한 이전 왕후에게 익숙했던 궁녀들은 죽을상으로 거의 달음박질치며 따라왔다.

기다리게 해도 뭐라 그럴 사람은 하나도 없지만 자신뿐 아니라 남의 시간 낭비도 싫어하는 해류의 결벽이 발걸음을 재촉하게 만들었다.

앞만 보며 급히 가다 보니 모퉁이를 돌면서 주변을 제대로 살피지 않았던 모양이었다. 비원의 담이 끝나는 갈림길에서 해류는 쿵, 옆에서 오던 사람과 충돌했다.

"미안."

얼른 몸을 떼고 사과를 던지고 갈 길을 가려던 해류는 금실로 수놓은 검은 화와 오색의 비단 포 자락이 보이자 멈칫했다.

제발 아니기를. 간절히 기도한 것이 무색하게 천천히 고개를 드는 그녀의 눈앞에 서 있는 것은 백라관(白羅冠)[33]을 쓴 훤칠한 남자. 태왕 거련이었다. 해류는 다시 몸을 깊이 숙여 백배사죄했다.

"용서하십시오, 폐하. 제가 부주의했습니다."

---

33 검정색 두건 같은 책 위에 비치는 얇은 흰색 라(羅)로 만든 관을 덧씌운 이중관. 고구려 왕이 평상시에 착용하는 관모.

다행히 그는 노여워 보이지는 않았다. 호기심인지 아니면 주변의 시선을 의식한 것인지 아는 척까지 해줬다.

"어디 급하게 가는 모양입니다?"

"아? 예. 왕후궁에 궁관들을 들라고 했는데 제가 그걸 잠시 잊었습니다."

"그렇군요."

고개를 끄덕하며 제 갈 길을 갈 것처럼 보이던 그가 해류의 손과 소매에 묻은 흙을 알아차린 모양이었다. 머리를 숙여 예를 표하고 얼른 움직이려던 해류의 손을 살짝 가리켰다.

"어디 넘어지기라도 하셨습니까?"

아차 싶었다. 매무새를 가다듬지 않고 나온 걸 해류는 후회했다.

"잠시 정원을 살피느라요. 폐하께 흐트러진 모습을 보여 송구합니다."

"정원요? 어느 정원 말씀입니까?"

그날 처음으로, 아니 어쩌면 해류를 만나고 혼인한 후 처음으로 태왕의 눈에 관심이 떠올랐다.

하필이면 이런 날 만나서 전에 없이 꼬치꼬치 캐묻는지. 마음이 바빴지만 상대는 태왕이었다. 해류는 최대한 공손하게 낮은 담 너머 가산 쪽을 가리켰다.

"바로 여기입니다. 꽤 오래 내버려뒀던지 몹시 황폐하여 제가 틈틈이 돌보고 있습니다."

해류가 가리킨 방향을 보는 태왕의 눈에 복잡다단한 감정이 빠르게 스쳤지만, 찰나간이라 아무도 알지 못했다. 혼자만의 격랑을 얼른 수습한 그는 다시 움직였다. 슥 스치면서 해류에게만 들리게 속삭였다. 남들의 눈에는 밀어처럼 보이는 그 속삭임은 북풍한설보다도 차가웠다.

"이곳은 모후의 정원이니 당신이 출입할 곳이 아닙니다. 향후엔 왕후를 여기서 보지 않도록 해주세요."

"그럼 나흘 뒤 오후에 듭시라고, 전하겠습니다."

명림가의 사자는 왕후에게 원하는 답을 받자 바로 뛰어가다시피 사라졌다.

"하아."

저도 모르게 한숨이 뱉어졌다.

원치 않는 만남의 약속. 가능하다면 영영 안 보고 싶었지만 명림두지는 영악했다. 해류가 무슨 핑계를 대서든 저나 명림 일족은 만나주지 않으리란 걸 그는 잘 알았다. 여진과 함께 새해 문안을 올리겠다는 전언은 거부할 수 없는 제안이었다.

국혼 이후, 어머니를 한 번도 보지 못했다. 사당에 있을 때는 여진이 기도를 핑계로 빈번히 찾아와 수시로 만났었다. 이렇게 오랫동안 어머니와 만나지 못한 건 처음. 때마다 시녀를 보내 안부를 교환하긴 했지만 아무래도 삼자를 통하다 보니 한계가 있었다.

두지가 명림 일족만 아니었다면 벌써 절혼을 하셨을 텐데.

해류의 외조부모가 죽고 두지가 본색을 완전히 드러낸 뒤 여진은 수차례 절혼하려고 했었다. 그걸 가로막은 건 예씨 상단의 재산이었다. 여진이 물려받은 막대한 유산은 부유한 명림 일가에게도 포기할 수 없는 규모였다. 혈육의 정이라곤 단한 점도 없으면서 해류를 미끼로 여진을 주저앉혔다. 딸을 절대 내어주지 않겠다는 압력에 굴복한 여진은 형식적인 혼인을 이어오고 있었다.

왕후만 되지 않았다면…….

마리습이 돌아오면 투자한 밑천을 갖고 고구려를 떠났다가 두지의 사후에 귀국해 모든 걸 되찾으려는 계획을 해류는 안타깝게 곱씹었다.

그림자도 보기 싫은 혹이 딸리긴 하겠지만 그래도 어머니와 만날 수 있다. 그 사실을 위안 삼으며 해류는 당장 할 수 있는 일을 하기로 했다.

어머니에게 금은사로 조물(組物)[34] 허리띠를 만들어드려야겠다. 나흘이면 허리띠 정도는 충분히 완성할 수 있었다. 어울릴 색과 문양을 생각하며 혼인 예물로 받은

---

34 실을 엮거나 땋아 짠 사선엮음직물. 끈이나 띠를 만들었다.

색실이 든 궤짝을 가져오라고 시키려는데 밖에서 고하는 소리가 들렸다.

"폐하, 태후 전하께서 납셨습니다."

"뭐? 어서 모셔라."

해류은 서둘러 일어나 태후를 맞았다.

"태후 전하, 어서 오십시오."

"날이 하도 좋아 산보를 나왔다가 왕후께서 궁에 있다기에 들렀습니다. 연통도 없이 와서 실례가 된 건 아닌지 모르겠습니다."

"아니옵니다. 제가 먼저 찾아뵈었어야 했는데. 송구합니다. 언제든지 편히 들러주십시오."

"뒷방늙은이를 박대하지 않고 이리 환대해주니 고맙군요."

뒷방늙은이라는 단어와 태후는 전혀 어울리지 않았다. 연치는 사십 대 초반이지만 얼핏 보면 이십 대 후반이라고 해도 믿을 만큼 주름은 물론이거니와 머리카락도 새치 하나 없이 검고 윤기가 흘렀다.

"뒷방늙은이라니요. 중원 신선들의 양생술을 익히신 게 아닌가 할 정도로 젊으신데요."

해류의 칭찬에 담긴 진심을 느꼈는지 태후의 미소가 더욱 따뜻하고 짙어졌다.

"호호, 빈말인 걸 알지만 듣기 싫지는 않군요."

태후가 상석에 자리를 잡자 왕후궁의 시녀들이 다과가 든 소반을 들고 들어왔다. 오절판에 정갈하게 놓인, 대추와 팥이 든 다과들을 맛보면서 태후가 흐뭇하니 고개를 끄덕였다.

"역시 왕후가 직접 궁을 다스리니 다과부터 그 격이 달라지는군요. 왕후궁 주방 궁인들의 솜씨가 아주 좋아진 것 같습니다."

"입에 맞으신다니 다행입니다."

"왕후궁뿐 아니라 그동안 소홀히 했던 다른 곳들을 돌보고 챙기느라 많이 힘드셨을 텐데, 잘되고 있습니까?"

조만간 태후를 찾아갈 예정이었던 터라 해류는 잘되었다 싶어 인사를 올렸다.

"전하께서 궁관들에게 제 명을 잘 따르라고 일러주셨단 걸 알고 있습니다. 태후

전하께서 친히 나서주지 않으셨으면 기강을 잡기 어려웠을 것입니다. 감사드립니다."

"감사는요. 당연한 일인걸요. 그나저나 서쪽의 비원은 잘 복구되고 있습니까? 왕후께서 직접 해보겠다고 하셨는데, 어찌 됐는지 참으로 궁금합니다."

태후의 질문에 해류의 말문이 막혔다. 궁에 들어온 이래 그녀의 유일한 안식처이고 위로였던 비원이지만 지금은 금지된 장소. 당신 아들이 모후의 정원이니 출입하지 말라고 했다고 고자질할 수는 없었다. 그리 의미 깊고 소중한 곳이면 잘 좀 가꿀 것이지, 무슨 연유로 황폐하게 내버려뒀냐고 따지고도 싶었지만 상상에서나 가능했다.

더불어 궁금했다. 태왕은 모후의 정원이라고 출입하지 말라고 하는데, 태후는 해류가 정원의 일을 고했을 때 마치 남의 집 혼사처럼 무덤덤했었다. 사정을 묻고 싶었지만 그 역시 해류에게는 월권이었다. 그녀는 가장 무난한 대답을 올렸다.

"폐하께서 태후 전하의 정원에 손대는 것을 마뜩잖아하시는 듯해 아랫사람들에게 맡겨 보고만 받고 있습니다. 거지반 정리가 되었으니 봄이 되면 한번 둘러보십시오."

"내 정원요?"

영문 모르겠다는 태후의 반문에 해류도 어리둥절. 고개를 갸웃했다.

"모후의 정원이니 출입을 삼가라고……."

"아아…… 그렇지요. 모후의 정원이 맞지요."

옛일을 더듬는지 잠시 허공을 떠돌던 태후의 시선이 해류에게로 돌아왔다.

"나는 영락태왕의 두 번째 왕후랍니다. 태왕을 낳으신 모후는 따로 있지요."

"예에?"

해류로선 금시초문이었다. 그녀가 아는 한 왕후는 제 앞에 있는 태후뿐이었다. 이전 왕후의 존재는 아예 들은 적이 없었다. 놀람과 궁금증으로 눈이 동그래진 해류를 보면서 태후가 빙긋 웃었다.

"워낙 오래전에 귀천하셔서 왕후께선 모를 수도 있겠군요."

태후는 한때 자신의 거처기도 했던 왕후궁 사실(私室)을 새삼스러운 눈길로 훑더니 한 곳을 가리켰다. 그녀의 손끝이 향한 벽기둥에는 버들꽃과 버들가지 문양이 새겨져 있었다.

"이 궁은 영락태왕께서 그분을 위해 지었던 곳이지요. 존함에 버들 류(柳)자가 들어 있어 왕후궁 구석구석에 저 문양이 새겨져 있습니다. 태왕께서 갓난아기 때 돌아가셨지만 당시 궁인들은 아직도 기억할 정도로 참으로 금슬이 좋으셨습니다."

평범한 장식이려니. 의미 없이 보던 무늬가 새삼스럽게 다가왔다.

"하면…… 그 정원은……?"

"왕후께선 옥체가 미령해 바깥출입을 많이 못 하시니 궁 안에서라도 편히 사계를 즐기라고 영락태왕께서 만들어주신 곳입니다. 작은 정원에다 다채로운 풍광을 만들기 위해 곳곳에서 귀한 분재들을 모아 조성했다고 들었지요."

평온하게 얘기하고 있지만 태후도 여인이었다. 애수인지 격동인지 음성이 가늘게 떨렸다. 감정을 추스르는 듯 차를 한 모금 천천히 마신 뒤 담담하게 설명을 마무리했다.

"영락태왕 생전에는 궁에 계실 적엔 직접 돌보시고 전장에서 돌아오시면 거기부터 챙기시니 천하제일로 아름다웠답니다. 여러 일로 남은 이들은 까맣게 잊고서 황폐하게 만든 게 정말 죄스러웠는데 왕후가 직접 나서주니 내 마음이 참 좋군요."

전혀 몰랐던 사실에 해류는 머리가 어질어질했다. 사별한 전 왕후를 잊지 못하고 그녀를 위해 만들었던 정원을 애지중지하며 맴도는 남편을 바라보는 심정은 어땠을지. 유하게 남의 일처럼 말하고 있긴 하지만 속은 숯덩이가 되었을 것이다.

따져보면 꽤 중요한 일인데 아무도 제게 알려주지 않았다는 게 놀라웠다. 모른다고 시치미를 딱 뗀 왕후궁의 여관이며 궁녀들에게 화가 살짝 났지만 그들 입장도 이해가 가긴 했다. 몰라도 되는 일을 미주알고주알 아뢰었다가 태후에게 미운털이 박힐 수 있는 위험을 무릅쓰긴 싫었겠지. 그것도 모른 채 찾아와 비원을 가꾸게 해달라는 철없는 며느리에게 흔쾌히 허락해주다니. 어렵고 멀게 느껴지던 태후가 다시 보였다. 그렇다고 그 일에 대해 사죄하는 것도 감사하는 것도 맞지 않았다.

어떻게 해야 할지 전전긍긍하는 해류의 심경을 아는 것처럼 태후는 뜻밖의 얘기를 하나 더 털어놨다.

"나도 왕후처럼 태자비 간택에서 떨어진 뒤 부여신 사당에 들어갔다가 이 자리에 올랐습니다. 지금 수품신녀인 보연과 동기지요."

"송구합니다. 그 또한 몰랐었습니다."

"호호, 아무리 호사라고 해도 기억하기엔 너무 예전 일이니 모르는 게 당연하지요."

처음 인사를 올리러 갔던 날처럼 태후는 해류의 손을 꼭 잡았다. 혹시라도 주변의 궁녀들이 들을까 걱정되는지 음성을 확 낮춰 속삭이듯 말을 이었다.

"첫정을 가슴에 담은 분의 등을 바라보는 게 쉽지 않다는 건 내가 누구보다도 잘 압니다. 그렇지만 전에도 당부했듯이 기다림의 끝은 꼭 있을 겁니다. 그대는 천신이 점지해준 이 대고구려의 왕후이니 그걸 잊지 말고 태왕의 곁을 굳건히 지켜주세요."

태후가 얼마나 절절히 영락태왕을 사모했는지. 얼마나 기나긴 기다림의 세월을 보냈는지, 그 공허함과 외로움이 얼마나 사무쳤을지. 짧은 당부에서도 확연히 감지할 수 있었다.

어떻게 연적의 아들을 위해 이렇게 진심으로 간곡하게 부탁할 수 있을까. 해류로선 절대 이해할 수 없는 아량이었다. 죽었다가 깨어나도 저는 못 할 테지만 그걸 입 밖에 낼 정도로 어리석진 않았다.

"명심하겠습니다."

노회한 태후이니 해류의 대답에 진심이 적다는 건 아마도 감지했을 테지만 파고들지 않았다. 대신 노련하게 화제를 돌렸다.

"이 차는 향이 참 좋군요. 중원 남쪽에서 온 병차(餠茶)[35]인 모양이지요?"

태후와의 대화는 쌓였던 궁금증과 왕실의 비밀을 한 겹 들춰내는 시간이었다. 하지만 당면한 가장 큰 문제, 해류가 태왕에게 철저하게 외면받고 있다는 사실을

---

35 익힌 찻잎을 쪘어서 떡처럼 만든 차

해결해주진 못했다. 왕의 총애를 받지 못하는 딸에 대한 명림가의 압박도.

내내 거부당하던 알현을 아내를 앞세워 허락받은 두지는 안절부절못하며 기회만 노리는 중이었다. 여진이 태왕과 해류를 위해 직접 천을 짜고 금실로 해를, 은실로 달과 은하수를 수놓은 짙푸른 휘장을 선물로 올리자 그 놀라운 솜씨에 감탄하는 여관과 궁녀들의 환호성에도 시큰둥했다. 마침내 해류의 명으로 궁녀들이 물러가고 세 사람만 남자 곧바로 본색을 드러냈다.

"시중에 왕후 폐하를 두고 묘한 소문이 떠돌고 있습니다."

묻지 않아도 알 것 같았지만 해류는 시치미를 뗐다.

"묘한 소문이라니요?"

그 천연덕스러운 태도에 멈칫하는가 싶었지만 모처럼 얻은 기회를 놓치지 않으려는 두지는 서슴없이 뱉었다.

"태왕께서 왕후를 전혀 찾지 않으신다더군요."

잠깐 부정할까 했지만 해류는 그 생각을 접었다. 그래봤자 이 순간의 회피였다. 태왕이 뜻을 꺾을 리는 없으니 언제든 부딪혀야 할 문제이기도 했다.

"맞습니다."

너무나 당당한 인정에 정신이 번쩍 들게 질책하리라, 잔뜩 벼르던 두지는 오히려 말문이 막혔다. 그가 정신을 수습해 공격하기 전에 해류는 선공에 나섰다.

"연 씨가 입에 담기도 힘든 대죄를 짓긴 했으나 태왕 폐하의 총애가 깊으셨고 또한 조강지처였습니다. 최소한의 애도를 할 시간은 드렸어야지요. 폐하를 강압해 전혀 원치도 않으시는 저를 왕후로 올릴 때 그 정도 각오도 안 하셨습니까?"

명림가와 두지의 목적은 명료했다. 태왕의 총애를 얻지 못한 해류를 엄히 꾸짖고 어떻게든 빨리 왕자를 가지라 강요하는 것. 그러나 반대로 해류에게 꾸지람을 받는 격이 되어버렸다.

해류는 자신이 어떤 소리를 해도 두지가 날뛸 수 없다는 걸 십분 활용했다. 왕후라는 자리의 거의 유일한 장점을 빌어 입궁 이래 내내 하고팠던 소리를 원 없이 해댔다.

"아버님은 일평생 소원대로 고추대가가 되셨지만 명림가와 절노부의 어른들이 폐하께 저지른 불경의 불똥은 제가 고스란히 받고 있지요. 사당에서 신녀로 평온하게 살겠다는 저를 강제로 여기에 끌어다 놨으면 됐지 뭘 더 바라십니까? 폐하의 침전에 벌거벗고 난입이라도 할까요? 저와 온 일가의 목이 달아날 각오가 되셨다면 기꺼이 하겠습니다."

"이, 이……."

제집이나 하다못해 사당만 됐어도 '이리 표독하고 툽상스러우니 소박을 맞았다. 그래놓고선 뭘 잘했다고 대거리냐'고 고함을 지르고도 남았다. 해류가 바락바락 더 달려들면 주먹을 들어 물리적으로도 혼찌검을 내줬을 거였다.

그에겐 땅을 치도록 안타깝지만 이제 해류는 그의 딸이기 전에 왕후였다. 아무리 무지막지하고 안하무인인 두지라도 왕후에게 드잡이질할 정도로 정신이 나가지 않았다.

"막돼먹은 것."

바깥의 궁녀들에게 들리지 않을 정도로 중얼거리며 해류를 무섭게 노려보는 것이 지금 그가 할 수 있는 유일한 보복. 대신 그는 옆에 앉은 여진을 매섭게 쏘아봤다. 해류에게 직접 응징할 수는 없지만 여진은 그의 아내였다. 제집에서 그는 왕 못지않은 존재였다. 해류에게 하지 못한 분풀이를 여진에게 얼마든지 해도 말릴 사람이 없었다.

살기등등한 그의 눈초리에 담긴 복수심을 해류와 여진은 모르지 않았다. 지난 십수 년간 수없이 당해온 터라 여진은 각오를 단단히 했다. 해류를 안심시키려고 살짝 웃으며 고개를 저었다.

두지가 간과한 사실이 하나 더 있었다. 해류가 비록 총애는 받지 못하지만 이 자리에 있는 동안은 전과 비교할 수 없는 힘을 가진 존재였다. 그걸 두지에게 마음껏 휘두르기로 작정한 이상 두려울 게 없었다.

"혹여라도 어머니를 핍박했다는 소식이 제 귀에 들어올 시엔, 절혼하겠다는 선언으로 알아듣겠습니다."

"뭐라고!"

절혼은 두지가 가장 피하고 싶은 일. 그동안 가문의 영향력과 해류를 볼모로 여진의 시도를 무위로 돌릴 수 있었지만 상황이 달라질 수 있었다. 순간 겁이 덜컥 났지만 약점을 잡히는 게 싫어 그는 뻣뻣하게 허세를 부렸다.

"왕후의 어미가 절혼을 한다고요? 그런 유례없는 망신을 자초하겠다고요?"

"무엇이든 처음이 있는 법이지요. 그리고, 저는 절혼이 망신이라고 추호도 생각하지 않습니다."

해류는 더없이 다사로운 시선으로 어머니를 일별했다가 찬바람이 쌩쌩 부는 눈빛을 두지에게 보냈다. 방에 있는 세 사람에게만 들리도록 낮게 경고했다.

"연정도 가치도 없는 사내와의 절혼이라면 특히요."

해류라면 충분히 그러고도 남는다.

두지는 분이 치올라 부들부들 떨면서도 노성을 간신히 참아냈다. 저 건방진 기세를 확 꺾어놓고 어떻게 이 모녀를 괴롭혀줄지는 천천히 궁리해보면 방도가 나올 것이다. 그는 후일을 기약하면서 일단 격분을 눌렀다.

삶은 문어처럼 시뻘게지는 두지의 얼굴을 보니 10년 묵은 체증이 쑥 내려가는 것 같았다. 이 정도면 내가 어떤 각오인지 충분히 알아들었을 것이다. 괜히 여기서 더 건드려 앞뒤 가리지 않는 지경이 되면 어머니가 힘들어진다. 해류는 그쯤에서 대화를 마무리 지었다.

"어머니께 왕후궁을 안내해드리고 싶으니 아버지께선 여기서 잠시만 다과를 즐겨주세요."

일부러 목청을 높여 밖의 궁녀들에게 들리도록 얘기한 뒤 해류는 여진과 함께 일어섰다.

빈청을 벗어나 왕후궁의 가장 깊은 곳, 침전의 침실로 들어가 둘만이 남자 해류는 비로소 어머니의 품에 안겼다.

"어머니, 보고 싶었어요."

"많이 힘드셨지요?"

여진은 자신보다 더 큰 딸을 안고 토닥이며 속삭였다. 그 젖은 음성에 해류의 눈시울도 뜨거워졌다. 이를 악물고 눈물을 참아내며 진지하게 말했다.

"좀 전에 한 얘기는 진심입니다. 원하시면 이번에야말로 명림두지와 악연을 끊을 수 있도록 힘껏 돕겠습니다."

뜻밖에도 여진은 단호하게 고개를 저었다.

"아닙니다. 이 어미 때문에 사당으로 갔고 또 왕후까지 되어 힘들게 버티고 있는데 절혼까지 해 왕후 폐하의 위엄에 흠을 내고 짐을 더하고 싶지 않습니다."

"흠이라니요! 절대 아니에요!"

"어미라면서 지금까지 왕후 폐하께 의지나 도움이 되지 못했다는 사실을 잘 알고 있습니다. 저는 걱정하지 말고 어떻게든 폐하의 총애를 얻고 왕후로서 위치를 굳건히 하세요."

"어머니……."

안타까움에 말을 잇지 못하는 해류를 여진이 차분히 달랬다.

"두지가 방약무인하지만 손익 계산만은 지독하게 빠른 사람입니다. 제가 과거에 여러 차례 절혼을 요구했던 것이며 왕후 폐하의 경고를 따져보면 무엇이 이득인지 알겠지요. 왕후 폐하가 제 뒤에 있으니 더는 함부로 못 할 겁니다."

"그렇다면 다행이지만요……."

해류도 그리 판단하긴 했지만 왠지 걱정을 떨칠 수가 없었다. 그런 해류를 안심시키듯 여진이 등을 토닥여줬다.

"만약 참지 못할 정도로 또 핍박하면 그때는 청을 드리겠습니다."

여진은 절대 그러지 않겠지만, 그래도 해류는 다짐을 받았다.

"꼭 그러셔야 합니다. 혹여라도 저를 위해 참고 감추지 않는다고 약조해주세요."

"예. 직녀성(織女星)께 맹세하지요."

직녀는 대대로 직물을 제작하고 팔아온 외가의 수호신. 그 이름을 거는 건 예씨 일족에겐 가장 엄중한 맹세였다.

직녀성이란 소리에 해류가 깜박 잊고 있던 걸 떠올렸다. 그녀는 침상 옆 탁자에 놓아둔 상자를 열어 흰 베에 싸둔 것을 펼쳤다. 그 안에 든 것은 금은사와 오색 비단실을 섞어서 짠 조물 허리띠였다.

"오랜만에 어머니를 위해 만들어봤습니다. 회렵(會獵)[36] 구경을 갈 때나 사당에 참배를 갈 때 하세요."

"왕후로서 막중한 임무를 수행하느라 바쁠 텐데 어찌 시간을 내어 이런 귀한 걸 또 만들었나요. 민망합니다."

"엉성하다는 걸 어머니가 더 잘 아시잖아요. 집에서 이렇게 만들었으면 당장 다 풀어내고 다시 짜라고 불호령을 내리셨을 거면서. 급히 만드느라 아무 문양도 넣지 못하고 평평하니 이 모양이에요. 다가오는 생신에는 연꽃절[37]에 입으실 수 있도록 정성 들여 연꽃을 수놓은 옷과 깃털을 넣어 제대로 짠 장식끈을 만들어드릴게요."

만지기도 아까워 허리띠를 눈으로만 쓸어내리던 여진이 안타까운 얼굴로 해류를 봤다.

"이 어미가 아니라 태왕 폐하의 의복을 지으셔야지요. 이전 왕후께선 침선장들에게 맡기지 않고 직접 하셔서 큰 상찬과 총애를 받으셨다면서요. 폐하의 솜씨라면……."

"소용없습니다."

해류는 고개를 흔드는 것도 모자라 손까지 휘휘 내저었다.

"제가 좀 전에 두지에게 한 얘기는 한 치 한 푼 과장도 없는 진실입니다. 태왕은 연 씨를 아직 잊지 못하고 계십니다. 그게 아니더라도 명림가의 딸인 저를 절대로 받아들이지 않으실 겁니다."

"폐하……."

죄책감과 슬픔으로 어두워진 여진을 위로하기 위해 해류는 진실의 일부를 밝혔다.

"너무 걱정하지 마세요. 제가 명림가의 권세에 기대어 나대지 않고 순종하는 한

---

36 매년 봄가을에 하는 사냥대회
37 7월 15일 하늘에서 연꽃 선녀가 내려온다는 날. 왕부터 백성까지 연꽃이 피는 연못에 가서 술과 고기를 즐기며 하루를 보냈다.

저는 이 자리에 있을 겁니다. 그건 폐하께서 약조하셨습니다."

명림가에서 당장 왕후로 올릴 수 있었던 유일한 사람이기에 해류는 여기 있었다. 그걸 너무도 잘 아는 여진과 해류는 자조적인 웃음을 교환했다.

"그러니 저는 안전합니다. 어쨌든 제가 왕후로 있는 한은 보잘것없는 힘이나마 저와 어머니를 지키는 데 아낌없이 쓸 겁니다. 그것조차 못 한다면 이 가시방석에 앉아 있을 이유가 없지요. 그러니까 공연히 저를 위한다는 명목으로 두지의 괴롭힘을 참지 마세요."

'언제까지 왕후일지 모르겠지만'이란 아픈 진실은 홀로 삼켰다.

해류에게 태왕을 어떻게든 유혹해 합연하겠다는 약속을 받아내지 못해 붉으락 푸르락하는 두지와 마음이 한결 가벼워진 여진이 왕후궁을 떠났다.

고추대가 명림두지 부부가 왕후를 알현하고 궁을 나갔다는 소식은 오후의 정무를 끝낸 태왕에게도 전해졌다.

"그래. 고추대가는 별다른 소리가 없었고?"

"저, 그것이……."

왕후궁의 우두머리 여관인 미려는 고할까 말까 망설이던 일을 알리기로 작정하며 운을 뗐다.

태왕 생모의 궁녀였던 미려는 태왕이 아기 왕자이던 시절부터 모셔왔으며, 어쩔 수 없이 명림가의 딸을 왕후로 들인 태왕의 명을 받아 경계심과 적대감을 가득 안고 왕후궁으로 갔다. 자신의 역할은 그의 눈과 귀가 되어 모든 걸 놓치지 않고 전하는 거라고 믿었다.

지금까지 그 역할에 충실했고 충성심에는 일절 흔들림이 없었다. 그런데 태왕에 대한 충심과 별개로, 지난 몇 달간 새 왕후의 곁을 지키며 심경에 미묘하게 변화가 일어났다.

건흥태왕이 즉위한 이후 국정은 영락태왕 때처럼 매끄럽게 돌아갔다. 반대로 왕궁 안살림은 점점 어수선해졌다. 비탄에 잠긴 태후는 손을 놓았고 연씨 왕후는 감당할 엄두도 내지 않았다. 윗전들의 방임으로 어찌어찌 관성대로 간신히 굴러만 가던 가운데 새 왕후는 회오리처럼 나태함을 쓸어내버렸다.

매사에 너그럽고 상냥했던 연 씨와 달리 명림씨 왕후는 권세가 집안 출신답게 도도하고 냉정했다. 맡은 임무에 태만하거나 왕후의 권위를 침범하려는 시도엔 추호의 자비도 없었다. 놀라울 정도로 과감하고 사리 판단이 명확했고 무엇보다 공정했다. 상벌이 엄격하니 누구도 감히 게으름을 피우거나 대충 할 엄두도 내지 못했다.

혼인 첫날밤부터 절 쳐다보지도 않는 태왕이 밉고 원망스러울 텐데 투정도 없었다. 체통을 지키며 묵묵히 자기 의무를 이행하는 왕후에게 그녀는 서서히 연민과 존경을 품게 됐다. 때문에 오늘 문밖에서 엿들은 명림두지와 해류의 대화를 아주 기쁘게 태왕에게 고했다.

"왕후께서는 친정 일가와 별반 끈끈하거나 화목하시진 않은 것 같습니다. 고추대가께서 폐하의 성총을 얻지 못하신 일로 질책하시니 억지로 국혼을 주도해 폐하께 불경했다고 오히려 고추대가를 꾸짖으시고 또,"

사악 짙어지는 눈빛으로 보아 태왕은 흥미를 느끼는 게 확연했다. 미려 여관은 더욱 용기를 내어 태왕에게 긍정적인 소식일지, 혹은 기분 나쁜 소식인지 애매한 정보도 전했다.

"신녀로 살려던 자신을 강제로 끌어내 왕후로 만들었다고 몹시 화를 내셨습니다. 왕후께선 집안의 뜻을 따르셨지 당신께선 왕실에 들어오고픈 욕심은 없으셨던 것 같습니다."

억지로 간택에 나섰단 얘기는 하지 않는 게 나았을까. 아무 정이 없다 해도 폐하도 사내인데 왕후께서 공연히 진노를 사는 게 아닐까.

그녀의 걱정을 날려주듯 태왕의 질문엔 흥미 외에는 다른 감정이 없었다.

"그 외에 다른 얘기는 없었고?"

"예. 아! 집안 누구의 얘기인지는 모르겠으나 절혼이란 얘기도 들었던 것 같습니다만, 잘 들리지 않아서……."

절혼이란 단어가 나왔을 때 태왕의 눈이 번쩍 빛났다. 워낙 찰나였기에 미려를 포함해 누구도 알지 못했다.

"수고했다."

미려 여관이 서둘러 돌아간 뒤 태왕 거련은 펼쳐놓은 보고문을 넘기는 둥 마는 둥 하며 새로운 정보를 부지런히 곱씹었다.

왕후가 되어 궁에 들어온 지도 넉 달. 그동안 한 번도 친정 일가를 부른 적이 없었다는 게 이제야 이해되었다. 간혹 공식적인 제례에서 마주칠 때 범연한 걸 보며 아비나 일가친척 누구와도 애틋하지 않다는 건 짐작하고 있었다. 그래도 아랫사람들 앞에서 대놓고 다툴 정도로 사이가 좋지 않다는 건 몰랐다.

서열이며 권위를 엄청나게 따진다는 명림두지가 왕에게 국혼을 강요했다고 딸에게 질책당하는 걸 상상하니 통쾌하다는 감정과 함께 실소가 흘러나왔다. 하지만 해류, 그의 왕후가 강제로 끌려 나와 내키지 않는 혼인을 했다고 화내는 광경이 떠오르자 웃음이 사그라들었다.

분명 그도 국혼을 원치 않았다. 해류가 명림가와 밀착하면 함께 숙청하고, 약속대로 쥐 죽은 듯이 있으면 왕후 자리만은 유지해줄 요량이었다. 그녀가 그에게 매달리거나 귀찮게 굴지 않고 조용히 있어주는 건 분명 고마워할 일이었다. 그런데 그 입에서 절혼 얘기가 나왔단 소리에 불쾌감이 피어오르는 까닭은 무엇인지.

절혼을 원하는 것인가?

뭉글뭉글 피어오르는 야릇한 감정을 그는 애써 무시했다. 줄줄이 쌓인 정무에 다시 집중하려고 했지만 글자가 눈에서 겉돌기만 할 뿐 머리에 들어오지 않았다. 한 다경 가까이 무의미한 노력을 하던 그는 포기하고 일어섰다.

"잠시 머리를 식혀야겠다."

"말을 준비하라고 할까요? 아니면 관천대나 야장간에 기별을 할지요?"

불필요한 상념에서 벗어나려는 거였지 딱히 뭘 하겠다는 건 아니었다. 일단 밖으로 나온 그는 뻣뻣한 목을 뒤로 꺾어 주무르며 생각을 정리했다.

말을 타고 멀리 나가는 건 내키지 않았다. 그렇다고 관천대에 올라 하늘을 살피기에는 아직 이른 시간. 야장간에 가서 달군 쇠를 두드리면 머리를 비우기엔 좋겠지만 지금처럼 잡생각이 가득할 땐 위험했다. 불과 쇠는 완벽하게 집중하지 않으면 치명적으로 위험했다.

문득, 얼마 전 왕후와 마주쳤던 서쪽 비원이 떠올랐다. 어떻게 변했는지 갑자기 궁금증이 확 솟았다.

"서쪽 비원으로 가자."

비원이 가까워질수록 발걸음이 무거워졌다. 그곳은 오랫동안 아버지 영락태왕만의 공간이었다. 그에겐 기억도 전혀 없는 어머니와의. 그가 태어나고 곧 생모가 세상을 떠난 뒤 그 담장 안쪽은 영락태왕이 일평생 사랑했던 여인을 위한 사당이기도 했다. 어릴 때는 부왕을 따라 종종 그곳에서 시간을 보내곤 했지만 커가면서 왠지 발을 들이기 힘들었다.

아마도 그 이유는…… 그가 기억하는 유일한 어머니인 태후에 대한 미안함. 또 그의 생모에 대한 부왕의 사무친 그리움과 마지막까지 식지 않은 절절한 익애를 도저히 이해할 수 없었던 불편함 때문이었다.

어느새 그도 이 공간에서 멀어지면서 비원은 오로지 영락태왕만의 영역이 되었다. 부왕이 천신에게 돌아간 뒤 잊혀졌다. 아마도 명림해류, 그의 새로운 왕후가 찾아내고 살려보겠다고 나서지 않았다면 그대로 폐허가 됐을 확률이 높았다.

익숙한 그리움과 죄책감이 동시에 같은 무게로 그를 엄습했다. 기억 속의 모습 그대로일지, 아니면 완전히 달라졌을지.

되돌아갈까, 아니면 과거와 마주할까, 고민하는 가운데 발길은 비원 문 앞에 도달해 있었다. 시종들이 달려가 잽싸게 문을 활짝 열었다.

"아!"

저도 모르게 튀어나온 그의 감탄사에 이어 시종들도 탄성을 터뜨렸다.

"오오!"

왕후가 입궁한 지 겨우 넉 달여. 그가 이곳에 출입하지 말라고 한 게 지난달 말이니 이곳을 직접 가꾼 건 기껏해서 두서너 달 정도일 터였다. 이렇게 빠르게 모든 걸 바꿔놓은 줄은 몰랐다. 그 짧은 시간 동안 무슨 조화를 부렸는지 말쑥한 정원엔 죽은 검불 이파리 하나 보이지 않았다.

아직 차가운 살바람이 불었지만 가산과 연못 주변에 위치한 사철 푸른 분재들은 여릿한 초록을 뽐냈다. 돌을양지 쪽에 심은 활엽목은 가지에 봄기운을 잔뜩 머금고 싹을 틔울 준비를 하고 있었다. 군데군데 빈 곳은 아마도 죽은 분재들을 뽑아낸 자리인 듯싶었지만 오솔길처럼 동글동글한 흰 옥돌로 채워놓아 크게 거슬리지 않았다.

전각에 누군가 있었다. 인기척에 빼꼼 고개를 내밀던 동산바치와 궁노들이 태왕을 발견하자 황급히 한쪽 무릎을 꿇었다.

"폐하."

"너희는 여기서 뭘 하고 있는 것이냐?"

"왕후 폐하의 분부를 받아 이틀에 한 번씩 전각을 청소하고 분재에 물을 주고 있었사옵니다."

"분재? 안에도 있단 말이냐?"

"예. 한데서 겨울을 나기 힘든 것들은 안에 들여 가꾸고 있습니다. 이러다 밤에도 날이 따뜻해지면 다시 내놓으라고 하셨습니다."

전각 안에 천천히 발을 들이는데 짙은 향기가 코를 자극했다. 순간 잊고 있었던, 저 깊이 파묻혀 있던 기억 하나가 떠올랐다.

서리가 내리면 모후가 좋아했던 따뜻한 남쪽의 꽃 분재들을 이 전각 안으로 옮겼었다. 그중에 향이 아주 일품이라 향낭으로 만들어 어머니께서 늘 지니셨다는 꽃이 있었다. 이른 봄에 꽃이 피면 그를 안아 탁자 위에 놓인 화분을 보여주고 그 향기를 맡게 해주던 부왕의 커다랗고 든든한 손. 이게 네 모후의 향기라고 했던, 그리움과 서글픔 가득한 속삭임이 거짓말처럼 귓가에 울렸다.

창가의 탁자 위에 놓인 붉은 화분 중에 하나에만 꽃이 피어 있었다. 바로 기억 속의 그 내음이었다. 활짝 핀 꽃을 보면서 놀라움이 앞섰다.

영락태왕이 천신계 돌아간 지 벌써 여러 해 전이었다. 시작은 가벼운 고뿔이었으나 급작스럽게 악화되어 금방 세상을 떠났다. 아무 대비도 없이 국상이 일어난 판이니 겨울에 화분을 안으로 옮겨놓았을 리도 없었다. 이 꽃은 보살핌도 없이 한

데서 오랫동안 혹독한 추위를 버텨낸 거였다.

용케도 살아 있었구나.

무슨 꽃인지, 궁금해하고 감탄하면서 한참을 바라보고 있자니 이걸 살려놓은 존재가 뒤늦게 떠올랐다. 지난번, 이 근처에서 우연히 마주쳤을 때 명림해류의 손과 소매는 물론 옷에도 군데군데 흙이 묻어 있었다. 그건 남에게 맡기지 않고 손수 움직였단 의미였다. 지금은 봄기운이 슬슬 돌고 있지만 그녀가 이 비원을 발견하고 일하기 시작했을 때는 겨울의 끝자락이었다. 그 혹독한 추위 속에서 그녀는 직접 모후의 정원을 되살려줬다.

혼인한 첫날밤부터 모진 소리를 하며 그녀를 내친 것은 그였다. 여인에게 그것이 얼마나 심한 모독인지 모르지 않았다. 알기에 일부러 더 가혹하게 대했다. 그가 모욕하고 외면한 왕후는 여기가 어떤 곳인지 몰랐다고 해도 결국은 원수를 은혜로 갚아준 셈이었다.

순간 죄책감이 엄습했지만 첫날밤 탁자에 엎드려 자고 있는 해류를 보던 때처럼 그는 미안함과 연민을 흘려보냈다. 값싼 동정으로 괜한 희망을 품게 하는 것은 더욱 잔인하다.

마음의 장부에 올려놓았으니 언젠가 갚을 날이 오겠지.

단호하게 왕후를 가슴에서 지우며 그는 관원과 궁노들에게 치하와 당부를 내렸다.

"수고가 많구나. 부왕과 모후가 아끼던 곳이니 각별하게 유의하여 보살피도록 해라."

三

"폐하, 천부당만부당한 말씀이십니다."

"유리 태왕께서 천신께 인도받아 정한 도읍이 바로 이곳 국내성입니다. 그런데 평양성에 천신을 모실 사당과 제단을 짓다니요! 그것이야말로 천신께서 노하실 일이옵니다."

"평양성에는 이미 유화부인과 추모왕을 모시는 사당이 있사옵니다. 그걸 증축하는 것은 국고의 낭비이옵니다."

마치 벌집을 쑤셔놓은 듯 정전이 발칵 뒤집혔다. 평소 사이가 좋지 않아 앙앙불락하던 절노부와 소노부의 귀족들마저 한편이 되어 부당함을 호소했다.

그들이 떠들거나 말거나 가만히 내려다보는 태왕의 침묵에 반발의 목소리가 서서히 잦아들었다. 태왕께 너무 거세게 반발했나. 그래도 이 정도면 우리의 강경함을 알고 물러나주지 않을까. 슬슬 눈치를 보는 가운데 국상 명림죽리가 쐐기를 박으러 나섰다.

"선왕께서 생전에 평양성을 중히 여기셨던 것은 여기 있는 중신 모두가 기억하고 또 유념하고 있사옵니다. 하지만 영락태왕께서도 평양성에는 사찰만 아홉 개 세우도록 명하셨지 사당의 규모를 키우거나 천신을 위한 제단은 짓지 않으셨습니다. 폐하께서도 선왕의 전례를 따르는 것이 옳을 줄 아옵니다."

"국상의 말씀이 옳사옵니다."

"부디 통촉하시옵소서, 폐하."

옳다구나 하며 중신들이 입을 모았다.

정전의 옥좌에 앉아 그들을 내려다보는 거련 태왕의 얼굴은 평소처럼 냉랭하고 평온하니 아무런 감정도 비치지 않았다. 하지만 속에서는 천불이 활활 타오르고 있었다.

평양성으로의 천도는 영락태왕 때부터 추진해오던 일. 천신 제단과 종묘, 시조신을 모시는 사당 역시 이미 세워놓은 장대한 계획의 일환이었다. 부왕이 평양에 사찰과 관청을 짓고 장차 들어설 왕궁과 수도의 위상에 맞춰 성벽을 축조할 때는 찍소리도 못 하던 자들이었다. 그런데 부왕이 세상을 떠난 뒤 평양성과 관련된 일이면 사사건건 눈에 불을 켜고 달려들었다. 부왕과 달리 나는 만만하단 의미일 것이다. 그는 표나지 않게 어금니를 지긋이 사리물었다.

부왕은 태자 시절부터 신출귀몰한 용병술로 고구려를 괴롭혀오던 오랜 원수들을 응징하고 영토를 넓혀왔다. 영락태왕과 더불어 수많은 전쟁터를 누빈 노신들의 눈에 그는 아비가 이룬 막강한 제국을 고스란히 물려받은 애송이였다.

왕위에 오른 뒤 그 역시 수차례 직접 전장에 나서 외적을 물리치고 국경을 안정시켜왔다. 이 자리의 주인이 바뀐 지도 벌써 일곱 해가 되어가건만 대신들에게 있어선 아직도 부왕이 태왕인 것이다. 걸핏하면 영락태왕은 이러지 않으셨다, 영락태왕께선 그리하지 않으셨을 것이다. 갖은소리로 그의 발목을 잡았다.

오늘 평양성에 천신 사당을 짓겠다는 안건을 던진 건 어찌하는지 한번 보자는 의도도 컸다. 중신들의 반응은 예상했던 그대로였다. 만약 부왕이 살아 있었다면 소소한 반발은 있었겠지만 이렇게 힘든 싸움은 없었을 터였다.

평양성으로 천도해 계절과 상관없는 바닷길을 열고 내해와 남방을 안정시키는 것은 부왕의 유지이기도 했지만 이제 그에게 더 절실했다. 반드시 해야 할 일이라는 단단한 의지와 함께 오기도 솟았다. 수백 년을 이어온 국내성 귀족들의 전횡을 막고 그 세력을 꺾기 위해선 강력한 수단이 필요했다. 천도로 뿌리를 뽑지 않으면 이들의 세는 결코 약해지지 않을 거였다. 그는 억지로나마 균형을 잡고 있지만 다음 대에선 왕실이 귀족들의 전횡에 휘둘릴 수 있었다.

절대 안 될 일이지.

부왕이 외적들을 다 물리쳤다면 오랫동안 뿌리 박은 내부의 적폐를 치우는 게 그의 임무였다. 부왕처럼 빛나지는 않겠지만 꼭 해야 하는 일. 그걸 되새기며 그는 선심 쓰듯 귀족들이 원하는 일부를 툭 던졌다.

"그대들의 뜻이 모두 그러하면 평양성에 천신 사당을 짓는 일은 보류하겠다."

뜻밖의 선선한 대답에 중신들의 입이 함박 벌어졌다.

"성은이 망극하옵니다."

감사의 쩌렁쩌렁한 메아리가 사라지기도 전에 태왕은 하려던 바를 밝혔다.

"하지만 천신을 모시는 제단은 속히 짓도록 하라."

"폐하!"

"백잔주(百殘主)[38]나 왜(倭)가 지금은 몸을 낮추고 있으나 언제 또 그 사특한 본성을 드러낼지 모른다. 그때는 부왕처럼 짐도 몸소 백잔을 치러 갈 것인데 남쪽에는 천신께 제사를 올릴 곳이 마땅찮다. 그래서 부왕께서도 평양성에 천신 사당을 지으려 하셨으나 갑자기 귀천(歸天)[39]하시는 바람에 이루지 못하셨다. 그 뜻을 받들고 전승을 기원하려는 것이니 이를 반대하는 자는 짐과 고구려의 패배를 원하단 뜻으로 알겠다."

"······."

토를 달 수 없는 논리에 다들 침 맞은 지네가 되었다. 더구나 태왕은 양보를 했는데 하나에서 열까지 다 내놓으라고 우길 수는 없었다.

명림죽리와 노회한 중신들은 젊은 태왕에게 당했다는 걸 깨달았다. 태왕의 목표는 천신 제단. 사당 증축은 되면 좋고 안 되도 할 수 없는 미끼일 뿐이었고 거기에 모두 낚인 거였다.

국혼 때도 느꼈지만······ 허투루 대할 분이 아니다. 씁쓸한 패배감을 삼키며 명림죽리는 혹시라도 눈치 없는 자가 반발할까 봐 얼른 나섰다.

"폐하의 뜻을 받들겠습니다."

---

38 백제의 왕을 고구려에서 낮춰 부르던 칭호
39 왕이 죽는 것

평양성에 제단을 짓는 문제를 마지막으로 그날의 조회는 끝났다. 중신들을 남겨놓고 정전을 나오는 태왕 거련의 입맛은 썼다. 분명 이기긴 했으나 실상 이긴 것도 아닌 애매한 승리. 제단의 건립은 뜻대로 됐지만 자신의 한계를 다시금 명확히 파악하는 순간이었다.

갈 길이 멀구나.

후우. 크게 심호흡을 하며 그는 어둑어둑해지는 하늘을 올려다봤다. 그의 심경을 대변이라도 하듯 구름이 무겁게 내려앉은 것이 오늘은 별은 고사하고 달도 보기 힘들 것 같았다.

오랜만에 야장간에 가서 쇠를 두드리면 속이 좀 풀리려나.

남은 사안을 살피기 위해 편전으로 향하던 발걸음을 야장간이 있는 쪽으로 돌리려는데 저편에 태후가 보였다. 저쪽에서도 그를 봤는지 태후가 그에게로 성큼성큼 다가왔다.

"정무가 끝난 모양이군요."

"예. 방금 마치고 나오는 길입니다."

"그렇군요……."

잠깐 망설이던 태후가 그의 옆에 다가섰다.

"저, 다른 급한 일이 없으면 잠시 이 어미와 산보하며 말동무를 좀 해주시겠습니까?"

"물론입니다. 제가 먼저 찾아뵙고 모셨어야 하는데 송구합니다."

"그리 말하면 내가 민망합니다. 태왕께서 얼마나 무겁고 큰일을 쉴 틈도 없이 하시는데요."

태왕과 태후가 나란히 걷자 호위와 시녀들은 그들이 편히 대화를 나누도록 눈치껏 거리를 두고 따라갔다.

편전 뜰을 나와 왕후전 근처의 연못까지 두런두런 이 얘기 저 얘기를 나누며 모자는 사이좋게 걸었다. 금낭화가 한창인 연못 앞에 서자 태후가 뜬금없는 한마디를 툭 던졌다.

"벌써 한 해가 더 지났군요."

"무슨…… 말씀이신지?"

의아한 거련 태왕의 물음에 태후는 몸을 굽혀 연못가 그늘에 핀 금낭화를 손수 한 송이 땄다.

"폐왕후 연 씨가 세상을 떠난 게 작년 봄이었지요."

"……."

옷소매 안에 감춰진 그의 손에 힘이 들어가 불끈 주먹이 쥐어졌다. 뼛속까지 남을 상처와 치욕감을 안겨준 여인. 부왕이 선택해준 인연이라 최선을 다해 아끼고 고였기에 그 배신감은 감당하기 힘들도록 컸다. 그날 이후 누구도 감히 그의 앞에서 연씨 왕후를 입에 담지 못했다. 아예 존재하지 않았던 것처럼 지우고 살려고 했고 그건 꽤 성공하고 있었다.

"얼마 전이 첫 기일이라 좋아하던 이 금낭화도 올려 제를 작게 올려줬지요."

누구보다 왕후의 사통에 놀라고 슬퍼하던 태후가 왜 겨우 덮인 상처를 헤집는 것일까. 이해할 수 없었다.

그의 가슴에 감춰진 아픔을 헤아리듯 태후가 고개를 가만히 끄덕였다.

"내가 왜 그 일을 꺼내는지 의아할 겁니다. 아무리 대죄를 지었다고 하나 그래도 부부의 연을 맺었던 사람이니 한 해는……, 최소한 상은 채워주는 게 도리라 생각해 아무 말도 하지 않고 지켜만 봤습니다."

태후는 서편 담장 너머로 보이는 왕후전을 가리켰다.

"죽은 이는 보내주고 이제는 왕후를 품어주세요. 지아비의 눈길 한번 못 받고 저리 사는 게 가엾지 않습니까?"

절노부의 중심인 명림가의 딸. 중신들의 강요로 억지로 맞은 왕후. 그동안 서로 극구 피하며 마주치지 않아 덮어둘 수 있었던 존재가, 저를 앞장서서 압박하던 명림죽리의 얼굴과 겹쳐 그를 무겁게 내리눌렀다.

오늘 정전에서 어떤 일이 있었는지 모르는 태후는 간절하게 사정했다.

"폐하만을 바라보고 이 외로운 왕궁에 들어왔고 왕후로도 나무랄 데가 없는 사람입니다. 더 미루지 말고 합궁을 하세요."

태후는 자신의 뜻인 것처럼 얘기하고 있지만 그건 아닐 것이다. 태후를 등 떠민이가 있을 터다. 왕자 탄생을 애타게 기다리는 종친들일 수 있고, 태후의 친정이기도 한 절노부가 움직였을 수도 있다. 아니면 기다림과 친정의 압박에 지친 왕후가 태후에게 읍소했을 가능성도 있었다.

어쨌든 이건 시작이었다. 그가 거부하면 앞으로 또 다른 누군가가, 아마도 언젠가는 명림죽리가 그를 압박할 거였다. 그건 정말 참을 수 없는 치욕.

그는 타오르는 불길을 누르면서 최대한 담담하게 대답했다.

"알겠습니다."

미룰 수 없는 일은 빨리 해치워버리자.

태왕은 태후 앞에서 바로 왕후궁으로 시종을 보냈다. 기뻐하는 태후 앞에서 애써 담담한 미소를 지켰다.

"폐하께서 곧 왕후궁으로 듭신답니다."

오매불망, 왕후궁의 모두가 꿈에서도 기다리던 희소식이었다. 문제는 너무나 급작스럽다는 거였다. 왕궁에서 온갖 산전수전을 다 겪어 이제는 놀라거나 흔들릴 게 없다 자부하는 미려 여관마저 동동거렸다.

"아이고, 미리 연통을 좀 주실 일이지. 아무 준비도 안 되어 있구먼."

그래도 내가 번인 날이라 천만다행이다. 벌렁거리는 심장을 진정시키려 손으로 가슴을 누르며 미려 여관은 떠오르는 대로 마구 지시를 내렸다.

"빨리, 침상의 침구를 새것으로 싹 다 바꾸고…… 아, 넌 바로 목욕물을 데우라고. 아니지. 지금 오고 계신다니 물을 데울 시간이 도저히 안 되겠구나."

그녀는 태왕이 온다는 소식에 발칵 뒤집힌 왕후궁에서 유일하게 덤덤하니, 남의 일 보듯 방관하고 있는 해류 앞에 무릎을 꿇었다.

"용서하십시오, 폐하. 시간이 촉박하니, 망극하오나 오늘만 찬물로 몸을 씻으면 안 되실지요?"

더운물로 목욕하는 건 수품이나 우품신녀들이나 하는 사치였다. 품도 없는 대다수 하급 신녀들은 한겨울에도 큰 행사나 제를 앞두면 대부분 찬물, 운이 아주 좋으면 뜨거운 물을 한 바가지 섞은 미지근한 물로 몸을 정결히 했다. 이런 봄날에 찬물 목욕은 일도 아니었다.

무슨 바람이 불어서 갑자기 오겠다는 건지 모르겠지만 솔직히 초야며 혼인에 대한 희미한 설렘이나 기대도 사라진 지 옛날. 그녀를 내치겠다는 사내와 불필요한 연을 맺는 게 내키지 않았다. 슬프지만 그녀가 거부할 수는 없었다.

"알았으니 서둘러라."

"예. 폐하."

이리 상황 판단이 빠르고 소탈하니 모시면 모실수록 참으로 진국인 분이라고 내심 감탄하며 여관은 입과 다리를 바삐 놀렸다.

"바로 왕후 폐하를 모시고 갈 테니 빨리 목욕을 준비해라. 태왕 폐하께서 곧 도착하실 테니 주안상도 바로 준비해 올리거라."

다들 서둔다고 서둘렀지만 해류가 몸을 씻고 돌아왔을 때 태왕은 이미 침실에서 기다리고 있었다.

"감히 폐하를 기다리게 해드린 걸 용서하십시오."

침상 옆 의자에 앉은 태왕은 덜 말라 촉촉한 머리를 내려 묶은 해류를 무심히 맞았다.

"짐이 미리 연통하지 않아 왕후전을 분주하게 했군요."

"아닙니다. 저희의 준비가 미흡해 폐하를 기다리게 해 죄송할 따름이지요."

이쪽 사정은 하나 살피는 것 없이 제멋대로라고 속으로 욕하고 있었지만 입으로는 다른 대답을 했다. 진심인지 탐색하는 태왕의 눈길이 머물렀고, 해류는 담담하게 맞받았다.

태왕은 이채롭다는 감정이 들었다. 두려움이나 경외감 없이 그의 눈을 마주하는 사람은 드물었다. 불현듯 오래전 태자 시절 간택장에서 해류를 봤던 기억도 떠올랐다. 그때도 그녀는 두려움 한 점 없이 그의 시선을 마주했었다. 고개도 못 드는 다른 처녀들과 달리 반짝이는 눈으로 그를 응시하는 해류를 보며 몹시 맹랑하고 특이하다 여겼었다. 실은 그 장소에서 그가 기억하는 유일한 얼굴이 해류였다.

그렇게 스쳐갔던 사람이 이 자리에 있다니. 어쨌든 왕실과 확실히 인연은 인연인 모양이구나.

문득 예전에 태자비 간택장에서 왜 자신을 빤히 쳐다봤는지 묻고 싶었다. 부왕이 계신 어려운 자리였는데도 겁나지 않았는지, 작년에는 왜 다른 사람이 된 것처럼 얼굴도 들지 않고 주눅 들어 있었는지도 궁금해졌다.

순간, 해류에게 자리를 권할 뻔하다 아슬아슬한 순간에 멈췄다.

말도 안 되는 충동이다.

오늘 온 목적을 되새기며 그는 촛불 끄개를 집어 일렁이는 불꽃을 직접 덮었다.

밝혀놓은 초가 하나씩 꺼지면서 방이 서서히 어두워지자 문밖에 있던 여관과 시녀들의 얼굴은 반대로 환해졌다. 드디어 합환을 하시는구나! 숨소리라도 새어나갈까 손으로 입을 틀어막고 있는 그들은 희희낙락. 기대와 기쁨이 넘쳐흘렀다.

침실의 분위기는 그들의 기대와 달리 냉랭했다.

불을 끄자 태왕은 해류를 침상에 앉히고 포를 벗겨줬다. 그의 눈에는 아무 감정도 깃들어 있지 않았다. 시선도 주지 않고 끈을 풀고 옷을 끌어내리는 손길은 마치 물건을 싼 종이를 벗겨내는 것 같았다. 얇은 속저고리만 남았을 때 태왕이 그녀를 살짝 밀자 새로 깐 푹신한 요에 등이 닿았다. 확 밀려오는 거부감을 참으며 해류는 눈을 감았다.

아무리 남남처럼 지내지만 그래도 혼인한 사이였다.

정말 이 사내의 여인이 되는구나. 가벼운 체념과 미지의 세계에 대한 흥분에 해류의 박동이 빨라졌다.

그러나 딱 거기까지였다. 몸을 굳히고 가만히 기다리는 그녀에게서 손을 뗀 태왕은 첫날밤처럼 자신의 포만 벗고 침상에 누웠다. 초야와 다른 것은 둘이 나란히 침상에 누워 있다는 것, 하나뿐이었다.

잔뜩 굳어 있던 해류의 몸에서 힘이 빠져나갔다. 옆에 누워 있는 태왕이 어떤 표정일지 쳐다볼 엄두도 나지 않아 해류는 천장만 응시했다. 숨 막힐 것 같은 침묵만이 어두운 공간을 채웠다. 점점 그 무게가 더해져 정말 짓눌릴 것 같다는 착각까지 들 무렵 태왕이 입을 열어 나직하게 말했다.

"짐의 결정은 혼례 날 왕후에게 알려드린 것에서 조금도 변함이 없습니다."

굳이 말하지 않아도 이미 뼈에 사무치게 알고 있건만. 그 얘기를 다시 하려 이 소동을 피우게 했는지. 부글부글 속에서 천불이 일었다. 참으려고 무진 애를 썼지만 도저히 참아지지 않았다.

"그걸 잊었을까 상기시켜주시러 직접 납신 겁니까?"

공손한 질문의 형태를 띠고 있지만 힐난이 가득했다.

태왕도 눈치가 없지는 않았다. 해류의 비난은 확실히 감지했다. 흐느낌이나 애원에는 대비했지만 이건 전혀 예상 밖이었다. 다행이다 싶으면서도 정말 맹랑한 여인이라는 불쾌감도 밀려왔다.

"기억하고 있다니 다행입니다. 앞으로도 그걸 잊지 않으면 왕후는 이곳에서 천수를 누릴 겁니다. 명심해주세요."

얼굴 좀 반반하고 태왕이라는 지위 빼고는 볼 것도 없는 댁 같은 사내는 수레로 한가득 실어다 줘도 수레만 챙기고 내다 버릴 것이다.

혀끝에서 맴도는 이 대거리를 시원하게 쏘아줄 수 있다면 수명을 10년쯤 떼어 줘도 아깝지 않을 것 같았다. 안타깝게도 목숨은 하나였다. 세상에 내보낼 수 없는 수많은 독설을 꾹꾹 삼키며 해류는 등을 휙 돌리고 눕는 것으로 소심하게 반항했다.

픽 토라져 돌아눕는 왕후를 보는 태왕은 노여움보다는 안도감이 들었다. 왕후였던 연 씨나 태후의 눈물을 볼 때면 그는 항상 불편하고 난처했다. 무관한 일도 자신이 잘못한 것처럼 자책감과 책임감을 느꼈었다. 명림해류가 아무리 울고 애원해도 마음을 돌리지는 않겠지만 가능하면 그런 모습을 보고 싶지 않았다.

그러고 보니……, 명림해류가 우는 건 한 번도 본 적이 없구나.

눈물은 물론이고 오열하고 통곡해도 충분한 상황도 있었지만 눈물 한 방울 보이지 않았다. 초야 때도, 비원에서도, 지금도.

그대가 명림가의 딸이 아니었다면 이리 상처를 주지 않았을 텐데.

희미한 가책을 지우면서 그는 적당한 시간이 지나기만을 기다렸다. 서로 등을 돌리고 누워 있기를 한참. 방을 채우는 침묵은 무거워져만 갔다.

태왕은 오늘 낮 중신들과의 충돌을 복기하고 앞으로의 대처를 고심하며 시간을 죽였다. 그런데 옆에서 툭, 바로 눕는 소리가 났다. 돌아보니 새근새근, 깊이 잠든 숨소리가 들렸다. 설마 하며 다시 자세히 살폈다. 규칙적으로 오르내리는 가슴은 분명 수마에게 굴복한 이의 것이었다.

왠지 예전에도 본 듯한 익숙한 느낌이었다. 기억을 더듬어보니 초야 때도 명림 해류는 혼자 예장을 다 벗어놓고 탁자에 엎드려 잠들었었다.

전쟁터 한가운데에서도 단잠을 잘 배짱이군. 당신은 정말 여인보다는 사내로 태어나는 게 더 어울렸을 것 같소.

재미있다는 감정을 지우며 그는 금침에서 몸을 일으켰다.

옆에서 움직이는 기척에 해류가 퍼뜩 눈을 떴다. 태왕이 언제 돌아가나, 이제나 저제나 기다리다가 깜박 졸았던 모양이었다.

명료해지는 시야에 들어온 것은 단도를 들고 있는 태왕이었다. 순간 기겁했지만 비명도 나오지 않았다. 너무 놀라서 아예 얼어버렸단 말이 더 맞을 거였다.

결국엔 이렇게 죽는구나.

어둠 속에서도 느껴지는 날 선 도(刀). 잘 벼린 날이 목이나 가슴을 찔러올 순간을 체념하며 기다리는데 뜻밖에 태왕은 스스로의 소매를 걷었다. 드러난 팔뚝에 단검을 갖다 대자 피가 뚝뚝 하얀 요에 떨어졌다.

"폐하?"

죽음의 공포에서 벗어난 해류가 겨우 목소리를 냈지만 그는 손가락을 들어 해류의 입술을 막았다.

"이걸로 구설은 사라질 겁니다."

긴 수건을 잡은 그는 한 손으로 용케도 상처를 묶었다. 소매를 내려 급조한 붕대를 가리고 침상 옆 좌상에 걸쳐놓은 포를 다시 입었다.

아침에나 가시려니. 편안한 마음으로 수직을 서던 궁녀들은 갑자기 문이 열리자 화들짝 놀라 자세를 고쳤다. 태왕은 그들을 일별도 하지 않았다. 볼일을 마쳤으니 더는 머물 이유가 없다는 듯 성큼성큼 빠른 걸음으로 왕후전을 벗어났다.

그래도 초야의 합연인데 새벽까지 머물러주실 것이지. 야속한 눈으로 왕의 등을 쫓던 궁녀들이 조심스럽게 침실 문 앞을 서성였다.

"폐하, 괜찮으신지요?"

무엇이 괜찮은지를 묻는 것인지. 해류는 되묻고 싶었다. 몸은 멀쩡하나 마음은 또다시 너덜너덜하게 난도질당했다. 그녀를 위한답시고 흘려준 태왕의 핏자국을 보면 볼수록 골수에 맺힌 상처가 욱신거렸다. 어머니와 자신을 위해 비록 허수아비일망정 이 자리를 지키려고 했었다. 자릿값은 해야 한다는 생각으로 최선을 다해 왕후로서 임무를 수행했다. 아무리 노력해도 타인의 자비에 기대야 하는 위치에 있다는 게 어떤 뜻인지 처절하게 절감하는 밤이었다.

인내의 한계를 넘어서자 화가 나고 용기도 샘솟았다.

남의 손에 내 운명을 맡겨 휘둘리는 건 나답지 않다. 나는 절대 이렇게 살 수 없다.

더 이상 참을 수 없다는 결론을 내리자 해류는 침상에서 벌떡 일어났다. 포를 걸치고 허리띠로 묶으면서 침실을 나섰다.

"폐하를 뵙고 오겠다."

"예?"

어리둥절하면서도 일부는 왕후를 따라갔고 나머지는 침실을 정리하러 들어왔다. 초에 불을 켠 이들은 가장 먼저 침상으로 달려갔다. 태왕이나 왕후나 전혀 합궁을 한 사람들 같지 않아 마음이 조마조마했다.

이불을 걷으니 보이는 것은 하얀 요 위에 선명한 붉은 얼룩. 고대하던 걸 발견한 순간 궁녀들의 입술에서 안도의 한숨이 동시에 터져 나왔다.

어쨌든 초야는 치르셨으니 다행이다. 이 밤이 결실을 맺어 부디 왕자님이 덩실하니 찾아오기를. 내막 모르는 궁녀들은 부지런히 침구를 바꾸며 한마음으로 빌었다.

이 용기가 사라지기 전에 태왕을 만나야 한다.

오로지 그 생각만으로 달려 나오긴 했지만 굳게 닫힌 태왕의 침전 앞에 선 순간 막막해졌다. 머리끝까지 화가 났더라도 허락도 없이 침전으로 돌진할 정도로 정신이 나가진 않았다. 그래도 이대로 돌아갈 수는 없었다.

해류는 목청을 가다듬었다.

"폐하를 뵙고 싶으니 아뢰어라."

태왕이 오늘 왕후궁에 든 것을 침전의 호위들은 모르는 모양이었다. 소 닭 보듯 멀찌감치 피해 다니시던 분이 왜 이러나, 의아한 표정이긴 했지만 호위대의 부장이 해류에게 도움이 되는 정보를 알려줬다.

"폐하께선 아직 침전에 드시지 않으셨습니다. 아마도…….."

구름이 잔뜩 껴서 달도 보이지 않는 흐린 하늘을 올려다보더니 북쪽을 가리켰다.

"야장간에 가신 것 같습니다."

"야장간?"

"예."

중신들에게 시달렸거나 복잡한 상념을 떨치고 싶을 때 태왕이 가는 곳은 관천대나 야장간 둘 중 하나였다. 오늘은 별을 볼 수 없는 날씨니 야장간이 틀림없었다.

"궁 안에 있는 곳이겠지?"

"물론입니다."

"그럼 나를 거기로 안내할 병사를 주게."

"예?"

왕후를 야장간에 데려가도 되나. 부장의 얼굴에 망설임이 떠올랐다. 하지만 해류는 그가 오래 고민하도록 두지 않았다.

"무엇 하는가."

"아, 예에…… 외궁에서도 끝이라 제법 머니 어가를 대령하겠습니다."

"되었네. 멀어봐야 궁 안인데 뭐 하러 이 야밤에 그런 수고를 끼치겠는가. 걸어가겠다."

부창부수라더니. 화목하진 않아도 이런 건 두 분이 참으로 똑같구나.

침전을 지키는 호위들은 남몰래 눈빛을 나눴다. 누가 갈지 눈치를 보다가 결국 그날 수직인 부장이 나섰다.

"예. 제가 직접 모시겠습니다."

야장간은 궁의 북쪽 외곽 구석에 있었다. 덕분에 들끓던 흥분을 정리할 시간이 생겼다. 어떻게 하면 태왕을 설득해 그녀가 원하는 것을 얻어낼 수 있을까. 걸어가면서 해류의 머릿속이 명료해졌다.

첫날밤과 오늘, 그리고 그동안 들은 바를 종합하면 태왕은 매사에 철두철미하고 목석같은 사람이었다. 정이 깊었다는 전 왕후는 어땠을지 모르겠지만 해류가 그의 감정에 호소하는 건 의미가 없었다. 그를 움직이려면 거래를 하는 게 나았다. 문제는 모든 것을 다 가진, 고구려의 태왕에게 그녀가 무엇을 줄 수 있느냐였다.

"이곳입니다."

골똘히 상념에 잠겨 있느라 도착한 것도 몰랐다. 해류는 정신을 차리려고 머리를 세차게 흔들었다. 크게 심호흡을 하면서 활짝 열려 있는 야장간 안으로 발을 들였다.

늦은 밤이라 그런지 야장간은 거의 비어 있었다. 커다란 화로 앞에 앳된 소년과 중년의 야장, 늙수그레한 중늙은이 하나만이 풀무질을 하고 있었다. 그 옆의 모루에선 건장한 사내가 망치질을 하고 있었다. 야장간 안을 훑으며 태왕을 찾던 해류는 그가 보이지 않자 행방을 물으려다 놀라 잠시 숨 쉬는 걸 잊었다.

무아지경으로 쇠를 두드리고 있는 사내. 바로 그녀가 찾아온 태왕 거련이었다.

그가 야장간에 갔다고 들었을 때 궁 안에서 왕실의 무기와 집기를 만들고 고치는 이들의 작업을 구경하고 치하하려는 것이라 생각했었다. 설마 태왕이 직접 익힌 쇠를 제련하리라고는 상상도 못 했다.

전혀 예상치 않은 광경에 본래 찾아온 목적도 잊고 가만히 그의 작업을 구경만 하고 있었다. 그러기를 한참, 소년이 해류를 보고 놀라 풀무를 멈췄다. 불호령을 내리려던 노인은 소년의 놀란 눈을 따라 시선을 돌렸고 그도 해류를 발견했다.

"뉘시요?"

왕실의 수철장(水鐵匠)[40]이면 야장 중에 가장 윗급인 대로야(大爐冶)일 터. 해류는 최고의 장인을 예우하는 의미로 살짝 목례했다. 천연덕스러운 태도에 야장도 얼떨

---

40 무쇠를 다루는 대장장이

결에 인사를 되돌리긴 했지만 마땅찮은 기색이 가득했다. 당장이라도 나가라고 소리를 치고 싶어 입을 움찔거렸다. 그런 그들을 향해 해류는 조용히 하라며 손가락을 입술에 댔다.

누구길래 감히 저런 명령조의 행동을 하나.

너무나 단호한 태도에 대거리할 엄두조차 내지 못한 채 야장들은 입만 벌리고 있었다. 자신의 바로 등 뒤에서 벌어지는 작은 소동이 들리지 않는지 망치질에만 몰두하던 태왕이 마침내 몸을 세우며 이마의 땀을 닦았다.

"쇠가 식었구나. 다시 익혀야겠다."

평소라면 기다렸다는 듯 달려와 쇠를 가져갈 이들이 꼼짝도 하지 않았다. 이상함을 느낀 그가 야장들의 시선이 고정된 곳으로 고개를 돌렸다가 멈칫했다. 혹시 헛것을 본 게 아닌지 저도 모르게 손을 들어 액건 아래로 흘러내린 땀을 훔쳤다. 그러나 야장간 입구에 선 여인의 형상은 사라지지 않았다. 오히려 눈이 마주치자 몸을 굽혀 예를 올리더니 목소리까지 냈다.

"폐하께 드릴 말씀이 있어 왔습니다."

"왕후가? 짐에게요?"

왕후라는 단어에 난데없이 나타난 해류를 무섭게 노려보던 야장들이 일제히 머리를 수그렸다. 그녀를 바라보는 건 태왕뿐이었다.

마땅히 해야 할 일이라 믿기에, 그것이 차라리 자비롭다고 믿기에 더 냉혹하게 굴었다. 그렇지만 명림 집안의 딸이라는 걸 제외하고는 별다른 죄가 없는 해류에게 심한 처사는 아니었는지. 조금 부드럽게 거부하는 다른 방법은 없었을지. 원치 않는 상념들이 내내 그를 괴롭혔다.

쇠를 두드리며 불필요한 죄책감과 잡념에서 벗어나려고 야장간에 왔다. 겨우 머리를 비워내나 싶었더니 그 당사자가 찾아온 거였다. 희한하게 불쾌감보다는 호기심이 찾아왔다. 그는 이마에 묶은 건을 풀었다.

"오늘은 여기까지만 하겠다."

그가 팔을 들자 멀찌감치 있던 시종이 잽싸게 달려와 그의 어깨에 저고리와 포를 걸쳐줬다.

"이런 차림새라 예의에 어긋납니다만……."

"아닙니다. 제가 불쑥 찾아온 것을요."

불청객이니 쫓아내거나 무시당해도 할 말이 없었다. 그래도 남의 앞에서는 최소한의 예우는 해주니 그나마 감지덕지였다.

"돌아가면서 얘기를 나눕시다."

화로의 열기로 후끈 달아오른 안에서 나오자 서늘한 공기가 그들을 감쌌다. 타는 듯 뜨거운 곳에 있다 보니 상쾌하게 느껴지는 밤의 대기를 즐기며 태왕이 반걸음 뒤에 있는 해류를 천천히 돌아봤다.

"하고프단 말씀을 이제 하십시오."

과연 태왕에게 이게 씨알이나 먹힐 것인가. 회의가 밀려왔지만 이미 엎질러진 물이었다. 해류는 스스로를 격려하듯 주먹을 꽉 쥐었다 펴고 입을 열었다.

"폐하께서 명림가와 절노부에 생각하시는 바대로 전부 하십시오. 저는 그것을 절대 방해하지 않겠습니다."

해류의 말이 뜻밖이었는지 거침없이 나가던 그의 걸음이 느려졌다. 탐색하는 눈초리를 느끼며 해류는 준비하던 제안을 펼쳤다.

"이미 알고 계실지 모르겠지만 전 제 아비나 명림가에 아무 정이 없습니다. 그러니 폐하의 뜻을 따르는 것은 물론, 필요하시면 미약한 힘이나마 보태겠습니다. 대신 모든 뜻을 이루시면 그때는 저를 왕후에서 폐하여 어머니와 떠나게 해주세요. 그리고 폐하께서는 원하시는 여인을 왕후로 삼아 화목하게 왕실을 번영시키세요."

"폐하여달라고요? 그게 무엇을 포기하는 것인지 알고 있습니까?"

"예. 잘 알고 있습니다. 고구려의 여인 중에 가장 높은 왕후라는 자리지요."

"그런데 버리겠다고요?"

"그저 자리만 지키고 있는 것이 무슨 의미가 있습니까?"

"진심입니까?"

일말의 망설임도 없이 단호한 대답이 해류의 입술에서 흘러나왔다.

"예. 진심으로 원하여 간청드리는 것입니다."

솔직히 해류가 하는 소리가 믿기지 않았지만 음성과 태도엔 진심이 가득하다

못해 철철 흘러넘치고 있었다. 이 정도의 절실함은 가장하는 게 불가능했다. 그녀가 정말 현실을 제대로 파악하고 있는지, 그저 분김에 나온 소리일지 궁금해졌다.

"짐이 뜻을 이루면 명림가는 그야말로 풍비박산, 아무것도 남지 않습니다. 폐왕후가 된 그대가 의탁할 친정이 없다는 의미입니다. 왕후의 모친이 물려받은 재산도 역시 명림가에 속했으니 함께 사라질 거고요. 어머니와 어찌 살아가려고 그리 대담한 요구를 하는 건지요?"

물정 모르는 이 여인에게 각박한 현실을 알려주는 건 그가 지닌 최소한의 양심이었다. 그런데 두려워하거나 놀라기는커녕 해류는 활짝 웃었다.

"폐하께서 저희 모녀에게 목숨과 자유만 주시면 앞가림은 알아서 하겠습니다. 절대 폐하께 누를 끼치지 않을 테니 부디 믿어주시고 그 약조만 해주십시오."

호기심이 일었다. 과연 이 여인이 무슨 계획을 품고 있는지. 정말 지금 장담하는 것을 이룰 수 있을지. 잠시 고심하던 그는 지금 이 순간 할 수 있는 것만을 약속했다.

"왕후의 뜻은 잘 알았으니…… 숙고하겠습니다."

어차피 태왕이 단번에 믿고 승낙하리라곤 기대하지 않았다. 이 정도만으로도 예상 이상의 성과였다. 기쁨으로 눈을 빛내며 해류도 자신이 할 수 있는 것을 약속했다.

"고맙습니다. 폐하께 충성하고, 언제까지일지 모르겠으나 이 자리에 있는 동안만큼은 왕후로서 소임을 다하겠습니다."

명림해류도 저렇게 밝게 웃을 줄 아는구나.

그는 새롭게 발견한 사실을 가슴에 묻으며 환한 얼굴로 따라오는 해류를 곁눈질했다.

쟁! 채쟁!

편전 뒤뜰에선 날카로운 금속성이 요란했다. 거친 숨소리와 기합도 살벌하게 어우러졌다. 물색 모르는 이였다면 궁에 침입자가 들었나 싶을 정도였지만 연무장을 둘러싼 이들은 덤덤한 얼굴로 치열한 대결을 지켜보고 있었다.

장도(長刀)를 맞대고 있는 두 남자는 비슷한 체구였다. 실력도 엇비슷한지 좀처럼 승부가 나지 않았다. 한쪽이 조금이라도 약점을 보이면 곧바로 파고들고 막으며 서로 베기를 한참. 막상막하의 승부는 나이가 조금 더 든 무사가 젊은 쪽을 해가 쨍하니 마주하는 방향으로 몰아넣으며 끝이 났다.

젊은 무사가 해를 등지다 갑자기 마주하면서 눈이 부셔 적응하는 그 짧은 순간을 다른 무사는 놓치지 않았다. 그가 장도를 들고 뛰어올라 바로 공격하자 상대는 급소는 겨우 막아냈지만 그 충격과 힘에 밀려 결국 엉덩방아를 찧었다. 젊은 무사가 넘어지자 중년의 무사는 얼른 칼을 버리고 그를 부축했다.

"송구하옵니다, 폐하."

"무슨 소리냐, 을밀. 네가 전심전력으로 제대로 공격하지 않았으면 벌을 내렸을 것이다."

툭툭 털며 일어선 태왕은 호위대장의 어깨를 두드리며 치하했다.

"진짜 대결이었다면 난 지금 목이 베여 여기 누워 있었겠다. 어떻게 나이를 먹을수록 칼날이 더 날카로워지는 것이냐."

"폐하를 지키는 막중한 소임을 다하려면 아직도 한참 모자랍니다."

우직한 그의 대답에 태왕이 호탕하게 웃었다.

"하하. 칼솜씨뿐 아니라 말솜씨도 열심히 갈고닦는 모양이구나."

시종장이 내미는 수건을 받아 땀을 닦아내는 태왕의 눈에 은밀히 심부름을 보냈던 심복 계마로가 보였다. 연무장을 둘러싼 호위들 주변에서 서성거리는 모양을 보건대 시킨 일을 제대로 마친 모양이었다. 태왕은 따라오라 눈짓하며 편전으로 갔다.

편전 동편에 있는 사실에는 연무로 땀을 흘린 태왕을 위해 다과가 마련되어 있었다. 하지만 자리에 앉은 그는 거기에 눈도 주지 않고 앞에 선 계마로를 봤다.

"알아봤느냐?"

"예. 폐하께서 짐작하시는 바가 맞았습니다."

태자 시절부터 곁에 두었던 계마로는 태왕이 심금을 털어놓는 몇 안 되는 심복이었다. 오래전부터 명림가에 대해 밀탐과 감시를 책임져왔다. 명림해류를 간과한 자신의 불찰로 태왕이 원치 않는 왕후를 맞은 것에 어마어마하게 자책하고 있었다. 최근 왕후에 대해 상세히 탐문하라는 명을 받자 과오를 지우려 온몸을 불살랐고 오늘 그 첫 결과를 가져온 참이었다.

"왕후 폐하와 그 모친께서는 본가에서 대접받지는 못하시던 것 같습니다. 바로 사흘 뒤가 생신이신데 고추대가의 다른 부인들조차 잔치는 고사하고 하례를 올릴 준비도 없었습니다."

빙빙 돌려 부드럽게 말하고 있지만 가장 정확한 표현은 천덕꾸러기.

명림답부가 주도해 폭군 차대왕을 내쫓고 신대왕 치하에서 국상에 오른 뒤 요직을 차지해온 명림가. 대대로 왕가와도 연을 맺은 그 명문가에서 해류 모녀는 격이 떨어지는 존재였다. 파면 팔수록 알려진 것과 완연히 다른 왕후의 집안 사정에 그도 은근히 놀라는 중이었다.

"왕후 폐하의 외가는 수 대에 걸쳐 번성한 포목상이었고 예씨 부인은 막대한 부를 쌓은 그 거상 집안의 마지막 자손이십니다. 고추대가께서는 데릴사위로 처가의 가업을 돕다가 왕후 폐하가 아홉 살이 되던 해 예씨 부부가 돌림병으로 죽은 뒤 온 가족이 함께 명림가로 돌아오셨다고 합니다. 부인의 출신이 미천하다 하여 명림가에서 푸대접을 받으셨고 왕후 폐하 외에는 자식이 없어 고추대가와도 불화하셨답니다. 몇 차례 절혼을 하려고 했지만 막대한 재산이 빠져나가는 걸 두려워한 명림가에서 여러모로 압력을 행사해 뜻을 이루지 못한 모양입니다."

그는 잠시 숨을 고르고 태왕이 가장 궁금해할 사연을 전했다.

"일곱 해 전 태자비 간택에서 떨어진 뒤 고추대가께서 왕후 폐하를 강제로 부여신 사당의 신녀로 보내셨다고 합니다."

"그 집안은 딸이 귀하지 않더냐? 멀쩡한 처자를 다른 명문가와 혼맥을 잇지 않고 사당으로 보내다니 특이하군. 예씨 부인도 하나뿐인 딸을 신녀로 보내고 싶어 하지 않았을 것 같은데, 순순히 따랐다고?"

"그것이……, 왕후 폐하께서도 처음엔 완강히 거부하셨으나 고추대가가 예씨 부인을 초주검이 될 정도로 때려 위협하자 어머니를 살리기 위해 신녀가 되셨다고 합니다."

"겁박까지 해서 사당으로 보낸 이유는 무엇이라더냐?"

"외동딸이 혼인하면 예씨 부인께서 물려받은 유산은 딸 내외와 손주들에게 넘어갈 테니 고추대가 입장에선 위험을 감수할 순 없으셨겠지요."

전해 들은 명림두지의 욕심 많고 괄괄한 성품을 볼 때 그 핍박이 어느 정도였을지 익히 짐작이 갔다. 아무리 그래도 하나뿐인 딸인데 좋은 배필과 맺어줘 다복하게 살도록 해줘야지. 재산을 물려주기 싫어 강제로 신녀로 만들다니. 그 지독한 탐욕에 혀가 절로 차졌다.

"그랬군."

해류가 명림가의 숙청을 묵인하고 돕겠다고 했을 때 아무리 사이가 나빠도 부녀간인데 어찌 냉담하게 잘라낼까 싶었다. 워낙 주도면밀한 집안이니 음모가 아닐까 하는 의심도 당연히 품었다. 숨겨진 내막을 들어보니 두지에 대한 해류의 냉담함과 악감정이 이해가 갔다. 저런 핍박들이 중첩되어 있었다면 해류의 태도가 충분히 납득되었다.

그녀의 제안이 거짓말이 아니라는 건 거의 확신할 수 있었다. 그럼에도 완전히 명쾌해지진 않았다. 그래도 피를 나눈 혈육인데, 자신이 속한 명림가라는 든든한 거목이 뿌리까지 뽑히는 것을 방관하겠다고?

골똘히 상념에 잠겼던 태왕은 계마로가 보고 중이라는 사실을 깨달았다. 생각은 나중에 해도 될 일이었다. 그는 얼른 본론으로 돌아왔다.

"사당에서는 문제없이 지냈고?"

"예. 남다른 수완으로 신녀들이 만드는 수품과 방물을 좋은 값으로 거래하도록 알선하셔서 신망이 높으셨다고 합니다. 그리고,"

여기까지 보고한 뒤 그는 잠깐 망설였다. 아무리 소 닭 보듯 하는 사이지만 태왕도 사내인데, 들으면 그다지 기분이 좋지 않으실 정보를 전해도 괜찮을까.

계마로가 머뭇거리는 걸 느꼈는지 태왕이 재촉했다.

"그리고 무엇이냐? 어서 소상하게 고하라."

에라 모르겠다. 계마로는 눈을 질끈 감고 신전에서 어렵게 탐문한, 이제 별 의미는 없지만 중요하다면 중요한 내용을 옮겼다.

"왕후께서는 간택에도 나설 뜻이 없으셨다고 합니다. 폐하께서 열여덟 살 이상의 과년한 처자와 바로 국혼을 올리시겠다고 하자 국상께선 본래 올리려던 삼자(三子) 설로의 딸 대신 왕후 폐하를 급히 찾은 모양입니다. 왕후께선 신녀로 남겠다고 완강히 거부하셨지만 고추대가께서 강압하셔서 다른 도리 없이 신전을 나오셨답니다."

"어떻게 강압했다더냐?"

두지의 행보는 예씨 집안에 속했던 좌인들이며 가내 노예들이 이를 갈며 앞다퉈 쏟아냈지만 사당은 호락호락하지 않았다. 그야말로 단단한 돌벽에서 맨손으로 모래알을 파내듯 어렵게 한 톨 한 톨 정보를 모아야 했다. 그나마도 완전치 않았다.

"송구하오나 그것까지는 미처 알아내지 못했습니다. 다만, 과거에 왕후 폐하를 사당에 보낼 때처럼 모친을 볼모로 협박하지 않았을까 유추만 해보옵니다."

해류가 왕후 자리를 원치 않았다는 건 이미 들어 알고 있는 바. 그것이 부친과 다투며 홧김에 나온 소리가 아니라 진심이었다는 사실도 재차 확인됐다. 어미가 눈앞에서 맞아 죽는 것을 볼 수 없어 신녀가 되었듯, 거기에 필적하는 압박이 있었기에 왕후가 된 것이다. 굴복한 이유가 무엇인지 궁금한 동시에 저 밑바닥에서 뭉글뭉글 정체 모를 불쾌감도 피어올랐다.

첫날밤부터 해류를 외면한 건 그 나름대로 힘들게 내린 결단이었다. 명림이란 성씨를 가졌단 이유로 거부당해야 하는 처지가 안됐다는 연민도 있었다. 그럼에도 대의를 위해서란 명분으로 미안한 감정을 덮었다. 왕실을 떠날 궁리만 하는 명림해류에게는 어쩌면 그게 반가운 일이었을지도 모른다.

생각이 거기에 미치자 실소가 나왔다.

"폐하?"

느닷없는 웃음에 놀란 계마로의 반문에 태왕은 얼른 표정을 지웠다.

"수고가 많았다."

사당에서 얻어낸 정보가 보잘것없다는 게 걸리는 터라 계마로는 태왕의 치하에도 굳은 얼굴을 풀지 못했다. 시간이 촉박했다는 변명은 스스로 용납이 되지 않았다. 진즉에 사당 깊숙이 세작을 심지 않은 안일함을 가슴을 부여잡고 후회했다. 이제라도 누구든 기필코 포섭하겠다고 단단히 결심했다.

"사당은 외부인에게 폐쇄적이지만 좀 더 시간을 두고 공을 들이면 파고들 틈이 있을 것입니다. 반드시 무슨 일이 있었는지 알아내도록 하겠습니다."

그는 부여신 사당에서 왕후가 친동기처럼 지냈다던 방 동무를 떠올렸다. 그녀만 연결되면 사당에서 왕후와 관련된 내밀한 비밀들을 파헤칠 수 있으리라. 아직은 사란이란 이름만 아는 그 신녀를 반드시 찾아내 포섭하리라고 하냥다짐했다.

태왕의 눈과 귀 역할을 하는 계마로가 어떻게든 닿으려고 애태우는 그 신녀는 바로 몇 개의 담 너머, 왕궁 안에 있었다. 그것도 왕후의 부름을 받아서.

왕궁은 듣던 대로 어마어마한 데다 호위도 삼엄했다. 문을 몇 개나 통과했는지 기억도 나지 않았다. 출입패를 지닌 왕후궁의 궁녀와 호위가 동행했음에도 문마다 확인받기를 여러 차례. 눈이 핑핑 돌고 머리가 어질어질해질 즈음에야 왕후궁으로 보이는 건물로 안내됐다.

왕후궁은 지금까지 지나온 딱딱하고 장엄하거나, 위압적인 곳들과는 분위기가 사뭇 달랐다. 붉은 외벽의 벽화도 화사하고 담장도 무늬 벽돌로 치장이 된 것이 주인이 여성이라는 티가 확 났다.

이곳에 해류가 있구나.

무엄하게 두리번거린다고 궁녀에게 또 통박을 받을까 두려워 사란은 고개를 푹 숙인 채 곁눈질로만 부지런히 주변을 살폈다. 문을 지나 돌이 깔린 길을 따라 걷기를 한참, 마침내 계단을 올라 실내로 들어섰다. 다시 긴 복도를 지나자 시녀가 마침내 어느 문 앞에 멈췄다.

"폐하, 부여신 사당의 신녀 사란이 도착했습니다."

곧바로 안에서 문이 열렸다. 오는 내내 하도 엄히 단속받은 터라 감히 고개를 들 엄두도 못 내고 조아리고 있는 눈에 궁녀들의 치마와 신발만 보였다. 주변에 있던 궁녀들이 썰물처럼 빠져나가더니 저 앞에서 익숙하고 그리운 음성이 들려왔다.

"사란아."

고개를 들어도 되는지 망설이는데 숙인 시야 앞쪽에 풍성하고 고운 청색 흩금[41] 치마가 사르르 들어왔다. 그리고 진한 살구색 소맷자락이 보이더니 사란은 덥석 손이 잡혔다.

"사란아, 정말 오랜만이다."

반가워하는 목소리에 사란도 고개를 들어 왕후가 된 동무를 쳐다봤다. 높이 올린 머리에 색색의 유리구슬이 엮인 금장식을 꽂고 귀걸이를 한 해류는 감히 범접할 수 없을 정도로 위엄 있었다. 동맹 등 큰 행사 때 멀찌감치서 우러러보던 왕후가 해류라는 사실이 비로소 실감 났다.

모든 걸 함께하던 동무가 갑자기 멀어진 것 같은 거리감에 사란은 쭈뼛쭈뼛하다 허리를 숙였다.

"신녀 사란, 왕후 폐하를 뵙습니다."

사란의 불편함과 거리감을 해류도 감지했다. 며칠 전이라면 그녀도 어색하게 사란을 대했을 터다. 아니, 사란을 만날 엄두도 내지 못했을 것이다. 최근에 이 감옥 같은 궁을 벗어날 수 있다는 가능성이 생기자 죽었다 되살아난 것처럼 매사에 의욕이 솟고 있었다. 오늘 사란을 부른 이유는 그 미래를 위한 준비였다.

해류는 사당에 있을 때처럼 웃으며 사란을 좌상으로 끌었다.

"자, 이리 앉으렴."

차림새는 왕후지만 환한 표정이며 활기찬 태도는 분명 해류. 소화하기 힘든 상황에 비척거리면서도 사란은 해류가 이끄는 대로 따라 앉았다. 막 자리를 잡자 문밖에서 궁녀의 음성이 들려왔다.

"폐하, 다과상을 올릴까요?"

어쩔까 묻는 해류의 입 모양에 사란은 고개를 세차게 저었다. 이따 밤에는 왕궁의 다과 맛을 못 본 걸 후회할 수 있겠지만 지금은 아니었다. 이리 불편한 자리에서

---

41   문양을 염색한 비단

는 물만 마셔도 체할 게 뻔했다.

해류도 방해받기 싫었던 터라 더 권하지 않았다.

"되었다. 나는 사란 신녀와 얘기를 나눌 것이니 부를 때까지 들지 말라."

"예."

궁녀들이 문 앞에서 물러가는 기척이 느껴지자 해류는 다시 사란과 눈을 맞췄다.

"잘 지냈지? 별일 없고?"

궁녀에게 명령을 내리는 태도는 틀림없는 왕후였는데 웃으며 말을 붙이는 음성은 해류. 삽시간에 변하는 분위기에 어질어질했지만 익숙한 해류의 모습이 반가웠다.

"예. 폐하께서 궁으로 들어가신 뒤 물건을 가져가는 상인들의 야로가 심해지고 있지만 어찌어찌 꾸려가고 있습니다."

"그렇겠지."

해류의 눈빛이 서늘해졌다.

"상인들과는 어떻게 하고 있어?"

"하시던 대로 두루 값을 알아보고 서로 경쟁도 시켜보고 하지만 딴 궁리를 하는 신녀들도 생기고…… 아무래도 저는 폐하가 아니니까요."

"내가 예전에 했던 얘기를 기억하고 있니? 내가 없더라도 네가 모든 걸 챙길 수 있도록 하라던."

"예? 아, 예에."

꼭 멀리 떠날 사람처럼 그러느냐고 타박했던 그 시간이 어제처럼 선명하게 떠올랐다. 아마도 해류는 이렇게 될 것을 예측했던 게 아닐까. 상인들을 다루는 법을 세세히 알려주던 걸 좀 더 귀담아듣고 살필 것을. 뒤늦은 후회를 삼키는 동시에 왜 이런 걸 묻는지 궁금증도 들었다. 높으신 왕후가 장사 얘기 따위를 하러 절 부르지는 않았을 터인데?

해류는 사란의 예상을 곧바로 뒤엎었다.

"이제 자립해도 될 때가 됐으니 따로 거래하는 아이들은 마음대로 하도록 다 내버려두고, 너와 신의를 지키는 솜씨 좋은 신녀들이 만든 최상품만 챙기도록 해. 최상품은 네가 정한 값이 아니라면 팔지 말고 잘 쟁여두고. 만든 이에게 줄 값은 내가 치를게."

"예?"

왕후가 장사라니. 이게 될 법한 일인가. 태왕께서 아시면 어쩌려고. 사란은 반박을 차마 소리로 내지 못하고선 붕어처럼 입만 뻐끔거렸다.

기겁하는 사란을 바라보는 해류의 눈매가 초승달처럼 휘었다.

"나 때문에 목이 달아날 걱정은 하지 않아도 돼."

방을 같이 쓰면서도 느꼈던 것이지만 해류는 귀신처럼 사람의 속내를 잘 짚어냈다. 사란은 화들짝 놀라며 얼른 부인했다.

"예? 아, 아니, 그것이 아니오라,"

"네가 심려하는 건 당연하지. 나도 폐하께서 허락하시지 않았다면 네게 부탁하지 않았을 거야. 그러니 걱정하지 마."

정확하게 말하자면 콕 집어 허락을 받은 건 아니었다. 폐왕후로 내쳐주면 알아서 앞가림하겠다고 했고 태왕은 숙고해보겠다고 했다. 어차피 그 숙고는 허락으로 이어질 것이다.

해류는 커지려는 두려움과 가책을 누르고 오늘 사란을 부른 가장 중요한 이유를 밝혔다.

"내가 너를 부른 것은 장사 때문이 아니야."

"……?"

"칠직금 짜는 법을 배우지 않겠니?"

사란은 머리에 커다란 바위라도 떨어진 것처럼 휘청했다. 칠직금은 천하가 찾고 귀히 여기는 고구려의 최상급 비단. 국가에서 관장하는 비단 짜는 관청의 장인과 대대로 내려오는 비법을 보유한 두어 집안을 제외하곤 만드는 이가 없었다.

색과 무늬, 자수까지 완벽한 최상품 칠직금은 숙련된 장인 한 명이 달라붙어도 한 해에 한 필 완성하는 게 고작. 찾는 이는 많고 만들어지는 양은 터무니없이 적으니 부르는 게 값이었다. 그 귀하디귀한 비단을 비록 자투리지만 종종 구해 오기에 당연히 마리숍이 대어주는 걸로 알고 있었다.

완환 신녀의 심부름을 간다고 나갔다 늦게 들어오던 때는 어디선가 몰래 칠직금을 짰었구나. 해류가 종종 길게는 반나절씩 사당을 비우던 연유가 비로소 이해됐다.

"내 어머니는 포목상이자 직조장이었던 예씨 집안의 딸이야. 예씨의 칠직금은 후계자인 며느리나 딸에게만 대대로 내려오는 비법이고. 명림가는 어머니가 그 직조법을 미처 다 익히지 못한 것으로 알고 있지만 어머니와 나는 칠직금을 짤 줄 알아."

왜 해류 모녀가 그 사실을 비밀에 부쳤는지는 바로 짐작이 갔다.

해류의 부모가 불화하고 특히 부녀간에 사이가 좋지 않은 건 사란도 잘 알았다. 만약 그 사실을 알았다면 금보다도 값진 칠직금을 많이 얻기 위해 그 아비가 해류 모녀를 얼마나 들볶고 착취했을지. 불을 보듯 환했다.

"최상급 칠직금이나 칠직포는 천금을 줘야 살 수 있는 걸 알고 있습니다. 그런 어마어마한 비법을 어째서 제게 알려주시려는 겁니까?"

겨우 정신을 수습한 사란이 묻자 해류가 곧바로 답했다.

"내가 왕후가 되지 않았다면 알려주지 않았겠지. 하지만 지금 난 왕후이니 함부로 움직일 수 없어. 사당에서 우리가 한마음으로 움직였듯이 너는 도성에서 자유로운 내 몸이 되어줘. 너는 내가 가장 신뢰하고 뭐든 나눠도 아깝지 않은 단 하나뿐인 벗이야. 네가 내 신의를 배반하지 않는 한 내가 가진 것의 절반은 언제나 사란이 네 몫이 될 거야."

해류는 무거운 눈빛으로 감동과 격동으로 흔들리는 사란의 눈동자를 응시했다. 사란이 그녀에게 하나뿐인 벗인 것은 사실이었다. 가장 신뢰한다는 말도 진심이었다. 그렇지만 아무것도 섞이지 않은 순수한 믿음은 아니었다.

외조부모가 세상을 뜨자 외조부가 형제처럼 믿고 맡기던 집사와 직조 공방을 책임진 편수가 제일 먼저 돌아섰다. 여진이 정신을 놓고 있는 동안 앞장서서 모든 걸 두지에게 갖다 바쳤다. 그때부터 해류는 그 누구도 온전히 신뢰하지 않았다. 인간이란 누구나 잇속이나 위협에 흔들리는 법. 그건 그녀 자신도 마찬가지일 거였다. 인간으로 당연한 흔들림을 막아주는 건 적절한 보상이었다.

지금까지 지켜본 사란은 충분히 믿을 만하지만 좀 더 튼튼한 결속 장치가 필요했다. 상대에게 절실한 것일수록 좋았다. 그 누구도 줄 수 없는 유일무이한 거라면 더더욱 완벽했다.

"이것 하나만 맹세해줘. 네가 환속해서 자식을 얻든, 끝까지 신녀로서 이 길을 가든 나중에 네가 택한 딱 한 명에게만 직조법을 전수하겠다고."

칠직금의 비법을 얻을 수 있다면 더한 것도 맹세할 수 있었다. 이 정도는 고민거리도 아니었다. 사란은 지체 없이 머리를 조아리며 신녀들이 맹세할 때의 자세를 취했다.

"유화부인과 하늘에 계신 천신께 맹세합니다."

사란이 엄숙하게 약속하자 해류의 표정이 부드러워졌다.

"시간이 날 때 내 어머니를 찾아가. 널 기다리고 계실 거야."

상상하지 못한 선물을 얼떨결에 받기는 했지만 뒤늦게 압박감과 회의감이 밀려오는지 사란은 풀이 팍 죽었다.

"제가 그 어렵고 귀한 것을 제대로 배워 만들어낼 수 있을지……."

칠직금의 기본을 배우는 것만으로도 최소 몇 년. 앞으로 꽤 오랫동안 사란은 어머니나 그녀를 절대 배신할 수 없었다. 해류는 만족감을 갈무리했다.

"어차피 내 어머니가 알려주는 건 일곱 가지 색을 섞고 기본 무늬를 내는 방법뿐이야. 그걸 조합해 전에 없던 색과 무늬를 만들고 어울릴 자수를 더하는 건 나와 우리 집안의 여인들이 그랬듯이 네 몫. 평범한 비단이 될지 값진 보물이 될지는 전적으로 너의 손에 달려 있어."

바늘땀 하나라도 튄 것이 없는지. 이미 꼼꼼히 살피고 또 살핀 비단옷 일습을 정성스럽게 다림질한 해류는 마지막으로 다시 살펴본 뒤 차곡차곡 접었다. 흰 베를 깐 향나무 상자에 옷을 넣고 연꽃을 수놓은 비단 허리띠와 공작사 자수 견귀을 올린 뒤 뚜껑을 닫았다.

"이런 건 저희에게 시키시면 될 것을…….."

왕후가 이른 아침부터 부지런을 떠는 이유를 알지만 자신들은 손을 놓고 구경하는 것이 민망해 미려 여관이 부드럽게 불평했다.

"어머니께 드리는 선물인데 어떻게 남의 손에 맡기겠는가. 생신인데 직접 찾아뵙지도 못하니 이런 거라도 해야지."

부친과는 앙앙불락이지만 모친과는 참으로 애틋하다 생각하며 여관은 해류의 마음에 꼭 드는 대답을 올렸다.

"폐하께서 얼마나 정성스럽게 이 선물을 준비했는지 부인께 꼭 전하겠습니다."

"그래주게. 항상 강건하시라고도 꼭 말씀 올려주고."

"예. 그럼 저희는 지금 바로 출발하겠습니다."

비단 보자기에 싼 옷 상자를 든 여관과 시녀들이 왕후궁을 나갔다.

뜰까지 나와 그들을 배웅한 해류는 갑갑한 방으로 돌아가기 싫어 담을 따라 슬슬 걸었다. 궁녀들은 왕후가 직접 옷을 만들어 보내는 걸 보고 효심이 대단하다고 칭찬하지만 사당에 있을 때보다 오히려 못한 축하였다. 그녀나 어머니의 생일은 명림가에선 아무도 기억하지 않는 날. 서로가 알뜰하게 챙겨왔다. 신녀일 적에는 빠질 수 없는 제례와 겹치지 않는 한 말미를 얻어 집으로 가서 어머니와 함께 밥이라도 먹었다.

허울뿐인 왕후가 아니었다면 궁의 음식이라도 장만해 보낼 수 있었을 텐데.

속이 상했다. 뭐든 하고 싶어도 여기는 임시로 머무는 곳이었다. 남의 것이라는 인식이 꽉 박혀 있다 보니 왕실의 것은 뭐 하나 사소한 것도 쓰기가 조심스러웠다.

나릅이 있으니 떡이라도 해서 올리겠지.

어머니 곁을 지켜주는 충실한 여종을 떠올리며 해류는 서글픈 마음을 달랬다.

여관이 탄 수레가 어디쯤 갔을까. 해를 보며 시간을 재고 있다가 수견의(受繭儀)[42]

---

42 누에고치를 거두고 다음 해에 키울 씨고치를 갈무리하는 행사. 국가의 양잠 관련 행사는 왕후가 관장했다.

를 의논하기 위해 관리가 들었다는 말에 궁으로 돌아왔다. 누에를 키우고 거두는 것은 왕후가 앞장서 모범을 보여야 하는 중대한 일이었다. 뭐라도 열중할 일이 있으니 시간은 빠르게 흘렀다.

꼬르륵.

작년 행사의 얘기를 듣던 해류가 퍼뜩 고개를 들었다. 곁에 선 궁녀나 앞에 있는 잠청(蠶廳)[43] 관리의 배에서 난 소리. 둘 다 아닌 척 시치미를 뚝 떼고 있지만 당사자의 등에선 식은땀이 흐르고 있을 것이다. 올해 수확량이며 행사 때 참여할 인원이며 세세한 것들을 묻고 정하다 보니 끼니때가 지난 모양이었다.

"내가 시간 가는 걸 잊고 있었던 모양이구나."

해류는 마주한 관원을 물렸다.

"당장 필요한 내용은 정리된 듯싶으니 이대로 진행하고 내일 들 때는 이전 행사를 기록한 그림을 가져오게. 그걸 보면 좀 더 정확하게 알 수 있을 것 같군. 오늘은 여기까지 듣겠소."

"알겠습니다, 폐하."

잠청 관리가 나가자 기다렸다는 듯이 시녀들이 점심상을 들고 들어왔다.

"폐하, 점심이 많이 늦었습니다. 어서 드시지요."

다른 곡식은 하나도 섞지 않아 윤기가 자르르 흐르는 쌀밥이었다. 다른 반찬들도 평소보다 가짓수도 많고 재료도 호화로운 것이 딱 봐도 연회상에 오를 것들이었다. 아마도 어머니의 생신이라고 신경을 쓴 모양이었다.

생신을 맞은 건 어머니인데 왜 그 상은 내가 받는 것인지 싶었다. 하급 신녀들은 일평생 한 톨도 입에 넣기 힘든 쌀이건만. 달고 뽀얀 흰밥을 보니 그나마 없던 시장기마저 싹 가셨다.

명림가로 들어간 이후 어머니는 제대로 된 생일상을 한 번도 받지 못했다. 평소의 밥상에 그나마 예씨 집안에서 따라온 노예들이 신경 써서 올린 음식이나 떡 한

---

43 양잠을 관장하는 부서

덩이가 고작. 오늘도 분명 그럴 거였다. 그래도 서로 함께 있다는 사실에 행복했는데, 이제는 그조차도 못 하고 있었다.

상을 물리고 싶은 마음이 굴뚝같았다. 딴에 그녀를 챙겼을 아랫사람들을 생각해 억지로 수저를 들었지만 보드라운 쌀밥이 깔깔하니 아무 맛도 느껴지지 않았다. 어머니나 사란과 함께 먹을 때는 콩을 넣어 찐 조밥에 절인 채소 하나만 있어도 꿀맛이었는데. 체할 것 같아 밥이 입안에서 물이 되도록 꼭꼭 씹고 있는데 밖에서 기다리던 기척이 났다.

"폐하, 미려 여관께서 돌아오셨습니다."

"오! 어서 들라."

방에 들어서는 미려는 근엄하던 평소와 달리 살짝 들떠 있었다.

"폐하, 부인을 뵙고 하례 올리고 왔습니다."

"어머니께서는 건강하시고? 뭐라고 하시더냐?"

"태왕께서 보내주신 생신 하례품에다 왕후께서 직접 지은 옷까지 받으시니 과분하시다고 눈물까지 보이며 크게 기뻐하셨습니다."

"어? 방금 뭐라고 하였는가? 폐하께서 하례품을 보내셨다고?"

미려는 짐작대로 해류가 몰랐다는 것을 확인했다. 그러자 더 신이 나서 오늘 보고 들은 것을 줄줄이 읊었다.

"오늘 새벽에 태왕께서 보내시는 하례품을 큰 수레에 실은 사자가 왔다고 합니다. 폐하께서 친히 쓰신 서찰을 비관이 고추대가의 식솔들 앞에서 낭독했는데 덕이 높고 영민한 왕후를 낳고 길러 궁으로 보내준 부인께 치하하는 내용이었답니다. 그리고 수레에 싣고 온 물목은 은괴, 각종 포목과 모피, 양털, 궁에서 만든 연회 음식에,"

숨이 찬 여관이 잠깐 멈춘 틈을 타서 해류가 물었다.

"연회 음식이라고?"

"예."

여관은 그제야 해류 앞에 놓인 음식상이 눈에 들어오는지 그것을 가리켰다.

"아, 왕후 폐하께도 같은 것을 올린 모양이군요. 바로 이 음식입니다. 부인께서 이리 귀한 것은 나눠야 한다고 국상이 계신 본가와 형제분들의 가택에도 보내시고 저희에게까지도 상을 차려주신 덕분에 감히 맛을 보고 왔습니다."

여관은 모두의 입을 떡 벌어지게 한 다른 하례품에 대해서도 떠들기 시작했지만 해류의 귀에는 하나도 들어오지 않았다. 지금 그녀의 머리를 가득 채운 것은 '어떻게 어머니의 생신을 알았을까'였다. 그다음으로 떠오른 궁금증은 '왜 선물을 보냈을까'.

초야를 치른 척하고 가버린 태왕을 쫓아가 야장간에서 진솔한 대화를 나눈 이후 적대감은 확실히 사라졌다. 그래봤자 딱 그뿐. 둘 사이의 거리감이나 경계심은 줄었을지는 몰라도 여전히 존재했다. 전보다는 덜 냉랭하지만 데면데면하니 예의를 지키는 사이. 그녀가 궁을 나갈 때까지 서로의 영역을 침범하지 않고 딱 이 정도의 관계일 거라고 생각해왔다. 그런데 오늘 태왕은 예측은 고사하고 전혀 상상하지도 못했던 행동을 했다.

이것은 무슨 의미인지. 도무지 그 이유나 속내를 알 수 없는 행동에 머리가 아팠다.

그녀가 딴생각을 하는 동안 여관은 수레 가득 실려 온 하례품에 대한 보고를 끝냈다. 미려는 은근한 표정으로 해류에게 슥 다가와 권유했다.

"국정으로 분주하신 태왕께서 세심하고 다감하니 챙겨주셨는데, 찾아뵙고 인사를 드리는 게 어떠실지요?"

"……."

이유가 궁금해서 골머리를 앓느라 잠시 잊고 있었지만 여관의 말을 들으니 정말 지나칠 수 없는 일이긴 했다.

명림두지를 거부로 만들어준 첫째 부인이지만 아들이 없다는 이유로 대접받지 못하는 아내. 두지와 후실들, 그 자식들까지도 여진의 유산에 기대어 호의호식하면서 그 누구도 생일을 기억하거나 말치레로 하는 인사 한번 없었다. 그런데 아침부터 궁에서 사람들이 와서 온갖 하례품과 떡 벌어지는 궁의 연회상까지 내려놓고 간 거였다. 철모르는 아이들은 몰라도 두지나 그의 후처들이며 장성한 자식들에게 그 음식은 소태처럼 썼을 것이다.

그걸 나눠 받은 본가에선 또 얼마나 놀랐을지. 그 모습을 상상하자 기분이 좋아졌다. 이유를 찾는 건 나중에 해도 되는 일. 설령 그걸 모르면 또 어떠한가. 명림가에서, 뒤에서는 몰라도 더는 대놓고 어머니를 무시하거나 핍박하지는 못할 것이다.

방금 전까지 모래알을 씹는 것 같았던 밥과 음식이 거짓말처럼 달아졌다. 즐겁게 수저를 놀리며 해류는 태왕을 찾아가 인사를 올려야겠다고 결심했다.

"폐하께서 오늘 정무를 마치시면 알려달라고 편전의 시종에게 미리 연통을 넣어놓게."

혹시나 하고 찔러본 것이지 이렇게 순순히 대답이 나올 줄은 몰랐다. 입이 함지박처럼 벌어진 미려는 해류의 마음이 바뀔까 두려워 명이 떨어지기가 무섭게 직접 전하겠다고 달려 나갔다.

해거름이 막 지기 시작한 무렵, 편전에서 연락이 왔는지 문밖에서 여관의 음성이 들렸다.

"폐하, 태왕께서 서쪽 비원으로 움직이신다고 합니다."

비원. 그가 찬바람이 쌩쌩 부는 목소리로 그녀에게 출입하지 말라고 한 장소였다. 한때 이 왕궁에서 가장 아끼며 공들이고 유일하게 위로를 받던 공간이었지만 이제는 마음이 떠난 곳이기도 했다. 괜히 갔다가 또 싫은 소리를 듣는 것이 아닌지, 망설이는데 미려 여관이 재촉했다.

"폐하, 태왕 폐하께서 오늘 밤에 요동에서 돌아온 장수들에게 주연(酒筵)을 베푸신다니 시간이 없습니다. 서두르시옵소서."

어차피 인사는 꼭 해야 할 일. 미룬다고 사라지는 게 아니라면 빨리 해버리는 게 낫다. 해류는 비원에는 들어가지 않고 부근에서 기다리자 결정하고 일어섰다.

"알겠네."

해류는 비원 근처의 정자에서 서성였다. 태왕이 해류에게 비원에 출입하지 말라고 한 것은 모르지만 그와 마주친 이후 발걸음을 끊은 걸 보며 왕후궁 궁인들도 대충 눈치는 채고 있었다. 그래도 마냥 기다리는 건 아니다 싶었는지 미려는 비원의 담벼락에 서서 아는 배행 시종에게 눈을 맞췄다.

"왕후 폐하께서 저기 계십니다."

낮게 속삭이자 척하면 척. 미려처럼 궁에서 잔뼈가 굵은 배행 시종은 그녀가 뭘 원하는지 곧바로 알아들었다. 전각 가까이 가서 얼쩡거리는 것 같더니 얼마 지나지 않아 태왕이 비원의 정문에 나타났다.

비원 쪽을 주시하고 있던 해류는 얼른 몸을 숙여 태왕에게 예를 표했다.

"왔으면 안으로 들어오지 왜 여기 있었습니까?"

감사인사를 하려던 해류는 기가 막혀 말을 잃었다. 곰곰이 생각해보니 공교롭게도 바로 딱 이 근처였다. 초봄에 이 앞에서 마주했을 때 태왕의 벼린 칼날보다 날카로운 축객령이 지금도 귀에 생생했다.

"이곳은 모후의 정원이니 당신이 출입할 곳이 아닙니다. 향후엔 왕후를 여기서 보지 않도록 해주세요."

토씨 하나 틀리지 않고 그대로 읊어줄 수도 있었지만 그녀는 꾹 참았다. 그래도 이대로 넘어가긴 너무 억울해 빙 돌려 되받았다.

"폐하께서 비원에는 출입하지 말라고 명하신 걸 따랐을 뿐입니다."

앗. 이번에는 태왕의 말문이 막혔다.

그랬었다. 몹시도 울적했던 날, 여기서 해류와 마주치고서 그런 모진 소리를 했었다. 그 직후에도 좀 심하지 않았나 마음에 걸렸고 나중에 말끔하게 되살아난 정원과 전각을 보고선 크게 후회했다. 나날이 옛 모습을 되찾고 있는 비원에 들를 때마다 해류에 대한 죄책감이 커졌었다. 다만 한번 말한 것을 번복하기에 위신이 서지 않아 어영부영 있는 참이었다.

함부로 내뱉은 말을 주워 담고 수습하는 건 힘들다. 만고의 진리를 곱씹으며 어색하게 서 있는데 해류가 그에게 공손히 몸을 숙였다.

"오늘 제 어머니 생일에 큰 선물을 내려주셨다고 들었습니다. 하해와 같은 은혜를 절대 잊지 않겠습니다."

"아…… 그것이요. 은혜라고 할 정도로 대단한 일도 아닌 것을요. 왕후가 짐의 모후께 해준 것에 비하면 약소하지요."

예상과 다른 반응에 해류의 눈이 커졌다. 그것도 모자란지 태왕은 뜻밖의 제안을 했다.

"비원에 들어가보겠습니까?"

저번에 면박당한 걸 떠올리면 거절하고 뒤도 안 돌아보고 가는 게 맞았다. 하지만 호기심을 이길 수 없었다. 지난겨울부터 초봄까지 몇 달 동안 직접 치우고 가꿨던 정원이 어떻게 변했는지 궁금했다. 망설임은 잠시, 그녀는 못 이기는 척 고개를 끄덕였다.

"예."

그가 내미는 화해의 손길을 해류가 받아들였다는 걸 깨달았는지 태왕의 입술이 미미하게 휘었다. 몸을 돌려 성큼성큼 걷는 그를 해류도 재빨리 따라갔다.

활짝 열린 문 안에 펼쳐진 비원의 풍경이 눈에 들어오자 해류의 입술 사이에서 탄성이 흘러나왔다. 예전에 본 폐허가 마치 거짓말인 것처럼 분재들은 파릇하니 살아 있었다. 각자의 자리에서 고구려의 숲을, 이국적인 남국의 풍광을 보여줬다. 이 작은 공간에 여러 나라의 모습이 각각 한 폭의 그림이 되어 담겨 있었다.

바로 이 정경을 위해 겨우내 언 땅을 치우고 그 고생을 한 거였다. 반들반들한 옥돌이 깔린 오솔길을 걸으며 그 보람을 제대로 느꼈다. 그렇지만 최초의 흥분과 감격이 지나가자 빈자리들이 눈에 들어왔다.

정원에 심어져 있던 분재들도 예상대로 절반 남짓만이 살아 있었던 모양이었다. 그녀가 마지막으로 지시한 대로 봄에도 끝내 싹을 틔우지 못한 초목들은 다 뽑아내었는지 듬성듬성. 전각에 들여 살린 화분들이 정원으로 나와 자리를 채웠음에도 이가 빠진 모양새였다.

아쉽다는 생각에 저도 모르게 한숨을 흘렸던 모양이었다.

"뭐, 마음에 걸리는 일이라도 있습니까?"

태왕의 물음에 화들짝 정신이 든 해류는 잠시 망설이다 솔직하게 대답했다.

"빈자리가 아쉬워 그렇습니다. 남아 있는 분재들을 보면 하나하나 다 귀한 것이, 힘들게 구해 공들여 가꾼 것들일 텐데. 안타깝네요."

"그렇군요."

해류의 지적을 받고 둘러보니 그의 눈에도 비어 있는 공간들이 새삼스럽게 들어왔다.

어릴 때 전쟁터에서 돌아오면 부왕은 항상 이곳으로 그를 데려왔다. 여기 있는 분재들을 직접 챙기면서 그 하나하나에 얽힌 사연들을 들려주곤 했었다. 그 정성이 무색하게, 머리에 남은 것은 모후가 가장 좋아했다던 이른 봄에 피는 꽃나무뿐. 다른 것들은 부왕이 설명해줬다는 사실만 기억하지 내용은 떠오르지 않았다. 철없던 어린 시절, 그 얘기들을 귀담아듣지 않았던 게 뒤늦게 후회됐다.

"돌아가신 부왕께서 이 정원을 많이 아끼셨지요."

"남아 있는 초목만 봐도 분명 그러셨던 것 같습니다."

뒷짐을 진 채 정원을 둘러보며 태왕은 입에 발린 듯, 그러나 어느 정도는 진심이 담긴 바람을 중얼거렸다.

"여기에 바다석류 꽃도 분명 있었을 것 같은데, 살아 있으면 좋겠군요."

해류는 별다른 아쉬움 없이 현실을 지적했다.

"그러면 좋겠지만 남쪽 바닷가에서 자란다는 나무라 힘들지 싶습니다. 제 이름이지만 실제로는 한 번도 보지 못했답니다."

"그렇겠군요."

눈을 빛내며 정원의 분재들을 살피는 해류를 응시하던 그는 충동적으로 부탁했다.

"이 빈자리들을, 왕후가 부왕을 대신해서 채워주면 안 되겠습니까?"

누에고치를 거두고 내년에 키울 누에를 갈무리하는 행사를 주관하고 돌아온 해류에게 궁녀 하나가 쪼르르 다가섰다.

"폐하, 일전에 급히 찾아보라 명하신 것을 수소문해봤는데……."

내가 무엇을 명하였더라?

머리를 짓누르던 금관이며 무거운 가체를 벗으며 해류는 기억을 더듬었다. 왕후의 자리라는 게 손을 놓으면 더없이 편하지만 챙기기 시작하니 일이 끝도 한도 없었다. 시킨 게 하도 많아 이 궁녀에겐 뭘 명했는지도 가물거렸다.

오늘은 왕후가 된 후 첫 수견의라 꼭두새벽부터 신경을 곤두세워 한없이 피곤했다. 왕실 뽕나무밭에서 돌아오는 내내 궁에 돌아가면 잠깐만 눈을 붙이리라, 그 생각만으로 내리감기는 눈을 부릅떴다.

궁녀가 이렇게 바로 달려올 정도면 굉장히 다급히 찾아보라고 닦달한 걸 거였다. 피로로 버석거리는 눈을 양손으로 꾹꾹 눌러 풀어주면서 해류는 의자에 앉았다.

"그래. 어찌 됐느냐."

"국내성 남쪽에 사는 자인데 온갖 귀한 분재들을 키우고 있답니다. 신라 출신이라 그런지 듣도 보도 못한 남쪽의 기화요초가 많고, 또 약해지거나 죽어가는 것도 신묘할 정도로 잘 살려낸다고 명성이 자자하답니다."

아, 분재를 잘 가꾸고 많이 키우는 자를 찾아보라고 했었지.

해류는 며칠 전, 태왕에게 감사인사를 하러 갔다가 발목이 잡혀버린 비원을 떠올렸다.

영락태왕이 애지중지하며 손수 가꿨던 정원을 옛 모습으로 돌려달라는 요청. 너무나 뜻밖이라 처음엔 대답도 못 했다. 곧바로 거절하려고 했다. 진짜 왕후도 아니고 조만간 궁을 떠날 사람이었다. 이런 의미 깊은 장소에 드나드는 건 말이 안 된다고 말하려고 했다. 그런 그녀를 막은 것은 태왕이 미처 감추지 못한 감정이었다.

그리움. 늘 냉랭한 가면을 쓴 것 같던 태왕의 눈에서 해류는 처음으로 감정이란 걸 읽을 수 있었다. 그가 감추지 못한 그 애틋함이 해류를 움직였다.

"알겠습니다."

그녀의 승낙에 잠깐 놀라는 것 같던 태왕이 살짝 고개를 끄덕였다.

"고맙습니다, 왕후."

해류는 제 얼굴에 경악에 이어 거부감이 그린 듯이 뚜렷하게 떠올랐다는 걸 몰랐다. 그녀가 거절할까 봐 짧은 순간 그가 얼마나 긴장했는지도. 거절이 돌아오겠구나, 체념한 순간 해류가 너무나 선선하게 승낙한 거였다.

그렇게 짧은 대화가 오간 뒤 태왕은 승전한 장수들을 위한 주연에 참석하기 위해 곧 돌아갔다.

연회장으로 가는 그를 보면서 해류는 충동적으로 응낙한 걸 잠시 후회하긴 했다. 그러다 곧 '생각지도 않은 은혜를 입었으니 갚자'로 마음을 바꿨다. 따져보면 태왕의 매정한 금족령 때문에 정이 떨어졌지 이 비원은 그녀가 가장 위안받던 공간이었다. 마음껏 가꿔보라고 요청까지 받았으니, 원하는 대로 다 할 수 있다. 이왕 할 거면 제대로 하자고 작정하고 그날 바로 귀한 분재를 많이 키우는 자를 찾아보라고 명령했다.

그것이 열흘여 전. 그녀가 꾸물거리는 걸 워낙 싫어하는 터라 명이 떨어지면 길어야 사나흘 안에 답을 올리는 게 보통이었다. 열흘 넘게 걸린 걸 보니 워낙에 호사가들의 취미라 찾아내기가 쉽지 않았던 모양이었다.

"신라인이 국내성 안에 살고 있다고?"

"예. 신라에서 온 망명객으로 그 나라의 전대 왕과도 인척이고 아주 높은 신분이었다고 합니다. 석씨인데 그게, 그 무슨…… 골이라나……?"

"골?"

해류의 반문에 궁녀가 도움을 요청하듯 주변을 봤다. 다른 궁녀며 여관도 모르는 건 마찬가지인 듯 서로 멀뚱히 마주 보기만 했다. 해류도 신라에 대해선 전혀 아는 게 없는 터라 손을 들었다.

"그건 그 신라인에게 직접 물어보는 편이 빠르겠구나. 그자의 집에 사람을 보내어서 궁으로,"

명령을 내리다 해류는 말을 멈췄다.

"아니다. 말이 나온 김에 가보자. 오늘 그 석씨 성을 가진 신라인의 집에 사람을 보내 내일이라도 만날 수 있도록 조치해라."

여관이 펄쩍 뛰며 반대했다.

"왕후 폐하께서 그런 누추한 곳에 몸소 납신다고요? 그것보다는 찾으시는 분재를 알려주고 있는 것을 갖고 들어오게 하심이 옳을 것 같습니다."

적절한 조언이긴 했지만 해류는 완강했다.

"그자가 무엇을 갖고 있는지 모르지 않는가. 또 어느 정도 능력이 있는지 내 눈으로 확인하는 게 나을 터. 폐하께서 부탁하신 일인데 최대한 빨리 비원의 옛 모습을 찾아야 하지 않겠는가."

왕후의 논리도 지극히 타당하고 정연했다. 그렇지만 정원이 도망가는 것도 아니고, 새털같이 많은 게 시간인데 뭐가 저리 급하신지. 왕후가 태왕에게 어떤 약속을 했는지 모르는 여관은 해류가 매사에 쫓기는 것처럼 바삐 움직이는 게 왠지 위태롭게 느껴졌다.

"수견의를 챙기시느라 요 며칠 잠도 제대로 못 주무셨는데 내일은 쉬시고 모레나 다른 날을 잡아서 가시는 게 어떨지요?"

"오늘 일찍 자면 거뜬해질 거야. 내가 초목은 잘 모르지만 뭐든 심는 때가 따로 있다고 하니 놓치지 않도록 서두르는 게 맞을 것 같네. 목이 마르니 차가운 차를 좀 가져오고, 분재를 가꾼다는 그 신라인에겐 바로 사람을 보내게."

말려봤자 이미 결정한 왕후에게 씨알도 안 먹힌다는 걸 깨달았는지 여관이 수긍했다.

"알겠습니다."

다음 날 오후, 고위 궁인의 나들이처럼 호위만 몇 따르는 평범한 소 수레가 궁을 나왔다.

국내성 남쪽에 있다던 신라인의 집은 예상외로 컸다. 신라에서 아주 높은 신분이었다는 게 과장이 아니었는지 건물의 규모며 거느린 노예들도 꽤 있어 보였다. 왕후가 온다는 연통을 미리 받은 터라 수레가 정문을 통과하자 집주인이 기다리고 있었다.

"소인 석도종, 왕후 폐하를 뵈옵니다."

분재는 대부분 초로의 귀족들이 즐기는 취미라 당연히 노인이려니 했는데 그녀를 맞은 사내는 젊었다. 청년기는 지났지만 중년이라기에는 아직 이른 사내였다. 훤칠한 풍채에 여인도 부러워할 정도로 흰 피부. 입술도 주사를 칠한 듯 붉은 것이

요요한 분위기도 풍겼다. 드물게 영준하고 수려한 외모에 따라온 궁녀들의 볼이 홍조로 짙게 물들고 눈은 전에 없이 반짝였다.

"시급한 터라 의논도 없이 통보만 하고 왔는데 큰 실례가 아니었으면 합니다."

"아닙니다. 이런 누추한 곳이지만 폐하를 모시게 되어 광영이옵니다."

"그리 말해주니 고맙소."

왕후가 왜 직접 그를 찾아오는지, 어제 찾아온 전령에게서 들었다. 전해 들은 왕후의 성격상 불필요한 시간 낭비는 원하지 않을 거라고 판단했지만, 혹시 몰라 일단 예의상 권유는 해봤다.

"빈청에 차를 드시도록 준비를 해놓았습니다만……, 아니면 분재를 키우는 곳으로 모실까요?"

예상대로의 대답이 바로 돌아왔다.

"분재를 보러 가지요."

"예, 이쪽으로 오십시오."

건물 뒤쪽에 있는 담과 문을 하나 더 지나자 아늑한 전각과 분재들로 가득한 정원이 나왔다.

"아!"

해류는 물론이고 따라온 여관과 궁녀들의 입에서도 동시에 탄성이 터져 나왔다.

선왕의 생전엔 비원이 이랬겠구나 싶은, 듣지도 보지도 못한 귀한 초목들이 파릇하게 자태를 뽐내고 있었다. 시든 가지 하나 없는 걸 보면 얼마나 정성을 들이는지 짐작됐다.

"정말 대단하시오."

찬탄과 함께 의문도 들었다. 이 신라인은 분명 작년에 고구려로 왔다고 들었는데 이 정원은 한두 해로 절대 완성될 수 없는 수준이었다.

"연전에 국내성으로 왔다고 들었는데 어떻게 이 정도로 키워낼 수 있었는지요? 농사와 초목을 관장하는 북두칠성의 가호라도 받은 것 아닌가 싶은 수준이군요."

"실은 오래전에 이곳에 살았었습니다. 그때부터 가꿨던 것들입니다."

"자세히 설명을 좀 해주겠소?"

해류의 단도직입적인 질문에 그는 멈칫하는 것 같더니 선선히 궁금증을 풀어줬다.

"선대왕 때 제 고종사촌형과 함께 질자로 고구려에 와 십여 년 가까이 지냈습니다. 저를 따라왔던 시종은 고구려 여인과 혼인해 여기 남겠다고 해서 신라로 돌아갈 때 이 집을 주었지요. 제가 이 분재들을 얼마나 아꼈는지 잘 아는 이라 몇 해 전에 세상을 뜰 때까지 살뜰히 돌봐줬던 모양입니다."

그는 구렁이처럼 똬리를 튼 허리 높이의 소나무 분재에서 살짝 시들거리는 잎을 세심하게 따주었다.

"제가 고구려로 망명을 청하니 태왕께서 자비롭게도 시종의 가족에게는 다른 살 곳을 찾아주시고 이곳은 제게 하사하셨답니다."

"나는 솔직히 분재에 관해선 잘 모르오. 하지만 여기엔 우리 고구려에선 잘 보지 못한 초목들이 많은 것 같군요."

"예. 질자였던 시절 향수를 달래고자 신라와 남쪽의 초목들을 찾아 가꾸다 보니 그리되었습니다."

"그랬군."

해류는 새삼스럽게 정원의 분재들을 훑어보았다.

"이미 들었겠지만 왕궁에는 선대 태왕께서 아끼시던 분재 비원이 있습니다. 태왕께서 귀천하신 후 여러 해 동안 돌보는 이가 없어 황폐해졌는데 올해 태왕께서 그걸 살려보라고 명하셔서 귀한 분재를 많이 가꾸는 이를 수소문한 거요."

"그 정도로 긴 세월을 특별한 보살핌 없이 고구려의 겨울을 났다면…… 남쪽의 초목은 거의 살아남지 못했겠군요."

"맞소. 잘 아는군요."

도종은 작은 전각 쪽을 가리키면서 해류를 안내했다.

"저쪽으로 한번 가보시지요."

겨울에 안으로 옮기기 편하게 하려는지 전각 주변에는 주로 화분에 심어진 분재들이 있었다. 유심히 보니 왕궁의 비원에서 본 낯익은 것도 눈에 띄었다.

"아, 이것들이 남쪽의 초목들이군."

"맞습니다. 주로 신라의 것들이고 왜나 가야, 백잔에서 자라는 것들도 있습니다. 왜의 초목들은 특히 추위에 약해 서리가 내리기 전에 안에 들이지 않으면 얼어 죽어버리기 때문에 손이 아주 많이 간답니다."

도종은 손을 들어 주변의 분재들을 죽 가리켰다.

"필요하신 것이 있으면 무엇이든 하명하십시오."

문외한인 해류가 보기에도 여기 있는 것들은 그저 정성만으로 가능한 수준이 아니었다. 욕심대로 하자면 이곳을 통째로 들어다 비원에 옮겨놓고 싶을 정도였다.

홀린 듯 탐나는 분재들을 고르려던 해류는 곧 정신을 차렸다. 앞에 있는 이 사내의 안목과 손길이 닿았기에 자기 땅에 있듯이 싱싱하고 수형이 조화로운 것이지 궁의 누구도 이처럼 잘 키운다는 보장은 없었다. 이 귀한 것들을 욕심껏 옮겼다가 죽어버리면? 해류는 현실을 냉정하게 파악했다. 분재도 중요하지만 석도종의 도움이 절실했다.

"조만간 날을 잡아 비원으로 청할 테니 무엇이 부족하고 필요할지 그대의 의견을 들려주면 좋겠소."

왕궁에서 연통이 왔을 때 귀한 분재를 싹 쓸어 가겠구나 각오했었다. 자신에게 조언을 구하는 건 전혀 예측 밖이었다. 뜻밖의 요청에 도종의 눈망울이 크게 흔들렸다가 곧 평온을 되찾았다.

"영광이옵니다. 언제든지 필요하실 때 불러주십시오."

용건을 마치자 해류는 도종과 정원을 벗어났다. 수레가 있는 바깥채로 발을 내딛기 직전 궁금했던 것이 퍼뜩 떠올랐다.

"참, 그 골이란 것은 무엇을 뜻합니까?"

도종이 고개를 갸웃하며 되물었다.

"예? 골이요?"

"석공이 신라에서 골인가 하는 높은 신분이었다고 하던데?"

"아아, 예에."

그제야 알아들은 그의 눈꼬리에 주름이 잡혔다. 미소를 머금은 얼굴로 공손히 설명했다.

"신라에서 왕족은 성골과 진골로 나누고 일반 귀족은 품으로 나눕니다. 아마 그 성골과 진골을 말씀하시는 것 같습니다."

궁금증이 풀리자 해류도 웃으며 고개를 끄덕였다. 동시에 이 사내가 신라에서 어떤 지위에 있었고 왜 고구려에 왔는지 궁금해졌다. 빙 둘러서 그 대답이 나오도록 유도해봤다.

"그럼 석공께선 왕족이군."

판을 깔아주었으니 자신이 얼마나 높은지 구구절절 설명을 늘어놓을 법도 하건만, 그는 씁쓸함이 희미하게 밴 미소로 대화를 마무리했다.

"영영 떠나온 곳이고 저는 이제 고구려의 신민이니 부질없는 구분입니다."

그가 과거에 대해 말하고 싶지 않다는 뜻을 해류도 받아들였다.

"그런가요? 공의 충심을 폐하께서 알면 기뻐하시겠소."

곧 비원에 초청하겠다고 마무리한 뒤, 궁으로 돌아오는 해류의 머릿속을 채운 건 석도종이란 신라 사내였다. 남녀불문, 살살 추켜세워주면 자랑하고픈 욕심에 입이 가벼워지는 게 인지상정이건만 그는 해류의 계산된 칭찬과 세심한 유도에 미동도 하지 않았다. 고구려에서 신라 왕족이란 게 대단히 큰 의미는 없지만 그래도 내세울 만한 깃발이었다. 왕후 앞임에도 딱 끊어내는 그의 태도가 특이하기도 하고 묘하게 걸렸다.

그에 대해 좀 더 알아보도록 지시할까도 싶었지만 진골, 성골도 구별 못 하는 이들이었다. 오늘 들은 이야기보다 더 나올 건 없을 터라 해류는 깔끔하게 포기했다.

궁으로 돌아온 해류는 점심도 뜨는 둥 마는 둥, 양잠 행사 때문에 미뤄놨던 공무를 싹 해치우고 비원으로 향했다. 석도종의 정원과 비교가 되어 초라함이 눈에 띄었다.

"한때 이곳도 그의 정원 못지않았겠지."

올 때마다 이 비원에 서린 사연이 신기했다.

태왕이었다. 마음만 먹으면 수십 수백이라도 왕후에 소후에 후궁을 둘 수 있는. 명림가의 사내들은 부인을 여럿 두는 것은 물론이고 바깥에서 잠시 스치는 여인들은 셀 수도 없었다. 두지는 심지어 외조부가 시퍼렇게 눈을 뜨고 있을 때 몰래 후실을 두고 자식까지 낳았다. 그런 자들만 보다 보니 이런 지극한 익애가 존재한다는 게 놀라웠다.

얼마나 은애했기에 정인이 떠난 뒤에도 십수 년, 눈을 감을 때까지 마치 사당이나 제단처럼 애지중지 가꾸고 지킬 수 있는 것인가.

그렇지만 그 절절함도 결국은 지난겨울의 정원처럼 황폐하니 파묻혀 영영 사라지게 되는 거였다. 언젠가는 그녀가 처음 발견한 그때처럼 이곳도 다시 잊히는 것이 운명. 최소한 자신이 여기 있는 동안엔 해류로선 이해할 수도, 가질 수도 없는 그 사모를 남겨주고 싶었다. 작은 오솔길 하나하나를 다 걸어 살펴보며 무엇을 채워야 할지, 어떤 초목의 분재가 어울릴지 궁리했다. 그러느라 시간이 가는 줄 몰랐던 모양이었다.

"너무 무리하는 거 아닙니까?"

뜻밖의 목소리에 꽃봉오리를 살피고 있던 해류는 얼른 몸을 숙였다.

"폐하! 여기엔 어쩐 일이십니까."

"왕후께서 비원에 계신다고 해서요. 궁금해서 잠깐 들렀습니다."

"아직은 남아 있는 초목을 가꾸는 수준이지 특별히 변한 건 없습니다. 다행히 분재 가꾸기에 능한 자를 찾아냈으니 조만간 부족한 부분을 채우고 옛 모습으로 돌려놓을 수 있을 것 같습니다."

"분재에 능한 자요? 며칠 되지도 않았는데 용케도 빨리 찾았군요."

태왕의 질문에 해류의 머리에 번뜩, 빛이 하나 스쳐갔다. 그녀의 궁금증을 풀어줄 수 있는 어쩌면 유일한 사람이 바로 태왕이었다.

"폐하, 연전에 신라에서 망명한 석도종이라는 이를 기억하시는지요?"

그녀의 질문에 잠깐 기억을 더듬던 태왕이 고개를 가볍게 끄덕했다.

"아, 물론이지요. 그런데 그를 어떻게 왕후께서 아십니까?"

"그 석도종이 분재를 키우는 재주가 아주 뛰어납니다. 폐하께서 그가 질자 때 살던 집을 하사해주셨는데 거기에 예전에 여기 있을 때부터 가꿔온 분재들을 다 갖고 있답니다."

그건 몰랐던 일이었다. 석도종이 분재에 조예가 있고 지금 내려준 집에 그가 키웠던 분재들이 고스란히 남아 있었다는 것도. 새로운 정보를 천천히 곱씹으려는데 해류는 그럴 틈을 주지 않았다.

"그런데, 왜 망명을 했답니까? 솔직히 이상하지 않습니까. 질자로 왔었을 정도면 아주 높은 왕족이었을 텐데…… 정말 궁금합니다."

왕후는 왜 그것이 궁금한지. 태왕은 그게 더 궁금했지만 그래도 친절하게, 궁녀들은 죽었다 깨어나도 알아낼 수 없었을 내막을 들려줬다.

"석도종은 지금의 눌지 매금(寐錦)[44] 직전 매금이었던 실성과 함께 질자로 고구려에 왔던 신라의 성골 왕족입니다. 눌지 매금이 즉위하는 과정에서 두 매금 일파 사이에 큰 세력 다툼이 있었고 결국 눌지 매금이 실성 매금을 척살했습니다."

그는 초롱초롱, 지대한 관심을 갖고 집중하는 해류의 눈을 가만히 응시하며 덧붙였다.

"눌지 매금이 즉위했으니 반대파의 숙청은 기정사실이고, 실성 매금을 따르던 무리 중에 가장 뛰어난 장수인 석도종이 신라에 머물기는 어려웠겠지요."

"그랬군요."

의문이 명쾌하게 풀리자 속이 후련해졌다.

"그런 연유라면 크나큰 은혜를 베풀어주신 폐하께 배은망덕할 일은 없겠군요. 안심하고 이곳에 불러도 되겠습니다."

"왕궁으로 부른다고요?"

왕위가 바뀌는 정변에서 실성과 눌지 모두 고구려에 자신을 지지해달라 요청했었다.

처음에는 고구려에 충성을 바쳐온 실성을 지원할까 했지만 결국은 젊고 영민한 눌지에게 추가 기울었다. 만약 서라벌에 주둔한 고구려 군대가 돕지 않았다면 아무리 눌지의 덕망이 높고, 박씨와 김씨 대부분의 지지를 받았더라도 그리 쉽게 실성

---

44 고구려에서 신라왕을 부르는 호칭

을 몰아내진 못했을 거였다.

정변에서 실성 일파와 석씨 왕족은 도륙당하다시피 했다. 그 와중에도 석도종이 목숨을 부지한 것은 그에게 우호적인 고구려 세력 덕분이었다. 그를 아낀 서라벌 주둔 장수들이 도종을 보호했고 결국 여기로 피신해 와 남은 생을 의탁했다. 그렇지만 그를 실각시킨 고구려에 원망이 하나도 없을지엔 확신이 서지 않았다.

궁에 드나들게 둬도 될지?

태왕이 고심하는 걸 모르는 해류는 정원을 제대로 돌려놓을 수 있다는 사실에 뛸 듯이 기뻐했다.

"예. 이곳에 어떤 분재가 어울리고 죽지 않고 잘 살아남을지 아무래도 확신이 서지 않았는데, 그에게 보이고서 조언을 얻으면 금방 옛 영화를 찾을 듯합니다."

"그렇군요."

해준 것도 없는 자신의 부탁인데도 열성인 왕후에게 또 찬물을 끼얹기 미안했다. 왕궁에 들이기는 하되, 절대 감시의 눈을 떼지 말라고 해야겠다. 그리 결정하고 석도종의 문제는 덮고 넘어가려던 찰나, 태왕의 귀에 거슬리는 소리가 확 꽂혔다.

"그가 궁에 오면 궁녀들이 좋아하겠네요. 도도한 왕후궁의 궁녀들이 사내 앞에서 그렇게 수줍어하는 건 처음 봤답니다. 옛날 중원에 길에 나오면 백성들이 모두 몰려나와 구경할 정도로 대단한 미남이 있었다던데 그가 궁에 오면 궁녀들이 그러지 싶네요."

"그렇습니까?"

길게 꼬리를 끄는 반문에 불쾌감이 은은히 묻어났지만 해류는 미처 알지 못했다. 그저 느낀 대로 가감 없이 석도종을 평했다.

"듣기로 신라에는 사내도 꽃 같은 미남자가 많다고 하더니 정말인 모양입니다. 불혹(40세)이 가깝다던데 전혀 그리 안 보이더군요. 이미 젊지도 않은데 그렇게도 미려한 사내는 처음 봤습니다. 불로초를 먹었나 했답니다."

'젊지 않은 정도가 아니라 왕후의 아버지뻘입니다.'라는 지청구가 태왕의 혀끝까지 나왔다가 삼켜졌다. 몸에 밴 자제심이 아니었다면 위험했을 정도였다. 대신 그는 아주 유연하게 에둘러 이 화제가 왕후에게 적절하지 않다는 걸 지적했다.

"왕후께서 사내의 외모에 관심이 많은 건 처음 알았습니다."

빙 돌린 질책은 해류에겐 도달하지 않았다. 그의 시도는, 의도하진 않았겠지만, 해류의 정직한 반문에 곧바로 무산됐다.

"그런가요? 하지만 당연한 일이 아닐지요. 폐하와 제가 이렇게 얼굴을 마주하고 얘기를 한 적이 없지 않습니까. 저도 폐하에 대해 아는 게 하나도 없답니다."

타박도 아니고 원망도 아닌 덤덤한 사실 지적에 태왕의 말문이 다시 막혔다. 그랬다. 해류와 부부가 된 지 해를 넘겼지만 얘기를 나눈 적은 몇 번 없었다. 지금 이 순간이 둘의 혼인 이후 가장 길게 나누는 대화라고 해도 과언이 아니었다. 난처해진 그는 비원으로 화제를 돌렸다.

"왕후께서 애써주신 덕분에 이곳은 지금도 충분히 아름다우니 너무 서두르지 않아도 됩니다."

"아닙니다. 할 수 있는 것은 미루지 않고 하려고 합니다."

해류는 생긋 웃으며 태왕에게만 들리도록 낮게 속삭였다.

"아시지 않습니까. 제겐 시간이 얼마 없습니다. 제 소청을 들어주신 폐하의 은혜를 조금이나마 갚기 위해서 옛 모습 그대로 돌아온 비원을 선물로 드리고 떠나고 싶습니다."

폐위해주는 게 고마워서 선물을 주고 싶다니, 기가 막혔다. 해류는 추방을 기정사실로 하고 있었다. 다른 여인이라면 상상만으로도 벌벌 떨 일이건만 그녀는 진심으로 바란다는 게 확연했다. 확신으로 가득한 태도에, 숙고하겠다고 했지 당신을 폐위하겠다는 약조는 아직 하지 않았다고 지적하기도 왠지 구차했다.

왕궁을 벗어나는 상상만으로도 즐거운지 희희낙락하는 왕후를 가만히 지켜보는 태왕 거련의 가슴에 궁금증이 담겼다. 왜 저렇게 왕후 자리를 던지고 싶어 하지? 최고의 자리에서 밑바닥으로 내동댕이쳐지는 비참함을 과연 알고 있는가? 홀로 세상에 내쳐져서 어떻게 살아나가려고 저리 자신만만한 것인가?

소리로 나오지 않은 그의 질문은 당연히 왕후에게 닿지 않았다.

감옥 같은 왕궁과 태왕에게서 벗어날 날을 행복하게 꿈꾸며 해류는 꽃을 살피고 잡풀을 연신 뽑아내며 정원 안쪽으로 멀어져갔다.

그 모습을 홀린 듯 눈으로 좇으며 태왕은 생각했다. 경쾌한 걸음을 따라 노란 치자색 포와 풍성한 붉은 자주 치마가 팔랑팔랑 날리는 저 모습은 꼭 나비가 훨훨 날아가는 것 같다고. 저이는 때가 되면 정말 저렇게 아무 미련도 없이 날아가겠구나, 라고.

四

"폐하, 어찌 제가 또……."

"어허! 지난번에도 아무 일이 없지 않았느냐."

울상이 된 궁녀는 해류에게 싹싹 빌듯이 사정했다.

"폐하, 미려 여관께서 아시면 소인은 정말 치도곤을 당합니다."

"만에 하나 들키면 내가 책임지고 막아주겠다. 부르기 전에는 아무도 들지 말라고 엄히 명했으니 괜찮아. 아무 탈이 없기를 진정 바란다면 내가 돌아올 때까지 여기서 꼼짝 말고 있거라."

엄하게 이른 뒤 해류는 비원이 있는 전각의 쪽문으로 빠져나왔다. 본디부터 눈에 띄지 않게 드나들 의도로 만들었는지 이 문은 유심히 살피지 않으면 찾기 힘들었다. 이곳을 샅샅이 훑고 다닌 덕분에 발견할 수 있었지 아니면 영영 모르고 지나쳤을 통로였다.

바깥에 심부름 나가는 궁녀인 양 해류는 익숙하게 출입패를 보이고 엄중한 경비를 통과했다. 수레들이 있는 차고에 가 기다리고 있는 수레에 올랐다.

"외성 동시(東市)로 가주십시오."

"알겠습니다."

왕후궁의 궁녀가 급히 심부름을 간다는 연통을 받은 터라 수레꾼과 호위병은 지체 없이 출발했다. 동쪽 성벽 근처에 시장들이 죽 이어진 입구에 도달하자 해류는 수레를 세웠다.

"두 분은 여기에 계십시오. 금방 볼일을 보고 돌아오겠습니다."

"왕후 폐하께서 호위까지 딸려주셨는데 함께 가시지요. 혼자 들고 오기 힘든 것을 사실 수도 있는 것 아닙니까."

"은밀히 처리하라는 명을 받았습니다. 사람들로 가득한 시장에서 훤한 대낮에 무슨 일이 있겠습니까. 염려 마세요."

왕후의 명령이라니 군말을 더 보태지 않고 수레꾼과 호위가 물러났다.

"그럼 저희는 여기서 기다리고 있겠습니다."

"예. 금방 다녀오겠습니다."

자리를 뜨면서도 해류는 혹시라도 따라올까 흘끗 살폈지만 다행히 움직이는 기색은 없었다. 그들의 시야에서 확실히 멀어지자 해류는 종종걸음을 쳤다. 비원의 전각에서 조용히 좀 쉬겠다는 핑계를 대긴 했지만 너무 오래 자리를 비우면 의심을 살 수 있었다.

비단을 짜는 장인들이 모여 사는 진금성으로 이어지는 골목으로 막 꺾어지려는데 등 뒤에서 귀에 익은 음성이 들렸다.

"어딜 그리 급히 가십니까?"

화살처럼 꽂히는 이 음성은 분명……! 현실이라고 믿고 싶지 않은 목소리에 해류는 너무 놀라서 그야말로 펄쩍 뛰었다. 내막을 모르는 이가 봤다면 배를 잡고 웃을 정도로 우스꽝스러웠지만 팔짱을 끼고 그녀를 지켜보는 그림자는 미동도 하지 않았다.

못 들은 척 이대로 달음박질쳐 달아나고 싶었다. 이 목소리의 주인을 떼어놓을 정도로 잽싸다는 자신만 있다면 그랬을 테지만 불가능했다. 무작정 외면하고 간다고 해도 뒤에 선 존재가 사라지는 건 더더욱 아니었다.

해류는 천 근 추를 단 것처럼 무겁게 시선을 돌렸다. 악몽이면 좋으련만. 슬프게도 뒤에 선 존재는 바로 가장 피하고픈 사람. 태왕이었다.

"폐하."

모기처럼 작은 목소리로 그를 부르며 해류는 허리를 숙여 예를 표했다.

"왕후에게 어울리는 차림새는 아닌 것 같군요."

태왕의 시선이 자신을 훑는 것을 느낄 수 있었다. 그러자 몸이 더욱 움츠러들었다. 기민하게 움직이려 겉치마도 덧입지 않고 편히 고(袴)만 입은 차림. 그나마 평민 여인들의 좁은 것이 아니라 궁녀들이 입는 폭넓은 물방울무늬 바지라는 게 유일한 면피였다.

하필 태왕과 여기서 마주쳤는지. 운수가 지독하게 사납다는 생각이 들었지만 어떻게든 빠져나가보려고 선수를 쳤다.

"송구하옵니다. 사당에 참배도 하고 바람도 쐬고 싶어서요. 정식으로 절차를 밟아 행렬을 지어 나오면 호위들은 물론이고 백성들도 번거로울 듯하여서……."

술술 잘 둘러대고 있지만 진실이 아니란 건 핑계를 대고 있는 해류도 수긍하는 척 고개를 끄덕여주고 있는 그도 잘 알았다. 사당이 목적지였다면 바로 가지 멀리 시장까지 돌아와서 굳이 걸어갈 이유가 없었다. 진실이 궁금했지만 그는 일부러 그 부분을 꼬집지는 않았다.

"왕후의 마음 씀이 이리도 자애로운 줄은 내 몰랐었군요. 진정 가상한 일입니다."

칭찬의 허울만 뒤집어썼지 노골적인 비꼬임에 속이 뒤틀렸다. 그렇지만 절차를 무시하고 홀로 궁궐을 나온 건 분명 그녀였다. 그 잘잘못을 따지자면 입이 열 개라도 할 말이 없었다. 눈치를 슬슬 보면서 어떻게든 말꼬리를 다른 곳으로 돌리려 애썼다.

"그런데, 폐하께서는 어찌 미복 차림이신지요?"

"사냥을 나온 김에 백성들의 사는 모습도 살필 겸 미행을 나선 참이었습니다."

그도 해류에게 질세라 입술에 침도 바르지 않고 매끄럽게 거짓말을 쏟아냈다.

최근 그의 머릿속에 복잡한 국정 이상으로 큰 비중을 차지하는 이가 바로 명림 해류였다. 그럴 수 없고, 그럴 리도 없다는 걸 알면서도 아무 언질도 없이 사라져버릴 것 같단, 왠지 모를 두려움에 그는 계마로를 시켜 왕후궁에 눈을 더 붙였다.

왕후가 몰래 궁을 빠져나갔다가 돌아온다는 소식을 들은 게 얼마 전. 그에게 풀리지 않는 수수께끼인 이 맹랑한 왕후가 또 미복을 하고 궁을 나간다는 급보에 하려던 사냥도 중단하고 돌아와 여기로 쫓아왔다는 내막을 굳이 알려줄 이유는 없었다.

그걸 모르는 해류는 고르고 골라서 하필이면 이런 우연이라니, 하늘을 원망하면서 땅이 꺼져라 나오는 한숨을 삼켰다.

"제가 폐하의 옥보를 방해한 것 같아 더더욱 송구스럽네요. 부디 가시던 길을 가십시오."

"그럼 왕후는 어쩔 참이지요?"

"저요? 저, 저야……."

거기에 대한 대답은 미처 준비해두지 못했다. 잠깐 머뭇거리는 그 틈을 태왕이 놓치지 않고 낚아챘다.

"대신녀를 뵙는 일이 급하지 않다면 왕후도 동행하시지요. 짐보다는 시정의 사정에 더 밝고 익숙하지 않겠습니까?"

거절할 명분도 배짱도 없었다. 몰래 빠져나온 것을 눈감아주겠다는 무언의 제안을 뿌리칠 정도로 어리석지도 않았다. 해류는 본래 목적은 다음 기회로 미루고 태왕의 곁으로 다가섰다.

"따르겠습니다. 어디로 가시려는지요?"

이번엔 해류를 쫓아왔다는 사실을 밝힐 수 없는 태왕 거련의 말문이 살짝 막혔다. 그나마 그는 해류보다는 상대적으로 당당한 입장에 있었다. 금세 침착함을 회복하고 마치 본래 계획이었던 양 시장 안쪽으로 발걸음을 옮겼다.

"우선 시장을 좀 살펴보지요."

"그러셔요."

성안에 대해 아는 수준은 그녀도 태왕이나 별반 다를 바 없었지만 시장은 달랐다. 손바닥 들여다보듯 좍 꿰고 있는 터라 저도 모르게 목소리에 신바람이 깃들었다.

"요즘이 한창 서역이나 동진이며 북연, 왜에서 상인들이 많이 몰려오는 즈음이라 장이 아주 화려할 것입니다."

해류는 뒤따르는 호위병들이나 시종들은 알지도 못하는 골목골목을 돌아 태왕을 가장 활기찬 저잣거리로 안내했다.

"사당에 속한 신녀들은 속세와 인연을 끊는 것으로 알았는데 그렇지 않은 모양이군요."

물정 모르는 소리 말라고 속으로 살짝 비웃으면서 해류는 진실을 반만 알려줬다.

"사당에 속한 사람이 얼마며 오가는 재물이 얼마인데 속세와 인연을 끊을 수 있겠습니까. 더구나 저는 사당의 재정과 출납을 담당하는 우품신녀를 보좌하던 터라 시장 사정에 더 밝을 수밖에요."

호위들은 멀찌감치, 혹은 근처에 있더라도 모르는 사람인 척 자연스럽게 스미어 있는 까닭에 해류와 태왕은 둘만이 일행으로 보였다.

난전 골목의 상인들은 태왕에게서 풍기는 금전의 냄새를 기민하게 맡았다. 가벼운 사냥복 차림임에도 넓은 가죽 허리띠를 고정한 금판 장식이며 허리띠에 칼 다섯 자루를 매달고 있는 교구(鉸具)와 대단금구(帶端金具)도 금이었다. 더구나 청색 조우관(鳥羽冠)[45]을 썼으니 제법 높은 신분이란 게 확연히 보였다. 그 곁에 선 여인은 귀족가의 시녀나 비교적 형편이 넉넉한 평민 여인들이 입는 바지저고리 차림. 주인을 모시고 나온 하녀라기엔 공손함이 부족했지만 전혀 꾸미지 않았음에도 이목구비가 시원시원, 또렷하니 미태가 볼만했다.

반반한 얼굴에 혹한 저 귀족 사내가 평민 여인을 꼬드기려는 모양이로구나. 노회한 상인이며 여리꾼들이 잽싸게 판단을 내리고 태왕에게 달라붙었다.

"나리, 신라에서 온 은과 옥으로 만든 장신구입니다. 싸게 드릴 테니 한번 보십시오."

"왜에서 건너온 거북이 등껍질로 만든 빗입니다. 옆에 계신 아씨께 하나 선사하시지요."

난전은 물정 어두운 지방민이나 어리숙한 뜨내기들에게 덤터기를 씌우는 경우가 잦았다. 사정에 빤한 국내성 주민이라면 못 본 척, 안 들리는 척 옆도 돌아보지

---

45   깃털로 장식한 고구려 남자들이 일상에서 쓰는 모자. 고위 귀족이나 대신들은 청색, 일반 관인은 진홍색을 썼다.

않고 지나갈 호객이었다.

조하(朝賀)에는 능숙해도 이런 난전에는 익숙지 못한 태왕은 그들을 물리치질 못했다. 호위들이 잔뜩 긴장했지만 태왕이 눈짓으로 막기에 언제든지 달려갈 수 있는 거리에서 상황을 지켜보고 있었다.

종종 미행은 나왔지만 시장에서 상인들과 부대껴본 것은 처음이라 신기했다. 조금은 들뜬 마음에 태왕은 충동적으로 제안했다.

"하나 골라보시오."

무시하고 지나가면 될 것을. 별반 좋지도 않은 것에 왜 시선을 주는지. 늘어놓은 물건의 품질을 한눈에 간파한 해류는 곧바로 거절했다.

"말씀은 감사합니다만, 마음만 받겠습니다."

누구를 잡아야 할지 확실해졌는지 여리꾼들의 호객 행위가 더욱 거세어졌다.

"나리, 직접 하나 골라주시지요. 수줍어서 거절하시는 모양입니다."

반쯤은 장난이었지만 너무 단호하게 거부하니 무엇이든 꼭 사주고 싶어졌다. 왕후에게는 혼인할 때 형식적으로 보낸 예물 말고는 준 게 없었다. 그동안 하게 한 마음고생을 이런 물건 하나로 덮을 수는 없겠지만 나온 김에 뭐든 하나 주고 싶었다.

반대로 해류는 그의 미적거림이 영 마땅치 않았다. 왕궁의 창고에서 눈 감고 손 닿는 대로 집어내도 여기 상인들이 내놓는 물건 모두를 합친 것보다 더 값지건만.

쓸데없는 낭비 말고 가자고 눈치를 주는 해류의 팔목을 그가 슬쩍 잡았다. 전혀 힘주지 않고 가만히 잡고 있음에도 꼼짝도 할 수 없었다. 해류가 안간힘을 쓰며 바르작거리는 가운데 태왕은 상인들이 내미는 물건을 유심히 살폈다. 그러다 번쩍번쩍 눈에 띄는 새 모양의 커다란 금동 뒤꽂이를 얼른 집었다.

"이것이 어울리겠군."

"역시 보는 눈이 있으시군요. 나리, 이것은 신라에서 온 물건입니다. 금동으로 이런 세공품을 잘 만들어서,"

"얼마인가?"

가만히 뒀다간 끝도 없이 이어질 상인의 장광설을 그가 가볍게 끊었다. 더 떠들

필요가 없겠다 싶었는지 상인이 잽싸게 가격을 불렀다.

"은 두 냥만 주십시오."

뒤따르는 호위에게 원하는 것을 주라고 손짓하려는 찰나, 해류가 태왕의 손에서 뒤꽂이를 빼앗아 상인의 좌판에 돌려주더니 따지고 들었다.

"이게 신라에서 온 거라고 하였던가요?"

돈 많은 사내를 물어서 비싼 장신구를 하나 건졌으면 고맙다 하고 갈 일이지 왜 따지는가. 상인이 뜨악하면서도 불쾌한 표정으로 해류를 내려다봤다.

"그렇습니다만?"

"신라에서는 새 모양 금은붙이에 삼족오(三足烏) 모양은 만들지 않는 것으로 알고 있는데요?"

예상치 못한 예리한 지적에 상인이 말을 더듬었다.

"아, 아니."

"신라에선 공작이나 꿩, 원앙은 즐겨 써도 삼족오나 까마귀는 장신구로 만들지 않습니다. 삼족오를 귀히 여기는 것은 우리 고구려이고 남쪽 나라에선 불길하다 하여 피하는데 어찌 신라에서 온 물건이라고 거짓을 말하십니까?"

다부진 입찬소리에 주변이 조용해진 걸 그녀는 뒤늦게 알아차렸다. 옛 버릇대로 따지며 나서고 보니 자신은 이제 사당의 해류 신녀가 아니라 왕후. 아차 싶었지만 이미 엎질러진 물이었다. 해류는 최대한 품위 있게 마무리했다.

"아무리 이곳이 난전이고 우리가 지나가는 뜨내기 손이기는 하지만 그래도 장사꾼이 가장 귀히 여길 것은 신용인데 허풍이 너무 심하셨습니다."

해류가 보통내기가 아니라는 걸 간파했는지 상인이 얼른 아래에 숨겨두었던 다른 상자를 열었다. 거기에는 한눈에 봐도 신라나 백제에서 만든 것이 분명한 옥과 금은붙이들이 가득했다.

"그것이…… 요즘 다들 신라나 백잔에서 만들었다고 하면 워낙 좋아들 하시니…… 허허."

다른 물건을 내어 보이려는데 그의 손에 아까 요구한 은이 뚝 떨어졌다.

"정표를 두고 가격을 논하는 건 사내가 할 짓이 못 되지."

"폐…… 흡."

기함할 선언에 너무 놀라 그의 정체를 밝힐 뻔하다가 아슬아슬하게 실수를 막은 해류는 어안이 벙벙한 상인과 나란히 태왕을 응시했다. 그는 너무도 태연하게 아무 장식도 하지 않고 붉은 끈으로만 묶어 낮게 올린 해류의 쪽머리에 뒤꽂이를 꽂아줬다.

"고구려의 여인이라 그런지 역시 고구려의 것이 가장 잘 어울리는군."

그리고 아무렇지도 않게 해류의 팔을 끌었다.

신라에서 온 것이라는 거짓말도 거짓말이지만 평범한 품질에 비해 터무니없는 가격이었다. 가치를 명확히 아는 해류는 아까워 가슴을 치고 싶었지만 차마 그것까진 지적하지 못했다.

흥정도 않고 호기롭게 가격을 치르고 떠나는 그들을 구경하던 여리꾼들 가운데 한 소년이 잽싸게 해류와 왕을 따랐다. 난전을 벗어나 좀 더 값어치 있는 물건을 팔고 손님을 가려 받는 고급 상점가로 접어들자 호객은 사라졌다. 그러자 그들을 뒤따르던 소년이 왕에게 잽싸게 달라붙었다.

"나리, 정말 좋은 물건들을 파는 드팀전[46]이 있는데 한번 가보시렵니까?"

되었다고 쫓아 보내려는 순간, 그들에게 몸을 바싹 붙인 소년이 은밀하게 속삭였다.

"왕실 창고에서 나오는 귀한 물품들이 즐비하답니다."

해류와 태왕은 약속이나 한 듯 동시에 발걸음이 느려졌다. 두 사람의 침묵과 굳은 표정을 불신이라고 봤는지 소년의 음성이 더욱 진지해졌다.

"정말입니다."

먼저 침착함을 찾은 해류가 시치미를 뚝 떼고 물었다.

"시장에 그런 곳이 많은가 보지?"

"그럴 리가요! 제가 모시고 가는 그곳 딱 한 군데를 제외하고는 왕실 물건을 취

---

46 천을 파는 상점

급하는 곳은 없습니다. 만약 더 있다면 제 손에 장을 지지겠습니다.”

소년의 머리 위에서 두 사람은 눈빛을 교환했다. 어찌할까요, 묻는 해류의 시선에 태왕이 아주 살짝 고개를 끄덕였다.

“무엇이 있길래? 막연히 왕궁에서 나온 물건이라고 하면 굳이 갈 필요가 있는지 없는지 모르겠구나.”

미끼를 물었다 싶었는지 소년의 목소리에 힘이 들어갔다.

“드팀전이지만 비단뿐 아니라 귀한 패물에 무기까지 있습니다. 필요한 게 있으면 구해드리기도 하고요.”

무기란 단어에 태왕은 놀람과 분노로 몸이 확 굳어졌다. 그걸 재빠르게 감지한 해류가 그를 진정시키려 손을 도닥여줬다. 혹시라도 소년에게 노여움을 터뜨려 산통을 깰까 무심코 한 행동이었다.

태왕은 느닷없는 손길에 놀란 나머지 감히 왕실의 물품을 빼돌리는 자에 대한 격노는 잠시 잊었다.

그 변화를 모르는 해류는 일부러 시큰둥한 어조로 태왕에게 물었다.

“어쩔까요, 나리?”

따라가기 힘들 정도로 재빠른 상황 판단에 천연덕스러운 태도 변화라니. 정말 대단한 여인이라고 내심 감탄하면서 태왕도 확 치솟던 격분를 가라앉히고 한량 흉내를 냈다.

“무엇이 있는지 궁금하구나. 한번 들러보자.”

드디어 낚였구나!

소년은 희희낙락하며 둘을 골목으로 이끌었다. 비교적 구획이 정리된 시장과 달리 양옆으로 집이 늘어선 골목은 구불구불 복잡하게 이어졌다. 처음 오는 사람은 방향을 잃기 십상이고 다시 찾아오기도 힘든 홀림길이었다.

왠지 눈에 익은 띠풀집을 지나면서 해류는 이 아이가 일부러 빙빙 돌아가고 있다는 걸 깨달았다.

현명한 처사지.

패거리의 신중함을 속으로 칭찬하며 해류는 부지런히 소년을 쫓아갔다. 손님을 찾아 데려오는 것도 이 정도면, 사칭하는 게 아니라 진짜 궁에서 빼돌리는 일당일 가능성이 높았다. 충분히 헷갈리게 했다고 판단했는지 마침내 소년은 크지만 허름한 창고와 손님을 맞는 작은 객당이 있는 건물로 안내했다.

"들어오시지요."

낮은 담장 안에는 소년보다 좀 더 나이 든 청년이 비를 들고 마당을 쓸고 있었다.

"구하기 힘든 피륙을 판다고 해서 왔는데?"

이런 거래엔 이골이 났다는 티를 팍팍 내며 해류가 툭 말을 던지자 상대는 잽싸게 해류와 태왕을 훑었다. 태왕에게서 돈 냄새를 맡았는지 그는 공손히 몸을 숙이고 건물 안에 들리게 소리를 쳤다.

"주인어른, 손님이 오셨습니다."

그러자 객당의 문이 열리고 중년의 여인이 나타났다.

"어서 드시지요."

내부는 일반 귀족가의 객당과 비슷했다. 탁자에 차를 대접할 일습도 놓여 있는 것이 상점이 아니라 마치 여염집에 초대된 것 같은 분위기였다. 어디에서나 가장 중심에 서서 거침없이 명령을 내리던 태왕이지만 이런 상황은 익숙하지 않은지 영 어색해 보였다.

상인을 다루고 거래를 하는 것은 태왕보다는 제가 나을 거였다. 몰래 입술만 달싹여 자신에게 맡겨달라는 뜻을 전하고 해류가 거침없이 말문을 텄다.

"여기에 아주 귀한 물건들이 있다고 하더군요."

"어떤 물건을 찾으시는지요?"

그들을 데려온 소년은 왕실을 입에 담았지만 왠지 대놓고 물어서는 안 될 것 같았다. 이들이 다루는 물목을 보면 굳이 묻지 않아도 판명될 터다. 왕궁 물품을 빼돌리는 게 사실인지 알아보려면 확실하게 판별할 수 있는 거여야 했다. 소년이 무엇이든 다 있다고 했던 걸 떠올리며 해류는 가장 자신 있는 품목을 댔다.

"귀한 피륙들을 좀 봤으면 합니다. 다른 데서 흔히 파는 것 말고요."

평민으로 보이는 해류와 귀족으로 보이는 태왕을 살피며 그들의 수준을 가늠하려는 의도가 엿보이는 질문이 이어졌다.

"그리 막연하게 말씀하시니…… 정확히 무엇이 필요하신지요?"

"조하주(朝霞紬)와 구름비단(雲布綿), 백첩포(白疊布)[47]를 구하려 합니다."

미소는 지키고 있으나 나른하니 비교적 무성의하던 상인의 입술에 살짝 긴장이 감돌았다. 해류는 일부러 깔보듯 조소를 머금고 상대를 도발했다.

"설마…… 그 정도 구색도 안 갖춘 건 아니겠지요?"

무시하는 어투에 기분이 상했는지 일자로 꼭 다문 입술이 천천히 열렸다.

"있기는 합니다만, 워낙 귀한 것들이라…….."

"우리 나리께선 눈에 차는 물목에는 가격을 상관하지 않으십니다. 최상급으로 보여주세요."

"알겠습니다. 잠시만 기다리십시오."

여인이 물건을 가지러 안으로 들어가자 태왕이 해류의 귀에 속삭였다.

"어찌하려고 그럽니까?"

"물건을 보면 궁에서 나온 것인지, 그냥 진금성의 장인이나 일반 좌인들이 짠 것인지 대충은 판별할 수 있을 겁니다. 일단 그것부터 살펴보려고요."

그 짧은 시간에 그것까지 계산하고 움직이는 해류가 대단했다. 그는 감정을 숨기지 않고 솔직하게 토로했다.

"참으로…… 기민하고 임기응변에 능하군요. 왕후가 장군이었으면 어떤 기습과 적의 간계에도 절대 패하지 않고 대응을 잘해서 기어이 이기셨을 것 같습니다."

그의 칭찬은 오래전, 영락태왕이 했다던 평가를 떠올리게 했다. 당시엔 욕처럼 들렸지만 희한하게도 더 이상 애석하거나 슬프지 않았다. 그녀는 웃으며 흔쾌히 인정했다.

"저를 간택에서 떨어뜨릴 때 선왕께서도 비슷한 말씀을 하셨다지요. 사내였으면 고구려에 큰 보탬이 되었을 거라고요. 제가 생각해도 그랬을 것 같습니다."

---

47 고패초 꽃으로 짠 고대의 면직물. 목화로 짠 천과 비슷한 것으로 추정됨.

상인이 되었든 장군이 되었든 고구려 전역을 누비고 다녔을 거라고 덧붙이려는데 안에서 기척이 났다. 해류는 얼른 입을 다물고 문을 응시했다.

아까 마당을 쓸고 있던 이와 또래의 사내가 피륙들을 들고 여자 상인과 함께 들어왔다. 여인은 귀한 비단과 포가 상하지 않도록 싸놓은 베를 풀어 해류 앞에 펼쳤다.

"여기 있습니다. 보십시오."

분명 괜찮긴 하나 척 봐도 최상급은 아니었다. 해류는 일부러 불쾌감을 크게 드러내며 언성을 높였다.

"이게 뭔가요! 저희 나리를 무시하는 겁니까?"

"예? 무슨 말씀이신지요?"

해류는 여인과 탁자에 놓인 천을 번갈아 손가락질하면서 지적했다.

"여리꾼을 따라 여기까지 와서 백첩포를 보자고 했을 때는 가장 고운 사십승백첩포까지는 아니더라도 최소한 청포(靑布) 정도 수준은 기대를 했습니다. 거기다 이 조하주도 색이 이리 조악하다니, 무늬까지는 바라지도 않았지만 정말 실망이 크네요. 안 그렇습니까, 나리?"

줄줄 이어지는 해류의 날카로운 품평에 넋을 잃고 있었던 건 태왕도 마찬가지였다. 갑자기 자신이 불리자 움찔했다가 간신히 맞장구칠 수 있었다.

"흠흠, 아, 그렇구나."

이 손님들은 보통이 아니구나. 시장에 풀어놓은 호객꾼들이 돈푼깨나 있어 보이는 얼뜨기 손님을 데려오면 바가지를 씌우는 게 쏠쏠했다. 그런 잔돈푼 벌이가 아니라 진짜 큰 건수가 될 수도 있다는 예감에 여인의 태도가 눈에 띄게 공손해졌다.

"두 분의 안목을 몰라봬서 죄송합니다."

"알았으면 어서 사십승백첩포와 자주색과 붉은색 조하주를 보여주세요. 구름비단도 금실로 자수를 한 것으로 가져오고요. 물건이 마음에 들면 나리께서 얼마든지 값을 치르실 겁니다. 하지만 그 정도도 없다면 굳이 여기서 시간을 낭비할 이유가 없습니다."

해류가 요구한 것은 국가에 속한 장인들만 생산하는 최고급 직물. 일반 상인들은 평생 구경하기도 힘든 물목들이었다. 만약 이들이 그것을 내놓는다면 그들을 여기로 데려온 소년의 말은 허세가 아니라 진실이란 의미였다.

과연 어떤 대답이 나올지. 부디 아니기를 바라는 마음이 절반 이상이었다. 해류는 손에 땀을 쥐고 답을 기다렸다.

짧은 침묵이 흐른 뒤 여인이 조심스럽게 입을 열었다.

"그것이…… 지금은 없습니다."

"그렇군요."

역시 허풍이었구나. 안도하며 자리를 뜨려는데 탐욕이 조심성을 이겼는지 비단을 날라 온 사내가 얼른 끼어들었다.

"하지만 말미를 주시면 구해드릴 수는 있습니다."

여인이 다급하게 눈짓했지만 이미 엎질러진 물이었다. 해류와 태왕은 그것을 명확히 목격했다. 심장 고동이 빨라지는 것을 느끼며 해류는 목소리를 가다듬었다.

"구해줄 수 있다고요?"

"예. 맞습니다. 값만 제대로 주시면!"

"값은 얼마든지 치르겠다. 언제까지 되겠느냐?"

느닷없이 끼어든 태왕에게 모두의 시선이 모였다.

비단을 팔라는 사내가 왜 저리 화가 잔뜩 난 것 같나. 의아해 머뭇거리는 그들 앞에 태왕이 허리띠에 검을 매단 고리 하나를 빼서 탁자에 던졌다.

"선금이다."

사내는 얼른 고리를 들어 이로 깨물었다. 황금이라는 걸 확인한 사내의 입이 크게 벌어졌다.

"열흘만 주십시오."

"틀림없겠지?"

"예. 반드시 구해놓겠습니다."

사태는 시위를 떠난 화살이라고 판단했는지, 표정을 고친 여인이 입을 열었다.

"무엇무엇을 준비해드리면 될지요?"

태왕이 직물의 종류를 알 리는 만무했다. 그가 머뭇거리자 해류가 얼른 나섰다.

"사십승백첩포는 새하얗게 바랜 것으로 두 필, 조하주는 자주색이나 붉은색 바탕에 무늬를 놓은 것이면 좋겠습니다. 흩금 염색한 무늬를 구할 수 있으면 최상이겠지만 없더라도 상관없으니 색깔만은 꼭 그걸로 구해주세요. 구름비단은 수를 놓지 않은 것과 금실로 넝쿨과 꽃 자수를 놓은 것으로 각각 두 필. 그리고,"

해류의 어마어마한 요구에 점점 입이 벌어지던 여인이 놀라 물었다.

"더 필요하신 게 있습니까?"

잠깐 망설이던 해류가 고개를 저었다. 대신 앞으로 이어질 수도 있는 더 큰 거래의 냄새만은 솔솔 풍겨놨다.

"아, 아닙니다. 첫 거래이니 신용할 수 있는지 피차 확인을 해야겠지요. 약조한 열흘 뒤에 비단과 백첩포를 찾으러 오겠습니다. 그때 물건을 보고 나머지 값을 정해 치르도록 하지요."

해류는 일부러 겨를을 뒀다가 툭 던지듯 물었다.

"참, 지불은 어떤 걸로 준비할까요? 금전이나 은전, 오수전(五銖錢)[48] 모두 가능합니다만?"

이 정도 규모의 거래를 할 오수전까지 보유할 정도면 보통 부자가 아니었다. 노련한 상인의 티가 확연한 신중한 태도에다 금전 냄새까지 폴폴 풍기니 경계심이 조금은 풀린 듯 여인이 슬며시 물었다.

"아무거나 상관이 없습니다. 그런데 그 귀하고 값진 것들을 왜 그렇게 많이 구하시는지 여쭤봐도 될지요?"

예상했던 질문이었다. 해류는 중대사를 도모하는 공모자끼리 나눌 법한 미묘한 미소를 흘리며 천연덕스럽게 대답했다.

"높으신 나리들일수록 윗분께 선물을 챙겨야 할 때가 많이 있지요. 주고도 욕먹

---

48 중국 한나라에서 처음 만들어져 수나라 때까지 유통된 화폐. 지금의 달러화처럼 인근 국가들에서 기축통화처럼 사용됐다.

을 것은 차라리 안 올리는 게 낫지 아무거나 올릴 수 없는 법 아니겠습니까."

뇌물이라면 받는 사람의 입이 떡 벌어지도록 하는 게 관건. 받는 쪽이 흡족하도록 물불 가리지 않고 무조건 최고여야 했다. 단박에 이해한 듯 억지로 미소를 그리고 있던 여인의 입술이 미미하게 더 풀어졌다.

"어느 정도 수준을 원하시는지 잘 알겠습니다. 소부인께서 당부하시는 대로 나리께 누가 되지 않도록 특별히 신경 써서 마련하겠습니다."

해류의 차림새를 보아하니 귀족은 아닌 게 확실하고, 사내의 일을 맡아 챙기는 걸 보니 밖에 따로 살림을 차린 평민 첩이라고 판단한 듯했다. 드팀전 주인 옆에 선 사내도 태왕을 보며 아주 똑 부러지게 영리한 첩을 뒀다는 칭찬을 늘어놨다.

"소부인께서 이치가 밝고 안목이 아주 높으신 게, 나리의 출사에 천군만마이시겠습니다."

첩이 아니라고 정정하려는 듯이 태왕이 꿈틀거리는 기색을 감지한 해류가 재빨리 상황을 정리했다.

"그럼 나는 나리를 모시고 가보겠습니다. 열흘 뒤에 뵙지요."

"예. 살펴 가십시오."

바가지를 쓴 뜨내기손님이라면 또 한참을 빙빙 에돌려서 길을 잃도록 해 보냈겠지만 후한 선금도 받고 어마어마한 거래를 약속한 터였다. 새로운 먹잇감을 찾아 사라진 소년 대신 비질하던 청년이 그들을 저잣거리까지 곧장 안내해줬다.

북적이는 시장을 벗어나자 태왕의 호위대장 을밀이 그들 앞에 섰다.

"그 주변은 어떻더냐?"

"폐하의 뒤를 따라갈 때 보니 확실히 수상한 기미가 보였습니다. 평범한 상인의 집과 창고인데 곳곳에 일꾼인 척하는 건장한 사내가 최소한 열댓은 넘었습니다."

"서넛도 아니고 열댓이나? 국고를 빼돌리는 놈들이라 확실히 뒤가 구린 모양이구나."

"국고를요?"

놀랐는지 반문하던 을밀이 당장이라도 달려갈 기세로 물었다.

"어찌할까요? 혹시나 해서 몇을 감시로 남겨놨습니다. 폐하께서 명하시면 바로 잡아 오겠사옵니다."

아까 그도 분기탱천해 을밀과 같은 생각을 했다. 하지만 해류와 그들의 흥정을 지켜보며 냉정을 되찾았다. 저들을 잡아 족쳐봤자 꼬리일 확률이 높았다. 몸통을 잡으려면 신중한 계략이 필요했다. 아까 해류가 일부러 비싼 직물을 주문하며 파놓은 함정을 떠올리며 태왕은 손을 저었다.

"아직은 때가 이르다. 일단 덫은 놓았으니 언제든지 잡아들일 수 있도록 계속 감시만 하도록 해라. 수상쩍은 움직임이 없는지 절대 놓치지 말고."

"그러잖아도 아까 폐하를 모시고 갔던 그 아이가 숨어서 이쪽을 살피는 기색인데 어찌할까요?"

"그래?"

"욕심을 못 이기고 위험한 거래를 약속했지만 경계를 완전히 풀 수는 없겠죠. 당연한 대응입니다. 폐하께선 사냥을 하시다 돌아가시든지 아니면 예정대로 백성들이 사는 모습을 살피시지요. 혹시 미행이 붙을지 모르니 저는 사당에 들렀다가 궁으로 돌아가겠습니다."

해류가 제시한 방도는 분명 타당했지만 내키지 않았다. 이대로 왕후를 데리고 환궁하려고 했던 계획이 어그러지는 거였다. 왕후가 정말 사당에 얌전히 갈지도 의문이지만 공연히 저들의 경계심을 키워 산통을 깰 순 없었다. 우연히 밟은 저 꼬리가 사라지면 몸통을 찾을 길은 영영 요원해질 터다.

"수레까지 동행하겠습니다. 수레를 타고 사당으로 가십시오."

계획보다 좀 늦긴 했지만 태왕을 따돌리면 본래 목적지로 갈 작정이었다. 괜찮다고 사양하려 했지만 마치 해류의 꿍꿍이를 아는 것처럼 태왕이 그녀를 손수 시장 밖에서 기다리는 수레로 이끌었다.

태왕께서 어찌 궁녀와 오시나? 눈이 휘둥그레진 수레꾼과 호위병에게 태왕은 아주 낮고 무심한 어조로, 그러나 엄중히 명령했다.

"왕후를 부여신 사당으로 모셔라."

헉!

수레꾼과 호위병의 낯이 회칠을 한 것처럼 허옇게 탈색됐다. 이 궁녀가 왕후라니. 너무 새침하고 쌀쌀맞아 감히 수작을 부릴 엄두를 못 낸 게 얼마나 천운인지. 천신과 조상신께 감사하면서 고개만 주억거렸다.

"그럼 조심해 다녀오시오."

몸을 돌리던 그는 달랑 한 명인 호위가 못 미더워 을밀에게 다시 지시했다.

"호위 셋을 이 수레에 따르게 하라."

신녀들만 아는 출입구로 몰래 다시 빠져나갔다 올 속셈이었던 해류는 한숨을 삼켰다.

오늘은 정말 날이 아니구나.

드디어 포기하고 수레의 의자 등받이에 몸을 기댔다.

멀어지는 수레를 지켜보던 태왕도 사냥터로 돌아가기 위해 말이 있는 곳으로 움직였다.

국내성 북쪽 후산(侯山)에서 예정했던 사냥이 시작됐다. 몸은 숲을 달리고 짐승을 쫓고 있지만 태왕의 머릿속에는 해류와 함께했던 사건만이 가득했다. 순간순간을 복기할수록 새삼 감탄이 나왔다. 어떻게 그 상황에 덫을 놓고 미끼까지 던질 궁리를 해내는지. 부왕의 말마따나 저이가 사내였으면 정말 크게 썼을 것이다.

곧 다른 깨달음도 따라왔다. 그렇다면 명림가의 아들. 대응하기 까다로운……, 어쩌면 가장 치명적인 적이 됐을 수 있었다. 해류를 가득 담고 달리면서 멀리서 몰아 온 곰을 발견하자 활시위를 팽팽하게 당겼다. 힘껏 당긴 화살을 쏘아 보내며 그는 냉소를 흘렸다. 명림해류가 여인인 게 내게 천행이구나.

태왕이 한창 사냥을 하고 있을 즈음 해류는 궁에 돌아왔다. 동반한 호위병들 때문에 왕후의 잠행은 왕궁에 다 알려졌다. 다른 때라면 난리가 났겠지만 태왕과 동행했다는 절반의 진실 덕분에 문제없이 넘어갔다.

옷을 갈아입고 머리를 손질해주던 궁녀가 해류의 머리에 꽂힌 삼족오 꽂이를 빼내더니 의아한 듯 물었다.

"폐하? 이것은 무엇입니까?"

"응?"

그 뒤에 일어난 일이 워낙 큰 바람에 까맣게 잊고 있었던 장신구였다. 태왕이 사주었다고 말하긴 괜히 낯이 간지러워 대충 얼버무렸다.

"그냥……, 시장에서 하나 얻었다."

"아니, 누가 감히 난전에서나 파는 이런 조악한 것을 폐하께 올렸답니까?"

패물 상자를 갖고 와 머리를 장식해주던 시녀도 머리꽂이를 자세히 들여다보더니 고개를 절레절레 저었다.

"보십시오. 도금입니다. 그나마도 제대로 하지 않아 금방 벗겨지겠네요."

진짜 공들인 금동이라고 해도 태왕이 치른 은 두 냥은 바가지를 옴팡 쓴 거였다. 그리 말렸는데도 기어이 사더니만 그나마도 도금이라니. 그녀라면 절대 당하지 않았을 사기. 하도 기가 막히니 화도 안 나고 헛웃음이 나왔다. 태왕에게 도금을 진짜 금이라며 팔고도 무사하다니, 그 장사치가 명이 길구나. 갖고 태어난 모든 운을 오늘 다 쓴 자로다.

피식피식 홀로 히죽거리는 왕후가 기이한지 궁녀들이 놀란 눈으로 그녀를 살폈다.

"폐하? 무슨 일이신지요?"

"아니다. 잠시 우스운 일이 생각나서."

해류의 취향대로 간소하지만 기품 있게 머리를 꾸며준 궁녀가 벌레를 잡듯 머리꽂이를 손가락 두 개로 집어 올렸다.

"이건 치워버릴까요?"

실은 아까 태왕이 이 머리꽂이를 살 때 그녀도 이런 싸구려를 왜 사나 했었다. 온갖 값진 보화에 둘러싸였으면서 안목이 참으로 졸렬하다고 속으로 투덜거리기도 했다. 그런데 궁녀가 버려야 할 허접쓰레기 취급을 하니 괜히 기분이 나빠졌다.

"물건이란 때론 그 값어치보다 가진 의미가 중요하고 귀함을 만드는 것이지. 무조건 값만으로 가치를 따지면 안 되는 법이다."

아니, 오늘 시장에서 받아 오신 거면서 웬 의미? 이게 무슨 소리인가 의아했지만 몸에 밴 습관대로 궁녀들은 공손히 수긍했다.

"제 생각이 짧았습니다. 폐하의 말씀 명심하겠습니다."

"하면, 이 머리꽂이는 어찌할까요?"

어떻게 해야 하나. 해류는 잠시 고민했다. 어쨌든 태왕이 준 것이니 보관은 해놓는 게 안전할 것이다. 그는 이걸 사준 것도 벌써 잊었겠지만 만에 하나 혹시라도 찾을 때 없거나 버렸으면 노여워할 수 있다. 해류는 스스로 듣기에도 완벽한 변명을 찾아냈다.

궁녀들을 우거지상으로 만드는 지시로 삼족오 머리꽂이의 운명을 결정해줬다.

"머리 장신구를 두는 패물 상자에 넣어두거라."

"태왕 폐하 듭십니다."

벌써 달포 전, 억지로 초야를 치른 이후 처음 있는 태왕의 발걸음이었다. 대낮부터 오시다니. 이 무슨 일인가. 왕후궁의 궁인들은 놀라고 당황하면서도 태왕을 반겼다.

이유는 다르지만 역시 태왕을 기다려온 해류도 반색하며 그를 맞았다.

"어서 오십시오, 폐하."

점심도 같이 드시고 다정한 시간을 보내시려나. 여관은 기대를 감추지 못하면서 은근한 음성으로 물었다.

"낮것상을 준비하라 이를까요?"

어쩔까, 태왕이 망설이는가 싶은데 왕후가 딱 잘라 막았다.

"바쁘신 폐하께서 잠시 말미를 내 오셨으니 공연한 말씀 드리지 말게."

여관은 너무도 눈치 없는 왕후 때문에 속이 타 천장을 보며 눈을 감았다.

태왕이 왕후에게 없던 정도 다 떨어지게 군 건 맞다. 그래도 태왕인데. 며칠 전 잠행에 동행한 것도 그렇고 오늘도 일부러 찾아온 걸 보면, 왕후에 대한 혐오나 경계심이 많이 사라졌단 증거였다. 지금도 척 봐도 같이 낮것상을 받자고 하면 못 이기는 척 주저앉을 분위기였다. 자꾸 보고 환담도 나누고 해야 정도 붙는 법. 태왕이 굽힐 수는 없으니 왕후가 나서야 진척이 있을 거였다. 이전 왕후는 위엄은 모자라도 태왕께만은 정말 입안의 혀처럼 구셨는데, 이분은 어찌 사내보다 뻣뻣한지.

어떻게든 둘이 오래 함께 있도록 묶어보려고 머리를 굴리는 여관에겐 야속하게도 왕후는 아예 못을 탕탕 박았다.

"폐하께 긴히 드릴 말씀이 있으니 자네는 잠시 나가 있게."

"예에."

에라, 모르겠다. 두 분이 알아서 하십시오.

속으로 꿍얼거리며 여관이 나가자마자 해류가 태왕 앞에 바짝 다가앉았다.

"폐하, 동시의 그 상점에서 다른 낌새는 없답니까?"

전에 없이 반가운 얼굴로 달려 나와 그를 맞길래 아주 잠깐이지만 설렜었다. 그가 아니라 그 소식이 궁금했던 거였다. 제가 왕후궁을 찾은 이유도 그것이긴 했지만 그럼에도 묘하게 씁쓸했다.

"많이 궁금하셨던 모양입니다?"

"예. 당연히 궁금하지요. 실은 그날 밤이나 다음 날에 폐하께서 오셔서 얘기해 주시지 않을까 기다렸답니다."

"그리 궁금하면 짐에게 직접 찾아오든지 사람을 보내지 그랬습니까."

그의 대답에 해류가 못 들을 소리라도 들은 듯 손사래를 쳤다.

"제가 어찌 감히요."

국혼 후 그가 왕후를 극구 피한 것처럼 왕후 역시 그와 마주치지 않으려고 조심했다는 걸 최근에야 깨달았다. 멀찌감치에서 그가 보이는 낌새만 있어도 왕후는 오던 길도 돌아가거나 멀리 피해 갔다. 그에게 아무 방해도 되지 않겠다고, 자청해서 한 약속을 너무도 성실하게 지키고 있었다.

고맙고 기꺼워야 했다. 그런데 왜 이리 불쾌한지. 그라는 존재는 이 여인에게 정말 아무 의미도 없는 것일까? 그는 진실을 파헤치기라도 하는 것처럼 왕후를 가만히 응시했다.

처음엔 그의 시선을 받아내던 해류가 눈을 피하듯 고개를 살짝 숙이더니 손을 들어 자신의 볼을 여기저기 만졌다.

"제 얼굴에 뭐가 묻기라도 했는지요? 왜 그리 보십니까?"

"아니요. 그냥 잠시, 왕후께서 전에 내게 하셨던 말을 떠올리고 있었습니다."

"제가 무슨……?"

이리 마주 앉아 얘기를 나눈 게 손가락으로 꼽을 정도니 무슨 이야기를 나눴는지는 금방 다 기억할 수 있었다. 하지만 머릿속을 낱낱이 더듬어도 태왕이 심기가 상한 것 같은 눈으로 절 쳐다보게 할 말실수를 한 적은 없었다. 늘 신중히 계산하고 따져서 그가 바라는 대로 따르겠다는 아부만 해왔다 자부할 수 있었다.

"혹시 제가 폐하를 노엽게 해드리거나 실언한 게 있다면 부디 너그럽게,"

재빠른 그녀의 사죄를 태왕이 가볍게 끊었다.

"아닙니다. 왕후가 실수한 것은 없습니다. 그냥 궁금해져서요."

"무엇이 궁금하신지요?"

"묻는다면 솔직히 답해줄 수 있겠습니까?"

"예. 물론입니다. 어찌 폐하께 감히 거짓을 아뢰겠습니까."

무엇을 물으려. 그런데 태왕의 질문은 예상 밖의 것이었다.

"짐에게 국상 일가가 실각하면 폐위해달라고 했는데 정말 폐위되어 빈손으로 궁을 나가면 어떻게 살아가려고 합니까?"

예전에도 그것을 묻더니. 아무리 정 없는 내자라도 풍천 노숙하다 굶어 죽을까 걱정이 되는 모양이구나.

가슴 한구석이 미미하게 훈훈해졌다. 아직 '숙고 중'인 그의 대답을 '허락'으로 바꾸려면 조금 더 정직해야 했다. 해류는 겹겹이 감춰둔 진실을 한 자락 더 밝혔다.

"제 외가는 대대로 고구려 최고의 비단과 피륙을 직조하고 거래하던 예씨 상단입니다."

"다 돌아가시고 모든 건 왕후의 아버지가 관장하고 있지 않습니까?"

"그렇지요. 보이는 건 다 그…… 아버지가 가졌습니다. 하지만 가장 귀한 건 제 어머니와 제게 남아 있습니다. 명림가에 도움을 주지 않으려 손을 놓았지만 저희 모녀는 북쪽이나 서쪽 나라들에서도 앞다퉈 찾는 최상급 비단 짜는 법을 몇 가지 알고 있습니다. 거기에 자수까지 더하면 금보다도 더 값진 보물이 되지요. 때가 되면 아무도 저희를 모를 변방으로 가, 폐하께 어떤 누도 끼치지 않고 잘 살겠습니다."

"왕후는 벌써 계획을 세워놓으셨군요."

걱정해주는 그가 고맙기도 했고, 또 어떻게든 믿음을 주는 게 제게도 도움이 되리란 계산에 해류는 조금 더 솔직해졌다.

"실은 왕후가 되기 전부터 품고 있던 계획입니다. 궁에 들어오지 않았다면 아마도 수삼 년 안에는 사당을 나와 어머니를 모시고 적당한 나라를 택해 국경을 넘었을 겁니다. 거기서 살다가 아버지가 세상을 떠나면 돌아올 작정이었지요."

해류가 신녀로 남은 인생을 살겠다며 간택을 거부했던 것으로 알고 있던 그에겐 새로운 정보였다.

"여인 둘이 고구려도 아닌 타국에서 살려고 했다고요?"

놀라움과 의구심이 가득한 음성으로 묻던 태왕이 고개를 저었다.

"왕후는 정말 여인으로 태어나 얻는 기쁨에는 관심이 하나도 없으신가 봅니다."

여인으로 얻는 기쁨. 서로 은애할 수 있는 착한 사내를 만나 아이들을 낳아 기르며 의좋게 해로하는 것. 당연히 관심이 있고 원했다. 착실한 지아비와 함께 어머니의 바람대로 외가의 포목상을 부활시키는 것도. 해류가 한때 간절히 바랐다가 앞에 앉은 이 남자와 혼인하면서 포기했던 것이었다. 태왕이 자신을 버려준다면 되찾을 수 있는 꿈이기도 했다.

언젠가는 그날이 오겠지. 어머니와 남편, 아이들과 함께할 미래를 떠올리자 저도 모르게 미소가 떠오르고 얼굴이 살짝 상기되었다.

그 변화를 놓치지 않은 태왕의 눈빛이 예리해졌다.

"무슨 생각을 하셨습니까?"

"예? 아닙니다. 그냥 잠시 멍하니."

"짐이 묻는 말에 모두 솔직히 대답하겠다고 약속하지 않았습니까?"

아무리 헤어질 날만 손꼽아 기다리는, 손도 잡아보지 않은 사이라고 해도 부부였다. 한시라도 속히 치우고 싶은 왕후라도 다른 사내와 미래를 꿈꾸는 걸 알면 그의 기분이 좋지만은 않을 터였다. 사소한 것으로라도 태왕의 심기를 거스르지 말자, 가슴에 새기며 해류는 시치미를 뚝 뗐다.

"정말 아무 생각도 하지 않았습니다."

분명히 뭔가 있었다. 확신은 들지만 왕후가 입을 열지 않는 한 알아낼 방도는 없었다. 다시 추궁할까 하는데 해류가 매끄럽게 화제를 돌렸다.

"그런데 폐하, 왜 걸음 하셨는지 아직 말씀을 안 해주셨습니다. 동시의 그 상점 일을 의논하시려 함이 아니었는지요?"

"아."

그랬다. 궁금해할 왕후에게 상황도 알림 겸 의논도 할 겸해서 왔다. 중요한 본래 목적은 잊고 마치 질투 난 사내처럼 행동할 뻔했다. 얼음물을 머리에 끼얹은 듯 정신이 번쩍 들었다. 그는 귀족들과 마주할 때처럼 불필요한 감정과 잡념을 빠르게 지워냈다.

"드팀전이나 그 주변에선 아직 별다른 움직임은 없다고 합니다. 하지만 세금으로 걷은 것과 왕실의 장인들이 만든 피륙 중에 왕후가 요구한 것들의 재고를 면밀하게 파악해두라 했으니 며칠 뒤면 국고에서 빼돌린 것인지 아닌지 판별할 수 있겠지요."

"역시 폐하이십니다. 따로 언질도 드리지 않았는데 제 의도를 벌써 다 알아채셨군요."

해류는 왕궁 살림을 관장하면서 제일 먼저 뒤엎었던 찬염전을 떠올리며 회심의 미소를 지었다. 염색되지 않은 비단만 가득했던 게 불과 몇 달 전. 정신이 번쩍 든 찬염전 공인들이 뒤늦게 열과 성을 다해서 염색을 하고 있지만 한계가 있었다.

"다른 곳은 모르겠으나 왕궁의 창고엔 자주색과 붉은색 조하주가 얼마 없지요. 그게 빠지면 금방 표가 날 것입니다."

"왕후께서 창고의 비단 수량까지 가늠하고 있다니, 놀랍습니다."

"왕궁의 살림을 챙기는 것은 제 책무인걸요. 제가 제대로 다스리지 못해 이런 사달이 생긴 것 같아 송구합니다."

그녀가 왕실에 들어온 건 바로 지난겨울. 태후에게 모든 걸 관장하라는 지시를 받은 지 겨우 몇 달이었다. 엄밀히 따지자면 아예 손도 대지 않았던 전 왕후의 책임이었다.

"아닙니다. 짧은 시간 동안 이 정도로 파악하고 장악한 것도 대단한 능력이지요. 태후께서도 왕후가 전권을 맡은 뒤 궁의 살림이 매끄러워졌다고 크게 칭찬하셨습니다."

"그 말씀을 들으니 더 부끄럽고 죄스럽고……."

화가 난다는 고백은 자격 없는 사람의 월권이라고 타박받을까 두려워 속으로만 삼켰다.

시장에선 워낙 예상치 못한 일이라 놀라 임기응변으로 조치하고 돌아왔다. 그런데 궁에 앉아 곱씹을수록 새록새록 분이 솟았다. 누가 속이려 들거나 그녀의 것을 훔치려는 걸 못 참는 피가 화르르 끓어올랐다. 감히 내 것을, 엄밀히 말하면 그녀의 것은 아니지만, 다른 이가 가져가는데 몰랐다는 걸 스스로 용납할 수 없었다.

"하려다 만 말씀이 있는 것 같은데요?"

태왕의 담담한 통찰에 해류는 결국 참았던 감정을 토해냈다. 그 분노를 유일하게 나눌 수 있는 이는 바로 거련 태왕뿐이었다.

"화가 납니다. 제가 관장하고 있는 곳에서 도둑질이 일어나고 있는데 몰랐다는 게 너무나 화가 나네요."

가만히 해류를 응시하던 태왕에게서도 뜻밖의 고백이 흘러나왔다.

"짐도 그렇습니다."

그는 해류에게인지, 아니면 스스로에게인지 모를 말을 나직하게 중얼거렸다.

"왕궁 안에서 재물을 빼돌리는 일이 벌어지고, 또 그리 엄하게 금하고 또 금했음에도 뇌물이 횡행한다는 것이 너무도 화가 납니다."

태왕이라고 떠받들다 돌아서자마자 나를 기만하고 국고를 축내는 자가 얼마나 많을지. 뽑아도 뽑아도 끝이 없다는 생각에 암담하기까지 했다.

그의 어두운 낯을 해류는 조심스레 관찰했다.

늘 깊은 물처럼 무표정하고 냉랭한 태왕이었다. 진노할 때조차도 그는 조용하니 언성을 높이는 법이 없었다. 목석같다는 게 바로 저런 거구나, 실감하게 해주던 그에겐 보기 드문 표출이었다. 비록 표정이나 말투엔 전혀 노여움이 묻어 있지 않았지만 인정하는 자체가 놀라웠다. 넋을 잃고 그의 토로를 듣는 해류의 가슴에 동지애가 무럭무럭 피어올랐다.

"저도 백번 동감입니다."

나를 위해서도 태왕을 위해서도 도적놈들은 반드시 다 잡아야 한다. 꼭 발본색원하고 말리라! 의욕을 활활 불태우며 해류는 태왕을 만나면 꼭 하리라 결심했던 청을 올렸다.

"그래서 드리는 말씀인데요, 제가 직접 거래를 마무리하고 싶습니다."

"무슨 소리입니까!"

일말의 지체도 없이 딱 자른 거절이 돌아왔다. 이쯤은 예상했던 바라 해류는 물러나지 않았다.

"폐하께서 저들을 바로 잡아들이지 않으신 것은 배후를 찾기 위함이 아니셨는지요? 그 상인들은 그저 깃털일 뿐 뒤에 숨어 있는 몸통은 주도면밀한 자들일 겁니다. 경계를 풀게 하는 데는 그 한 번의 거래로는 불가능합니다. 그들이 내어놓을 물건을 판별할 사람이어야 하는데, 도적의 정체를 모르는 상황에서 누굴 믿고 보낼 수 있겠습니까?"

도적을 꼭 잡고 싶어 며칠 동안 준비한 논리를 펼쳤다. 귀가 솔깃할, 그럴싸한 소리였건만 태왕에겐 씨알도 먹히지 않았다.

"그 얘기는 그만하지요."

"폐하!"

해류가 설득하려고 했지만 태왕은 자리에서 일어났다. 어떤 반박이나 반발도 듣지 않겠다는 단호한 거부였다. 아무 소리도 하지 말라는 무언의 경고에 해류도 할 수 없이 그를 배웅하러 일어섰다.

태왕을 따라 왕후궁 밖으로 나온 해류는 뜰에 서서 기다리고 있는 인영을 발견했다. 빠르게 걷던 태왕의 눈에도 낯선 사내가 들어왔는지 그의 걸음이 확연히 느려졌다.

해류와 태왕을 보자 여관이 얼른 고했다.

"폐하, 석도종 공이 들었습니다."

태왕은 인상을 찌푸렸다. 동시에 매서운 눈이 빠르게 앞에 선 훤칠한 사내를 훑어나갔다. 고구려로 건너와 망명을 청할 때 한 번 봤지만, 어찌 생겼는지 유심히 살펴본 것은 처음이었다.

다시 본 첫인상은 '왕후의 평대로 정말 미려하구나'였다. 사내임에도 살결이 분을 바른 듯 하얗고 매끈했다. 길고 짙은 눈썹부터 날렵하고 곧은 콧대, 붉은 입술까지 이어지는 선이 가늘고 고왔다. 그럼에도 유약한 느낌은 없었다. 분명 힘이 느껴지면서도 묘하게 화려하고 은근히 색적적인 외모였다. 신라에선 사내들도 화장을 한다더니 석도종도 그런가 싶었다.

이런 모습을 여인들이 수려하다고 하는군. 왕후는 저렇게 허옇고 말간 죽사발 같은 얼굴을 좋아하는가 보구나.

속으로 태왕이 어떤 품평을 하고 있는지 모르는 해류는 도종을 반갑게 맞았다.

"아, 오늘이었군요. 기다리게 해서 미안합니다."

"아닙니다. 금방 도착했습니다."

두 사람 앞에 태왕이 멈춰 섰다.

"무슨 일이오?"

"비원의 일로 궁으로 들라고 부탁을 했었습니다. 그게 오늘인 걸 잠시 잊었네요."

"왕후는 참으로 부지런하십니다. 단 하루도 허투루 보내는 날이 없군요."

왠지 비꼼이 느껴졌지만 해류는 과감하게 무시했다.

"과분하신 상찬 감사드리옵니다."

생글생글 웃으며 예의상 권유했다.

"특별히 급한 정무가 없으시면 폐하께서도 함께 가시겠습니까?"

"그러지요."

당연히 거절할 거라고 생각했건만. 입에 발린, 그저 형식상의 초대에 태왕이 흔쾌히 응하는 건 해류의 계산 밖이었다. 뜻밖의 답이 당황스러웠지만 무를 수는 없었다.

"영광입니다. 가시지요, 폐하."

말없이 서쪽으로 향하는 태왕을 해류와 도종 등이 따랐다.

정성스럽게 보살핌을 받은 비원은 정갈하고 아늑했다. 태왕과 해류의 뒤를 따라 들어온 도종은 낮은 탄성을 터뜨렸다.

"이곳은 수십 년 세월이 멈춘 것 같습니다. 정말 옛 모습 그대로군요."

무심한 듯 정원만을 보던 태왕이 천천히 도종에게 돌아섰다.

"옛 모습? 이곳을 아는가?"

"왕후께서 말씀하시는 곳이 여기인지 확실치 않아 말씀을 못 올렸는데, 오래전에…… 영락태왕께서 질자이던 실성 마립간과 저를 이곳으로 불러주셨던 적이 있습니다."

그는 얼마 전에 벽을 싹 닦아 말끔해진 전각을 가리키며 추억을 더듬었다.

"그때는 저 전각 바깥벽은 막 칠을 해서 짙은 붉은색이었지요. 당시에 잉태하고 계셨던 왕후 폐하를 위해 벽사의 의미로 사당에서 축성받은 특별한 붉은 염료로 새로 칠하고 검은색과 금색으로 삼족오와 태양, 구름 모양 금벽(金碧)[49]을 칠하셨다고 들은 기억이 납니다."

흐릿하니 명확한 형체는 사라진 금색과 검은색의 흔적을 바라보는 태왕의 눈빛이 미묘하게 흔들렸다. 도종이 질자일 때 회임 중이었던 왕후. 그녀를 위해 비원의 전각을 새로 칠했다면 그건 지금의 태후가 아니라 그의 모후였다.

그는 부글부글 끓는 호기심을 드러내지 않도록 애쓰면서 무심하게 물었다.

"이곳은 짐의 모후와 부왕께 의미가 큰 곳이었는데 그대들을 초대하다니…… 좀 놀랍군."

"돌아가신 실성 마립간께서 신라에 특별히 수소문해서 귀한 분재를 몇 가지 올렸는데 왕후 폐하께서 몹시 기뻐하고 아끼셨다고 합니다. 선왕께서는 그걸 치하해 주시러 저희를 불러주셨지요."

"모후께서 아끼셨던 게 무엇이었느냐?"

도종의 얼굴에 난처함이 떠올랐다. 한동안 망설이던 그는 솔직하게 대답했다.

---

49 단청의 옛말. 고려 시대까지는 단청을 금벽이라고 불렀다.

"용서하시옵소서, 폐하. 워낙 오래전이라…… 제가 그때 어리고 안목이 모자라 왕후 폐하께 올린 분재가 무엇인지는 정확히 기억을 못 하옵니다."

석도종이 망명을 주청할 때 살펴본, 그에 관한 정보가 어렴풋이 떠올랐다. 도종이 내물 매금의 조카 실성과 함께 질자로 고구려에 온 것은 열 살도 되기 전. 이 비원에 초대된 것은 대충 열두어 살 무렵이었을 것이었다.

"그렇겠구나. 여기를 단박에 알아본 게 오히려 신기할 정도군."

"황공하옵니다."

도종은 조금 옆에 떨어진 가산을 조심스럽게 가리켰다.

"이 비원은 천하의 중심인 고구려를 담아 한가운데 영산(靈山)을 닮은 가산을 쌓았고 그 산에서 이어진 바다를 따라 만든 것이 이 연못이라는 영락태왕의 말씀이 어린 가슴에도 크게 와닿아 잊지 않았던 것 같습니다."

"하면 그 주변은 고구려를 둘러싼 타국들이겠구나."

태왕의 지적에 해류는 새삼스럽게 비원을 살폈다. 그저 구역마다 다른 지방의 초목을 모아 심어놨다는 것만 알고 있었지, 배치에 그런 의미가 있을 거라곤 생각도 못 했다. 다시 보니 백잔의 위치에는 백잔에서 난다는 초목들이, 신라, 중원의 방향마다 그쪽 특산의 분재들인 모양이었다.

"이곳에 있으면 천하의 중심에 있는 것과 같았겠군요. 지어미를 위해 궁 안에 천하를 축소해주시다니! 정말 선왕의 깊은 정애와 드높은 안목에 경탄을 금할 수가 없네요."

부왕을 칭찬하는 동시에 지어미를 냉대하는 그를 질책하는 소리가 아닌가 싶었다. 하지만 그건 찔릴 게 많은 그의 지레짐작일 뿐, 왕후의 얼굴에 가득한 건 순수한 감탄이었다.

불현듯 이 정원에서 수도 없이 들었던 부왕의 당부가 떠올랐다.

"거련. 너는 네 어머니가 생명을 바쳐 낳은 아이다. 모후의 크나큰 사랑을 기억하며 반드시 훌륭한 왕이 되어야 한다."

본디 잔약한 모후는 혼인 후 수년이 지나서야 겨우 그를 가졌고, 그때부터 지병이 급격히 악화되었다고 했다. 몇 번이나 고비를 넘기면서 간신히 그를 낳았다. 얼마 뒤, 긴 원정에서 태왕이 돌아오자 그의 팔에 아들을 안겨주고 기다렸다는 듯이 세상을 떠났다.

영락태왕은 극진히 은애하던 왕후가 남긴 유일한 자식을 애지중지했다. 출정했을 때를 제외하고는 말 그대로 무릎 위에서 내려놓지 않았으며, 직접 가르치고 키우다시피 했다.

세간에 화젯거리가 될 정도로 전례 없는 관심과 고임이었다. 어릴 때는 당연했지만 철이 들자 그를 친자식보다 더 살뜰히 돌봐준 새 왕후와 동생 승평 왕자에게 미안할 정도였다. 그 무조건적인 애정과 지지는 큰 위안이자 자랑인 동시에 무거운 족쇄였다. 기대에 부응하기 위해 있는 힘껏 노력해왔다. 부왕이 자랑스러워할 전공이나 위업을 세워 보답하려고 했건만. 아직도 믿기지 않을 정도로 부왕은 덧없이 떠나버렸다.

지금 도종의 설명을 들으니 부왕이 모후를 얼마나 아끼고 그리워했는지 새삼 사무쳤다.

죽을 때까지 잊지 못한 지어미와 바꿔 얻은 아들이 원망스럽거나 밉지는 않았을까. 온 천하를 거침없이 정복해 호령하던 당신과 달리, 기껏 천도 하나를 놓고 중신들과 힘겹게 씨름하는 아들이 얼마나 못나 보일까.

자괴감에 더 이상 부왕의 흔적이 가득한 비원에 있기가 힘들었다. 이곳은 그립고 따스한 추억이 가득한 동시에 짓눌리도록 무거웠다.

"부왕과 모후께서 특별히 아끼시던 곳이니 옛 모습을 되찾도록 석도종, 그대도 각별히 신경을 쓰라."

"제 성심을 다하겠습니다."

"그럼 짐은 이만 가보겠습니다."

옆에 있으면 불편하지 하나 도움이 될 건 없는 태왕이 빨리 사라져준다니 고마운 일이었다. 해류는 안도하면서 공손하게 그를 배웅했다.

"모후께서 특히 아끼셨던 분재들이 신라에서 온 것까진 알았으니 그쪽의 분재들을 신경 써서 찾아보겠습니다."

문득 모후가 가장 좋아했다던, 이른 봄에 피는 향이 좋은 그 꽃나무가 무엇인지.

왕후의 이름인 바다석류 나무 분재가 여기 있는지. 도종은 혹시 알고 있을까 물으려다 태왕은 궁금증을 지웠다.

"그러십시오."

태왕이 멀어지자 해류는 긴장이 풀려 큰 한숨을 내쉬었다. 태왕은 옆에 있다는 자체로도 무시할 수 없는 존재감을 뿜어내는 사람이다. 그런데, 비원에 있으면 왠지 더 진중하고 차갑게 느껴졌다. 이해할 수 없지만 그는 이곳이 불편한 것 같았다.

선왕 부처께서 아끼던 곳이니 가장 편안한 곳일 텐데. 내가 쓸데없이 과민한 탓이다. 해류는 불필요한 상념을 지우고 도종과 비원을 살펴나갔다. 어떤 것들이 있는지를 기록하게 하면서 그녀는 아까 묻고팠던 얘기를 꺼냈다.

"실성 매금이 신라에 수소문까지 해서 가져올 만한 초목은 무엇이었을까요? 혹시 짐작이 가는 게 있나요?"

도종도 같은 고민을 하고 있는지 턱을 쓰다듬으며 고개를 갸웃거렸다.

"좀 전에 태왕 폐하의 하문을 받고 저도 내내 생각하고 있는데 이거다 하고 딱 떠오르는 게 없었습니다. 송구합니다."

그의 고심이 허무하게 왕후는 그녀 나름의 해결책을 제시했다.

"아니, 확실하지 않은 걸 찾느라 쓸데없이 고심하지 맙시다. 일단 신라에서 나는 초목 중에 여기 없는 아름다운 것을 선별해 가져오면 그중에는 있겠지요."

시원시원한 왕후의 결정에 도종은 부담을 덜었는지 한결 편해진 낯으로 수긍했다.

"살펴보고 여기 없는 것은 제 정원과 국내성에서 찾아 올리겠습니다. 우선 여기에 없는 매화들과 벽오동, 바다석류를 선별해보려고 합니다. 땅에 옮겨 심는 것은 늦은 가을이나 이른 봄에 해야 하니 화분에 있는 것을 먼저 올리겠습니다."

바다석류란 단어에 해류가 귀를 쫑긋했다.

"바다석류요? 내 이름과 같은 꽃이군요. 그림으로만 봤지 실제로 본 적은 없는데, 드디어 보겠군."

"아, 그러셨군요. 비도 뜨거운 햇볕도 피하고 이슬만 맞고 자라는 귀한 꽃인데…… 명문 명림가의 금지옥엽으로 자라 태왕 폐하의 반려가 되신 왕후 폐하께 딱 어울리는 이름입니다."

"그래요?"

어쩌면 나와 정반대인지. 이렇게 어울리지 않는 꽃이 이름인 것도 흔치 않겠다. 해류는 입이 썼다. 떨떠름한 대꾸를 알아채지 못했는지 도종은 열성적이었다.

"지금 제 집에는 없으나 국내성에 있는지 수소문해서 속히 바다석류 분재를 찾아 올리도록 하겠습니다."

"됐소. 중하지도 않은 일에 마음 쓸 필요 없어요."

딱 잘라 거절한 해류는 비원의 남쪽으로 발걸음을 옮겼다.

혹독한 겨울을 못 견딘 건 확실히 남쪽의 초목이었다. 듬성듬성한 부분이 많은 것은 고구려의 영산을 본떴다는 가산 남쪽의 백제와 신라의 위치. 말라 죽어 빈 화분들까지 감안하면 채워야 할 것들이 많았다.

"무심히 봤을 때는 그냥 이쪽 부분의 분재들이 많이 죽었구나 했는데. 여기가 백잔이고 신라였구려."

"폐하의 통찰력이 대단하십니다."

갈무리했던 칭찬을 뒤늦게 하며 도종은 신라 부분을 살폈다.

"서라벌의 저택에 바다석류를 비롯해서 제가 키웠던 분재들이 많이 있었습니다. 탐내는 자들이 많았던 귀한 것이라 뿔뿔이 흩어졌다고 해도 거의 서라벌 안에 있을 것입니다. 고구려에서 명하면 금방 다 거둬서 진상할 테니 우선 그걸 청해주십시오."

"아, 서라벌에서도 분재를 키웠군요."

신라의 초목들이 모인 땅을 가만히 보는 석도종의 표정이 유난히 쓸쓸해 보였다.

"고향이 그리워 분재를 시작했다고 들었는데, 두고 온 가족들이 많이 그립겠소. 급히 피하느라 홀로 온 것이라면,"

원한다면 가족도 불러줄까 하고 물으려는데 그는 별 미련없는 말투로 남은 가족의 상황을 설명했다.

"딸들은 김씨나 박씨와 혼인했던 터라 모두 화를 피했습니다. 내자도 김씨이고 새 마립간과도 아주 가까운 인척입니다. 제가 떠난 뒤 금방 재가해서 잘 산다고 들었습니다."

아들은 본래 없는 건가, 아니면 그 변란에 죽은 건가. 궁금했지만 혹시라도 그의 아픈 곳을 건드릴까 봐 차마 묻지 못했다. 해류의 동정심 가득한 시선을 느꼈는지 그가 웃으며 고개를 저었다.

"제 내자는 서라벌을 떠나선 살 수 없는 여인이니 잘되었지요. 사내들은 여기저기 떠돌아도 여인들은 태어난 곳에서 뿌리를 박고 절대 떠나지 않으려는 것이 세상의 이치 같습니다."

무심하게 얼버무리는 속에 은은히 풍기는 아련한 비애를 해류는 감지했다. 연민이 밀려왔지만 그녀는 왕후이고 석도종은 신라의 망명객. 위로를 주고받을 만큼 가까운 사이가 아니었다. 해류는 불필요한 감정을 지우고 정원에 집중했다.

"석공의 정원이나 고구려에 없는 것은 신라 매금이나 상인들에게 구해달라면 되니 찬찬히 살펴주시오."

그날 밤, 침전으로 돌아온 태왕은 잠시 귀를 의심했다.

"너 지금 뭐라고 했느냐?"

무슨 실수라도 했나? 잔뜩 움츠러든 시종이 더욱 작아진 음성을 겨우 짜냈다.

"예에? 저, 왕후 폐하께서 기다리고 계십니다. 뵈옵기를 청하신다고……."

왕후가 찾아오다니. 경천동지에 가까운 사건이었다. 그는 살짝 빨라지는 맥박을 느끼면서 덤덤하게 답했다.

"모셔라."

그의 허락을 기다리고 있었는지 말이 떨어지기가 무섭게 줄줄이 문이 열리며 왕후가 들어섰다.

"뵙기를 허락해주셔서 정말 감사합니다."

정중하고 거리감 있는 인사에 갑자기 기분이 처졌다. 오후 내내 중신들과 씨름하며 쌓인 피로도 확 몰려와 평소의 자제력을 잃고 뾰족한 대꾸를 돌렸다.

"왕후에게 듣기에 적합한 인사는 아닌 것 같군요."

"예에?"

부부지간에 만나줘서 고맙다는 말이 분명 일반적인 건 아니었다. 하지만 혼인한 날부터 근처에 얼씬도 말라는 티를 팍팍 냈던 태왕이었다. 요 근래 살짝 부드러워지긴 했지만 편히 다가갈 정도는 아니었다. 축객령을 내려도 할 수 없다고 각오하고 온 터라 진심으로 고마워서 감사를 표했는데, 왜 저리 불쾌해 보이나? 당황하던 해류는 금방 침착함을 회복했다.

"폐하께오선 고된 정무로 늘 분주하고 힘드신데 늦은 시간에 이리 만나주시니 당연히 감사를 올려야지요. 시일을 오래 기다리기엔 시급한 사안이라 결례를 무릅쓰고 찾아뵈었습니다."

역시 그 일이로구나.

그는 왕후가 찾아온 이유로 짐작되는 것을 미리 쳐냈다.

"동시의 드팀전 문제라면 짐의 결정은 변함이 없습니다."

이런.

해류는 낭패감을 삼켰다. 다른 일 때문에 오긴 했지만 그건 핑계고 궁극적인 목적은 바로 그 일. 시작도 하기 전에 싹이 밟혔다. 포기할 수 없다고 결의를 다지면서 그녀는 우선 핑계로 들고 온 용건부터 풀었다.

"낮에 석도종과 정원을 살피며 여러 궁리를 해봤는데요, 신라의 귀한 초목들을 다 구해 채우면 그중에 모후께서 아끼시던 것이 있지 않을까 싶습니다."

과연 왕후다운 호쾌한 해결책이다. 그는 수긍했다.

"나쁘지 않은 생각이군요."

"폐하께서도 그리 판단하시면 고구려에서 구할 수 없는 것을 신라에서 진상 받아주셨으면 합니다. 특히 신라에는 석공이 두고 온 귀한 분재들이 있다고 하니 그것들을 거둬 오면 될 것 같습니다. 그 청을 올리러 왔습니다."

"알겠습니다. 내일 그리 명하도록 하지요."

볼일을 마쳤으면 돌아가라는 티를 내며 그가 의자에서 일어섰다. 그런데 앞에 앉은 왕후가 움직이는 기척이 없었다.

"다른 용무가 더 남았습니까?"

그제야 해류가 일어나더니 그에게 다가왔다.

"폐하."

흠칫 놀라 피할 뻔했던 그는 해류의 커다랗고 초롱초롱 빛나는 눈을 마주했다. 이렇게 가깝게 얼굴을 마주한 것도 처음. 겁 없이 그를 마주 보는 여인은…… 인정하고 싶지 않았지만 놀랄 정도로 매혹적이었다.

왕후는 겨우 그의 가슴에 닿던 연 씨와 달리 어지간한 사내와 맞먹을 만큼 훤칠했다. 얼굴만 살짝만 숙이면 닿을 곳에 입술이 있었다. 불만스러운지 뾰로통하게 모은 입술은 잇꽃으로 화장해 새빨갛고, 삼켜버리고 싶을 정도로 통통하니 귀여웠다. 몸매는 사슴처럼 날씬하고 낭창하면서도 굴곡이 확연하니 멀쩡한 사내라면 무시할 수 없는 성숙하고 농염한 여인의 자태였다. 은은하고 달콤한 체향도 유혹적으로 그를 파고들었다.

순간 제어하기 힘들 정도로 강렬한 욕망이 그를 덮쳤다. 그의 왕후였다. 태왕의 유일한 비. 이곳은 그의 침전. 바로 이 자리에 그녀를 눕혀 취한다고 해도 누구도 탓하지 않는다. 아니, 오히려 쌍수를 들고 환영할 것이다.

명림해류를 품어선 안 되는 수십 수백 가지 이유들이 흐릿해졌다. 드물게 영민하고 왕후에 걸맞은 위엄을 지닌 여인이다. 명림가가 아니라 태왕에게 충성하겠다고 했다. 거기다 그를 사내로서 격동하게까지 하는데, 꿋꿋이 거부할 이유가 무엇인가.

그가 유혹에 막 굴복하려는 찰나, 왕후가 입을 열었다.

"폐하, 동시의 문제는 다시 한번 고려해주시면 안 되겠습니까?"

얼음물에 들어간 듯 한껏 달아올랐던 육신이 확 식었다. 정신도 번쩍 들었다. 너무 오랫동안 금욕한 탓이다. 스스로에게 변명하며 그는 일부러 더 냉랭하게 해류를 질책했다.

"왕후께선 지금 선을 넘고 있습니다. 짐이 이미 두 차례나 말했습니다. 안 된다고요."

"예. 들었지요. 그래서 여기 오기까지 망설이고 또 망설였습니다. 하지만 폐하께서도 아시지 않습니까. 진짜 왕실 창고에서 빼돌린 것인지 판별할 수 있고 이 모든 내막을 아는 사람은 지금으로선 저뿐입니다."

방금 전까지 제가 어떤 위험에 처했었는지 모르는 해류는 태왕에게 거의 안기다시피 할 정도로 바짝 가깝게 다가섰다. 그것도 모자라 그의 소맷자락을 붙잡았다.

"왕실의 창고를 축낸 자들을 저는 도저히 손 놓고 지켜만 볼 수 없습니다. 그 죗값을 치르게 하고 싶습니다."

"왕후가 나서지 않아도 그리할 것입니다."

"본디 구린 자들일수록 경계심이 큰 법입니다. 다른 사람이 가면 덫을 눈치채고 달아날 수 있습니다. 폐하, 저를 믿고 맡겨주십시오."

왕후가 나서는 게 말이 안 되는 이상으로 해류의 지적도 옳았다. 예상치 못한 상황에서도 상인들을 조종해 물건을 내어오게 하고 다음 거래를 위해 미끼까지 던지는 건 보통 임기응변이 아니었다. 피륙을 감별하는 감식안이 뛰어나거나 임기응변을 두루 갖춘 자는 찾으면 있겠지만 둘 다 가능한 건 당장은 왕후뿐이었다. 거기에 더해 이 모든 상황을 다 알고 믿을 수 있는 사람도.

왕후를, 저 명림해류를 믿는다고? 갑작스러운 깨달음에 혼란스러웠다. 불필요한 잡념을 쫓으려고 주먹을 꽉 쥐었다 펴며 그는 우선 가장 필요한 일부터 했다. 왕후에게 에둘러 부드럽게 경고하는 것. 내 명을 거역하고 능멸하려는 거냐고 호통치면 금방 끝나겠지만 그러고 싶지는 않았다.

"왕후는 포기란 것을 모르십니까?"

"포기할 건 저도 바로 합니다. 되지 않을 일에 매달려 힘을 낭비하는 건 바보짓이지요. 이건 포기할 일이 아니라고 생각하기에 계속 부탁을 올리는 것입니다."

"왕후에게 그런 모험을 시킬 수 없습니다. 여인을 위험한 곳으로 내모는 못난 사내로 만들고 싶습니까?"

여전히 강경하나 미묘한 흔들림이 생긴 것을 해류는 놓치지 않았다. 바늘 들어갈 틈 하나 없던 조금 전과 달리 태왕의 거부감이 아주 약간이지만 느슨해지는 게 감지됐다.

"홀로 보내시진 않을 거 아닙니까. 폐하께서 가장 믿는 자를 호위로 붙여주십시오. 그러면 하나도 위험하지 않을 겁니다."

여인을, 더구나 그의 지어미를 위험한 계획에 이용하는 못난 사내가 되고 싶지 않다. 그 거부감만 제외하면 가장 현명한 선택이었다. 현실과 자존심이 치열하게 싸우는 가운데 태왕이 한풀 꺾인 음성으로 대답했다.

"한번…… 고려해보겠습니다."

반승낙은 받았다! 내친김에 확답을 끌어내고 싶었지만 그랬다간 기껏 얻은 것도 날아갈 수 있었다. 해류는 아쉬움을 삼키면서 전략적인 후퇴를 택했다.

"감읍하옵니다, 폐하. 그럼 편히 침수 드십시오."

희희낙락, 가벼운 발걸음으로 문으로 향하는 해류를 그가 불렀다.

"그런데 왕후."

돌아보는 그녀의 등에 질문이 하나 꽂혔다.

"정말 그날 사당에 기도를 드리러 나간 것 맞습니까?"

순간 모골이 송연하고 등골이 오싹해졌다. 거짓말을 해야 하나. 왠지 태왕을 속이면 큰일 날 것 같단 직감이 들었다. 어떻게 하나, 다급한 저울질이 오가는 그녀의 머릿속을 읽은 듯한 경고가 따라왔다.

"그 입술에 거짓을 담을 거면 그냥 침묵하십시오."

해류는 아무 말도 하지 못했다. 그 침묵이 웅변보다 더 명확한 답이었다. 어쩔 수 없이 모든 걸 고백해야겠다고 포기한 찰나, 뜻밖에도 그가 나가라 손짓했다.

"알았습니다. 그만 가서 쉬십시오."

해류는 탁자 위에 놓인 천들을 꼼꼼하게 살피다 그녀를 시험하려 일부러 끼워 넣은 게 분명한 구름비단만 옆으로 치웠다.

"이것만 빼고 다 가져가겠습니다."

해류가 빼낸 비단을 보며 여인이 과장되게 안타까운 한숨을 쉬었다.

"애써 구했는데요……."

"그랬군요. 하나 이 구름비단은 염색이며 자수가 고르지가 않은 게 눈에 띄어서요. 안목 높은 분께 올렸다가 공연히 노여움을 살까 두렵네요."

해류는 골라낸 비단들과 백첩포를 다시 조심스럽게 베로 쌌다.

"약조하신 대로 신경을 좀 쓰긴 쓰셨군요."

터무니없이 박한 평가에 상인이 펄쩍 뛰었다.

"좀이라니요! 부인, 그리 말씀하시면 정녕 서운합니다. 얼마나 어렵게 구했는데요. 지금 왕궁에도 이렇게 짙은 자주색과 붉은색 조하주는 충분치 않답니다."

드디어 꼬리를 드러냈구나! 해류는 펄쩍 뛰며 환호성을 지르고 싶은 걸 참았다. 대신 놀란 듯 호들갑을 떨었다.

"어머, 궁이요? 저희를 데려온 아이가 여기엔 왕궁에서 가져오는 귀한 물건이 많다고 하길래 당연히 허풍인 줄 알았는데, 정말이었군요. 역시 이 정도 조하주는 왕실에서나 쓰는군요. 선물을 올릴 때 저희 나리의 면이 크게 서겠습니다."

해류의 수다스런 찬탄에 아차 싶었는지 상인이 급히 수습에 나섰다.

"아니, 그게 아니라…… 그러니까 궁에서도 부족할 정도로 귀하다는 소리지요."

그 아이는 입을 싸게 놀렸다고 나중에 혼쭐이 좀 나겠구나. 속으로 웃으면서 해류는 실망한 듯 시무룩한 표정을 지었다.

"에휴. 그렇겠지요. 여리꾼 아이의 허풍에 제가 공연히 들떠서. 왕실 장인들이 만든 피륙이면 나리께서 값을 얼마든지 치러주셨을 테지만, 뭐. 이 정도면 괜찮습니다."

얼마든지 값을 치를 거란 소리에 상인의 눈빛이 흔들렸다. 잠깐 망설이는 듯했지만, 곧 그녀도 한숨을 쉬며 해류에게 호응했다.

"저도 아쉽습니다."

더 흔들었다간 의심을 사서 산통을 깨겠다. 재빨리 판단을 내린 해류는 묵직한 주머니를 열어 금편(金片)을 꺼내 건넸다.

"준비해준 물목의 가치에 맞게 금을 챙겨봤습니다. 이 정도면 충분할 겁니다."

만족한 물건을 보여줬으니 이제 당연히 가격 흥정을 할 차례. 밀고 당길 준비를 하던 여인은 해류가 묵직한 주머니에서 꺼내준 금을 보고 눈이 커졌다.

"첫 거래이니 피차 불필요한 확인 절차로 시간 낭비를 덜기 위해서 소노부 해씨 상단의 금편을 준비했습니다. 잡금(雜金)이나 잡은(雜銀)이 아니니 인을 확인하세요."

"아니, 그런 배려까지 해주시다니……."

감사인사를 중얼거리면서도 여인은 빈틈없이 편의 인을 확인했다. 양해를 구하는 미소를 지으며 금 조각들을 일일이 깨물어보기까지 하더니 고개를 주억거렸다.

"예. 맞습니다. 그런데 어찌……?"

"흥정을 하지 않느냐고요?"

"예에……."

"내가 요구한 포목은 금전이 있다고 해서 쉽게 구할 수 있는 게 아니지요. 그걸 내가 필요한 때에 맞춰서 약속대로 구해 왔으니 그 시간과 수고의 값까지 보태서 치른 겁니다."

해류는 빙긋 웃으며 외조부모의 입버릇을 그대로 옮겼다.

"탁월한 보배는 눈에 띄었을 때 무조건 손에 넣어야지 흥정을 하는 게 아니지요."

금편을 꽉 쥔 상인의 얼굴에 경탄이 떠올랐다.

첫눈에도 이 젊은 부인이 보통내기가 아니라는 건 간파했다. 소박한 차림새는 상대의 경계를 풀고 덤터기를 쓰지 않으려는 대비일 터. 그래도 이 정도 배포와 재력까지 지녔을 줄은 몰랐다. 능숙하게 거래하는 품새며 날카로운 눈썰미를 보니 분명 아주 부유한 상인 집안이다. 지난번 동행했던 사내는 출사에 목맨 귀족일 것이고. 사내를 출세시켜 든든한 장사 뒷배를 만들려는 모양이다.

조금 전까지도 반신반의하던, 해류에 대한 신뢰가 급작스레 상승했다. 잘만 하면 값비싼 물건을 얼마든지 팔아넘길 수 있는 거래처가 생기리란 예감에 박동이 빨라졌다. 들뜨는 마음을 가라앉히려고 애쓰면서 그녀는 티 나게 알랑거렸다.

"부인, 필요한 게 있으면 언제든지 저를 찾아주시어요. 부인이 원하시는 건 최우선으로 구해놓겠습니다."

"알겠습니다."

무심히 고개를 끄덕이며 자리를 뜨려던 해류는 문 앞에서 문득 떠오른 듯 발길을 멈췄다.

"혹여……."

제 입만 쳐다보는 상인을 물끄러미 보던 해류가 머리를 흔들며 돌아섰다.

"아니, 됐습니다."

큰 돈벌이가 사라지는 기미에 상인이 안타까워하며 물었다.

"무엇이길래 그러십니까?"

"워낙 구하기 힘든 것이라…… 아마 곤란하실 것 같아서요."

"일단 말씀이라도 해보시지요. 저희가 못 구하는 건 국내성 어디에 가도 구하기 힘들 겁니다."

망설이는 척하던 해류는 다음 미끼를 던졌다.

"그럼, 공작새 꼬리털이나 비취새의 털을 수놓아 짠 구수[50]를 구할 수 있을까요?"

상인의 눈알이 튀어나올 듯 커졌다.

"예에? 깃털을 수놓은 구수를요?"

"나리께서 꼭 올리고프다셔서 혹시나 해서 물어봤습니다. 상등품은 씨가 말랐는지 시중에 적당한 게 통 보이지를 않더라고요."

값은 얼마든지 치를 수 있는데, 아쉽다는 티를 팍팍 내면서 해류가 몸을 돌렸다.

"……역시 힘드시군요."

천천히 문고리를 밀려는 찰나, 떨리는 음성이 그녀를 잡았다.

"구, 구할 수 있습니다! 그런데 시간이 좀 더 걸릴 겁니다."

짜릿하니, 노리던 사냥감을 드디어 낚아챘다는 쾌감이 해류의 몸을 강타했다. 그녀는 일부러 의구심을 드러냈다.

"정말입니까?"

"예. 물론입니다. 믿어주십시오."

---

50 서역산 고급 모직물

"그럼 얼마나 걸릴까요?"

"그게, 확실한 날을 정할 수 없습니다. 하지만 반드시 구해드릴 수 있습니다."

이제 알려던 것은 다 확인했다.

"시간이 걸려도 좋으니 꼭 구해주십시오."

해류는 상인의 탐욕을 자극하는 것을 잊지 않았다.

"물론 빠를수록 좋고요. 본디 발 넓은 재여리[51]들을 통하려고 했으나 장담하신다니 맡기겠습니다. 내 기다림을 덜어줄수록 재여리에게 주려던 중개료를 더해서 값을 치르겠습니다."

해류는 문을 열어 앞에 딱 붙어 기다리고 있는 계마로에게 지시했다.

"베로 싼 피륙들을 수레에 싣게."

"예, 마님."

재게 움직이는 계마로를 흘끔흘끔 곁눈으로 살피며 상인이 물었다.

"한데 구수를 구하면 어떻게 연락을 드릴까요?"

저번에는 미행을 따돌렸지만 또 사라지면 틀림없이 의심을 살 터. 해류는 태왕이 안배해준 답을 했다.

"믿을 만한 자를 하나만 따르게 하세요. 내가 국내성에 올 때 머무르는 곳을 알려주겠습니다."

"예? 부인께선 국내성에 살지 않으십니까?"

"긴요한 볼일이 있을 때만 들릅니다. 조만간 돌아가야 하니 빠를수록 좋다고 한 것이지요."

"그럼 어디에서……."

나오던 질문은 주제넘다는 비난을 담아 쏘아보는 눈초리에 쑥 들어갔다. 제 실수를 깨달은 상인이 즉시 사죄했다.

"송구합니다. 제가 경솔하게 그만."

---

51 중개상

"막 거래를 텄으니, 더 깊은 것은 피차 신뢰를 쌓으며 차차 알아나갑시다."

"예, 부인."

해류는 선심 쓰는 투로 계마로를 상인에게 소개했다.

"내가 가장 믿고 국내성의 모든 일을 맡기는 이입니다. 일단 서로 안면을 익히시라고 오늘 함께 왔습니다."

가볍게 목례를 나누는 두 사람을 보며 해류는 미리 의논해둔 대로 얘기했다.

"앞으로 나를 대신해서 이곳에도 종종 올 테니 필요한 건 이이와 상의하십시오. 내게 전해줄 것입니다."

여인은 대문 밖까지 나와서 배웅했다. 예상대로 저번에 봤던, 해류가 원하는 것을 구할 수 있다고 나섰던 사내가 동행했다.

미리 빌려놓은 객사 입구에서 그를 보낸 뒤 안채 건물에서 해류와 계마로는 피륙들을 다시 살폈다.

"왕궁 창고에서 나온 것인지 확신은 못 하겠지만 그 정도 급의 장인이 짜고 찬염한 것은 확실하오. 백첩포도 왕실에 공물로 바치는 수준이 분명하고요."

해류의 확언에 계마로의 낯색이 침통해졌다.

"그리 전하겠습니다. 피륙이 들고 난 개수를 면밀하게 헤아리고 있으니 어디서 구멍이 났는지 곧 알아낼 수 있을 겁니다."

"그래야지요."

입술을 손가락으로 만지면서 골똘히 상념에 잠긴 해류를 지켜보던 계마로가 불쑥 물었다.

"그런데 폐하, 왜 구수를 구해달라고 하셨습니까? 그건 왕실 창고에도 없는 것 아닌지요?"

그의 지적에 해류가 고개를 끄덕였다.

"그래서 일부러 구수를 얘기한 것이오."

"예?"

"폐하와 말객[52]이 저들을 당장 잡아들이지 않고 이리 귀찮은 일을 감수하는 건 뒤에서 조종하고 이득을 취하는 자를 찾아내기 위함 아닙니까. 아직은 너무 막연하니 그 범위를 좁혀보려 하오."

"무슨 말씀이신지……?"

"말객도 알다시피 왕실은 모범을 보여야 하니 지나친 사치를 하지 못하오. 값진 서역의 천들로 의복을 만들거나 일상에서 쓰지 않는 것이 법도다 보니 공작새의 꼬리털이나 비취새 깃털을 섞어 짠 구수 같은 직물은 부유한 귀족가에서나 쓰고, 그 교역도 명문가의 상단들이 독점하고 있지 않습니까."

"아."

해류의 설명을 듣던 계마로의 눈이 번쩍 빛났다.

"저들이 어느 집안과 연결되어 있는지를 그걸로 판별해보시려는 거군요."

해류도 척하면 척 알아듣는 계마로에게 칭찬의 눈길을 보냈다. 태왕이 왜 그를 아끼고 곁에 두는지 알 것 같았다.

"역시 말객은 바로 알아챘군요. 귀족가의 상단끼리 불필요한 다툼을 막기 위해 공작새 깃털을 섞어 짠 구수는 소노부 해가 상단이, 비취새 깃털을 쓴 건 절노부의 명림가 상단만이 들여오니, 어떤 구수를 가져오는지 보면 가닥을 잡기가 쉬워지겠지요."

두 집안만 독점하는 최상급 모직이라, 간혹 몰래 들여와도 워낙 희귀한 거라 팔려고 하면 곧바로 들켰다. 때문에 자기 상단을 갖고 있더라도 직접 쓰려는 경우에만 사들였다. 그나마도 두 집안에 눌리지 않는 계루부 고씨들이나 가능했지 다른 가문은 미운털이 박힐까 엄두도 못 냈다.

그는 경탄을 감추지 않았다. 연신 고개를 끄덕이며 해류가 던진 미끼의 결과를 예측했다.

"그렇겠군요. 만약 구수를 구해 온다면 그 집안과 결탁을 했거나 아니면, 그런

---

52 고구려에서 1,000명 이상의 병사를 통솔하는 무관. 독립된 부대 단위인 당을 지휘한다.

명문가들의 물건도 빼돌린다는 의미니…….”

과연 전자일까 후자일까. 어느 쪽이 더 나쁠지 계마로로선 가늠하기 힘들었다.

“왕실과 귀족가를 다 오가며 신출귀몰하는 도둑이냐, 왕실을 능멸하는 귀족과 합심한 도둑이냐 둘 중 하나란 소리로구나.”

토씨 하나 빠뜨리지 않은 상세한 보고를 들은 태왕의 표정은 무거웠다. 모르는 이들이 보기엔 평소와 딱히 다른 점을 찾지 못하겠지만 10년 넘게 그림자처럼 그를 지키고 있는 계마로와 을밀에겐 보였다. 지금 태왕이 얼마나 대로(大怒)했는지. 그 격노를 곧장 갈무리하고 치열하게 고심하면서 모든 경우의 수를 따지고 있는지도.

한참 침묵을 지키던 태왕이 문득 생각이 났는지 계마로에게 물었다.

“왕후는?”

“왕후궁에 모셔다드리고 왔습니다.”

노회한 상인을 쥐락펴락하는 솜씨에 딱 시기를 맞춰 새로운 빛을 놓는 모습까지. 내내 찬탄했던 터라 왕후 얘기가 나오자 계마로는 칭찬으로 입에 침이 말랐다. 절노부 명림씨 왕후에 대한 경계심이나 적개심은 사라진 지 옛날이었다.

“포목에 대한 감식안이 정말 빼어나시더군요. 왕후 폐하의 지략과 능수능란한 대처가 아니었으면 이리 쉽게 저들의 신뢰를 얻진 못했을 겁니다.”

“알고 있다.”

사내 열은 찜 쪄 먹고 남을 배포지.

태왕은 뒷말을 삼키며 시큰둥하니 맞장구쳐줬다. 형식상의 부부지만 어쨌든 왕후를 내세워 일을 도모한다는 거부감을 누른 것은 바로 그런 면 때문. 왕후 스스로 주장했듯 오늘 만남에 유일한 적격자였다. 주모자를 찾을 때까지 끈을 이어나가기 위해선 현실적인 선택을 해야 했다. 만에 하나 그녀 역시 적이라고 해도 최소한 왕후는 드러나 있었다. 보이지 않는 적보다는 바로 곁에 있고 눈에 보이는 적이 다루기 나았다.

명림해류를 보낸 것은 일종의 시험이기도 했다. 오늘에야 그는 왕후에게 품고 있던 의심을 거의 덜어냈다. 아직 비밀들을 품고 있지만 명림해류는 최소한 지금은 내 편이다. 명림해류가 아군이라는 게 얼마나 다행인지. 저 권모술수와 행동력을 가진 왕후가 적이라면 대응하기 쉽지 않았을 거였다. 모계가 귀족이 아니라고 괄시해 최고의 인재를 내친 명림가를 동정하며 그는 사안에 집중했다.

국고를 갉아먹는 쥐새끼들을 일망타진하기 위한 계책을 신중하게 점검하는 의논이 끝나고 을밀과 계마로가 의자에서 엉덩이를 떼려던 참에, 뜻밖의 명령이 떨어졌다.

"그리고, 계마로 넌 바다석류 분재를 구해보라. 빠를수록 좋다."

"예?"

이 문제와 분재가 무슨 상관인가? 계마로와 을밀의 낯에 궁금증이 떠올랐다. 연유야 어떻든 왕명이니 속히 이행해야 했다. 의문을 신속하게 누르고 계마로는 바로 떠오른 답을 입에 담았다.

"예. 지금 비원의 복원을 돕는 신라인 석도종에게 지시하겠사옵니다."

답을 올리면서도 기민하게 돌아가는 자신의 머리에 내심 찬탄했다.

태왕의 반응은 이번에도 의외였다. 일자로 굳게 다문 태왕의 입꼬리가 살짝 경련하는 것 같더니 이해할 수 없는 명령이 덧붙여졌다.

"아니. 그자는 말고 다른 곳에서 구하라."

왕후가 직접 수소문한, 국내성에서 가장 다채롭고 뛰어난 분재 정원을 가진 이가 석도종이었다. 그를 두고 왜 먼 길을 돌아야 하는지 알 수 없었지만, 태왕의 뜻이니 분명 이유가 있을 터. 누구에게 알아봐야 빠를까, 서라벌로 사람을 보내는 게 나을까, 계마로는 부지런히 머리를 굴리면서 태왕이 원하는 대답을 올렸다.

"예. 어명을 받들겠나이다."

같은 시각, 해류는 낮의 일을 떠올리며 들뜬 가슴을 진정시키고 있었다.

계획하던 대로 상황이 풀리니 얼마나 짜릿한지. 도적을 잡는 일에 공을 세우면 태왕에게 신뢰를 얻을 터. 그러면 아직도 숙고 중이라는 제 자유에 대한 확답을 당길 수 있었다. 해류는 태왕이 그녀를 아직 신뢰하지 못하고 있다는 걸 알았다. 어떻게든 배신하지 않을 거라는 확신을 줘야 제가 바라는 바를 얻을 수 있었다. 그걸 위해선 할 수 있는 모든 걸 다 해야 했다.

그래도 아주 조금은 믿어주는 거겠지. 그렇지 않다면 아무리 심복인 계마로가 동행한다고 해도 오늘 나서게 해주지 않았을 거였다.

해류는 태왕의 허락을 받던 순간을 흐뭇하게 떠올렸다.

며칠 전, 도종이 먼저 보내온 분재 화분이 비원에 도착한 날 태왕이 느닷없이 찾아왔다. 그는 주변을 물리고 단도직입적으로 물었다.

"짐이 왕후를 그곳에 보내면 이제부터 그대는 짐이 움직이는 패 중 하나가 되는 겁니다. 위험해질 수도 있습니다. 그래도 상관없으시겠습니까?"

절대 안 된다고 하던 태왕이 돌연 태도를 바꾼 이유가 궁금했지만, 중요하지도 않은 걸 묻느라 산통을 깰 필요는 없었다. 해류는 혹시라도 그가 번복할까 두려워 얼른 대답했다.

"물론입니다. 폐하의 신민으로 오히려 영광이지요."

"그렇다면…… 이번 딱 한 번만 부탁합니다."

뛸 듯이 기뻐하는 그녀를 물끄러미 보던 그는 나타났을 때처럼 신속하게 사라졌다.

숨은 도적을 빨리 찾아내 태왕의 기대에 부응해야겠다. 밤잠도 설치면서 궁리해낸 것이 구수였다. 혹시나 했지, 그 드팀전 전주(錢主)가 그것마저 구해주겠다고 단번에 미끼를 물 줄은 몰랐다.

주동자는 누구일까. 만약 명림가라면 과연 그들은 피해자일까 주동자일까. 그렇게 빼돌린 재물은 과연 어디에 감춰졌을까. 꼬리를 무는 물음으로 자문자답에 빠진 그녀는 아무 기척도 못 느꼈다. 그러다 낮고 굵은 사내의 음성에 화들짝 놀라 일어났다.

"폐하!"

"무슨 생각을 그리 골똘히 하길래 부르는 소리도 못 들으십니까?"

"용서하십시오, 드시는지 몰라서……."

허둥지둥하던 해류는 겨우 정신을 가다듬었다.

"오늘 가져온 조하주와 다른 천들의 출처는 밝혀졌는지요?"

여기 오기 전까지 그 문제로 씨름하다 온 터였다. 누구보다 궁금해하고 있을 왕후에게 알려주려고 왔다. 그래도 다짜고짜 그것부터 묻는 게 왠지 서운하고 심술이 났다.

"먼저 차를 한 잔 주시겠습니까?"

의자에 앉는 그에게서 감추지 못한 피로감이 드러났다. 벌써 늦은 시간이었다. 정무를 마치고 궁금해할 자신을 잊지 않고 찾아온 태왕에 대한 고마움과 미안한 감정이 밀려왔다.

"아! 예, 폐하. 잠시만 기다리십시오."

해류는 첫 문안을 드린 날 태후가 일러줬던 정보를 떠올렸다. 늦은 시간이니 떡은 불가능하지만 비슷한 것은 있을 터. 문밖에서 귀를 쫑긋 세우고 있을 궁녀에게 명령을 내렸다.

"산삼정과와 대추차를 올리거라."

"예. 속히 명을 받들겠습니다."

다소곳이 서 있는 해류에게 그가 앉으라 손짓했다.

이제 얘기를 해주려나, 긴장하며 기다렸지만 그는 조용했다. 그러나 태왕이 그다지 말하고 싶어 하지 않는 것 같아 해류도 묻지 못했다. 묵직한 침묵만이 가득하던 침실 문이 열리고 시녀들이 다과가 담긴 소반을 들고 들어왔다.

소반에 올려진 것을 탁자로 직접 옮긴 해류가 작은 주전자에 든 차를 따랐다.

"드시지요. 오실 것을 미리 알았으면 폐하께서 즐기시는 산삼떡을 준비했을 텐데 오늘은 정과로 대신했습니다."

그의 취향을 왕후가 정확하게 아는 것이 조금 놀라웠던 모양이었다. 태왕은 새삼스러운 눈길로 그녀를 봤다.

"짐이 그걸 즐긴다고 왕후에게 말한 적이 있었던가요?"

"태후 전하께서 알려주셨습니다."

"그랬군요."

차를 삼키는 소리 말고는 다시 조용해졌다.

시간도 늦었는데 왔으면 빨리 용건으로 들어갈 것이지. 갑갑했지만 태왕이 입을 열 때까지 물어볼 수 없는 노릇이었다. 태왕과 함께 자리한 어색함을 깨려고 해류는 안간힘을 썼다.

"폐하께서는 또 무엇을 좋아하시는지요?"

"특별히…… 좋아하는 것도, 싫어하는 것도 없습니다."

그렇게 대화가 뚝 끊기나 싶었는데 그가 뜬금없이 물었다.

"그럼 왕후께선 무엇을 좋아하십니까?"

"음식을 말씀하신다면…… 저도 폐하처럼 특별히 좋아하는 것도 싫어하는 것도 없습니다. 하지만 다른 것은…….."

예상치 않은 질문에 고개를 갸웃거리며 고심하던 해류가 갑자기 눈을 빛냈다.

"아, 예, 아름다운 비단을 좋아합니다. 흠 하나 없이 완벽하게 짜지고 색도 잘 든 것을요."

"왜 그것이 좋으십니까?"

"어릴 때부터 비단에 둘러싸여 자라 그런 모양입니다. 각기 다른 짜임이나 무늬에 촉감도 다른 비단들을 만져보고 바라보고 있으면 온갖 근심이 사라지는 것 같습니다."

드물게 신이 나서 얘기하는 그녀를 가만히 바라보던 태왕의 입가에 슬쩍 웃음이 떠올랐다. 그저 싱긋, 입가에 걸렸다 사라지는 가벼운 미소인데도 사람이 확 바뀐 듯 수려하구나. 딱딱하고 근엄한 태왕의 용안에만 익숙하던 해류는 잠시 멍해졌다.

"주나라 말엽에 포사라는 절세 미녀가 비단 찢는 소리를 들을 때만 웃어서 유왕이 매일 비단을 찢어주다 국고를 텅 비게 했다던 고사가 떠오르는군요."

멍하니 홀린 듯 태왕을 바라보던 해류는 비단을 찢었다는 소리에 정신이 번쩍 들었다.

"비단을요? 국고가 텅 비게 찢다니요! 바라만 봐도 흐뭇하고 귀한 것을. 왕이 그리 아둔한데 나라는 온전했답니까?"

격렬한 해류의 반응에 태왕의 웃음이 짙어졌다. 입술에 스치는 것이 아니라 눈까지 번진 웃음에 가슴이 뛰었다. 쿵쿵, 맥동하는 고동 소리가 들릴까 봐 해류는 고개를 숙였다.

"왕후가 예상한 그대로입니다. 천금으로 웃음을 사던 유왕은 결국 제후와 연합한 외적에게 살해당하고 주나라는 쇠퇴해 멸망의 길을 걸었지요."

왕이 왕답지 못했으니 마땅한 종말이라는 대답이 해류의 혀끝까지 올라왔다. 그러다 퍼뜩 정신이 들었다. 제 눈앞에 있는 존재가 바로 왕. 저리 부드럽게 웃을 때는 얼마나 냉혹하고 무서운 위인인지도 잠시 잊게 하지만, 상대는 그녀의 생사여탈권을 쥔 태왕이었다.

"고구려에는 그런 암군이 아니라 폐하가 계셔서 참으로 다행입니다."

갑자기 그가 소리를 내어 웃었다. 가끔 보여주던 미소가 아니라 파안대소. 좀처럼 듣기 힘든 태왕의 웃음소리에 문밖에서 이는 술렁임이 느껴질 정도였다. 무엇이 그리 재미있는지 한참을 혼자 웃던 그는 웃음기를 머금은 채 해류를 응시했다.

"왕후도 그런 아부를 할 줄 아는군요. 놀랐습니다."

"아부가 아니라……."

진심이 전혀 없었다곤 할 수 없으나 그의 기분을 맞춰주려는 의도가 대부분이긴 했다. 필요할 때 얼마든지 뻔뻔할 수는 있으나 거짓말에는 능숙하지 않다 보니 항변에 힘이 없었다.

태왕도 굳이 추궁할 의도는 없는 듯했다.

"어쨌든 듣기에 나쁘지 않은 소리입니다. 항상 경계하고 더 정진하라는 뜻으로 받겠습니다. 고구려에 포사가 아니라 왕후가 있어서 다행이란 말을 드리고 싶군요."

"포사처럼 절세 미녀가 아니어서 폐하께 송구스러웠는데 그리 말씀해주시니 감사합니다."

긴장이 풀린 해류는 농을 하며 태왕의 빈 잔에 차를 다시 따랐다. 하지만 잔 앞에 있는 손은 움직이지 않았다.

"폐하?"

고개를 든 해류에게 태왕이 진지하게 말했다.

"진심으로 하는 얘기입니다."

그와 시선을 마주하자 두근두근, 겨우 진정됐던 심장이 다시 내달리기 시작했다. 당장이라도 튀어나올 듯 거칠게 맥동쳤다. 눈을 피하고 싶었지만 마치 홀리기라도 한 듯 움직일 수가 없었다. 왜 이렇게 거북하게 계속 쳐다보고 있는 건지. 꼼짝도 할 수 없었다. 범 앞에 서면 그 눈빛에 눌려 옴짝달싹 못 한다더니, 바로 이런 거겠구나 하는 깨달음만이 그녀를 채웠다.

주박에 걸린 듯 얼어붙어 있던 속박은 그가 시선을 돌리면서 겨우 풀렸다. 잔을 들면서 태왕은 해류가 내내 궁금해하던 것을 확인해줬다.

"조하주는 왕궁 창고에서 나간 것이 맞습니다."

그럴 거라고 짐작은 했지만 어떻게 왕궁에서 도둑질을 할 수 있는지. 대담하다고 해야 하나. 기가 막혔다.

"역시……. 어떻게 확인하셨는지요?"

"비단에 관해서 왕후께서 모르는 것도 있나 봅니다?"

슬쩍 농을 던진 그는 해류가 놓쳤던 사실을 알려줬다.

"왕실에 공납하는 장인들에게 확인했습니다. 왕실에 공납하는 피륙은 완성한 다음 각 필 끝에 누가 만들었는지 표시를 하는데 그게 다 잘려나가고 없었습니다. 하지만 만든 자는 구별하는 모양입니다."

태왕에겐 신기한 일이겠지만 해류에겐 미처 짚지 못했던 게 통탄인, 지극히 당연한 얘기였다. 그 두께나 질감은 물론이고 무늬를 넣는 것은 각자 기법이 달라 모를 수가 없었다.

"그런데 참으로 희한한 것이 몰래 빠져나간 것은 분명한데 출납 장부에 기록된 수량은 맞다고 합니다."

"그렇다면…… 장부까지 조작했거나 왕실 장인들을 이용해 몰래 따로 만들었다는 얘기 아닙니까?"

첩첩산중. 겨우 몸통으로 연결되는 끈을 찾았나 했더니 다시 오리무중에 빠졌다. 출납을 맡은 관리나 장인들을 어설프게 문초해봤자 소용없었다. 원흉은 예상했던 것보다 더 치밀하고 높은 곳에 있는 자였다.

금방 잡아낼 줄 알았는데. 안타까움에 입술을 짓씹으며 해류는 언제나처럼 의중을 짐작할 수 없는 태왕을 바라봤다.

"어찌하시려는지요?"

"왕후라면 어찌하겠습니까?"

"……."

그녀라면 당연히 직접 그 드팀전에 가서 새로운 실마리를 만들어볼 거다. 분명히 대리인 정도일 상점 주인이 감당할 수 없는 큰 거래를 제시해 배후와 접촉할 수 있도록 수단과 방법을 가리지 않을 것이다. '딱 한 번만'이라고 강조하던 태왕의 말이 아니었다면 당장이라도 나서고 싶었다. 눈치를 보며 운이라도 떼어볼까 하는데 그 속내를 읽은 것처럼 태왕이 입을 열었다.

"왕후가 요구한 구수를 받을 때 계마로가 저들에게 거절할 수 없는 거래를 청할 겁니다. 그 전주 홀로 감당하기 힘든 규모가 되면 배후가 움직이겠지요."

해류는 반색했다.

"폐하, 저도 같은 생각을 했습니다. 구수를 기다릴 거 없이 저를 다시 보내주십시오. 제가 나서면 좀 더 수월하게,"

용기를 내보았지만 여지없이 묵살당했다.

"왕후를 패로 쓰는 건 이번으로도 넘칩니다. 정말 어쩔 수 없었기에 왕후를 보낸 것이고 그 한 번도 짐에게는 아주 불편했습니다."

"폐하, 하지만……."

"그만하십시오. 더 하면 왕후가 이 일을 알려고 하는 것도 금할 것입니다."

태왕의 단호함은 궁에 들어온 날부터 지겹도록 체험했다. 그나마 이렇게 얘기라도 얻어들으려면 여기서 멈춰야 한다.

"알겠습니다."

치솟는 불만을 누르며 대추차를 따르려던 해류는 찻주전자가 식은 것을 알아차렸다.

"차를 다시 가져오라고 하겠습니다."

"되었습니다."

손사래를 치며 만류하던 그의 손이 해류의 손등을 덮었다.

"앗!"

뜨거운 것이라도 닿은 것처럼 해류가 화들짝 놀랐다. 하지만 그는 손을 떼지 않았다. 감히 제가 뿌리칠 수도 없고, 그렇다고 가만히 있기도 어색하고 힘들었다. 해류는 그만 놓아달라는 표정으로 태왕을 응시했다.

그녀는 몰랐다. 당황해 동그랗게 뜬 눈망울과 떨리는 입술이 태왕에게 얼마나 유혹적인지.

사당에서의 삶은 그녀를 남자들에게서 완벽하게 차단했다. 신을 모시는 여인에게 손을 대면 급살을 맞는다. 오랜 금기에 신녀에게 추근거리는 건 고사하고 눈길을 주는 사내도 드물었다. 때문에 해류는 사내들의 욕망이 주는 신호에는 무지했다.

흥정할 때 미묘한 징후나 상대의 술수는 귀신처럼 눈치채지만 지금 바로 앞에 선 사내, 태왕의 눈빛이 위험하게 일렁이며 짙어지는 것이 어떤 의미인지 깨닫지 못했다. 무방비하게 그를 바라만 보는 해류를 응시하던 그가 천천히 그녀를 끌어당겼다. 다가온 그의 입술이 해류의 입술을 빨아들였다.

이게 사내와 여인이 하는 일인가!

태자였던 거련을 처음 본 날, 열세 살 소녀는 말로만 들었던 입맞춤을 이 사람과 하면 어떤 느낌일까, 속으로 남몰래 상상했었다. 구름에 탄 듯 둥둥 떠오를 정도로 달콤하다는 그 맛은 어떨지 궁금했다.

처음 경험하는 입맞춤은 상상처럼 달콤하지만은 않았다. 좀 더 톡 쏘고, 좀 더 끈끈하고 뜨겁고 강렬했다.

해류의 입술을 살살 깨물고 음미하던 태왕의 혀가 천천히 입 안쪽으로 들어왔다. 도망가려는 그녀의 혀를 낚아채는 움직임에 해류의 머리가 아찔해졌다. 밀어내려고 했지만 이상하게 손발에 힘이 빠졌다. 가슴은 두근거리고 머리는 어질어질. 숨결을 삼키는 거센 기세에 호흡조차 할 수가 없었다. 이제 숨이 막혀서 죽겠다는 생각이 드는 찰나, 그의 입술이 이번엔 그녀의 목덜미 쪽으로 옮겨가더니 옷깃을 벌려 그 사이로 들어왔다.

"아아……."

바닥이 푹 내려앉는 것처럼 정신이 아득해지는데 '쨍그랑' 소리가 울렸다.

태왕과 해류 둘 다 순간 얼어붙었다가 정신이 번쩍 들었다. 해류는 탁자에 반쯤 기대어 눕다시피 하고 있었고 태왕은 그녀의 위에 있었다. 바닥에는 그들의 격한 움직임에 밀려 떨어진 접시와 산삼정과가 흩어져 있었다.

해류는 얼른 몸을 일으켜 흐트러진 옷깃을 바로잡았다. 태왕 역시 손대선 안 될 곳에 닿은 것처럼 얼른 손을 뗐다.

태왕은 어색함을 감추려고 식은 차를 마셨다. 그가 욕망으로 흔들리기 시작하는 것을 알기라도 했는지, 태왕이 잔을 내려놓자마자 해류가 일어섰다.

"많이 곤하실 텐데 어서 가서 쉬시지요. 내일 아침 일찍 사냥을 가셔야 하지 않습니까."

좀 전에 왕후와 닿았던 온기는 열기가 되어 온몸으로 퍼져나가고 있었다. 그녀의 배려 아닌 배려에 타오르던 몸이 빠르게 식었다. 흔들린 것은 그 혼자인 모양이었다. 이 여인은 단언하던 대로 왕궁을 떠날 듯에 조금도 흔들림이 없어 보였다.

여인을 처음 접하는 어린 소년도 아니고. 이게 무슨 망신인가.

위험했다. 순간의 욕망에 굴복해 일어나선 안 될 일이 멈춰진 것은 천운이라고 자신을 납득시켰다. 혹시라도 다시 유혹에 넘어가지 않으려면 빨리 여기를 벗어나는 게 상책이었다.

"왕후의 권유를 따르는 게 좋겠군요."

침전으로 돌아가는 태왕을 배웅하는 왕후는 평온했지만 그녀의 뒤에 선 여관과 궁녀들은 발을 동동 굴렀다.

태왕께선 이리 야심한 시간에 오셨으면 침수 드시고 갈 일이지. 저리 발걸음도 가볍게 가버리시나. 야속하다. 왕후께선 바짓가랑이에 매달려서라도 좀 잡아보시지. 어찌 평온한 낯으로 선선히 보내시나. 갑갑하다.

소맷자락 안에 주먹을 말아 쥔 여관과 궁녀들의 속만 타올랐다.

그녀들은 몰랐다. 침전으로 돌아가는 태왕의 발걸음이 가볍지는 않았다는 것을. 혹시라도 붙잡아주지 않을까, 자신도 모르는 기대에 뛰는 듯이 빠른 평소와 달리 그 걸음걸이는 전에 없이 진중했다.

그들이 보기와 달리 왕후도 평온하지 않았다. 처음 닿아본 사내의 체온이 낯설었다. 마음껏 희롱당하고 빨렸던 입술에는 태왕의 감촉이 그대로 남아 있었다. 그는 모르겠지만 해류는 입맞춤은 물론이고 사내에게 손을 잡혀본 것도 처음이었다.

쿵쿵쿵. 빠르게 두방망이질 치는 심장 고동이 점점 더 커지고 있었다. 그녀는 젖은 입술과 붉어진 낯을 감춰주는 어둠에 감사하며 그를 배웅했다.

끝내 부르지도, 멈추지도, 잡는 이도 없이 태왕은 왕후궁을 떠났다.

五

　매년 10월에 열리는 동맹은 고구려에서 가장 중요한 제천 행사였다. 왕실부터 노예까지, 온 나라가 하나가 되어 하늘과 시조신인 주몽, 대모신인 유화부인에게 제사를 올렸다.

　그 중심은 살아 있는 천신이기도 한 태왕이었다. 그는 하늘과 통한다는 통천동(通天洞)에서 엄숙한 모습으로 신을 기다리고 있었다.

　해가 뜰 때 신을 영접하러 국동대혈(國東大穴)[53]로 들어간 고등신과 부여신 사당의 대신관 이관과 대신녀 혜와가 마침내 목상에 접신한 수신을 모시고 나왔다. 숨죽이고 기다리던 신관과 신녀들이 일제히 무릎을 꿇어 예를 표하고 신을 배로 모셨다.

　배에는 처음 풀어낸 흰 베로 연결되었다. 신관과 신녀들이 그걸 잡고 통천동으로 끌었다. 강을 따라 천천히 흘러내리는, 신을 모신 배가 나타나자 우렁찬 나팔 소리를 시작으로 완함(阮咸)[54], 각종 피리 등 악사들의 연주가 이어졌다. 해모수가 천상에서 하강할 때 울려 퍼졌다는 하늘의 음율이었다.

　수신이 도착하자 태왕은 후손이 조상을 맞는 예로 큰절을 올렸다. 그가 일어나니 대신관이 밀봉해둔 신주(神酒)단지의 뚜껑을 깨서 올렸고, 태왕은 신상과 강에 술을 부어 올린 뒤 한 모금 마셨다.

53　국내성 동쪽에 있는 동굴. 수신(隧神)을 모시고 있다.
54　중국 현악기의 하나

태왕이 신과 나눈 잔을 신상 앞에 놓고 물러나자 신관이 다시 술을 떠서 이번엔 왕후에게 주었다. 그 잔을 받아 입술에 대며 해류는 작년 오늘을 떠올렸다.

바로 저 아래 무리에 그녀도 있었다. 국동대혈에서 신을 모셔온 행렬의 끄트머리에서 까마득히 멀리 서 있었다. 신녀가 되고 처음 참석한 동맹에서는 저 멀리 잘 보이지도 않는 태자와 태자비를 바라보며 가슴이 미어졌다.

바로 내 자리였는데. 내가 저 옆에 설 수 있었는데.

상실감과 슬픔에 베개를 흠뻑 적시다 잠들었다. 그때는 여기에 설 수 있다면 수명의 반이라도 베어낼 수 있을 것 같았다.

그러다가 점점 그 열망은 물론 희미한 아쉬움마저도 사라졌다. 마침내 태왕도 왕후도 무심하게 바라볼 수 있게 되었다.

한 점 미련도 없이 모든 걸 다 털어낸 다음에 이 자리에 선 건 또 무슨 조화인지. 천신은 참으로 짓궂다고 생각하며 해류는 술잔을 내려놨다.

신을 모시러 통천동에 동행한 신하들까지 신주를 음복한 뒤 배가 출발했다. 배가 국내성 동문 근처에 도착하자 대기하고 있던 백성들이 신을 따라 성안으로 들어왔다.

동대자(東臺子) 앞에는 추모왕의 신상이 수신과 유화부인을 기다리고 있었다. 마련해놓은 자리에 수신을 함께 모시자 제관이 난도(鑾刀)[55]를 들어 제물인 돼지의 멱을 단숨에 땄다. 칼에 달린 청동 방울이 청명하게 울리는 가운데 태왕과 제관들이 모두 경배하면서 본격적인 축제가 시작되었다.

해모수가 하늘에서 내려와 유화부인을 만나 연을 맺고 추모왕을 탄생시킨 하루.

왕족과 귀족, 중신들은 백성들을 굽어볼 수 있는 높은 곳에 마련한 연회장으로 향했다.

왕실의 가장 어른인 태후에게 태왕과 해류가 먼저 술을 올리면서 연회가 시작

---

55 국가 제사에 사용하는 제물을 잡는 방울 달린 칼

되었다. 악사들이 흥겨운 곡조를 연주하고 술이 몇 순배 돌아가면서 흥도 올라갔다. 부족함이 없는지 계속 매의 눈으로 살피는 해류의 손을 태후가 톡톡 부드럽게 두드려줬다.

"정말 고생이 많았습니다. 물 흐르는 듯 잘되고 있으니 왕후도 편히 즐기세요."

"감사합니다, 전하."

태후는 기특하다는 듯 흐뭇함을 감추지 않고 해류를 치하했다.

"역시 왕후가 관장하니 모든 것이 엄중하면서도 원활하군요. 안 그렇습니까?"

마지막 질문은 제게 향했다는 걸 알았는지 태왕이 긍정했다.

"오랫동안 홀로 감당하시던 전하의 노고를 왕후가 덜어줘 고맙게 생각하고 있습니다."

그것을 못 했던 여인이 떠올라 잠깐 흐려졌던 태후는 얼른 표정을 수습했다.

"천신께서 폐하를 위해 왕후로 안배해주신 것 같은 사람입니다. 오늘뿐 아니라 왕궁도 왕후가 나서면서 법도가 반듯해지고 만사가 매끄러워졌어요."

사람을 앞에 놓고 너무 칭찬해대니 괜히 부끄러웠다. 더구나 이건 잠시 빌려 앉은 자리였다. 스스로 나가겠다고 했기에 망정이지 늦건 빠르건 쫓겨났을 자리기도 했다.

더없이 냉엄한 태왕을 보면서 해류는 해이해졌던 자신을 다잡았다. 동시의 도적들을 함께 쫓을 때 잠시 유해져 자신을 믿어주나 했지만 착각이었다. 그는 해류가 궁금해 죽는 것을 알면서도 일절 관여를 못 하게 했다. 예기치 않게 입맞춤까지 한 날 이후 그녀를 거북해하고 멀리하는 기색이 뚜렷했다.

이유를 몰라 고심하던 해류는 제가 그를 유혹하려 든다고 태왕이 곡해한 게 아닐까 결론을 내렸다. 혹시라도 왕후 자리에 연연하는 것 같다는 오해를 받으면 이롭지 않았다. 때문에 그의 눈에 띄지 않도록 더욱 조심하고 있었다.

최근에 가뜩이나 태왕을 대하기가 살얼음 위를 걷는 것 같은 터라 태후의 칭찬이 반갑지만은 않았다.

"과찬이십니다. 저는 전하께서 닦아놓으신 길 위를 걷기만 하는 것을요."

"호호호. 빈말인 줄 알지만 추어주니 기분은 좋습니다."

태후는 태왕 옆에 앉은 승평 왕자에게 다정한 시선을 건넸다.

"왕자도 왕후처럼 덕이 있고 현명한 비를 얻어야 할 텐데……."

그들 가까운 곳에 앉은 종친들이 이때다 싶었는지 끼어들었다.

"그러고 보니, 전하께서도 성혼하실 때가 되셨지요."

"올해 스물이시니 벌써 많이 넘으셨지요. 조속히 간택해 늦어도 내년에는 전하께서도 성가를 하셔야 할 것 같습니다."

태후 바로 옆에 앉아 담소를 나누던, 고국원왕의 외손녀인 자미 궁주(宮主)가 거들었다.

"전하, 각 부에 왕자비로 적합한 규수들을 천거해 올리라고 함이 어떨지요?"

느닷없이 관심이 제게 쏠려 부담스러운지 왕자의 귀가 붉어졌다.

"소자, 폐하의 명을 받들어 나라를 지키는 일만으로도 버겁습니다. 아직은,"

그때까지 오가는 대화를 듣기만 하던 태왕이 갑자기 끼어들었다.

"아니다. 요 몇 년, 연달아 일이 많다 보니 네 중대사에 너무 무심했던 것 같다."

내친김이다 싶었는지 그는 태후와 종친들에게 정중한 부탁을 가장한 명령을 내렸다.

"말씀들 하신 것처럼 늦어도 내년에는 승평도 성례를 올려야 할 것 같으니 모후께서 종친들과 의견을 모아주십시오."

"이리 마음을 써주다니, 정말 고맙습니다."

태후의 눈이 글썽해졌다. 말은 못 하고 속앓이를 많이 했던 모양이었다.

"물론입니다."

"말씀 받잡겠습니다."

자리를 함께한 방계 왕족들이 남녀 가리지 않고 신이 나서 나섰다. 그들이 천거한 여식이 태왕의 유일한 형제인 승평과 혼인하면 그 가문에게 큰 호의를 베푸는 것. 두고두고 감사를 받고 장래를 도모할 수 있었다. 앞다퉈 천거할 처녀가 있을 법한 집안을 줄줄이 그렸다.

주인공이지만 정작 외면당하고 있는 승평 왕자에게 태왕이 빙긋이 웃으며 당부했다.

"혹시라도 마음에 둔 처자가 있으면 나중에 후회하지 말고 꼭 미리 알려드리도록 해라."

승평 왕자는 목덜미까지 붉어지더니 수줍은 새색시처럼 얼굴도 들지 못했다.

"아, 아니옵니다. 제가 어찌 감히."

"부인 안 하는 거 보니 정말 눈에 담은 처자가 있는 모양입니다?"

"왕자께서 마음에 두신 분이 누구신지. 참으로 복 많은 처자군요."

하하호호, 화기애애한 대화가 오가는 왕실의 천막 밖에서는 벌써 전쟁이 벌어지고 있었다. 슬슬 적당한 규수를 간택하자는 얘기가 나올 무렵 연 씨의 사건이 터진 바람에 기약 없이 미뤄졌던 왕자의 성혼. 태왕 부부는 아직 자식이 없으니 현재로선 유일한 후계자였다. 가까이는 소수림왕, 과거의 전례를 본다면 승평 왕자가 왕위를 잇는 것이 불가능한 일은 아니었다.

결정권을 가진 태후에게 댈 줄과 집안의 적당한 처녀를 물색하느라 그들의 머릿속도 갑자기 바빠졌다. 고구려의 번영과 무궁함을 비는 축제에 모신 신에게 그들 모두 빌고 있는 건 딱 하나였다. 왕후 자리는 명림가에 빼앗겼지만 왕자비만은!

고구려에서 가장 숭앙하는 세 신을 모시고 하는 공식적인 연회가 오후에 끝이 났다.

백성들은 새벽까지 이어질 축제를 즐기러 곳곳으로 흩어졌다. 고구려를 연 날을 축하하는 축제에 귀천을 가리지 않고 사람들은 흥겹게 어울렸다. 곳곳에서 희한한 재주를 부리는 재주꾼들을 보며 환호성을 지르고 술과 고기를, 춤과 노래를 마음껏 즐겼다.

두 사당의 대신관과 대신녀는 수신을 하늘로 보내드리기 위해 국동대혈로, 태왕은 시조신 추모왕을 배웅하러 고등신 사당으로, 왕후는 대모신이자 지모신인 유화부인을 배웅하기 위해 부여신 사당으로 각기 출발했다.

이 귀갓길에서는 오로지 신들만이 수레에 올랐다. 왕과 왕후는 말을 타고 그 뒤를 따르는 게 법도라 해류는 준비한 백마에 올랐다. 신이 탄 수레가 제일 먼저, 그 다음 태왕과 왕후가 각각 신관, 신녀들을 거느리고 움직이기 시작했다.

작년까지 밑에서 힘들게 준비했던 행사를 제일 위에서 내려다보는 게 씁쓸하면서도 전혀 고소하지 않았다면 거짓. 먼발치에서 우연히 시선이 마주친 사람에게 살짝 웃으며 눈인사를 돌려주는 반면, 사이가 나빴던 신녀들은 고개를 푹 숙인 채 해류의 시선을 피하기 바빴다.

보연이 있었다면 화룡정점이었겠지만 올해는 그녀가 국동대혈로 가는 차례라, 다른 수품신녀인 미리내가 왕후와 동행해 유화부인을 모셨다. 사당에서 오래 살았지만 미리내 신녀를 이렇게 바로 옆에서 본 건 처음이었다.

작은 키에 살집이 있는 중년 여인은 희끗희끗 희어지기 시작한 머리를 한 올 흐트러짐 없이 정갈하게 묶고 있었다. 얼핏 보면 외양은 후덕하니 여염집 아낙에 가까워 보이나 대신녀 혜와에 버금가는 신력을 지니고 있다는 평판이었다.

미리내는 보연과 달리 외부인은 물론 같은 신녀들과도 거의 교류하지 않았고, 오늘처럼 사당이 주도하는 큰 행사에만 얼굴을 내비쳤다. 그 외의 시간엔 신당에 머무르면서 하늘과 소통하고 신력을 높이는 데만 힘을 쏟았고 그녀의 영험함이나 예지력은 꽤 명성이 높았다.

이처럼 신녀로서의 신력은 미리내가 월등했지만 대신녀 자리에 더 가까이 선것은 보연이었다. 언젠가 혜와 대신녀가 천신 곁으로 가거나 완전히 기력을 잃으면 그 자리는 아마도 보연이 차지할 확률이 높았다.

신력도 예지력도 떨어지는 동료가 대신녀 자리를 차지하면 얼마나 허탈할까.

한때는 관심사였으나 이제는 그녀와 관련 없는 일들로 상념에 빠진 동안 사당에 도착했는지 행렬이 멈췄다. 말에서 내린 해류는 유화부인을 모신 수레 앞으로 가서 작별의 예를 올렸다. 왕후의 하직인사를 받은 유화부인이 사당의 본래 자리로 돌아가면서 제전의 공식 일정은 끝이 났다.

"수고하셨소, 미리내 신녀."

해류의 치하를 음미하듯 가만히 눈을 감으며 미리내가 몸을 숙였다.

"살펴주신 덕분에 올해도 무사히 동맹 제전을 마칠 수 있었습니다. 대모신의 가호가 우리 고구려와 왕후 폐하께 늘 함께하시도록 치성을 올리겠습니다."

외인은 빨리 돌아가주는 것이 그동안 고된 준비에 지친 신녀와 권속 노예들이 가장 바라는 바였다. 예전의 기억을 떠올리며 해류는 곧바로 몸을 돌렸다.

"돌아가자."

옛 동료들이 어떤 모습으로 그녀의 뒷모습을 바라보고 있을지 훤했다. 왕후가 나가면 남은 일들을 싹 다 해치우고 쉬기만을 학수고대하고 있었다. 이 문이 닫히자마자 밖에서 따라온 부정을 씻는 비질을 시작으로 행사에 쓴 물품들을 모아 태울 터. 그런 뒤엔 국동대혈로 간 무리가 돌아오기만을 눈이 빠져라 기다릴 것이다.

여기 사는 내내, 지긋지긋하다고 이를 갈며 떠날 날만을 손꼽아 기다렸는데 조금은 정들었던 모양이었다. 지난 수년간 함께 울고 웃으며 했던 일들, 사란과 나누던 애틋한 시간을 떠올리며 사당을 나왔다.

"물렀거라! 물렀거라! 왕후 폐하의 행차이다!"

해류가 나오자 호위병들이 길을 내기 위해 크게 외쳤다.

행렬은 왕궁이 있는 북쪽으로 움직였다. 사당 근처부터 왕궁까지 가는 대로는 동맹 제전을 즐기러 나온 백성들로 인산인해였다. 왕궁이 가까워질수록 인파는 더 많아졌다. 우마가 끄는 수레 서너 대도 거뜬히 지나는 큰길을 사람이 꽉 채워 밀려다니다시피 하고 있었다.

낮부터 마신 술이 얼근히 올랐는지 삼엄한 호위병들의 제지에도 별반 두려워하는 기색이 없었다. 흥에 취해 덩실덩실 춤을 추고, 오늘을 기다려 몰려나온 기예꾼들의 곡예를 구경하기 바빴다. 서로 추파를 던지느라 바쁜 청춘 남녀들은 호령에 비켜서며 예를 올리는 시늉만 했다.

호위대가 조급하게 움직였지만 길은 시원하게 뚫리지 않았다. 거의 파도에 밀리듯이 앞선 병사들이 억지로 길을 만들어 겨우 빠져나가고 있었다.

"빨리 비키라고 하지 않았느냐!"

긴 장대에 올라 원숭이를 데리고 재주를 부리는 광대를 넋 놓고 구경하는 아이들이 호령에 반응하지 않자 호위병이 거칠게 밀쳤다.

"으아아앙!"

놀라 넘어진 아이가 울기 시작했고 저쪽에서 어미가 달려오는 등 소동이 벌어졌다. 말 위에서 그 광경을 보던 해류가 호위대장을 불렀다.

"신을 모시고 고구려가 함께 기뻐하며 즐기는 날이오. 천천히 돌아가도 되니 백성들에게 험하게 굴지 말도록 하시오."

혹시라도 왕후가 짜증을 내면 어쩌나 조마조마하던 참이었던 호위대장은 반색하며 명령했다.

"백성들을 험히 대하지 말라는 왕후 폐하의 분부시다! 다들 조심해서 길을 열어라!"

호위대에게 내린 명이 주변에 있는 백성들 귀에도 들어간 모양이었다.

"폐하의 은덕에 감읍하옵니다."

"왕후 폐하, 천신의 가호를 받으소서."

낯간지러운 칭송과 찬사가 쏟아지는 가운데 인파를 뚫고 겨우 달려온 아이들의 어미가 우는 아이를 얼른 들쳐 안았다.

"감사하옵니다, 폐하."

"아이는 괜찮으냐?"

왕후의 물음에 그녀는 감히 대답도 못 하고 아이를 들어올려 보여줬다. 어미의 품에 안긴 아이는 번쩍번쩍하는 금박을 입혀 호화찬란한 왕후의 복색이 신기한지 울음을 잊었다. 커다래진 눈으로 물끄러미 바라보더니 왕관 옆 양쪽 귓가로 길게 늘어뜨린 옷고름 모양의 황금 가락을 향해 양팔을 한껏 뻗었다.

"에그머니나."

어미나 호위대장이 기겁했지만 해류는 천진한 아이의 겁 없는 몸짓이 귀여웠다. 웃으며 통통한 손을 한번 잡아주려고 몸을 숙였다. 그 순간 쌩하는 소리와 함께 무엇인가 그녀의 머리 위를 아슬아슬하게 스쳐 지나갔다.

웬 화살인가. 화살로 재주를 부리는 이가 근처에 있었나.

무슨 일인가 싶어 고개를 돌리려는 순간 새된 비명이 울려 퍼졌다.

"아악!"

다들 멍하니 바라보는 곳에 누군가 피를 흘리고 쓰러져 있었다. 술렁술렁, 다들 놀라 마주 보는 가운데 호위대장이 가장 먼저 상황을 파악했다.

"폐하를 지켜라!"

그와 말을 탄 호위들이 번개처럼 왕후의 앞을 에워쌌다. 곧바로 다시 날아온 화살 중 하나가 막 해류의 앞에 선 호위의 어깨에 명중했다.

"윽!"

고통의 비명을 지르면서도 호위는 고삐를 움켜쥐고 해류를 보호했다.

다시 화살들이 날아오자 술과 흥분에 젖어 있던 사람들의 취기가 확 사라졌다. 누가 사람을 노려 화살을 쏘고 있다! 공포가 물밀듯이 밀려왔다. 또 날아올지 모르는 화살을 피해서, 화살을 날리는 범인을 찾아서, 각각의 이유로 사람들이 달렸다. 하지만 방금 전까지 빽빽하니 어깨를 맞대고 걷던 거리였다. 인파가 한꺼번에 여러 방향으로 달리자 밀려 넘어지는 사람들이 속출했다.

그 혼란은 해류의 행렬에도 영향을 미쳤다. 두려움에 질린 대다수 군중은 왕후가 있다는 것도 잊었다. 그저 화살을 피해서 안전한 곳으로 달아나는 데만 정신이 팔렸다. 호위병들이 안간힘을 다해 제지했지만 거대한 인파를 막기란 불가능. 둑이 무너지듯 호위대가 밀려 쓰러지고 놀란 해류의 말이 흥분했다. 날뛰는 말에 밟혀 다친 자의 비명이 더해지자 공포는 더 커졌다.

호위대장과 말에 탄 해류가 함께 말을 진정시키려고 애썼지만 밀물처럼 밀려오는 사람들에게 계속 부딪치던 말은 앞발을 들고 뛰어올랐다. 위협하듯 날뛰는 기세에 다가오던 인파는 잠시 주춤했지만 해류는 힘껏 틀어잡고 있던 고삐를 놓쳐, 쿵 소리를 내며 바닥으로 내동댕이쳐졌다.

"폐하!"

수행한 궁녀들이 해류를 둘러쌌다. 사색이 된 얼굴로 호위대장도 말에서 뛰어내려 달려왔다. 혹시라도 날뛰는 말에게 왕후가 밟히기라도 하면! 그런 망극한 일은 결단코 막아야 한다! 호위대장은 말발굽에 채면서도 죽어라 매달려 간신히 고삐를 잡았다.

"모두 비켜라! 폐하께서 낙마하셨다!"

"여기로 다가오는 자는 무조건 베겠다!"

비슷하게 달려온 호위병들도 왕후를 지키기 위해 몸을 날렸다.

왕후가 말에서 떨어졌다는 사실이 죽음의 공포로 마구 뛰어다니던 사람들을 어느 정도 진정시킨 모양이었다. 왕후의 행렬이 있는 쪽으로 밀려오던 인파가 주춤해지면서 공간이 생겼다.

주변이 난리가 났지만 낙마한 왕후는 부서진 허수아비처럼 축 늘어져 있었다. 핏기도 하나 없는 것이 흡사 시체 같았다.

혹시…… 가장 상서로운 날 최악의 흉사가 벌어지는 게 아닐까. 수행원들의 가슴이 타들어가는데 고맙게도 눈꺼풀이 바르르 떨리는가 싶더니 왕후가 눈을 떴다.

"……여기……."

머리가 멍했다. 왜 누워 있는 건지. 왜 주변에 이렇게 사람들이 많은 건지.

왕후가 입을 열자 궁녀들과 호위대장이 죽었다 살아난 표정으로 반색했다. 일부는 울먹이기까지 했다.

"폐하, 정신이 드십니까?"

그래. 오늘은 동맹. 사당에서 왕궁으로 돌아가고 있었다. 화살이 날아오고 그러다가……. 말에서 떨어진 것까지 기억이 났다. 온몸에 힘이 하나도 들어가지 않았다.

"나를…… 좀…… 일으켜다오."

궁녀들이 해류를 부축하려고 하자 호위대장이 막았다.

"움직이지 마시고 조금 더 누워 계십시오."

그는 눈으로 잽싸게 왕후를 살폈다. 경험 많은 그가 보기에 다행히 팔다리가 부러지지 않고 멀쩡한 것 같았다. 최악의 상황은 아닌 듯하단 확신이 들자 그는 침착함을 조금 되찾았다.

"속히 왕궁으로 달려가 수레를 갖고 오고, 의원, 아니 어의부터……, 어의를 데려와라."

이어 그는 주변에서 웅성거리는 사람들에게 탐문을 시작했다.

"화살이 어느 방향에서 날아왔는지 본 자가 있느냐?"

그의 질문에 사람들은 서로를 마주 봤다. 그러더니 중구난방 방향을 가리켰다. 떠드는 소리를 들으면서 호위대장은 주변을 살폈다.

그들이 있는 곳은 왕궁으로 이어진 주작대로. 주변엔 관청과 고관대작들의 저택이 줄줄이 늘어서 있었다. 2, 3층으로 된 건물 위층엔 유사시에는 방어할 수 있도록 몸을 숨기고 화살이나 창을 날릴 수 있는 공간이 많았다. 그럴 작정을 했다면 얼마든지 이런 일을 벌일 수 있었다.

따져보면 이런 사달이 한 번도 없었다는 게 신기할 정도였다. 그렇지만 수백 년을 이어온 제천 행사였다. 동맹이라는 이 신성한 축제에 공개적으로 누군가를 해친다니, 감히 상상하지 못했던 일이었다.

혹시 왕후 폐하를 노린 게 아닐까.

수레와 의원이 오길 기다리는 호위대장은 머리가 터져나갈 것 같았다.

바닥에 누운 해류도 슬슬 밀려오는 한기와 통증을 잊으려고 애쓰면서 비슷한 의문을 떠올리고 있었다.

누가 이런 일을 벌였을까. 그리고 왜?

부여신 사당에서 돌아오던 왕후가 변을 당했다는 소식은 고등신 사당으로 간 태왕에게도 곧바로 전해졌다. 해류를 태운 수레가 왕후궁에 도착했을 때 놀랍게도 태왕이 기다리고 있었다. 그는 호위대장을 보자 버럭, 고성을 내질렀다.

"호위를 어떻게 했기에 왕후가 국내성 한복판에서 그런 변을 당하게 한단 말이냐!"

질책과 처벌은 당연히 각오했지만 태왕이 여기에서 기다리고 있는 것도 예상 밖이었다. 더구나 좀처럼 언성을 높이거나 흥분하는 법이 없던 태왕이었다. 처음 경험하는 사나운 추궁에 호위대장의 목이 더욱 움츠러들었다.

분명 입이 열 개라도 할 말이 없는 상황이다. 아무리 동맹 행사를 마치고 돌아오는 길이었고, 화살이 날아오는 전무후무한 변고를 예측할 수 없었다고 해도 그건 변명일 뿐이었다.

"죽여주십시오."

부축을 받으며 수레에서 내리던 해류는 전에 없는 태왕의 흥분을 뜨악한 눈초리로 바라봤다. 왜 어울리지 않게 저리 노여워하며 챙기는 척을 하는지. 계산 없이 움직이지 않는 치밀한 분이니 따로 꿍꿍이가 있는 모양이다. 그렇게 결론을 내렸지만 입으로 치도곤을 당하고 있는 호위들을 외면할 수 없었다.

"열 사람이 도둑 하나를 지키지 못한다고 했습니다. 불가항력의 상황이었고 그 와중에 몸을 아끼지 않고 저를 지키느라 크게 다친 이도 있습니다. 그만 용서해주시지요."

앞장서서 분을 내고 자신들을 벌주라고 해도 모자랄 왕후였다. 그런 왕후가 직접 나서 저희를 두둔해주자 호위대장을 비롯한 호위들은 모조리 눈물을 뿌렸다.

"왕후 폐하."

"망극하옵니다."

해류의 만류에 차갑게 호위들과 수행원들을 일별하던 그가 시선을 돌렸다.

"몸은 괜찮습니까?"

온몸이 두들겨 맞은 것처럼 욱신거리고 다리가 후들거렸다. 지금도 부축이 없으면 당장이라도 쓰러질 지경이지만 저 냉랭한 눈에 엄살을 떤다는 비난까지 담기는 건 보고 싶지 않았다. 해류는 풀어지려는 다리에 힘을 꽉 주면서 애써 평온한 척했다.

"낙마하는 바람에 잠시 놀라고 멍이 조금 들었을 뿐이지 괜찮습니다. 안 그런가, 어의."

해류는 쓸데없는 호들갑은 떨지 말라는 경고를 담아 어의를 호출했다. 태왕은 그제야 어의가 따라왔다는 걸 알아챘다. 그의 날카로운 시선이 닿자 어의가 왕후의 상태를 조심스럽게 고했다.

"하늘이 도와 뼈가 상하지는 않으셨습니다. 낙마를 하셨으니 며칠은 움직이지 마시고 요양하시며 상태를 살펴야 할 것 같습니다만 충분히 쉬시면 큰 탈은 없으실 것 같습니다."

"들으셨지요, 폐하? 날아오는 화살을 저 대신 맞은 이도 있습니다. 그만 용서하시고 상처를 치료할 수 있도록 허락해주십시오."

행동이 민첩하고 늘 활기가 넘치던 왕후였다. 뻣뻣한 걸음걸이며 느릿하고 어색한 동작을 보건대 멀쩡한 건 절대 아니었다. 하지만 당사자가 확고하게 괜찮다는데 그만 혼자 격분하기도 우스웠다.

왕후가 날아온 화살에 암습당해 낙마하고, 인파에 휩쓸려 압사당할 뻔했다는 보고를 들은 순간 머릿속에 하얘졌었다. 그대로 정신없이 왕후궁까지 말을 내달린 터였다. 그것도 자신답지 않은데 흥분을 가라앉히지 못하고 고성을 내질렀단 자각이 뒤늦게 찾아왔다. 동시에 원치 않은 깨달음도 그를 강타했다.

명림해류를 마음에 담았구나.

작금의 어느 나라 왕보다 강력한 자제력을 가졌다고 자부해왔다. 그런 자신이 왜 외면해야 할 왕후의 일거수일투족에 마음이 쓰이고, 그녀의 말 한마디에, 눈길 하나에도 화가 나고 기분이 좋아지는지. 답을 알 수 없어 갑갑하던 질문이 순식간에 스르르 풀려나갔다.

명림 일족인 왕후는 버릴 패. 국혼이 결정됐을 때부터 내칠 작정이었다. 그를 따르면 왕후로 남겨두겠다고 했지만 명림가의 딸이 그럴 거라곤 믿지 않았다.

친정이 숙청될 때 함께 쫓아낼 왕후. 피차 얽히지 않는 게 최선이라 판단하고 일부러 더 냉담하게 굴었다. 명림씨 중에선 그나마 가장 죄가 적은 그녀가 제일 모진 구박을 당한다는 사실에 미안함이 들면서도, 원하던 자리를 얻었으니 이 정도는 당해 마땅하다고 믿었다. 집안을 동원해 그에게 압력을 가하거나 눈물로 호소할 것에 대비해 단단히 준비도 했었다.

명림해류에게 처음 관심이 간 것은 너무나 평온하게 그의 거부를 받아들였을 때였다. 절망하고 눈물만 흘리며 왕후로서의 역할을 등한시해도 당연하다 각오했다. 그런데 전 왕후는 엄두도 못 냈던 궁의 장악을 놀라울 정도로 금방 해냈다.

연 씨가 왕후가 된 뒤 왕궁의 살림과 체계가 흐트러지는 건 그의 눈에도 보였었다. 덕으로 다스리는 거라고 애써 눈감아줬지만 언제쯤 왕후로서 본분을 해줄지, 은근히 염려와 불만이 쌓이던 참이었다.

연 씨가 몇 해나 손도 못 댄 걸 해류는 한 달도 되지 않아서 해냈다. 남녀불문 궁인들의 기강이 바짝 서 왕후의 명이라면 죽는시늉도 할 정도였다. 왕후궁의 동태를 살피라고 직접 골라 보낸 미려마저 해류의 충복이 되었다. 그걸 보면서 그녀에게 흥미가 생겼다.

처음엔 호기심이었다. 왕실과 거의 맞먹을 정도의 권세를 가진 명림가의 딸로 귀하게 떠받들려 살아왔을 여인. 오래전 간택장에서 만났을 때 수줍은 다른 후보들과 달리 그를 똑바로 바라보는 그녀가 신기했다. 동시에 나이도 어린 것이 참으로 대담하고 되바라졌다고 여겼던 기억이 남아 있었기에 기어이 왕후로 들어온 그녀가 더 못마땅했었다.

그러다 제가 알고 있던 도도하고 거만한 금지옥엽이 사실은 허상이라는 것을 알게 되었다. 왕후가 되고 싶지 않았지만 협박에 못 이겨 어쩔 수 없이 그의 곁으로 왔다는 걸 알았을 때 자존심이 상하면서도 연민이 들었다.

그도 모르는 사이, 원치 않았지만 왕후가 여인으로 다가오기 시작했다.

자신을 버려달라 간청하는 사람.

그 제안에 기꺼이 응해야 마땅했지만 숙고라는 핑계로 시간을 끌어왔다. 그의 왕후이나 절대 가까이해선 안 되는 명림해류를 품고 싶었다. 욕정이나 감정에 휘둘리는 걸 극도로 싫어하는 그였건만. 어떤 여인을 상대로도 느껴보지 않았던 유혹을 해류에게 느꼈다.

그 욕망은 하루하루 커지고 있었다. 한동안 여인을 가까이하지 않아 쌓인 욕정이라고 하기엔 너무 강력했다. 왕후가 동시에 다녀온 날의 일은 사고라기보다는 오랫동안 눌러온 자제력을 그가 일부러 풀어놨다고 하는 게 맞았다. 그런데 그 혼자만의 감정이었다. 너무나 태연하고 기쁘게 그를 돌려보내는 왕후를 보며 처음엔 기가 찼고 점점 화가 났다.

오로지 떠나는 것만이 네 소원이라면 들어주리라. 그리 결심하고 꿋꿋하게 다시 그녀를 외면해왔건만. 오늘 사고는 그 자제력을 일시에 무너뜨렸다.

심장이 떨어지도록 놀라고 애면글면하는 건 이번에도 그 혼자뿐인 모양이었다. 속은 성치 않겠지만 해류는 겉으로는 아무 일도 없었던 듯 침착했다. 그녀를 향한 화살에다, 놀란 백성들에게 밀려 압사까지 당할 위기를 겪었음에도 별반 티를 내지 않았다.

왕후로는 더할 나위 없는 위엄이고 덕목이지만 그래도 반려인 내게는 약한 모습을 보여줘도 좋지 않나.

자랑스러움과 서운함이라는 이율배반적인 감정이 들었다. 그동안 왕후를 대한 자신의 행동을 떠올리자 얼마나 터무니없는 걸 바라는지 달갑잖은 깨달음도 찾아왔다.

지금 그를 보는 해류의 눈에 떠오른 감정은 감사도 아니고 감동도 아니었다. 총명한 눈망울을 가득 채운 것은 놀라움과 경계심이었다.

한동안 좀 경계를 푸는 듯하다가 최근엔 아예 보이지 않는 것처럼 무시하더니 왜 득달같이 왕후궁으로 달려온 것인가. 오로지 그뿐이었다.

이 간극을 메우려면 시간과 노력이 많이 필요하겠구나. 그는 한숨을 삼켰다.

참을성을 갖고 끈질기게 매사를 도모하는 것은 그가 가장 잘하는 일이었다. 경계심 많은 왕후의 마음을 풀려면 많은 공력이 들겠지만 이길 자신이 있었다. 만약 내기를 좋아하는 사방신(四方神)이 그들을 구경하고 있다면 자신에게 거는 편이 좋을 거라고 속말을 중얼거렸다.

그는 해류의 '난 괜찮으니 내버려두고 침전으로 그만 돌아가시지요.'라는 무언의 호소를 싹 무시했다.

"왕후의 환후가 염려스러우니 오늘은 나도 여기서 머물 것이다."

"폐하!"

외마디 비명처럼 그를 부르던 해류가 아차 싶은지 금방 어조를 공손하게 바꿨다.

"오늘 동맹을 주관하시느라 누구보다도 곤하실 텐데요. 저는 염려하지 마시고 침전에서 편히 침수 드시지요."

"아닙니다. 잇단 횡액에 심신이 지친 왕후를 혼자 둔다는 건 말이 안 되지요."

"예?"

해류가 그대로 얼어붙었다. 왕이 왕후에게 냉담하다는 걸 익히 아는 궁인들도 모조리 얼음기둥이 되어버렸다.

모두를 기함하게 한 당사자는 아무렇지도 않은 듯 뻔뻔함을 잃지 않았다.

"무엇 하느냐, 어서 왕후를 안으로 모시지 않고."

왕명이 떨어지자 그제야 다들 정신이 든 듯 해류를 부축하며 침전 안쪽으로 사라졌다.

태왕이 오늘 여기서 침수 들겠다고 했으니 아무 준비도 하지 않을 수는 없었다. 고르고 골라 하필 오늘, 심신이 성치 않을 왕후를 안을 정도로 경우가 없지는 않을 거라고 믿고 싶었다. 엉거주춤 눈알만 굴리다가 느릿느릿 움직이기 시작했다.

그들과 해류의 염려를 빤히 읽은 그는 웃음을 참으며 침전 외실의 의자에 턱 걸터앉았다.

준비를 마쳤는지 곧 침실 문이 열리고 궁녀가 달려 나왔다.

"폐하, 안으로 드시지요."

일렁이는 등불로 환한 침실에는 이미 침의로 갈아입은 해류와 궁녀들이 그의 자리옷을 펼쳐놓고 기다리고 있었다. 짧은 시간 동안 흙먼지와 상처를 닦아낸 듯 얼굴도 말끔했다.

"의대를 갈아입으시지요."

궁녀들이 다가왔지만 그는 손을 내저어 쫓아내고 스스로 허리띠 고리를 풀었다.

선대왕도 그렇고 지금 태왕도 의대 시중과 같이 소소한 일은 남의 손을 귀찮아한다는 소문은 들었다. 그것이 사실임을 확인하는 건 오늘이 처음이었다. 혼인한 지 한 해를 거의 채우고 있건만 그에 대해 아는 건 정말 하나도 없다는 사실을 해류는 씁쓸하게 되씹었다.

명색이 왕후면서 왕이 손수 옷을 갈아입는 걸 멀뚱히 지켜만 보고는 있을 수가 없었다. 움직일 때마다 절로 터져 나오는 비명을 삼키며 억지로 몸을 일으켰다. 태왕의 옷을 받아 걸려는데 그가 가만히 그녀를 막았다.

"되었습니다. 왕후에게 폐를 끼치려고 남은 게 아니니 편히 누우세요."

그렇게 생각해줄 거면 침전으로 갈 것이지 왜 남아서 쉬지도 못하고 불편하게 하나.

가시 돋는 속말은 힘들게 가라앉히고 곱게 대꾸했다. 그럼에도 남은 가시는 어쩔 수 없이 뾰족이 튀어나왔다.

"폐하께서 계신데 어찌 제가 먼저 눕겠습니까."

다행히 태왕은 확연한 앙금을 모른 척하는지, 아니면 정말 몰랐는지 별다른 반응이 없었다. 피곤한 듯 마른세수를 하며 그가 침상으로 다가왔다.

"긴 하루였군요."

정말 부부 사이라면 폐하도 얼른 누워 쉬라고 권유하는 게 자연스러웠을 터다. 그러나 두 사람이 한방에 든 것은 초야까지 포함해서 세 번째. 그나마도 태왕은 포만 겨우 벗고 누워 같이 있는 시늉만 잠깐 하고 쌩하니 떠났었다. 한자리에 누워 잠을 잔다는 행위 자체가 머리에 그려지지 않았다.

약이 오르지만 어색한 건 그녀뿐인 모양이었다. 침의로 갈아입은 태왕은 마치 자기 자리인 듯 천연덕스럽게 침상에 누웠다. 잠깐 망설이던 해류도 주춤주춤 태왕의 머리 옆에 놓인 제 베개에 머리를 댔다. 천장을 보며 나란히 누워 있지만 잠은 오지 않았다.

해가 뜨기도 전에 일어나 국동대혈로 가고 돌아오는 길에 사고까지. 모든 기력을 다 소모한 하루였다. 기진해 그대로 쓰러지는 게 맞았지만 바로 옆에 있는 숨소리와 체온을 의식하니 오히려 정신은 더 말똥말똥 맑아지고 있었다. 옆에 있는 태왕의 존재감에 너무 긴장되니 몸이 쑤시고 아픈 것도 크게 느껴지지 않았다.

그러기를 한참. 반듯하게 누워 있던 태왕이 그녀 쪽으로 몸을 돌려 모로 누웠다. 순간 해류는 놀란 숨을 참았지만 그 소리는 고요한 방에 꽤 크게 울렸다.

"일전에는 잘 주무시더니, 오늘은 잠이 오지 않나 봅니다? 많이 아픈가요?"

어둠 속이지만 그가 그녀를 빤히 바라보고 있는 건 느낄 수 있었다. 더불어 그를 옆에 두고 잠들었던 일로 놀리고 있다는 것도. 가짜로 초야를 치르던 그날은 잔 게 아니라 그저 깜박 졸았다고 항변하고 싶었다. 졸았든 어쨌든 잤던 건 사실이라 그의 놀림을 모른 척했다.

"많이 아프진 않습니다."

한 침상에 누워 대화를 나누는 것만으로도 감당하기 힘든데 태왕의 손이 해류의 이마에 닿았다. 흐트러져 내려온 머리를 가만히 넘겨 쓸어주는 느릿한 손놀림이 왠지 뜨겁게 느껴졌다. 익숙하지 않은 다정함에 그를 보는 해류의 눈망울이 불안하게 흔들렸다.

저번처럼 입맞춤을 하려나.

그때도 이렇게 가벼운 접촉에서 시작했었다. 그리고 저 입술은 해류의 입술에만 머물지 않고 목덜미로 그리고 옷깃을 벌려서…… 거기까지 기억이 돌아가자 심장이 아까 화살과 인파에 놀라 날뛰던 말보다 더 요란하게 뛰었다.

어둠이 가려주는 게 얼마나 다행인지. 지금 제 얼굴은 잘 익은 능금보다 더 빨갛게 상기됐을 거였다. 설명 못 할 기대와 두려움이 반반. 잔뜩 긴장하는 해류를 응시하며 그가 속삭였다.

"고생했습니다."

거기엔 오늘뿐 아니라 그동안 해류가 살아온 시간을 위로하고픈 마음이 담겨 있었다.

그걸 모르는 해류는 오늘 일을 치하하는구나 여겼다.

"고생은요. 제가 마땅히 해야 할 일을 했을 뿐입니다."

그녀가 다른 얘기를 한다는 걸 알고 있었지만 그는 굳이 정정하지 않았다. 아기를 재우듯 해류가 덮은 이불 위를 부드럽게 토닥거려주었다.

"그만 주무세요. 말에서 떨어지면 다음 날에 더 아프니 내일부터 한동안 힘들 겁니다."

태왕이 옆에 있는데 도저히 잘 수 있을 것 같지 않았지만 그의 속삭임과 손길이 긴장을 풀어줬다. 팽팽하게 당겨진 활처럼 긴장해 잔뜩 웅크리고 있던 해류의 몸이 서서히 느슨해졌다. 그러다 스르르, 잠이 들었다.

해류와 달리 태왕은 오랫동안 깨어 그녀를 지켜봤다.

금방 눈을 감기에 다행이라고 생각했는데, 편안한 잠이라기보다는 기진해 맥을 놓은 거였다. 꿈결에서도 불편한 듯 몸을 움찔거리고 얼굴을 찌푸렸다. 송골송골, 이마에 땀이 맺혀 흘러내릴 정도였다. 식은땀이 흐르는 얼굴을 닦아주던 그는 가만히 그녀의 어깨를 감싸 안았다. 따뜻한 체온이 좋은지 해류가 몸을 뒤척이더니 그의 가슴에 파고들었다.

맑은 정신이라면 절대 하지 않을 행동. 하지 않는 정도가 아니라 화들짝 놀라 멀찌감치 비킬 게 분명했다. 그래도 그건 그때의 일이고 지금은 그의 품에 안겨 있었다.

해류를 한참 바라보던 그의 입술이 얼굴로 내려갔다. 깨지 않을까 잠시 걱정했지만 깊이 잠든 해류는 무방비하니 그에게 입술을 내줬다. 살짝 벌어진 통통한 입술을 짧게 탐식하고 그녀를 다시 꼭 안아 그 존재를 확인하는 걸로 욕망을 덜어냈다.

앞으로 오해를 풀고 멀어졌던 거리를 좁히는 데 시간이 필요할 것이다. 오늘은 그 시작. 이것으로 족하다. 너무 늦기 전에, 돌이킬 수 있을 때 내 마음을 알게 되어서 다행이다.

이 꼴을 태왕에게 안 보여서 얼마나 다행인지. 고맙게도 새벽에 눈을 떴을 때 태왕은 돌아가고 없었다.

내일은 더 아플 거라는 그의 경고는 과장이 아니었다. 말에서 떨어진 날에는 놀라기도 했고 심하게 긴장을 한 탓인지 견딜 만하다 싶었다. 그런데 눈을 뜬 다음부턴 정말 손가락 하나 까딱하기 힘들었다. 겨우 손을 조금 드는데도 '악' 하는 비명이 절로 나왔다. 세숫물을 떠 온 궁녀들의 부축이 아니었다면 일어나 앉지도 못했다.

육체적 고통과 더불어 그녀를 괴롭힌 건 마음에 입은 충격이었다. 딱 그때 머리를 숙이지 않았다면 그 화살은 틀림없이 그녀의 목이나 머리에 꽂혔다. 그랬다면 곧바로 절명. 그 순간을 떠올리면 식은땀이 흐르고 사지가 덜덜 떨렸다. 날아오는 화살을 피하지 못하는 악몽에 놀라 깨어나는 일을 몇 번 겪자 눈을 감는 게 두려울 지경이었다.

가위에 눌리거나 경기하듯 흐느낄 때마다 해류를 깨워준 것은 태왕이었다. 몸도 성치 않은 왕후가 편히 앓지도 못하게 저러시나, 궁녀들과 해류의 눈치를 받으면서도 그는 꼬박꼬박 왕후궁에서 침수를 들었다.

처음엔 불편했지만 하루 이틀 지나니 익숙해졌다. 무엇보다 악몽에서 깨워줄 사람이 있다는 게 고마워 해류는 길게 불평하지 못했다. 잠도 잘 자고 심신이 훨씬 편해진 게 확실해진 최근에 태왕이 자신의 침전으로 돌아가자 서운했을 정도였다.

놀란 것을 달래주는 약재에다 멍과 놀란 힘줄을 푸는 약재를 상복하고 아침저녁으로 찜질과 침으로 치료를 받았다. 그렇게 보름 이상 지나서야 겨우 도움 없이 운신이 가능해졌다. 움직일 수 있게 되자 해류는 그동안 막아왔던 어머니의 문병을 허락했다.

"하늘의 도우심입니다. 폐하께서 낙마하셔서 크게 다치셨단 소리를 들었을 땐 정말……."

만약 네게 무슨 일이 생겼다면 나도 따라갔을 것이다. 피울음 떨어지는 속말을 삼키며 여진은 글썽한 눈으로 해류를 새삼스럽게 살폈다.

딸은 지난 20여 년간 죽지 못해 사는 제 삶을 지탱해주는 유일한 기둥이었다. 못난 어미 때문에 원치 않은 바늘방석에 앉은 것이 못내 죄스러웠다. 태왕이 자신의 생일에 선물도 보내는 걸 보니 소문과 달리 불화하지는 않은 것 같아 시름이나마 반 덜고 있었다.

그런데 동맹 때 일어난 사고는 여진에겐 그야말로 마른하늘에 날벼락이었다. 당장 달려가 얼굴을 보고 싶지만 딸이 있는 곳은 지엄한 왕궁. 먹지도 자지도 못하면서 궁궐만 바라보다가 해류가 보낸 사자가 와서야 간신히 정신을 차릴 수 있었다. 사자 편에 문병을 청하고 오늘 겨우 얼굴을 보게 된 거였다.

해류는 어머니의 손을 꽉 잡아주며 안심시켰다.

"참말로 괜찮다니까요. 이거 보세요. 뼈도 하나도 상하지 않았답니다. 멍이 좀 심하게 들고 긁힌 상처가 몇 개 있을 뿐이에요."

빈말이 아닌 듯 확실히 염려했던 것보다는 나아 보였다. 그래도 안타까움은 떨칠 수가 없었다.

"못난 어미 때문에 왕궁으로 억지로 끌려오셔서…… 왕후가 되지 않았다면 이런 변은 당하지 않아도 됐을 것을……."

"어머니. 저를 위해서라면 어머니도 어디든, 설령 지옥이라도 가셨을 거잖아요. 여긴 왕궁이고 저는 고구려의 모든 여인들이 부러워하는 태왕의 왕후여요. 공연한 죄책감은 가지지 마세요."

여인이 오를 수 있는 가장 영광된 자리인 왕후. 나이 때문에 간택에 나갈 수조차 없게 되자 화병으로 앓아누운 고은 모녀를 비롯해 무수한 이가 애타게 바라는 자리지만 여진이 보기엔 빛 좋은 개살구였다.

너만 바라보는 신실한 지아비를 만나 아낌을 듬뿍 받으며 오순도순 살았다면 오죽 좋았을까.

딸을 낳은 순간부터 그녀가 아침저녁으로 빈 소원은 딱 그거 하나였다. 야속한 하늘은 그 소박한 소망마저 허락해주지 않았다. 여진은 하늘을 원망하며 애써 웃음 지은 채 해류의 기분이 좋아질 만한 화제를 찾았다.

"그러게요. 폐하가 여기 든든히 계시니 제가 정말 안심이 됩니다. 태왕 폐하께서 제 생일에 선물을 보내주신 뒤로는 작은댁들은 물론이고 명림가 전체가 저를 어려워하고 있답니다."

예상대로 해류의 얼굴에 희희낙락, 화색이 돌았다.

"제가 이 자리에 있는 가장 큰 보람이 그것이에요. 왕후의 모친이라는 걸 잊지 마시고 어머니도 위엄을 지켜주세요."

문득 일전에 합방을 종용하러 왕궁에 들어왔다가 다툰 뒤 두지나 명림가가 쥐 죽은 듯 조용하다는 데 생각이 미쳤다. 평소의 그라면 병문안을 핑계 삼아 오늘도 여진을 기어이 따라 들어와 제 속을 뒤집고도 남았다. 안 보이는 게 다행이다 싶으면서도 찜찜했다.

"어머니, 아버님께선 오늘 어머니가 입궁하는데 별다른 말씀이 없으셨나요?"

"폐하가 빨리 쾌차하시길 빈다고, 인사 전해달라는 말만 했습니다."

"그래요? 의외로군요."

문병을 허락받은 순간부터 여진도 어떻게 하면 두지를 떼어놓고 홀로 입궁할 수 있을까 고민했었다. 선선히 혼자 보내준 건 고마우면서도 의아하긴 했었다.

"저도 조금 이상하긴 했지만……."

왠지 모를 불안함이 진득하니 해류를 감쌌다. 두지뿐 아니라 명림가 전체가 너무 조용했다. 명림죽리에겐 다음 태왕의 외가가 되는 것이 절체절명의 목표였다. 그 절박감을 해류는 잘 알고 있었다. 궁에서 적응하고 살아남느라 잠시 잊었지만 솔직히 수상했다. 절대 포기할 위인들이 아니었다.

"어머니, 지금 명림가는 어떤가요? 혹시 평소와 다른 요상한 낌새나 분위기는 없었나요?"

"글쎄요……."

명림가는 가주인 명림죽리의 저택을 중심으로 담만 맞대고 집을 지어 아들, 형제들이 모여 살았다. 담은 형식일 뿐, 한집처럼 오가고 대소사를 함께했다. 만약 일이 있다면 아무리 뒷방 마님 취급을 받는 여진이라도 모를 순 없었다.

"특별히 이상한 건 없었습니다만, 유의해서 살피다가 혹시라도 알려드릴 게 있으면 바로 연통드리겠습니다."

"수고스러우시겠지만 좀 부탁드릴게요."

해류는 우중충해진 분위기를 바꾸기 위해 어머니의 주의를 돌렸다.

"참, 사란은 잘하고 있는지요?"

"예. 그러잖아도 왕후 폐하께서 사람을 참 잘 보셨다 감탄하고 있답니다. 참으로 솜씨가 뛰어나고 영특한 신녀더군요. 무엇보다 비단의 질을 판별하는 눈이 아주 매섭다고 약모리도 칭찬을 많이 하더이다."

"손재주도 빠지지 않지만 눈썰미를 타고났는지 꼼꼼하게 잘 살피지요. 제가 사당에 있을 적에도 물건의 검수는 사란에게 다 믿고 맡겼었답니다."

얘기가 나온 김에 그동안 궁금했던 것을 물으려고 해류는 목소리를 확 낮췄다.

"겸포[56]와 백금(白錦)[57]은 잘 준비하고 있답니까?"

"예. 약모리가 다른 주문은 제쳐두고 그 일에만 몰두하고 있다니 차질 없이 완성할 것입니다."

약모리는 대대로 예씨 집안의 좌인이었다. 여진은 부모가 세상을 떠난 뒤 두지가 모든 실권을 차지했음에도 끝까지 그녀를 따르며 신의를 지켜준 노예 몇몇과 약모리 가족을 해방시켜줬다. 그것은 두지에게 모든 것을 빼앗긴 여진이 할 수 있었

---

56 실 두 올을 합쳐서 밀도 높게 촘촘하게 짠 직물
57 고구려 특산 비단

던 유일한 복수였다.

최고로 값진 비단을 짜는 좌인 일가를 통째로 풀어준 걸 두지는 나중에야 알고서 펄펄 뛰었다. 어떻게든 되돌리려고 날뛰었지만 이미 노예 문서를 다 태우고 관청에 양인으로 등록까지 한 뒤라 방법이 없었다.

평민이 된 약모리 가족은 진금성에 터를 잡고 여진과 해류를 돕고 있었다. 지난 세월 내내 기댈 데 없는 모녀에게 소중한 버팀목이기도 했다.

"그런데 폐하, 궁에도 비단이 넘치는데 왜 약모리에게 주문을 넣으셨는지요?"

언젠가는 알게 되겠지만 왕궁을 떠난 뒤를 대비하는 거라는 고백은 시기상조였다. 해류는 웃음으로 얼버무렸다.

"나중에, 나중에 다 말씀드릴게요. 그냥 지금은 제가 하자는 대로 도와주세요. 잘 아시잖아요. 제가 믿고 의지할 곳은 어머니밖에 없습니다."

해류가 궁금했던 진금성과 다른 좌인 마을의 일들을 이어 물으려는데 여관이 다급하게 고하는 소리가 들려왔다.

"폐하, 태후 전하께서 드셨습니다."

"뭐? 어서 모셔라."

서둘러 일어서려니 아직 완전치 않은 허리와 엉치가 삐거덕거렸다. 해류는 아구구, 낮은 신음을 삼키면서도 최대한 잽싸게 일어났다.

"태후 전하, 어서 드십시오."

태후는 해류와 나란히 선 여진을 보며 멈칫했다. 외인의 존재가 의아한 듯 미간을 살짝 찌푸렸다가 곧 상대가 누군지 알아챈 듯 표정이 부드러워졌다.

"아, 부인이셨군요. 모처럼 모녀가 만나는 자리인데 내가 날을 잘못 잡았군요. 미안합니다, 왕후."

"무슨 그런 말씀을요. 제가 먼저 태후 전하를 찾아뵈어야 하는데 걸음 하시게 해서 송구합니다."

태후는 몸을 깊이 숙이고 있는 여진에게 다가가 다정하게 일으켜 세웠다.

"국혼례 때 뵙고 처음 인사를 드리는군요. 참으로 따님을 훌륭히 키워 왕후로 보내주셔서 늘 감사하고 있답니다."

딸이 왕실 어른들에겐 인정받고 있다는 안도감에 여진의 음성이 감동으로 떨렸다.

"전하…… 망극하옵니다."

"그리 말씀하시면 내가 민망합니다. 모처럼 드셨으니 왕후전에만 있지 말고 왕궁 구경을 좀 하고 가시지요."

권유하던 태후가 아차 하며 해류를 봤다.

"아, 왕후가 아직 몸이 완전치 않으니,"

"아닙니다, 전하. 많이 좋아졌습니다. 너무 누워만 있으면 오히려 좋지 않다고 이제는 산보도 나가고 움직이라고 어의가 권유했습니다."

"잘되었습니다. 그러면…… 아, 그래요. 만보정(萬寶汀)이 좋겠군요. 끝물이긴 하나 아직도 단풍이 그럭저럭 볼만하니 어가를 타고 만보정으로 가십시다."

왕궁 동북편에 있는 만보정은 태후의 말마따나 단풍이 한창이었다. 빨갛고 노랗게 물든 나무들이 둘러싼 가운데 깊이를 짐작할 수 없는 짙은 물색을 한 연못이 있었다. 한때 왕팔정(王八汀)이라고 불렸던 거북이 연못 주변 바위 위엔 해바라기를 하는 거북이들이 드문드문 보였다.

"여기가 말로만 듣던 만보정이군요."

가마에서 내린 여진은 거북이들을 향해 양손을 모으고 공손히 몸을 숙였다.

"추모왕의 부름을 받아 강을 건너게 해드리고 전란으로 불탄 국내성을 재건하게 해준 신령스러운 거북이님들을 직접 보다니 정말 꿈만 같습니다."

태후와 해류도 가볍게 거북이들에게 감사의 예를 표했다.

"그렇지요. 고국원태왕께 거북이 신이 연못 속 보물을 준 덕분에 연나라의 침입으로 폐허가 된 국내성이 금방 재건되었으니, 우리 고구려에는 은인인 영물이지요."

"영물들이 사는 신성한 곳에 저 같은 외인이 발을 들이도록 해주시다니 감읍하옵니다."

"외인이라니요. 진즉에 한번 모셨어야 했는데 여러 가지 일로 많이 늦어졌습니다. 추후에는 왕후가 직접 가꾸고 있는 비원에도 꼭 들러보십시다. 그건 따로 자리를 마련할 테니 오늘은 여기서 즐겨주세요. 자, 올라가시지요."

정자엔 만보정으로 가자는 말이 떨어지자마자 달려와 준비했는지 다과상이 마련되어 있었다. 태후의 여관인 아엄은 벌써 작은 화로를 피워 물을 끓이고 있었다. 세 사람이 자리에 앉자 아엄이 병차를 쪼개 넣어 끓이기 시작했다. 향긋한 차향이 정자를 채우자 그녀는 차를 따라 차례로 올렸다.

귀한 차를 음미하느라 세 사람 다 조용해졌다. 느긋하게 차를 삼킨 태후가 먼저 잔을 내렸다.

"딱 마침맞게 잘 끓였구나."

왕후가 되기 전까지 해류는 한가하게 차를 마실 여유도 없었고 크게 즐기지도 않았다. 그녀에게 병차는 중원에서 가져와 아주 비싸게 팔린다는 것 말고는 의미가 없었지만 적당히 맞장구를 쳤다.

"저도 그런 것 같습니다. 참으로 향이 좋군요."

기다렸다는 듯 여진도 상찬을 보탰다.

"상질의 첫물 병차인 것 같습니다. 아무리 좋은 병차라도 자칫하면 쿰쿰한 냄새가 나거나 쓰게 우려내기 쉬운데 전하의 여관께서 참으로 맑고 정갈하니 제맛을 잘 살렸군요. 태후 전하 덕분에 오늘 제가 안목을 크게 넓혔습니다."

여진의 섬세한 평가에 태후가 반색했다.

"호오. 첫물인 걸 단번에 알아보시는 걸 보니 차에 대해 조예가 아주 깊으시군요."

"아니옵니다. 조예라니요."

"병차의 맛을 단번에 감별하는데 아니라 하시다니요. 고구려는 예로부터 생강이나 계수, 약초차를 즐겨 마시지 첫맛이 써서 쉽게 가까이하기 힘든 병차는 즐기는 이가 적어 그 진가를 아는 사람을 만나기 힘들지 않습니까. 고추대가께서도 차를 좋아하시나 봅니다?"

술은 동이로도 마시지만 해장이 필요할 때 꿀을 넣은 인삼차면 몰라도 차라곤 쳐다도 안 보는 위인이 두지였다. 여진의 얼굴에 애수 띤 비소가 떠올랐다 사라졌다.

"돌아가신 제 부모님이 해를 넘기지 않고 가져온 남방의 첫물 병차를 즐기셨습니다. 어릴 때부터 옆에서 차 시중을 들다 보니 그 맛을 알게 되었답니다."

"오! 중원에서 직접 첫물 병차를 가져오다니. 두 분의 품격이며 취향이 아주 대단하셨군요."

"아닙니다. 그냥 평범한 상인이셨습니다."

명림가에서 십수 년간 눈치와 구박을 받다 보니 몸에 밴 어머니의 자기비하가 싫어서 해류가 나섰다.

"큰 포목상을 경영하셨답니다. 저희 외조부모님 댁 좌인들이 짠 피륙을 받아 가기 위해 중원 남쪽 나라의 상인들이 외조부모께서 좋아하시는 최고급 병차를 선물로 잔뜩 가져와 창고에 늘 그득히 쌓여 있었던 기억이 나네요."

"오! 역시, 그랬군요. 여인이 가장 크게 내세울 것은 자식과 함께 친정이 아닙니까. 그런 자랑은 하셔야지요. 부인께선 겸양이 지나치십니다."

태후는 아엄이 다시 채워준 잔을 천천히 비우더니 은밀한 비밀을 밝히듯 속삭였다.

"실은 선왕께서도 차보다는 술을 더 즐기셨고 지금 태왕께선 술은 물론이고 차도 크게 즐기시지 않는답니다. 차담을 나눌 이가 없어서 아쉬웠는데 부인께서 내차 동무를 해주시면 좋겠군요."

"태후 전하의 과분한 말씀, 받잡기 민망하옵니다."

"빈말이 아니라 진심으로 드리는 청이에요. 왕후와 상관없이 나를 보러도 종종 궁에 들어 차를 함께해주시면 좋겠습니다."

태후는 명림과 함께 절노부의 양대산맥을 이루는 우씨 집안 출신이었다. 여진이 태후궁에 드나들면 명림 일가들이 더더욱 여진을 대하는 데 조심할 터. 어머니에게 득이 되면 됐지 손해 될 건 없었다.

머릿속으로 잽싸게 계산을 마친 해류는 이번에도 어머니를 대신해서 인사를 올렸다.

"태후 전하의 따뜻한 말씀에 저희 모녀가 함께 감사드립니다. 전하께서 원하시면 제 어머니는 언제든지 들 것이니 불러만 주십시오."

"혹시, 내가 부인께 불편한 청을 드린 건 아니지요?"

"아니옵니다. 태후 전하와 이런 귀한 차를 나누는 자리가 제게는 너무 과분한 것 같아 저어하는 것이지 불편이라뇨. 당치도 않사옵니다."

"그러면 되었습니다. 승평의 장모도 부인처럼 마음과 말이 통하는 이가 들어와 셋이 함께 동무가 되어 즐길 수 있으면 내 노년의 큰 기쁨이 되겠군요."

노년을 말하기엔 태후는 여전히 곱고 해사했다. 모르는 이가 봤다면 늦은 혼사를 준비할 아들이 있다고 믿기지 않을 정도로 본인의 나이보다 훨씬 젊어 보였다.

전례가 없는 것도 아니니 재가를 하셔도 좋으련만.

혼자만의, 무엄할 수도 있는 생각을 지우며 해류는 내심 궁금했던 왕자의 혼사에 집중했다.

"그러고 보니, 동맹 연회 때 왕자 전하의 국혼 문제가 나왔었지요. 어찌 진행되고 있는지요? 소첩이 도울 일이 있는지요?"

"왕실의 중대사니 혼례식을 준비할 단계가 되면 왕후와 당연히 의논해야겠지만 일단은 제가 주도를 하려고요."

"당연히 그러셔야지요. 태후 전하께서 누구를 염두에 두고 계신지요?"

"몇몇을 추천받아 은밀히 알아보고 승평에게 물어봤는데, 아무래도 눈치가…… 이미 마음에 둔 여인이 있는 것 같아요."

"예? 아무도 없다고 극구 부인하셨는데."

"아니, 아니."

웃으며 태후가 손사래를 쳤다.

"가슴에 담은 이가 있다고 고백한 건 아닙니다. 어미만이 느낄 수 있는 감이랄까…… 부인께서는 제가 무슨 말을 하는지 아시겠지요?"

여진도 이해하겠다는 듯 머리를 살짝 끄덕이며 빙긋 미소를 지었다.

"그래서 어차피 늦어진 거, 서두르지 않고 속내를 털어놓을 때까지 일단 기다려보려고 합니다. 왕자의 안겻으로 절대 용납되지 않을 여인만 아니라면, 그 아이는 자신의 연심이 머문 곳과 인연을 맺어주려고요."

태후가 어떤 심정으로 이러는지 공감하는 여진의 눈망울도 습기로 투명하게 부풀었다.

"아아, 전하, 정말 큰 결심을 하셨습니다. 은애하는 이와 한평생을 보내는 것보다 더한 홍복이 어딨겠습니까."

명문대가의 여식을 골라 부족한 부분을 채우고 뒤를 든든하게 엮는 것이 왕실의 혼사. 편하고 당연한 정략혼을 마다하는 태후의 애틋한 모정이 와닿았다. 본인이 갖지 못한 것을 자식만이라도 가졌으면 하는 간절함이리라.

자식은 없으나 여인으로의 그 심정은 해류도 가슴 깊이 공감할 수 있었다. 해류는 진심을 한껏 담은 덕담을 올렸다.

"부디 전하께서는 정겹게 손잡고 함께 걸을 수 있는 분과 혼인하시면 좋겠습니다. 저도 천신께 간절히 기원하겠습니다."

지금 왕궁의 지엄하고 내밀한 공간 만보정의 정자에 앉은 세 여인은 남들이 보기엔 모든 걸 가진 이들이었다.

한 명은 고구려 역대 왕 중 가장 강력한 왕권을 휘둘렀고 두고두고 남을 위업을 남긴 영락태왕의 왕후였고 지금은 태후. 눈을 감을 때까지 첫정을 놓지 못한 지아비의 등을 바라보며 한평생을 보냈다.

또 한 명은 영락태왕의 뒤를 이은 영명하고 젊은 태왕의 하나뿐인 왕후. 그녀와 태왕은 헤어짐을 전제로 한 위태위태한 동맹 관계였다.

마지막 한 명은 그 왕후의 어머니이자 고구려 최고의 권신인 명림가의 둘째 며느리였다. 거상의 금지옥엽으로 자랐지만 딸을 아비 없는 자식으로 만들지 않기 위해 최악의 선택을 한 업보를 20년 넘게 갚고 있었다.

셋 다, 귀하게 태어났고 부러워할 자리에 시집갔으나 진심과 혼이 통하는 정인과 생을 함께하는 복은 누리지 못했다.

세 여인은 함께, 자신들은 가지지 못한 삶을 승평 왕자와 그의 반려는 이루길 진심으로 기도했다.

해류는 더더욱 간절히, 자신을 위해서도 빌고 있었다. 그녀가 애타게 바랐으나 이루지 못한 삶. 지금은 불가항력으로 잠시 미뤘지만 저도 꼭 그리 살게 해달라고.

해류와 태후, 여진은 몰랐지만 그들의 대화 말미를 들은 귀가 있었다.

태왕 거련.

해류의 모친이 입궁해 태후와 함께 만보정에 들었다는 얘기를 듣고 인사 겸 찾아온 터였다. 세 사람의 편안한 시간을 방해하지 않으려고 조용히 정원에 발을 디딘 그에게 승평의 혼사에 관한 대화가 들어왔다. 그러지 않아도 궁금하던 터라 슬쩍 들어보고 있는데 왕후의 음성이 귀에 확 꽂혔다.

"부디 전하께서는 정겹게 손잡고 함께 걸을 수 있는 분과 혼인하시면 좋겠습니다."

그와 혼인하면서 그녀가 포기한 미래였다. 혼인하던 시점에는 여느 여인들처럼 약간은 기대했을 수 있었다. 초야부터 그에게 거부당하면서 내려놓기 시작했을 것이다.

저 음성에 가득한 것은 동경과 아쉬움. 희한하게 태후나 여진과 달리 체념은 없었다.

천신께 간절히 기원하겠다는 축원에는 승평뿐 아니라 그녀 자신을 위한 기도도 있을 터였다. 다만 그녀가 꿈꾸는 것은 여기가 아닌 다른 장소, 다른 사내와의 미래였다. 지금 왕후가 그에게 아무것도 기대하지 않는다는 건 잘 알고 있었다. 그가 그리 만들었으니 당연하다고 이해함에도 입이 썼다.

그래도 요 며칠 아주 조금은 가까워졌다고 생각했는데 그만의 착각이었다. 천천히 다가가려는 노력은 왕후에게 전혀 닿지 않았다. 방법을 바꿀 필요가 있었다.

그는 태왕의 행차를 알릴까, 눈으로 묻는 시종에게 고개를 저었다. 소리는 내지 않고 조용히 입으로만 명했다.

돌아가자.

"태왕 폐하 듭시옵니다."

두 번째 왕후 ᠍

고하는 소리에 왕후궁의 궁인들은 일사불란하게 태왕을 맞았다. 얼마 전이라면 다들 놀라 허둥지둥 난리가 났을 터이지만 왕후가 낙마 사고를 당한 이후 저녁마다 태왕은 꼭 왕후궁에 들렀다. 정무를 마칠 시간이 되었구나 싶으면 다들 알아서 태왕을 맞을 준비를 했다.

문을 지나 침전으로 오던 태왕은 계단 아래에 선 왕후를 보고 발을 멈췄다.

"몸도 성치 않은 분이 왜 여기서 기다립니까."

"이제는 움직일 만하답니다. 오늘은 만보정까지 갔다 왔는데도 거뜬합니다."

알고 있으면서 그는 모른 척했다.

"그렇다면 다행이군요."

나란히 계단을 올라가는 태왕 부부를 흐뭇하게 보면서 미려 여관은 눈으로 궁녀들을 다그쳤다. 빨리 주안상을 올리라는 무언의 재촉에 궁녀들이 번개처럼 움직였다.

왕후가 말에서 떨어졌을 때는 하늘이 무너지는 줄 알았다. 새옹지마라더니, 다행히 크게 다치지는 않았다. 덕분에 왕후궁에 발길을 뚝 끊은 태왕이 날마다 와주니 화살을 날린 무도한 놈들과 날뛴 말이 고마울 정도였다.

미려는 태왕이 갓난아기였을 때부터 지근에서 모셔왔다. 태왕이 함부로 움직이는 성정이 아니란 걸 잘 알고 있었다. 왕후를 모질게 외면하던 그가 매일 발걸음을 하는 건 그녀를 반려로 받아들이기로 결정했다는 의미였다. 그동안 감히 나설 수는 없어 발만 동동 굴렀지만 참으로 잘되었다 가슴을 쓸어내리는 중이었다.

아쉽다면 기껏 저녁에 찾아와놓고 얼굴만 보고 간다는 거였다. 운신도 제대로 못 할 때는 굳이 불편한 왕후 옆에서 침수 들더니, 멀쩡해지니 왜 또 그냥 가나. 참으로 그 속내를 알 수 없다고 투덜거렸다.

아마 왕후 때문일 거라고 그녀는 짐작했다. 초야부터 소박을 맞고 내내 홀대받았으니 정이 뚝 떨어졌대도 할 말이 없긴 했다.

그래도 보통 사내도 아니고 태왕이었다. 어렵게 성심을 돌리셨으니 못 이기는 척 받아줘도 되련만. 그동안 지은 죄가 있으니 점잖은 태왕의 성정상 마구 밀어붙이진 못하실 텐데. 태왕에게 너무도 담백한 왕후가 안타까우면서도, 팔은 안으로 굽는다고 속이 상했다.

늠름하고 준수하신 우리 폐하를 어찌 홀대하시나. 제발 왕후께서 태왕께 교태도 부리고 매혹해서 빨리 왕자를 낳기를. 태왕께서도 부디 왕후께로 돌린 총애를 계속 지켜주시기를.

그녀는 아들을 점지해준다는 부열성(傅說星)을 향해 손을 모았다.

미려의 간절한 기도는 태왕에게는 닿았으나 왕후에겐 미치지 않았다. 같은 시각, 왕후는 여관의 애타는 기원이 무색한 내용의, 부부가 아니라 군신 간에나 어울리는 대화를 나누고 있었다.

"감히 국가의 가장 큰 행사 때 사람을 해치려 한 흉적들이 오리무중이니, 근심이 크시겠습니다."

"어느 정도 좁혀가고 있으니 이제 기다리면 되겠지요."

"벌써 밝혀내신 건가요? 누구랍니까?"

"아직은 확실치 않습니다. 윤곽이 잡히면 왕후께도 알려드리지요. 어쨌든 그 일로 왕후가 큰 고초를 입었으니. 미안합니다."

태왕의 사과에 해류가 펄쩍 뛰었다.

"사죄는 그 흉적들에게 받아야지 어째서 폐하께서 사죄를 하십니까."

"짐과 혼인하지 않았으면 그런 일은 겪지 않았을 것 아닙니까. 지어미의 안전을 지켜주지 못했다니 면목이 없습니다."

이게 무슨 소리인가. 태왕의 입에서 흘러나오는 지어미란 단어에 해류의 뺨이 확 타올랐다. 제 앞에 있는 사람이 태왕이 아니라 그의 껍데기를 둘러쓴 도깨비가 아닐까 하는 터무니없는 생각마저 들었다. 물샐틈없이 매끈한 돌벽 같은 익숙한 모습이 차라리 대하기 편했다. 이런 다정함은 도무지 적응이 되지 않았다.

"천부당만부당한 말씀 거두십시오. 제 몫의 횡액이니 어디에 있든 겪었을 겁니다. 폐하께서 일부러 화살을 쏘라 시키신 것도 아닌데요."

"그래도 짐을 의심하진 않는군요. 왕후 입장에선 그럴 법도 한데요."

몇 달 전이었다면 충분히 타당한 추측이었을 것이다. 그럼에도 의심하지 않는 건 그의 약속을 믿기에. 그리고 또 다른, 가장 확실한 이유가 있었다.

"만약 저를 없애려고 하셨다면 좀 더 조용하고 확실하게 하셨겠지요. 그리 요란하고 어설프게 하셨겠습니까? 무엇보다 폐하는 저 하나 제거하자고 죄 없는 백성들을 다치게 하실 분은 아니니까요."

조목조목, 논리정연한 해류의 지적에 그가 미소를 흘렸다.

"그리 높이 평가하다니, 왕후의 칭찬에 기분이 좋아지는군요."

두 사람의 대화를 방해하지 않도록 궁녀들이 조용히 놓고 간 주안상의 술병을 들어 그가 잔에 따랐다.

"왕후의 믿음에 보답하기 위해 뭐든 원하는 것을 하나 들어주고 싶은데 말해보시지요."

사양하지 않을까 했지만 의외로 왕후는 반색했다.

"정말이십니까, 폐하?"

"물론입니다."

무엇을 요구할까. 과연 이 여인이 좋아하는 건 무엇일까. 뭐든 곧바로 이뤄줘 제 능력을 근사하게 보여주겠다는 계획은 곧바로 바사삭 깨졌다.

"동시 상점에서 구수를 구해 왔나요? 그렇다면 어떤 걸 가져왔는지요?"

너무 기가 차니 실소가 나왔다.

"그 대답이 왕후가 정말 원하는 겁니까? 짐이 원하는 걸 들어준다고 하는 게 얼마나 드문 일인지 알고 있는지요?"

"알기에 여쭙는 겁니다. 아니면 어떻게 일절 저의 관여를 막으신 폐하를 거스를까요. 폐하께서 그 경과를 전혀 알려주시지 않으니 궁금해서 죽을 것 같았습니다."

"그게 중한 소원이라면 들어드려야지요."

쓴웃음을 머금은 태왕은 모두에게 난감했던 결과를 알려줬다.

"구수를 구해 왔는데 공작새, 비취새 두 종류 다 가져왔다고 합니다."

"예에? 두 가지 다요!? 아니, 어떻게……."

범인에게 다가갈 묘책이라고 믿었는데. 자신만만하던 해류의 어깨가 축 처졌다. 왕실에선 쓰지도 않는 구수를 사는 데 거금을 들이고 시간을 낭비했다고 하지 않을까. 태왕의 질책을 들을 각오를 하는데 상대의 반응은 뜻밖이었다.

"범위를 좁히는 것은 실패했지만 그래도 왕후의 계책 덕분에 한 가지는 더 확실해졌지요. 저들은 우리 예상보다 훨씬 규모가 큽니다."

그것은 뒤를 쫓아 소탕하는 게 더 힘들고 방대하다는 의미이기도 했다.

"도대체…… 어떤 자들이길래……. 도무지 짐작도 가지 않습니다."

"그래도 계속 쫓다 보면 조만간 꼬리가 잡히겠지요. 도적들이 있다는 것도 모른 채 국고를 도둑질당하던 것에 비하면 한결 낫지 않습니까."

그의 입술이 서늘한 냉소를 띠었다.

"험하고 넓은 산에서 뛰어 달아나는 짐승을 잡을 수 있는 것은 도망갈 곳을 예측하기 때문에 가능한 겁니다. 다시 덫을 놓고 있으니 찾아낼 것입니다. 사냥은 인내심 싸움입니다. 다니는 길목을 찾아 기다리며 유인하고 몰아가 잡으면 됩니다. 또 달아나면 또 쫓다가 막다른 골목에 몰아넣으면 결국은 모습을 드러내겠지요. 그저 늦고 빠름의 차이가 있을 뿐입니다."

차분하고 자분자분한 설명에 마치 그녀가 쫓기는 듯 오소소 소름이 돋았다. 저런 사냥꾼이면 짐승이고 인간이고 절대 피할 수 없을 것이다. 자신이 그의 사냥감이 아니어서 정말 다행이다 싶었다.

더불어 신기했다. 도적들의 존재를 처음 알았을 때 태왕은 분명 화가 난다고 했었다. 그녀까지 동원해 신중하게 놓았던 덫은 무소용이 되고 오리무중. 원흉을 여전히 찾아내지 못하고 있음에도 그는 신기할 정도로 담담했다.

"폐하는 도량이 넓으신 건지, 아니면 여유로우신 건지…… 매사에 어찌 그리 침착하실 수 있는지 정말 신기합니다. 한 번도 크게 흥분하시거나 진노하시는 걸 못 본 것 같습니다."

"화를 내어 해결할 수 있을 때는 화를 내지요. 하지만 그게 무의미할 때는 참으려고 애씁니다."

"그게 가능하시다니…… 하아, 제겐 불가능한 일이네요."

해류의 경탄에 태왕이 다소 멋쩍은 표정으로 시선을 돌렸다.

"화를 한 번도 안 내지는 않았는데요. 왕후도 보지 않았습니까."

"예? 언제?"

언제였더라. 기억을 곰곰이 짚어보는데 그가 답을 알려줬다.

"왕후께서 낙마했던 날, 놀라고 화가 많이 났습니다. 노여움을 드러내봤자 이로울 게 없다는 걸 알면서도 주체할 수 없어 결국 끈을 놓았었지요."

"아……."

그랬었다. 아프고 정신없는 와중에도 처음 듣는 태왕의 고성에 놀라고 신기하기도 했었다. 그것은 신성한 제천 행사가 훼손된 데 대한 노여움이라고 생각했다. 그녀가 다친 것 때문에 그리 격노했으리라곤 꿈도 꾸지 않았다.

조금 전 지어미란 단어를 들었을 때처럼 다시 볼이 달아올랐다. 오늘따라 독한 술을 올렸나. 나중에 미려를 붙잡고 추궁해야겠다고 작정하는데 태왕이 해류의 손을 잡았다.

"왕후가 무사해서 정말 다행입니다."

손을 확 빼고 달아나고 싶은 마음이 반, 놀라 얼어붙어 있으면서도 두근거리는 마음이 반. 치열하게 다투는 두 마음을 다스리는 해류의 얼굴에 태왕의 얼굴이 다가왔다.

오싹한 예감 그대로 두 번째 입맞춤. 피해 달아나려 했지만 그가 더 빨랐다. 시퍼런 위력이 넘실대는 호목(虎目)과 마주하자 도망갈 힘도 빠져버렸다. 그의 팔이 부드럽고 낭창한 몸을 끌어당겼다. 허리를 안은 팔은 아프지 않게 살짝 잡은 듯하지만 그녀가 달아날 수 없다는 걸 확실히 알려주는 힘이었다.

해류를 살짝 깨물며 입술을 연 그의 혀가 처음에는 치열을, 다음에는 안쪽을 부드럽게 핥았다. 어느새 입안 깊숙이 들어와 여린 속살을 마음껏 범했다. 가쁜 숨소리를 내는 해류를 여유롭게 탐식하며 숨결을 삼켰다. 충동적이었던 처음과 달리 하나하나가 면밀하게 계산된 행동이었다.

그와 달리 기습을 당한 해류의 머리는 안개가 낀 듯 몽롱했다. 힘이 빠져 그에게 매달려야 했다. 몸에 퍼져나가는 짜릿하고 간질간질한 느낌이 너무나 생소했지만…… 황홀했다.

이 사람이 하려는 것은 무엇일까. 왜 이러는 걸까. 만약 여기서 더 나아가 내 몸을 원하면 어떻게 해야 하나.

멈췄으면 좋겠고 또 이대로 멈추지 않았으면 좋겠고.

끝없이 이어지던 갈등은 태왕이 몸을 떼면서 멈췄다.

무슨 일이 일어난 건지. 내가 무슨 짓을 한 건지. 수치심과 경악에 해류는 멍해졌다.

그는 모든 감정을 생생히 드러낸 해류의 말간 눈을 응시하며 희미한 미소를 흘렸다. 붉게 젖은 입술을 손끝으로 가만히 쓸어주더니 일어섰다.

"밤이 늦었습니다. 그만 쉬세요."

그가 몸을 떼자 잔뜩 긴장했던 해류가 풀어지는 것을 감지했다. 이번에도 그녀에게 떠오른 감정은 진한 안도감.

그의 가슴에 스산한 바람이 스쳤다. 광포한 충동도 잠시 밀려왔다.

지금은 멈추는 데 안도하지만 조만간 반대가 될 것이다.

의지를 다지면서 태왕은 떨어지지 않는 발걸음을 왕후전 밖으로 옮겼다.

태왕이 노심초사 잡으려고 고심하는 배후도 다가오는 추적을 감지하고 있었다.

일부러 초를 다 꺼 어두운 방 안에 스며든 그림자가 내려둔 장막 앞에 다가서 속삭였다.

"아무래도 조짐이 좀 수상합니다. 최근 왕실에 속한 장인들의 모든 물목의 제작부터 들고 나는 것을 챙기는 눈길이 아주 엄해졌다고 합니다."

"혹여 눈치챈 기미인가?"

"아직 그렇지는 않은 것 같습니다. 만약 꼬리가 잡혔다면 장인들이며 물목을 담당하는 관리들이 치도곤을 당했겠지요. 아무 문제가 없는지 확실해질 때까지는 잠시 사리며 지켜보는 게 옳을 듯싶습니다만…… 여옥이 성사시킨 거래의 납기가 급한 것이 문제입니다."

수하의 보고에 장막 뒤의 인물이 고심하는지 침묵이 길어졌다.

때에 따라 한두 가지씩 돌려가며 감찰하는 경우는 종종 있었다. 그렇지만 모든 걸 한꺼번에 챙기는 건 전에 없던 일. 찜찜했다.

"무슨 거래냐?"

"최상급의 흰담비 털과 각종 피륙입니다. 제대로 끝내기만 한다면 막대한 보화를 챙길 수 있을 것 같습니다."

그림자가 두툼한 휘장 아래로 장부를 밀어 넣었다. 빛이 통하지 않을 정도로 두꺼운 천 저편에는 불을 밝혀두었는지 종이를 넘기는 소리가 들렸다. 종이와 낮은 숨소리만이 어두운 공간을 채운 지 얼마. 마침내 그림자 저편의 인물이 입을 열었다.

"어떤 자이기에 이런 규모의 주문을 하는 것이냐?"

"알아본 바로는 요동 쪽의 거상인 것 같답니다. 국내성에는 대행하는 자에게 맡겨두고 그 주인은 본거지로 돌아갔다고 합니다."

"요동 어디이고 누구라더냐?"

"그것까지는 아직 모른다고 합니다. 하지만 몇 번 시험 삼아 거래를 해보니 이런 정도의 물목을 다룰 재력과 안목은 충분하답니다. 여옥은 새끼 가진 여우처럼 조심성 많으니 진행해도 될 것 같습니다만."

불확실한 위험 때문에 포기하기엔 아까운, 막대한 이득이었다. 득실을 재는지 침묵이 길어졌다. 한참을 그러다 장막 아래로 장부와 함께 대답이 돌아왔다.

"느낌이 좋지 않다. 어떻게든 핑계를 대서 최대한 시간을 끌라고 해라. 만에 하나 함정이라면…… 초조해진 사냥꾼이 모습을 드러내겠지."

동맹이 지나고 평소보다 늦게 첫서리가 내리더니 금세 아침저녁엔 입김이 날 정도로 날이 부쩍 추워졌다. 온 나라가 본격적인 겨우살이 대비에 들어가는 때, 왕후궁에도 겨울 채비며 머지않은 신년 제례 준비 의논을 위해 관리들이 줄을 섰다.

아침 일찍부터 이어진 행렬이 줄어든 것은 점심때를 한참 넘기고서였다. 늦은 낮것상을 들고 온 여관은 해류의 시중을 감독하며 슬쩍 운을 뗐다.

"폐하, 왕후궁에도 화로를 들여야겠지요?"

사당에서 춥게 지내는 게 버릇이 되기도 했고 해류는 원체 추위를 별반 타지 않았다. 침상의 구들만으로도 충분했지만 여관이나 궁녀들은 아닌 모양이었다.

호강만 하면 연약해지는 모양이구나. 해류는 속으로 혀를 차며 고개를 끄덕였다.

"그러도록 하게."

"바로 준비하겠습니다."

궁녀는 신이 나서 화로를 들이라는 명령을 전하러 나갔고, 해류는 밥상을 물렸다. 썰렁한 웃풍을 막기 위해 두툼한 채장을 내리며 궁녀들은 신기한 듯 조잘거렸다.

"폐하는 추위도 더위도 잘 타지 않으시는 것 같습니다."

"사당은 불편과 어려움을 참는 것을 신을 모시기 위한 수양이라고 해서 편히 지내지 않으니, 아무래도 습관이 되어 그런 모양이다."

"그리 열심히 수련하며 신을 모시는군요. 참으로 존경스럽습니다."

여관과 궁녀들의 감탄에 해류는 비소를 삼켰다.

그녀가 모셨던 완환이나 수품신녀 보연의 탐욕스러운 행태를 보면 저들은 어찌 생각할까.

대신녀 혜와처럼 정말로 신을 공경하는, 존경할 만한 이도 분명 존재했다. 안타깝게도 그녀는 예외적인 존재. 신녀들은 엄격히 수행해야 했지만 위로 갈수록 규율을 그대로 지키는 이는 드물었다.

겨울이면 냉기만 겨우 면한 미지근한 바닥에 깔린 얇은 요 위에서 사란과 둘이 꼭 붙어 꿀잠을 자곤 했는데, 구들도 모자라 화로가 벌겋게 되도록 불을 피우지만 정작 사람의 온기는 없는 궁궐은 언제 떠날 수 있을지.

까마득한 옛날처럼 느껴지는 추억을 더듬느라 해류는 급하게 달려 들어오는 궁녀의 외침을 잠깐 놓쳤다.

"응? 뭐라고 했느냐?"

"태왕 폐하께서 성 밖으로 시찰을 나가시는데 왕후 폐하의 동행을 청하셨습니다.”

“가실 것이지요? 바로 준비를 할까요?”

여관과 궁녀들은 경사라도 난 것처럼 펄쩍펄쩍 뛰었지만 해류의 심경은 복잡했다.

어쩌야 하나.

지난여름에 몰래 나갔다가 하필이면 태왕에게 들킨 이후 편히 바깥바람을 쐰 적이 없었다. 간혹 궁 밖으로 나간다고 해도 삼엄한 호위를 받으며 왕후로서 임무만 마치고 돌아오는 게 다였다. 갑갑함이 갈수록 더해지고 있었다.

모처럼 국내성 밖으로 나가고도 싶으나 태왕과 동행한다는 게 영 걸리고 불편했다. 해류가 사내들의 욕망에 무지하긴 했지만 청맹과니는 아니었다. 태왕은 지금 그녀를 여인으로 원하고 있었다. 그래서인지 요즘 그의 앞에 있으면 제가 사냥꾼이나 맹수 앞에 선 토끼가 된 것처럼 느껴졌다. 그것도 언제 잡아먹힐지 모르는.

태왕은 해류가 본 중 가장 냉철하고 철두철미하게 이성적인 사람이었다. 아무리 자기 절제가 강하더라도 한창때의 사내이니 가까이 있는 그녀를 잠시 욕망할 수는 있었다. 순간의 욕정에 휘둘려 꼼꼼히 짜놓은 판세를 망치진 않을 것이라 확신하면서도 두려웠다.

혹시라도 태왕이 자제력을 잃으면 그녀로선 막을 방도가 없었다. 가장 안전한 길은 이전처럼 최대한 거리를 두며 서로 데면데면하게 지내는 것. 그런데 그는 무슨 심산인지 부쩍 더 주위를 맴돌았다. 그것이 몹시도 불안하고 불편했다.

굳이 위험을 찾아 가까이할 필요는 없다. 잘 통제하고 있는 그의 욕망을 자극하지 않는 게 살길이다. 어떻게 하면 태왕을 거부하거나 모욕하는 것처럼 보이지 않고 거절할 수 있을까.

머리를 쥐어짜며 고민하는데 주변에선 그런 여유조차도 허락하지 않았다. 해류의 침묵이 길어지자 애가 탄 궁녀가 ‘꼭’을 힘주어 강조하며 다시금 태왕의 명을 반복했다.

“사령의 얘기론, 폐하께서 꼭 동행하셨으면 한다고 말씀하셨답니다.”

“폐하께서 이렇게까지 청하셨는데 거절하시면 노여워하실 수도 있사옵니다.”

"폐하! 제발 다녀오시옵소서."

애절하게 그녀를 올려다보는 여관과 궁녀들의 간청을 물리치기 힘들었다. 몰이꾼에게 쫓겨 사냥꾼이 기다리는 사지(死地)로 가고 있는 것 같다는 찜찜함을 해류는 애써 흘려보냈다.

"알았다. 차비해다오."

편전 앞에는 태왕이 벌써 나와 기다리고 있었다.

서둘러 나왔건만. 해류는 낭패감을 삼키며 얼른 사죄했다.

"폐하를 기다리시게 한 것을 용서하십시오."

"아닙니다. 바깥 공기도 마실 겸 짐이 일찍 나왔습니다."

해류가 도착하자 마부가 말을 끌고 왔다. 푸르륵거리는 말을 보자 의지와 상관없이 몸이 움츠러들었다. 유심히 해류를 지켜보던 태왕은 그녀의 반응을 놓치지 않았다.

"왕후는 수레를 탈 것이다."

옆에 기다리고 선 수레를 보자 다행이란 생각이 가장 먼저 들었고 그다음엔 감사함이었다. 냉큼 수레에 오르고 싶었다. 그러나 이래선 안 된다는 자각이 그녀를 붙잡았다.

남은 평생 수레만 탈 수는 없었다. 지금 왕후로서도, 바깥으로 나가 평범한 삶을 살 때도 말을 무서워하고 피해서는 제약이 많아진다. 미루고 회피할수록 더 극복하기 힘들어질 터였다. 최고로 무서운 사람이 있는 앞에서 덜 두려운 걸 해보는 게 나았다.

"성 밖으로 가는데 수레로 움직이면 시간도 늦어지고 이동이 원활하지 않을 테니 저도 말을 타겠습니다."

태왕의 눈에 경탄과 염려가 동시에 떠올랐다.

"괜찮겠습니까?"

"예. 다만……."

해류는 동맹 때 의전마와 비슷하게 키가 높다란 신마[58]를 일별하며 그 옆을 슬쩍 피했다.

"오늘은 과하마[59]를 탔으면 합니다."

"짐도 과하마를 탈 것이다. 사자황과 추풍오를 데려와라."

태왕의 명령에 마부들이 쏜살같이 달려가 새까만 말과 누런 털의 말을 끌고 왔다.

태왕은 검은 말에 직접 해류의 허리를 잡아 올려줬다. 마부에 호위, 시종들이 줄줄이 시립하고 있건만. 파격적인 행동에 해류를 포함해 모두 얼어붙었다.

주변의 놀람을 아는지 모르는지 그는 친히 해류의 손에 고삐까지 쥐여줬다.

"추풍오는 화살비가 내려도 놀라거나 흥분해서 날뛰지 않으니 안심해도 될 겁니다."

태왕은 주인을 보고 반가워 푸르륵거리는 말의 이마를 토닥여주고 옆에 있는 누런 말에 훌쩍 올랐다.

"출발하자."

왕궁 문을 나서자 태왕의 깃발을 본 백성들이 길옆에 몸을 숙여 예를 표했다.

낙마 사건 이후 기합이 더욱 들어 그런지 호위는 삼엄했다. 태왕과 왕후 주변을 벽처럼 에워싸고 달리는 정경은 장관. 창과 화살을 비처럼 쏟아붓는다고 해도 단 한 발도 태왕 부부에겐 닿지 않게 하겠다, 그런 각오로 호위들은 주변을 경계하며 달렸다.

국내성 외성 밖으로 나가면서 기다리던 병사들이 합류해 일행은 더욱 커졌다. 지난번에 동시에서 만났을 때처럼 미행이나 단순한 시찰로 생각했던 해류는 큰 규모에 의아해졌다. 천천히 달리면 묻기라도 하련만. 바람처럼 내달리는 태왕의 말,

---

58 골구천에서 얻었다는 전설을 가진 키가 큰 말. 의전이나 행사 때 주로 탔다.
59 고구려에서 주로 타던 키 작은 말. 힘이 세고 날렵하고 산을 잘 달려 군마부터 사역마로 두루 이용했다.

사자황을 따라가는 것도 힘겨웠다. 낙마의 기억이 자꾸 떠올라 온몸에 힘이 들어가고 고삐를 쥔 손이 떨려왔다. 다행히 훈련이 잘된 노련한 말은 그녀의 변화에도 상관없이 충실하게 태왕의 뒤를 쫓아갔다.

해류가 힘들어하는 것을 태왕이 눈치챈 모양이었다. 그의 달리는 속도가 눈에 띄게 느려졌다. 주변 호위병들도 기민하게 태왕을 따라 속도를 늦췄다.

"왕후가 아직 몸이 완전치 않다는 걸 잠시 잊었군요."

"용서하소서. 공연히 따라와 폐하의 발걸음을 늦추는 것 같습니다."

"짐이 먼저 청하였는데요."

속보 정도로 느려지니 숨도 제대로 쉬어지고 한층 여유가 생겼다. 해류는 위험할 뻔한 순간을 잘 넘겨준 말이 기특해 목덜미를 쓰다듬어줬다.

"이렇듯 순하고 영리하게, 등에 탄 사람을 배려하는 말은 처음입니다."

"태자 시절부터 타던 말입니다. 오늘 모처럼 왕후를 태우고 나와 좋아하는 것 같군요."

"태자 때부터 폐하를 모시고 다녔다니. 이런 귀한 명마를 제가 타도 되는지 모르겠습니다."

"괜찮다면 왕후가 계속 추풍오를 타주셨으면 합니다."

"예?"

"한때는 이름대로 정말 바람을 쫓아갈 정도로 빨랐지만, 이제는 전쟁이나 원행에는 데리고 다니지 못하지요. 왕후가 종종 타주면 추풍오도 좋아할 겁니다."

다른 거라면 사양하겠지만 이 순한 과하마는 참을 수 없이 욕심났다. 말을 탄다는 핑계로 정 필요할 때 가끔은 궁을 빠져나갈 수도 있을 거였다.

어차피 폐위돼 궁을 떠나게 되면 놓고 갈 것이다. 그때까지는 감사히 타자. 해류는 망설임을 버렸다.

"감사합니다, 폐하. 폐하만큼은 못하겠지만 항시 귀히 여기고 살피며 아껴주겠습니다."

안 들리고 안 보이는 척하지만 들리는 소리를 막을 수는 없는 법. 유달리 밝은 을밀의 귀에 추풍오와 관련한 대화가 들어오자 그의 턱이 툭 떨어졌다.

추풍오는 태왕이 어린 시절에 타던 첫 애마 유린청의 첫배새끼였다. 갓 태어난 망아지에게 이름을 붙여 키우고 직접 훈련했다. 얼마 전까지 태왕이 가는 곳에는 항상 추풍오가 있었다.

미물답지 않게 영특하고 충성스러운 추풍오 덕분에 위기를 넘긴 적도 많았다. 냄새를 잘 맡는 개처럼 추풍오는 어디에 있든 태왕을 찾아냈다. 몇 해 전 전장에서 숙신(肅愼)[60]의 기습을 받은 태왕이 포위를 돌파할 수 있었던 건 엉덩이와 다리에 화살과 창을 맞고도 끝까지 달려준 추풍오 덕분이었다.

그때 심하게 다쳐 전마(戰馬)로 가치가 없어진 지금도 태왕은 추풍오를 애지중지했다. 사람의 말을 할 줄 모른다 뿐이지, 태왕이 털어놓은 내밀한 속내를 가장 많이 들은 친우가 저 검은 과하마라고 해도 과언이 아니었다. 그런데, 저 추풍오를 왕후께 주신다고?!

을밀이 보기엔 경천동지에 가까운 사건이었다. 그는 태왕이 이를 갈며 억지로 받아들인 여인, 명림해류의 이름에서 명림이 떨어져 나갔음을 감지했다.

을밀은 새삼스러운 눈으로 왕후를 관찰했다.

계마로나 여관 미려는 태왕의 반려로는 명민하고 통솔력이 있는 명림해류가 잘 어울린다고 입을 모았다. 친정과 불화하니 태왕을 배신하지 않을 거라고 장담했지만 그는 경계심을 풀지 않고 있었다.

명림해류. 해가 지면 져버리는 하얀 박꽃이 해를 보듯 태왕만 바라보던 전 왕후와는 모든 면에서 완전히 정반대인 여인.

연 씨는 여린 꽃처럼 보호받고 아낌받아야 하는 여인이었다. 사근사근 나긋나긋, 한결같이 온순하고 순후한 태도로 입안의 혀처럼 태왕을 전심전력으로 받들었다. 너무나 헌신적인 그녀였기에 최악의 배덕이 만천하에 드러났을 때 처음엔 아무도 믿지 않았다.

지금 왕후는 도무지 여인 같지가 않았다. 초야부터 버림받았건만 눈물 한 방울

---

60 만주 동북부 지역에 살았던 민족

보이지 않았다. 왕궁에 기댈 곳 하나 없으면서도 누구에게도 곁을 주지 않고 고고했다. 두꺼운 갑옷을 두른 듯 빈틈없고 영리한 데다 필요하면 곧바로 움직이는 과단성도 있었다. 새치름 도도하니 속내를 읽기 힘든 점도 걸렸다.

태산 같은 의무를 지고 있는 태왕께는 편하게 쉬고 위로해드릴 품 넓고 온후한 여인이 좋을 텐데. 지금 왕후는 교태는 약에 쓸 것도 없는 데다 빙벽처럼 단단하고 쌀쌀맞지 않은가.

벗이나 동료라면 사지에서도 안심하고 등을 맡길 수 있으나 적이라면 최악인 요소를 모두 갖춘 여인. 태왕께서 아무 요량 없이 저러시진 않을 거라고 믿으면서도 영 껄끄러웠다.

해류는 바로 옆에서 달리고 있는 태왕의 호위대장이 무슨 생각을 하며 자신을 보는지 몰랐다. 추풍오를 벗 삼아 합법적으로 궁 밖 출입을 할 수 있다는 기쁨에 태왕과 함께 있는 불편함도 잊었다.

태왕의 목적지는 마자수였다.

말에서 내린 태왕은 태울 때처럼 해류를 안아 내려줬다. 그리고 주위를 둘러싼 호위병들에게 명령했다.

"한 장 밖에 물러서서 따르라."

"옙!"

태왕은 해류를 데리고 강이 내려다보이는 언덕 가장자리로 갔다.

언덕 아래, 국내성 남쪽을 지나 서쪽으로 가는 큰 강에는 배들이 죽 늘어서 있었다. 병선부터 상선까지. 계속 크고 작은 배들이 줄지어 들어와 빈자리를 메우면서 배의 벽이 점점 길어지고 있었다. 강의 나루마다 빼곡하게 채워 정박하는 배의 행렬은 그야말로 장관이었다.

"우리 고구려에 저리 많은 배가 있는지 처음 알았습니다. 폐하를 알현하러 저 배들이 다 들어오는 것인지요?"

해류의 질문에 태왕의 눈꼬리가 풀어졌다.

"고작 짐을 보러 저 많은 배들을 여기 모으는 건 비단을 찢는 것만큼 낭비지요.

겨울 방벽을 만들기 위한 준비입니다."

"겨울 방벽이요?"

"강이 얼기 전에 배들을 이렇게 빽빽이 정박시켜두면 성벽처럼 되어 혹시라도 겨울에 언 강을 건너 넘어오려는 외적의 침입을 막을 수 있습니다. 매년 겨울에만 세워지는 요새지요."

"강이 얼어 겨우내 국내성의 해상무역로가 막히는 것만 불편하다고 생각했는데 이런 방비도 해야 하는군요."

해류는 자신도 모르는 사이에 국내성의 가장 치명적인 약점을 지적하고 있었다. 한 나라의 수도지만 국내성은 겨울이 되면 수군이 움직일 수 없었다.

"옳은 지적입니다. 출병했던 수군의 상당수가 겨울이 오면 강이 얼기 전에 마자 수로 돌아와야 하니 바닷길을 장악하는 데 걸림돌이지요."

"바다가 더 가까이 있다면 참 좋을 텐데. 하늘이 점지해주신 길지에서 유일하게 아쉬운 점이군요."

"왕후의 통찰력이 보통이 아닙니다."

신뢰하는 신하가 아니라 여인인 왕후와 이런 대화를 하는 게 신기했다. 그는 아직 중신들 누구도 모르는, 알면 벌집을 쑤셔놓은 듯 난리가 날 계획을 밝혔다.

"동대자에서 정월 첫 제사를 올린 뒤 곧바로 순행을 가려고 합니다."

"제사 보름 뒤에 물놀이와 투석전이 있지 않습니까? 그건 어찌 하려고요?"

"태왕이 자리를 비우면 왕후가 당연히 맡아야지요."

"예? 어찌 제가 감히요……."

"잘하실 겁니다. 왕후를 믿으니 떠나는 겁니다."

과거에도 분명 왕후가 주관한 전례가 있긴 했다. 하지만 그건 왕이 전쟁터에 있는 등 부득이한 상황이었기 때문이었다. 며칠만 늦추면 되는 순행을 굳이 태왕이 참석해야 하는 큰 축제를 앞두고 간다는 게 언뜻 이해가 되지 않았다.

태왕이 이유 없이 그 중요한 때에 움직이는 건 아닐 터. 저렇게까지 말하는데 약한 소리를 할 수 없었다. 믿어주는 사람에겐 그 신뢰에 보답해야 하는 법. 할 수 있을 것이다.

해류는 스스로 자신감을 북돋웠다.

"실망하시지 않도록 힘껏 해보겠습니다. 그런데 어디로 가시는지요?"

"평양성으로 갑니다."

"평양성이요?"

마자수 남쪽, 멀리 평양성이 있는 방향을 바라보는 그의 눈빛이 깊어졌다.

"부왕께서 우리 고구려의 다음 수도로 낙점한 곳입니다."

수도를 옮기는 것은 모든 것의 중심이 바뀐다는 소리였다. 태왕은 무덤덤하니 대단한 일이 아닌 듯 얘기하고 있지만 해류는 그 중대함을 느낄 수 있었다. 국내성에 뿌리 박은 귀족들의 반발이 대단하리라는 것도.

국내성에 별다른 미련이 없고 정치에 문외한인 그녀가 보기에 평양성은 꽤 타당한 선택 같았다.

"평양성은 남쪽이라 강도 늦게 얼고 설령 언다고 해도 바다와 지척이니 계절에 상관없이 수군이 기민하게 움직이기에 좋겠군요. 교역과 교류에도 더 적격이겠고요. 중원 남쪽이나 백잔, 가야로 갈 때도 배를 타면 가장 빠르다면서요?"

마자수를 응시하던 태왕이 그녀에게로 돌아섰다. 살짝 커진 동공엔 신기하다는 감정이 떠올라 있었다.

"어떻게 평양성의 지형을 그리 잘 아는지요? 혹시 가본 적이 있습니까?"

"그럴 리가요. 하지만 사당에서 지낼 적, 장삿길에 나서는 사람들로부터 평양성 얘기를 종종 들었습니다."

평양성이란 지명을 처음 알려준 이가 떠올랐다.

마리습. 그가 평양성으로 가서 배를 타고 동진으로 떠난다고 해서 알게 된 곳이었다. 들을수록 장사를 하기 참 적절한 곳이란 생각도 했었다.

그가 떠난 지도 벌써 두 해 전. 슬슬 돌아올 때가 되었구나.

저 멀리로 둥둥 떠다니는 상념을 태왕이 알아챈 모양이었다. 탐색하는 시선이 느껴졌다.

"무슨 생각을 그리 골똘히 합니까?"

"예? 아, 아닙니다. 그냥 잠시……."

태왕에게는 알리고 싶지 않은 그녀의 가장 큰 믿는 구석. 마리습의 상단을 가슴속에 접어놓았다. 대신 내내 떠오르던 의문을 던져 그의 관심을 돌렸다.

"한데, 국내성에서 평양성으로 옮겨가는 것을 다들 흔쾌히 찬성하는지요?"

이번엔 그가 좀 더 크게 웃었다.

"하하, 왕후의 예리함에 오늘 여러 번 놀랍니다."

국내성을 향한 그의 얼굴에선 방금까지 가득하던 웃음기가 싹 가시고 눈매가 매서워졌다.

"서로 반목하던 자들까지 평양 천도만은 똘똘 뭉쳐서 반대하고 있지요. 그 선봉에 바로 명림이 서 있습니다."

그럴 거였다. 수도가 국내성에서 평양성으로 바뀌면 지금까지 국내성에 쌓아놓은 것들이 다 무너질 수 있었다. 안전하고 보장된 기득권을 버려야만 하는 천도를, 명림가나 국내성의 귀족들이 찬성할 리가 없었다.

"국내성에 뿌리박은 귀족들 입장에선 그 기반이 다 흔들리는 것이니 당연히 반대하겠지요. 평양성에 이미 자리 잡은 세력들에게 밀릴 위험도 있고요. 당연히 떠나고 싶지 않겠지요."

그래서 천도를 하려는 거로구나. 평양성과 국내성의 세력이 서로 견제하면 어느 쪽이든 지금처럼 전횡은 힘들었다. 그녀는 왜 태왕이 평양 천도를 강행하려 하는지 확실히 이해했다.

"왕실의 위엄을 위협할 수 있는 깊은 뿌리를 파내기엔 천도가 가장 옳은 방도일 것 같습니다."

"바로 그것을 위해서 부왕께서 평양성을 새 도읍지로 준비하셨지요. 부왕이 살아 계셨다면……."

저 시끄러운 자들의 입을 틀어막아버리고 이미 도읍을 옮겼거나 한창 진행하고 있지 않았을까.

부왕을 떠올릴 때면 아비에 비해 한참 모자란 아들이란 자괴감에 괴로웠고, 신하들과 씨름할 때마다 자신이 부왕보다 얼마나 부족한지 무력감에 시달렸다.

그늘이 지는 태왕의 얼굴에 고단함이 읽혔다. 포기해도 되는 힘든 길을 꾸역꾸

역 가는 그가 안타까워 격려해주고 싶었다.

"폐하께선 꼭 이뤄내실 겁니다."

"왕후가 나를 도와주시겠습니까?"

"……."

말문이 막혔다. 뭐라고 해야 할지. 아니, 무엇을 도와달라고 하는지도 애매했다.

저리 진지한 눈빛이 아니라면 가볍게 그러겠다고 답했을 것이다. 그렇지만 그녀는 천도를 반대하는 세력의 수장인 명림가의 딸. 도읍을 옮기려면 명림 일가는 필히 숙청되어야 했다. 그러면 그녀는 폐위될 거였다. 태왕과 그녀는 그때까지의 한시적인 협력 관계인데, 왜 지금 그의 요구는 그 이후까지를 포함하는 것으로 들리는지.

'예'라는 대답을 요구하는 시선이 그녀를 꽉 붙잡았다. 이런 안광을 마주할 때면 해류는 그가 태생부터 지배자라는 사실을 실감했다. 무조건 복종해야 할 것 같은, 감히 흉내 낼 수 없는 위압감. 숨이 막힐 듯한 압박감에 거짓으로라도 그러겠다고 답할까 하는 충동이 스쳤다. 그렇지만 거짓이더라도 긍정을 입 밖에 낸 순간 참이 되어버릴 것 같았다. 그러면 지켜야 했다.

지킬 수 없는 계약은 절대 하면 안 된다는 상인의 피가 그녀를 침묵하게 했다. 당장이라도 무릎을 꿇고 뭐든 시키는 대로 다 따르겠다고 하고픈 나약한 충동을 꿋꿋이 이겨내게 해줬다.

무언의 굳건한 거부였다. 태왕의 가슴에 스산한 찬바람과 뜨거운 노여움의 불길이 동시에 올라왔다.

그는 태왕이었다. 그가 원하면 명림해류는 무조건 따라야 했다. 그렇지만 그건 겉치레만의 복종. 억지로 취한다면 몸은 주겠지만 해류의 마음은 더 멀어질 터. 지난여름, 비원에서처럼 그의 손이 닿지 않는 곳으로 미련 한 점 없이 달려가버릴 것이다.

왠지 모를 절박감에 그는 좀 더 감춰두려던 속내를 충동적으로 드러냈다.

"왕후를 내 여인으로 안고 싶습니다."

커헉!

일순 숨이 막혔다. 심장이 밖으로 튀어나오지 않은 게 신기했다.

제가 태왕의 사냥감이 된 것 같다는 느낌은 결코 착각이 아니었다. 지금 숨어 있던 사냥꾼이 모습을 드러낸 거였다. 일전에 토로한, 태왕의 사냥 방식을 대입한다면 그녀는 이제 막다른 골목에 몰렸다는 뜻. 죽을힘을 다해 도망 온 길 끝에 태왕이 기다리고 있다는 얘기기도 했다.

자신의 힘으론 도저히 풀어낼 수 없는 사슬이었다. 그 무게에 짓눌려 찌부러지는 것 같았다. 이럴 때는 놀라 쓰러져 혼절해버리면 딱 좋으련만. 머리를 노리고 날아온 화살에다 인파에 깔려 죽을 뻔하고 거기에 더해 낙마까지 하고서도 멀쩡했던 정신은 이번에도 끄떡없었다. 이 정도 충격에 멀쩡한 스스로가 원망스러울 정도로 맑았다.

물 밖에 나온 물고기처럼 헐떡이며 입만 뻐끔거리고 있는데 뒤늦게나마 해류를 불쌍히 여긴 천신의 가호가 당도했다.

"폐하."

다급한 말발굽 소리와 함께 뛰어내린 이가 외치는 소리에 태왕이 몸을 돌렸다.

"승평."

그는 태왕 앞에 한쪽 무릎을 꿇어 예를 표했다.

"용서하십시오. 폐하께서 오시는 줄 알았으면 예서 기다렸을 것인데. 조금 전에 연통을 받고 바로 달려왔습니다."

"일부러 알리지 않고 온 것이다. 온다고 하면 짐을 맞을 준비를 하느라 정작 할 일은 제대로 못 해 늦어질 것이 아니냐."

부정할 수 없는지 승평 왕자가 빙그레 미소를 물었다.

"송구하옵니다."

태왕의 예고 없는 시찰에 놀라느라 옆에 선 이를 미처 못 봤던 모양이었다. 그는 그제야 해류를 발견했다.

"아, 왕후 폐하, 함께 오셨군요."

"예. 폐하께서 데려와주신 덕분에 안목을 넓혔답니다. 강이 어는 겨울에 국내성을 안전하게 지키는 데 이 정도로 엄청난 노고가 필요한 걸 오늘 처음 알았습니다.

전하께서도 고생이 많으시겠어요."

"아닙니다. 저야 그저 지켜만 보는 것을요. 두 분 폐하께서 직접 걸음 하셔서 치하를 해주셨다고 전하면 다들 크게 기뻐할 겁니다."

"아니다. 언뜻 보아도 엄중하게 감독되고 있는 것이 확연하다. 네가 그저 구경만 하고 있다면 이렇게 일사불란하게 진행되진 않겠지. 수고가 많았다."

"망극합니다, 폐하."

아우의 노고를 칭찬하던 태왕의 음성에 장난기가 슬쩍 떠올랐다.

"그런데, 혼인 준비는 어찌 되고 있느냐? 모후께선 당장이라도 왕자비를 정해 날을 잡으실 것 같더니만, 통 말씀이 없으셔서 궁금하구나."

"그, 글쎄요. 모후께 다 일임한 터라 소제는 잘······."

"네가 평생을 함께할 반려를 택하는 일인데 그리 무심해서 되겠느냐."

그의 뜻은 아니었겠지만 승평 왕자는 위기일발에 절묘하게 나타나 구해줬다. 그 고마움을 차치하고라도 거구지만 묘하게 순진해 보이는 왕자에게 호감이 갔다. 해류는 왕궁에선 절대 부리지 않기로 결심했던 오지랖을 떨어봤다.

"전하, 태후께서는 전하가 눈에 담은 분이 있는 것 같다고 하시던데요."

"예에?!"

문자 그대로 왕자는 놀라 펄쩍 뛰어올랐다. 곧바로 얼굴부터 목까지 붉게 타올랐다.

"아니, 모후께서 그걸 어찌······."

해류의 눈이 초승달 모양으로 곱게 휘어졌다.

"어머니는 자식의 일이라면 다 알아진다고 하실 때 기연가미연가했는데, 지금 전하를 보니 맞는 것 같습니다."

"왕자비로 절대 안 되는 규수가 아니면 나중에 후회하지 말고 마음이 가는 대로 인연을 맺어라. 모후께서도 간절히 원하시니 그리해주겠다고 약조드렸다."

반색할 줄 알았던 왕자가 뜻밖에 난처한 기색으로 우물거렸다.

"감사합니다, 폐하. 그런데······."

태왕의 눈매가 날카로워졌다. 음성도 추궁 조로 바뀌었다.

두 번째 왕후 1

"왜? 혹시 유부녀거나 노예인 거냐? 설마 백신(帛愼)[61]이나 패려(稗麗)[62]인은 아니겠지?"

평민만 돼도 유력한 귀족가의 양녀로 입적시키는 방법이 있었다. 승평이 간절히 원한다면 그것까지는 해줄 용의가 있었다. 그렇지만 그 아래는 아무리 태왕이라도 어쩔 수 없었다. 속민이 왕가의 일원이 되는 건 고구려의 누구도 용납하지 않을 것이다.

"저, 절대로 아니옵니다! 제가, 감히 제가 어찌 왕실의 위엄에 먹칠을 하는 짓을 하겠습니까."

놀라 말을 더듬고 손사래까지 치는 양을 보니 거짓은 아니었다. 긴장이 풀린 태왕의 낯이 다시 부드러워졌다.

"갑갑하구나. 속 시원히 털어놔보아라. 누구냐, 네 마음을 사로잡은 규수가?"

"그것이…… 실은 저도 잘 모르옵니다."

귀를 쫑긋 세우고 둘의 대화를 듣던 해류와 태왕이 동시에 소리쳤다.

"예에!"

"뭐라고!"

난처한 듯 뒤통수를 긁적이며 승평 왕자가 고백했다.

"실은, 지난여름 연꽃절에 우연히 마주친 처자입니다."

오호라. 해류의 눈이 초롱초롱해졌다. 축제 때면 거리로 나온 젊은 남녀들이 어울려 서로 눈을 맞추고 짝을 찾는 것은 고구려의 오랜 풍습. 말로만 듣던 그 만남을 왕자는 이룬 거였다.

살짝 돋는 부러움을 누르며 해류는 왕자를 추궁했다.

"그런데 왜 누군지 모른다고 하십니까? 설마 이름도 묻지 않고 헤어지신 건 아니지요?"

---

61 말갈계. 고구려의 속민.
62 광개토대왕이 정복해 복속시킨 거란계 종족

왕자의 고개가 푹 내려가는 것이 바로 그 대답이었다.

해류는 가슴을 팡팡 치고 싶었다. 이런 답답이가 있나. 그리 마음에 들었으면 통성명을 하고, 아니면 바래다주며 집이라도 알아놓을 것이지. 그녀가 누군가에게 저 정도로 홀딱 반했다면 몰래 뒤를 밟아서라도 다시 만날 길을 찾아뒀을 것이다.

"전하, 혹시 실마리가 있을지 모르니 떠오르는 건 다 좀 말씀해보세요."

정작 가장 중요한 일은 하지 않았지만 기억만은 생생한 모양이었다. 내내 속으로만 감춰놨던 연심을 털어놓는 게 신이 나는지 숨도 쉬지 않고 칭송을 이었다.

"참으로 아름다운 여인이었습니다. 관나 부인[63]이 저랬을까 싶을 정도로 흑단같이 까맣고 긴 머리를 내려 묶고 흰 연꽃을 꽂고 있어 처음엔 정말 꽃을 보러 하강한 연꽃 선녀를 만난 줄 알았지요. 연한 분홍 저고리에 가선은 짙은 진달래색이고 허리띠도 연꽃을 수놓은 진홍색이었습니다. 얇은 치마가 바람에 날릴 때 그 여인도 바람을 타고 하늘로 올라갈 것 같았지요."

몽롱하니 그녀를 그리는 왕자의 묘사는 시를 읊는 것 같았다. 그가 얼마나 그 처녀에게 빠져 있는지도 확연히 알 수 있었으나, 불행히도 여인의 정체를 아는 데는 큰 도움이 되지 않았다.

그나마 건진 수확이라면 유부녀도 아니고 절대 천민이나 속민은 아니라는 것.

분홍색은 연한 것부터 진한 것까지 값진 염료가 들어갔다. 염색도 무척 손이 많이 가고 힘들어 고급 천에만 썼다. 귀족이라도 어지간한 재력이 있지 않고선 입기 힘들었다. 분홍색을 입을 정도라면 신분이 높을 테니 일단 큰 장애물은 통과한 거였다.

안도의 한숨을 삼키며 해류는 계속 캐물었다.

"다른 건 기억나는 게 없으신지요? 무슨 얘기를 나누셨나요?"

"그 처자가 너무 아름다워 말문이 막히고 머릿속이 텅 비는 바람에 얘기는 별반……."

---

63   9자나 되는 긴 머리에 아주 아름다운 미모를 가졌던 중천왕의 측실

아이고 이 딱한 사람아, 타박이 혀끝까지 올라왔다. 어이없다는 감정을 감추려 눈을 돌리는데 승평이 덧붙이는 소리가 귀에 쏙 들어왔다.

"부여신 사당에 자주 기도를 올리러 간다고 했습니다. 좋은 연을 맺게 해달라고 빌러요."

가만히 듣고 있던 태왕도 기가 막힌지 피식피식 웃으며 끼어들었다.

"그리 반한 처자라면 속으로 애만 태우지 말고 부여신 사당 앞에라도 가서 지키고 있지 그랬느냐."

"저도 그러고 싶었으나……."

연꽃제 직후 승평 왕자는 태왕의 명에 평양성으로 가 제단 축조 상황을 살펴야 했고, 동맹에 맞춰 돌아왔다가 곧바로 서안평성으로 갔다. 강에 배의 요새를 세우는 일로 얼마 전에야 국내성으로 돌아온 터였다.

태왕이 혀를 찼다.

"쯧쯧. 그런 일이면 짐에게 따로 청을 할 것이지."

"실은…… 이 임무를 마치면 부여신 사당 앞에서 기다려보려고 하고 있었습니다."

"너도 참으로 어리석구나. 유화부인께서 그 처녀의 기도에 감복해 벌써 다른 인연을 맺어줬으면 어쩌려고."

이 정도면 말미를 청해도 되련만. 여전히 속만 태우는 아우를 슥 보며 태왕이 선심을 썼다.

"승평은 지금 바로 국내성으로 돌아가라."

"예? 무슨 말씀이신지?"

"부여신 사당으로 가서 그 처자를 찾으란 말이다. 유부녀나 노예, 속민만 아니라면 누구든 혼인을 허락하겠다."

"폐하……."

승평 왕자는 도저히 믿어지지 않는지 멍하니 태왕을 응시했다. 그 모습이 갑갑하다는 듯 태왕이 내쫓듯이 휘휘 손을 내저었다.

"어허, 무엇 하느냐. 빨리 가거라. 지금 달려가면 사당의 문이 닫히기 전까지 조금의 시간은 있을 것이다. 대모신께서 살펴주신다면 오늘이라도 만날 수 있겠지."

믿기지 않는 듯 잠깐 머뭇거리던 왕자는 후다닥 인사하고 말에 올랐다. 혹시라도 태왕의 심경이 바뀔까 두려운지 그야말로 바람처럼 사라졌다.

멀어지는 왕자를 바라보는 해류의 눈빛이 아련해졌다.

어머니도 축제에서 그녀의 생부를 만났다고 했었다. 명림두지도.

자주 기도를 하러 간다니 길어도 달포 안에는 만날 수 있겠구나. 어머니의 만남은 둘 다 악연이었지만 왕자의 인연은 부디 행복하길.

왕자가 간 길을 쳐다보는 그녀의 눈에 복잡다단한 감정이 그대로 드러난 모양이었다.

"부러우신 것 같습니다."

"예?"

화들짝 놀란 해류가 눈을 내리깔았다.

솔직히 부러웠다. 저런 우연한 눈 맞춤과 풋풋한 설렘은 그녀도 꿈은 꿔봤지만 경험하지 못한 것. 설령 왕궁에서 나간다고 해도 영영 불가능했다. 그렇더라도 이 동경은 절대 인정해선 안 되었다. 지금 태왕을 자극하는 건 위험했다. 승평 왕자 덕분에 요행히 위기를 피하긴 했지만 똑같은 행운은 두 번 다시 기대할 수 없었다.

"고구려에서 가장 높으신 폐하의 곁에 선 제가 누굴 부러워하겠습니까."

해류는 파헤치듯 자신을 주시하는, 잘 벼린 검처럼 예리하고 깊은 그의 눈빛을 간신히 받아냈다. 계면쩍은 웃음으로 거북한 분위기를 얼버무렸다.

"그저 그이가 누구일지 궁금할 따름입니다."

"그렇군요."

고개를 한 번 끄덕인 태왕은 고맙게도 언덕 아래로 움직이기 시작했다. 강가에 내려가 정박한 배들을 살피고 겨울 방비의 계획을 보고받는 태왕은 옆에 있는 왕후의 존재는 잊은 것처럼 보였다.

그의 뒤를 따르면서 해류는 안도감을 삼켰다. 평소처럼, 품격과 권위가 넘치는 모습으로 냉철하게 모든 걸 살피고 있는 태왕을 보니 안심됐다.

잠시 잠깐 유혹에 흔들리는 것이다. 강철 같은 자제력을 지닌 태왕이니 금방 후회할 육욕에 사로잡히지 않도록 멀리 피해 있어야겠다. 곧 정월 준비로 왕궁 안팎이 분주해지니 어렵지 않을 것이다. 그렇게 자신을 위안했다.

저만의 상념에 골몰한 해류는 몰랐다. 귀와 눈은 해야 할 일들을 살피고 있지만 태왕의 온 신경은 멀찌감치 서서 그를 지켜보는 그녀에게 꽂혀 있다는 것을.

그는 있는 힘껏 조급함을 누르고 있었다.

태왕이 이미 결심을 끝냈다는 사실을 해류는 알지 못했다.

그가 망설이는 건 그녀를 품느냐 아니냐가 아니었다. 그가 고민하는 것은 '언제'였다. 더불어 어떻게 그녀가 기꺼이 그에게 안기도록 하느냐도. 그의 권위에 굴복하거나 정략결혼의 상대라 할 수 없이 복종하는 게 아니라 자발적이길 원했다.

명림해류가 제게 다가오게 하려면 조금 더 인내심을 갖고 기다려야 한다. 지금 태왕을 자제시키는 것은 딱 그 이유뿐이라는 걸 해류는 몰랐다.

六

"나무는 봄에만 심는 줄 알았는데."

분재 심는 걸 지켜보며 신기해하는 해류에게 도종이 정중하게 설명해줬다.

"그것이 보통이지만 이렇게 분을 뜨거나 화분에 있던 것들은 가을이 더 나을 때가 많습니다. 잠시 몸살을 하고는 겨울에 땅과 함께 푹 쉬고 봄에 잠을 깨어 피어나는 것이지요."

"그렇군."

그는 고운 유백색 화분에 담긴 분재 하나를 올렸다.

"이것은 왕후 폐하께 올리는 바다석류입니다."

"아니, 이걸 어떻게? 없다 하지 않았는가요?"

"제가 질자 시절 지인에게 선물한 것이 한 그루 있는데, 수소문해보니 처분을 했더군요. 요행히 연이 닿아 구할 수 있었습니다. 빠르면 내년 봄, 늦어도 초여름에는 꽃을 보실 수 있을 것입니다."

작은 나무는 가지가 살짝 붉은 것 말고는 별반 특별해 보이지 않았다. 그래도 말로만 듣던 자신의 이름 꽃. 드디어 볼 수 있다니 살짝 두근거렸다.

"고맙소. 내년 봄을 기다릴 즐거움이 하나 더 늘었군요."

처음엔 이 화분을 왕후궁으로 가져갈까 하다 곧 생각을 바꿨다. 태왕이 낯선 화분을 보면 무엇인지 물을 터. 이유는 모르겠으나 태왕이 석도종을 썩 탐탁하게 여기지는 않는 것 같았다. 굳이 그의 심기를 거스를 이유가 없었다.

"전각에 들이고 신경 써서 보살피거라."

인사를 건네고 비원을 떠나려는데 그녀의 발걸음을 멈추게 하는 소리가 들렸다.

"태후 전하께서 납십니다."

"전하."

입구로 가서 태후를 맞던 해류는 제 어머니를 보고 깜짝 놀랐다. 그 모습을 보며 태후가 호호 웃었다.

"놀라셨지요, 왕후?"

"예에, 전하. 이게 무슨 일이온지……."

"차를 함께하자고 내가 부인을 청했습니다. 왕후도 괜찮으면 같이 들자고 사람을 보냈더니 여기 있다고 해서요. 부인께 비원도 구경시켜드릴 겸 여기서 차를 마시려고 왔습니다."

비원에 시선을 주던 태후는 뒤늦게 여기저기 구덩이를 파놓아 어수선한 모습과 석도종을 발견했다.

"아, 이런. 중요한 일이 있는데 내가 방해를 했나 보군요."

"아닙니다. 가을에 옮겨 심으면 좋을 분재를 석도종 공이 가져와 심은 터라 잠시 둘러보고 있었습니다."

"그것이야말로 중요한 일인 것을요. 미안합니다, 왕후."

어머니에게 비원을 구경시켜주고 싶은 마음은 그녀도 컸다. 해류는 당장이라도 발길을 돌려 나갈 것 같은 태후를 잡았다.

"정원은 어수선하긴 하지만 전각에는 화분들을 다 들여놓아 제법 근사합니다. 바람이 차지만 채장만 내리고 아늑하게 그 풍취를 즐기시지요."

"그럼, 그럴까요?"

두 사람은 서로 대화를 주고받느라 바빠 잠시 잊은 석도종과 여진. 한 명은 돌처럼 굳었고 한 명은 죽은 사람처럼 창백한 낯으로 서로를 망연히 바라봤다. 자신이 어디에 있는지 누군지도 잊은 듯 얼어붙어 있던 여진은 해류의 부름에 정신을 차렸다.

"어머니?"

"아, 예. 폐하. 뭐라고 말씀하셨는지요?"

"무슨 생각을 골똘히 하시길래 부르는 소리도 못 들으세요. 태후 전하께서 전각에서 다과를 들자고 하시잖아요."

화들짝 놀라며 여진은 몸을 숙였다.

"용서하소서, 제가 잠시 하문을 놓쳤나이다."

"괜찮습니다, 부인."

태후의 손짓에 시녀들이 다과상과 차를 끓이기 위한 도구를 들고 전각으로 올라갔다.

비원을 슥 훑어보고 전각으로 가려던 태후는 새삼스럽게 도종을 다시 관찰했다. 여인이라면 누구나 그렇듯 그의 수려함에 감탄하는 눈빛이 지나갔다.

"석공이라고 하였던가? 초면인데 초면 같지 않게 낯이 익군. 어디서 본 기억이 있는 듯한데……?"

"오래전에 질자로 있었던 터라 아마 그때 보셨던 모양입니다."

납득이 되는지 태후가 치하의 미소를 흘리며 고개를 끄덕였다.

"그랬군. 모두가 탐내는 귀한 분재들이라던데 왕실을 위해 흔쾌히 내어주니 고맙소."

"저를 받아주신 태왕 폐하의 가호로 고구려에서 편히 살고 있는데 당연한 일입니다. 미약하게나마 도움이 될 수 있어 오히려 영광이옵니다."

"호호, 이리 충성심이 높다니. 내가 그 말을 폐하께 꼭 전해야겠군."

다른 이라면 감사를 거듭하며 호들갑을 떨 만도 하건만, 태후의 칭찬에도 도종은 크게 반응을 보이지 않았다. 정중하게 작별인사를 올렸다.

"송구합니다. 소인은 이제 돌아가보겠습니다."

늘 익숙한 이만 보는 무료한 왕실의 일상이었다. 모처럼 새로운 얼굴이 반가운지 태후가 그를 붙잡았다.

"보아하니 쉬지도 못한 것 같은데 다과라도 들고 가시게."

"아니옵니다. 제가 어찌 감히요."

"이런 귀한 분재들을 키워 왕실에 헌납하고 또 심고 갈무리하는 걸 직접 감독까지 해줬는데 그냥 보내는 건 도리가 아니지. 이대로 가면 나나 왕후의 마음이 편치 못하니 따라주시오."

이렇게까지 강권하는데 마냥 뒤로 뺄 수는 없었다. 도종은 내키지 않는 기색을 감추고 공손히 허리를 숙였다.

"그럼, 전하의 초청을 감사히 받겠습니다."

석도종이 전각으로 들어오자 거짓말을 조금 보태어 안이 확 밝아지는 것 같았다. 정원 공사를 챙기느라 땀과 흙먼지로 더러워졌음에도 그의 빼어난 미태는 전혀 가려지지 않았다. 오히려 살짝 흐트러진 것이 완벽하게 단정했던 아까보다 더 근사했다.

불혹에 가깝다는 사내가 어찌 약관의 청년처럼 해사할 수 있나. 옥골선풍이 바로 저걸 두고 하는 소리로구나. 보는 것만으로도 눈호강이다.

그를 바라보는 몽롱한 눈망울은 동일한 감탄을 담고 있었다. 시중드는 궁녀들은 태후나 왕후의 앞이라는 것도 잊고 흘끔흘끔 그를 훔쳐보느라 정신이 없었다.

저러다 차를 다 흘리겠다. 아엄이 달인 차를 따르는 궁녀들의 어색한 손놀림이 우스운 동시에 조마조마했다.

다행히 넘치기 직전에 위태위태하게 멈춘 궁녀들이 태후부터 차례로 차를 올렸다. 태후도 궁녀들의 넋이 나간 걸 알아챘는지 재밌다는 낯으로 잔을 들었다.

"드십시다."

도종이 찻잔을 들었다. 신라에서 장수였다는 게 믿기지 않을 정도로 손가락 역시 눈에 띄게 가늘면서 길고 하얬다. 저런 섬섬옥수를 사내에게 주시다니, 참으로 하늘이 야속하다 싶을 정도였다. 군데군데 보이는 상흔마저도 아로새긴 무늬처럼 오히려 아름다움을 더해주는 것 같았다.

도종이 은은한 유청색 도기 찻잔을 살살 흔들어 향을 음미했다.

"연꽃향이…… 참으로 그윽합니다. 입에만 향긋한 게 아니라 심신까지 맑아지는 것 같습니다."

"호오. 신라도 차를 즐기는 풍습이 있나 보군요."

"고구려처럼 다채롭지는 않으나 서라벌에서도 차를 마십니다. 다만 저는 이곳에 질자로 있을 때 그 맛을 조금 익혔습니다."

"그렇군. 분재에 차에, 석공은 정말 풍류가 대단하시군요. 안 그렇습니까, 부인?"

태후의 물음에 멍하니 백일몽에 빠져 있던 여진이 꿈에서 깬 것처럼 화들짝 놀랐다. 거의 펄쩍 뛰듯이 허리를 곧추세웠다.

"예? 예에. 그런 것 같습니다."

"부인, 오늘 좀 이상하십니다? 어디가 불편한지요?"

해류가 보기에도 오늘 어머니는 정신이 반쯤 나간 것 같았다. 무언가 큰 충격을 받은 듯, 꼭 못 볼 것을 본 사람 같았다.

두지가 또 몹쓸 짓을 한 거 아닌가, 더럭 의심이 갔다. 행인지 불행인지 그는 눈이 뒤집히면 표 안 나게 때려야 한다는 것도 망각하는 인사였다. 만약 그가 또 미쳐 날뛰었다면 얼굴이 저리 멀쩡할 리는 없었다. 혹시나 싶어 매의 눈으로 재차 살폈지만 목덜미나 손목에도 멍 자국은 없었다.

만약 태후나 다른 듣는 귀가 없다면 캐어물으련만. 갑갑함을 삼키며 해류도 물었다.

"어머니, 어디 편찮으신가요? 아니면……?"

태후와 해류의 질문에 여진은 억지로 밝은 음성을 짜냈다.

"제가 잠시……."

변명거리를 찾던 그녀의 눈에 전각에 가득한 분재들이 그제야 들어왔다. 다행이다. 감사하며 여진은 그리움을 일부러 북돋웠다.

"분재를 보니 돌아가신 선친이 떠올라 잠시 멍했나이다. 태후 전하의 심기를 흩트린 것을 용서하십시오."

위기를 넘기기 위한 변명이었지만 말을 잇다 보니 목이 메고 눈이 글썽해졌다.

"선친께서도 분재를 좋아하셨나 봅니다?"

외할아버지가 그랬었나? 외조부의 방에 작은 화분들이 있었던 것 같기도 했다. 비단이나 보석이라면 몰라도 초목엔 전혀 관심이 없어서 그런지 기억이 가물가물했다.

여진은 해류의 뇌리에서는 지워진 외조부의 일상을 촉촉한 음성으로 더듬었다.

"예. 그때그때 마음에 드는 분재를 택해 옆에 두고 차를 마신 뒤 향을 피워 마무리하는 것을 아주 즐기셨습니다."

"부인 선친의 풍류는 가히 신선의 반열에 닿겠습니다. 살아 계셨으면 석공과도 좋은 교분을 이으셨을 것 같단 생각이 드네요. 아니 그렇소, 석공?"

서걱서걱, 마치 돌을 쪼개는 것 같은 음성으로 도종이 입을 열었다. 얼굴은 마치 가면을 쓴 것처럼 굳어 있었다.

"그런 분이 일찍 돌아가시다니 저도…… 아쉽습니다."

뭔가 좀 이상하다.

도종의 전에 없이 날 선 모습이 해류의 신경을 따끔따끔 찔러왔다.

천성인지, 망명객으로의 처세인지 모르겠으나 유유하니 어디 하나 모난 구석이 없는 이였다. 부리던 자에게 살던 집도 주고 갈 정도로, 뭐든 내어주는 여유로움이 그에게 항상 넘쳤다. 권력과 재산, 가족까지 다 빼앗긴 원한이 클 텐데도 초탈해 보이는 모습이 이채롭기까지 했었다.

그런데 왜? 무엇 때문에 갑자기?

마구 뻗어가던 해류의 의문은 문에 들어서는 그림자가 또렷해지자 천리만리 달아났다.

"폐하!"

그녀의 낮은 외침에 다들 반사적으로 일어나 몸을 숙였다. 태왕의 등장에 느긋하던 전각 안의 공기가 순식간에 팽팽해지고 긴장감이 감돌았다.

"아니, 오늘 대신들과 후산에 사냥을 간다지 않으셨나요? 벌써 돌아온 겁니까?"

"급히 처결해야 할 일이 생겨서 사냥은 미뤘습니다."

"그러셨군요. 태왕께서도 차를 드시겠습니까? 머리를 맑게 해주는 연꽃차랍니다."

사양하고 갈 줄 알았는데 그는 여진에게도 목례하며 아는 척을 해주더니 자리에 앉았다.

"한 잔 주십시오."

"태왕께 식은 차를 올릴 수 없으니 다시 끓이라고 해야겠습니다."

눈치 빠른 아엄이 벌써 물을 새로 올리고 있었다. 물이 끓기를 기다리며 태후는 어색해진 분위기를 덜려 시도했다.

"사냥까지 미루게 한 일은 무엇인지요?"

잠깐 망설이는 눈치였지만 그는 의외로 선선히 답했다.

"동맹 때 화살을 쏜 흉적이 잡혔습니다."

해류와 여진은 놀란 숨을 삼키려고 입을 가렸다. 유일하게 태후만이 노염과 반색을 함께 드러내며 물었다.

"예에? 정말입니까? 누구랍니까, 그 고얀 것들은요."

"아직 문초 중입니다."

딱 끊는 어투에 태후는 그제야 도종과 여진의 존재를 의식했다.

"아, 그렇겠지요. 내가 너무 궁금해 잠시."

"문초가 끝나 모든 것이 명확해지면 따로 말씀드리겠습니다."

태후에게 지나치게 칼같이 굴었다 싶었는지 누그러진 어투로 덧붙인 태왕은 반대편 선반에 놓인 것을 가리켰다.

"저것은 무엇인가? 전에 보지 못했던 것 같은데?"

그가 지목한 것은 도종이 선물한 바다석류.

태왕의 눈썰미는 정말 날카롭구나. 저 눈이 놓치는 것은 없겠다. 해류는 새삼스럽게 감탄하면서도 오싹했다.

"오늘 석공이 가져온 바다석류입니다. 제가 바다석류 꽃은 본 적이 없어 궁금하다 하였더니 힘들게 구해 선물을 해주었습니다. 내년 늦봄이나 여름엔 꽃을 볼 수 있다고 합니다."

"왕후에게 귀한 걸 선사하다니 고맙군."

입으로는 너그럽게 치하하고 있지만 속에선 울화통이 터지고 있었다.

해류 자신의 이름이면서 정작 그 꽃은 못 봤다는 건 당연히 그만 아는 사실이라 믿었다.

활짝 피어난 바다석류 꽃을 보여주고픈 욕심에 계마로를 닦달했다. 석도종이 키운 걸 해류에게 주기 싫은 그의 고집을 모른 채 동분서주하던 계마로는 서라벌에 주둔한 장수들에게 연락해 오가는 상인을 통해 간신히 바다석류 분재를 구해 왔다.

꽃을 보고 놀라 기뻐하는 해류의 모습을 떠올리며 설레면서 애지중지 가꾸게 했건만.

내년 늦봄에 꽃이 피면 선사해 깜짝 놀래주리라. 분재가 도착한 날 당장이라도 주고 싶은 유혹을 꾹 누른 보람이, 그 두근두근한 기다림이 먼지가 되어 흩어졌다. 가장 귀한 순간을 도둑맞은 듯 허탈했다.

왜 해류는 저 신라인에게 바다석류 꽃을 보지 못했다는 시시콜콜한 얘기까지 했을까. 그런 내밀한 얘기는 반려인 나에게만 하고, 꽃을 보고 싶으니 구해달라는 부탁도 내게 해야 하는 게 아닌가. 주변에 아무도 없으면 당장 붙잡고 추궁이라도 하고 싶었다.

실은 오늘 사냥은 가도 지장이 없었다. 그의 발목을 잡은 건 어제저녁의 대화였다. 바로 여기 앉은 석도종과 관련된. 석도종이라는 저 요사스럽도록 해사한 사내가 해류 근처에서 알짱거리는 게 참을 수 없이 불쾌했다.

어젯밤 그는 해류도 사냥에 동행하면 어떨까, 권하기 위해 미끼를 놓는 질문을 던졌다.

"왕후는 내일은 무엇을 할 예정입니까?"

태왕의 속내를 모르는 해류는 신이 나서 예정된 일정을 보고했다.

"내일 드디어 석공이 분재를 심으러 든답니다. 신라에서 공물로 올리는 분재가 도착해 내년 봄에 마저 심으면 옛 모습을 금방 찾아드릴 수 있을 거예요. 정말 기다려집니다."

폐위되어 떠나기 전에 그에게 옛 영화를 되찾은 비원을 선물로 주고 가겠다, 그 약조가 되살아나 그를 때렸다. 복원된 비원의 모습을 상상하며 방싯거리는 그녀의 눈길은 멀리 그 너머를 보고 있었다.

그는 없고 해류와 예씨 부인만이 있는 미래. 어쩌면 다른 사내도 함께일 수 있었다. 그 사내가 도종이라는 법은 없건만 순간 그가 겹쳐지며 불끈 격분이 치밀었다.

도종은 출입하지 말고 분재만 들이라는 명령이 나오다가 겨우 삼켜진 걸 해류는 몰랐다. 그러면 그녀의 성격상 이유를 묻지 않을 리가 없었다. 그때 댈 마땅한 핑계가 없었다. 스스로 생각해도 얼토당토않은, 혼자만의 치졸한 상상이기도 했다.

결국 불만을 꾹꾹 눌러 삼키며 왕후궁을 나와야 했다.

자신답지 않은 격랑을 하늘을 보며 달래려고 관천대를 향했다. 거기서 밤을 새웠을 그를 잡은 것은 동맹 때 화살을 쏜 범인들이 잡혀 끌려왔다는 급보였다.

복잡한 잡념도 털어낼 겸 직접 문초했다. 그리하여 대충의 자복은 받아낸 상태였다. 미진한 부분은 맡겨뒀으니 오늘 밤이나 내일부터 다시 챙겨도 충분했지만 그 핑계로 사냥을 미뤘다. 외모에 무관심한 왕후가 유일하게, 참으로 잘났다고 입에 침이 마르도록 칭찬한 사내와 같이 있도록 내버려두고 싶지 않았다.

"하찮은 것을 흔쾌히 가납해주시니 제가 오히려 감사할 따름입니다."

너무도 정중하게, 한 치 한 푼 흠잡을 데 없는 태도로 인사를 올리는 것도 공연히 눈꼴시었다. 내키는 대로 하자면 이자를 안 보고 싶었다. 유감스럽게도 왕후에게 비원을 복원해달라고 요청한 것은 그 자신이었다.

얼마 남지 않았다. 이자가 비원에 올 일은 기껏해야 한두 번. 그때마다 왕후에게 일을 만들어 마주치지 않도록 하면 된다.

현실적인 방도를 세우며 태왕은 비틀어지려는 심사를 달랬다.

"비원을 위해 네가 물심양면 애쓴 것은 잊지 않겠다."

"망극하옵니다."

대화는 그것으로 끝이었다. 태왕은 입을 꾹 다물었다.

저 한마디를 하시려고 직접 여기까지 오신 것인가. 저런 치하는 내게 시켜도 되는구먼. 해류는 솔직히 당황스러웠다. 이 어색한 침묵도 불편했다. 무슨 얘기든 하며 대화를 이어야 하지 싶었지만 왠지 조심스러웠다.

태왕의 얼굴에선 어떤 감정도 보이지 않았다. 다른 별일도 없는 것 같았다. 그럼에도 그의 존재감은 비교적 화기애애했던 전각 안의 공기를 숨쉬기 힘들 정도로 묵직하게 내리눌렀다.

이유 모를 시커면 위압감에 항시 능수능란하게 대화를 이끌던 태후마저도 분재를 감상하는 척 시선을 여기저기 움직이며 침묵을 지켰다. 해류는 해류대로, 여진은 여진대로 혹시 제가 무슨 실수를 했나 고심했다.

궁녀들은 도종을 훔쳐보긴 고사하고 혹시라도 태왕의 냉안이 닿을까 몸을 한껏 웅크리고 시립했다. 매사에 절도 있고 침착하던 태후의 여관 아엄마저도 화로에 직접 부채질하면서 물이 속히 끓기를 기도할 정도였다.

마침내 아엄이 정성껏 우린 차를 올리자 한 잔 마신 뒤 태왕이 일어섰다.

"그럼 말씀 나누십시오."

"바쁘신 중에 비원까지 들러주셔서 감사합니다, 폐하."

"살펴 가시옵소서."

희색을 간신히 감추면서 전각 아래까지 내려가 태왕을 배웅했다.

태왕이 사라지자 도종도 태후와 해류에게 인사를 올렸다.

"소신도 이만 돌아가겠습니다."

해류는 진심 어린 감사를 담아 그를 치하했다.

"오늘 석공이 수고한 것과 진상한 분재들은 내가 폐하께 상세히 아뢰어 상을 내리도록 하겠소."

"당치도 않습니다. 저를 받아주신 폐하의 은덕만으로도 신에겐 충분한 상이오니 과분한 말씀은 거둬주십시오."

도종은 펄쩍 뛰며 사양했다. 그 사절은 예의상 겸양이 아니라 진정이었다. 태왕과 머무는 내내 차를 마셔도 입이 마르고 등골에는 식은땀이 맺혔다. 그런 가시방석엔 두 번 다시 얼씬도 하고 싶지 않았다.

왕후와 달리 석도종은 자신을 향한 태왕의 매서운 눈초리를 감지하고 있었다. 그의 입장에선 어처구니가 없었지만 그 까닭도 짐작이 갔다.

무심함을 가장하고 있으나 왕후를 바라보는 태왕의 눈은 애욕에 불타는 사내의 것. 왕후 주변에 있는 수컷은 자신처럼 보잘것없는 존재마저도 용납이 안 되는 거였다. 태왕이 명림가에 억박당해 들인 왕후에게 정이 없어 쳐다도 보지 않는다는 건 헛소문이 분명했다. 소박을 놓을 정도로 싫은 여인의 일거수일투족에 신경을 날카롭게 곤두세우는 사내는 없었다.

건흥태왕 거련의 왕후, 명림해류의 첫인상은 상황 파악이 빠르고 영민한 여인. 보통내기가 아니란 걸 그는 한눈에 간파했다.

그런데, 일의 처리는 똑 부러지고 더없이 기민한 분이 남녀상열지사엔 어찌 저리 둔감할 수 있을까. 일부러 모른 척하는 것인지, 아니면 청백한 신녀로 살다 왕후가 되어 그 부분에만 무지한 것인지.

지아비가 어떤 눈으로 그녀를 보는지 모르는 왕후가 신기했다. 담백하다 못해 무심한 지어미를 둔 태왕이 안되었다는 생각마저 들었다.

왕궁 출입은 어떤 핑계를 대어서라도 피해야 한다. 그는 자신을 위해 단단히 결심했다.

돌아갈 곳이 없는 그에게 남은 생을 의탁할 유일한 장소가 고구려였다. 공연한 오해를 사서 안위를 위협할 이유가 없었다. 더불어 왕후와 관련된 사람들과는 우연이라도 조우하고 싶지 않았다. 가슴을 저미는 악연은 한 번으로 족했다.

스산한 삭풍이 흙먼지를 일으키며 편전 앞을 훑어갔다. 한기를 가득 품은 대기에 호위들의 어깨가 움츠러들었다.

초겨울인데 이러니 올겨울도 만만치 않겠구나. 벌써 자시(밤 11시)를 넘겼는데. 침수는 언제 드시려나.

하품을 깨물어 삼키는 시종들의 간절한 눈길을 아는지 모르는지. 저녁도 뜨는 둥 마는 둥, 주변을 모두 물리고 해시(저녁 9시) 즈음부터 책상에 자리를 잡은 태왕은 움직이지 않았다.

동맹 때 화살을 쏜 범인은 비려(거란)인 족장의 아들과 그 일가. 현장에서 고구려의 맥궁이 아니라 비려의 활에 쓰는, 한 자가 넘는 길이의 싸리나무 화살을 발견한 순간부터 예측한 바였고 끈질긴 추적 끝에 잡아낼 수 있었다. 길게 고문할 것도 없었다. 모든 걸 포기했는지 그들은 순순히 자복했다.

몇 해 전 그가 직접 나선 동북지방 정벌 때 국경을 어지럽히던 몇몇 부족은 몰살

시켰다. 불필요한 살육은 원치 않았지만 끝까지 저항하는 자들에게까지 자비를 베풀 수는 없었다. 사내는 노소를 가리지 않고 모조리 죽이고 가축과 여자들은 노예로 끌고 왔다.

그 와중에도 살아남은 소수의 잔당은 절치부심, 투항한 다른 부족에 묻어 고구려에 숨어들었다. 오랫동안 복수의 때를 노리다 경계가 상대적으로 느슨한 동맹에 왕후와 백성들을 죽여 그 신성함에 흙탕물을 끼얹으려 했다.

그들의 자백은 누가 들어도 고개가 끄덕여지는, 아주 타당한 구실이었다. 바로 그것이 그를 괴롭혔다. 지나치게 매끄럽고 너무나 완벽했다.

고구려 신민이라면 국가 창건 때부터 전통인 엄혹한 국법 이상으로 천벌을 두려워했다. 천신이 강림하는 동맹에는 감히 모반이나 역모를 시도할 엄두조차 내지 못했다. 지난 수백 년 동안 드물게 일어나는 불가항력의 사고 외에는 동맹 때 이런 유의 사건이 없었던 건 그 때문이었다.

비려인이라면 그런 공포 없이 참변을 일으킬 만했다. 감히 왕후와 고구려의 백성을 가장 상서로운 날에 시해하려 한 죄를 물어 능지처참하고 효수하면 끝이었다.

그럼에도 그는 의문을 떨칠 수가 없었다.

왜 굳이 비려의 화살을 썼을까?

고구려에 투항하는 척하고 수년 동안 보복을 준비할 정도로 용의주도한 자들치고는 너무 허술했다. 만약 그라면 흔적을 감추기 위해 고구려의 화살을 쏘았을 것이다. 그러면 최소한 도주할 시간이라도 더 벌 수 있었다. 그런데 자신들의 정체를 자랑이라도 하듯이 비려의 화살을 사용했다.

두 번째 의문은 왜 태왕이 아니라 왕후를 노렸을까?

더구나 그들이 화살을 쏜 곳은 축제를 편하게 구경한다는 핑계로 빌린 전각이었다. 매년 행사를 마치고 돌아오는 행렬이 지나는 요지. 그것을 알고 그 자리를 선택할 정도라면 진짜 원수인 자신을 노려야지 왕후를 친 건 납득이 가지 않았다.

잡힌 비려인들의 주장대로 안타까운 실수인지 아니면 아직 간파해내지 못하는 다른 이유가 있는 것인지, 아무리 궁리해도 실마리가 잡히지 않았다.

다만 한 가지는 확실해졌다. 국내성의 사정을 아주 잘 아는 자가 아니면 불가능한 위치 선정. 고구려에 들어와 산 지 기껏해야 수삼 년인 자들이 택할 곳은 아니었다.

분명…… 고구려인이 주동했다.

결론에 도달하자 흐릿하던 것들이 명확해지고 아귀가 딱 맞아떨어졌다.

이제부터 고민할 것은 누가, 왜 그런 책동을 했느냐였다.

추포된 자들은 왕후를 죽이는 덴 실패했지만 신성한 동맹을 모욕하고 고구려 백성들을 소수나마 살육한 것을 진심으로 기뻐했다. 죽음을 두려워하지 않고 자신들의 성취를 자랑스러워하고 있었다. 배후는 없다고 우겼다.

태왕은 추격대에게 격렬하게 저항하다 자결했다는 부족장의 아들을 떠올리며 아쉬워했다. 아마도 그들을 도운 고구려인과 연결된 건 그자 혼자였을 터. 그래도 사람의 일이니 아무리 단단히 막았더라도 샌 것이 있을 터다.

이제부터 챙길 것은 그동안 간과했던 연결고리를 찾아내는 일. 쉽지는 않겠지만 털고 또 털면 뭐든 나올 것이다.

저들을 얼마간은 더 살려놔야 되겠구나.

잡아들인 흉적들이 접촉한 자들에 대해 엄중히 심문하라는 명을 내리려는데 문밖의 시종이 조심스레 고했다.

"저어, 폐하. 왕후 폐하께서 드셔서 기다리신 지 한참 되셨는데 어찌할까요?"

"한참 전? 언제 오셨는데?"

"그것이…… 해시가 좀 넘어 오셨사옵니다."

자시를 알리는 파루가 울린 지도 벌써 오래다.

"뭐? 왜 그걸 이제 알리느냐."

태왕의 음성에 섞인 은은한 질책에 주눅이 드는지 대답이 흐려졌다.

"폐하를 방해하면 안 되니 절대 알리지 말라고 하셔서……."

분명히 감사해야 할 배려였으나, 거리감이 그의 기분을 가라앉혔다. 조금은 다가와주면 안 될지. 언제까지 저렇게 조심하면서 거리를 두려고 할까.

조급증을 가라앉히려고 크게 심호흡하며 그는 일어나 문을 열었다.

갑자기 문 앞에 선 태왕의 모습에 시종은 펄쩍 뛰다시피 하며 물러났다.

"폐하."

"왕후는 어디 있느냐?"

"저기, 외실에 계십니다."

그의 입술이 일자로 꾹 다물어졌다. 바로 알리지 않은 것도 심기가 불편한 판에 익실(翼室)[64]도 아니고 외실이라니.

눈치 모자란 시종들과 호위들을 마땅찮게 싸악 훑어봤다. 무언의 경고를 알아들은 그들의 목이 자라처럼 움츠러들었다. 태왕은 그들을 뒤로하고 빠르게 긴 복도를 걸어갔다.

태왕을 보자 외실 앞에 있던 시종들이 서둘러 문을 열려고 고리를 잡았다.

"태왕 폐하 듭십니다."

고하는 말이 끝나기도 전에 태왕이 문을 밀며 들어갔다.

지루한 기다림에 지쳐 벽에 기대 살짝 졸던 해류도 벌떡 일어났다. 흐트러진 머리를 가다듬을 시간도 없었다. 다행히 태왕은 그녀가 깜박 졸았던 것은 모르는 듯했다.

"왔으면 바로 알릴 것이지 이게 무슨 짓입니까?"

"오늘 흉적들이 잡히는 바람에, 사냥도 연기할 정도로 바쁘시단 걸 잘 아는 아는 터라……."

"짐이 할 일은 끝냈습니다. 잠시 생각할 것이 있어서 편전에 남아 있었지요."

"그러셨군요."

"한데, 무슨 연유로 예까지 왔습니까?"

"용서하십시오. 너무도 궁금하여, 도저히 참을 수가 없어서 왔습니다. 그 흉적들은 정체는 무엇인지요? 배후는 누구랍니까?"

하아. 그는 낮은 한숨을 삼키며 눈을 지그시 감았다.

명림해류가 나를 찾아오는 건 국사와 관련된 일뿐이구나.

---

64 옆방

예상했던 바지만 확인당하니 허탈했다. 느긋하게 시간을 들여 상대가 덫에 걸리는 것도 모르게 잡는 게 그의 방식이지만 인내심이 이미 한계에 달했다.

때로는 기다림보다는 과감한 결단과 행동이 필요하다.

감았던 눈을 떴을 때 결정이 내려졌다. 그는 해류가 벗어나지 못할 마지막 그물을 쳤다.

"오늘 관천대에 오를 예정이었습니다. 그 얘기는 거기서 하지요. 그믐이라 달도 없고 날이 아주 맑으니 오늘은 별자리가 아주 잘 보일 듯싶군요."

"천기를 살피는 건 오로지 폐하와 두 사당에만 허락된 일인데 어찌 제가 감히요."

"짐이 허락합니다. 왕후도 알아두면 나쁠 건 없겠지요."

들키면 목숨을 버려야 하니 감히 엄두를 못 냈을 뿐. 신전에 있을 때 별을 관찰해 앞날을 예견해내는 대신녀와 두 수품신녀를 보며 그 비밀을 알고 싶다는 욕망을 품었다. 희미하게라도 미래를 예측할 수 있으면 장사에 크게 도움이 될 거라는 현실적인 욕심 때문이긴 했지만.

같이 있으면 위험천만인 태왕에게서 빨리 떨어져 왕후궁으로 돌아가야 한다. 그러한 이성과 언제고 쓸모가 있을 수도 있는, 천문을 살피는 법을 조금이라도 익히고 싶다는 욕망이 치열하게 다퉜다. 그것과 별개로 동맹 사건 범인들의 정체가 궁금해 견딜 수가 없었다. 결국 후자가 승리했다.

"황공하옵니다."

"나갑시다."

평소처럼 반 발짝 뒤를 따르려던 해류의 손목을 그의 커다란 손이 덥석 잡았다.

"폐하!"

기겁하며 손을 빼려는 걸 모르는 척 그는 능청스럽게 그대로 그녀를 끌고 나섰다.

본의 아니게 엿듣고 말았던 왕후의 소망. 승평을 위한 기원에 덧붙였던, 연모하는 이와 나란히 걷고 싶다던 그 바람을 이뤄주고 싶었다. 아직 그는 왕후가 연모하는 사람도, 함께 걷고픈 사람도 아니지만 조만간 그리 만들 것이니 상관없었다.

"역시 손이 차군요. 나갑시다."

다정하게 손을 맞잡은 태왕 부부를 보자 시립한 호위나 시종, 궁녀들의 눈이 커졌다. 해류 입장에선 태왕의 커다란 손에 꽉 잡혀서 꼼짝 못 하고 있다는 게 맞았지만 남들이 보기에는 분명 정다웠다.

침전이나 왕후궁으로 가시려나.

기대에 찬 왕후궁 궁녀와 여관의 바람과 달리 태왕은 편전 뒤 침전을 지나쳤다. 왕후궁이 있는 방향으로도 꺾지 않고 곧바로 북쪽으로 계속 걸어갔다. 태왕이 향하는 곳이 어딘지 알아챈 호위대의 야간 번장이 눈짓하자 호위 두엇이 다른 길로 전력 질주했다.

얼음을 품은 바람을 맞으며 회랑을 따라 걷기를 한참, 저 담 너머로 우뚝 솟은 탑이 보였다.

관천대.

돌로 쌓은 높은 축대의 까마득히 높은 위에 누각이 있었다.

왕궁에 있는 관천대는 두 사당과 삼력청이 관장하는 것들보다 규모는 작았지만 그 높이나 구조는 똑같았다. 다른 점이 있다면 이것은 오롯이 태왕을 위한 것. 그만이 오를 수 있는 절대적으로 신성한 공간이었다.

태왕을 보자 관천대를 지키는 호위들이 육중한 나무문을 열었다. 활짝 열린 문 안에 가파른 계단이 드러났다. 아무것도 없이 계단만이 있는 낯선 구조였다. 해류가 신기해하며 안을 들여다보는데 태왕이 그녀를 이끌었다.

"이리로."

왕후 폐하와 동행하시려는 것인가? 배행한 호위와 시종들이 경악을 감추지 못했다. 태자 시절에는 영락태왕과 종종 동행하긴 했지만 선왕이 귀천한 이후는 항상 태왕 혼자였다. 그런 그가 처음으로 다른 이에게 이 공간을 열어준 것이었다.

오랫동안 태왕을 모셔온 이들에게는 경천동지할 사건이나 내막을 모르는 해류는 무감하게 그의 뒤를 따랐다.

준비한 횃불을 받아 든 태왕이 앞서고 해류가 뒤따랐다. 나선형의 계단 중간중간 있는 구멍 같은 창 너머로 군데군데 불을 밝히고 있는 궁이 보였다. 더 오르니 왕궁 너머 흑야에 푹 잠긴 국내성이 보였다. 낮이라면 장관이었겠지만 깜깜한 밤이라 반딧불처럼 띄엄띄엄 켜진 불빛 한두 개 말고는 아무것도 보이지 않았다.

과연 끝이 있을까 싶을 정도로 이어지는 계단. 위로 갈수록 옆을 볼 기력도 사라졌다. 태왕은 거침없이 올라갔지만 해류의 숨은 차츰 턱에 차오르려고 했다.

체력만큼은 사내 못지않다고 자부하며 연약한 궁녀들을 비웃었건만, 평지처럼 거침없이 올라가는 속도를 따르는 건 무리였다. 다리가 점점 무거워졌다. 조금 쉬었다가 뒤따르겠다고 해야 하나, 고민하는데 헉헉거리는 가쁜 숨소리를 들었는지 태왕의 발걸음이 조금 늦춰졌다.

위에서 몰아쳐 내려오는 차가운 바람이 점점 강해지나 싶더니 마침내 누각에 도달했다. 순간 해류의 입에서 탄성이 나왔다.

"아."

계단과 이어진 누대 위에는 작은 지붕이 있었지만 나머지는 탁 트인 넓은 공간이었다. 그 가운데에는 넓은 평상이 놓여 있고, 양쪽에는 후끈한 열기를 내뿜는 무쇠 화로가 있었다. 연통을 받자마자 준비했는지 커다란 화로에 벌건 숯불이 그득히 쟁여져 있었다.

태왕이 횃불을 평상 옆에 있는 대에 세워놓자 밝아지면서 조금 더 주변이 눈에 들어왔다.

가장 눈에 띄는 것은 널따란 평상에 깔린 호랑이 가죽들이었다. 그중 하나는 보기 드문 백호인 데다, 어마어마한 크기임에도 가죽에 흠집이 거의 없어 가치를 따지기 힘든 귀물이었다. 살아 있었을 때는 분명 산천을 호령하고 모두를 두려움에 떨게 했을 거대한 백호. 이제는 왕의 위엄을 돋보이게 해주는 장식품으로 전락한 신세가 쓸쓸하니 안되어 보였다. 숨은 붙어 있으나 별 차이 없는 자신의 신세와 겹쳐져 더 그런지도 몰랐다.

호기심에 충만해 반짝거리던 해류의 기운이 축 처진 걸 감지했는지 태왕의 팔이 그녀의 어깨를 다정하게 감쌌다.

"춥습니까?"

"아, 아닙니다."

화들짝 놀라서 밀어내려고 했다. 하지만 그녀를 잡은 몸은 꿈쩍도 하지 않았다.

분명 훤칠하고 늠름하지만 그를 지키는 호위나 다른 장수들에 비해 태왕의 옥체는 조금 가늘고 마른 듯이 보였었다. 지금 보니 그건 겉보기일 뿐 그의 몸은 방벽처럼 단단했다. 설령 태왕이 밀면 밀리는 약골이라고 해도 결과는 마찬가지였다. 아무리 간이 커도 해류는 그를 노골적으로 거부할 수 없었다. 순순히 포기하고 그가 이끄는 대로 평상에 앉았다.

그녀가 자리를 잡자 그가 바닥에 깔린 호랑이 가죽 한 장을 들어 두 사람의 몸을 감쌌다. 마치 한 이불 속에 들어간 형국이었다. 한 침상에 누워보기도 했는데 오히려 이 순간이 묘하게 색스럽게 느껴지는 것은 무슨 조화인지. 드러난 얼굴만 삭풍이 때려서 그런지 두툼한 모피 속에서 그의 체온이 더 뜨겁게 느껴졌다.

태왕과 딱 붙어 있는 게 영 불편한 그녀는 분위기를 깨려고 본래 목적을 상기시켰다.

"여기서 하늘을 보며 천기를 읽으시는 겁니까? 정말 별을 보면 미래가 읽어지나요?"

"그러면 좋겠지만 하늘은 그리 쉽게 자신의 뜻을 알려주진 않습니다. 항상 모호하게 여러 가지를 고심하게 하고 해석을 하도록 만들지요."

그는 북극성 아래쪽에 유난히 빛나는 별을 하나 가리켰다.

"예를 들어…… 저 별은 객성(客星)[65]입니다. 객성이 북극성에 범하면 왕후나 후궁이 역적모의를 한다는 의미이지요."

천기를 읽어주던 그의 시선이 해류에게로 꽂혔다.

"저 천기대로라면 하늘은 왕후가 역모를 꾀한다 경고하는 것입니다."

높은 탑 위에 몰아치는 삭풍보다도 더 싸늘한 얼음바람이 해류를 휘감고 지나갔다.

오늘이 바로 혼인 첫날밤에 경고했던 그 순간인가. 그녀까지 묶어서 명림가에

---

65 폭발해 사라지는 초신성이나 꼬리가 없는 혜성처럼 갑자기 어두워지거나 밝아져 새로 나타난 듯 보이는 별

역모의 죄를 뒤집어씌우는 것. 그런 의도라면 저 천기는 그의 구상을 완성하는 완벽한 장창(長槍)이었다.

치밀한 태왕의 음모에 말려들었다는 자각이 가슴을 철렁하게 했다. 요 몇 달 전에 없이 유한 모습이며, 계속 폐위하겠단 약속을 보류했던 것은 바로 이 순간을 위해, 단번에 급소를 찌르려는 위장술이었구나. 잠시나마 태왕을 믿었던 자신의 어리석음에 눈물이 나올 것 같았다.

그런데 뚫어져라 그녀를 응시하는 그의 동공을 채운 건 믿을 수 없게도 비웃음이나 적대감이 아니었다. 뜨거운 유혹의 미소가 감추지 않고 드러낸 욕망과 함께 넘실거렸다.

"하지만 짐은 믿어. 해류, 그대가 그러지 않을 거라고."

처음으로 불리는 이름. 촉촉하면서도 다정한 음성에 해류는 귀를 의심했다. 바로 이 사람이 혼인 첫날부터 그녀를 그렇게 모욕하고 돌아보지도 않았던 사람인지.

해류는 깨달았다. 굳이 이 밤, 이 자리를 택해 이런 소리를 하는 건 제게 손을 내미는 것임을.

지금처럼 지내다가 그녀를 폐위하는 게 가장 현명한 선택이었다. 그녀와 태왕 둘 다에게 상처가 적은 길이기도 했다. 그걸 잘 아는 태왕이 왜 굳이 그녀를 취하려는지는 알 수 없었다.

어렴풋이 눈치채고 어떻게든 피하려고 했건만, 태왕은 이미 마음을 정했다. 그녀 역시 그가 원하는 길 끝으로 몰아진 사냥감이었다. 이제 목덜미를 물어 숨을 끊어놓기만 하면 되는.

머릿속이 뒤죽박죽, 엉망진창으로 혼란스러운 가운데 기억 하나가 떠올랐다.

사당을 떠나던 날, 혜와는 무수한 떼죽음을 예언하며 그녀라면 운명을 바꿀 수 있을 거라고 했었다. 동시에 운명에 거스르지 말고 순명하는 것이 모두에게 편하리라는 모순된 충고도 덧붙였다.

이 입을 여는 순간 나와 어머니를 포함한 시체 더미가 내 미래에 쌓이는 것이 아닌지. 망설이면서도 해류는 자신과 혜와, 보연만이 아는 예언을 대담하게 고백했다.

"대신녀께서…… 제 위에 목성이 빛난 날부터 적시기도 함께 빛을 내기 시작했다는 말씀을 하셨습니다."

태왕은 곧바로 알아들었다. 진실을 말하는 것인지, 아니면 이 순간을 모면하기 위한 것인지 가늠하듯 지긋한 눈매로 그녀를 응시했다.

"하늘은 여러 갈래 길을 보여주는 것이라고 했지. 우리가 어디를 택하느냐에 따라선 그 천기나 천명도 바꿀 수 있을 것이고. 그리고,"

그가 그녀의 손을 꽉 잡았다.

"난 지금 무엇보다 당신을 원해. 해류."

너무도 강력한 영혹이었다. 탄생하는 순간부터 왕으로 미래가 정해져 성장한 사람 특유의 그 강력한 위압감이 그녀에게 명령하고 있었다.

믿고 따라오라.

해류는 마지막 저항을 시도해봤다.

"하늘의 경고를 무시하셔도 되는 건가요?"

"태왕은 천신의 자손이지만 필요하다면 하늘의 뜻을 바꿔서라도 원하는 바를 이루는 자이지. 하늘이 어떤 길을 준비했든 난 오늘 여기서 저 별들을 증인으로 그대와 부부가 되려고 한다. 난 그대가 왕후로 또 반려로 함께하길 바라."

날 것의 욕망을 그대로 드러낸 그의 눈빛과 싹 바뀐 말투까지 보건대 지금 그녀가 선 곳은 막다른 골목. 그녀 앞엔 두 개의 선택지만 있었다. 그에게 강제로 끌려가거나, 아니면 그녀가 자발적으로 따르거나.

이 끝이 어딘지는 태왕의 말대로 해류는 알 수 없었다. 하늘의 뜻이 어디에 있는지, 무엇이 하늘의 뜻을 따르는 것인지, 거부하는 것인지도.

그렇다면 최소한 마지막 결정은 내가 내리겠다.

결심한 해류는 지금 할 수 있는 그녀만의 선택을 했다.

자석에 끌리는 것처럼 해류는 팔을 들어 그의 목을 감쌌다. 태왕에게 안기는 순간 안도하는 한숨이 스친 것 같은 느낌은 착각이었을까? 그러나 더 이상 생각할 수 없었다. 당연하다는 듯 다가온 그의 입술이 해류의 입술을 덮었다.

굶주린 것처럼 입안을 헤집으며 그녀의 혀를 빨아들이더니 그의 이가 그녀를 가볍게 물었다. 혼까지 잘근잘근 씹어 삼키려는 느낌. 숨도 쉬기 힘들 정도로 그에게 탐식당하는 가운데 두툼한 호랑이 가죽 위로 자신이 눕혀지는 게 느껴졌다.

여기서? 경악이 스쳤지만 해류는 저항하지 않았다.

태왕의 목표물이 되었다는 자각을 했을 때부터 이런 순간이 오리라는 걸 이미 알고 있었다. 그저 인정하고 싶지 않아 모른 척했을 뿐.

하얗게 드러난 목덜미를 깨물고 애무하던 태왕이 옷깃을 열고 얼굴을 파묻었다. 옷자락이 벌려 내려지며 백옥 같은 알몸이 검은 대기에 드러나기 시작했다. 피부 위에 더운 숨결이 내려앉는가 싶더니 곧바로 거침없이 핥고 빨아댔다. 곳곳을 거침없이 맛보기를 한참, 그것도 곧 감질이 나는지 다급한 손에 남은 옷자락과 속옷이 남김없이 떨어져 나갔다.

보얀 가슴이 일렁이는 횃불에 붉게 물들자 태왕의 눈에 격정과 경탄이 떠올랐다. 옷으로 단단히 감췄을 때도 굴곡이 확연히 보였었다. 겹겹이 싸맨 제약을 다 떨쳐내고 드러난 농익은 몸매는 더없는 성찬. 그는 커다란 손에도 넘칠 듯 풍만한 가슴을 삼킬 듯이 응시했다.

반대로 해류는 수치심에 몸이 굳었다. 감추고픈 비밀이었다.

사당에 간 해부터 본래도 큰 편이던 키는 더 커지고 작고 빈약했던 가슴도 부쩍 자랐다. 그때부터 너무 크고 색스러워 흉하다는 수군거림이 따라다녔다. 어머니마저도 단단히 동여매라고 주의를 줬다. 피멍이 들도록 묶어 눌렀지만 소용없었다. 해류의 가슴은 동그랗고 커다란 사발을 올려놓은 듯 성숙해버렸다.

그걸 지금 태왕 앞에 고스란히 드러낸 거였다. 부끄러움에 팔을 들어 가리려고 했지만 태왕이 그녀의 손목을 잡았다. 감추고 싶은 부분을 그의 눈길이 훑어내리며 다른 손이 움직였다. 그 섬세한 손길을 따라 생소한 열기가 퍼져나갔다. 찬기와 뜨거움을 동시에 느끼면서 해류의 몸이 파르르 떨렸다.

"폐하, 제발⋯⋯."

일렁이는 횃불 하나 빼고는 칠흑 같은 암흑이었다. 희미한 불빛이지만 발갛게 달아오른 해류의 살결과 얼굴 가득 떠오른 수치심은 충분히 읽을 수 있었다. 그는 일부러 짓궂게 모르는 척 물었다.

"두렵습니까?"

어느새 돌아온 평소의 말투에선 격한 흥분은 비치지 않았다. 이대로 멈춰주지 않을까. 일순간이지만 희미한 기대도 품게 했다. 하지만 뜨거운 눈빛은 이제 시작임을 알려주고 있었다.

경험은 없으나 그가 하려는 바를 모르진 않았다. 전혀 두렵지 않다면 거짓이겠지만 혼인한 여인이라면 다 거치는 길. 그를 멈추게 할 정도는 아니었다. 하지만 부끄러웠다. 어머니도 감추라고 한 것을 보여주고 싶지 않았다. 어떻게든 팔을 빼 가슴을 가리려고 바르작거리며 고개를 저었다.

"부······끄······럽습니다."

겨우 하고픈 말을 밀어낸 그녀는 애원했다.

"그렇게 쳐다보지 마시고······."

"왜요?"

누구에게든 한마디도 지지 않고 바로바로 말대답을 하는 해류지만 말문이 막혔다. 손목을 누른 태왕의 손이 느슨해지자 얼른 팔로 가슴을 감쳤다. 그의 눈을 피하며 고백했다.

"보기······ 흉하여······."

"이 어여쁜 가슴을?"

저런 소리를 대놓고 하다니. 순간 부끄러움의 불꽃이 해류의 온몸을 태우고 지나갔다. 얼굴부터 몸 전체가 새빨갛게 변하지 않았을까 싶을 정도로 창피해 그녀는 눈을 감아버렸다.

머리 위에서 웃음소리가 들리는 것 같더니 그가 그녀를 일으켜 안았다. 그녀를 품에 안은 채 태왕이 은밀하게 속삭였다.

"난 더할 나위 없이 만족해. 그러니 흉하다는, 엉뚱한 소린 말아."

정말? 진심일까?

희미한 의문을 마지막으로 태왕의 의도대로 그녀는 어떤 생각도 할 수 없었다. 정신이 아득해지고 얼이 빠졌다. 이상야릇한 열기가 그녀를 덮쳤다. 생소한 느낌에 바들거리는 해류의 입술에서 신음이 흘러나왔다.

"아아……."

그의 눈에 만족감이 넘실거렸다. 가슴을 충분히 맛본 입술이 다시 해류의 숨결을 삼켰다. 그녀만큼이나 흥분했는지 거친 호흡이 얽혔다.

치마를 벗겨낸 다리에도 찬기가 닿더니 곧바로 길고 날씬한 종아리를 더듬는 손길이 느껴졌다. 태왕은 해류와 달리 이미 색사를 아는 사내. 어디를 만져야 여인이 나긋해지고 무너지는지 알았다. 욕망을 노골적으로 드러낸 손길에 떨면서도 저항은 하지 못했다. 무력하니 늘어진 여체에서 마지막 남은 천도 사라졌다.

"하앗!"

놀라 움츠러들며 도망가려는 그녀의 허리를 태왕의 손이 잡아챘다.

"쉿."

달래듯 부드럽게 안아주는 단단한 팔과 속삭임과 달리 다른 손은 거침없었다. 첫 침입에 놀라 굳어버린 해류는 달달 떨면서 그를 올려다봤다. 애원하듯 그렁한 눈망울이 젖었다.

"폐하……."

많이 두려운 모양이었다. 그의 독설과 냉대에도 늘 말라 있던 눈이 놀랍게도 젖어 있었다.

어떤 애읍도, 눈물도 이 타오르는 미친 욕망을 잠재울 수 없었다. 지금 그를 지탱하는 자제력은 아주 가느다란 실 한 가닥에 매달린 게 전부였다. 그마저도 툭 끊어지기 직전이었다.

처음으로 그를 욕망에 들떠 밤잠을 설치게 한 여인. 이성과 자제력으로 다스릴 수 없는 욕정이 존재한다는 사실이 처음엔 화가 나고 수치스러웠다. 자신과 싸우고 또 싸우다가 해류를 원한다는 걸 인정한 순간부터 간절하게 잡으려고 애썼다. 지혜를 짜내고 있는 힘껏 그의 품으로 몰아넣기 위해 노력해왔다. 이제 겨우 품에 안은 거였다.

당장이라도 해류의 안으로 침입하고 싶었다. 제 아래에서 비명을 지르고 울며 애원할 때까지 마음껏, 질릴 때까지 안고 자신을 파묻고 싶었다. 한 번도 가져보지 못한 흉포한 충동이었다. 그는 자신도 몰랐던 거친 본능에 놀라며 마구 달려 나가는 정염의 고삐를 잡았다.

막다른 곳에 몰려 어쩔 수 없이 한 선택이겠지만 어쨌든 해류는 자진해서 다가왔다. 그녀가 팔을 벌려 다가왔을 때 얼마나 기껍고 기특했는지, 그걸 잊어선 안 되었다.

그는 호랑이 가죽을 움켜쥐고 있는 해류의 손을 들어 자신의 어깨를 끌어안게 했다. 몸을 내려 그녀를 덮으며 발갛게 젖어 파들거리는 입술을 다시 삼켰다. 파르르하니 해류의 몸에서 잔물결이 일었다.

"아……."

낯선 환희를 감당하지 못해 헐떡이는 해류의 호흡이 지독하게 색정적으로 느껴졌다. 그의 손길에 숨이 가빠질수록 메마르고 긴장으로 굳어져 있던 해류의 몸도 서서히 젖어들며 풀려갔다. 동시에 그의 욕망도 참을 수 없이 커졌다.

이미 한계. 몸이 아플 정도로 뻐근했다. 그는 마구 날뛰려는 스스로를 다잡으며 부드럽게 다가갔다. 처음인 해류를 배려해 적응할 수 있도록 인내하며 천천히 움직였다.

한 번도 열리지 않았던 여체의 거부는 완강했다. 시간과 공을 들였지만 부족했던 모양이었다. 좀처럼 나아갈 수 없었다. 이대로 단숨에 파고들고픈 욕망이 그를 덮쳤다. 어차피 한 번은 겪어야 할 아픔이라고 눈 감고 그대로 욕정을 채우려고 했지만 이를 악물고 고통을 참는 해류의 핏기 잃은 얼굴이 그를 막았다. 마구 날뛰고픈 욕심을 꾹 누르며 그 자리에 머문 채 해류의 가슴부터 배꼽, 허벅지를 애무하며 긴장을 풀어줬다.

이마에 진땀이 밸 정도로 참으며 가만히 머물기를 한참. 찡그렸던 아미가 풀어지고 해류의 나신이 조금은 나긋해지는 것 같자 그는 다시 움직였다. 더 이상의 인내는 그로서도 불가능했다. 다시 시작된 침입을 피해 달아나려는 여체를 잡고서 거센 몸짓으로 연약한 최후의 저항을 갈가리 찢어냈다. 기어이 해류의 깊은 끝까지 파고들었다.

"아악!"

불쾌감에 채 적응하기도 전에 찢어지는 것 같은 격통이 해류를 찔렀다. 몸이 두

개로 쪼개지고 뜨거운 칼날에 관통당하는 듯한 크나큰 고통에 몸이 떨렸다. 숨도 잘 쉬어지지 않았다. 처음으로 사내를 머금은 아래쪽은 불에 덴 듯 화끈거렸다. 그가 그녀를 살짝 안아 올려 입을 맞춰주자 이제 다 끝났다고 생각한 해류는 안도했다.

그렇지만 그건 순진한 그녀의 오산이었다. 고개를 든 그는 고통과 생경한 감각에 파들거리는 해류를 안고서 본격적으로 움직이기 시작했다. 격한 몸짓에 맞닿은 부위가 부딪치는 소리가 고요한 대기를 색정적으로 울렸다.

낯설고 어색한 행위에 아프고 힘들어서 죽을 것 같은데, 황홀감에 젖은 태왕의 표정은 낯설었다. 지금 그에겐 피부처럼 딱 달라붙어 있던 절제마저 사라져 있었다. 몸에 밴 근엄함이나 품격은 찾아볼 수도 없이 거친 신음을 흘리는 그는 마치 야수 같았다. 그만 멈춰달라고 흐느끼며 사정하다가 어깨에 감히 손톱까지 박으며 밀어냈지만 멈추지 않았다.

정욕에 달뜬 저 사람이 그 무심하고 목석같은 태왕인지. 통증과 충격으로 반 넋을 잃은 가운데도 신기하단 생각이 스쳤다.

끊임없이 파고드는 사내의 몸짓이 절정으로 치달으며 점점 더 빨라지다가 경직했다. 마침내 낮은 신음을 흘리면서 그녀에게로 무너졌다. 간신히 사로잡은 짝을 단단히 움켜쥔 손에도 힘이 빠졌다.

몸 안에 따뜻한 기운이 퍼지면서 해류도 축 늘어졌다. 가쁘게 오르내리던 가슴도 천천히 잦아들었다.

남김없이 소유당하고 약탈당한 정사. 정신이 멍했다. 실이 끊어진 꼭두각시 인형마냥 꼼짝도 할 수 없었다.

태왕 거련도 절정의 여운에서 서서히 빠져나왔다. 힘없이 처진 해류를 가슴으로 당겨 안았다. 냉기가 밀려오는지 해류가 옹송그리자 그는 상체를 일으켜 옆으로 밀려난 호랑이 가죽을 끌어 두 사람 위에 덮었다. 두꺼운 호랑이 가죽 안에서 꼭 끌어안고 있으니 몸이 따뜻해졌다.

그는 얼굴에 흘러내린 머리카락을 걷어주고 해류를 봤다. 어깨에 기대어 있는 옆얼굴은 비교적 평온해 보였다. 그의 눈에 안도감과 만족감이 떠올랐다. 가만히 손을 들어 그가 내내 빨고 씹어 부풀어 오른 입술을 만지자 처음 경험한 정사의 충격에 몽롱해진, 그럼에도 아직 순진한 눈망울이 그를 응시했다.

그 모습이 열정을 새롭게 자극했다.

다시 안고 싶다. 이번에는 두려움이나 놀람이 아니라 쾌락만으로 신음하게 하고 싶다.

제게 안겨 몸부림치고 열락에 취해 비명을 지르며 매달리는 모습을 보고 싶었다. 위험한 충동에 막 굴복하기 직전, 그의 욕망을 감지하고 잔뜩 굳은 해류와 눈이 마주쳤다. 동그란 눈망울을 가득 채운 비장함을 보며 가까스로 이성을 되찾았다.

해류는 오늘 처음 몸을 열었다. 아프거나 힘들어도 절대 우는소리를 하는 사람이 아니니 불평이 없을 뿐, 자제력을 놓았던 자신 때문에 힘들 게 확실했다. 앞으로도 함께할 많은 날들이 있다는 걸 스스로에게 일깨우며 호랑이 가죽을 목까지 끌어올려 바람이 통하지 않도록 꽁꽁 감싸줬다.

욕망을 지우고 가만히 도닥이는 손길에 여인의 입술에서 안도의 한숨이 흘렀다.

마음의 준비도 없었던 그녀에게는 버거웠던 첫 합연. 그가 충분히 배려했다는 걸 알지만 그래도 꽤 고통스러웠다. 최소한 지금 당장은 이 격렬한 행위를 반복하지 않을 거라는 게 고마웠다. 심사가 편안해지니 육신에서 긴장이 서서히 빠져나갔다. 천천히 눈꺼풀이 내려가는가 싶더니 곧 숨소리가 가늘어졌다.

축 늘어지는 여체에 허탈하면서도 풋, 웃음이 터져 나왔다.

이곳에서 잠이 들다니.

그도 어릴 때 부왕을 따라 올라와 함께 별을 보다가 종종 이 평상에서 잠들곤 했다. 아침에 눈을 떠보면 침전에 와 있었다. 그를 모시는 여관과 시종들은 태왕께서 직접 안아 데려오셨다고 호들갑을 떨었다. 조금 더 자라서는 부왕의 등에서 깨어났던 적도 간혹 있었다. 그 따뜻하고 커다란 등이 좋아서 일부러 자는 척 눈을 뜨지 않았다.

내가 업고 내려가면 왕후는, 아니 해류는 어쩌려나. 짓궂은 미소를 흘리며 어느 날부턴가 왕후도, 명림해류도 아니게 된 그의 여인 해류를 당겨 안았다.

탑 아래에는 그를 기다리는 현실이 있었다. 계단을 내려가 문을 여는 순간부터 수많은 난제가 그의 어깨를 짓누를 거였다. 하지만 이 장소는 의무만이 가득한 세상과 차단된 그만의 피난처였다. 지금 그에게 기댄 유일한 무게는 해류. 이곳에는 별과 그와 해류만이 있었다.

해류를 안고 누운 그의 눈에 쏟아질 듯 가득한 별들이 들어왔다.

북극성을 범한 객성은 그를 약 올리듯 유난히 반짝였다. 객성에 질세라 제후와 상공을 의미하는 중계[66]의 윗별도 더불어 붉게 빛났다.

제 몸을 간질이는 촉촉하고 끈적한 느낌이 단단한 수마의 벽을 뚫고 들어왔다. 새벽녘에야 겨우 허락받은 곤한 잠. 절대 방해받고 싶지 않았다. 해류는 두툼한 이불을 끌어올려 갑옷처럼 둘렀다. 이 정도면 포기할 법도 하건만 지분거리는 손길은 사라지지 않았다. 그녀가 좀처럼 깨어나지 않자 참을 수 없는지 따끔하니 목덜미를 깨무는 감촉에 해류의 눈이 반짝 떠졌다.

보이는 건 태왕이었다. 목을 잘근잘근 핥고 깨물면서 올라오더니 해류의 귓속에 뜨거운 입김을 불었다.

"아홋!"

깨지 않으려고 안간힘을 썼지만 자지러지는 신음이 흘러나왔다. 아래에서 퍼져 나가는 찌릿한 느낌에 몸도 파르르, 경련하듯 떨렸다.

그녀가 곧바로 녹아내리는 가장 예민한 곳 중 하나가 귀였다. 짧은 시간 동안 해류가 민감하게 반응하는 곳을 태왕은 낱낱이 파악해냈다. 어디를 어떻게 건드리면 뜨거워지고 황홀경에 빠지는지, 그녀도 몰랐던 것을 그는 훤하게 알았다.

---

66   삼태성의 중간 부분. 삼태성은 하늘나라의 정승을 상징하는 별로 중간에 해당하는 중계는 제후와 삼공을 뜻한다.

등에 바짝 다가붙은 몸에서 적나라하게 드러난 그의 욕망이 느껴졌다. 해류가 완전히 깬 걸 알아챈 태왕은 거침없이 움직였다. 짜릿한 쾌감에 해류의 허리가 휘었다. 그를 밀어내던 팔에도 힘이 풀렸다.

그녀가 잠들어 있을 때부터 이어진 애무. 공들인 열락에 취해 몽롱해진 여체는 이미 나긋하니 풀려 녹아내리고 있었다.

이 정도면…….

지난밤 수없이 안고 또 안으면서 마치 처음인 것처럼 거칠고 사나운 결합.

"아아……."

그를 품는 건 아직 익숙해지지 않은 감각이었다. 매번 다가오는 생경함과 거북함의 순간이 지나자 날카로운 희열이 그녀를 덮쳤다. 허리를 활처럼 휜 해류는 비명을 삼키려 손을 들어 입을 막았다.

태왕의 집요하고 거센 움직임에 그녀는 한없이 무력했다. 두 개의 나신이 하나가 되어 가냘픈 여체가 어지럽게 흔들렸다. 허락된 것은 오직 달뜬 떨림과 신음뿐. 그녀를 옭아매고 탐닉하는 태왕의 건장한 육신 아래 해류는 절정을 넘어 속절없이 무너졌다.

"아직도 부끄러워하는 거요?"

너무 지쳐 더는 피할 기운도 없었다. 간밤에 잠도 못 자게 괴롭히고 조금 전에도 집어삼키듯 안고서도 그는 아직도 기운이 남는 모양이었다. 기진맥진해 늘어진 해류는 말없이 태왕을 흘겨봤다.

샐쭉해진 눈초리에 가득한 원망을 모를 리 없건만. 그는 해류의 가슴에 자신의 얼굴을 비비다가 느물느물 머리카락을 만지작거렸다.

"그대가 가장 좋아한다는 비단결 같군."

알몸을 활짝 드러내며 애무를 받고, 음란한 정담을 들을 때보다 더 진한 홍조가 그녀의 낯에 피어올랐다. 눈도 마주치지 못하고 해류가 등을 돌리며 몸을 응송그렸다.

"내 말이 기분이 나쁜 거요?"

"아, 아닙니다."

"아닌 것 같은데?"

내내 좀 이상하다 싶었다. 그가 그녀의 외모에 대해 언급할 때마다 이랬다. 그는 내친김에 캐물었다.

"해류, 당신은 내가 칭찬만 하면 그런 반응인 거요?"

"제가 어쩐다고 이러십니까?"

"바로 이러지 않소. 불편해하고 얼버무리고."

"그저…… 제가 들을 얘기가 아닌 것 같아서요……."

어린 시절 외조부모와 살 때는 영특하다, 귀엽다 칭찬만 들었다. 그 안온한 세계가 깨어진 것은 아홉 살 때부터. 명림가로 들어간 이후 듣는 건 타박뿐이었다.

영롱하니 총명함이 넘친다고 칭찬받던 커다란 눈은 눈딱부리라고, 날씬하고 훤칠한 몸은 비쩍 마르고 멀대처럼 커서 꼴불견이라고, 영리하고 활달하던 성품은 드세고 강퍅하다고 타박을 받았다.

외탁만 해서 투상맞고 귀태가 모자란다, 볼품도 없고 귀염성이라곤 약에 쓸 것도 없다, 계집아이가 너무 나댄다 등등. 아비부터 친지들에게 내내 못났다, 부족하다, 핀잔만 귀에 못이 박이도록 들으며 자랐다.

유일하게 귀히 대접받은 것이 간택에 나설 때였지만 태자비가 되지 못하자 온갖 조롱과 함께 곧바로 버려졌다.

사당에서 외모는 아예 관심사가 아니었다. 신녀에게도 유혹의 눈길을 보내거나 수작을 거는 간 큰 자가 드물게 있긴 했지만 그 대상이 해류였던 적은 없었다.

때문에 태왕이 종종 침실에서 하는 찬탄이나 칭찬은 그녀에게 영 낯설고 불편했다.

"제가 아름답지 않은 것은 저도 잘 압니다. 그러니 그런 칭찬은 안 하셔도 됩,"

말이 끝나기도 전에 그녀의 상체가 휙 그에게로 돌려졌다. 눈을 피하려고 했지만 그는 손으로 해류의 얼굴을 감싸며 자신과 마주 보게 했다.

"그럼 내가 거짓을 말하는 것 같소?"

"아닙니다."

태왕이 그녀에게 입에 발린 거짓 칭송을 할 까닭은 전혀 없었다. 성정상 그럴 사람도 아니었다. 그럼에도 여전히 믿기지 않았다.

"한 번도, 그런 얘기를…… 들은 적이…… 없었습니다."

정말인가 의아해하며 해류를 훑는가 싶던 그의 눈에 만족감이 떠올랐다.

"내가 처음이라니 다행이오."

손가락으로 그는 해류의 짙고 긴 눈매를 천천히 따라 그리듯이 쓸었다.

"이 총명하고 교태로운 눈이며,"

갸름한 볼 선을 따라 통통하게 젖은 붉은 입술로 손끝이 내려왔다.

"한입에 삼켜버리고 싶은 이 입술이며,"

풍만하고 하얀 가슴과 대조적으로 잘록한 허리를 탐욕스럽게 훑으며 그가 미소를 흘렸다.

"사내의 음심을 사정없이 자극하는 이 몸을 샅샅이 맛보고 칭찬한 자가 나 이전에 있었다면,"

갑자기 그가 해류의 귓바퀴를 아프게 꽉 씹었다.

"그자의 눈과 혀를 뽑은 뒤 사지를 잘라내고 죽였을 거요."

토끼 눈이 된 해류를 응시하는 그의 눈은 음탕하면서도 나른한 만족감으로 넘치던 조금 전과 완전히 달랐다.

"해류. 그대는 나를 가졌소. 지금까지 그랬듯이 앞으로도 나 말고는 그 누구도 눈에도 마음에도 없어야 하오. 만약 그대가 날 배신한다면……."

얼음보다 차가운 음성으로 그는 이를 갈듯이 속삭였다. 일부러 절제하지 않고 생것으로 드러낸 시퍼런 불꽃이 타닥거렸다.

"그때는 이 손으로 직접 당신의 목을 누를 것이오."

컥!

해류는 놀란 숨을 삼켰다.

이게 무슨 소리인가. 왜 갑자기 존재하지도 않는 간부(奸夫)에다 감히 상상도 못해본 사통까지 경고받아야 하는지. 어처구니가 없었다. 그렇지만 그걸 따지기엔 지금 태왕은 너무 무서웠다. 턱을 잡고 있는 손아귀가 당장이라도 목줄기로 내려올 것 같았다.

이 손의 힘, 그리고 그가 가진 권력의 힘. 둘 다 그녀의 숨통을 언제든지 조일 수 있는 굵은 밧줄이었다. 두려움과 무력감이 그녀를 덮쳤다. 말도 나오지 않아 고개만 겨우 끄덕였다.

그녀의 눈망울에 가득한 공포를 발견하자 태왕의 표정이 부드러워졌다.

그는 속으로 아차, 몹시 당황하고 있었다. 어떤 이유든 해류가 남몰래 사통할 가능성은 추호도 없었다. 내깃돈으로 그의 목을 걸라고 해도 걸 수 있을 정도로 확신했다.

해류는 협잡이나 속임수는 싫어하고 약속에 충실했다. 그가 아는 해류는 상대가 배신하기 전에는 곁눈질하거나 딴마음을 먹을 사람이 아니었다. 정말 천에 하나 만에 하나 도저히 포기할 수 없을 정도로 마음이 통하는 사내가 생기면 죽을 각오를 하고 왕후 자리를 버리면 버렸지 뒤통수를 치지는 않을 것이다.

그걸 너무도 잘 알고 있음에도, 자신 말고 다른 사내가 해류를 이렇게 속속들이 보고 안는다는 가정을 하자 갑자기 질투를 걷잡을 수 없었다. 그로선 생애 처음으로 느껴보는 지독한 독점욕. 상상만으로도 이렇게 화르르 격노가 타오를 수 있다는 게 황당했다.

혹시라도 해류를 의심하고 협박한다는 오해를 막기 위해 그는 얼른 짧게나마 진심을 토해냈다.

"난 그대를 믿소."

순간 해류는 자신을 왕후로 만든 태왕의 과거를 떠올렸다.

왕후의 사통.

한 쌍의 원앙처럼 서로 아끼고 금슬이 무척이나 좋았다고 들었다. 오랫동안 후사가 없었음에도 소후는 물론이고 후궁도 하나 두지 않고 유일하게 고인 사람에게 배신당한 것은 깊은 상처일 터. 태왕의 체통과 드높은 자존심 때문에 드러내지도 못하고 속으로만 곪아왔을 것이다. 억울하긴 했지만 이 무시무시한 경고가 아주 조금은 이해가 됐다.

사통은 그녀도 몸서리치게 혐오하는 행위였다. 다른 건으로 태왕의 심기를 거스르더라도 그런 일만은 없을 거라 장담할 수 있었다.

해류는 자신감 있게 고개를 끄덕였다. 거리낄 게 없자 눈빛에 기세도 돌아왔다.

겁이 나 달달 떠는 모습도 귀여웠지만 이렇게 당당하게 그를 마주 보는 해류는 더더욱 매혹적이었다. 태왕의 몸이 다시 뜨거워졌다.

그의 눈빛이 위험하게 일렁이더니 입술로 그의 뜨거운 호흡이 닿았다. 아래에서도 느껴지는 용틀임에 해류는 마른침을 꼴깍 삼켰다.

또?

곤해서 정말 기절할 것 같다고 사정해야 하나, 애원하면 들어주려나, 심각하게 고민하는데 문밖에서 구원이 찾아왔다.

"폐하…… 진시(오전 7시)가 지난 지 한참이옵니다. 오늘은…….”

우물거리는 말소리는 태왕의 호위대장 을밀. 침실이 있는 침전 안쪽은 비우라는 명을 어기고 안으로 들어온 건 정말 기다릴 만큼 기다렸단 뜻이다.

진시란 소리에 태왕도 놀랐는지 벌떡 일어났다.

"이런.”

오늘은 평양성으로 순행을 떠나는 날. 진시경에 출발하겠다고 명을 내린 건 바로 그였다. 벌써 일어나 떠날 채비를 마쳤어야 했다.

해류도 따라 일어나 급한 대로 침의를 집어 들고 태왕의 어깨에 걸쳐줬다.

"어제 일러놓았으니 탕옥에 온욕을 준비해놓았을 것입니다. 옥체를 씻으시는 동안 의대와 초조반(初早飯)⁶⁷을 준비해놓겠습니다.”

해류의 권유가 옳다고 판단했는지 태왕도 침의에 팔을 꿰며 침실을 나섰다.

그때부터의 시간은 태풍에 휘말린 것 같았다. 왕후궁의 여관과 궁녀들이 목욕 준비를 다 해놓은 덕분에 기다리지 않았다. 요기는 건량으로 하면 된다며 태왕은 옷만 대충 입고 휑하니 사라졌다.

태왕의 공식적인 원행이니 왕후가 배웅하는 것은 당연한 절차라 해류도 바빴

---

67   궁에서 '조반'을 이르던 말

다. 간단히 몸만 닦고 치장도 최소한으로 한 뒤 정전으로 갔다. 정전 담벼락까지는 문자 그대로 있는 힘껏 달려서 겨우 시간을 맞출 수 있었다. 발목까지 올라오는 화를 신었기 망정이지 이를 신었으면 틀림없이 벗겨지고도 남았다.

사뿐사뿐, 위엄 있게 들어오는 왕후는 태왕을 배웅하거나 따르기 위해 도열한 이들에겐 여상하게 보였다. 하지만 바로 옆에 선 태왕은 그녀가 밭은 숨을 들먹이는 걸 감지했다. 장난기 서린 웃음을 그녀에게만 슬쩍 흘리며 속삭였다.

"이리 다급하게 달려오다니 벌써 내가 그리웠소?"

못 들은 척 해류는 왕실을 대표해서 인사를 올렸다.

"폐하께서 부디 무탈하게 돌아오시기를 천신께 기원하옵니다."

중신들을 대표해 명림죽리가 나섰다.

"폐하의 원행에 천신의 가호가 있으시길 온 성심을 다해 바라옵나이다."

"고맙다."

왕후와 국상을 공평하게 냉랭한 시선으로 일별한 태왕이 수레에 올랐다.

"출발하라."

태왕이 탄 수레를 호위한 말과 깃발, 줄줄이 따르는 수레의 행렬이 길게 이어져 왕궁을 벗어났다. 왕궁의 외문 밖까지 따라가 태왕을 배웅하고 해류와 대신들은 돌아섰다.

멀어지는 행렬을 바라보는 명림죽리와 그를 따르는 무리의 표정은 착잡했다.

기어이 가시는구나.

지지난달, 선왕의 제사를 마친 뒤 태왕은 신년 제례를 마친 다음 날 평양성으로 순행을 떠나겠다고 선포했다. 제사 뒤라 대귀족과 중신들이 다 모였던 정전은 발칵 뒤집혔었다.

보름에 큰 축제가 있는데 태왕이 중요치 않은 원행으로 국내성을 비우는 것은 전례가 없다. 불가함을 고하는 소리가 빗발쳤다. 태왕은 끝도 없이 이어지는 긴 반대를 모두 들은 뒤 딱 잘랐다.

"그대들의 의견은 잘 알았다. 하지만 국강상광개토경평안호태왕께서 국내성과 평양성을 함께 중히 여기셨고 그 뜻에 따라 연전에 공사를 시작해 제단이 완성되었다. 이번엔 내가 가서 그곳에서 천신께 직접 제사를 올리고 백성들을 살피고 오겠다. 이미 정한 것이니 더 이상 이에 대해 논하지 말라."

무표정한 용안에서 뿜어져 나오는 사늘한 경고에 아무도 감히 입을 뗄 수 없었다. 만약 한마디라도 더 보태면 당장 목이 날아갈 것 같았다.

천신을 위한 새 제단에서 올리는 첫 제사였다. 태왕이 직접 관장하는 걸 막을 명분이 없었다. 지난해에 사당을 포기하고 평양성에 천신을 위한 제단만 짓겠다고 했을 때 낌새를 알아챘어야 했다.

그 제단은 오늘을 위한 긴 포석이었을 터. 태왕이 이날을 위해 한 수 한 수 안배를 해왔다는 사실에 명림죽리의 등골에 한기가 돌았다.

숨도 쉴 수 없이 목줄을 틀어잡고 전진하던 영락태왕과 달리 지금 태왕은 그들이 합심해 반대하면 한발 물러서줬다. 하려던 것을 양보할 때 작은 하나는 반드시 챙겨 가긴 했지만 줘도 별 상관없는 것이었다. 당시엔 그렇게 생각했다.

그런데 별다른 아쉬움 없이 내어준 사소한 것들이 차곡차곡 쌓여 그들이 상상하지 못한 형태로 완성되어 돌아왔다. 그 규모나 내용도 점점 커지고 있었다. 오늘은 그저 순행이지만 언젠가는 천도. 태왕이 천도를 입에 담는 날은 따를 수밖에 없는 상황을 완벽하게 만들어놓았을 때일 것이다.

이렇게 하나씩 뺏기다가 정말 평양성으로 옮겨가야 할 수 있다. 지금 막지 않으면 속수무책으로 끌려갈 건 명약관화. 반드시 막아야 한다. 그것도 조속히. 아니면 손도 쓸 수 없어진다.

이미 늦었을 수도 있다는 초조감을 애써 삼키는 명림죽리의 눈에 앞서가는 해류가 들어왔다.

초야에선 내침당했지만 무슨 영문인지 최근 태왕의 왕후궁 출입이 잦다고 들었다. 명림가에 대한 견제에다 태왕의 성총을 한 몸에 받았던 단아하고 곱디고왔던 연 씨와 너무 다르니 냉대를 받나 보다, 반쯤은 포기했는데 뜻밖의 희소식이었다.

그는 새삼스러운 눈길로 해류를 관찰했다. 늦되는 아이가 있다더니 해류가 그런 모양이었다. 키만 껑충하고 깡말라 볼품없던 소녀는 훌쩍 성숙해 있었다.

늘씬하고 요요하니 활짝 피어나는 월계화 같은 자태엔 사내라면 누구나 한 번쯤은 돌아볼 관능적인 매력이 가득했다. 비교적 소박한 꾸밈임에도 풍기는 도도한 화려함과 농밀한 자색은 해류에게 비판적인 그의 눈에도 향그러웠다. 이런 향취라면 모질게 외면하던 태왕이 이제라도 눈길을 줄 만했다.

굼벵이도 구르는 재주는 있다더니. 흐뭇한 대소가 입꼬리에 물렸다. 아비인 두지와 사이가 좋지 않지만 어쨌든 명림의 자손. 명림가가 무너지는 건 해류도 왕후 자리에서 쫓겨난다는 의미였다. 겨우 태왕의 총애를 얻은 해류도 그걸 원치 않을 거라고 그는 확신했다.

가진 패는 많을수록 좋은 법. 그는 발걸음을 빨리해 왕후 일행을 따라잡았다.

"왕후 폐하."

가능한 한 마주하고 싶지 않은 목소리에 해류는 잠시 갈등했다. 아무리 싫어도 조부이자 국상인 명림죽리를 대놓고 외면할 순 없었다. 그녀는 돌아서며 그에게 가볍게 눈인사를 보냈다.

"조부님."

"오랜만에 왕후 폐하를 뵙습니다. 얼굴이 좋아 보이십니다."

"염려해주신 덕분이지요. 조부님은 평안하신지요?"

"예. 태왕께서 길게 국내성을 비우시니 왕후 폐하께서 서운하시겠습니다."

"다른 곳도 아니고 평양성에 제단이 완성되었으니 그 첫 제사는 천신의 후손인 태왕께서 직접 올리심이 당연하지요. 국가의 중대사에 어찌 감히 제 감정을 얹겠습니까."

어떤 수작도 잇기 힘들도록 똑 부러지는 대꾸였다.

다감한 척 부드럽게 휘어진 죽리의 입꼬리가 미묘하게 경련했다. 불평을 하면 맞장구를 쳐주고 상심하면 위로하면서 다가가려고 했건만.

그는 빙 돌리지 않고 곧바로 치고 들어갔다.

"폐하께서 왕후 폐하께 따로 하신 말씀은 없으셨는지요?"

오호라. 왜 명림죽리가 급작스럽게 자신에게 친근한 척을 하는지 알 것 같았다. 명림가의 자식이니 과거에 어떤 불화가 있었든 그들 편에 설 거라는 자신감 때문이다.

그녀가 왕후 자리에 연연한다면 그 계산이 맞았다. 그가 모르는 것은 해류와 태왕과의 약속. 그녀는 자유를 대가로 태왕의 편에 서기로 맹세했다.

약속과 별개로 냉정하게 따져봐도 이길 확률이 높은 패는 태왕이었다. 시간이 얼마가 걸리든 그는 명림가와 천도 반대파를 다 쳐내고 평양성으로 왕도를 옮길 게 분명했다. 그때 함께 쓸려나가지 않고 목숨을 부지하려면 절대 태왕을 배반해선 안 되었다.

오늘 새벽, 다른 배신을 경계하던 태왕의 경고. 가볍게 누르는 것임에도 감출 수 없던 태왕의 손아귀 힘과 한없이 사납던 그 눈초리가 떠올랐다. 새삼 오싹하니 몸서리가 쳐졌다.

해류는 냉담한 얼굴로 고개를 저었다.

"태왕께서 명림이란 성을 가진 제게 무슨 중한 말씀을 하시겠습니까?"

"하지만 요즘 두 분이 화락하시다고……."

역시 왕궁의 내소사가 명림가로 흘러가고 있구나.

이미 짐작하고 있는 사실. 조심성 많은 명림죽리가 그걸 드러냈다는 게 오히려 놀라웠다.

"태왕께서 예전에 비해 저를 조금 찾아주시는 것을 조부님께서 어떻게 아시는지는 묻지 않겠습니다."

아차! 그의 표정에 당혹감이 떠올랐다.

저 노회한 양반이 이런 말실수를 하다니, 정말 급하긴 한가 보다.

"그런데 조부님."

해류는 씁쓸한 실소를 머금고 명림죽리를 응시했다.

"사내가 여인에게 두는 관심이 얼마나 갈까요? 더구나 태왕이십니다. 조만간 다른 아름다운 여인이 그분의 눈길을 끌겠지요. 그러면 뒤도 돌아보지 않고 그 꽃에게로 날아가리라는 걸 조부님도 잘 알지 않습니까."

명림죽리의 말문이 막혔다.

명림가는 유달리 호색이 심했다. 그도 정실부인은 하나지만 본가에 들인 첩을 제외하고 밖에 따로 살림을 차려준 여인도 둘이나 됐다. 하루 이틀 노리개는 셀 수도 없었다. 그의 형제나 아들들도 정도의 차이만 있지 비슷비슷했다.

그들 입장에선 태왕 부자가 솔직히 신기했다.

선왕이야 일찍 떠난 첫 왕후에 대한 사모가 너무 깊어 한참을 수절하다 귀족들의 강권에 계비 하나만 들였지만 현 태왕은 아직 젊었다. 태자 때부터 여인에겐 비교적 담백했으나 한창 혈기방장한 연치. 어떤 여인이든 얻을 수 있는 그가 언제까지나 해류만 찾진 않을 거다.

예상보다 정을 깊게 나눈다 해도 왕비족 출신 왕후에게 정통성 완벽한 후계자를 얻을 때까지 정도일 터. 주변 속국들은 물론이고 북연을 견제하려는 북위에서도 즉위 초부터 공주를 보내겠다며 은밀히 국혼 의사를 타진하고 있었다. 정국의 균형을 위해서 다른 유력 귀족과, 국경 안정을 위해서 타국 왕실과 통혼이라는 묘수를 태왕이 언제까지 외면할 리가 없었다.

언제든 태왕에게 힘을 보태줄 여인들이 소후로 들어오리라는 건 명림죽리도 애초부터 각오한 바였다. 그 전에 해류가 왕자만 낳으면 되었다. 그러면 명림가는 어떻게든 그 왕자를 태자로, 또 다음 태왕으로 추대해 영화를 이어갈 수 있었다.

명림죽리의 뇌리를 떠다니던 흐뭇한 미래는 해류의 차분한 질타에 깨어 흩어졌다.

"저는 제 머리를 이 목 위에 온전하게 보전하고 싶습니다. 그리고 조부님이나 명림가의 다른 사람들도 그랬으면 좋겠습니다."

그녀가 할 수 있는 최선의 조언이자 경고였다. 같은 핏줄은 아니지만 그래도 그 지붕 아래에서 자랐으니 최소한의 도리는 이것으로 다했다.

할 얘기를 마친 해류는 명림죽리에게 인사하고 왕후궁으로 몸을 돌렸다.

단호한 거부를 풍기는 뒷모습을 보면서 명림죽리는 미간을 찡그렸다. 태왕의 곁에 서서 목을 보전하게 될지, 아니면 잃게 될지는 모르지. 어차피 버리려던 패, 확실히 쓸모가 없다는 걸 확인했으니 되었다. 그도 미련 없이 등을 돌렸다.

왕후궁의 사실 문이 닫히자 몰려오는 피로감에 해류는 좌상에 주저앉았다.

정말 길었던 하루였다. 아니, 정확히 말하면 쉬지 않고 이어진 기나긴 이틀이었다.

어제는 태왕과 동행해 동대자에 올라 천신과 선왕들께 새해 첫 제사를 올렸다. 꼭두새벽부터 준비해 해가 뜨는 시간에 맞춰 진행되는 긴 제사였다. 끝나자마자 궁에 돌아와서는 온종일 신년 하례를 받았다. 곧이어서 늦은 저녁까지 연회가 이어졌다.

왕후궁의 침전에 돌아온 것은 밤. 겨우 피곤한 몸을 뉠 수 있겠구나, 했지만 태왕은 그 기대를 여지없이 깨버렸다. 다음 날 새벽에 평양성으로 원행이 예정되어 있으니 당연히 그의 침전에서 쉴 거라고 여겼건만, 야심한 시각에 왕후궁으로 온 그는 제사를 앞두고 심신을 정결히 하느라 지켜야 했던 금욕의 시간을 남김없이 벌충해냈다.

겨우 사흘이었는데, 사흘이 세 해였던 것처럼 그는 해류를 안고 또 안았다. 새벽에 되어서야 겨우 풀려나 눈을 붙이는가 싶었는데 기절하다시피 잠든 것도 잠시. 동틀 무렵에 또 탐욕스럽게 범해지고 삼켜지면서 남은 기력도 모조리 다 빨려버렸다.

태왕을 환송하는 내내 다리가 후들후들 떨릴 정도로 기진한 상태였다. 사당에 있을 때부터 체력만큼은 누구에게도 지지 않는다고 자부했건만. 도무지 지치지를 않는 태왕과 잠자리를 같이 하면서 터무니없는 자만이란 걸 절실히 깨닫고 있었다. 오늘도 그야말로 정신력으로 버텨냈다. 어떻게든 위엄을 흩트리지 않고 왕후궁으로 돌아가 쉬겠다는 일념으로 견뎠다.

돌아오는 길에 마주한 명림죽리와의 설전은 마지막 한 방울 남은 기운마저 다 거둬 갔다.

하아아아.

조만간 휘몰아칠 태풍의 예감에 마음이 스산해졌다. 장탄식을 흘리며 멍하니 앉은 해류의 코에 진한 인삼차의 향기가 솔솔 들어왔다. 허공을 헤매던 시선이 향기가 풍기는 곳을 찾아 내려오자 찻잔을 든 미려 여관이 서 있었다.

"목이 마르실 것 같아서 먼저 차부터 준비했습니다. 다 드시면 늦었지만 조반상을 올리겠습니다."

아침도 걸렀다는 게 그제야 떠올랐다. 해류는 눈치 빠른 여관에게 감사한 마음으로 찻잔을 들었다. 뜨겁고 진한 차를 한 모금 삼키니 기운이 나는 것 같았다. 달게 훌쩍 비운 뒤 소반에 잔을 내려놨다.

"고맙네. 딱 좋구먼."

"기력을 보해주는 것으로 인삼차만큼 좋은 것이 없지요."

기력이란 단어에 묘하게 힘을 주는 것 같은 건 착각이겠지⋯⋯?

하지만 해류를 향한 여관의 시선엔 흐뭇한 웃음이 넘쳐흘렀다.

해류의 얼굴에 홍조가 떠올랐다.

태왕이 머물 때는 궁녀들도 모두 침실 문 앞이 아니라 침전 밖으로 나가 수직을 섰다. 아무리 바깥에 있다고 해도 밤마다 그리 요란하니 귀가 먹지 않은 한 무슨 일이 벌어지는지 모를 수 없었다.

부끄러워 참으려고 하지만 늘 태왕에게 졌다. 그는 그녀가 자제하는 걸 용납하지 않았다. 그와 나누는 열락에 정신을 잃고 체면이며 수줍음을 다 버릴 때까지 몰아갔다. 그 음탕한 교성이며 요란한 환락의 비명을 다 들었을 터. 태왕과 잠자리를 한 날이면 여관이나 궁녀들 앞에서 낯을 들기 민망했다.

아랫사람에게 감정을 들키면 기강을 잡을 수 없다. 해류는 수줍어지는 마음을 다잡으며 무심하게 고개를 끄덕였다.

"그렇군. 한 잔 더 주게."

"예."

아직 새색시라 부끄러울 텐데도 의연하니 위엄을 잃지 않는 왕후를 미려는 만족스럽게 바라봤다. 태왕과 왕후께서 화락하니 얼마나 좋은지. 진즉 이렇게 되셨어야 했는데.

몇 달 전 태왕이 왕후궁 침전에 들었던 날, 궁녀들은 드디어 두 분께서 동뢰를 치렀다고 뛸 듯이 기뻐했다. 그러나 혼인해 자식까지 둔 그녀가 보기엔 아니올시다였다. 그저 시늉만 했을 뿐이지 태왕과 왕후는 여전히 남남과 다름없었다.

미모도 그만하면 빠지지 않고 왕후로서 충분히 자질이 있는 분인데 왜 받아주시지 않나. 처음엔 태왕을 원망했다. 어느 날부터 왕후를 좇는 태왕의 시선을 그녀는 감지했다. 하루하루 그 눈빛에 열기가 더해지는 것도. 드디어 되었다고 기뻐하던 것도 잠시였다. 왕후는 도통 눈치채지 못했다. 그것도 모자라 곁을 맴돌기 시작한 태왕을 대놓고 피하며 멀리하기까지 했다.

속이 타서 숯이 되기 직전, 태왕이 느닷없이 왕후를 데리고 항상 홀로 오르던 관천대에 가던 날 그녀의 가슴이 뛰었다. 축 늘어져 제대로 걷지도 못하는 왕후를 안고 태왕이 내려오는 걸 본 순간 환호성을 지르고 싶은 걸 가까스로 참아냈다.

왕후가 평지는 걸을 수 있다고 극구 사양했지만 기어이 그대로 안고 옮겨주기까지 했다. 그날 왕후궁을 나가는 태왕의 표정은 떡 벌어지게 차려진 진수성찬을 두고 가는 것 같은 아쉬움이 가득했었다.

태왕이 침전으로 돌아간 뒤 더운물과 수건을 가져오라던 왕후는 시중을 극구 거부하고 혼자 몸을 닦았다. 색사에 무지했던 왕후는 몰랐겠지만 수건에 남은 것은 분명 교합의 흔적이었다. 아마도 그 밤에 태왕이 처음으로 앗아 갔을 순결의 증거인 혈흔을 보면서 그녀는 혼자 덩실덩실 춤까지 췄었다.

드디어 왕후 폐하와 합환을 하셨구나. 이제 물꼬가 트였으니 좀 더 다정해지고 가까워지시겠다.

소원대로 태왕은 다음 날부터 바로 왕후궁에 들었다. 그런데 그 빈도가 전에 없는 수준이었다.

태왕은 천성이 담백했으며, 선왕을 따라 전쟁터에 나서고 학문과 무예, 정무를 익히는 데 몰입했다. 여인을 가까이할 틈이 적긴 했지만 손만 뻗으면 누구든지 안을 수 있었다. 하룻밤 노리개라도 좋으니 태자에게 안기고픈 꽃보다 고운 궁녀들이 넘쳐났다. 태자를 유혹하려 곁을 수없이 맴돌았지만 그는 끊임없는 추파를 귀찮아했다.

그나마도 혼인 이전까지였다. 국혼 이후에는 주변엔 시종과 나이 든 궁녀들만을 두고 태자비에게만 충실했다. 모두가 부러워할 정도로 아껴주고 금슬이 좋았다. 젊디젊고 혈기왕성한 새신랑치고는 횟수가 잦지 않긴 했다. 길일에는 꼬박꼬박 들었지만 다른 밤에 머무는 일은 거의 없었다. 그래도 태왕을 독점했기에 연 씨는 아무 불만이 없었다.

태왕께서는 여색에 무심하고 절제가 강한 분이시다. 다들 그리 믿어왔다.

태생부터 금욕적이라 여겼던 태왕의 최근 행보는 이례적이었다. 이리 정력이 넘치는 분이 어떻게 그동안 독수공방을 했는지 모르겠다 싶을 정도였다.

잠을 거의 안 재웠는지 퀭한 눈 아래에 시커멓게 피로가 내려앉은 왕후를 보며 그녀는 위로 아닌 위로를 했다.

"태왕 폐하는 좀처럼 색을 탐하지 않는 분이신데……."

뭐라고!!!

말이 되는 소리를 하라는 무언의 질책이 왕후의 모로 뜬 눈에 곧바로 떠올랐다.

아기 왕자 시절부터 태왕을 모셨다는 여관 미려. 그녀가 자신과 태왕을 화합하게 하려고 계속 노력해왔고 지금 상황을 몹시도 기뻐한다는 건 알고 있었다. 아무리 그렇다고 해도 거짓말까지 하며 태왕을 받드는 것은 아니다 싶었다.

"그대가 폐하를 오랫동안 모셔서 그분을 위하는 마음은 잘 알겠네. 하지만 없는 얘기를 지어내기까지 하는 건 나를 도와 왕후궁을 관장하는 이에게 어울리지 않는군. 그대의 충심은 잘 알겠으니 그만하고 물러가게. 지금은 인삼차로 충분하니 조반은 거르고 점심을 올리도록 하고."

"예."

왕후의 따끔한 지적에 미려는 묵언을 택했다. 억울했지만 한편으로 이해도 됐다. 넘치는 성총에 꼬치꼬치 말라가는 왕후 입장에선 그녀의 얘기가 전혀 믿기지 않는 게 당연했다. 그녀조차도 정염에 불타는 태왕의 모습이 낯설었으니까.

남녀 간에 합이라는 게 있다더니 태왕께 왕후 폐하가 딱 그 천생연분인가 보다.

꾸중은 들었지만 기분은 전혀 상하지 않은 미려는 희희낙락 점심상을 재촉하러 나갔다.

혼자 남은 해류는 벽에 무거운 머리를 기댔다. 주전자에 남은 차를 부어 조금씩 마시면서 좀 아까 끊긴 상념의 고리를 이었다.

진정을 한껏 담아 충고했지만 명림죽리의 결연한 표정을 보건대 그 답은 이미 나와 있었다.

저들은 절대로 포기하지 않을 것이다.

태왕도 당연히 포기하지 않을 것이다.

그러면 남은 것은 필연적인 충돌.

승자는 필시 태왕일 것이다.

그는 이길 확신이 서기 전에는 절대 자신의 의중을 드러내지 않았다. 모든 덫과 함정이 완벽하게 준비되면 움직일 거고 사냥감은 결국 스스로 사지에 뛰어들 수밖에 없었다. 그녀가 그랬듯이.

명림죽리는 이미 막다른 골목으로 몰리기 시작하고 있었다. 그의 초조함은 본능적으로 그 위기감을 느끼고 있다는 증거였다.

그렇지만 죽리도 산전수전을 다 겪은 노익장. 2대 유리왕이 졸본에서 국내성으로 옮긴 때부터 이어져온 귀족들의 세력도 그 뿌리가 엄청 깊었다. 쉽게 무너지진 않을 것이다. 마지막 숨을 거둘 때까지 물어뜯고 저항할 터.

그 과정에서 얼마나 많은 피가 흐를지. 그리고 그녀는 과연 어떻게 될지.

태왕은 해류가 그의 편에 서면 생명을 보장해준다고 약조했다. 아직도 확답은 얻지 못했지만 그리되면 자유도 얻을 수 있었다. 죄인의 딸을 왕후로 남겨두는 걸 태왕의 지지 세력들이 두고 보지는 않을 테니까. 문제는 그들은 이 자리뿐 아니라 그녀의 목도 함께 거두길 원할 거란 사실이었다.

그래도…… 살을 섞고 산 사이인데 어머니와 내 목숨은 살려주겠지.

어떤 일이 있어도 그의 편에 서서 충성해야 했다. 그는 티끌만 한 기만도 용서하지 않을 사람. 대신 충성의 보답은 확실히 치러줄 거라 믿었다.

그 상은 어머니와 함께 원하는 곳으로 훨훨 날아갈 자유. 그녀를 아끼고 어머니도 잘 모셔줄 착한 사내와 혼인해 아이들을 여럿 낳고 오순도순 행복하게 살다 갈 자유.

조금만 참으면 평생 바라던 걸 얻을 수 있었다. 그 오랜 소망이 이제야 손끝에 닿으려고 하는데 다 된 밥에 코를 빠뜨릴 수 없었다.

그런데 이상하게, 그 순간이 애타게 기다려지지 않았다. 전혀 설레지 않았다.

수백 년 동안 국내성 최고의 귀족이자 세력가인 명림가. 그 위세에 걸맞게 왕궁에 버금갈 정도로 높다란 담벼락은 성벽과도 같이 거대한 저택을 두르고 있었다. 평소엔 경비도 삼엄하기 그지없었다. 그런데 요 며칠 커다란 수레가 드나들 수 있는 널따란 대문이 활짝 열려 있었다. 그 문으로 새해 이튿날부터 오늘까지 신년 하례를 올리러 예물과 사람들이 줄을 지어 들어오고 있었다.

대문 옆 객채에선 집사가 하례객들을 맞았다. 객채를 따라 이어진 행랑채와 마구간, 차고 너머 단단히 닫힌 중문 뒤엔 위풍당당한 빈청의 검붉은 지붕이 보였다.

그 빈청에 들어 국상 명림죽리에게 직접 인사를 올릴 수 있는 건 소수였다. 대다수 하례객들은 집사에게 선물을 전하고 방명록에 이름만 남기는 것이 고작이었다. 예물이 명림죽리에게 고할 정도로 귀한 것이거나, 그를 만날 수 있을 정도의 친분 있는 가문 또는 명망가가 아니고선 중문을 넘을 수 없었다.

국상은 언감생심이지만 명림가의 상단과 재정을 책임지는 명림두지 어르신이라도 뵐 수 있으려나.

바리바리 챙겨 온 예물은 바깥채에 늘어선 다른 선물들에 묻혀 티도 나지 않았다. 고대하고 온 이들 대부분은 방명책에 자취라도 남긴 것에 만족하며 터덜터덜 돌아가야 했다.

대다수 방문객들이 선망의 눈길을 던지다 돌아간 빈청엔 계루부를 제외한 각 부의 우두머리인 욕살과 유력가문의 가주들, 고등신 사당의 일자감까지 앉아 있었다. 명림가만큼은 아니지만 역시 각자의 집에서 하례객을 맞아야 할 이들이었다. 또 하나 희한한 점은 절노부와 사사건건 충돌하거나 경쟁하는 가문의 가주들도 자리하고 있다는 거였다.

명림과 절친하거나 우호적인 집안에서 인사하러 오는 것은 당연하지만 불화한 가문까지 연초에 모인 건 이례적인 그림이었다.

그건 참석자들에게도 마찬가지였다. 소노부의 욕살이자 명림과 버금가는 명문 해씨의 가주 해사무는 부루퉁한 기색을 감추지 않았다.

"무슨 일이 있어도 참석해달라 강력하게 요청하셔서 어쩔 수 없이 오기는 했습니다만, 하필 손님을 맞느라 바쁜 신년에 굳이 국상의 집에 모이라고 하신 이유가 도대체 무엇입니까?"

소노부 해씨만큼 위세가 당당하지 못한 다른 부는 차마 불만을 표현하진 못하고 명림죽리의 눈치만 봤다.

명림죽리의 뒤에 선 그의 아우와 세 아들의 입술이 당장 호통이라도 치고 싶은 듯 씰룩거렸다. 죽리는 눈짓으로 성미 급한 일가들을 진정시키며 너털웃음을 흘렸다.

"나도 다들 분주하고 바쁘신 건 잘 압니다. 그래도 하도 시급한 일이라 함께 의논해야 할 것 같아서 걸음을 청했소이다."

미리 입을 맞춰놓은 일자감 여리지가 조심스럽게 운을 뗐다.

"아주 중대한 일이신 모양입니다?"

"중대한 일이지요."

죽리는 심각한 표정으로 긴 수염을 쓸었다. 모두의 시선이 집중될 때까지 뜸을 들이던 그는 침통하게 입을 열었다.

"아무래도 폐하께서 평양성 천도를 본격적으로 추진하시려는 듯합니다."

"뭐, 뭐라고요?"

"설마요!"

"이 무슨! 말도 안 되는."

"그럴 리가!"

경악, 불신, 의구심 등 다양한 감정의 홍수. 예상한 반응이 일시에 쏟아졌다.

죽리는 그가 던진 충격에서 참석자들이 빠져나오길 기다렸다. 어느 정도 잠잠해지자 그는 비어 있던 부분을 채워 이제는 거의 확실해진 추측을 털어놨다.

"설마가 아니라 태왕께선 오랜 시간에 거쳐 준비해오셨소. 그 증거로 먼저 이것부터 얘기하지요. 태왕께서 즉위하신 다음 해, 선왕의 무덤과 비를 축조하시면서 수묘인[68]을 모두 평양성과 남쪽에서 데려온 신래한예(新來韓穢)로 바꾸셨잖소."

"수묘인은 다 평양성과 남쪽 사람들로 하라는 선왕의 유지를 따르신 거 아닙니까."

"그렇지요. 하지만 기존의 수묘인들을 남쪽으로 보내라는 유언은 없으셨습니다. 그런데 태왕께선 수묘로 인해 빈 가구를 채워야 한다고 굳이 그들을 다 평양성으로 보내셨지요."

이주한 수묘인들은 모두 평양성 인근 태왕이 내린 땅에 정착해 농사를 지으며 공역과 군역에 종사하고 있었다. 여기 있는 어느 부 누구도 관여할 수 없는 태왕의 직속민이기도 했다.

그래봤자 수백 가구. 그게 뭐 큰일인가.

따분한 얼굴로 눈알만 굴리는 이들을 갑갑하게 보면서 죽리는 태왕이 길게 보고 심어둔 또 하나의 안배를 풀었다.

"등자[69]를 국가에서 만들어 모든 기병이 사용하게 하라는 안건 말입니다. 그걸 기억하시오?"

"그건 우리가 모두 반대하여 태왕께서도 물러나주신 일 아닙니까."

"예. 물러나주셨지요. 하지만 원하는 자들은 사용하게 하라는 단서가 붙었습니다."

"그게 뭐 어떻답니까. 기마술이 모자라 등자가 필요한 것들은 그걸 쓰며 망신을 자초하라지요. 여인들도 대부분 그런 것 없이 멀쩡히 말을 타는데 사내가 채신 떨어지게, 원. 말과 함께 자란 우리 고구려의 기병들은 등자 같은 것 없이도 얼마든지 창과 활을 쏘며 달릴 수 있습니다."

수문위군[70]의 대모달[71]인 우타소루가 명림죽리의 걱정을 일축했다.

이 모자란 인사들을 데리고 심계 깊은 태왕과 맞서야 하다니. 죽리는 울화통을

---

69 안장에 달린 발 받침대. 말에 오르거나 균형을 잡는 데 유용함.
70 귀족 자제들로 구성된 군대. 다른 부대와 구별하기 위해 황색 투구를 썼다.
71 대장군. 1,000명의 병사로 구성된 부대 연합의 총대장.

삼켰다. 명림만 나선다면 모난 돌이 정을 맞는다고 제일 먼저 치여 나갈 수 있었다. 저 태평한 자들에게 위기를 알려 함께 대처해야 했다.

"중앙의 수문위군에선 등자를 쓰는 자가 없는 건 나도 알고 있소. 하지만 지방의 성이나 군역으로 징발되는 이들 중에선 등자를 쓰는 숫자가 급격히 늘고 있다오. 등자를 쓰니 말타기가 쉬워져서 이전에는 보병에 종사하던 자들도 기병으로 돌리고 있답니다."

왜 죽리가 그들을 급히 모았나, 눈치 빠른 이는 슬슬 감을 잡기 시작했다.

"그러고 보니…… 벌써 네 해 전인가요, 국마를 키우는 목장들을 늘리라고 하셨던 것도……?"

"그때 국내성 인근에 한 곳을 더 늘리고 용담성, 안시성, 요동성과 평양성에도 새로 아주 크게 만들었지요."

나라에서 체계적으로 길러 훈련한 말은 기병으로 활약하며 전쟁을 이끄는 귀족과 제가에게 고마운 자산이었다. 특히 말과 전사 모두 철갑을 두른 개마중기병(鎧馬重騎兵)은 긴 전투 때 많게는 하루에도 네댓 번 이상 말을 바꿔 타야 했다. 개인이 키우는 군마만으론 한계가 있었다. 그걸 국가가 해주겠다니 쌍수를 들고 환영하며 태왕의 덕을 칭송했었다.

먼 산만 바라보던 이들의 표정이 차츰 심각해졌다.

군역에 징발되는 백성인 하호들은 태왕이 직접 임명해 파견한 장수들이 지휘했다. 과거엔 각 부들이 휘하에 두고 관리했지만 선왕 때 그 통솔과 지휘권을 왕실에 내어줘야 했다. 군부의 절대적인 숭앙을 받던 영락태왕의 명이라 당시 그 누구도 감히 토를 달지도 못했다.

그래봤자 하호의 대다수는 보병이니 일당백, 일당천인 기병에 댈 게 아니라며 쓰린 속을 달랬다.

그 군마가 자신이 아니라 하호들로 구성될 경기병(輕騎兵)에게 돌아간다고 생각하니 갑자기 등골이 서늘해졌다. 지금 태왕이 기병까지 손에 넣으면 문제는 심각해졌다. 군권의 균형이 넘어가면 그들이 아무리 똘똘 뭉쳐도 힘을 쓸 수 없었다.

요점은 차마 입 밖에 내지 못하며 빙빙 돌려 걱정을 토로했다.

"기병이 늘어 군세가 강해지는 것은 분명 국익에 도움이 되는 일이긴 합니다만……."

"그러게요."

슬슬 명림죽리가 의도한 분위기가 조성되었다. 그런데, 일심동체로 마음을 모아도 부족한 판에, 그의 바람과 다른 초를 치는 인사가 나타났다.

"선대왕께서 이루지 못한 요동 서쪽이나 한수 이남 정벌을 도모하시려는 걸까요? 아무래도 그런 것 같습니다."

수문위군 대장 우타소루의 자문자답엔 희미한 기대감이 비쳤다. 태왕에 대한 그의 불만은 명림죽리나 다른 이들과 달리 평양성 천도가 아니었다. 그를 비롯해 선왕을 따르던 장수들의 눈에 태왕은 전쟁을 회피하고 너무 유화적이었다.

영락태왕은 그렇지 않았다. 고구려에게 조금이라도 위협이 되면 선왕은 군대를 이끌고 질풍노도로 내달려 상대를 분쇄해버렸다. 불가능하다 싶은 절망적인 상황도 압도적인 무용과 놀라운 계책으로 전부 돌파해냈다. 그 신출귀몰함에 대다수가 무사인 귀족들은 절대적으로 복종하고 따랐다. 거역이나 반대는 감히 꿈도 꾸지 못했다.

모두가 이름만 들어도 벌벌 떠는 태왕과 고구려. 그가 모시는 태왕은 그래야 했다. 현 태왕은 선왕과 너무도 달랐다. 그대로 내달려 다 짓밟아버리면 될 일인데도 굳이 사절을 보내어 끈질기게 교섭하고 때로는 굴욕적으로 보이는 양보도 해줬다.

이런 뒷공론이 나오는 것 자체가 태왕이 나약하다는 의미. 선대왕 때였다면 평양이 아니라 당장 위례를 쳐서 거기로 수도를 옮기자고 해도 다들 군소리 못 하고 따랐을 것이다.

태왕과 귀족들, 양쪽 모두에 대한 불만을 삼키며 그는 자리에서 일어섰다.

"국상께서 무엇 때문에 우리를 모았는지는 잘 알겠소이다. 그렇지만 태왕께서 아직 천도를 정하신 것도 아닌데 신하들이 뒤에서 미리 왈가왈부하는 것은 옳지 않은 것 같습니다. 난 못 들은 걸로 하겠소. 올해 수문위군에 새로 들어온 자들의 기량을 보기 위한 마사희[72]를 오늘 여는데, 거기에 참관해야 하니 이만 가보겠습니다."

말리기도 전에 그가 휑 가버리자 겨우 달아오르던 분위기가 급속도로 가라앉았다.

"허허, 거참 성급하기는……."

꼬장꼬장하고 녹록지 않은 인사긴 해도 같은 절노부라 따라주리라 믿었건만. 분기를 너털웃음으로 달래면서 명림죽리는 제게 동조해 남은 자들의 경각심을 다시금 일깨워줬다.

"이번 평양성 순행도 그렇잖소. 작년에 시조신과 천신 사당 안건이 올라왔을 때 저희의 뜻을 받아 사당은 물러나주신 줄 알았는데, 대신 지은 그 제단 제사를 핑계로 투석전 주관까지 왕후께 넘기고 기어이 평양으로 가셨지요. 앞으로 이런 일이 비일비재할 것이오."

"그러면…… 국상께선 어떤 비책이라도 있으신지요?"

"달리 비책이랄 게 있겠소. 그저 이제는 모두 주의를 기울이고 평양성과 그 주변에 관련된 안건은 최대한 늦추거나 이뤄지지 않도록 합심해야 한다는 정도지요. 추모왕께서는 고구려를 건국하셨을 때부터 우리 귀족들과 함께 뜻을 모아 나라를 이끄셨습니다. 이렇게 계속 뒤통수를 맞고 태왕 폐하의 뜻만을 따라갈 순 없지 않소이까."

태왕의 위세에 눌려 무조건 복종하는 건 선대왕 시절 지겹도록 체험했다. 무관들은 그것에 만족했을지 몰라도 문관 귀족들은 아니었다. 더구나 조상 대대로 지켜온 국내성을 버리고 평양성으로 가야 한다니. 절대 따를 수 없었다.

무조건 막아야 한다.

동조의 눈빛을 교환하며 그들은 고개를 끄덕였다.

72　차례로 말을 달리며 활을 쏘아 과녁에 가장 많이 명중시킨 사람이 이기는 놀이

초대받은 객들은 낮부터 거한 주연상을 받고 떠들다 저녁 무렵에야 돌아갔다.

잔치의 잔해로 어지러운 빈청을 나오는 명림죽리의 뒤를 세 아들이 따랐다. 본채 대옥 가장 깊은 곳에 있는 죽리의 방문이 닫히자 그가 셋째 아들 설로를 쳐다봤다.

"그 일은 어찌 되고 있느냐?"

"심려 마십시오. 예상보다 시일이 좀 걸리기는 했지만 조만간일 것 같습니다."

삼남의 호언장담에도 명림죽리의 표정은 밝아지지 않았다. 오히려 더 묵직한 침잠에 빠져들었다. 흔들거리는 촛불을 한참 응시하던 그가 입을 열었다.

"저절로 익어 떨어지도록 두기엔 별로 여유롭지가 않다."

"예? 다른 연유라도 있으십니까? 혹시 무슨 소식이라도 들어왔는지요?"

"딱히 다른 건 없다. 그런데 내 예감이 그리 말하는구나."

오랫동안 권력의 중심에서 살아온 아버지의 직감은 절대 무시할 수 없었다. 따끔따끔, 그들의 등도 찌르기 시작한 위기감에 세 아들의 입매가 모두 굳어졌다.

"알겠습니다. 서두르겠습니다."

"그래. 태왕이 돌아오시기 전에는 마무리 지어야 한다."

덤덤한 척 덧붙이는 그의 눈빛이 매섭게 번득였다.

"무슨 수를 써서라도!"

왕후가 태왕의 오색 비단 포를 마자수에 던졌다. 나풀나풀 날아간 옷이 강물에 떨어지자 와! 함성이 오르면서 좌부와 우부 청년들의 투석전이 시작됐다.

작년에 일방적으로 좌부에게 진 것에 절치부심했는지 올해는 우부의 기세가 만만치 않았다. 양 부의 청년들은 사력을 다해 돌을 나르고 던지면서 엎치락뒤치락했다. 승기를 잡기 위해 안간힘을 쓰는 양 부의 공방전은 그들에겐 힘들겠지만 보는 이들에겐 손에 땀을 쥐게 하는 구경이었다. 매년 새로운 이가 부장을 하는 것이 전례라 앞장선 지휘관은 낯선 얼굴이었다.

태왕의 빈자리를 메우는 의미로 올해는 태후와 국내성에 있는 승평 왕자도 참석해 있었다.

"올해는 전세가 어디에도 기울지 않고 아주 치열하군요."

오랜만에 투석전을 관전하는 승평 왕자의 평에 주변의 대신들이 맞장구를 쳤다.

"그러한 것 같습니다. 일진일퇴, 승부를 가늠할 수가 없군요."

"작년엔 좌부가 손쉽게 승리했는데 올해는 양측 부장의 지략이나 지휘력이 비등비등한 모양입니다."

"작년에 좌부의 부장이었던 설사수루는 태학을 마치고 수문위군에 들어간다면서요?"

주변에서 두런두런 나누는 얘기를 흘려들으며 해류는 태후에게만 들리게 살짝 속삭였다.

"왕자 전하의 혼사 문제는 어찌 되고 있는지요? 누구랍니까?"

"후우."

해류의 질문에 태후는 느닷없이 낮은 한숨을 뿜었다. 표정도 무거운 것이 경사를 준비하는 어머니에게 어울리지 않았다.

"무슨 근심이라도 있으신지요? 아직도 못 찾으셨답니까? 아니면 혹시…….."

승평 왕자가 꾸물거리는 사이에 그예 다른 이와 혼례를 치렀거나 혼약이라도 맺었나. 걱정이 덜컥 되었다.

해류의 우려를 알아챈 듯 태후가 희미한 미소를 머금으며 고개를 저었다.

"그렇지는 않습니다. 승평이 폐하의 허락을 얻어 부여신 사당을 지키다가 바로 며칠 뒤에 그 처자를 만났는데…… 다른 이와 혼약을 하지도 않았고, 정혼자도 없다고 합니다."

"아아, 정말 다행이네요."

가슴을 쓸어내리고 보니 좀 이상했다. 연꽃절 때 만난 처녀를 찾아보라고 태왕이 승평 왕자를 국내성으로 보낸 게 벌써 두 달도 더 전이었다. 그렇게 금방 찾았는데 왜 지금까지 혼인 얘긴 고사하고 만났다는 소식조차도 알리지 않았는지.

"왕자 전하의 혼례를 서둘렀으면 하신 걸로 알고 있습니다. 그런데 왜 아직도 폐하께 알리지 않으셨는지요? 폐하께서도 궁금해하고 계실 텐데요."

"그것이⋯⋯."

뭔가 말하려던 태후는 고개를 한 번 젓더니 한숨만 푹푹 쉬었다.

"내가⋯⋯ 차마 입이 떨어지지 않는군요. 왕후, 승평이 직접 알리겠다고 하니 좀 기다려주세요. 그러잖아도 왕후께는 그 처자와 함께 인사를 올려도 좋을지 허락을 받으려고 한답니다. 오늘 투석전이 끝나면 아마 그 청을 하지 싶네요."

"당연히 만나야지요. 앞으로 제 동기가 될 사람이니 아껴주겠습니다."

"예에⋯⋯."

말끝을 흐리던 태후가 느닷없이 해류의 손을 덥석 잡았다. 물에 빠진 사람이 갑자기 드리워진 단 하나의 동아줄을 잡는 것처럼 간절함이 가득했다.

"부디 마음을 너그럽게 먹고 잘 부탁합니다. 태왕께도 말씀을 좋게 좀 올려주고요. 그렇지만 폐하나 왕후가 정 아니 된다고 하면 나도 승평을 설득해보겠습니다."

태후의 분위기를 보니 아주 한미한 집안의 딸인 모양이었다. 태왕 앞에 면목이 없어서 저러는구나 싶었다.

"폐하께서 왕자 전하께 유부녀나 속민, 노예만 아니라면 과부나 평민이라도 혼인을 기꺼이 허락해주신다고 하셨으니 심려 놓으세요."

이 정도면 단번에 걱정을 날리고 얼굴이 펴지리라 싶었는데도 태후는 여전히 수심에 잠겨 어두웠다.

"여하튼⋯⋯ 난 왕후와 태왕에게 맡기겠습니다."

싸한 예감이 목덜미를 스쳤다. 흥미진진하던 투석전도 눈에서 멀어졌다. 어디든 그저 빨리 승부가 나기만을 바라면서 해류는 마자수에 비처럼 떨어지는 돌과 사람들을 응시했다.

부상자도 엄청나게 나오는 치열한 공방 끝에 올해는 아슬아슬하게 우부가 승리를 거뒀고, 왕후가 태왕을 대신해 승자에게 상과 잔치 음식을 내리면서 보름날의 축제는 끝이 났다.

왕궁으로 돌아가는 수레에 타려는데 승평 왕자가 다가왔다. 수레에 오르는 해류를 부축해주며 그가 물었다.

"폐하께서 허락하신다면 함께 인사를 올렸으면 하는 사람이 있습니다. 언제가 좋으실지요?"

시간이 갈수록 태후의 부탁이 점점 더 걸리던 참이었다. 오매불망 연모하던 여인을 찾아 하늘을 날아가야 하는 승평 왕자의 안색 역시 어울리지 않게 시름에 젖은 듯했다.

미뤄서 해결될 사안이 아니면 조속히 맞닥뜨리는 게 낫다. 찜찜함을 오래 안고 있고 싶지 않은 해류는 시원하게 대답했다.

"저는 내일이라도 괜찮습니다."

"그럼 내일 뵈어도 될지요?"

"좋습니다. 오후에 아무 때나 오세요. 저는 왕후궁에 있을 겁니다."

무슨 연유일까. 왜 그리 어렵고 힘들어하는 것일까.

오전 내내 바쁘게 왕궁 관리들의 보고를 받는 해류의 머릿속에는 승평 왕자와 그 미지의 여인이 떠나지 않았다. 너무 신경이 쓰이니 입맛도 돌지 않았다. 점심도 뜨는 둥 마는 둥 물리고 얼마 뒤 궁녀가 왕자가 궐문을 들어섰다고 알려왔다.

중요한 만남을 갖는 내전으로 모시라고 이르고 해류도 그곳으로 옮겨 좌상에 자리를 잡았다. 곧 밖에서 인기척이 나더니 왕자의 도착을 고하는 소리가 들려왔다.

"왕자 전하 듭십니다."

문이 열리고 왕자가 들어왔다. 뒤따라온 여인을 보는 해류의 입술에 미소가 떠올랐다.

승평의 뒤에 숨듯이 해 들어서는 여인은 한들한들 바람에 흔들리는 고운 봄꽃 같았다. 바람에 실려 금방 하늘로 날아갈 것 같았다는 승평 왕자의 말이 과장이 아니었구나 싶게 청초하고 화사한 미인. 막 소녀에서 처녀로 가는 나이로 보이는 가녀린 자태는 풋풋하면서도 묘하게 관능적이었다. 푹 숙인 머리 위의 윤기 흐르는 풍성한 검은 머리채도 곱다라니, 충분히 왕자의 연심을 사로잡을 만하다 싶었다.

그런데 이상하게…… 눈에 익었다. 분명히 본 적이 있는 것 같았다.

어디서 봤더라? 기억을 더듬는데 승평이 인사를 올렸다.

"왕후 폐하, 알현을 허락해주셔서 감사합니다."

"폐하의 하나밖에 없으신 동기인데 당연히 뵈어야지요. 자자, 앉으세요."

해류는 다시 왕자의 옆, 반 발자국 정도 뒤에 선 처녀에게 시선을 주었다. 잔뜩 긴장했을 왕자의 정인에게 웃으며 말을 걸어주려는 찰나 그 여인이 고개를 들었다.

나오려던 환영인사가 쑥 들어갔다. 경악의 비명을 내지르지 않은 것만으로도 스스로가 대견할 정도였다.

그녀 앞에 다소곳이 몸을 굽혀 인사하는 이는 명림고은! 명림죽리의 또 다른 손녀. 만약 태왕이 열여덟 살 이상으로 못을 박지 않았다면 분명히 명림가의 저 금지옥엽이 이 자리에 앉아 있었다.

왜 작년 봄에 두지가 왔던 이후 명림가가 그리 조용했는지 비로소 납득이 됐다.

내내 아무런 낌새나 움직임이 없어 의아했지만 한편으론 다행이다 생각했었다. 그런데 뒤에서 왕자를 상대로 꿍꿍이를 짜고 있었다니, 과연 명림죽리다웠다. 정공법으로는 절대 왕자비가 될 수 없을 테니 우연을 가장해서 왕자의 연심을 사로잡고 밀어붙이도록 책동했구나.

해류는 혐오감을 간신히 참았다. 오늘 그녀의 반응이며 일거수일투족이 고은을 통해 명림가에 들어갈 터. 절대 동요를 내비쳐서는 안 되었다. 명림가에선 절대 벗지 않았던 냉담한 갑옷을 단단히 두르며 최대한 상냥한 음성을 짜냈다.

"오랜만이다. 네가 열심히 기도를 다니는 걸 내가 미처 몰랐었다. 진즉 알았다면 내가 신녀일 적에 종종 만났을 것을, 몹시 아쉽구나."

명림죽리나 두지였다면 이 정도 비아냥엔 눈썹도 까딱 안 했겠지만 고은은 아직 어리고 미숙했다. 광대뼈 주변이 확 상기됐다.

태왕이라면 해류가 세 치 혀로 고은을 쥐어박았다는 걸 대번에 눈치채고도 남았다. 그녀와 그 집안이 무슨 일을 도모하는지 알았으니 허튼수작하지 말라고 경고하고 있다는 것도.

우직한 승평 왕자는 해류의 말을 곧이곧대로 받아들였다.

"고은 소저도 왕후 폐하께서 사당에 계실 때 자주 찾아뵙고 자매간에 도타운 정을 쌓지 못한 것이 안타깝다고 하더군요. 어릴 때는 병약해서 어른들이 바깥출입을 말리셨답니다."

왕자를 의식해서 해류는 과장되게 상냥한 미소를 지었다.

"그랬었구나. 이제는 건강해진 것 같으니 정말 다행이다."

어릴 때부터 철철이 귀한 보약을 달고 살았던 고은은 겨울에도 흔한 고뿔 한번 걸리지 않았다. 그 역시 둘 다 알고 있는 사실이었다.

부드러운 수긍에 가득한 비아냥을 고은이 모를 리 없었다. 승평 왕자 모르게 입술을 꼭 깨무는 모양새가 분함을 참는 기색이 역력했다.

어화둥둥 떠받들어지던 귀하디귀한 아기씨가 발아래로 보던 내게 머리를 숙이려니 죽을 맛이겠지.

해류도 삐딱한 심정으로 고은을 지그시 응시했다.

고은의 어미는 소문난 미녀에 추모왕의 건국을 도와 극(克)씨 성을 받은 재사의 후손. 아들 셋을 연달아 낳고 명림가에 더없이 귀한 딸까지 떡하니 낳아줬다. 명림 직계 일가에선 설로만이 유일하게 다른 부인이나 첩을 두지 않았을 정도로 총애했다. 고은도 어미를 닮아 아기 때부터 눈에 띄게 예뻤다.

고귀한 혈통에 여여쁘기까지 한 너는 왕가의 여인이 될 것이다. 가장 고귀한 자리에 오를 것이다. 떠받드는 칭송만 귀에 못이 박이도록 듣고 자란 고은은 자기 부모처럼 해류 모녀를 발가락에 낀 때 취급을 했었다. 복을 빌러 모녀가 함께 사당에 수없이 왔지만 해류의 안부를 묻거나 찾은 적은 그녀가 사당에 있던 여섯 해 동안 단 한 차례도 없었다.

고은의 어미가 어머니와 자신에게 줬던 수모를 떠올리면 더 해줘도 모자랐지만 해류는 일단 이쯤에서 접기로 했다. 고은은 내버려두고 승평 왕자에게 눈길을 주었다.

"전하께서 찾던 처녀가 고은이라니 참으로 놀랍습니다. 언제 다시 만나셨는지요?"

"폐하의 허락을 얻어 사당에서 기다린 지 닷새 뒤에 고은 처자가 기도를 왔습니다."

필경 왕자가 찾아오기를 기다렸다가 적당히 말미를 두고 나타났을 것이다. 내기하라면 뭐든 다 걸 수 있었다.

해류는 냉소를 삼키며 빈구석을 채우기 위한 질문을 이었다.

"그러면 금방 재회하셨을 텐데 왜 이제까지 비밀로 하셨는지요?"

잠시 침묵하던 왕자가 침울하게 가라앉은 눈으로 해류를 마주 봤다.

"왕후 폐하께서도 아시지 않습니까. 폐하의 뜻을요."

어린 시절, 외가가 숙청되는 아픔을 겪은 왕자는 암투나 정쟁을 혐오했다. 거기에 휘말리는 걸 피하려 자청해서 전쟁에 나가고 태왕의 손과 발이 되어 그의 대리인으로 각 지방 성의 중대사를 챙겼다.

애써 등을 돌리고 있을 뿐이지 왕자도 조정이 어떻게 돌아가는지 모를 수 없었다.

태왕은 왕권을 위협하는 귀족과 그들의 구심점인 명림 세력이 커지는 걸 원치 않았다. 각 부의 세력을 꺾기 위해 왕위에 오른 날부터 지금까지 싸우고 있었다. 왕후는 어쩔 수 없이 명림씨로 얻었지만 왕자비까지 한집에서 나오는 것은 결단코 허용하지 않을 터였다.

그럼에도 고은을 왕후인 해류 앞에 데려온 것은 포기할 수 없다는 의지. 이 자리에 서기까지 그가 얼마나 치열하게 자신과 싸움을 해왔을지 짐작이 됐다.

"저는 고은이 명림죽리의 손녀인 걸 몰랐습니다. 고은 소저도 최근까지 제가 왕자인 걸 몰랐습니다."

승평은 간절한 표정으로 옆에 선 고은의 손을 잡았다. 그의 호소엔 목석이라도 돌아보게 할 정도로 애절한 진심이 가득했다.

"연꽃절 때 한 번 만나고 영영 헤어졌더라면 여름날의 꿈으로 흘려보냈을 겁니다. 하지만 하늘의 도우심으로 다시 만날 수 있었습니다. 고은 소저가 국상의 손녀라는 걸 알았을 때 어떻게든 마음을 접으려고 했습니다. 그런데…… 도저히 되지 않습니다."

숨도 쉬지 않고 자신의 감정을 토로하던 그는 굳은 결심을 알렸다.

"절대 이 손을 놓을 수 없습니다. 명하시면 왕실을 떠날 각오도 하고 있습니다."

고은을 바라보는 그의 비장함에 문득 짚이는 것이 있었다.

"전하, 혹시……?"

낯이 두꺼운 해류라도 대놓고 물어보긴 민망했다. 빙 돌린 질문에 담긴 짐작이 맞는지 왕자의 눈빛이 흔들리더니 목까지 시뻘게졌다. 그럼에도 결단코 정인을 놓지 않겠다는 의사를 천명하듯 고은을 잡은 손에 힘이 들어가는 게 보였다.

"제가 억지를 부렸습니다. 고은 소저는 아무 잘못이 없습니다."

고은이 부끄러운 듯 수줍게 고개를 숙였다. 그 모습이 얼마나 처연하고 가련한지. 수년간 고은 모녀의 패악을 몸소 겪지 않았다면 저도 깜박 속았겠다 싶을 정도였다.

승평 왕자는 애면글면, 미안하면서도 예뻐서 어쩔 줄 모르겠다는 얼굴로 고은을 내려다봤다.

해류는 명림가가 얼마나 치밀하고 질긴 그물을 쳤는지 비로소 깨달았다.

가증스러운 것. 해류는 순진한 척하는 고은을 남몰래 흘겼다. 명림가에 대한 증오도 새삼스럽게 치밀었다.

그녀가 태왕에게 냉대받아 명림을 외가로 둔 왕자 얻기가 난망해지자 현재 유일한 후계자인 승평에게 눈을 돌렸을 것이다. 연꽃제에서 일부러 승평과 고은이 마주칠 수 있도록 꾸미고, 승평이 고은을 뒤따라올 단서를 흘린 뒤 재회시키고, 한 올한 올 보이지 않는 유혹의 덫을 놓아 사로잡았을 터. 태왕을 향한 형제애와 충성심이 고은에 대한 연심을 끝내 이길까 봐 마지막 수단까지 써서 옭아맨 게 자명했다.

혼인한 뒤에 사통은 중죄고 대망신이지만 미혼 남녀가 정분이 난 것은 허물이 되지 않았다. 정까지 나누고도 헤어지는 게 일상다반사까진 아니지만 퍽 흔했다. 하지만 지금 첫정에 눈멀고 귀먹은 승평에겐 그 사실이 보이지도 들리지도 않을 터였다.

왕자는 이미 작정했다. 정 안 되면 야반도주라도 할 것이다.

승평같이 올곧은 사람은 한번 정하면 앞뒤 돌아보지 않고 가려는 길로 나아간다. 저렇게 순수하게 누군가를 은애하고 모든 걸 다 버릴 수 있는 순정이 부러웠다.

연모란 무엇인지. 저런 용기는 어떤 마음이어야 가능할지. 그녀로서는 헤아릴 수 없는 깊이. 아마 평생 알 수 없을 거였다.

어린 나이부터 인간의 추악함을 배우고, 살아남기 위해 발버둥 치다 닳고 닳은 저와 비교하니 승평 왕자의 맑음이 새삼 부러웠다.

문제는 이 모든 게 속임수로 짜인 판이란 것이다. 나중에 진실을 알면 승평 왕자가 얼마나 상처 입을지 그것도 두려웠다.

선왕과 형을 따라 전쟁터에서 생과 사를 오갔으면서도 인간사의 더러운 모략과 배덕은 혹독하게 겪어보지 않은 운 좋은 사람. 승평 왕자같이 인간의 탐욕과 악의에 처절하게 다쳐보지 않은 이는 타인도 자신과 같은 선의로 가득하다고 믿었다. 본인을 속이려 한다는 가능성 자체를 헤아리지 않았다. 저 순결한 선함을 깨는 것은 뼈를 바수는 지독한 배신뿐이었다. 그러면 돌이킬 수 없었다.

저렇게 올곧고 선량한 사람이 하나쯤은 세상에 남아 있으면 좋으련만.

그러나 해류 혼자만의 바람일 뿐이었다. 고맙게도 그녀에겐 결정권이 없었다. 설령 있다고 해도 관여하고 싶지 않았다. 스스로 비겁하다고 자책하면서도 해류는 태왕에게 미뤘다.

"전하, 아시지 않습니까. 이 모든 결정은 태왕께서만 하실 수 있다는 것을요."

믿었던 모후에 이어 왕후까지 외면하다니. 고은과 동기간이라 도와주리라 믿었건만. 절망에 비틀거리는 승평 왕자를 안타깝게 바라보며 해류는 제가 할 수 있는 최선의 충고를 했다.

"태왕께서 돌아오시면 제게 찾아왔던 얘기는 하지 마시고, 전하의 마음을 직접 말씀드리세요. 폐하께서는 전하를 아끼시니 그 진심이 닿을 수도 있을 겁니다. 폐하께서 허락해주시면 태후 전하와 저도 그 뜻을 기쁘게 따를 것입니다."

그녀는 흘금흘금 자신을 훔쳐보는 고은에게 매서운 눈초리를 쏘면서 고은만 알아들을 주의를 덧붙였다.

"고은이 너도 언제나 전하의 편에 서서 전하의 뜻만을 따를 것이라고 믿는다."

七

국내성 북쪽과 남쪽에는 긴 사냥을 하거나 국내성에 당일에 돌아가기 어려울 때를 대비해 별궁과 행궁이 하나씩 있었다. 화려한 금벽이나 벽화도, 무늬를 넣은 수막새나 장식기와도 없이 소박했지만 절도 있는 앉음이나 짜임새는 눈 어두운 이가 봐도 여염의 건물은 아니었다.

선왕 때는 잦은 원정과 시시때때로 벌이는 대규모 사냥으로 북적였던 행궁은 현 태왕 거련의 대에 와서는 쓰임새가 적어졌다. 때문에 상주하는 궁인이며 궁관도 최소한으로 유지되고 있었다.

그 썰렁하던 행궁이 오늘은 불을 대낮처럼 밝히고 모처럼 주인을 맞을 준비를 하고 있었다.

오매불망 기다리던 태왕의 행렬은 해가 막 저문 무렵에 행궁에 도착했다.

"폐하, 어서 오시옵소서."

말에서 내린 태왕을 궁인과 관리들이 죽 늘어서서 맞았다. 피로를 푸시도록 조촐한 주연을 준비했다고 고하려는데 태왕은 제일 앞에 선 주부(主簿)[73]에게만 시선을 꽂았다.

"다 챙겨 왔느냐?"

어제 퇴청했다가 전령의 파발을 받고 그대로 왕궁으로 돌아가 밤을 꼬박 새운

---

73   고구려 중기까지 왕명 출납을 맡은 행정실무관. 왕의 직속 관료.

터라 주부의 눈이 퀭했다. 태왕보다 늦을까 봐 전전긍긍했던 그는 시간 안에 맞췄다는 뿌듯함을 감추지 못하며 자신 있게 고했다.

"예. 이르신 대로 급히 보실 계서만 모아서 침전의 서재에 가져다 놨습니다."

"수고했다."

태왕이 침전으로 향하자 주부도 종종걸음을 치며 태왕의 뒤를 따라갔다.

시급히 봐야 할 안건들만 가져왔음에도 두루마리는 산더미였다. 평양성과 그 일대를 순행하는 동안 중대한 장계들은 우역(郵驛)[74]을 통해 끊임없이 받아 처결했지만 태산의 티끌이었던 모양이었다.

한 달의 부재가 길긴 했구나.

그는 주부가 분류해서 쌓아놓은 두루마리를 슬쩍 살폈다.

"이것이 전부냐? 다른 것은 없고?"

날카로운 눈초리에 영문 모르는 주부는 혹시라도 실수했나 싶은지 사색이 되었다.

"예. 제가 알기로 전부이옵니다, 폐하. 혹시 빠진 것이라도 있는지요?"

"아니다. 들고 따라오라."

온종일 쉬지도 않고 달렸더니 몸이 찌뿌둥했다. 땀과 말 냄새도 지우고 피로도 풀 겸 탕옥으로 갔다. 더운 증기로 후끈한 탕에 앉아 그는 주부가 넘겨주는 그동안의 보고와 처결할 것들을 살폈다. 장계를 보느라 눈도 들지 않은 채 태왕이 명했다.

"살필 것이 많으니 저녁은 간단한 요깃거리만 올리라고 해라. 술도 연회도 필요 없다."

"알겠사옵니다."

좀 아까 도착했을 때 행궁 책임자는 며칠 전부터 공들여 주연을 준비한 눈치였다. 거하게 헛수고한 궁관을 향한 동정심을 감추며 그는 얼른 욕간에서 나왔다.

욕조 옆 작은 탁자에 둔 것들을 대충 다 살핀 태왕은 물에 머리를 푹 담갔다가

---

74 육상통신망

올라와 탕에 기댔다.

안부를 묻는 서찰은 한 번쯤 보낼 줄 알았는데.

불현듯, 생각날 때마다 치솟는 배신감을 견딜 수 없어 아예 기억에서 지우려고 애쓰던, 전 왕후 연세아가 떠올랐다.

세아는 그가 전쟁이나 원행을 가면 오가는 파발마다 직접 지은 의복 일습과 함께 절절한 연서를 보내왔다. 그가 없어 얼마나 허전하고 그리운지, 무사히 돌아와 재회할 날을 손꼽아 기다린다는 내용을 지치지도 않고 적어 보냈다. 중간중간 눈물을 흘린 자국도 빠짐없이 있었다.

더없이 간곡했지만 듣기 좋은 꽃노래도 하루 이틀이었다. 매번 비슷한 내용에 답하는 게 귀찮을 때도 있었다. 어떤 이유든 답서를 보내주지 않으면 눈물지으며 속을 끓일 거였다. 돌아왔을 때 그의 무심함이 얼마나 그녀를 슬프게 하고 힘들었는지, 그 눈물 어린 하소연을 듣고 싶지 않았다. 때문에 아무리 힘들어도, 심지어 전장에서까지 몇 자라도 끄적여 보내곤 했었다.

처음엔 파발에 해류의 서신이 없는 것에 별반 신경을 쓰지 않았다. 오히려 답신을 쓰는 번거로운 수고를 덜어줘서 고마웠다. 변덕스럽고 간사한 것이 사람의 마음인지, 시간이 지나면서 슬슬 그 귀찮던 것이 기다려지기 시작했다.

해류는 서찰에 어떤 내용을 담을까. 그립고 보고 싶다고 해주려나. 아니면 그녀답게 왕궁의 대소사를 세세히 보고하듯 알려주려나.

기다림은 날로 커졌지만 한 달이 되도록 왕후에게선 단 한 장의 서찰도 없었다. 혹시 파발꾼이 잊은 게 아닌가 싶어 왕후로부터 따로 전해 받은 것이 없는지 직접 확인하기까지 했다. 그렇지만 행궁에 머무는 마지막 날인 오늘까지 연서는 고사하고 안부 서찰 하나 끝내 없었다. 새록새록 괘씸하고 서운했다.

그 사람은 내 부재를 오히려 편안해하는 것이 아닌가.

생각이 거기에 미치자 갑자기 왕궁에 가야겠다는 충동이 밀려왔다.

천신 앞에 그의 반려라 맹세했고 하늘이 지켜보는 아래에서 그에게 안겼다. 천상의 별 아래 그의 왕후라고 천명하며 명실상부한 그의 여인이 됐지만 해류는 언제든 미련 없이 떠날 결심을 버리지 않았다. 말은 하지 않지만 그는 확실히 알고 있었다.

자신이 누구의 여인이고 누구에게 속해 있는지를 잊게 하면 안 된다. 그것을 오늘 당장 확실히 각인시켜줘야겠다는 결단을 내리며 그는 탕에서 일어섰다.

국내성까지는 지치지 않은 새 말로 내처 전속력으로 달리면 한 시진 정도. 새벽에 돌아오면 내일 입성하기로 예정한 시간에 충분히 맞출 수 있었다.

물에 젖은 알몸에 야장의 하나만 걸쳐 입은 태왕이 욕간의 문을 열고 나왔다.

"왕궁에 다녀오련다. 을밀과 호위 셋만 따르라."

수직을 서던 왕후궁의 호위와 궁녀들은 야밤에 나타난 태왕을 보고 기절하듯 놀랐다. 분명 내일 낮에 돌아오신다고 했다. 원행에서 돌아오는 태왕을 맞는 준비로 며칠 전부터 궁이 홀딱 뒤집힌 듯 북새통이었으니 잘못 알았을 리가 없었다.

철렁한 가슴을 진정시키고 왕후에게 아뢰려는 그들을 태왕이 막았다.

"지금 왕후에게 가니 알릴 필요 없다."

태왕은 왕후궁 안 가장 깊은 곳, 침전 안 침실 문을 직접 열고 들어갔다.

검어둠 속으로 사라지는 그의 등을 보며 궁녀들은 은밀한 눈빛을 교환했다. 눈치만 남은 그들은 무언의 대화를 마치고 재빠르게 침전을 비웠다.

해류는 깊이 잠들어 있었다. 구들의 열기가 더운지 이불을 반쯤 팽개치고 잠든 해류는 편안해 보였다. 시시때때로 타오르는 욕망에 잠을 못 이뤘던 그와 달리 약이 오를 정도로 평온한 모습이었다.

내가 없으니 매일 밤 단잠을 잤겠군. 이제는 그러기 힘들겠지만. 짓궂은 냉소가 그의 입술에 물렸다.

훌훌 옷을 벗고 해류의 옆에 몸을 반만 눕혔다. 손끝으로 머릿결을 천천히 쓸어내렸다. 잠결에도 머리를 쓸어주는 다정한 손길이 좋은지 그녀가 미소를 지으며 그가 있는 쪽으로 돌아누웠다.

그 무방비한 모습에 훅, 열기가 피어올랐다. 말랑하면서 따뜻한 몸에서 얻을 수 있는 극상의 쾌락을 아는 그의 열기는 부피를 키워갔다.

"으응."

잠결에 파리라도 쫓듯이 손을 저으며 몸을 돌리는 해류의 몸을 덮은 침의 끈을 태왕이 거침없이 풀어냈다.

맨살이 공기 중에 드러나고 가슴에 뭔가 닿는 야릇한 느낌에 해류의 눈이 천천히 떠졌다. 처음엔 꿈인가 했지만 그 느낌은 너무 생생했다. 현실이란 자각이 들자 정수리에 얼음물을 부은 것처럼 잠이 확 달아났다. 멀쩡한 정신으로 다시 보니 어둠 속에서 웬 사내가 그녀를 희롱하고 있었다. 처음에는 공포가, 곧이어 노여움이 불길처럼 화르르 치솟았다.

감히!

"네 이놈!"

죽을힘을 다해 사내를 걷어찼다. 갑작스런 일격에 건장한 몸이 떨어져 나갔다. 비명을 질러 호위를 부르며 달아나려는 찰나, 강건한 팔이 그녀의 허리를 휙 잡아챘다. 이어 익숙한 목소리가 귀에 들렸다.

"나요."

"폐하!"

분명히 내일 입성한다고 했는데? 혹시 헛것이 아닌가 싶어 다시 봤지만 그녀를 안고 있는 그림자는 분명히 태왕이었다. 하긴 태왕이기에 이렇게 조용했을 것이다. 다른 침입자라면 호위들이 난리가 났을 거고 그 소리에 그녀도 벌써 깨고도 남았다.

놀란 가슴이 가라앉자 온몸에서 힘이 쏙 빠진 해류는 안도의 한숨을 쉬며 그의 가슴에 기댔다.

"놀라서 기절하는 줄 알았습니다. 분명 오늘은 행궁에서 머무신다고 하지 않으셨나요?"

"놀라게 했다면 미안하오."

그는 이제야 충격이 밀려오는지 떨리는 해류의 등을 부드럽게 달래듯이 쓸어주며 속삭였다.

"불과 한 시진 거리에 왕후를 두고 홀로 자기는 좀 쓸쓸해서요."

가벼운 말투로 달래주면서 그의 손은 부지런히 움직이고 있었다. 언제 벗겨내렸는지 침의는 벌써 사라졌고 드러난 둥근 어깨를 그가 익숙하게 핥았다.

"으응."

이미 익숙해진 쾌감. 더한 것을 갈구하며 해류의 팔이 본능적으로 그의 허리를 감았다. 꽉 맞닿은 나신에 장대하게 부푼 그의 욕망이 느껴졌다.

할딱이는 작은 숨소리와 잔떨림이 그의 욕망을 미친 듯이 몰아갔다. 그는 해류를 안은 그대로 잔뜩 성난 몸 위로 올렸다. 쪼그린 듯 앉은 채로 합연하는 건 상상도 못 한 경험. 처음이라 어색했지만 본능은 그를 향해 활짝 열렸다.

"아아앗!"

해류가 입술을 깨물었다.

처음도 아니건만. 그동안 셀 수도 없이 숱하게 안겼는데 오랜만이라 그런지, 아니면 자세 때문인지 오늘은 유난히 더 힘들었다.

해류가 버거워하는 걸 알아챈 듯 그가 중간에서 멈췄다. 달래듯 가장 예민한 귀를 애무하며 속삭였다. 그도 간신히 자제하고 있는지 띄엄띄엄 헐떡이고 있었다.

"벌써 한 달이…… 넘었군. 그대를 안은 지가…….."

당연히 가는 곳마다 시침을 들 절세미녀를 골라 올렸을 거라 생각했다.

아무도 안지 않고 내게 돌아오다니. 뿌듯함과 기쁨에 아픔도 잊혀졌다. 그의 허리를 안은 팔에 힘이 들어갔다.

"저는, 괘, 괜찮……습니다."

해류의 허락에 태왕이 거침없이, 깊숙이 짓쳐들어왔다.

"허억!"

파도처럼 밀려오는 극상의 희열에 태왕은 잠시 숨을 잊었다. 남김없이 해류를 맛보고 싶다는 욕망에 굴복하며 깊이 자맥질했다.

뜨거운 신음이 얽혔다. 지치지도 않고 계속 환희의 절정으로 몰아붙이는 사내의 욕정에 해류도 비명을 지르고 흐느꼈다. 그래도 그는 그녀를 풀어주지 않았다. 아니, 풀어줄 수 없었다. 여인에게 이렇게 정신을 잃고 탐닉하는 것은 그로서도 처음. 머릿속까지 하얗게 몽롱해지고 해류가 거의 기절할 지경이 될 때까지 격한 욕구를 채우고 또 채웠다.

이불을 당겨 몸을 가려야 하는데.

방만하게 나신을 드러내고 있는 자신이 부끄러웠다. 머리는 빨리 팔을 움직여 치부를 감추라고 재촉했다. 하지만 한 번도 아니고 벌써 여러 차례. 쌓인 회포를 끊임없이 풀어내는 태왕과 계속 격하게 합일한 뒤라 기력이 다 빠져나가 나른하니 꼼짝할 기운도 없었다. 아직도 한 몸인 것처럼 그녀를 가득 채웠던 느낌이 생생하게 남아 있었다.

반대로 한 시진 넘게 밤길을 달려왔을 태왕은 별반 지친 기색이 없었다.

그가 문득 떠오른 듯 찬탄을 담아 속삭였다.

"이렇게 아름다운 만월은 천하를 다 찾아도 드물 거요. 이런 극상의 것을 감히 흉하다고 하다니."

아직도 칭찬받는 것은 어색하고 익숙하지 않았다. 그렇지만 그가 자신을 아름답다고 해주는 것은 좋았다. 오랜만의 재회이기도 했고 나른한 쾌감의 끝이라 해류의 경계심도 느슨해져 있었다. 그녀도 웃으며 되받아쳤다.

"그걸 어떻게 아시는지는 묻지 않겠습니다."

헛!

말이 소리가 되어 들리자마자 해류의 몸이 확 굳었다.

이런, 내가 미쳤구나. 감히 태왕의 면전에서 무슨 소리를 한 것인가. 당장 그가 몸을 일으켜 나가거나, 혼인한 첫날처럼 차갑게 경고하고 등을 돌려도 아무 변명도 할 수 없었다. 희롱과 정담으로 가득했던 침상에 침묵이 드리워졌다. 그녀를 가만히 응시하는 시선을 차마 마주할 수 없었다.

시간이 점점 흐르고 해류가 일어나 엎드려 빌어야 하나 싶을 무렵, 태왕의 어깨가 흔들렸다. 진노해 몸까지 떠는가 싶어 두려움이 더 커졌다.

자업자득이다. 눈을 감고 처분만 기다리는데 놀랍게도 억누른 웃음소리 비슷한 것이 들려왔다. 가슴에 묻었던 얼굴을 들어 해류를 보는 그의 눈에 가득한 것은 분명한 웃음. 이해할 수 없지만 왠지 기뻐하는 것 같다는 느낌도 들었다.

"시샘하는 거요?"

솔직히 아니라고 할 수 없었다. 이유야 어떻든 왕후는 그래서는 안 되었다. 이번엔 다행히 그의 심기를 건드리지 않았지만 언제까지 요행에 기댈 수 없었다. 그래도 거짓말을 하기는 싫었다. 해류는 그의 눈을 피해 얼굴을 살짝 돌리는 걸로 대답을 대신했다.

"우리 왕후께서 공연히 속을 끓이지 않도록 해줘야겠군."

"아! ⋯⋯흐응."

밀려오는 안도감과 함께 정수리 끝부터 발끝까지 짜릿한 불길이 관통했다. 해류의 몸이 다시 뜨거워지고 전율이 일었다.

이 밤에 여러 차례 이어진 정사의 열기에 해류의 피부는 연홍빛. 그의 집요한 희롱으로 남은 흔적들은 다홍빛과 진홍빛으로 짙어졌다.

삽시간에 기세를 회복한 염치없는 분신은 만족을 달라고 아우성쳤다. 태왕은 모든 생각을 다 지우고 해류에게로 파고들어갔다.

거침없고 원초적인 욕망의 소리만이 깜깜한 침실을 채우고 또 채웠다.

아침에 눈을 떴을 때 해류는 홀로 누워 있었다.

어슴푸레한 여명이 막 밝아오는 즈음, 희끄무레한 빛 사이에서 태왕이 바삐 옷을 입는 것을 본 기억이 어렴풋이 났다. 일어나려는 그녀를 밀어 눕혀주며 더 자라고 했던 것은 꿈이었는지 생시였는지.

몽롱하니 욱신거리는 몸을 뒤척이던 해류는 우릿한 통증을 느꼈다. 태왕의 진한 애무와 거친 수염이 남긴 붉은 꽃이 곳곳에 핀 알몸도 꿈이 아니었음을 확실히 알려줬다.

그 밤에 달려왔다가 거의 눈도 못 붙이고 새벽에 해도 뜨기 전에 돌아간 태왕은 괜찮을지. 쓸데없는 걱정이다 하면서도 걱정이 되고, 자꾸 미소가 떠올랐다.

이제 일어나야지.

결심과 달리 등은 푹신한 침상에 딱 달라붙은 듯 떨어지지 않았다. 꾸물꾸물 게으름을 피우는데 멀리서 시간을 알리는 북소리와 종소리가 들려왔다.

태왕이 떠나고 아주 잠깐 졸았던 것 같으니 이제 묘시(새벽 5시)쯤 되었으려나. 그만 일어나야겠다고 생각하며 무심히 북이 울리는 숫자를 세던 해류가 놀라 후다닥 일어났다.

벌써 진시라니! 정신이 번쩍 들었다. 오늘 돌아올 태왕을 환영하는 접견례며 연회까지 여러 행사들이 줄줄이 있었다. 최종 확인을 받기 위해서 관리며 궁인들이 곧 몰려올 것이다.

흠씬 두들겨 맞은 것 같은 몸을 억지로 굽혀 바닥에 떨어진 침의를 줍는데, 그녀가 깨기만을 기다리고 있었는지 문밖에서 여관의 음성이 들렸다.

"폐하, 기침하셨는지요? 탕욕을 준비해놓았습니다."

"알았네."

그런 명은 따로 내리지 않았는데 어젯밤에 태왕이 다녀간 소식을 들은 여관이 알아서 준비한 모양이었다. 눈치 빠른 아랫사람에게 감사하면서 해류는 서둘러 탕옥의 욕간으로 들어갔다. 마음 같아선 뜨거운 물에 푹 잠겨 지친 몸을 쉬고 싶었지만 그럴 여유는 없었다. 서둘러 목욕만 하고 침실로 돌아왔다.

젖은 머리를 수건으로 말려 빗질해주는 궁녀들 곁에서 여관은 패물함에서 왕후의 치장거리를 골랐다. 마음이 급한 해류는 시간이 소요되는 치장은 물리쳤다.

"패물은 나중에 하고 지금은 머리만 올려다오. 폐하께서 오시(오전 11시) 즈음에 도착하신다니 급한 일을 우선 챙긴 뒤 화장도 그때 하면 될 것이다."

"예. 폐하."

향유를 발라 빗질을 해주는 궁녀들 옆에서 여관이 흐뭇함을 감추지 않았다.

"태왕께서 어제 밤늦게 오셨다가 이른 새벽에야 행궁으로 돌아가셨다면서요? 왕후 폐하가 몹시 그리우셨나 봅니다. 호호."

얼굴이 다시 분홍빛으로 물들어가는 걸 느껴졌다.

하루만 참으면 될 것을 그예 달려와서 사람을 민망하게 만드나. 원망이 들면서도 그의 넘치는 정염이 싫지는 않았다.

나를 아직 원하는구나. 나를 조금은 그리워했구나. 그 사실이 꽁꽁 얼어붙은 몸을 따뜻하게 데워주는 것 같았다.

그녀의 삶은 몰아치는 삭풍을 맞으며 홀로 허허벌판을 걷는 것 같았다. 아무리 막막하고 힘들어도 꿋꿋하게 걸어가야 했다. 태왕에게 안겨 있을 때만은 희한하게 늘 따라다니는 추위와 외로움이 잊혔다.

그를 떠올릴 때면 사르르 퍼져나가는 온기를 만끽하며 해류는 머리를 올려주는 궁녀들의 손에 몸을 맡겼다. 궁녀들의 조심스러운 빗질은 오늘 새벽에도 그녀가 잠들 때까지 머리카락을 쓰다듬어주던 그의 손길을 떠올리게 했다.

환영례를 위한 단장이라 아무리 간소하게 해도 평소보다 시간이 오래 걸렸다. 마침내 머리를 높이 묶어 올려세우고 둥근 금테로 양쪽으로 펼쳐 고정시키는 작업이 끝나자 여관이 청동거울을 들었다.

"나중에 화장하실 때 여발[75]을 늘어뜨리고 폐하의 위엄에 맞는 패물들을 더해서 치장하겠습니다."

거울에 비친 여인은 자신만만하면서도 여유로운 것이, 정말 왕후처럼 보였다. 작년 이맘때의 그녀가 겁먹고 잔뜩 웅크린 속내를 꽁꽁 감춘 채 차갑고 굳은 표정이었다면 지금은 자신의 자리인 듯 한결 부드러웠다.

태왕도 왕후 자리도 자신의 것이 아니니 탐내선 안 된다는 건 알고 있었다. 잠시 맡아둔 거니 잘 보존해 진짜 주인에게 돌려줘야 했다.

그 사실을 떠올리는 게 왜 이리 점점 싫어지는 것일까 두려웠다. 그렇지만 그걸 잊으면 되돌릴 수 없는 나락으로 떨어진다. 그녀뿐 아니라 어머니까지.

어차피 모든 것은 다 끝이 있었다. 지금 이 순간 태왕이 그녀를 왕후로 필요로 하고 여인으로 욕망하는 것만은 사실. 늦건 빠르건 그녀를 향해 타오르는 홍염도 끝이 나겠지만 작금은 이걸로 족했다.

해류는 뼈아픈 진실을 다시 한번 화인을 찍듯이 스스로에게 각인시켰다. 지금 누리는 모든 게 내 것이 아니라는 사실은 절대 잊지 말자. 대신 그날까지는 태왕에게 총애받고 더없이 화락하다는 착각을 조금만 더 해보자. 끝이 오면 본래 바라던 대로 살면 된다.

---

75   올린 머리 일부분을 빼서 흘러내리게 하는 고구려 특유의 여인 머리 모양

해류는 거울에 비친 자신에게 격려하듯 활짝 웃음을 보냈다.

편전의 집무실에서 태왕은 펼쳐놓은 종이를 뚫어져라 응시하고 있었다. 벼루 위에 올려둔 붓은 쓴 지 한참인지 먹물이 반쯤 말라 있었다. 엄청나게 집중하고 있는 것같이 보이지만 눈만 지도에 향할 뿐 그의 상념은 둥둥 떠다니고 있었다.

오전에 계마로가 죄를 청하며 올린 소식에 이미 충분히 기분이 상했다. 그런데 오후에 승평의 소청은 엎어진 위에 밟힌 격이었다. 그 이후 지금까지 부글부글 끓는 노여움을 진정시키기 위해 할 수 있는 모든 노력을 하고 있었다.

편전에서 중신들의 보고를 듣고 정무를 마치자마자 야장간으로 달려갔다. 저녁도 거르며 쇠를 미친 듯이 두드려도 머리가 비워지지 않아 그가 국내성을 비운 동안 관측한 천문도를 모조리 가져오라고 해서 살폈다. 날이 좋으면 관천대라도 오를 텐데 오늘따라 비를 잔뜩 머금은 하늘은 별은 고사하고 달도 보이지 않았다.

이럴 땐 해류를 품으며 그녀에게 속을 털어놓는 게 특효약이건만, 하필이면 그녀는 달을 앓고 있었다. 해류와 이 복잡한 하루를 공유하면 지금보단 낫겠지만 같이 있다가 자제력을 잃을 것 같았다. 시작한 지 벌써 며칠 됐으니 억지를 부리자면 못 할 것도 없지만 그래도 그건 아니다 싶었다.

갑자기 이러는 자신이 우스워졌다.

내가 욕정에 밀려 자제력을 잃을 걸 걱정하다니.

처음으로 여인을 알았을 때도 이렇지 않았다. 색에 익숙해지자 호기심이 사라지고 금방 시큰둥해졌다. 건강한 사내이니 여자가 필요한 순간은 있었지만 정욕은 해소하면 그만. 딱 어느 여인이어야 한다거나 누군가를 콕 집어 참을 수 없이 품고 싶다거나 한 적은 없었다.

그리고…….

생각이 원치 않는 다른 곳으로 흘러가려고 하자 그는 의자에서 벌떡 일어섰다. 거추장스러운 겉옷들을 다 벗어 던지고 대에 걸어놓은 환두대도를 집었다.

"을밀, 오랜만에 대련이나 하자."

날랜 호위장은 그가 문을 열고 편전 계단에 서자 벌써 장도를 빼 들고 있었다. 준비가 다 된 을밀을 보는 태왕의 입술에 만족감이 서렸다.

"꾸물거리지 않아 좋구나."

칼집을 던지며 계단을 달려 내려온 그는 곧바로 을밀에게 달려들었다.

"이야압!"

기합을 내지르며 그가 혼신의 힘을 다해 을밀을 쳤다. 예상하지 못한 급습이었을 텐데도 노련한 을밀은 태왕의 체중이 실린 기습을 슬쩍 피하며 막아냈다. 회심의 일격이 빗나가는 바람에 잠시 균형을 잃은 태왕의 급소를 지체 없이 찔러왔다.

"헉!"

위험했다. 번개 같은 을밀의 공격을 간신히 막아낸 태왕은 이마에 흐르는 진땀을 소매로 훔쳐냈다. 다시 자세를 잡으며 칼을 쥔 을밀의 손을 향해 날렵하게 파고들었다.

챙! 칼날이 마주하는 금속음이 편전 앞마당을 울렸다. 이제는 피차 허를 찌르는 기습은 불가능했다. 서로 약점을 노리면서 휘두르고 찌르고 막는 막상막하의 공격과 방어가 이어졌다. 서로가 서로를 너무나 잘 알기에 승부는 좀처럼 나지 않았다. 젊음을 앞세운 태왕의 공격도 날카로웠지만 백전노장 을밀의 반격과 한 치도 양보하지 않는 파상 공세는 그야말로 일진일퇴였다.

그 숨 막히는 공방에 지켜보는 이들의 손에는 땀이 흥건해지고 있었다. 상대가 태왕인데 좀 살살 하지. 저러다 다치는 건 아닌지. 지켜보며 걱정으로 안달복달하는 사람 중에는 해류도 있었다.

오늘 오후에 승평 왕자가 태왕을 알현하고 갔다는 소식을 태후에게 전해 들었다. 저녁에 태왕이 들르면 의중을 들을 수 있지 않을까 싶어 기다렸지만 그는 오지 않았다. 전전긍긍하며 답을 기다리는 태후도 태후지만 그녀도 궁금증을 도저히 참을 수 없어 찾아온 참이었다.

편전 담을 넘어오는 범상치 않은 금속음과 기합 소리를 들었을 땐 태왕 앞에서 호위병들이 기량을 겨루는 줄 알았다. 그런데 대련의 주인공은 태왕이었다. 그는 무거운 장도를 가벼운 단도라도 되는 것처럼 날래게 휘두르고 있었다.

태왕이 성장할 때 다섯 자루 검을 차거나 어린아이의 키만 한 긴 예장용 장도를 드는 걸 종종 봤다. 하지만 직접 휘두르는 모습을 목격하는 것은 처음이었다.

마른 듯이 보이지만 그도 바위처럼 단단하고 꽉 짜인 근육을 가진 고구려 무사라는 건 알고 있었다. 저 직도를 가볍게 다루는 건 당연했다. 태왕을 목숨 걸고 받드는 호위대장이 태왕에게 해를 가할 리도 없었다. 다 앎에도 을밀의 긴 칼날이 태왕을 스칠 때마다 움찔움찔, 어깨가 움츠러들었다.

지켜보는 이들의 염려는 아랑곳없이 두 무사는 자신들의 검무에 무아지경으로 빠져들고 있었다. 주홍빛으로 일렁이는 횃불을 반사해 번쩍이는 칼날은 살짝 스치기만 해도 베일 듯 서슬 퍼렇게 날이 서 있건만, 을밀도 태왕도 전혀 거침이 없었다. 진짜 전쟁터에서 적을 만난 듯이 상대를 노리며 거침없이 찌르고 덤벼들었다.

그 모양새가 너무 살기등등해 비명이 나올 정도였다. 해류는 요란하게 외마디 절규를 내지르는 추태를 부릴까 봐 양손으로 자신의 입을 꽉 틀어막았다.

그렇게 장도와 장도가 부딪히고 물러나기를 한참. 건장한 두 사내의 이마에서도 땀이 비 오듯 흘러내렸다. 체력이 더 떨어지기 전에 서로 회심의 일격을 가하려고 빙빙 돌다가 을밀이 태왕에게 날아들 듯이 뛰어 타격을 가했다.

태왕은 다리에 힘을 꽉 주고 있는 힘껏 버텼지만 달려 도약해 뛰어내린 기세까지 더해진 일격을 상대하기엔 모자랐다. 챙그랑, 소리와 함께 그의 장도가 날아가 옆에 떨어졌다.

"이런. 내가 졌구나."

아쉬웠지만 몸도 마음도 한결 후련했다.

"수고했다."

죄를 청하듯 고개를 숙인 을밀의 어깨를 툭 한 대 쳐주며 태왕은 떨어진 칼을 주워 들었다.

이제 천문도를 살피며 남은 잡념을 털어야겠다고 생각하며 움직이는 그의 눈에 해류가 들어왔다. 그녀답지 않게 새파랗게 질린 얼굴로 쳐다보고 있는 모습이 믿어지지 않아 그는 잠시 멍하니 쳐다만 봤다.

"아니, 왕후가 왜?"

겨우 쥐어짠 물음에 속박에서 풀어진 듯 해류가 한숨을 내쉬며 몸을 숙였다.

"궁금한 것이 있어 여쭐 겸 뵙기를 청하러 들렀습니다."

보아하니 대련하는 광경을 내내 지켜본 모양이었다. 그걸 깨달은 순간 낭패감이 그를 엄습했다. 하필이면 지는 모습을 보이다니. 해류가 있는 줄 알았다면 좀 더 힘을 내었을 텐데.

을밀과 대련을 하면 네댓 번에 한 번 이길까 말까였다. 그나마도 장도 하나로 대련했을 경우지 양손에 도를 잡으면 스무 합이 고작이었다. 부왕도 고구려 제일이라고 인정했고 무신(武神)이라는 별호까지 가진 을밀을 상대로 그 정도면 엄청난 선전이었다. 그래도 해류 앞에서 맥없이 패배하는 모습을 보이고 싶지는 않았다.

그는 자존심이 상한 티를 내지 않으려고 일부러 심상하게 몸을 돌렸다.

"그래요? 편전으로 갑시다."

편전의 집무실로 돌아온 태왕은 시종이 건네는 수건으로 얼굴만 슥슥 닦은 뒤 앉았다. 아직 몸이 후끈해 걸쳐주려는 장포는 물리쳤다. 땀에 젖은 단삼 차림 그대로 의자에 앉자 해류가 시종이 준비해둔 차를 잔에 따랐다.

"드셔요."

"고맙소."

목이 많이 말랐던 그는 한 잔을 그대로 입에 털어 넣고 다시 잔을 내밀었다. 그 득 부은 잔을 한 번 더 비운 뒤 그가 해류를 응시했다.

"궁금한 것이라니…… 태후께서 승평의 문제를 알아봐달라 왕후에게 부탁하신 거요?"

정곡을 찌르는 질문에 해류는 순순히 인정했다.

"예. 태후 전하의 말씀도 있으셨지만 저도 몹시 궁금하여서요."

"승평이 왕후도 찾아갔다면서요?"

내게 도와달라 부탁한 것은 알리지 말고 그냥 태왕에게 진심으로 간청하라고 했건만, 승평 왕자가 다 고했구나. 왕자의 고지식함에 탄식을 삼키면서 해류는 마지못해 인정했다.

"예. 제가 감히 관여할 수 없는 사안이라 폐하께 청을 올리라고 말씀드렸었습니다."

"대사자 명림설로의 딸과 함께 왔다고 하던데 어땠소?"

질문의 의미가 무엇인지 알 수 없었다. 그 의도 짚기를 포기한 해류는 태후에게 한 것처럼 두루뭉술 최대한 중립적으로 대답했다.

"왕자 전하께서 가히 반할 만한 미태였습니다. 저도 오랜만에 봤는데 알아보기 힘들 정도로 청초하고 곱게 자랐더군요."

태왕의 입술에 칼날 같은 비소가 물렸다.

"왕후로 밀어 넣으려다 되지 않으니 왕자비로라도 기어이 왕실에 넣겠다?"

해류는 고은이 명림가의 왕후 후보였다는 걸 어떻게 아느냐고 놀라 물으려다 입을 다물었다. 태왕이 그때 굳이 열여덟 살 이상의 처녀라고 못을 박은 건 명림죽리가 당장 올릴 수 있는 유일한 후보가 고은이란 걸 간파했기 때문이었다. 치밀한 그가 놓쳤던 건 해류가 혼인하지 않고 사당에 있었다는 사실 정도였다.

해류가 다시 따라놓은 차를 한 모금 마셔 입술을 축이며 그가 중얼거렸다.

"어쨌든, 명림죽리의 치밀한 간계와 그 집념만큼은 인정해야겠군. 승평을 얻기 위해 한 해 넘게 공을 들이다니……."

태왕이 명림죽리에 대한 적개심을 노골적으로 드러낸 것은 초야 이후 처음이었다.

둘 사이가 한결 부드러워지고 잠자리를 함께한 이후 그는 제법 많은 얘기를 해류와 나눴다. 태왕이 들려주는 건 대체로 건조한 사실뿐, 사건이든 사람이든 거기에 대해 그가 품은 감상이나 평가를 알기는 힘들었다. 흔치 않게, 그 감정을 지금 해류에게 토로하고 있었다.

진실과 별개로 태왕과 세상에게 그녀의 친정은 명림이었다. 그런데도 반감을 감추지 않는 것은 신뢰의 표시. 해류가 진정으로 그의 편이란 걸 믿는다는 의미였다.

돌연 목이 메고 명치까지 뜨끈해지는 것 같았다. 작게 헛기침을 하며 해류는 목소리를 가다듬었다.

"어쩌시려는지 여쭤도 될지요?"

답은 정해져 있는데, 도저히 인정하고 싶지 않아 몸부림치고 끙끙 앓았다. 어차피 길이 하나라면 미루는 건 의미가 없었다.

"명림죽리 그 음흉한 노인에게 한 방 먹은 걸 인정해야 할 것 같소."

"그러면⋯⋯?"

"어쩌겠소. 그대도 봐서 알겠지만 허락하지 않으면 승평은 명림설로의 딸과 야반도주라도 불사할 거요. 억지로 떼어놓으면 내게 원망이 생길 것이고, 그러면 그들은 옳다구나 하고 승평과 내 사이를 이간질하겠지. 명민하고 충성스러운 아이라 쉽게 흔들리진 않겠지만 굳이 형제간에 불화할 여지를 만들 필요는 없으니."

명림죽리에게 꼼짝없이 놀아난 것을 떠올리니 겨우 달래놓은 분기가 치솟았다. 책상이라도 쾅쾅 내려치고 싶은 욕구를 그는 주먹이 아프도록 꽉 쥐며 다스렸다.

"그깟 여인이 뭐라고. 그 첫정이란 것이 도대체 무엇이길래."

들릴락 말락 나직한 독백이 해류의 심장을 날카롭게 찔렀다.

그깟 여인 그 첫정에 허우적거리며 빠져나오지 못하는 것은, 해류가 보기엔 선왕부터 지금 태왕 거련, 승평 왕자까지 똑같았다. 이 세 부자(父子)의 내력이지 싶었다.

그도 마찬가지란 것을 태왕은 인정하지 않을 것이다. 해류도 굳이 하나뿐인 목을 내걸면서 태왕에게 진실을 들이밀 의사는 없었다.

격통이 지나가자 가슴도 머리도 차갑게 식으며 명료해졌다. 해류는 마지막 술회는 못 들은 척 그의 결단에 동조했다.

"영명하신 결정입니다. 왕자 전하는 심지가 굳은 분이니 명림이 고은을 앞세워 아무리 책동해도 폐하에 대한 충성심이나 왕자라는 지위의 막중함을 잊지 않으실 겁니다."

담담한 위로에 태왕의 격동도 서서히 가라앉는 듯 음성에 가득하던 음침함이 한결 옅어졌다.

"그대의 말이 위로가 되는군."

해류가 생글생글 웃으며 잔에 차를 채웠다.

"폐하의 심려를 조금이라도 덜어드렸다니 다행입니다."

해류는 분명 웃고 있는데 서늘하게 멀어지는 것 같았다. 착각이 아니라고 확인시켜주듯 왠지 새초롬해진 해류가 사르르 일어섰다.

"그럼 저는 이만 물러,"

인사를 미처 끝내기도 그가 그녀의 허리를 덥석 잡아 앉혔다.

"조금 더 머물다 가시오."

"하지만 폐하, 저는 지금……."

해류는 눈을 차마 마주하지 못하고 고개를 돌린 채 말끝을 흐렸다. 민망해진 태왕이 서둘러 그녀의 오해를 풀어줬다.

"알고 있소. 그냥 오늘은 내가 좀 심란하니, 남은 정무를 마치는 동안만 옆에 잠시 있다 가주면 좋겠소."

"알겠습니다."

해류가 의자에 앉자 태왕은 아까 펼쳐놓았던 천문 기록에 집중했다. 좀 전까지 승평 왕자의 일로 속을 끓이던 게 거짓말인 것처럼 그는 금방 천문도를 놓고 뭔가를 적으며 몰입했다.

해류는 태왕이 하는 양을 넋을 놓고 구경했다. 그가 일하는 모습을 훔쳐보는 건 처음에는 재밌었다. 그렇지만 시간이 지나니 아무것도 하지 않고 다소곳이 앉아만 있는 게 지겨워졌다. 손이든 몸이든 늘 바지런히 움직여야 직성이 풀리는 그녀에게 이렇게 멍하니 앉아 있는 건 가장 힘든 고문이었다. 옆에서 천둥 번개가 쳐도 모를 정도로 몰두하는 모습을 보니 굳이 그녀가 옆에 동무 삼아 있을 필요도 없을 것 같았다.

꼼지락거리면서 물러날 적절한 시기를 노리는데 그가 적고 있는 내용이 눈에 들어왔다. 처음에는 검은 건 글씨이고, 흰 건 종이구나 했지만 유심히 살펴보니 숫자가 대부분. 나열된 걸 보니 뭔가를 계산한 것과 그 답이었다. 그러자 눈이 번쩍 뜨이고 허공을 떠돌던 집중력도 확 돌아왔다.

모르는 글자들이라 내용은 잘 모르겠지만 숫자만 보자면 기록하는 방법과 과정이 아주 명료한 게 장부를 쓸 때 퍽 유용하겠다 싶었다.

익숙한 수식에 저도 모르게 목을 빼고 들여다봤던 모양이었다.

"신기한 것이라도 있소?"

태왕의 느닷없는 물음에 정신이 든 해류가 놀라 펄쩍 뛰었다.

"예에? 아, 예. 그냥."

더듬거리다 겨우 목소리를 가다듬었다.

"폐하께서 쓰시는 그, 산법이 신기하여서요."

"산법을 할 줄 압니까?"

그의 눈에 떠오른 건 노여움이 아니라 그저 신기하다는 감정이었다. 그걸 감지한 해류는 긴장을 풀었다.

"그저 아주 조금, 필요한 셈법만 알고 있습니다. 지금 쓰시는 건 복잡한 장부를 기록할 때 아주 유용할 것 같습니다."

"왕후가 장부를 쓸 일이 뭐가 있다고 이리 감탄을 하는지 모르겠군요."

아차 싶어 해류는 움찔했다.

왕궁에 있으나 장사를 놓지 않았다는 걸 태왕에게 굳이 알릴 필요는 없었다. 태왕과의 관계가 전에 없이 훈훈하긴 했으나 해류는 그가 절대자임을 잊지 않았다. 요즘 무슨 바람이 불었는지 다정하게 굴고 있지만 언제든지 손바닥 뒤집듯이 태도를 바꿔 그녀를 핍박할 수 있는 존재였다.

해류는 아무것도 모른다는 천진난만해 보이는 웃음으로 엉너리를 쳤다.

"폐하께서 산법이며 천문 등을 즐기시니 저도 조금이라도 함께해드리고 싶어서요."

그는 해류가 얼마나 영리하고 특히 산법에 밝은지 이미 알고 있었지만 일단은 모르는 척 넘어갔다.

제가 아무리 까불고 날뛰어봤자 그의 손바닥 안에 있는 존재. 어디로 튈지 모르는 왕후의 행보를 점치며 구경하는 것은 그에겐 전에 없는 즐거움이었다. 그는 삼킬 듯한 눈길로 책과 그가 풀이한 공식을 내려다보는 해류를 약 올리듯 일부러 천천히 책을 덮고 종이를 둘둘 말았다.

"내키지 않는 걸 나를 위해 억지로 할 필요는 없소. 그보다는 다른 책을 보는 게 어떻겠소? 경전들이야 딱딱하니 지루하겠지만 재미있고 교훈이 되는 이야기들을 모아놓은 책들도 많으니 좋은 소일거리가 되지 싶은데?"

머리를 설레설레 젓는 해류에게 나온 대답은 너무나 뜻밖이었다.

"폐하, 저는 글을 모른답니다."

"뭐요?"

"제 아버지가 여아는 글을 가르칠 필요가 없다고 하셔서요."

두지가 하지 말라니 오기가 나서 배우고 싶단 바람을 품었던 적도 있었지만 어머니에게 길쌈이나 자수를 배우는 것만으로도 바빴다. 꼭 필요한 몇 글자나 숫자 외에는 딱히 글이 필요한 경우도 없었다. 실제로 그동안 아무런 불편 없이 살아왔다.

"그런데 장부나 산법은 어찌 하는 거요?"

그의 놀람이 오히려 신기한 듯 해류가 초롱하니 총기 넘치는 눈으로 그를 응시하며 고개를 갸웃했다.

"어머니는 글을 아십니다. 어머니도 학식이 깊은 게 아니어서 중요한 셈법과 거기에 필요한 글자만 알려주셨지요. 사당에서도 물목과 창고 관리를 맡은 신녀 밑에 배속이 되어서 임무에 꼭 필요한 글자는 몇 자 더 배워 알지만 책을 읽지는 못합니다."

"왕궁의 일을 살필 때 글을 모르면 어려움이 많았을 텐데요?"

"소임을 맡은 자에게 직접 들으며 그 자리에서 묻고 챙기면 되니 전혀 문제가 없답니다. 허세가 아니라 유심히 들어둔 것은 굳이 기록하지 않더라도 기억할 수 있습니다. 간혹 눈으로 살필 게 있더라도 제가 챙겨 볼 것은 숫자인데 그건 다 알아보니까요. 아주 복잡하지 않은 계산은 암산이 훨씬 더 정확하고 빠르고요."

해류의 설명을 들으며 숨은 불씨처럼 남아 있었던 서운함이 눈 녹듯 사라졌다.

글을 쓸 줄 몰랐구나. 서찰 한 장 없었던 건 일부러 보내지 않은 게 아니라 보낼 수 없어서였다.

"그랬군요."

흐뭇하게 새로 알게 된 사실을 음미했다. 동시에 적당한 때를 기다리며 미뤄뒀던 일을 마무리할 순간이 왔다고 판단했다.

"그런데, 해류. 예전에 물었던 것을 다시 물어도 되겠소?"

자신이 지금 어떤 덫에 뛰어드는지 모르는 해류는 해맑게 그를 봤다.

"무엇을 말씀하시는지요?"

그는 더없이 무해한 표정을 지으며 준비한 함정으로 해류를 몰았다.

"일전에 왕후가 몰래 궁을 빠져나가 향하려던 곳이 어딘지요?"

굳이 소리 내어 덧붙이진 않았지만 짙고 깊은 눈빛은 이번에도 동일한 경고를 하고 있었다. 거짓을 담으려면 아예 입을 닫으라고.

이번엔 그때 너무 놀라서 미처 알지 못했던 또 다른 깨달음이 그녀의 머리에 들어왔다. 이 사람은 다 알고 있다. 알면서 묻는 것이다.

태왕을 기만하면 그 대가는 그녀로선 감당할 수 없는 수준. 얕은수를 쓰려다 발각되면 안간힘을 써서 겨우 얻어낸 미약한 신뢰마저 잃게 될 것이다. 머리가 어질어질해졌다. 이마에 맺히는 진땀을 느끼며 해류는 감춰뒀던 진실의 일부를 밝혔다.

"실은…… 진금성에 사는 직인을 만나러 갔습니다."

거짓은 고하지 않으면서 최대한 뭉뚱그리는 답이었다. 해류에겐 애석하게도 태왕은 애매한 도피를 용납하지 않았다. 일견 고요하고 무심해 보이는 어조로 집요하게 캐물었다.

"그자는 누구이며, 그곳에는 왜 갔는지요?"

지극히 평온함에도 그 음성이 굵은 밧줄이 되어 온몸을 칭칭 감아 조여오는 것 같았다.

태왕에게 친국을 당하는 자는 누구든 이실직고하지 않고선 못 배기겠구나. 자포자기. 압박감에 밀린 해류는 어쩔 수 없이 진실을 고백했다.

"약모리라고, 제 외조부의 좌인으로…… 그러니까 제 어머니가 면천을 시켜준 직인인데…… 가족이 진금성에 터를 잡고 제 어머니와 저를 도와주고 있습니다. 그곳에 간 것은…….."

죄는 아니지만 그렇다고 자랑할 일도 아닌, 사당에서부터 그녀가 준비해온 미래를 위한 대비. 태왕이 어찌 판단하는지는 모르겠지만 이제는 감출 수 없는 비밀을 힘없이 밝혔다.

"사당에 살 때부터 하던 제 장사 때문이었습니다."

태왕의 입가에 희미한 실소가 슬쩍 나타났다 사라졌다.

계마로가 보고한 것과 동일한 내용이었다.

천신만고 끝에 부여신 사당에 줄을 댄 계마로는 왕후의 행적을 할 수 있는 한 샅샅이 탐문했다. 알아낸 내용은 계마로는 물론 태왕마저도 놀라게 했다.

명림해류는 단순히 신녀들의 물건을 팔아주는 게 아니라 신녀들을 장인 집단으로 조직해 지휘하는 우두머리였다.

그의 왕후는 신녀가 된 이듬해부터 다른 신녀들을 동원해 방물이며 값진 수예품을 만들기 시작했다. 그녀의 수완이 빛을 발하면서 알음알음 푼돈만 받던 신녀들의 삯바느질은 일종의 장인 조직이 되었다. 물목의 가짓수와 규모가 커지며 국내성 인근은 물론이고 국경 너머 남방과 북방을 오가는 상인들에게까지 비싼 값을 받고 팔았다.

해류가 왕후가 된 뒤 예전보다는 못하지만 방 동무였던 사란이 주도하면서 그럭저럭 그 명성을 유지하고 있었다.

계마로는 사란이 본격적으로 앞에 나선 것은 왕후를 만나고 간 이후부터란 걸 놓치지 않았다. 국고를 빼돌리는 드팀전에서 해류가 흥정하는 모습을 직접 본 그는 왕후가 사란 뒤에 있을 거라고 확신했다.

태왕도 그의 의견에 동의했다. 더구나 그는 계마로가 모르는 것을 하나 더 알고 있었다. 해류, 그의 왕후는 명림가가 숙청될 때 함께 폐위되어 떠나길 원한다는 것을.

아무리 값진 무늬 비단을 짜는 재주가 있다고 해도 의지할 데 없는 여인들이었다. 두 모녀가 살아가긴 결코 녹록하지 않을 텐데 해류는 무모해 보일 정도로 여유로웠다. 곱게만 자라 세상 물정을 모르는 것도 아니면서 지나치게 자신만만한 게 아닌가, 내내 품었던 의문이 비로소 풀렸다.

깜찍할 정도로 영악한 그의 왕후는 장담대로 기댈 구석을 확실하게 마련해놓은 거였다. 그에게 들키는 바람에 자유로운 운신이 좀 불편해졌을 뿐 뒤에 앉아 모든 걸 조종하고 있었다. 왕후궁에 드나드는 사란을 통해 지시를 내리고, 사란은 거래하던 상인들과 진금성에 있는 해류 집안의 직인에게 오가면서 그것을 전했을 터.

모든 전모를 파악하고서 그는 계마로가 놀랄 정도로 크게 웃었다. 계마로는 태왕도 자신처럼 왕후의 능력에 탄복하며 재미있어한다고 생각했지만 아니었다. 유쾌하다기보다는 자조감 가득한 비소였다.

왕후 자리에서 쫓아내달라는 간청은 완벽하게 진정이었구나.

속임수가 없음을 안도해야 하는데 스스로 놀랄 정도로 기분이 좋지 않았다.

폐위 후 국내성 밖으로 추방해달라는 요청에 숙고하겠다고 했을 때 간계가 숨어 있는 게 아닐까 의심했다. 속임수가 아닌 것 같다는 판단이 서기 시작하자 정말 그래줄까 하는 고려도 잠시 해봤었다.

해류의 요구대로 명림가와 그녀를 같이 버리는 게 제일 적절한 선택이었다. 놀랍게도 그러고 싶지 않았다.

함께하는 시간이 많아지자 해류가 욕심이 났다. 대다수는 신세 한탄을 하거나 원망할 대상을 찾을 상황에도 그녀는 결코 주저앉지 않았다. 누구에게도 기대지 않고 씩씩하게 자신의 길을 개척해가는 해류가 신기하면서도 기특했다. 그 꿋꿋함이 왠지 눈에 밟히기 시작했다. 마음에 세운 장벽이 사라지자 여인으로도 눈에 들어왔다.

충정을 바치겠다는 해류의 맹세는 진심이겠지만 그는 충정이 아니라 연정을 원했다. 관천대에서 해류를 안을 때 그는 반려이자 왕후로서 함께하기로 결심했다. 그녀가 무엇을 꿈꾸었는지는 모르겠으나 바로 여기 왕궁에서 그의 곁에 있는 게 이제 해류의 미래여야 했다.

태왕은 회심의 미소를 감추면서 해류를 질책하듯 응시했다.

"왕후가 직접 장사를 해 이익을 도모하는 건 옳지 않은 듯합니다만……."

서로 마주하는 것도 피하던 시절처럼 거리감 가득한 말투에 해류의 어깨가 축 처졌다.

"왕후가 직접 상업에 나선 전례가 없는 것은 압니다. 그렇지만 제 장사에 폐하께서 주신 이 지위를 이용한 적은 단 한 번도 없습니다. 그저 늘 해왔던 대로 정직하게 했습니다."

　최선을 다한 항변이건만. 태왕은 가타부타 대답도 어떤 반응도 보여주지 않았다. 그 침묵이 오히려 더 해류를 예리하게 찔러댔다. 그 고요한 위압감에 눌려, 죽어도 하고 싶지 않지만, 지금 해야 마땅할 것 같은 대답을 결국 입 밖으로 밀어냈다.

　"하지만…… 폐하께서 옳지 않다고 생각하시면…… 손을 떼야겠지요."

　속으로 그는 파안대소했다. 해류답지 않게 전전긍긍하며 풀 죽은 자태가 귀여웠지만 모처럼의 기회를 놓칠 수 없었다. 그는 짐짓 더 비장하고 근엄하게 주의를 줬다.

　"다행히 아직은 아는 이가 거의 없지만 알려지면 나와 왕후를 공격할 빌미가 될 것입니다."

　냉엄한 지적에 해류도 아차 싶어졌다. 훗날을 위한 준비였지 거기까진 생각이 미치지 않았다. 만약 다른 사람들이 알았을 때 발생할 수 있는 온갖 사태들이 보이기 시작했다. 그녀 혼자라면 몰라도 태왕에게 흠이 되는 행동은 해서 안 되었다.

　지난 세월 동안 틈만 나면 사당을 빠져나가 허리가 끊어지게 비단을 짜고 밤잠도 줄이며 쌓아온 것들인데. 아까워서 오장육부가 끊어지는 것 같았지만 고집을 부려선 안 될 일이란 판단이 섰다. 그래도 죽 쒀서 개 주는 게 아니라 사란이 이어받을 것이니 괜찮다.

　소태 씹듯 쓰린 속을 달래면서 해류는 약속했다.

　"알겠습니다. 저를 돕던 동무에게 다 넘겨주고 저는 이제부터 일절 관여하지 않겠습니다."

　이쯤 했으면 믿어줘도 좋으련만. 태왕은 다시금 확언을 요구했다.

　"그 약조를 지킬 수 있겠소?"

　한결 편안하고 유해진 말투에 해류의 긴장도 조금 풀렸다. 속에선 피눈물이 나지만 그녀는 애써 자신을 다독거리며 고개를 끄덕였다.

　"예. 제 외가에서 모시는 직녀성과 제 어머니를 걸고 약조하겠습니다."

　대놓고 흡족해하는 태왕을 보며 해류는 새록새록 솟는 아쉬움을 삼켰다. 내가 왕후가 아닐 때 장사는 다시 시작하면 된다. 시간이 걸릴 뿐이지 얼마든지 또 일으킬 수 있다.

반대로 해류의 볼을 도닥이는 태왕의 입술에 한가득 물린 것은 만족감과 승리감. 다른 여인이었다면, 아니 사내였더라도 이 놀라운 지혜와 실행력에 감탄했을 것이다. 그렇지만 그를 버리고 떠나려는 해류에겐 아니었다. 그는 절대 해류를 놓아주지 않을 테니까.

예상외로 빨리 뜻을 이루니 마음이 전에 없이 여유롭고 느긋해졌다. 태왕은 내친김에 은근히 골칫거리였던, 그렇지만 해류라면 아주 잘 해결해주리라 믿는 숙제를 꺼냈다.

"그 재주를 썩히는 건 아까우니 계루부 상단의 감독을 그대가 맡아주면 어떻겠소?"

"예? 계루부 상단이요?"

"그래요. 먼 방계라 여러 대를 거쳐 분봉하다 보니 재물도 별반 없고 출사할 정도로 출중하지도 않은 왕족들의 원조와 체면치레를 위해 상단을 운용하고 있으나 그대도 알다시피 다른 부의 상단에 비해 그 세가 형편없지."

태왕이 따로 설명하지 않아도 상업에 종사하는 이들은 다 아는 사실이었다. 썩어도 준치라고 계루부라 왕실을 등에 업은 위세로 그럭저럭 현상 유지는 하나 위부터 아래까지 무사안일로 발전은 없었다. 왕궁이나 관청에서 일정 비율로 꾸준히 거래해주지 않았으면 벌써 오래전에 망하고도 남았다.

"아무래도 왕족이라 위신 등 여러 가지 제약도 많고 상단주도 이름만 돌아가며 걸어놓지 특별히 책임지는 이도 없어서 말이오. 이참에 그대가 살펴서 유능한 자들로 물갈이를 하고 부족한 걸 짚어 적절히 챙겨주면 어떨까 싶은데."

"계루부 상단을 제가요?"

"어렵겠소?"

박동이 슬슬 빨라졌다.

해류 같은 피라미 국외자의 눈에도 계루부 상단은 금전이 줄줄 새는 게 훤히 보였다. 방만한 운영으로 워낙 엉망이었던 터라 누가 손을 대도 지금보다 못하긴 힘들 터. 오랫동안 주도하던 장사를 놓는 텅 빈 가슴을 다 채울 수는 없겠지만 이제는 빤해 더 새로울 것도 없는 왕궁 일만 살피는 것보다는 백배 나았다. 더구나 태왕이 허락했으니 싹 다 갈아엎어도 상관없다.

"감히 제가 나서도 되는 일인지요?"

"왕후보다 적임자가 누가 있겠소?"

손발을 다 묶고 궁에만 가둬두려는 줄 알았더니 나를 믿어주는구나. 그 깨달음에 뿌듯함이, 그다음에는 의욕이 마구 솟구쳤다.

"예. 해보고 싶습니다."

"그럼 됐소. 전권을 맡길 테니 그대가 알아서 나태한 분위기를 일신시켜주시오."

그가 다정하게 해류를 끌어당겼다. 해류의 등을 토닥이는 태왕의 입술에 회심의, 더없이 만족한 미소가 맺혔다.

"난 왕후를 믿어요."

오늘은 몹시도 길고 고단한, 모든 것이 엉망으로 꼬이는 하루였다.

계마로는 드디어 그 상점의 진짜 주인과 만날 약속을 얻어냈다. 오랫동안 공을 들인 사냥을 1차로 마무리할 기대에 잔뜩 부풀었다. 그런데 병사를 이끌고 도착했을 때 동시의 상점은 텅 비어 있었다. 창고에 남은 것은 시장에서 흔히 구할 수 있는 별 가치 없는 상품들뿐이었다.

그와 해류를 이끌었던 여리꾼 아이와 말단 일꾼들을 용케 잡아 추궁했지만 그 역시 아는 게 없었다.

처음 보는 이가 물건을 잔뜩 싣고 아침에 왔다. 약속한 물건을 준비해놓고 계마로를 기다리는데 누군가 급히 달려와 군사들이 주변에 숨어 있다고 알려왔다. 그 소식에 손님과 여주인, 몇몇 심복들이 값진 물목을 챙겨 연기처럼 사라졌다는 사실을 빼고는.

교란시키려는 계략이 아닌가 싶어 남은 자들을 잡아 추궁해봤지만 대답은 똑같았다. 소년도 다른 일꾼들도 모두 버림받은 거였다.

분하지만 상대가 본체로 이어지는 꼬리까지 다 끊고 달아났다는 것을 인정해야 했다. 남겨진 자들은 꼬리도 아닌 깃털이었다. 단서를 긁어모아 다시 처음부터 추적해야 했다.

연전부터 공들여 다 되었다고 믿었던 추적이 무산된 심란함을 겨우 꾹꾹 눌러 삼켰더니 이번엔 승평이 찾아와 명림죽리의 손녀와 죽어도 혼인해야겠다며 통사정을 했다.

허락하면 승평은 명림죽리가 짠 판에서 그를 위협할 가장 큰 변수. 어쩌면 가장 피하고 싶은 상황이 올 수 있었다. 불허하고 둘을 떼어내어 각기 다른 이와 혼인시키면 승평과 불화가 생길 가능성이 높았다. 첫 연모에 불같이 타오르는 승평은 꽤 오래, 어쩌면 일평생 명림고은을 잊지 못하고 결국 태왕에게 원망을 품을 수 있었다.

그 틈을 명림죽리 일파가 파고들면 그 역시 비극의 씨앗이 싹트는 격. 외통수에 몰렸다는 것을 인정하는 건 죽을 만큼 불쾌했다.

이 엉망진창인 하루는 예상외의 수확을 얻으며 제법 근사하게 마무리됐다.

해류가 달아날 퇴로를 끊어버린 것. 오늘은 이 하나만으로도 모든 불쾌감을 상쇄할 수 있었다.

그는 한결 느긋하고 명료해진 머리로 지금부터 해야 할 일들을 천천히 정리했다.

국고를 빼돌린 쥐새끼들. 용케 잘 빠져나갔다고 믿겠지만 일단 눈에 띄었으니 절대 놓치지 않는다. 시간을 들여 다시 몰아 꼭 잡고야 말겠다.

명림죽리, 지금 이겼다고 쾌재를 부르고 있겠으나 천지신명께 맹세코 오늘 승리가 네 목을 조르는 밧줄이 될 것이다.

깎아지른 듯 험준한 산 위에 수백 년간 고구려의 수많은 위기를 지켜준 환도산성[76]이 보였다. 산기슭을 끼고 돌아가는 대로에는 국내성으로 향하거나 반대로 그 곳을 떠나온 수레와 말이며 달구지들이 쉬지 않고 이어지고 있었다.

국내성 방향으로 가는 상단 행렬의 제일 앞에 마리습이 있었다.

산을 굽이돌자 저 멀리 국내성이 보였다. 바로 뒤쪽에서 오던 문홰가 신이 나는 지 그의 옆으로 말을 몰아 왔다.

"드디어 국내성이군요!"

"그래."

짧게 대꾸했지만 마리습의 얼굴에도 반가움과 그리움이 가득 풍겨났다.

국내성을 떠난 게 벌써 세 해 전 초여름. 예정보다 여정이 길어졌지만 그만큼 수 확은 컸다. 가져간 무역품 중에 해류가 주도해 만든 신녀들의 물건은 남쪽에서 아 주 비싸게 팔려 예상 이상으로 큰 이익을 얻었다.

이득이 얼마나 났는지 들으면 해류 신녀가 아주 좋아하겠군. 흑요석을 박아넣 은 것 같은 까맣고 또랑또랑한 눈망울이 기쁨으로 반짝일 모습을 상상하니 그의 기 분도 살짝 들떴다. 그는 손을 들어 품속에 소중히 간직한 물건을 확인했다.

내일 아침 일찍 사당에 연통을 넣어야겠다. 흐뭇하게 재회를 기대하면서 그는 점점 가까워지는 국내성을 향해 다가갔다.

성문에서 검문을 받는 동안 마리습 일행이 도착했다는 소식이 도달한 모양이었 다. 중원 남쪽과 북쪽 나라들에서 가져온 값진 물건을 한가득 실은 수레들을 맞기 위해 상단의 대문이 활짝 열려 있었다. 큰 안뜰에는 모두루가 서 있었다.

대외적으로 상단의 주인인 모두루는 마리습에게 은근슬쩍 눈인사를 건네며 일 행을 맞았다.

"모두 수고가 많았다. 문홰는 가루와 함께 무엇이 얼마나 있는지 내용과 수량에

---

76 국내성의 방어를 위한 산성. 수도인 국내성에 적이 침입해오면 평지성인 국내성을 비우고 환도산성으로 들어가 저항했다.

틀림이 없도록 확인하며 물목을 창고에 넣는 걸 감독해라. 일이 다 끝나면 다들 회포를 풀 수 있도록 술과 멧돼지고기를 준비해놨으니 서두르라."

술과 돼지고기란 소리에 "와!" 함성을 지르며 모두 개미처럼 달려들어 물건을 나르기 시작했다. 그 모습을 잠시 지켜보던 모두루는 마리습에게 눈짓했다.

"마리습은 따로 물을 것이 있으니 나를 따르게."

바깥채와 안을 가르는 문이 닫히고 본채에 들어서자 모두루의 태도가 싹 바뀌었다. 그는 한쪽 무릎을 바닥에 꿇으며 머리를 조아렸다.

"돌아오신단 때가 지나서 걱정했는데 무사히 다녀오셔서 정말 다행입니다, 도련님."

"긴 장삿길에 나서면 몇 달 정도 늦어지는 건 다반사인데 무슨. 쓸데없는 걱정이 느는 걸 보니 너도 늙는 모양이구나."

"허허, 저도 벌써 예순을 바라보니 늙은이지요. 하지만 도련님 걱정은 제가 아직 새파란 청년이고 도련님이 어린아이였을 때도 마찬가지였습니다. 훌쩍 자취를 감추실 때마다 제 속이 얼마나 바글바글 타들었는지 아십니까."

술병에 든 술을 술잔에 그득 부어 마리습에게 건네주며 그는 주름이 자글자글한 눈으로 웃었다.

"제 이 주름살과 흰머리의 반 이상은 도련님께서 만들어주신 걸 겁니다."

"엄살하고는."

가볍게 통을 주며 마리습은 음미하듯 술잔에 코를 대 향기를 들이켠 뒤 술을 마셨다. 잔을 내려놓는 그의 얼굴에 반가움이 떠올랐다.

"하아! 주통촌의 술이로구나."

"예. 도련님이 각별히 즐기시는 술이라 겨울부터 미리 연통해서 잘 익은 것을 여러 동이 구해놨지요. 맛이 떨어지기 전에 때맞춰 돌아오시니 참으로 다행입니다."

"하하."

말로 다 할 수 없는 고마움을 웃음으로 대신하며 마리습은 다시 채워진 잔을 달게 비웠다.

"저녁상을 올리라고 할까요? 아니면 상단 사람들과 함께하시겠습니까?"

마리습은 술잔을 내려놓고 흙먼지와 땀, 말 냄새에 전 포를 벗어 던졌다.

"저녁은 당연히 같이 해야지. 그전에 몸을 씻고 싶으니 뜨거운 물 좀 준비해다오. 길을 재촉하느라 거의 매일 노숙을 했더니 머리며 온몸에서 쉰내가 나는 것 같다."

곧바로 욕간에 물을 데우라는 명령을 내린 모두루는 마리습이 벗어 던진 포를 받아 들며 웃었다.

"중원에서는 어찌 견디셨습니까."

마리습은 새삼 끔찍하다는 듯 고개를 절레절레 저었다.

"그러게 말이다. 비단옷을 입고 값진 향료를 몸에 뿌리면 뭐 하누. 몸은 한 해에 한두 번도 씻을까 말까이니."

"맞습니다. 기루에서 기녀를 들일 때도 꼭 몸을 씻고 오라고 신신당부하지 않으면 코가 떨어져 나갈 것 같으니 말입니다. 그 큰 성들에마저도 공동 수욕장 하나 없으니 고구려에는 좀체 없는 돌림병이 무시로 도는 것 같습니다."

예전에 갔던 중원의 기억을 떠올리며 수다를 떠는 모두루에게 술을 따르라는 손짓을 하며 마리습은 지나가는 투로 슬쩍 물었다.

"해류 신녀님은 잘 지내시느냐?"

"아, 도련님은 모르시겠군요. 신녀님은 몇 해 전에 환속하여 왕후가 되셨습니다."

"뭐?"

마리습의 표정이 확 굳어졌다. 국혼이 있고도 오래도록 왕후에게 후사가 없었던 게 떠올랐다. 혀가 딱 달라붙은 듯 움직이지 않아 침묵을 지키던 그가 겨우 소리를 짜냈다.

"소후가 되신 거냐?"

모두루는 마리습의 얼굴이 심상치 않게 굳은 걸 미처 감지하지 못했다. 주인이 모르는 소식을 전한다는 데 신이 나는지 기억을 더듬어 국내성을 발칵 뒤집어놓았던 추문부터 국혼까지 구구한 사연을 열심히 옮겼다.

"아닙니다. 아직까지는 유일한 왕후시지요. 도련님께서 동진으로 떠난 다음 해에 연씨 왕후가 사통으로 쫓겨났어요. 그해 동맹이 지나고 바로 신녀님이 간택되어 국혼을 올리셨답니다. 그때 사당의 혜와 대신녀님에다 일자감까지 해류 신녀님 위에 왕후를 상징하는 목성이 떴다고 해서 아주 떠들썩했었지요."

하아.

갑자기 기운이 빠졌다. 손에 든 술잔을 떨어뜨리지 않으려고 힘을 꽉 줬다. 그 악력이 너무 과했던지 금동으로 된 술잔이 종이처럼 우그러졌다.

"도련님?"

마리습의 분위기가 심상치 않은 걸 감지한 모두루가 의아한 눈으로 그를 응시했다. 마리습은 얼른 너털웃음을 지으며 감정을 수습했다.

"아, 잠시 다른 생각을 하느라. 하하. 놀라게 했나 보군. 미안하이."

말과 달리 마리습의 속은 후회로 활활 타고 있었다.

그는 해류가 동진이며 북연 등 다른 나라의 사정을 꼬치꼬치 캐물을 때 사당을 나와 멀리 떠날 뜻을 품고 있는 걸 간파했다. 재물 모으기에 열을 올리는 까닭은 그때를 위한 대비란 것도. 이번 장사에서 돌아오면 해류는 물론이고 어머니까지 책임지겠다고, 환속해 저와 살자고 청혼할 계획이었다.

이럴 줄 알았으면 그때 그 손을 잡고 함께 가자고 청해볼 것을.

마리습은 뭉개진 잔을 내려놓았다. 본 순간 해류의 물건이라 생각하고 산 뒤 한 번도 몸에서 떼놓지 않던 옥팔찌가 든 주머니도 품에서 꺼내 탁자에 던지듯이 놓았다. 미련을 끊기 위해 일부러 스스로에게 상처가 될 질문을 던졌다.

"두 해 전이면 벌써…… 왕자나 공주를 얻으셨겠군?"

남의 추문, 특히 그들이 닿을 수 없이 드높은 분들의 뒷소문은 항상 재밌는 법. 좋은 얘기보다는 좋지 않은 얘기가 더 빨리 퍼지고 더 신나게 입방아를 찧는 게 인간사였다.

영리하고 신의 있는 해류를 아꼈던 터라 모두루는 분개하면서, 약간의 진실에다 여러 입을 거치면서 윤색이 듬뿍 더해진 풍문을 알려줬다.

"그것이…… 뭐, 하늘을 봐야 별을 따지요. 태왕께서 명림가의 딸이라고 신녀님을 박대하여 쳐다도 안 보신다는 소문입니다. 명림의 피를 받은 왕자가 태어나면 그 집안의 세가 더 커질까 봐 멀리한다더군요. 매사에 똑 부러지고 통솔력도 있는 여장부라 사당에 계속 있었으면, 어쩌면 대신녀까지도 올라가셨을 텐데 그게 무슨 날벼락인지. 내 참. 신녀님이 궁궐에서 홀대받고 고생하시는 얘기를 들을 때마다 괜히 제 속이 다 상합니다."

"그렇군."

해류의 가련한 처지에 모두루처럼 분노하고 동정하는 게 맞았다. 마리습도 그러고는 있지만 가슴을 채우는 연민엔 미묘한 안도감도 섞여 있었다.

해류가 태왕에게 냉대받으며 독수공방한다고 그가 어찌할 수 있는 것도 아니었다. 청혼할 뜻을 품긴 했지만 그건 그 혼자만의 것. 서로 연심을 나누거나 뜻이 통했던 것도 아니니 설령 쫓겨난다고 해도 그에게 올 리도 만무했다.

해류의 처지가 위태하다는 것에 일말의 희망을 느끼는 자신의 치졸함을 비웃으며 가장 눈앞에 있는, 현실적인 문제를 마주했다. 해류가 왕후가 되었더라도 그녀가 투자했던 밑천과 거기서 얻은 이득은 돌려줘야 했다. 상인으로서 그의 자긍심과도의 문제였다.

"모두루, 신녀님이 왕후가 된 뒤 사당과 거래는 어찌 되었나?"

"아, 예. 한동안 갈팡질팡하는 것 같더니 신녀님의 방 동무라던, 사란이라는 신녀님이 맡아서 잘 꾸려나가고 있습니다. 그분도 계산이 정확하고 눈썰미가 아주 예리한 것이 역시 해류 신녀님의 후임자답더군요."

모두루의 설명을 들으니 그도 한 번 만난 기억이 났다. 해류를 대신해 왔던, 가장 믿는 벗이라던 사란. 그녀라면 아마도 왕후가 된 뒤에도 해류와 교류가 있을 확률이 높았다.

그는 모두루에게 명령했다.

"내일 아침 일찍 사란 신녀에게 사람을 보내서 내가 좀 보잔다고 전하게."

며칠 뒤 부여신 사당의 신녀 사란이 왕후궁에 들었다. 그녀는 한때 해류가 오매불망 기다렸던, 그렇지만 한동안 까맣게 잊고 있었던 소식을 전했다.

"동진으로 갔던 마리습 님이 국내성으로 돌아왔습니다. 만나길 청해서 상단에 갔다 왔습니다."

드디어 돌아왔구나.

왠지 모를 먹먹함에 한동안 침묵하던 해류는 웃으며 그의 안부를 물었다.

"그래? 무사히 돌아왔다니 다행이구나. 단주나 상단 사람들은 별 탈 없고?"

"예. 가져간 물건들을 모두 좋은 값으로 팔아 큰 이문을 남겼다고 합니다. 동진과 북방 나라들에서 갖고 온 귀한 물건들도 벌써 선매하려는 자들이 줄을 잇고 있다니 그 역시 엄청난 재물이 되겠지요."

"……."

다시 조용해진 해류를 보며 사란이 조심스럽게 용건을 밝혔다.

"왕후 폐하께서 이제는 사당의 장사 일에 관여를 안 하시겠다고 태왕 폐하께 약조하신 것은 잘 알고 있습니다. 그렇지만 모두루 단주와 마리습 님이 왕후 폐하의 몫으로 가져온 금은 어찌해야 할지 꼭 여쭤봐달라고 청을 해서요. 상단이 수고한 거간비를 제외하고도 폐하께서 내주신 금전의 다섯 배로 불려 왔다 합니다."

복잡다단한 상념을 갈무리하느라 해류는 침묵에 잠겨 있었다. 돌아오자마자 연통까지 보냈다면 엄청난 이익을 봤을 거라 짐작했건만, 이야기를 들어보니 제 예상을 한참 뛰어넘고 있었다.

그 정도면 어디서든 정착해 새 삶을 살기에 충분한 재물. 만약에 왕후가 되지 않았다면…… 올봄엔 그동안 모은 것과 합쳐 어머니와 멀리 떠날 수 있었겠다.

사란에게 다 넘겨준 뒤 한동안 목구멍이 꽉 막힌 듯 음식도 넘어가지 않고 누웠다가도 가슴이 갑갑해 벌떡벌떡 일어날 정도였다. 태왕이 계루부 상단을 정비하는 책무를 주지 않았다면 허탈함을 못 이기고 화병으로 드러눕고도 남았다. 어디서부터 손을 대야 할지 엄두도 안 날 정도로 엉망인 계루부 상단을 챙기느라 정신을 홀딱 빼면서 속상함을 겨우 한풀 꺾고 있었다.

미련을 거의 다 털었다 싶었는데 벌어들인 이득을 보니 다시 심장이 꽉 조여왔다. 그걸로 할 수 있었던 수많은 것들을 부질없이 계산해보며 해류는 무력감과 상실감을 애써 털어냈다.

"그냥 입을 닫아도 왕후가 된 내가 채신상 찾을 리가 없는데…… 단주는 정말 신의가 깊은 분이로구나."

"저도 동감합니다. 이번 장삿길을 다녀온 마리습 님도 그렇고 모두루 단주님도 정말 신용을 생명처럼 여기는 분이신 것 같습니다."

"그러게. 알려줘서 고맙다, 사란아."

"왕후 폐하의 은덕으로 제가 살고 있는데 이 정도는 당연하지요. 고맙다는 말씀을 차마 받잡지 못하겠습니다."

도리질하며 사란은 소중히 챙겨 온 비단 주머니를 꺼냈다.

"이것은 마리습 님과 모두루 상단에서 늦었지만 혼인을 진심으로 감축드리며 왕후 폐하께 바치는 선물이랍니다."

호기심에 주머니를 열어본 해류와 사란은 안에서 나온 연분홍색 옥환을 보고 동시에 탄성을 질렀다.

"오!"

"아니, 이리 귀한 것은 소인 처음 보옵니다."

특이한 연분홍색 옥 자체도 흠 하나 없었지만 그 가치를 높이는 것은 팔찌에 곱게 피어 있는 석류색 꽃 한 송이였다. 따로 새기거나 염료로 그린 것이 아니라 옥에 섞인 다른 색깔을 꽃으로 보이게끔 깎아낸 거였다.

상당히 귀한 물건임을 해류는 한눈에 알아볼 수 있었다. 그녀는 옥환을 주머니에 넣어 사란에게 건넸다.

"너무 귀한 것이라 내가 받을 수가 없겠다."

마리습의 예측대로 해류는 사양했다.

사란은 팔찌를 보며 이걸 건네던 마리습의 모습을 떠올렸다.

둔감한 모두루나 상단의 사내들과 달리 사란은 눈치가 멀쩡했다. 마리습은 감쪽같이 감췄다고 생각하겠지만 사심 없는 진상품인 척하며 건네는 그의 표정엔 허전함과 허탈함이 넘실댔다.

저이가 해류를 눈에 담았었구나. 그런 흑심이 있었으면 진즉 찔러라도 볼 것이지.

드문드문 만났다지만 그래도 몇 년씩이나 거래해왔으니 눈정이 들 만하긴 했다. 방탕하고 포악한 아비에게 학을 떼 사내라면 질색팔색하며 눈도 마주치지 않는 해류가 유일하게 칭찬하고 그나마 신뢰하던 이가 마리습이었다. 그걸 알기에 사란은 더더욱 안타까웠다.

지난겨울 이후 태왕과 해류 사이가 극적으로 바뀌었다는 걸 사란은 몰랐다. 때문에 혼인한 이래 해류를 냉대하는 것도 모자라 장사마저 못 하게 막은 태왕에 대한 원망이 컸다.

뒷북을 거하게 치고 닭 쫓던 개가 되어버린 마리습을 향한 연민이 반, 자신의 동무를 냉대하며 독수공방시키는 태왕에 대한 반발심이 반. 사란은 꼭 왕후에게 바치겠다고 장담하면서 팔찌가 든 주머니를 받아 왔다.

사란은 해류가 밀어주는 주머니를 받지 않고 손을 치마 안에 모았다.

"그동안 왕후 폐하께 받은 은혜에 감사하는 선물이니 꼭 받아달라고 하셨습니다. 그 상단과 오랫동안 쌓은 우의가 있으니 그냥 가납해주시지요."

사란의 설명도 일리가 있었다.

그녀가 규모를 키우고 본격적으로 장사할 수 있게 된 것은 마리습과 거래를 트면서부터였다. 그가 아니었으면 이렇게 급속도로 키울 수 없었다.

주저하던 해류는 팔찌가 든 주머니를 무릎에 내려놓으며 사란에게 부탁했다.

"약모리의 집에 내가 구름과 난초 무늬를 넣어 짠 오색 능직 비단이 있을 거야. 칠직금이 있으면 그걸 주고 싶지만 급작스럽게 입궁하는 바람에 완성한 게 없구나. 그거라도 답례로 전해주면 좋겠다. 약소하지만 나도 정말 고마웠다고…… 상단이 우리에게 베푼 두터운 신의와 도움은 절대 잊지 않겠다고 전해줘."

"예. 그리하겠습니다. 그런데 폐하, 모두루 단주께서 여쭙는 그 이득금은 어찌할까요?"

"그것은……."

그녀가 갖는 것은 태왕이 허락할 리가 없고 감출 수도 없었다. 당장 어떻게든 숨겨본다손 쳐도 조만간 태왕이 알게 될 거였다. 무심한 듯 보이지만 그의 눈과 귀가 놓치는 게 없다는 걸 그녀는 이제는 뼈저리게 알고 있었다. 그렇다고 고스란히 포기하는 것도 도저히 용납이 안 되었다.

고심하던 해류는 답을 미뤘다.

"어찌할지 내가 다시 알려줄 테니 좀 기다려달라고 해."

방어력을 높이기 위해 치[77]와 여장[78]을 추가하는 공사를 마친 환도산성을 시찰하러 갔던 태왕이 성문을 닫기 직전에야 궁으로 돌아왔다.

태왕이 왕궁 북문을 통과했다는 소식이 들리자 왕후궁의 궁인들은 바삐 그를 맞을 채비를 했다. 예상대로 태왕은 곧바로 왕후궁으로 들어왔다.

"폐하, 오셨습니까."

안뜰에서 그를 맞는 해류를 보는 태왕의 눈이 다사로웠다.

"아직 바람이 찬데 안에서 기다리지 그랬소."

"이제는 밤바람에도 은근히 봄기운이 느껴지니 괜찮습니다."

"그렇다면 다행이고요."

"탕욕 준비를 해놓았는데 드시겠습니까?"

"그래야겠소."

궁인들이 태왕을 모시고 탕옥으로 가는 걸 보면서 해류는 침전으로 들어왔다.

온종일 머리가 터지도록 숙고하고 또 숙고해서 결론을 내렸다. 과연 태왕이 용납해줄지는 의문이지만 그래도 부딪쳐보지 않고 포기할 수는 없었다. 그녀는 용기를 내기 위해 크게 심호흡하면서 침의로 갈아입었다.

탕에서 피로를 풀지 않고 씻기만 하고 온 모양인지 곧 문이 열리고 태왕이 들어왔다. 아직 축축한 긴 머리를 느슨하게 하나로 묶고 있었다. 태왕이 들어오자 침실

---

77 성벽에 접근하는 적을 치기 위해 튀어나온 구조물
78 성벽 위에서 접근하는 적들을 향해 창과 활을 쏠 때 쓰는 시설물

문이 닫히고 궁녀들이 모두 침전을 빠져나갔다.

태왕이 입은 남빛 야장의를 벗겨주려던 해류는 머리카락에서 물방울이 뚝뚝 떨어져 옷이 젖은 걸 발견했다.

"머리가 아직 젖어 있습니다."

"응? 그렇소?"

그는 대수롭잖은 듯 머리를 툴툴 털었다. 궁녀나 시종들이 젖은 채로 두지는 않았을 테고, 아마도 그가 흐르는 물기만 대충 짜낸 뒤 모두를 물리고 나와버린 모양이었다.

철두철미, 매사에 지나칠 정도로 빈틈없는 분이 참.

그래도 간혹 보이는 이런 허술한 구석이 좋았다. 이런 틈마저도 없는 태왕은 너무 완벽해 그녀와 다른 세계의 존재 같았다. 이럴 때만 겨우 느껴지는 친근감과 편안함을 즐기며 해류는 한쪽 구석에 둔 대야 옆에 있는 수건을 들고 왔다.

"앉으십시오. 제가 조금만 더 말려드리겠습니다."

끈을 풀자 머리가 어깨와 등으로 스르륵 퍼져나갔다. 여인이 부러워할 정도로 풍성한 머리카락이었다. 길고 부드러운 촉감에 속으로 감탄하면서 해류는 수건을 바꿔가며 꼼꼼하게 그의 머리를 닦았다. 물기가 거의 다 마르자 얼레빗으로 빗었다.

향유를 발라 빗어 모은 머리를 뒤에서 땋아 세 번 돌려 고정시켜 올리면서 공연히 가슴이 두근거리고 낯이 붉어졌다. 오래전, 태자였던 그를 처음 봤을 때의 설렘이 다시 돌아오는 것 같았다. 이 두근거림엔 그런 순진한 연모와 다른 정염도 섞여 있었다.

지금 해류는 자신의 머리를 쓰다듬어주는 태왕의 손길을 떠올리고 있었다. 폭풍 같은 욕망을 양껏 채우면 태왕은 해류의 머리카락을 만지작거리곤 했다. 그 손길이 너무나 좋았다. 그가 나른하니 머리를 만져주는 걸 느끼며 잠이 드는 건 이제 너무나 익숙한 일상이었다.

그렇게 서로 많은 것을 공유함에도 그녀가 그의 머리카락에 손을 대는 건 처음이었다. 정사 중에 정신없이 그의 머리를 당기며 입맞춤을 한 적은 있었지만 다른 때는 감히 그의 머리나 얼굴에 손을 댄다는 건 상상도 할 수 없었다.

곱게 정리를 한 머리에 옥고(玉箍)[79]를 씌우려는데 태왕이 그녀의 손목을 잡았다. 욕망을 노골적으로 드러낸 그의 시선도 얇은 침의 한 장만 입은 그녀의 고혹적인 몸매를 훑었다.

"앞으로도 머리를 말리지 않고 왕후에게 와야겠군."

방 안의 공기가 갑자기 은밀하고 끈끈해졌다. 어색하고 버거웠던 잠자리도 이제는 익숙해지고 사내와 나누는 쾌락에 젖어버린 육신이었다. 태왕의 존재만으로도 의지와 상관없이 기대감에 몸이 달아오르려고 했다.

태왕은 해류의 은은하니 유혹적인 눈길을 느끼자 흐뭇한 미소를 머금었다.

머리를 말려주는 해류를 보는 태왕의 육체도 뜨거워지고 있는 건 마찬가지였다. 감히 쳐다볼 엄두도 못 내게 표독스러울 정도로 싸늘하고 도도한 갑옷에 감춰졌던 색향. 그에게 처음 동체를 열고 여인이 되면서 감춰졌던 관능이 피어나고 있었다. 여전히 남아 있는 고고한 거리감과 한기 도는 매력에 활짝 핀 여인의 향취가 더해졌다. 지금 해류는 보는 것만으로도 안달이 날 정도로 색정적이었다.

의외이자 다행인 것은 해류는 스스로가 얼마나 매혹적인지 모른다는 거였다. 그걸 알아보고 소유할 수 있는 것은 오로지 그뿐이었다. 그 사실이 더없이 만족스러우면서 그의 욕망을 더욱 불끈 일으켰다. 당장이라도 그녀를 바로 뒤에 있는 푹신한 요 위에 눕혀 밤새도록 탐하고팠다. 환희에 취해 몸부림치고 그에게 칡넝쿨처럼 감겨 흐느끼는 모습을 보고 싶었다.

그 전에 먼저 확인할 것이 있었다. 그들에게 허락된 밤은 길었다. 태왕은 선후를 가리지 않고 날뛰려는 욕정을 단호하게 지웠다.

"오늘 사당에서 사람이 왔다 갔다면서요?"

당연히 그의 귀에 들어갔을 거라고 여겼기에 해류는 당황하지 않았다.

"예. 사란이 들었습니다."

---

79 상투 위에 씌워 매무새를 갖추는, 옥으로 만든 고대 한반도의 남성용 머리 장신구

"그대가 하던 일을 다 넘겨줬다던 그 신녀 말이오? 무슨 일로?"

"저⋯⋯."

어떻게 설명해야 하나.

사란이 돌아간 이후 내내 최대한 간단명료하게 설명하려고 머릿속으로 정리했다. 그렇지만 막상 태왕이 앞에 있으니 혀가 굳은 듯 말이 잘 나오지 않았다.

패배하는 것도 버릇이 되는 모양이었다. 용케 피해 도망갔다고 안도할 때마다 막다른 곳이었다. 도망간 자리에 태왕이 딱 막아서 기다리는 경험을 몇 번이나 하다 보니 그를 피하거나 속일 기력조차 생기지 않았다.

세상 누구 앞에서도 지레 겁을 먹거나 주눅 들지 않았는데, 이게 진정 명림해류인가.

자신의 기죽고 못난 모습이 괜히 서러웠다. 오기를 북돋우며 해류는 입을 뗐다.

"제가 왕후가 되기 전에 서쪽으로 가는 상단에 모아놓은 재물을 보탠 적이 있습니다."

"그래서요?"

"그 상단이 얼마 전에 돌아왔는데 제 이득금을 어찌해야 할지 사란을 통해서 물어왔습니다."

태왕이 눈을 가느스름하게 뜨며 해류를 응시했다.

다른 이는 모르겠지만 해류는 알 수 있었다. 그는 지금 불쾌해하고 있었다. 그것도 꽤 많이. 딱 구렁이 앞에 선 토끼가 된 것 같아 오금이 저렸다. 죄지은 것은 없다는 사실을 떠올리며 해류는 그의 시선을 힘껏 받아냈다.

"왕후는 정말 내게 감추는 게 많은 것 같군."

"감추려던 게 아니라 정말 까맣게 잊고 있었습니다. 제가 밑천을 보탠 것은 왕후가 되기 한 해도 더 전의 일이고 왕궁에 들어온 뒤로는 그 상단과 연통을 하거나 소식을 주고받은 적은 맹세코 단 한 번도 없었습니다."

다시금 태왕이 입을 다물었다. 숨이 막힐 듯한 침묵이 그녀를 내리누르는 것 같았다. 손으로 턱을 괴고 그녀를 물끄러미 보던 그가 마침내 입을 열었다.

"해류, 내게 감추는 게 더는 없는 거요?"

"예. 정말로 하나도 없습니다."

이 대답이 진실이란 게 서글펐다. 지난 세월 유일하게 기댈 곳이었고 마음을 든든하게 해줬던 재물이 하나도 없으니 날개깃이 다 뜯긴 새가 된 기분이었다. 벌거벗고 허허벌판에 서도 이렇게 막막하고 허무하진 않을 것 같았다.

울적한 심정이 그대로 드러났는지 태왕의 눈빛이 놀리듯이 짓궂게 빛났다.

"허전해 보이오?"

"아니라고는 못 하겠습니다. 그동안 제가 의지할 곳은 재물뿐이었으니까요."

태왕이 해류를 끌어안고 아이를 달래듯 도닥여줬다.

"이제는 내가 그대를 돌보고 아낄 테니 재물이 아니라 내게 의지하시오."

그의 위로를 듣는 순간 해류의 뇌리에 곧바로 '과연 언제까지?'란 의문이 떠올랐다. 그러나 그것은 태왕이 지금 하고 있는 약속만큼이나 부질없는 질문이었다.

지금은…… 최소한 지금 이 순간에 태왕은 진심이었다. 그녀도 태왕의 약속이 지켜지는 동안은 진실해야 했다. 그래야 공평했다. 실은 그녀도 비록 잠깐일지라도 조금은 누군가를 믿으며 기대보고 싶었다.

"예. 그러겠습니다."

해류의 대답에 태왕의 목덜미에서 긴장이 빠져나갔다.

해류는 묻기 전에는 말하는 법이 없고 많은 것을 능숙하게 감추긴 하지만 거짓말을 하지는 않았다. 이제 도망가거나 의탁할 구석이 싹 없어진 해류가 그에게 의지해야 한다는 사실이 더없이 흡족했다.

마음 한구석에선 자신답지 않게 옭아매고 집착하는 게 아니냐, 좀 여유롭게 운신하도록 하라는 울림도 들려왔지만 무시했다. 이 보석 같은 사람이 그만 바라보고 매달렸으면 하는 욕망은 갈수록 커지고 있었다.

"그 상단이 가져온 재물은 어쩌려고 하오?"

해류는 크게 심호흡을 했다. 태왕이 거부한다면 할 수 없지만 아무 시도도 안 해볼 순 없었다.

"폐하께서 허락하신다면 제 어머니를 도와주는 직인 약모리에게 맡겨뒀다가 나중에 필요하실 때 드리도록 했으면 합니다."

태왕의 눈에 번뜩이는 노여움을 알면서도 해류는 얘기를 끊지 않았다.

"폐하께서 뜻을 이루시면 명림가의 모든 재산은…… 일전에 폐하께서 말씀하셨듯이 몰수되어 왕실의 소유가 됩니다. 제 아비가 빼앗아 간 외가의 재산도 마찬가지일 거고요. 그때 제 어머니가…… 누구의 자비도 구걸하지 않고 사셨으면 합니다."

"내가 도와줄 수 있다는 생각은 안 하는 거요?"

"명림가가 어떤 죄를 받을지 모르겠지만, 어쨌든 대죄인의 가족이 되겠지요. 목숨을 살려주시는 것만으로도 크나큰 관용인데 폐하께 더 부담을 드리고 싶지 않습니다. 그래서도 안 되고요."

인정하기 싫지만 해류의 판단은 옳았다.

명림죽리와 그 일가족까지 한꺼번에 숙청하려면 보통 죄상을 갖고는 안 되었다. 공존을 고심하던 수년 전부터 그들의 비리를 쫓았다. 그동안 상당한 죄업을 찾아냈음에도 쳐내지 않은 까닭은 어설프게 건드렸다가 그들이 재기할 수 있다는 위험 때문이었다. 그들을 칠 때는 그 뿌리까지 완전히 파내어 두 번 다시 되살아날 수 없도록 해야 했다.

그가 원하는 그림이 완성되면 명림가는 그야말로 풍비박산에 멸문지화. 명림죽리의 권력에 기대어 온갖 협잡과 패악질로 부를 쌓아온 두지는 목숨을 보전하기 힘들었다. 그때 해류를 왕후 자리에 그대로 두고 여진을 살려주는 것만으로도 반발이 어마어마하게 클 터였다. 그 이상의 관용을 베풀면 추후 영(令)이 서지 않았다.

사정하듯 그를 올려다보는 해류의 그렁한 눈매를 손끝으로 살짝 만지작거렸다.

"아주 가끔은…… 그대가 이렇게까지 영민하지 않았으면 할 때가 있어."

한결 누그러진 분위기에 해류의 가슴에 희망이 살그머니 차올랐다.

"폐하, 그러면……?"

여전히 내키지 않는 태왕은 고개를 한 번 끄덕하는 것으로 대답을 대신했다.

"감사합니다, 폐하. 정말 감사합니다."

"그대가 이리 기뻐하는 걸 보는 건 처음인 것 같군."

너무 펄쩍펄쩍 뛰며 좋아한 게 아닌가 하는 걱정도 막 하던 참이었다. 해류는 얼른 자세를 가다듬었다.

"용서하소서. 제가 너무 경거망동했습니다."

"아니, 그대가 기쁘다니 나도 기쁘오."

"폐하……."

화답하듯 해류의 몸이 기대어오자 그가 그녀의 입술을 삼킬 듯이 베어 물었다.

침의가 끌어내려지는 걸 느끼면서 해류도 태왕의 야장의 끈을 더듬었다. 묶어 놓은 매듭을 당기자 스르르 끈이 풀리고 날가슴이 드러났다. 탄탄한 가슴을 더듬는 여인의 대담한 손길에 그의 입에서도 신음이 흘러나왔다.

"웃. 해류……."

마치 그 밤이 둘의 초야인 것처럼 그가 갈급하듯 해류를 덮쳤다. 거대한 파도처럼 격정적으로 서로를 탐하는 움직임에 침실은 곧 후끈하고 달콤한 열기로 가득 찼다.

미처 끄지 않은 희미한 촛불이 일렁이며 땀으로 번들거리는 사내의 넓은 어깨와 그 아래에서 열락에 흔들리는 하얀 나신을 붉게 물들였다.

八

　매년 봄과 가을엔 국내성 북쪽 밖 후산에선 사냥대회가 열렸다. 고구려인은 귀천을 가리지 않고 누구나 참여할 수 있었다. 평민뿐 아니라 천민도 뛰어난 실력을 보이면 자신의 신분을 벗어나 출세할 수 있었다. 때문에 천민부터 태왕과 장수들의 눈에 띄고 싶은 미약한 가문의 귀족 청년들까지 자신의 무용을 뽐내기 위해 구름처럼 몰려왔다.

　혼신의 힘을 다해 말을 몰고 활을 쏘면서 짐승을 쫓는 이들의 모습은 지켜보는 이들에겐 흥미진진한 구경거리였다. 특히 지방의 성이나 중앙에서 군대를 지휘하는 소임을 맡은 자들은 눈에 불을 켜고 참가자들을 살펴보고 있었다.

　"올해도 이날을 기다린 자들이 많은 모양이군요."

　"기량이 눈에 띄는 자들이 좀 보이는 것 같은데 어떻습니까."

　"저 중에 한둘은 당장 백인 대장[80]으로 써도 될 것 같소이다."

　설왕설래, 참여한 자들의 기량을 평가하는 와중에 수문위군 대장 우타소루만 못마땅한 기색을 감추지 못했다. 처음엔 자기들끼리 떠드느라 그가 입을 닫고 있는 것을 모르고 있던 장수들이 슬며시 눈치를 살피며 말을 붙였다.

　"대모달께선 무어 불편한 일이라도 있으신지요? 영 표정이 안 좋으십니다."

　"내가 뭐 불편할 게 있겠소. 저 모자란 자들을 보니 속이 타서 그렇지요."

80　고구려 군대는 10인, 100인, 1,000인 단위로 구성했다.

"예? 올해도 날고 기는 자들이 여럿인데 어찌?"

하고 싶은 말은 많으나 하지 않는다는 티를 팍팍 내며 우타소루가 고개를 모로 돌렸다.

"흠흠."

눈치 빠른 장수 하나가 우타소루의 심기가 안 좋은 이유를 알아챘다. 그는 소리는 내지 않고 '등자'를 입으로만 뻐끔거렸다.

가깝거나 멀리, 날래게 말을 타는 자들에게 새삼스럽게 눈을 준 이들은 거의 동시에 아래위로 머리를 흔들었다. 아하! 등자 없이 말을 달리는 이는 극히 소수. 참가자들 거의 대부분이 등자를 사용하고 있었다.

마상술이 형편없는 자나 겁쟁이만 등자를 쓰는 것이고, 그의 눈에 흙이 들어가기 전에는 수문위군에 등자 따윈 얼씬도 할 수 없다고 주창하는 우타소루였다. 태왕 앞이라 등자를 쓰는 자들을 보며 감히 일갈을 못 하고 있으니 괄괄한 그로선 죽을 맛일 거였다. 더구나 등자를 적극적으로 쓰게 하라고 명한 사람은 다름 아닌 태왕이니 더더욱 군입을 닫아야 했다.

우타소루를 포함한 일부 장수들은 금지하지만 등자의 사용은 최근 급격히 늘고 있었다. 그럴 수밖에 없는 게 등자를 사용하면 훨씬 안정적으로 움직이며 활이며 여러 무기를 자유자재로 쓸 수 있었다. 어떻게든 용맹을 드러내 출사하고 싶은 이들에겐 절대적인 선택지였다. 수문위군에 들어가고픈 귀족을 제외하고는 다 사용하고 있다고 해도 과언이 아니었다.

우타소루의 부루퉁한 얼굴을 아는지 모르는지 돌처럼 꼼짝 않고 사냥을 지켜보던 태왕은 해가 중천을 넘어가자 자리에서 일어섰다.

"보는 건 충분히 했으니 이제 함께 달리면서 쓸 만한 자들을 추려보자."

좀이 쑤셨던 무장들이 신이 나서 입(笠)[81]의 끈을 조이며 벌떡벌떡 일어나 태왕을 따랐다. 대기하고 있던 마부들이 줄줄이 말을 데리고 왔다.

---

81 비와 햇볕을 가려주는 넓은 챙이 있는 형태의 모자. 고구려에서 사냥 등을 할 때 썼던 것으로 추정.

금갈색 털을 가진 태왕의 사자황이 제일 앞에 대령되었다. 사냥에 나설 채비를 하는 장수들의 말 중에 등자가 채워진 것은 한 마리도 없었다. 안 보는 척 말들을 슬 일별한 우타소루의 굳은 입매가 미미하게 풀어졌다.

"자, 우리도 지지 말고 저들과 실력을 겨뤄보자."

"옙!"

현 태왕이 등극한 이후 전쟁이 확연히 줄었다. 무용을 뽐낼 기회가 적어진 장수들은 내심 아쉬워하던 참이었다.

사냥에서라도 전과를 제대로 내어보리라. 각오를 다진 그들은 애송이들에게 고구려 무장의 본모습을 보여주겠다고 의기충천하며 달려 나갔다.

해가 뜰 때 시작된 사냥은 해가 뉘엿뉘엿 기울 무렵에 끝났다.

영리한 범들은 일찌감치 사냥꾼을 피해 깊은 산중으로 숨어버렸는지 한 마리도 잡지 못했지만 표범과 살쾡이, 여우, 늑대, 노루, 사슴, 멧돼지와 오소리, 곰 등등 갖가지 산짐승들이 산더미처럼 쌓였다. 화살대를 통해 누구의 것인지 확인하는 절차를 거친 뒤 승자가 결정됐다.

가장 많은 짐승을 잡고 남다른 용맹으로 일품을 차지한 무사는 태왕에게 활과 비단, 전마 한 필과 함께 직접 따라주는 어주를 받았다. 그리고 이품을 차지한 이들에겐 활과 비단이 내려졌다.

그렇게 봄 사냥대회가 끝나자 궁에서 따라온 숙수들이 등장했다. 그들은 태왕과 장수들이 잡은 사냥감을 손질해 맥적을 비롯한 각종 고기 요리를 만들고 노예들은 거대한 술독을 줄줄이 내어왔다.

"모두 이 밤이 새도록 마음껏 먹고 마셔라."

"성은이 망극하옵니다."

한입으로 외치는 우렁찬 대답으로 산이 쩌렁쩌렁 울렸다. 곳곳에 피워진 화톳불 주변에 모여 앉아 신이 나서 먹고 마시기 시작했다. 평소에 먹기 힘든 왕궁의 고급 요리에다 독한 술까지 들어가니 노래가 절로 나왔다. 그 흥겨운 노랫소리와 왁자지껄한 대화를 뒤로하고 태왕은 장수들과 북쪽 별궁으로 옮겨갔다.

봄과 가을 정례 사냥이 끝난 뒤 태왕과 함께 수욕(水浴)하는 것은 오랜 관례였다. 고귀하신 분들이 혹시 발이라도 헛디딜까 저어하는 호위들이 행궁 옆 계곡으로 내려가는 길에 빽빽하게 횃불을 밝혔다.

봄이지만 아직 겨울 기운이 남아 있는 산에서 내려온 눈 녹은 물은 얼음처럼 찼다. 하지만 그들이 가는 곳에는 뜨거운 물이 나오는 샘이 흘러들었다. 그 주변만은 한겨울에도 얼지 않고 사시사철 수욕을 할 수 있었다.

겹겹이 차려입은 의관을 훌훌 벗어 던지고 물에 들어가는 이들에겐 주저함이 없었다. 태왕도 계곡에 풍덩 몸을 담갔다.

장수들은 모처럼 태왕을 가까이 모시는 기회를 놓치려 하지 않았다.

"봄인데 물이 넉넉히 흐르는 걸 보니 올해 가뭄 걱정은 하지 않아도 될 모양이옵니다."

"폐하의 높으신 덕이 하늘까지 감복시키는 것이지요."

태왕은 낯간지러운 아부가 길어지기 전에 딱 끊었다.

"천신의 도우심이다."

순식간에 분위기가 썰렁해졌다.

이 정도면 충분히 경고가 됐다. 태왕은 얼어붙은 분위기를 풀기 위해 손을 들어 시종장에게 신호를 보냈다. 기다리고 있던 시종이 뜨겁게 데운 술이 든 큰 호리병을 들고 왔다. 놀랍게도 태왕이 술병을 받아 직접 그들에게 따라줬다.

"오늘 다들 고생이 많았다. 데운 술로 피로를 풀도록 해라."

"망극하옵니다."

태왕이 직접 어주를 주시다니. 황송해 어쩔 줄 모르면서 그들은 큰 잔에 든 술을 받아 마셨다. 그를 시작으로 시종들이 술을 계속 채워주기 시작했다. 술이 얼근하게 들어가자 분위기가 다시 화기애애해졌다. 웃고 떠들면서 긴장이 충분히 풀리는 것을 확인하자 태왕은 혼자 떨어져 있는 우타소루에게 다가갔다.

"폐하."

"왜 더 마시지 않고?"

"선왕 폐하께 소신이 맹세한 것이 있습니다. 어떤 자리든 어떤 술이든 한자리에서 석 잔 이상을 절대 마시지 않겠다고요. 오늘 그 석 잔을 다 채웠습니다."

"그래. 나도 기억이 난다. 마셨다 하면 말술인 그대가 혹여 몸을 해칠까 봐 일부러 내기를 걸어 이기신 뒤 그 조건으로 술은 무조건 석 잔이란 맹서를 받으셨다고. 부왕께서 떠나신 지 벌써 여덟 해가 되어가는데 여전히 약조를 지키다니…… 천신 곁에서 내려다보시며 기뻐하시겠다."

어둠 속이지만 우타소루의 눈시울이 벌게지는 것을 느낄 수 있었다.

영락태왕에게는 다시없는 충신. 대신 죽으라고 해도 일말의 망설임 없이 사지로 뛰어들 자였다. 하지만 후계자인 건흥태왕에겐 거리를 두고 있었다. 태왕인 그보다 전장에서 생사고락을 함께하는 승평을 마음으로 고였다. 촌수는 멀어도 왕자의 인척이기도 한 우타소루는 여러모로 껄끄러운 상대였다. 동시에 가장 필요한 존재이기도 했다. 우타소루를 잡으려면 정교한 계략이 아니라 진심이 필요했다.

오늘을 기다려온 태왕 거련은 스스럼없이 그의 옆 바윗돌에 옮겨 앉았다.

"그런 소소한 맹세도 지키는 그대이니 기억하겠지. 부왕께서 못 하고 떠나신 것이 두 가지가 있다. 하나는 서북을 안정시켜 항구하게 고구려 땅으로 만드는 것과 한수(한강) 일대를 고구려의 영토에 편입시키고 남쪽 수역을 평정해 왜까지 장악하는 것. 우선 바다에서 백잔과 왜의 숨통을 틀어막아야 한다."

울적하게 처져 있던 우타소루의 등줄기가 확 긴장했다. 주변을 의식해 낮고 속삭이듯 하지만 그 음성에도 힘이 들어갔다.

"남쪽을 도모하시려는 겁니까?"

"그렇다."

태왕은 우타소루의 머리에도 있을 지도를 떠올리며 나직하게 설명했다.

"그러려면 내해[82]를 안정되게 장악해야 한다. 고구려의 아래가 편해지려면 서쪽과 통하는 바닷길을 장악해 백잔은 물론 신라가 그들과 직접 교섭하는 길을 끊어야 한다. 그리고 남쪽으로 가야와 왜를 봉쇄해야 백잔과 연합해 우리 고구려를 위협할

---

82   고구려는 한반도 주변의 바다와 발해만까지 내해로 통칭했다.

엄두를 내지 못하게 할 수 있다."

태왕은 우타소루의 인생에서 가장 찬란했던 기억 하나를 소환했다.

"이십여 년 전 부왕께서 수군 선단을 동원해 백잔의 배후를 쳐서 전세를 일거에 역전시키고 그들을 궤멸시켰던 전투에 너도 선봉에서 참전했으니 알지 않느냐. 그런 신속한 잠행과 허를 찌르는 기습은 기병만으로는 불가능하다."

우타소루가 충분히 격동했다고 판단했을 때 태왕은 자신이 원하는 바를 밝혔다.

"그것을 위해선 수군이 더 필요하다."

"그러면 전함을 건조하고 수병을 늘리라는 명을 내리십시오. 그러면 될 것 아닙니까."

"국상을 따르는 무리가 과연 순순히 따를 거라고 보느냐?"

"감히 폐하의 명을 거부하고 따르지 않으면 그 목을 당장!"

태왕이 낮게 웃었다.

"그래. 부왕이라면 벌써 그렇게 하셨겠지."

부왕이라면 그랬을 것이다. 이것저것 따지지 않고 군사를 몰아 내려가 벌써 이뤄냈을 거다. 거련 자신을 포함해 모두에게 아쉽게도 그는 영락태왕이 아니었다. 목표에 닿는 게 늦어지더라도 가능한 한 적은 피와 최소한의 희생을 원했다.

"짐의 신중함을 너는 유약함이라고 생각하는 것을 안다. 네겐 유감스럽겠지만 짐은 부왕과 다르다. 그렇지만 그 목표는 부왕과 같다. 명림죽리를 비롯한 대다수 권문귀족들은 국익보다는 저희가 뿌리내린 국내성에서 취할 수 있는 기득권을 놓으려고 하지 않는다. 평양성으로 천도를 두려워하여 남쪽을 도모하는 포석은 무엇이든 일치단결해서 막으려고 들고 있지. 그대들처럼 부왕의 웅대한 뜻을 기억하는 자들은 다르리라고 믿고 싶다. 이것은 천도 이전에 고구려의 국력을 좌우하는 군사력의 문제다."

우타소루는 우유부단하다고 은근히 무시했던 젊은 태왕에게서 그가 숭배하던 영락태왕의 모습을 봤다.

그 찬란한 광휘는 덜하거나 다를지 모르겠으나 이 또한 오래오래 타오를 불꽃.

영락태왕은 급작스럽게 세상을 떠나기 직전까지 한수 이남을 정벌할 준비를 하고 있었다. 조만간 위례성까지 불태우고 그 일대가 고구려의 땅이 될 거라고 믿어 의심치 않았다.

영락태왕이 급서하면서 사라진 줄 알았던 그 꿈이 다시 성큼 그의 눈앞에 다가왔다. 흥분과 감격으로 벌렁벌렁, 심장이 터질 것 같았다.

우타소루는 태왕 거련이 즉위한 이후 처음으로 온 진심을 다 담아 고개를 숙였다.

"폐하의 뜻을 받들겠사옵니다."

사흘 뒤, 문무 관료들이 모두 모인 정전은 느닷없는 태왕의 명에 충격에 휩싸였다.

"북하(北河)[83] 남쪽 일대의 일곱 성을 중심으로 자원하는 자들을 선별해 일차로 수병 삼만을 증원하고 군선을 건조하도록 하라."

북하 남쪽은 선왕 때 백제와 왜의 연합군을 패퇴시키고 차지한 고구려의 영토였다.

'지금 있는 수군만으로도 바다를 주름잡고 마음껏 활개 치고 있는데 왜 굳이?'라는 의문을 대다수는 당연히 떠올렸다. 태왕의 행보 하나하나에 신경을 곤두세워온 명림죽리는 곧바로 평양성을 강화하려는 포석이라는 결론으로 이동했다. 군사의 무게중심이 평양성이나 남쪽으로 더해지는 건 위험했다.

"폐하, 수군을 증원하는 것은 마땅한 일이지만 굳이 먼 북하 일대에서 하실 필요가 있으실지요? 수도인 국내성과 가깝고 오랫동안 군항의 역할을 해온 애하첨고성[84]과 그 주변의 성들에서 차출하심이 나을 것으로 아뢰옵니다."

연초의 모임에서 뜻을 모은 다른 귀족도 얼른 가세했다.

---

83 예성강
84 압록강 하구에 있던 성. 신의주 건너편 단동에 위치.

"소신의 의견도 같습니다. 군선을 건조하기 위한 나무도 풍부하고 또 경험 많고 노련한 선박 장인들도 많사옵니다. 훈련이나 관리도 더 용이하고 수도를 방비하는 차원에서도 애하첨고와 그 일대의 성에서 진행하심이 좋을 것 같사옵니다."

"북하 일대는 외적이 침공해왔을 때 곧바로 대응하기 너무 머옵니다. 고구려 땅이 된 지 겨우 수십 년이라 혹시라도 백잔이나 왜가 또 연합해 준동하면 위험할 수 있습니다."

그들 나름의 타당한 이유가 줄을 이어 나왔다.

고구려의 수군을 강화하는 대업에 무슨 토가 이렇게 많냐는 계루부와 태왕파 귀족의 반박도 만만찮았지만 막강한 절노부, 소노부에 존재감 적던 순노부까지 일치단결한 중신들의 반발을 막기엔 모자랐다. 태왕을 지지하긴 해도 평양성 천도는 원치 않는 계루부 일부와 관노부 귀족들은 머리를 조아리며 눈치만 봤다.

태왕은 언제나처럼 가만히 중신들의 주청을 다 경청해줬다. 그리고 그들이 마침내 조용해지자 간단히 정리했다.

"그러면 그대들의 의견을 받아들여 마자수 하류 애하첨고성과 주변의 다섯 성, 그리고 북하 일대의 일곱 성에서 각각 삼만씩 수병을 차출하고 군선을 건조하라."

태왕이 처음 입을 열 때는 화색이 돌았던 얼굴이 마지막으로 가자 흙빛이 되었다. 잠시 말문이 막혔던 명림죽리 일파는 금방 정신을 수습하고 격렬한 반대 의견을 쏟아놓았다.

"그리 급작스럽게 병력을 증원하면 그들을 먹이고 훈련시키는 데 막대한 비용이 드는데 아직 그 준비도 없습니다. 일단 마자수 일대에서 증원하시고 차차 그 수를 늘려가심이 옳을 줄 아옵니다."

"폐하, 숫자만 많은 오합지졸이 되어선 아니 됩니다. 신중하게 선별해 소수를 정예병으로 양성해야 합니다. 그리고 군역에 너무 많은 이들을 차출하면 농사와 성을 쌓는 것과 같은 다른 중대한 공역에도 차질이 생깁니다."

"수병과 기병, 보병이 효과적으로 연동해서 전쟁을 치르려면 많은 시간과 훈련이 필요합니다. 일단 애하첨고성을 중심으로 시작해 차츰 늘려가시는 것이,"

태왕의 인내력도 한계에 도달한 듯 그들의 반론을 끝까지 들어주지 않았다.

"선왕께서 간악한 백잔과 왜, 가야의 연합군을 전멸시키신 뒤 패수[85]와 북하 일대에 성을 쌓고 내해를 우리 수군이 장악하고는 있으나 그들은 쥐새끼처럼 중원 남쪽을 몰래 오가면서 호시탐탐 고구려의 뒤통수를 칠 궁리만 하고 있다는 걸 잊었으냐. 북하와 패수는 중원으로 가는 항로를 제때 살피며 막는 것은 물론 왜의 목에 바로 칼을 댈 수 있는 비지신도(대마도)까지 빠르게 당도할 수 있는 곳이다. 이런 곳을 두고 굳이 겨울에 얼어붙기 일쑤인 마자수 일대에만 수군을 증원하자는 너희의 저의가 궁금하구나."

"……."

언제나 그렇듯 앞으로 내달리기로 작정했을 때 태왕의 논리는 완벽했다. 트집 잡을 게 없었지만 여기서 밀리면 평양성에 실리는 무게가 커진다. 그걸 알기에 천도를 경계하는 귀족들은 물러서지 않았다.

"폐하, 폐하의 뜻은 잘 알겠습니다만, 우리 고구려의 중심은 기병이옵니다. 양 지역에서 삼만씩이면 합이 육만, 이미 있는 수군까지 더하면 기병보다 많아지옵니다. 북방이 지금 평온하긴 하지만 언제 국경을 넘어올지 모릅니다. 북방 오랑캐와의 전장에 나설 때 빈틈이 생길 수 있사옵니다."

천도 반대파는 무표정하니 장승처럼 자리를 지키고 있는 무신과 장수들을 향해 도움을 청하는 눈길을 던졌다. 건흥태왕이 전쟁을 회피하고 너무 유화적이라는 불만을 가진 이들이 많으니 편을 들어줄 것이다, 확신했건만 가장 기대하던 사람의 입에서 청천벽력이 터져 나왔다.

"기병과 보병도 언제든지 배에 탈 수 있듯이 수병도 배에서 내려오면 보병도 되고 기병도 되는 것이지요. 뭍에 내린 수병을 제대로 이끌지 못한다면 그것이 어찌 고구려 장수겠소."

우타소루의 묵직한 발언에 뒤이어 중앙 우군의 대장군도 맞장구를 쳤다.

"바닷길이 튼튼해야 우리도 필요할 때는 군선을 타고 전쟁터로 바로 달려갈 수

---

85 대동강 혹은 예성강 두 가지 설이 있음. 여기선 대동강.

있으니 군선도 수병도 증원함이 마땅합니다. 선왕께서 북하에서 백잔과 왜를 치실 때도 기병의 반은 육지로 달려갔지만 절반은 배를 타고 가 야심한 밤에 적들을 기습해 대승했습니다. 북하와 마자수 두 곳에서 수군을 증원하는 것은 옳으신 판단으로 사료되옵니다."

"선왕 폐하 앞에 무릎을 꿇고 영원토록 고구려의 노객이 되길 간청해 명줄을 보전하고서도 그 은사와 신의를 헌신짝처럼 버린 백잔이옵니다. 바다를 봉쇄해 고구려의 위엄을 보이는 것이 마땅하옵니다!"

그들의 주장은 도화선이었다. 기다렸다는 듯 무신들이 앞다퉈 남북 양쪽 지역에서 수군을 증원하는 데 찬동하는 발언을 이어나갔다.

걷잡을 수 없는 흐름에 명림죽리는 장탄식을 삼켰다. 태왕의 승리였다. 언제 어떻게 구워삶았는지 모르겠지만 우타소루는 확실히 태왕의 편에 섰다. 그를 신봉하는 무장들은 당연히 태왕에게 동조했다.

오래전 지지기반이 없는 어린 장자를 위해 영락태왕은 승평 왕자의 외가를 거침없이 쳐내버렸다. 왕후의 친정인 우씨에게 피바람이 부는 와중에도 우타소루는 무한한 충성심으로 살아남았다.

가까운 일가가 태자를 위해 도륙당했으니 감정이 깔끔하지는 않을 터였다. 태자는 그를 감복시킬 정도로 무용이 압도적이지도 않았다. 무인의 기개가 모자란다고 태왕을 은근히 낮춰 보고, 용맹한 장수인 승평 왕자를 아끼는 것도 알음알음 다 아는 사실이었다.

그렇기에 우타소루는 자신들의 편이거나 최소한 중립일 거라고 믿었다. 지금까지 그의 행보도 조정에서 벌어지는 정쟁에는 눈을 감고 절대 끼어들지 않았다. 태왕에게 대놓고 찬동하는 언행은 전혀 예상 밖이었다.

연초의 모임에서 태왕이 남쪽을 도모하려는 것이 아닌가, 은근히 기대를 내비치던 모습이 떠올랐다. 태왕이 그에게 백잔과 왜를 정벌할 뜻을 내비쳤겠구나.

천려일실(千慮一失). 죽리는 쓰디쓴 패배를 억지로 삼켰다.

놀라움, 승리감, 두려움, 흥분, 패배감, 분노까지. 각자의 이득에 따라 오만 가지 감정이 넓은 공간 한가득 뒤엉켰다. 정전 아래를 굽어보는 태왕 거련의 얇게 다문 입술에 희미한 조소가 떠올랐다 사라졌다.

정전에서 명림죽리가 태왕에게 패한 전투가 끝나가던 시각, 태후궁에선 명림이 승리한 전투를 위한 준비로 바빴다.

태후궁에서 가장 넓은 공간인 내전에는 곧 혼례를 치를 왕자비에게 보낼 예물을 든 궁인들이 줄을 지어 서 있었다. 물품의 내용을 적은 장부를 든 관리가 하나하나 점고하면서 태후와 왕후에게 품평받았다.

"금과 은으로 된 패물들은 이만하면 되었다. 저기에 두고 이번엔 옥으로 된 것들을 한번 보여보라."

태후의 명에 궁녀가 붉게 옻칠을 한 다른 상자를 열어 태후 앞에 펼쳤다.

검은 비단을 깐 상자 안에는 각각 백옥과 홍옥으로 된 머리 장신구들과 귀걸이, 가락지, 목걸이, 팔찌, 단추, 허리띠 장식 일습이 정갈하게 놓여 있었다. 태후는 둥글게 깎은 옥구슬을 꿰어 만든 묵직한 목걸이를 들어 꼼꼼히 살피고 해류에게 건네주었다.

"왕후가 보기엔 어떤가요?"

해류도 혹시 흠이라도 없는지 알과 이음매를 한 알씩 빈틈없이 점검했다.

"하나같이 맑고 티 하나 없는 것을 보니 최상질의 옥으로 정성스럽게 만들었네요. 왕자비가 아주 기뻐할 것 같습니다."

품평을 마친 해류는 목걸이를 조심스럽게 상자에 내려놓았다. 그러다 살짝 드러난 해류의 손목에서 팔찌를 보았는지 태후가 그것을 가리켰다.

"호오! 이건 아주 색이 곱군요. 잠시 보여주시겠습니까?"

"아아, 예."

해류가 빼서 건넨 팔찌를 요리조리 살피며 태후가 감탄했다.

"연꽃색의 옥인가요? 이런 건 처음 보는 것 같습니다. 아니, 이건 꽃 모양인데…… 따로 그리거나 새긴 게 아니라 옥의 본디 색이 이런 거로군요. 참으로 신기하네요."

고운 분홍빛에 석룻빛 꽃이 아로새기듯 자연스럽게 떠올라 비치는 옥팔찌는 안목 모자란 이도 한눈에 알아볼 귀물이긴 했다.

"왕후의 혼례 예물에 이 옥환을 보낸 기억이 없는데……? 아, 태왕께서 따로 선사해주신 모양이군요."

태왕이 요즘 왕후궁에 꿀단지를 숨겨놓은 곰처럼 열심히 드나든다는 건 왕궁에선 비밀이 아니었다. 태후는 만면에 흐뭇함을 감추지 않았다.

"두 분이 화락하다더니 이제는 이런 것도 직접 주시는군요. 화목한 모습이 참으로 보기가 좋습니다."

"예? 그것이……."

아니라고 부인하려는데 궁관 하나가 헐레벌떡 뛰어 들어오는 바람에 말할 때를 놓쳤다.

"전하, 명림가에 보낼 병차를 넣고 있는데 그중 두 개에 벌레가 슬었다고 합니다."

"아니, 이런! 큰 망신이 날 뻔했구나. 혹시라도 그런 게 또 있으면 안 되니 다 열어서 꼼꼼하게 살펴보고 온전한 것들로만 골라서 다시 잘 챙기도록 해라. 차를 잘 모르는 아이가 하면 실수가 있을 수 있으니 다른 이에게 맡기지 말고, 아! 아엄 네가 직접 하거라. 시간이 없으니 서두르라."

"예. 전하. 지금 바로 가서 살피겠습니다."

태후는 아엄이 나가자 다른 혼례품에 관심을 돌렸다.

"옥도 되었다. 칠보와 유리구슬로 만든 것들을 열어보라."

줄줄이 이어지는 패물 점고는 한참이 지나서야 겨우 일부만 마무리되었다. 태후도 지쳤는지 손을 내저으며 관리를 물렸다.

"오늘은 여기까지만 보겠다. 머리도 어질어질 몽롱한 것이 이제는 봐도 눈에 들어오지도 않는구나. 내일 아침 일찍 다시 시작하자."

"예. 전하."

관리도 지친 것은 마찬가지였는지 화색이 도는 얼굴로 잽싸게 물러났다.

"왕후와 다과를 들고 싶으니 진하게 끓인 대추차를 올리거라."

곧 대추차와 튀겨 꿀에 굴려낸 병과를 들고 궁녀들이 들어와 해류와 태후 앞에 소반을 하나씩 놓았다.

태후는 피곤해 까칠해진 얼굴로 차를 마셨다. 달고 뜨거운 차가 들어가니 좀 살아나는지 후, 한숨을 내쉬었다. 눈치 빠르게 다가온 궁녀가 어깨를 살살 주물러주자 눈을 게슴츠레하니 뜨고 몸을 맡기던 태후는 쌩쌩하니 힘든 기색 하나 없는 해류를 신기하다는 듯 관찰했다.

"왕후는 전혀 힘들어 보이지 않는군요. 어찌 그럴 수 있는지, 부럽습니다."

"정성을 가득 들여 만든 아름다운 물건에 둘러싸여 있으니 그런 모양입니다. 어릴 때부터 우울하고 힘들더라도 예쁘고 귀한 것을 보면 기운이 펄펄 났는데 오늘도 그렇네요."

좀처럼 구경하기 힘든 왕실 장인들의 걸작들 눈호강이 더없이 즐거웠다. 고은이 못마땅하긴 했지만 정교하고 섬세한 각종 패물이며 결 고운 색색 비단들은 죄가 없었다.

해류는 진심으로 흡족하고 행복한 얼굴로 병과를 집었다. 태후도 달달한 병과를 달게 삼켰다.

"왕후가 없었으면 이 큰일을 어찌 치렀을지 참으로 아찔해요."

"왕실의 경사인데 제가 당연히 해야 할 일인 것을요. 거기다 태후 전하께서 다 하시잖습니까. 저는 그저 옆에서 거들기만 하고 있는데 과찬이십니다."

태후는 지끈거리는 관자놀이를 손으로 누르면서 한숨을 뿜었다.

"몸이 무거워져 공연한 구설이 나기 전에 혼례를 치르려니, 마음이 참 바쁘네요. 아들을 잘못 키워서 왕실에 폐를 끼치니. 내가 태왕이나 왕후께 정녕 면목이 없어요."

승평 왕자와 고은이 이미 한 몸이 된 사이라는 건 알았지만 회임까지 했다니. 태왕도 모르고 있을 거였다. 방금 들은 소식이 몹시 당혹스러웠다. 앞으로 일어날 파장을 생각하니 명치끝도 얹힌 듯 갑갑해졌다.

미인계에 홀랑 넘어간 승평 왕자도 책임이 없다곤 할 수 없으나 일을 이리 만든 건 고은이와 명림가의 음모입니다.

차마 할 수 없는 폭로를 삼키면서 해류는 태후를 위로했다.

"그래도 태후 전하께서 밤낮으로 애쓰신 덕분에 착착 준비되고 있으니 심려 마십시오. 왕실의 경사답게 혼례는 아주 성대하게 치러질 겁니다."

"그럴까요?"

기운 없이 차를 홀짝이던 태후가 문득 고개를 저었다.

"내가 정말 주책이군요. 태왕께서 고집을 부리시는 바람에 지나칠 정도로 간소하게 치른 왕후 앞에서 이게 무슨 망발인지. 자식 일이라 정신이 나가 그만 나잇값을 못 하네요."

듣고 보니 속상할 수 있겠다 싶긴 했다. 그렇지만 거의 모든 걸 생략했다는 그 국혼 예식도 그녀에겐 너무 길고 지루했다. 서로 마음이 맞으면 사내가 직접 사냥한 새의 깃털을 귀에 꽂아주며 청혼하고 부모의 허락을 얻어 바로 살림을 합치는 혼인이면 족했다.

며칠에 걸친 거창한 잔치며 행사를 안 해서 다행이라는 안도감이 새삼 들었지만 태후에게 그런 속내를 밝혀봤자 믿지 않을 게 뻔했다.

"사위가 혼인을 청하며 가져온 술과 고기로 잔치를 하고 서옥으로 가면 끝나는 게 우리 고구려의 혼례 풍속인 것을요. 폐하께서 국혼을 간소하게 하신 것은 중원의 풍습을 따른 과한 허례허식을 경계하기 위한 것이니 저는 괜찮습니다."

혹시라도 태후가 오해할까 봐 해류는 듣기 좋은 덕담을 덧붙였다.

"하지만 번번이 그렇게 하면 위엄이 서지 않으니 왕자 전하께서는 왕실의 법도에 맞는 혼례식을 하는 게 맞는다고 생각합니다. 그래서 태왕께서도 전하의 혼례에 각별하게 신경을 쓰라는 명을 내리신 거고요."

"왕후의 도량은 언제나 바다처럼 넓군요. 정말 고맙습니다."

"무슨 송구한 말씀이신지요. 받기 민망합니다."

그녀를 좋게 봐주는 건 감사하지만 태후의 과한 칭찬과 감사는 정말로 부담스러웠다.

해류가 보기엔 태후야말로 불가사의할 정도로 속이 넓은 사람이었다. 일찍 떠난 첫 왕후를 일평생 잊지 못한 태왕을 한결같이 사모하며 바라보고, 그 여인이 낳은 태자를 친아들보다 더 귀하게 모시면서 키워냈다.

해류로선 몇 번을 죽었다가 깨어나도 불가능한 대처였다. 만약 그녀였다면 태왕에 대한 정애나 사모는 다 지우고 남남이나 최소한의 동지애만 갖고 살았다. 왕후나 계모로서 의무와 도리는 지켜도 태왕에게도 그 아들에게도 진정은 주지 못했을 게 분명했다. 만에 하나 그 이상을 요구했다면 아마 천하에 다시 없는 악녀가 되어 온갖 패악을 부리다가 쫓겨났을 수도 있었다.

어쩐지 불편해진 자리를 빨리 정리하려고 일어날 궁리를 하는데 밖에서 요란한 인기척이 나더니 예상치 않은 방문객을 고하는 소리가 들려왔다.

"태왕 폐하 납시옵니다."

두 여인은 어리둥절, 눈을 마주했다.

"태왕께서 오늘 오신다고 하셨소?"

"저도 금시초문입니다."

"왕후가 여기 있으니 태왕께서 납셨나 봅니다."

벌써 가까워진 기척에 태후와 해류는 태왕을 맞기 위해 서둘러 일어났다.

"어서 오세요, 태왕."

머리를 살짝 숙여 그를 맞은 해류는 잽싸게 태왕의 안색을 살폈다. 오늘 정전에서 큰일이 있었나 보구나. 다른 이는 모르겠지만 해류의 눈에는 무표정함 뒤에 감춰진 억누른 흥분이 보였다. 분위기를 보아하니 다행히 우울한 것 같지는 않았다.

"정무가 일찍 끝나셨나 보옵니다."

"음. 중대한 문제를 하나 처결하고 나니 소소한 것들은 금방 끝이 났습니다."

태왕은 방 가득 쌓여 있는 예물 상자를 슬쩍 일별하고 태후에게 문안을 올렸다.

"시일이 급박하여 모후께서 고생이 많으시겠습니다."

"고생이라니요. 당연히 내가 할 일인 것을요. 태왕께서 혼례에 무엇도 아끼지 말고 최대한의 성의를 보이라고 해주셔서 내가 아주 낯이 서고 있습니다. 참으로 고맙습니다."

"승평은 제게 하나뿐인 아우입니다. 더 해줄 수 없어 안타까울 따름이지요. 달리 어려운 일은 없으신지요?"

"어렵다니요. 태왕의 배려 덕분에 혼례 예물도 구색을 다 맞춰서 보낼 준비를 하고 있습니다. 귀물을 귀신처럼 감별하고 진가를 알아보는 감식안을 지닌 왕후가 도와줘서 비단이며 패물 하나하나 정말 보배롭고 귀한 것들로 마련했답니다."

"다행입니다."

다시 돌아보는 그의 눈길이 향한 곳은 탁자마다 그득그득 쌓인 패물함이었다. 금과 은, 옥, 진주에 비취, 산호, 수정, 마노에다 서역에서 들어온 보석과 색색의 화려한 유리구슬들까지 없는 게 없었다. 왕후만이 쓸 수 있는 금관과 황금 봉황 장식 일습이 없을 뿐, 해류가 받은 혼례 예물보다 몇 배는 많아 보였다.

죄책감이 태왕 거련의 가슴을 스치고 지나갔다.

패물이 간소했던 건 태후의 편애가 아니라 그의 오기 때문이었다. 억지로 하는 혼인에 분노한 그는 가능한 한 모든 의식을 생략하면서 왕후에게 내리는 예물도 최소한으로 하라고 명했다.

해류의 친정에 하사하는 예물은 그가 관여하지 않은 덕분에 태후가 모든 격식을 갖춰서 떡 벌어지게 보냈으나, 정작 왕후에게 선사하는 물목은 간신히 구색만 맞춘 수준이었다. 의례에 꼭 필요한 치장거리를 제외하곤 은으로 된 실가락지 하나도 더 없었다.

혼인한 뒤에도 새해며 왕후가 관장하는 여러 행사, 탄일 등등 선물이나 하사품을 내릴 이런저런 명목이 많았지만 단 한 번도 해주지 않았다. 해류의 생일을 챙긴 적이 없는 것은 물론이고, 심지어 생일이 언제인지 지금도 모르고 있었다.

내가 이 사람에게 정말 못 할 짓을 한도 없이 했구나.

나중에 해류의 생일이 언제인지부터 알아봐야겠다고 마음먹는데 태후가 뜻밖의 소리를 했다.

"그런데 태왕, 왕후에게 선물한 팔찌는 어느 장인이 만들었답니까? 옥돌의 얼룩을 자연스럽게 살려 꽃이 핀 그림을 그린 것처럼 만들다니 정말 신묘한 재주더군요."

"예?"

팔찌를 선물한 적이 없는 터라 말문이 막힌 그를 대신해 해류가 얼른 나섰다.

"동진에서 온 것입니다."

태후는 아무 악의가 없다지만 난처한 상황. 해류는 하필 오늘 이 팔찌를 낀 것을 후회했다.

마리습의 선물은 어떻게 알았나 싶을 정도로 해류의 취향에 딱 맞았다. 그녀는 온갖 재료를 잔뜩 써서 대놓고 호화찬란한 것보다는 가장 희귀하고 값진 소재 한두 가지로 단순하면서도 은근하게 귀해 보이는 큼직한 것을 선호했다. 아무 장식도 없이 옥환 하나만으로 이렇게 귀태가 나는 물건은 드물었다. 주렁주렁 매달린 것이 없어 거추장스럽지도 않고 어디에나 잘 어울리기까지 하니 편히 애용하고 있었다.

다행히 태왕은 굳이 자신이 주지 않았다고 밝히거나 출처를 더 묻지 않았다. 그래도 무엇이든 잊는 법이 없는 사람이니 조만간 물을 터였다.

켕기는 것도 없건만 왜 마음이 불편한지. 해류는 찜찜함을 지우며 태후와 함께 태왕에게 승평 왕자의 혼례 준비 상황을 꼼꼼히 알려줬다. 태후와 함께 이른 저녁 상까지 받은 뒤 두 사람은 인사를 올리고 나왔다.

비밀이나 죄도 아닌데 거북함을 길게 안기 싫은 해류는 태후궁 담을 벗어나자 긴 소매를 걷어 옥팔찌를 태왕에게 보여줬다.

"일전에 말씀드린, 제가 장삿길에 투자했던 그 상단의 단주가 혼인을 축하하며 보내온 것입니다. 오랫동안 우의를 다져 온 이들의 사심 없는 선물이라 차마 거절하지 못하고 받았습니다. 답례로 제가 직접 짠 비단을 내렸고요. 태후 전하께서 폐하가 주신 것으로 오해하시는 걸 미처 바로잡지 못해서 성심을 흐트러뜨렸습니다. 용서하십시오."

태왕이 천천히 손을 들어 해류의 손목을 잡았다. 가는 손목에 걸린 반투명한 연분홍빛 옥환은 해류의 하얀 피부와 더없이 잘 어울렸다. 여인들의 장신구나 패물에 대해서 잘 모르는 태왕이 보기에도 범상한 물건은 아니었다.

갑자기 견디기 힘들 정도로 분이 솟았다. 이렇게 귀한 팔찌를 찾아내어 선물한 상단의 단주라는 인간에게. 다른 사내가 준 것을 마다하지 않고 가납해 즐겨 착용하는 해류에게. 그리고 해류를 무시하고 아무것도 주지 않아 놓고선 낯모르는 자의 안목을 질투하는 자신에게.

당장이라도 저 팔찌를 빼내어 바닥에 내동댕이쳐 산산조각을 내고 싶었다.

파도처럼 자신을 덮치는 위험한 충동을 제어하려 그는 호흡을 가다듬었다. 조용하고 무감하니 평소와 같은 말투를 내는 데 성공했다.

"그 상단의 단주는 어떻게 알게 된 거요?"

지금 태왕의 기분이 좋지 않다. 남다른 해류의 감이 그걸 예민하게 감지했다. 그저 잘 내리누르고 감출 뿐이지, 그 스스로 인정했듯 태왕도 화를 낼 수 있는 사람이었다. 그는 지금 얼음보다 차갑게 분노하고 있었다.

아무 사욕이 섞이지 않았다지만, 태왕이 보기엔 사사로운 선물을 받은 것이니…… 못마땅한 모양이구나. 속으로 수긍하며 해류는 조금이라도 태왕의 오해가 풀리도록 찬찬히 설명했다.

"이 옥환을 선물해준 단주는 사당에 물건을 대주는 상인 중 하나였습니다. 신녀들이 물정 어두운 면을 이용해 종종 값이나 물품에 장난질을 치는 자들이 있는데 그 상단은 절대 그런 속임 없이 신용을 지켰습니다. 그 모습을 눈여겨보다가 제가 찾아가 신녀들과 만든 물품을 팔며 인연을 맺었습니다."

"그래서요?"

"처음엔 작게 시작했지만 서로 신의를 지키니 믿고 거래하며 점점 규모가 커졌지요. 그러다가 세 해 전에 평양성 아래로 내려가 배를 타고 동진으로 가서 북방을 거쳐 돌아오는 장삿길을 떠난다기에 저도 그 밑천을 보태겠다고 제안해서…… 그다음은 폐하께서도 다 아시는 일이고요."

"그 단주는 어떤 자요?"

명목상의 단주는 모두루지만 실제 주인은 마리습. 누구의 얘기를 해야 할지 망설이다가 해류는 이번에도 솔직함을 택했다. 마리습이 진짜 단주라는 걸 태왕이 동네방네 떠들 것도 아니고 그러면 알아도 큰 상관은 없을 거였다.

"밖에 알려지기는 모두루가 단주지만 실제 주인은 마리습이라는 이입니다. 나이는 젊으나 수완이 좋고 신뢰할 수 있는 분이라 오랫동안 많은 도움을 받았습니다. 모두루 단주와 마리습 단주가 아니었다면 장사를 그렇게 빨리 키우지 못했을 겁니다."

"젊다니 어느 정도이길래?"

그것이 왜 궁금한가, 뭘 이리 꼬치꼬치 묻나 의문이 살풋 들고 짜증도 살짝 났다. 그래도 상대가 태왕인지라 해류는 한숨을 삼키며 아는 대로 답했다.

"아직 이립(30세)이 되지 않은 것 같기는 한데…… 장사 일을 제외하고 소소한 사담을 나눠본 적이 거의 없어서 정확히는 잘 모르겠습니다. 용서하십시오."

떠난 게 3년 전이라니 해류가 아직 사당에 있을 때. 마리습이라는 자는 십중팔구 해류에게 마음을 뒀다. 그래서 동진에서 해류에게 줄 선물을 열심히 찾아다녔을 것이다.

사내가 여인에게 귀한 물건을 선사하는 이유는 딱 두 가지였다. 연심 아니면 흑심. 어느 쪽이든 그자 혼자만의 감정이었던 것만은 확실해 보였다.

결론이 나자 음울했던 심기가 맑아지기 시작했다. 팔찌 얘기를 들은 순간부터 가라앉았던 기분이 나아지자 목소리에서도 그늘이 걷혔다. 해류도 그자를 의식했다는 의심이 눈곱만큼이라도 들었다면 제가 어찌 행동했을지 장담할 수 없다는 음습한 진실은 깊숙이 갈무리했다.

"그렇군요."

태왕의 음성이 조금 산뜻해진 것 같은 느낌에 해류는 고개를 갸웃했다. 무엇이 그의 기분을 풀어줬는지 짚어보려고 했지만 이어지는 태왕의 말에 하던 생각은 천리 밖으로 달아났다.

"내가 왕후에게…… 조금…… 미안하오."

"예? 무슨 말씀이신지요."

"오늘 왕자비에게 보낼 예물을 보니 왕후가 많이 속상했겠다는 생각이 들었소."

"아아."

해류는 그가 하려던 말뜻을 알아채고 빙긋 웃으며 고개를 저었다.

"제 손으로 벌어 산 것도 아닌데 주신 것을 갖고 어찌 불평을 하겠습니까. 왕후로서 필요한 것들은 다 받았습니다. 그리고 혼례 때 친정에 내려주신 그 성대한 예물만으로도 제가 감사를 드려야 하는 것을요. 귀한 것들을 빠짐없이 챙겨 보내주셔서 제 어머니의 면이 아주 크게 섰답니다."

그것은 다 태후가 그 몰래 알아서 해준 일. 진심인지 아니면 속내를 잘 감추는 것인지 모르겠지만 서운함을 전혀 내색하지 않는 해류를 보니 더더욱 죄책감이 커졌다.

"하아. 그리 얘기하니 내가 더 미안하오. 그러고 보니 혼인한 뒤에도 지금까지 왕후에게 아무것도 준 것이 없군."

그녀는 진정으로 아무렇지도 않았다. 그렇지만 태왕은 믿지 않는 눈치였다. 버선이라면 뒤집어 보여주기라도 하지, 갑갑했다.

남에게 거저 얻은 것은 쉽게 빼앗기거나 사라지기 일쑤였다. 어린 시절 외조부모가 때마다 철마다 챙겨줬던 값진 장신구며 비단옷들은 상점을 열어도 될 정도로 넘쳐났다. 그런데 명림의 본가 옆에 지은 두지의 집으로 갈 때 어디론가 사라졌다.

별처럼 반짝이는 게 예뻐 탐내는 어린 해류에게 외조모가 나중에 물려주겠다고 약속한 패물. 서역의 슬슬과 녹옥으로 만든 호화로운 보요와 빗이 두지 어머니의 머리에 꽂혀 있고, 어머니가 아끼던 진주 목걸이와 귀걸이가 두지의 둘째 부인의 목에 걸린 걸 봤을 때 해류는 미친 듯이 날뛰었다. 왜 어머니와 내 걸 당신들이 갖고 있느냐고. 돌아온 것은 빼앗긴 패물 대신 두지의 손찌검에 든 시퍼런 멍과 여진의 눈물이었다. 그 보화들은 두 번 다시 볼 수 없었다.

간택 때 치장을 위해 바리바리 가져왔던 귀한 장신구들도 그녀가 태자비가 되지 못하자 고스란히 빼앗겼다. 그 기억들은 해류에게 뼈에 새기는 교훈을 줬다.

내 힘으로 얻은 것이 아니면 내 것이 아니다.

왕후가 되면서 받은 패물들 역시 그녀가 지금 쓰고는 있지만 언제든지 놓고 떠나야 하는 남의 것. 패물함에서 오롯한 그녀의 것은 어머니가 물려준 몇 가지와 이 팔찌. 그리고…… 해류는 번뜩 떠오른 것들을 입에 담았다.

"해주신 게 없다니요. 제 어머니의 생신 때 선물과 음식을 내려주셨고 제게는 추풍오도 주셨고 또 동시에서 직접 삼족오 모양 머리꽂이도 사주셨지요."

머리꽂이?

기억을 더듬듯 태왕이 미간을 모았다. 잠깐 멍하던 그는 난전에서 해류에게 머리꽂이를 사줬던 걸 떠올렸다.

"아, 그대가 한 번도 그걸 한 모습을 보여주지 않아 잠시 잊었군."

그대로 만족했으면 좋았으련만. 공연한 호승심에 태왕은 해류의 머리 위에서 흔들리는, 자잘한 홍옥이 물린 꽃 모양 채잠을 내려다보며 뜻밖의 요구를 했다.

"내일은 내가 사준 그 삼족오를 해주면 좋겠습니다."

어찌해야 하나. 해류는 짧은 시간 동안 적당한 답을 찾아 엄청나게 고심했다.

왕후궁에서만 일을 본다면 도금이 벗겨지기 시작한 싸구려 머리꽂이를 해도 별 상관없었다. 아침에 단장해주는 궁녀들을 제외하고 감히 그녀의 꾸밈을 유심히 살피거나 품평할 자는 없었다.

문제는 태후였다. 태후는 위엄 있고 품위 넘치는 자태를 중시하며 자신도 그리 단장했고 해류도 한 치 빈틈없이 왕후답기를 강조했다. 당연히 해류의 꾸밈에도 아주 관심이 많았다. 그녀의 예리한 심미안에 조악한 머리꽂이가 비껴갈 리가 없었다. 그 출처를 물으면 밝혀야 하는데 그건 태왕을 망신 주는 일이었다.

해류의 망설임을 곡해했는지 태왕의 입매가 일자로 싸늘하게 굳었다.

"그 삼족오는 그대의 마음에 차지 않는 모양이군."

"아, 아닙니다. 폐하, 그것이 아니오라……."

해류는 어쩔 수 없이 태왕이 모르는 게 나을 진상을 털어놨다.

"실은…… 그것이 도금이라…… 금칠이 벗겨져서 모양이 조금 흉해졌습니다. 태후 전하께서 그것을 보고 혹여 오해를 하시거나 언짢아하실까 걱정되어서……."

띄엄띄엄 횡설수설하다가 해류는 적당한 해결책을 제시했다.

"왕후궁에 머물러 일을 보는 날에는 꼭 그것을 하겠습니다. 그러니 며칠만 기다려주세요, 폐하."

태왕은 기가 막혀 말문이 막혔다. 도금이라니. 그 장사꾼 놈이 감히 태왕에게 사기를 쳤다는 것인가.

붉으락푸르락, 입술을 꾹 다문 그의 눈빛이 다시 심상찮아지고 있었다. 해류는 큰일이 나겠다 싶어 그의 소매에 살짝 매달렸다.

"폐하, 선물은 값어치보다는 그 의미가 중요한 것이라지요. 비록 도금한 난전의 물건이긴 하지만 폐하께서 직접 골라 처음으로 주신 선물입니다. 제게는 더없이 귀한 것이니 부디 노여움을 푸십시오."

굳이 사준다고 우길 때도 값에 비해 가치가 떨어진다 싶어서 극구 말렸다. 갖고 와서도 혹시 몰라 보관했지 눈도 주지 않았지만 목숨이 왔다 갔다 하는 문제였다. 사람을 속이는 행위가 괘씸하긴 하나, 그래도 목이 달아날 정도의 죄는 아니었다. 한때 같은 장사치로서 동료의식에 측은지심을 더해 해류는 애써 태왕을 달랬다.

해류의 찬찬한 설명에 진노가 서서히 가라앉았다. 잠깐 불끈했던 것이지 확 타올랐던 불길이 가라앉자 우습다는 생각도 슬며시 들었다.

"감히 태왕을 기만하고도 멀쩡한 자는 그자가 유일할 거요."

그의 중얼거림에 해류도 호호 웃으면서 맞장구를 쳤다.

"실은 그 머리꽂이가 도금인 걸 발견하고 저도 같은 생각을 했답니다. 그자가 평생의 명과 복을 그날 다 털어서 쓴 모양이라고요."

"나도 그리 생각하오."

"폐하를 속인 죄는 너그럽게 눈감아주시고, 대신 장사치들이 선량한 이들을 속일 수 없도록 국내성의 동서남북 모든 시장에서 금이나 은이 아닌 도금을 진짜로 속여 파는 일은 엄히 단속하라 명하시지요. 그러면 그자나 협잡을 일삼는 일부에게 합당한 징벌이 될 것 같습니다."

깜찍한 해류의 제안은 아량을 베풀기론 했으나 찜찜했던 가슴에 청량한 바람을 일으켰다. 옥팔찌를 낀 해류의 손목을 잡고 천천히 걸어가던 그가 싱긋 웃어줬다.

짙은 주홍 노을빛에 비친 그 미소가 얼마나 그윽한지 해류는 순간 숨이 막히는 것 같았다.

겨우 열셋이던 어린 소녀를 한눈에 사로잡고 풋풋한 순정을 흔들었던 아름다운 거련 태자님. 그때 품었던 연분홍빛 몽상 그대로 그녀 앞에서 다정하게 웃어주고 있었다.

되돌아온 기억에 첫 사모로 들뜬 순진한 소녀처럼 볼이 수줍게 붉어졌다. 이 느닷없는 설렘이 노을에 물들어 감춰지길 기도하며 해류도 그를 향해 마주 활짝 웃었다.

승평 왕자가 신부를 데리러 명림설로의 저택으로 출발하는 것을 시작으로 사흘 동안 이어진 혼례 행사는 성대한 축하 연회를 끝으로 마침내 마무리됐다. 마지막 밤을 왕궁에서 머문 뒤 이제 자신의 궁으로 옮겨갈 채비를 마친 승평 왕자와 왕자비 명림고은이 태왕 부처와 태후에게 하직인사를 올렸다.

변방을 돌던 장성한 아들이 드디어 성혼했다는 사실이 감개무량한지 태후는 촉촉이 젖은 음성으로 축언을 내렸다.

"부디 지금 마음을 잊지 말고 평생 서로 아끼면서 다복하고 화목하게 살도록 해라."

"예. 명심하겠습니다."

승평을 향한 태왕의 당부도 표나게 다사로웠다.

"이제 너도 한 일가를 거느린 가장이니 가능한 한 국내성에 머물면서 자중자애해라."

민망함에 승평의 고개가 툭 떨어졌다.

모후께서 알리셨구나.

현재 그는 유일한 후계자. 부왕이 살아 있을 때부터 수많은 유혹과 암투가 그의 주변에 맴돌았다. 아주 잠시 잠깐 어설픈 기대를 내비친 대가로 외가는 그야말로 초토화되었다. 형이 태왕으로 즉위한 이후에는 자청해 수많은 전쟁에 나가고 가능한 한 국내성 밖으로 돌며 살아왔다.

태왕에게는 아직도 왕자가 없는데 그의 비는 벌써 회임 중이었다. 조만간 그 소식이 퍼지면 일어날 파란이 훤히 보여 기쁘면서도 심경이 복잡미묘했다.

해류도 고은에게 덕담했다.

"다시 한 일가가 된 것을 보면 왕자비와 내 연도 참 깊은 것 같습니다. 일전에도 부탁했듯이 항상 왕자 전하의 곁에서 좌고우면하지 말고 오로지 전하만을 따라주며 행복하세요."

아주 무던한 당부로 보이지만 실상 살벌한 주의. 친정의 뜻에 따라 혼란을 일으키면 용서하지 않겠다는 협박인 것을 고은도 잘 알았다. 입술을 살짝 깨무는 것 같았지만 곧 눈을 곱게 내리깔면서 양순하게 대답했다.

"예. 왕후 폐하의 신신당부, 가슴에 새기겠습니다."

대답은 그럴싸하게 했으나 아직은 노회함이 모자랐다. 왕자와 함께 떠나기 위해 몸을 일으키는 고은의 싸늘하니, 미처 감추지 못한 야심 찬 눈빛이 해류와 마주쳤다. 잘 벼린 칼날을 맞대듯 날카로운 시선이 찰나간에 부딪혔다 떨어졌다. 몸을 다시 숙인 채 뒷걸음질 치며 멀어지는 고은과 승평을 보는 해류의 가슴은 무거웠다.

세상이 어떤 입방아를 찧든 승평 왕자는 태왕에게 충성스러웠다. 그걸 알기에 태왕도 아우를 믿고 아껴왔다. 그러나 만에 하나 왕좌를 둔 다툼이 시작되면 과연 저 우애가 지켜질 수 있을지에 대해선 누구도 장담할 수 없었다.

고은을 통한 명림가의 책동에 왕자가 지금처럼 계속 초연할 수 있을지. 왕자의 뜻과 상관없는 회오리에 휘말렸을 때 무사히 빠져나올 수 있을지.

태왕이 유일한 혈육을 자기 손으로 베야 하는 비극만은 없기를 간절히 바라면서 해류는 멀어지는 젊은 한 쌍을 바라봤다.

같은 시각, 명림설로의 저택은 물론이고 명림죽리의 대저택은 대문을 활짝 열고 미어터지는 손님을 맞느라 분주했다.

큰손녀는 왕후, 작은손녀는 아직 후계가 없는 태왕의 유일한 아우와 혼인한 집안. 왕후나 왕자비 누가 아들을 낳든 다음 태왕의 외가였다. 이 전례가 드문 영예는 본디도 위세 당당한 명림가에 어마어마한 힘을 더해주는 경사였다.

선물을 이고 지고 축하객들이 줄을 이었다. 두 집의 웅장한 빈청과 객채로도 모자라 너른 마당에도 천막을 치고 상을 차려 손님을 맞았다. 뜰에는 날랜 재주꾼들이 흥을 돋우고, 연회장에는 무희들이 맵시 있게 춤을 추며 분위기를 띄웠다. 노예들은 종종걸음을 치면서 잠시도 쉴 새 없이 술과 음식을 치우고 나르느라 다리에서 요롱 소리가 날 지경이었다.

연회장 상석에 앉은 혼주 명림설로는 싱글벙글, 찢어지는 입을 감추지 못하고 축하 술을 받느라 정신이 없었다.

"감축드립니다, 대사자!"

"먼발치에서 봤는데도 주변이 훤해질 정도로 아리따운 왕자비시더군요. 왕자 전하와 나란히 서 계시니 선남선녀. 그야말로 천생연분이 이것이구나 싶더이다."

"대사자, 축하하오. 왕자비께서 사직을 위해서라도 빨리 든든한 아드님을 낳아 주셔야 할 텐데."

오매불망 바라 마지않는 일이지만 설로는 일부러 펄쩍 뛰었다.

"아이고, 무슨 말씀이십니까. 태왕 폐하와 왕후 폐하께서 빨리 왕자님을 보셔야 지요. 형님도 계신데 제가 심히 민망합니다."

아침 굶은 시어머니처럼 부루퉁하니 있는 두지를 뒤늦게 의식했는지 덕담한 이 가 얼른 얼버무렸다.

"허허허, 당연히 왕후 폐하께서도 왕자를 낳으셔야지요. 곧 좋은 소식이 있을 겁니다."

하지만 오가는 시선에는 은밀한 기대와 미심쩍음이 담겨 있었다.

태왕이 첫 왕후 연 씨와 함께했던 기간이 5년여. 그녀가 쫓겨나고 새 왕후가 들 어온 지도 햇수로는 벌써 3년이 되어가고 있었다. 혼례 전은 물론이고 이날까지도 왕후 외엔 가까이 둔 총희는 전무. 태자 때부터 태왕의 아이를 잉태했단 여인이 하 나도 없었다.

태왕에게 혹시 문제가 있는 것이 아닐까. 오죽하면 그 음전한 연 씨가 사통까지 했을까. 대놓고 떠들지는 못하지만 암암리에 그런 짐작이 오가는 중이었다.

그 추측이 진짜일 경우 고은이 아들을 낳으면 그 아이가 차후에 태왕이 될 확률 이 높았다. 때문에 축하객들은 더욱 정성을 다해 설로의 비위를 맞추고 인사에 힘을 실었다.

잔치로 떠들썩한 저택 안쪽, 죽리의 거처인 대옥 옆에 위치한 북두칠성을 모시 는 영성당(寧星堂)에선 명림죽리가 귀한 손님과 밀담을 나누고 있었다.

"국상, 감축드립니다. 고은 아가씨가 드디어 본디 가셔야 할 자기 자리로 가시 는군요."

이미 오랫동안 한배를 타온 사이라 죽리는 겸양하는 척도 하지 않았다.

"신녀님의 치성 덕분이지요. 하지만 아직 갈 길이 멉니다."

"시작이 반이라고 했습니다. 국상의 신묘한 계책에 하늘의 뜻이 더하지 않았다면 어떻게 여기까지 왔겠습니까."

"하긴, 맞는 말씀입니다. 신녀님이 길일이라고 잡아주시긴 했지만 고은이 그날 회임까지 한 건 가히 하늘의 도우심이지요."

흐뭇한 미소를 교환하며 죽리가 애타는 어조로 물었다.

"그런데, 보연 신녀, 태아는 아들이겠지요?"

맞다는 대답을 기대했지만 묵묵부답이었다.

"그러면……?"

실망감을 감추지 못하는 죽리에게 보연이 가만히 머리를 저었다.

"송구합니다. 저도 그것이 궁금하여 심신을 정결히 한 뒤 여러 차례 점을 쳐봤지만 도무지 천기를 읽을 수가 없었습니다. 하늘께서 아직 답을 주고 싶지 않은 듯 그 문을 꽉 닫고 계십니다."

"그렇군요."

원하던 답은 아니지만 그래도 딸이라는 확답보다는 기대라도 갖는 게 나았다.

"아무래도 아주 큰 분이 태어나시려는 모양입니다. 본디 위인이 태어날 때는 혹시라도 있을 사특한 위협을 막기 위해 하늘이 마지막까지 그 존재를 감춰준다지 않습니까."

꿈보다 해몽이 좋은 해석이지만 보연의 기대대로 죽리의 입은 단박에 크게 벌어졌다.

터무니없는 소리도 아닌 것이 젊고 혈기방장한 나이인데도 태왕은 오랫동안 자식을 보지 못했다. 이대로라면 승평 왕자나 그 자손이 다음 왕위를 이을 터. 기대감을 가득 품은 채 죽리는 준비한 목함을 보연 앞에 밀어놨다.

"저희는 신녀님만 믿습니다. 부디 하늘이 감동하시도록 치성을 올려주십시오."

"이를 말씀입니까. 매일 밤낮을 가리지 않고 명림가와 왕자비 전하를 위해 기도를 올리겠습니다."

명림죽리의 배웅을 받으며 수레에 오른 보연은 혼자 남자 함을 열었다. 안에 든 것은 눈이 부실 듯 가득한 금편과 보화. 보연은 더없이 소중한 듯 한참을 쓰다듬다가 뚜껑을 단단히 닫았다.

수레의 창을 가린 발 너머로 하늘을 보면서 보연은 안타까움을 삼켰다. 그녀가 읽을 수 있는 천기는 너무나 한정적이었다.

제후와 상공을 의미하는 삼태성 중계의 윗별은 날로 그 붉은빛을 더해가고 있었다. 중계 윗별이 붉어지는 것은 공과 제후의 반란을 의미했다. 그 광휘가 날로 더해가는 것이 충분히 태왕을 위압할 것도 같았다. 화개(華蓋)[86]에도 병란을 상징하는 객성이 다가오는 조짐이 보였다.

이리 해석하면 명림가의 위세가 태왕을 눌러 부귀영화가 천년만년 이어질 것도 같고, 또 저리 해석하면 패가망신을 넘어 그 자리에 풀뿌리 하나 살아남을 수 없는 멸문지화였다.

미리내나 혜와 대신녀는 그녀보다는 깊고 많은 것을 보고 아는 게 분명했다. 갑갑하고 궁금했지만 경쟁자인 미리내에게 묻는 것은 제 부족함을 드러내는 자해 행위였다. 만사를 꿰뚫어 보는 혜와는 그녀가 무엇을 꾀하는지 알아채고 직접 막거나 태왕에게 알릴 위험이 컸다.

왜 천신은 내게 있으나 마나 한 신력만을 주셨는지. 혜와나 하다못해 미리내 정도의 신력만 있었다면 모든 것을 좌지우지하고, 사당의 힘도 이리 미약하지 않았을 텐데.

신력뿐 아니라 의술이며 다른 능력도 마찬가지였다. 죽을힘을 다해 부단히 노력했지만 늘 그녀의 앞에는 뛰어난 이가 가로막고 섰다. 그 등을 보며 좌절하고 한계를 느껴야 했다. 단 한 번도 자신에게 친절하지 않았던 하늘을 원망하면서 보연은 보화가 든 함을 꼭 끌어안았다.

최근에 뽑은 점괘대로라면 혜와의 생은 길게 남지 않았다. 보연 자신을 포함해 의술을 하는 신녀들이 비전의 처방을 다 찾아보며 지극정성으로 간병하고 있지만

---

86 왕이 쓰는 양산 별자리

차도를 보이지 않았다. 의술이며 천기를 전혀 모르는 이의 눈에도 지금 혜와의 생은 가물가물 꺼져가는 촛불이었다.

이제 목적지가 바로 코앞이었다. 그녀는 꼭 대신녀가 되어야 했다. 그래야 지금까지의 삶과 모든 것을 보상받을 수 있었다.

내가 여기까지 어떻게 왔는데.

입을 앙다물던 보연은 몇 년 전 혜와가 해류에게 했던 예언을 떠올렸다.

해류가 왕후가 될 거라고 예언하는 목성과 함께 무섭게 빛났다던 적시기. 그 별이 예언하는 떼죽음은 과연 누구를 향한 것일까.

보연은 스멀스멀 피어오르는 희미한 불안감을 애써 지웠다.

해류는 가문을 배신하고 태왕 곁에 섰다. 그러니 해류 위에 떴던 그 불길한 별은 당연히 태왕 거련과 그들 따르는 무리의 운명일 터다.

그렇게 결론을 내리자 심중이 가벼워졌다.

고은 왕자비 태중의 아이가 제발 아들이기를. 천신이시여, 부디 아들을 점지해 주시옵소서.

보연은 하늘에 읍소하듯 애타게 기원하고 또 기원했다.

승평 왕자 내외를 배웅한 뒤 태왕은 편전으로 들었다. 그가 서재에 들어서자 기다리고 있던 계마로와 을밀, 주부는 자리에서 일어났다.

"폐하, 듭시옵니까."

"단서를 찾아낸 것 같다고?"

끈질기게 동시 상인의 뒤를 쫓던 계마로가 실마리를 잡은 것 같다고 보고한 것이 어제. 빡빡하게 이어지는 승평의 혼례식 때문에 이제야 말미를 낸 터라 태왕의 음성엔 좀처럼 보기 드문 조급함이 배어났다.

"아무래도 북연이나 북위와 연이 닿은 자들인 것 같습니다."

"뭐라!"

감히 원수인 외적과 내통하다니.

거세게 치미는 격노를 감추기 위해 눈을 질끈 감았다. 긴 소매 안의 주먹은 여전히 꽉 말아쥐고 있지만 눈을 가늘인 채 계마로를 향한 시선은 평정을 되찾은 것처럼 보였다.

"자세히 고해보라."

"저들이 자취를 감출 때 포위한 군사들이 아무도 알아채지 못할 정도로 감쪽같이 사라지기도 했고, 또 급히 도망쳤는데도 창고가 말끔하게 비어 있는 것이 수상해 남은 자들을 계속 추궁해봤었습니다. 그 상점에 빌붙어 손님 끄는 일을 하던 여리꾼 아이와 짐꾼 노릇을 하던 이가 창고나 본채 아래에 몸을 숨기거나 밖으로 오갈 수 있도록 뚫어놓은 토굴이 있는 것 같다는 얘기를 하더군요."

얘기가 아니라 토설이었겠지.

싱글벙글 웃는 상에 유해 보이는 계마로지만 작정하면 몇 년 전에 먹은 반찬도 기억나게 만들 수 있었다. 그걸 익히 아는 태왕은 소년을 잠시 잠깐 동정했다.

"그래서?"

"비밀통로가 있다는 짐작만 하지 정확한 위치는 둘 다 몰라서 시간이 좀 걸렸습니다만 모든 건물을 허물고 파내어 겨우 찾아냈습니다. 남은 자는 없었지만 이런 것들이 있었습니다. 급히 달아나느라 미처 챙기지 못했거나, 안전할 거라 믿고 두고 간 모양입니다."

탁자에 둔 상자를 열어 계마로가 내어놓은 건 긴 환도였다. 한 자루를 집어 태왕은 을밀에게 건네고 자신도 다른 한 자루를 들어올렸다. 유연하게 휘어진 검의 양날은 서슬 푸르게 날이 세워져 있었다. 녹이나 흠집, 더러움이 하나도 없는 것을 보면 아직 사용하지 않은 새것이었다.

"을밀, 네가 보기엔 어떠냐?"

"아주 예리하게 벼려진…… 수철장의 솜씨가 돋보이는 훌륭한 환도입니다. 오래전 후연이나 북연과 전쟁 때는 많이 봤지만 고구려 무사들은 사용하지 않는 도검입니다."

"국내성과 인근의 모든 수철장들에게도 수소문해봤는데 이런 환도를 만든 자는 없다고 합니다. 우리 고구려 무사들은 다 직도를 쓰니 만들 이유가 없다고요. 그럼 어디 것인지 물었더니 이구동성 북방의 환도인 것은 확실하고, 모양새가 북연의 것 같다는 대답을 하였습니다."

"북방의 외적과 연결된 자들이 국내성에 자리를 잡고 왕궁과 귀족들의 창고를 털어내고 있었다? 더구나 국내성 한가운데에 무기까지 들여오고?"

들릴락 말락 낮으나 서릿발이 선 어조는 태왕이 지금 얼마나 격분했는지 여실히 보여줬다. 흔치 않은 격노에 주눅이 들어 계마로의 음성도 줄어들었다.

"증좌가 이 환도들뿐이라 확실치는 않사오나…… 아무래도 그 가능성도 염두에 둬야 할 것 같습니다."

"일전에 사신으로 다녀온 자들은 별다른 움직임이 없었다고 했는데…… 지금 북연이나 북위에 있는 간자들도 그동안 아무 눈치도 못 챈 것이냐?"

"급격한 변화나 다른 움직임이 있었다면 당연히 알아채고 연통을 보내왔을 것입니다. 하지만 그들의 무기가 고구려 안으로 들어왔는데 아무 낌새도 몰랐던 것을 보면 북연 왕실과 조정의 아주 소수만이 작정하고 비밀리에 움직이는 게 아닐까도 싶습니다."

전연, 후연, 북연으로 이어지는 선비족 연 왕조는 고구려와 대를 이어온 끈질긴 악연이었다. 종친인 고운이 북연으로 건너가 왕이 되어 잠시 화평했지만 금방 선비족이 왕좌를 다시 차지해 이제는 혈연이 없었다. 팽팽하던 균형을 깨고 고구려가 서북을 평정한 것은 영락태왕 때였다. 수십 개의 성을 고구려에 빼앗긴 이후엔 피차 불필요한 소모전은 지양하고 아슬아슬하나마 평화를 지속하고 있었다.

영토를 되찾기 위해 또다시 전쟁을 시작하려는 것인가.

그렇게 된다면 북방의 긴장을 완화하고 그 힘을 남벌에 쏟으려던 계획이 어그러진다. 그들을 자극하지 않기 위해 부왕의 업적을 빽빽이 채운 거대한 비석에서 연을 정벌한 위업을 거의 빼다시피 축소했다. 당시 벌떼처럼 일어나 반발하던 장수들의 불만과 불효라는 비난까지 감수하고 막아오던 전쟁이었다.

오랜 준비가 물거품이 될 가능성에 골이 지끈거렸다. 물밑에서 벌어지는 상대의 움직임을 전혀 눈치채지 못하고 있었다는 게 뼈저리게 아팠다.

"국경을 수비하는 자들이며 국내성을 지키는 자들은 눈 대신 옹이구멍을 달고 있나 보군."

이렇게 대놓고 비아냥거리는 건 태왕으로선 엄청난 노여움의 표현이었다.

한바탕 물갈이가 일어나겠구나. 계마로와 을밀은 착잡한 눈빛을 교환하며 탄식을 흘렸다.

고구려의 심장인 국내성 한복판에 어떻게 들여왔는지도 모를 북연의 환도가 수십여 자루 이상 나온 것이다. 더구나 이게 전부가 아니라 더 많을 가능성이 높았다. 이 정도 무기가 들어오는 걸 잡아내지 못했으니 처벌받아야 마땅했다.

을밀이 심호흡을 한 번 하고 그가 알아낸 정보를 태왕에게 보고했다.

"아무래도 저들의 행적이 지난 동맹 때 왕후 폐하를 시해하려던 비려 흉적들을 심문하던 때 들은 이야기와도 연결되는 것 같습니다."

불쾌감을 감추려고 가늘게 뜨고 있던 태왕의 눈이 커졌다. 얼른 고하라는 무언의 채근에 을밀의 말소리도 빨라졌다.

"흉적들이 몰래 숨어 화살을 쏜 객주의 하인이, 위층을 예약하러 온 일행 중 북방의 말을 쓰는 이가 있었다고 진술했으나 당시엔 별반 중요하지 않다고 판단해 더 묻지 않았었습니다. 그러다 계마로의 이번 탐문 결과를 듣고 보니 아무래도 걸려서 다시 물어보려 찾아봤는데 정월 보름에 투석전 구경을 한 뒤 만취해서 집에 돌아가다가 강에 빠져서 며칠 뒤에 발견되었답니다. 그런데……."

쉬지 않고 설명을 쏟아내던 을밀이 숨이 찬지 잠깐 멈췄다가 말을 이었다.

"그자의 어미가 자기 아들은 집안 내력이 한 모금만 마셔도 인사불성이 되어 쓰러지기 때문에 술은 입에 대지도 않는다고 했습니다. 객주의 주인 역시 그자가 글도 조금은 읽을 줄 알고 무엇보다 술을 전혀 마시지 않아 믿고 접객을 맡겼다 증언했습니다."

"북방 나라의 말을 한다는 걸 기억하고 또 글을 읽을 줄 안다면…… 그자는 몰랐겠지만 봐선 안 될 것을 봤을 수도 있으니…… 입을 막기 위해 제거했다는 의미로구나."

"분명히 그러한 것 같습니다."

태왕은 손을 이마에 대고 방금 알게 된 것과 그동안의 정보를 천천히 정리해봤다.

"처음부터 찬찬히 짚어보자. 일단 동시의 상점부터. 그들은 왕실의 창고는 물론이고 구수처럼 돈이 있어도 좀처럼 구하기 힘든 것도 절노부와 소노부 상단의 창고에서 가져올 정도로 그 상단과 밀접한 자이거나 혹은 내통자가 연결되어 있겠지. 그리고 계마로가 청한 감당하기 힘든 규모의 거래도 흔쾌히 응했다. 그리고 그 물목을 다 구했다고 계마로에게 연통을 한 뒤 약조한 날 낌새를 눈치채고 모두 사라졌다. 발견한 것은 비밀통로와 북연의 환도다."

엄지손가락으로 턱을 슬쩍 문지르면서 계마로를 응시했다.

"빠진 내용이 있느냐?"

"모두 맞사옵니다."

"그럼 이제 동맹 때 변고를 짚어보자. 부여신 사당에서 돌아오는 왕후의 일행을 급습하기 위해 고구려에 잠입한 비려의 잔당들이 객주를 빌릴 때, 고구려인과 함께 비려 족장의 아들과 북방의 말을 쓰는 자도 있었다. 하지만 그자의 정체를 알 방도는 현재로선 없는 상태에서 유일한 단서는 역시 북연인데……."

서늘한 눈초리가 계마로와 을밀을 차례로 훑고 지나갔다.

"지금 어디까지 쫓고 있느냐?"

"북연에 있는 세작들에게 군사나 물자의 이동을 절대 놓치지 않도록 총력을 다해 쫓으라는 지시를 보냈습니다. 또 국내성과 그 주변에 살고 있는 북연인들을 중심으로 행적이 일치할 것 같은 자들을 추려내고 있습니다. 절노부와 소노부의 상단과 조금이라도 연계된 북연인들이 있는지도 탐문 중입니다. 최근에 북연과 북위에 다녀온 자들에게도 혹시 여느 때와 다른 특별한 일이 없었는지 알아보고 있습니다."

"북연의 국경과, 그쪽 상인과 사람들이 드나드는 길목의 성과 여각에 연통을 보내었습니다. 최근 몇 년간 북연과 고구려를 자주 오가는 자들은 부족과 출신을 가리지 않고 모두 이름을 올려 명단을 작성해라 요청했으니 곧 소식이 올 것입니다."

"그래. 잘하였다."

국고를 몰래 빼돌리는 쥐새끼 정도로 생각했는데.

흉수의 본체가 예상보다 거대한 듯해 영 느낌이 좋지 않았다. 잡힐 듯 잡힐 듯 기가 막히게 달아나는 적. 너무 막연하긴 하지만 현 상황에서는 그 정도가 최선이었다. 쳐내도 쳐내도 끝도 없이 나타나고 점점 커지는 배후에 가슴이 갑갑했다. 하지만 이 문제에만 머리를 싸매고 있을 순 없었다.

"만일을 대비해 북연과 인접한 대성(大城), 제성(諸城), 소성(小城)의 장수들에게 방비를 튼튼히 하고 언제든지 출전할 수 있도록 훈련에 더욱 매진하라는 파발을 보내라. 그리고,"

태왕은 문 옆 탁자에 앉아 열심히 대화를 기록하느라 바쁜 주부에게 시선을 꽂았다.

"너는 지금 바로 중앙군, 좌군, 우군, 수문위군의 수장들에게 내일 아침 일찍 편전으로 들라는 명을 보내라."

"예. 바로 시행하겠나이다."

주부가 후다닥 교서를 적어 문을 열자 기다리고 있었던 모양인지 밖에서 고하는 소리가 들렸다.

"폐하, 선부(船府)[87]의 태대형과 대사자가 들었사옵니다."

태왕은 손을 들어 계마로와 을밀을 물렸다.

"군선의 일을 상의해야 하니 그대들은 이만 물러가라."

선부를 시작으로 혼례식 때문에 며칠 동안 미뤄놨던 국사들이 줄을 이어 그에게 밀어닥쳤다. 국마의 수량과 처분에 관한 보고를 하러 들어온 어마관[88]을 마지막으로 가장 급한 처결만을 간신히 끝냈을 때는 이미 밤이었다.

계속 신경을 곤두세우고 있다가 혼자 남자 머리가 조여왔다. 갑작스럽게 밀려

---

87   배에 관한 일을 맡아보는 관청. 고구려에도 존재했으나 정확한 명칭이 남아 있지 않아 신라의 관청 이름을 사용.

88   왕실의 말을 관리하는 직책

오는 두통을 줄이려고 관자놀이를 꾹꾹 누르고 있는데 시종이 신이 나서 아뢨다.

"폐하, 왕후 폐하께서 드셨습니다."

"드시게 하라."

문이 활짝 열리고 해류가 들어선 다음 궁녀들이 국수와 송어 산적, 초에 절인 곤포[89]가 올려진 소반과 다과상을 들고 들어왔다.

"시장하실 듯싶어 야식을 조금 준비해 왔습니다."

"아!"

오늘 고등신 사당에서 관리하는 관천대에 같이 가보기로 했던 약속이 그제야 떠올랐다.

"내내 기다렸겠군요. 미안하지만 관천대는 다음으로 미뤄야 할 것 같소."

"사당의 관천대가 어디로 달아나는 것도 아니니 마음 쓰지 마십시오. 그나저나 석반을 거르셨다면서요?"

산적한 문제들에 저녁을 놓쳤다는 것조차 잊고 있었다. 뜨끈한 김이 올라오는 국수에 먹음직스러운 소찬들을 보니 시장기가 확 돌았다.

"마음 써주어 고맙소."

수저와 젓가락을 들려니 문득 그의 곁을 지키느라 내리 굶었을 비관과 바깥의 시종, 호위들이 떠올랐다.

태왕의 수저가 멈춘 것을 보고 해류가 빙긋 웃었다.

"밤에 수직할 이들이 이미 들어서 낮부터 지키던 호위와 시종들은 밖에서 국수상을 받고 있습니다. 주부의 것도 준비해놨으니 폐하께서 허락하시면 요기를 하고 돌아오면 어떨지요?"

"주부는 왕후가 준비한 야식을 들고 퇴궐하라."

혹시라도 꼬르륵 소리가 날까, 주린 배를 움켜잡고 있던 주부의 얼굴에 화색이 돌았다.

---

89 다시마의 일종

"예, 폐하. 저는 내일 아침에 뵙겠사옵니다. 편히 침수 드십시오."

주부가 나가자 태왕은 정말 시장했는지, 좀처럼 식탐을 부리는 법이 없는 그가 한 그릇을 뚝딱 달게 비웠다. 빈 소반을 옆에 치우고 준비한 다과를 옮겨오라고 눈짓하던 해류는 뒤쪽에 있는 탁자 한켠에 놓인 환도를 발견했다.

"웬 환도인지요?"

"동시의 그 상점에서 발견한 것이오."

거의 닿을 뻔했던, 몸통으로 향하는 꼬리를 마지막 순간에 놓쳤다는 소식은 해류도 들어 알고 있었다.

"그자들이 두고 간 걸 발견한 모양이군요?"

"그렇소. 계마로가 남은 자들을 추궁해 비밀창고와 통로를 알아내어 찾아낸 것이오."

해류는 낯선 모양의 칼이 신기한 듯 허리를 굽혀서 유심히 살폈다.

"고구려의 무사들이 이런 칼을 든 모습은 못 본 것 같습니다."

"북방이나 남방 나라의 병사들은 우리와 달리 직도가 아니라 환도를 많이 씁니다. 북연이 특히 그렇지요."

"그럼 이것은 북연에서 만들어 고구려로 몰래 들여온 거란 말씀입니까?"

"확실치는 않지만 그렇게 추측하고 있소."

"그런가요?"

그의 대답에 해류는 고개를 자꾸 갸웃거렸다. 묘한 얼굴로 뭔가를 가늠하듯 환도를 자신의 손으로 뼘을 만들어 재보기도 하더니 문밖의 궁녀에게 명령을 내렸다.

"지금 바로 왕후궁에 가서 내가 쓰는 척자를 하나 가져와라."

느닷없는 지시에 태왕이 문득 그녀를 응시했다.

"조금 미심쩍은 것이 있어 그럽니다. 일단 척을 가져와서 재어보고 확실해지면 말씀을 올리겠습니다."

칼을 살필수록 확신이 들었지만 눈대중은 한계가 있었다. 무슨 일인지 궁금해하는 태왕의 시선을 무시하며 해류는 궁녀가 자를 가져오길 기다렸다.

전속력으로 내달려 갔다 왔는지 숨을 헉헉대면서 궁녀가 금방 돌아왔다.

"폐하, 여기 가져왔습니다."

"그래, 나가보거라."

자를 받아 든 해류는 환도에 대고 측정한 뒤 회심의 미소를 띠었다.

"폐하, 이 환도는 북연에서 만든 것이 아닌 듯싶습니다."

"뭐라고요?"

해류는 어느새 바로 옆에 다가선 태왕에게 자를 대어서 보여줬다.

"보십시오, 폐하. 이 환도는 우리 고구려 척자로 두 척이 딱 맞아떨어집니다. 서쪽과 북쪽 나라에서 쓰는 척은 남북 모두 고구려보다 한 치 가까이 짧습니다. 물론 북연의 야장이 일부러 고구려 척에 맞춰서 길게 만들 수도 있겠지만 굳이 그럴 이유가 있을지요? 내일 수소문해서 중원의 척을 찾아 대어보시면 두 척보다 긴 것을 확인하실 수 있을 것입니다."

해류의 지적이 놀랍기는 했지만 선뜻 믿기지 않았다.

"어떻게 단번에 척의 길이가 다른 것을 알아본 것이오?"

태왕이 제가 하던 장사를 별반 좋아하지 않는 것을 알기에 조금 망설여졌다. 그래도 그걸 빼놓고 설명할 수 없는 터라 진솔하게 털어놨다.

"사당에 있을 적에 중원에서 오는 포목들이 필요할 때가 있어 그쪽에서 온 상인들과 거래할 일이 종종 있었습니다. 분명 눈앞에서 자풀이를 하며 확인하는데도 나중에 보면 길이가 항상 모자라 알아보니 그들의 척이 우리보다 박하더군요. 거기다 물건값을 피륙으로 받을 때 종종 고구려의 상인들도 중원의 척으로 속이려 하는 터라 항상 주의하다 보니까 그 차이 정도는 바로 구별할 수 있게 됐답니다."

해류를 속이려고 들던 자들이 얼마나 따끔하게 일침당했을지, 보지 않아도 훤했다. 그 광경을 떠올리니 왠지 흐뭇했다.

"계루부 상단에서 곡소리가 나고 있다는 소문이 들리던데, 정말 해류 그대는 끝도 없이 나를 놀라게 하는군."

전권을 줄 테니 알아서 싹 분위기를 일신시키라는 태왕의 허락을 믿고 판을 크게 키웠다. 패전(貝錢) 한 푼 남지 않고 빈털터리가 된 허탈감을 지우려 더 의욕을 불태웠던 게 지나쳤나 뒤늦게 걱정이 살짝 들었다.

"호호호. 곡소리라니요. 많이 부족한 몇 가지만 짚고 있는데 그리 말씀하시면 제가 폭군처럼 전횡을 휘두르는 것 같지 않습니까. 혹시 노여우신 건지요?"

"전혀! 나태하니 자리만 차지하던 자들은 따끔하니 정신을 차릴 계기가 필요하지. 그러라고 그대에게 단속을 맡겼으니 지금처럼 해주면 되오."

태왕은 화들짝 놀라 왕후를 좀 말려달라 통사정하던 재종숙이며 삼종들, 촌수도 따지기 힘든 방계들의 징징대는 상소를 떠올렸다 지웠다.

"아무리 그래도 한 번에 알아채다니, 정말 대단하오."

"포목을 다루면서 다른 척을 알아보지 못하면 말이 안 되지요. 정확한 자와 저울을 챙기는 것은 장사하는 이라면 누구나 다 하는 기본인데 너무 칭찬하시면 부끄럽습니다."

"무기라면 모르는 것이 없는 을밀도 이 모양새를 보고 북연의 환도라 판단했고, 털끝 하나도 놓치는 법이 없는 계마로도 환도의 길이를 살펴야 한다고는 아예 생각도 못 했는데…… 왕후가 큰일을 해줬군."

그는 내친김에 범위를 좀 더 좁혀보기로 했다.

"중원의 나라들은 모두 우리 척보다 짧다고 했는데 그러면 백잔은 어떤 걸 쓰는지 혹시 알고 있소?"

"백잔은 중원과 우리 자를 둘 다 사용하고 신라는 우리 고구려의 자를 쓰는 것으로 알고 있습니다. 하지만 제가 아는 것은 포목에 한정된 것이니 다시 한번 확인해보시는 게 옳을 것 같습니다."

포목에 대해서는 무지하지만 무기에 관해선 태왕도 잘 알았다.

"포목과 무기에 다른 자를 쓰지 않으니 해류 그대의 짐작이 맞을 것이오. 고구려 야장이 만들었다고 장담할 수 없으나 최소한 북연에서 만든 것은 아닐 확률이 높군."

현재 가장 높은 가능성은 북연에서 만들어 몰래 들여온 무기인 척하는 것. 아니면 북연의 야장을 몰래 데려왔거나 고구려의 야장이 어디선가 숨어서 만들고 있는 것.

어쨌든 고구려 안에서 제작된 거라면 국경의 성이나 국내성의 경계가 말도 안

되게 허술했다는 제일 큰 시름은 덜 수 있다. 그래도 만에 하나를 대비해 제대로 확인해볼 필요가 있었다. 치밀한 계마로가 수소문해본 수철장들이 이구동성으로 북연의 무기라고 했을 정도면 범상한 솜씨가 아니었다.

건들마는 차이를 알아볼 수 있으려나. 아니면 고구려에 사는 북연 출신의 야장을 찾아봐야 하나. 고심하는데 해류가 뜻밖의 이름을 입에 담았다.

"폐하, 제가 도움을 받았던 그 상단의 마리습 단주가 아주 근래에 북방에서 돌아왔습니다. 오랫동안 북연과 그 주변 나라들을 오갔던 터라 그쪽 사정도 잘 알고 있을 겁니다. 국법이 금하니 무기를 사고팔지는 않지만 중원의 도검도 잘 쓰는 것으로 알고 있습니다. 한번 불러서 하문해보시는 게 어떨지요?"

활활 타오르는 화덕의 불길에 넣은 쇠를 살피던 건들마가 고개를 끄덕했다. 그의 신호를 기다리고 있던 제자가 얼른 벌겋게 잘 익은 쇠를 꺼내어 모루에 올려놓자 건들마는 화정으로 쇠를 조심스럽게 쳐서 잘라냈다. 그리고 메로 힘껏 두드리며 모양을 내기 시작했다.

지금 그가 담금질하고 있는 것은 태왕이 쓸 환두대도(環頭大刀)[90]였다. 태왕이 선호하는 모양과 무게로 정확하게 만들어내기 위해서 그는 온 신경을 다 모아 메질을 했다. 식어 탕탕 튕기는 소리가 나자 그는 옆에 둔 찬물에 대도 모양의 얇은 쇳덩어리를 담갔다. 치지직, 하면서 붉은 기운이 삽시간에 빠져나갔다.

미지근해진 쇠를 꺼내는데 뒤에서 태왕의 음성이 들렸다.

"수고가 많구나."

뜻밖의 등장에 잠시 흠칫 놀라던 야장들이 한쪽 무릎을 꿇으며 태왕을 맞았다. 그 가장 앞에 선 건들마는 태왕의 손짓에 일어서면서 인사를 올렸다.

"폐하, 정말 오랜만에 뵙사옵니다. 어찌 여기에 다 오셨습니까?"

태왕이 부쩍 왕후궁으로 발걸음이 잦다는 소문이 야장간까지 미친 모양이었다.

90　손잡이 머리 모양이 둥근 고구려 칼

실실 웃음을 머금는 모양새에는 은근한 놀림이 가득했다.

그럴 만도 했다. 잦을 때는 이삼일 걸러 한 번, 못해도 달에 서너 번 이상 태왕은 야장간에 찾아와 자신의 무기를 직접 손질했다. 그가 이곳에 오는 것은 풀기 힘든 고민이나 울분이 있을 때였다. 쇠를 두드리는 태왕의 메가 힘차고 거칠수록 그가 지고 온 수심이 깊다는 의미였다. 그런데 지난겨울부터 서서히 뜸해지더니 올해 들어선 딱 한 번, 봄이 끝나가는 지금이 두 번째였다.

원행에다 수병을 증원하고 왕자의 국혼례 등 여러 가지로 분주하기도 했지만 가장 큰 이유는 해류. 그의 고민을 들어주고 때때로 조언까지도 해주는 왕후가 있으니 굳이 여기에 오지 않아도 되었다.

부왕 때부터 그들 부자의 무기를 만들고 수선해온 야장의 놀림이라 태왕은 너그럽게 넘어가며, 바로 용건에 들어갔다.

"계마로, 건들마에게 그 환도들을 보여라."

계마로가 압수한 환도들이 든 나무상자를 건들마 앞에 열었다.

"오!"

노련한 수철장답게 건들마는 곧바로 환도의 가치를 알아봤다. 가장 긴 것을 하나 집어 들더니 면밀히 살피면서 평했다.

"아주 잘 만든 환도로군요. 좋은 쇠입니다. 양날을 다 벼려 날을 세우는 건 공이 많이 드는데 균형을 딱 잡아서 날카롭게 잘 세웠습니다."

"혹시 이런 것을 만든 적이 있느냐? 아니면 만드는 자를 보거나 소문을 들은 적은?"

"오래전 고운 고추가가 북연의 황제로 즉위할 적에 선왕 폐하의 명을 받아 하례품으로 예장용 대도환 한 쌍을 제작해봤습니다만, 딱 그 한 번뿐입니다. 환도는 우리 무사들의 싸움법과는 맞지 않아 고구려의 수철장들은 만들지 않는다는 걸 폐하께서도 아시지 않습니까."

"그렇다면 이런 본이 하나 있으면 환도를 만드는 일은 가능한 것이냐?"

별 쓰임새도 없는 환도를 갖고 왜 이러시나.

의구심이 가득해 보였지만 건들마는 수긍했다.

"필요하시면 똑같이 만드는 것은 가능합니다. 그 경험과 능숙도에 따라 시일의 차이는 있겠지만 어지간한 수철장이면 모양만큼은 똑같이 만들 수 있을 겁니다."

태왕과 계마로는 좁혀지는 가능성에 동감하는 시선을 교환했다.

이제는 하나만 더 확인하면 되었다. 팔짱을 끼고 벽에 기대어 다음 검증을 해줄 자를 기다렸다. 곧 분주한 발소리가 나더니 을밀이 들어왔다.

"폐하, 데려왔습니다."

"들여라."

을밀의 뒤를 따라 들어오는 사내에게 태왕의 시선이 꽂혔다.

"소인 마리습, 태왕 폐하를 뵙사옵니다."

묵직하게 울리는 저음. 그 목소리와 딱 어울린다 싶은 사내가 들어섰다.

해류가 석도종의 외모를 입에 침이 마르게 칭찬한 기억이 있어 저도 모르게 비슷한 자를 상상했던 모양이었다. 그의 앞에 한쪽 무릎을 굽혀 인사를 올리는 마리습은 예상과 달리 기골이 장대하고 늠름했다. 8척이 넘는 키에 체구도 아주 건장한 것이 상인이라기보다는 오히려 무사에 가까웠다. 겸손하게 자세를 한껏 낮추고 있지만 감추지 못한 예기와 총기가 넘쳤다. 느닷없이 궁으로 불려와 태왕 앞에 섰음에도 전혀 주눅 들지 않고 당찬 기운이 형형했다.

마리습을 불러 환도에 대해 하문해보라는 해류의 권유를 받아들인 건 필요보다는 호기심이 더 컸다. 감히 해류에게 연심을 품고 팔찌까지 선물한 자는 어떤 자인지. 해류의 남다름을 일찌감치 알아봤으니 그 혜안이며 통찰력이 평범하진 않을 거라고 짐작했다. 그리고 마리습은 예상 이상이었다.

네가 먼저 만나고 눈에 담았다지만 해류는 지금 내 왕후이다.

드러낼 수 없는 경고를 삼키면서 태왕은 계마로가 들고 있는 상자를 가리켰다.

"이 환도에 대해서 네가 아는 대로 평을 좀 해보거라."

좀 전에 건들마의 것과 비슷한 의문이 마리습의 눈에 떠올랐다 빠르게 사라졌다. 환도를 하나씩 꺼내 주의 깊게 살피며 들었다 내렸다 하던 그가 고개를 갸웃했다.

"참으로 잘 만든 훌륭한 환도인데…… 소인이 보기에 좀 이상하니, 이해가 되지 않는 점이 있습니다."

그들 누구도 알아채지 못한 무언가를 이 상인이 찾아낸 것인가. 태왕과 계마로, 을밀에 건들마까지 목을 죽 빼고 마리습의 입만 응시했다.

"이렇게 양쪽을 다 벼려 양날을 세운 환도는 최소한 귀족가 이상의 무사를 위한 것입니다. 군역을 치르는 평민들은 한쪽만 벼린 것을 쓰지, 손이 많이 가는 양날은 감히 엄두도 낼 수 없습니다. 그런데 이런 좋은 쇠로 공들인 환도의 손잡이에 아무 장식이 없는 영문을 모르겠습니다. 이 정도 환도는 만들기 전부터 주인이 정해진 경우가 대부분이고, 그냥 팔기 위해 만들더라도 값을 잘 받기 위해서 엄청나게 품을 들이기 마련입니다."

마리습은 도저히 이해가 안 된다는 듯 머리를 절레절레 흔들었다.

"그런데 평범한 나무에 아무 장식이나 조각도 없다니……."

그는 상인답게 흠집이 가지 않도록 환도를 정갈하게 정리해놓으며 덧붙였다.

"이 정도 칼이면 손잡이에도 무늬를 새기거나 가장 좋은 상어 가죽을 입히고 비단 술도 달고 칼집도 공들여 만들어 아주 비싼 값을 받습니다. 그런데 집도 없이 두다니요."

태왕은 빨라지는 박동을 억제하면서 부러 무심하게 물었다.

"네가 보기에 어디에서 만든 것으로 보이느냐?"

"남쪽은 좀 더 휜 모양새를 띠니, 이것은 분명 북연의 환도입니다. 북위나 북방의 다른 나라들의 칼도 휜 모양이긴 하나 다소 곧아 우리 고구려의 직도에 가깝습니다. 그렇지만 북연에서 만든 것이라고 딱 단정하기엔 좀 전에 말씀드린 부분들이 걸립니다."

태왕은 일부러 마리습에게 말하지 않았던 것을 그제야 알려줬다.

"이 환도를 본 다른 이가 길이가 중원의 척과 다르다고 하던데 네가 보기엔 어떠냐?"

태왕의 지적에 마리습이 허리띠 장식에 매달아둔 줄을 풀었다. 줄로 된 척자인 모양이었다. 그는 어제 해류가 한 것처럼 능숙하게 재어 딱 2척이 나오는 것을 확인했다.

"먼저 감평하셨다는 분의 말씀이 맞는 것 같습니다. 이 환도는 고구려의 척에 맞춰 제작되었습니다. 의장용이 아니라 실전에서 사용하는 긴 환도의 기본은 두 척이나 두 척 반인데 야장마다 약간의 차이가 있긴 하지만 그래봤자 반 치 이내입니다. 서쪽 나라들은 남북 모두 우리보다 짧은 척을 쓰니 이것은 확실히 고구려에서 만든 것 같사옵니다."

사용한 척이 고구려 자다. 북연의 것이 아니라는 해류의 의견을 전했을 때 반신반의했던 계마로와 을밀의 얼굴이 경탄으로 물들었다.

엉뚱하게 북연을 의심하며 헤맬 뻔했지만 범위는 다시 좁혀졌다. 저쪽엔 북연의 무기에 대해 상세히 알고 솜씨도 있는 야장이 있었다. 상대가 고구려 척을 쓰는 실수를 하지 않았다면 여기까지 오기가 쉽지 않았을 것이다. 실수라기보다는 누군가 그 차이를 눈여겨보고 판별해낼 거라는 생각 자체를 못 했을 거였다.

해류의 예측을 신뢰했던 태왕은 한결 여유롭게 마리습의 결론을 수용했다.

"그 척자는 항상 갖고 다니는 것이냐?"

"예. 장사치에게 정확한 자와 저울은 항상 목숨 다음으로 챙겨야 하는 보배입니다."

어제 해류도 그의 칭찬에 비슷한 대답을 했다. 상인으로서 자부심이 가득한 저 태도는 해류와 쌍둥이처럼 닮았다. 그 깨달음은 거친 천이 맨살에 닿는 것처럼 몹시 거슬렸다. 태왕은 얼른 화제를 바꿨다.

"상인임에도 무기에 대해서 잘 아는구나."

"저희는 물건을 사고팔 때는 상인이지만 길에 나설 때는 일당백의 무사여야만 합니다. 값진 교역품과 금은을 노리는 수적이며 산적들을 물리치고 무사히 살아 돌아오려면 목숨을 지킬 무기와 최소한의 호신술은 꼭 필요하니 어디를 가나 늘 관심을 두고 있습니다."

"네 말을 들으니 과연 그렇겠구나. 북방에서 막 돌아왔다면서?"

"예. 달포도 되지 않았습니다."

"북연과 다른 북방 나라의 정황에 대해 궁금한 것들이 있다니 여기 말객에게 네가 오가는 길에 보고 들은 것을 소상히 알려주면 좋겠다."

"예. 폐하."

계마로와 을밀이 마리습을 데리고 사라지자 태왕은 건들마에게 몸을 돌렸다. 다른 이들이 듣지 못하도록 낮은 음성으로 귀엣말을 했다.

"너, 팔찌를 만들 줄 아느냐?"

"팔찌요?"

어안이 벙벙한지 눈만 껌벅껌벅하던 건들마가 면목 없다는 듯 고개를 주억거렸다.

"소신은 처음 불 앞에 섰을 때부터 수철장 일만 해온 터라…… 용서하소서."

"그럼 팔찌 같은 것은 누가 만드느냐?"

"그것은 금은장들의 소임입니다."

"그럼 내일 이맘때 그들 중 제일 솜씨 좋은 이를 하나 여기로 불러오라."

여진은 해류가 올해 생일에 새로 지어 보낸 주황색 저고리에 남색 치마를 입었다. 거기에 적자색 자수 가선을 두른 적황색 포를 걸치고 비단 허리띠로 고정한 다음 작년에 해류가 만들어준 금은사 조물 허리끈을 위에 둘렀다.

"여기에 홍옥이나 황옥 구슬 목걸이와 진주를 물린 금비녀를 꽂으면 딱 어울리겠구먼요. 그 망할 놈들이 나리에게 붙어 다 빼돌리지만 않았다면 거지반 남았을 텐데요. 정말 그 빌어먹을 것들을 떠올리면 지금도 이가 득득 갈립니다. 어차피 대차게 팽 당할 거 무슨 영화를 보겠다고 주인 어르신을 배신하고 마님께 그런 흉악한 짓을 했는지."

나릅은 과거엔 자신이 감히 똑바로 쳐다볼 수도 없었던 예씨 포목상의 편수와 집사를 잘근잘근 씹었다. 그러다가 반짝이거나 금색은 눈을 씻고 봐도 찾아볼 수 없는 패물함을 살피며 다시금 투덜거렸다.

"해류 아가씨야 이제 왕후시니 온갖 귀한 것들을 바리바리 가지고 계실 텐데. 한두 개는 좀 남겨두시지 그러셨어요."

한때 어느 나라 공주나 왕후도 부럽지 않을 정도로 여진이 가진 패물들은 어마어마했으나, 부모가 갑자기 세상을 떠난 뒤 정신을 놓고 있던 동안 두지에게 붙은 고용인들이 온 집안을 탈탈 털어줬다. 그때 해류의 것과 함께 대부분 두지가 챙겨가서 온데간데없어졌다.

몇몇 충직한 하인들이 몰래 빼돌려준 귀물은 해류가 사당에서 편히 지내도록 뒷바라지하며 장사밑천으로 내주었다. 마지막 남은 것마저 해류가 혼인할 때 혼수로 다 주고 이제는 별 가치 없는 낡은 은붙이가 몇 개뿐이었다.

"접때 마님 생신에 태왕 폐하께서 내려주신 은괴를 팔아서 금붙이라도 몇 개 장만하셨으면 좋았을 텐데요. 팍팍 쓰라고 주신 용채를 왜 보물단지처럼 모시고만 계세요."

"폐하께서 주신 그 귀한 걸 어찌 하찮은 장신구 따위와 바꾸니. 패물도 한창 젊고 예쁜 사람이 해야 빛이 나지. 차리고 나갈 데도 없는 내가 그런 걸 갖고 있어봤자 돼지 목에 진주야."

"아이고, 마님도 아직 젊고 고우신데 무슨 말씀이세요."

"호호, 고맙구나, 나릅아."

여진은 나릅이 든 패물함에서 귀걸이들을 꺼내어 귀에 대어봤다.

"이 구슬 달린 게 어울리는 것 같니? 아니면 비단 술을 새로 단 이 은귀걸이를 할까?"

거울에 비춰보면서 두런두런 수다를 떠는데 밖에서 채근하는 소리가 들려왔다.

"마님, 왕궁에서 수레가 왔답니다. 서두르시지요."

"벌써 시간이 이리되었나? 빨리 비녀를 꽂아다오."

들고 있던 귀걸이 하나를 얼른 건 여진은 거울을 내려놓고 일어섰다.

안뜰을 지나 수레와 말들이 있는 바깥채로 나오다 여진은 두지와 마주쳤다. 남보다 못한 사이지만 어쨌든 부부였다. 시끄러운 게 싫은 여진은 살짝 고개를 숙여 두지에게 인사를 해줬다.

"왕궁에 가는 모양이지?"

"예. 오늘 왕후께서 주관하시던 비원의 복원이 끝나서 그걸 축하하는 자리에 초대받았습니다."

작년에 억지를 써서 여진을 따라 들어간 이후 두지는 한 번도 궁에 초대받지 못했다. 반대로 여진은 어떤 조화를 부렸는지 태후의 눈에까지 들어서 시시때때로 왕궁에 드나들고 오늘은 또 잔뜩 차려입고 축하연까지 간다는 사실에 뱁이 꼴렸다.

"왕후를 뵈면 그런 쓸데없는 것에 신경 쓰지 말고 빨리 왕자를 낳을 궁리나 좀 하라고 하시오. 누구는 혼인하자마자 떡하니 수태를 하는구먼, 이건 뭐 벌써 세 해가 됐는데도 아직이니."

고은이 회임해 축하가 줄을 잇고 있는 것은 여진도 알고 있었다. 해류도 소식이 있을 때가 되지 않았나, 슬슬 초조해지는 건 여진도 마찬가지였다.

햇수로는 3년이라지만 재작년 겨울 즈음에 국혼을 올렸으니 실제로는 2년도 채 되지 않았다. 그나마도 독수공방하던 세월이 대부분. 그래도 태왕께서 이제는 해류를 많이 아끼고 자주 찾으신다니 곧 잉태할 것이다.

여진은 불안감을 쫓으며 두지의 이죽거림을 곱게 받아넘겼다.

"예. 고추대가께서 매우 걱정한다고 왕후 폐하께 말씀 올리지요."

예전이라면 이렇게 기분이 나쁠 땐 없는 트집이라도 잡았는데, 해류의 협박이 무섭긴 한지 못마땅한 얼굴로 여진을 한참 노려보던 두지가 휑하니 가버렸다.

여진은 고소를 삼키고 수레에 올랐다.

궁에 도착하자 기다리고 있던 궁녀가 여진을 비원으로 안내했다.

전각은 문과 창문을 다 활짝 열고 탁자엔 연회를 위한 꽃과 장식이 놓여 있었다. 뒤편에선 맥적을 굽는 냄새와 이것저것 준비한 요리를 데우는 냄새가 가득했다. 정원 한쪽에 흰 무용화로 갈아신은 남녀 무희들이 오색 거들지[91]를 휘날리며 주흥을 돋우기 위한 준비가 한창이었다. 그 옆에 친 차양 아래엔 보라색 비단 모자를 쓴 악

---

91   소매 끝에 길게 덧대는 소맷자락

공들이 자리 잡고 줄을 고르거나 다스름[92]에 여념이 없었다.

"조촐한 축하연이라고 들었는데 규모가 큰 것 같습니다?"

"아, 예. 왕자 전하께서 분가하셔서 적적하실 태후 전하를 위로할 겸 오늘 왕자 전하 내외도 초대해 조금 성대하게 하자고 왕후 폐하께서 명을 내리셨습니다."

"그렇군요."

내가 끼어도 될 자리 같진 않은데.

평소처럼 조촐하고 편안한 모임을 예상했던 여진의 명치가 살짝 갑갑해졌다. 그런 속내를 모르는 궁녀는 여진을 전각으로 안내했다.

"두 분 폐하와 태후 전하도 곧 오실 것입니다. 먼저 자리에 올라 기다리시지요."

"예. 알겠습니다."

궁녀와 함께 전각에 올라 입구 쪽 말석에 앉으려던 여진은 먼저 도착한 사람이 있는 걸 발견했다.

누가 또 왔는지?

무심코 고개를 든 여진은 심장이 철렁 내려앉았다.

석도종.

지난 늦가을, 한창 나무를 심던 날 우연히 태후와 왔다가 재회한 이후 처음이었다. 당황한 것은 상대도 마찬가지겠지만 겉보기엔 아무 티를 내지 않았다. 그는 무표정한 얼굴로 일어나 고개를 살짝 숙이고 다시 자리에 앉았다.

비원의 재건에 가장 큰 공을 세운 게 석도종이니 그가 이 자리에 초대된 건 당연했다. 그가 오리란 예상을 전혀 못 한 그녀가 바보였다. 여진도 최대한 덤덤하니 맞은편에 앉으며 놀란 가슴을 진정시켰다.

다시 만났을 때는 충격으로 그날의 모든 기억이 사라지다시피 했지만 지금은 어느 정도 심경이 정리됐는지 담담히 그를 바라볼 수 있었다.

궁녀들은 부지런히 오가면서 아직 도착하지 않은 태왕과 왕후, 왕자 부부, 태후

---

92 국악기를 연주하기 전에 음률을 고르게 맞추기 위하여 짧은 곡을 연주해보는 것

를 맞기 위해 준비를 하고 있었다. 하지만 그들의 눈과 손은 명백하게 따로 놀았다. 손은 부지런히 자기 임무를 행하고 있지만 눈은 하나같이 도종에게 향해 있었다.

그 광경을 구경하는 여진의 입술이 둥글게 호선을 그렸다.

여전히…… 참으로 미려하구나.

예전에도 이랬었다. 석도종이 나타나면 다른 사내들은 빛을 잃고 여인들의 시선은 오로지 그에게로 모였다.

그래도 시간은 비교적 공평한 모양이었다. 얼핏 보면 세월의 흐름이 그에게만 비껴간 것처럼 보이지만 지금 궁녀들이 황홀하게 힐끗거리는 저 미모는 20여 년 전에 비하면 낡고 바랜 것. 도종은 정말 눈이 부시도록 선연했었다. 옥골선풍이란 단어가 인간으로 화한 듯, 처음 봤을 때는 선인이 잠시 인간 세상에 유람 온 게 아닌가 의심했을 정도였다. 그녀뿐 아니라 도종을 본 사람은 남녀노소 가리지 않고 다 그리 생각했다.

그런 그가 저만을 바라봐주는 것이 얼마나 설레고 기뻤는지.

마치 전생처럼, 이제는 까마득히 멀게 느껴지는 시간이 어제처럼 되살아나 여진을 휘감았다.

어리고 순진했기에 가능했던 열정. 그를 볼 때마다 여진은 투명하고 단단한 불꽃을 품은 금강석을 떠올렸었다. 완벽하게 아름다운 이 사내를 너무나 갖고 싶었고 목숨과 바꿔도 아깝지 않을 정도로 연모했었다. 그의 연심을 얻기 위해서라면 그 무엇도 아깝지도 두렵지도 않았다. 모든 것을 다 던져도 될 정도로. 마침내는 외사랑이 아니라 함께라고 믿는 날이 왔다.

슬프게도 그건 혼자만의 착각이었다. 그녀는 부모까지도 버리고 그를 택하려 했지만 도종은 아니었다. 버림받은 걸 알았을 때 그 절망감과 격통이 그날처럼 생생하게 덮쳐왔다. 여진은 발작적으로 고이는 눈물을 말리기 위해 창밖을 보며 눈을 빠르게 깜박거렸다.

어린 날의 열정은 그녀가 가진 모든 것을 다 태웠지만 해류를 얻었기에 후회는 없었다. 해류가 없었다면 그가 떠난 후 살아갈 기력도 잃고 그대로 스러졌을 거였다.

도종 같은 사내 수백 명을 데려와도 바꾸지 않을 소중한 딸. 여진은 자식이면서 가장 친한 벗이고 세상 어떤 사내보다 든든한 기둥인 해류를 떠올리며 흙탕물처럼 일어난 추억을 가라앉혔다. 오늘이 저 사람을 이생에선 마지막으로 보는 자리라고 생각하며 심중을 잔잔하게 다스렸다.

마주하고 있으나 서로를 외면하면서 불편한 침묵만이 감도는 가운데, 아주 반갑고 고마운 소리가 들려왔다.

"태왕 폐하, 왕후 폐하 납시옵니다."

태왕과 해류를 따라 태후, 승평 왕자 내외가 들어오자 여진과 도종은 동시에 벌떡 일어나 그들을 맞았다. 도종의 수고를 치하하는 해류와 태왕을 보며 여진은 다시 뜨거워지는 목구멍을 식히기 위해 침을 꿀꺽꿀꺽 삼켰다.

장인은 얼음처럼 맑고 사위는 구슬처럼 빛난다던[93], 오래전 어디선가 읽었던 글귀가 갑자기 떠올랐다. 그녀가 보기엔 사위인 태왕의 광휘나 준수함도 도종에게 결코 밀리지 않았다. 명림 일족에게 천대받던 해류가 자신의 팔자를 닮지 않고 고구려에서 제일 높고 잘난 사내에게 지극히 고임받는 반려라는 사실이 너무나 고마웠다. 야속하다고 삿대질하던 하늘에게 사죄하고 싶을 정도였다.

딸도 아비도 서로를 모르지만 그래도 둘이 만나는 보고 헤어지는구나.

이런 날이 올 것을 안 하늘의 배려인지 고맙게도 도종과 해류는 닮은 듯하면서도 닮지 않았다. 화려하면서도 묘하게 차갑고 색정적인 분위기는 흡사했지만 외모는 눈꼬리가 살짝 치켜 올라간 긴 눈매와 그린 듯 길고 짙은 속눈썹, 훤칠한 키를 제외하곤 유사한 점이 없었다. 진실을 아는 여진을 제외하고 외양으로 부녀라는 걸 추측하긴 힘들었다.

스스로를 안심시키면서 여진은 비원의 아기자기함에 감탄하고, 무희들의 춤을 칭찬하고, 태후의 가벼운 농에 활짝 웃고 맞장구치며 잔치를 즐겼다. 그리고 해류를 바라보는 태왕의 따스한 눈길에 진심으로 감사하면서 딸이 겨우 찾은 행복이 영

---

93 婦公冰淸, 女婿玉潤

원하길 간절히 기도했다.

　점심 즈음에 시작한 축하연은 늦은 오후가 되어 끝났다.

　승평 왕자 부부는 모처럼 입궁한 김에 태후를 모시고 저녁까지 한 뒤 다음 날 돌아가기로 한 터라 여진과 도종만 물러났다.

　안내하는 궁녀와 시종의 등만을 보며 마구간과 차고까지 묵묵히 걸어왔다. 도종의 말과 여진이 탈 수레가 기다리고 있었다. 인사마저 생략하는 건 남의 눈에 보기 좋지 않다고 판단한 여진은 도종에게 가볍게 목례하고 수레에 올랐다.

　수레꾼이 살짝 채찍을 대자 소가 움직이고 여진이 탄 수레는 금방 궐문을 벗어났다. 죽 뻗은 대로를 따라 빠르게 멀어지는 수레를 잠시 보던 도종도 말에 올랐다.

　반쯤은 멍하니 고삐만 잡고 말이 가는 대로 흔들리면서 도종은 여진을 떠올렸다.

　모녀라는 걸 알고 보니 왕후에게선 여진의 모습이 많이 보였다. 흑요석처럼 까맣고 초롱거리는 커다란 눈이며 작지만 통통하고 뾰로통하니 앙증맞은 입매는 딱 여진이었다. 아마도 왕후 역시 아주 바지런하고 손재주도 뛰어날 것이다.

　여진은 다람쥐처럼 귀엽고 몸이 재면서 종달새처럼 재잘거리던 소녀였다. 질자라는 처지 때문에 한껏 웅크리고 살던 그에게 여진은 몹시 신기한 존재였다. 천진난만하면서도 자신만만하니, 그 무엇도 두려운 것이 없어 보였다.

　그의 눈에 띄길 바라며 주변을 맴돌거나 우연을 가장해 다가오고 사람이나 연서를 보내어 호소하는 여인은 셀 수도 없었으나, 여진처럼 한눈에 반했다며 자신을 봐달라고 고백하면서 정면으로 부딪쳐온 경우는 처음이었다. 솔직하다 못해 당돌한 태도가 당황스럽고 거북해서 피하려고 했지만 여진은 포기하지 않았다.

　자신이 어떤 사람인지 알면 그도 좋아하게 될 거라고, 그의 우울한 미소를 지우고 활짝 웃게 해주고 싶다며 기회를 달라고 했다. 그리고 정말 그녀의 장담대로 되었다.

　국내성 최고 갑부의 외동딸. 원하는 것은 다 가져온 여진에게 그는 꼭 갖고픈 신기한 놀잇감이었을 거였다. 손에 넣으면 금방 싫증 낼 그 변덕에 넘어가선 안 되었다. 그녀 때문에 성골로서 책무와 자존심까지 버리려고 했던 과거가 떠올라 얼굴이 화끈거렸다.

최고 명문가로 시집가서 왕후의 어머니까지 됐으니, 원하던 대로 살고 있구나.

고구려를 떠나면서 다 잊은 줄 알았는데 다시 만나니 어쩔 수 없이 떠오르는 추억에 잊었던 통증도 되살아났다. 처절하게 짓밟힌 진심. 그때만큼은 아니지만 지금도 그것이 가장 아팠다.

고삐에 손만 얹었지 길을 챙기지 않는 주인을 태운 말은 내키는 대로 움직였다. 과거에 푹 빠져든 도종은 말이 어디로 가는지 신경을 쓰지 않았다. 우마와 사람만 가까스로 피하면서 터벅터벅 움직였다.

늦은 오후의 햇살 아래, 우수에 푹 잠긴 그의 모습은 어쩔 수 없이 사람의 시선을 끌었다.

아아, 참으로 잘났구나. 신선이 하강했나. 어쩌면 저리도 광채가 나듯 선연하고 훤훤한 사내가 세상에 다 있나. 기루의 기녀들도 넋을 잃고 창밖을 쳐다보며 자기들끼리 수군거렸다.

여진에게 손끝 하나 못 대고 곱게 보낸 분이 풀리지 않아 기루로 온 두지는 버선발로 달려 나와야 할 기녀들이 다른 데 정신을 팔고 있는 모습을 보고서 버럭 고함을 질렀다.

"뭣들 하느냐!"

"어머나, 나리. 오셨습니까."

기분만 맞춰주면 두둑한 주머니를 푸는 손님. 정신이 번쩍 든 주인과 기녀들이 그에게 몰려와 열과 성을 다해 굽실거렸다.

"그동안 뜸하셔서 나리 얼굴을 잊어버리겠습니다."

그가 요즘 종종 찾는 기녀가 그의 품에 폭, 애교스럽게 안겼다.

"나리, 어째 이리 오랜만에 오셨나요. 소녀, 그리워 죽을 뻔했습니다."

"어험, 무슨 구경이 났길래 손님이 오는 것도 모르고 정신을 놓고 있느냐."

원하던 환영에 분통이 조금 풀렸다. 그에게 매달린 기녀를 끌어안으며 방금 전까지 기녀들이 옹기종기 모여 있던 창가로 고개를 뺀 순간 그의 팔이 툭 떨어졌다.

저자는 분명!

태후궁으로 가는 태후와 승평 왕자, 고은을 배웅한 해류는 종종걸음으로 왕후궁에 돌아왔다. 날이 맑으면 오늘 태왕과 함께 가기로 한 곳. 길이 험하니 해가 있을 때 출발하자고 했다.

"지금 바로 입으려고 하니 고를 꺼내 오라."

"예? 지금 고를요?"

"폐하와 말을 타고 고등신 사당의 관천대로 갈 것이다. 서둘러라."

"아, 예."

궁녀들이 옷궤에서 가져온, 색색의 크고 작은 물방울무늬가 찍힌 풍성한 바지와 그 위에 조금 짧은 치마를 덧입은 해류는 편전으로 달려갔다. 최대한 서둘렀음에도 태왕이 추풍오를 쓰다듬고 있는 게 보였다.

"용서하십시오."

"아니오. 나도 금방 나왔습니다."

자주 타지는 못하지만 틈만 나면 찾아본 보람이 있는지 추풍오는 해류를 보자 귀를 눕히며 아는 척을 했다. 손에 뭔가 있는지 찾아보듯 이빨을 드러내며 들이미는 머리를 해류가 토닥였다.

"오늘은 빈손이란다. 대신 오랜만에 밖으로 나가서 실컷 달려보자꾸나."

"추풍오가 왕후를 잘 따르는군요."

"아주 영특한 축생입니다. 폐하께서 아끼신 이유를 알겠더군요."

"샘이 많은 녀석인데 왕후가 살펴주니 고맙소."

듣고 보니 태왕의 사자황이 근처에 있지 않고 좀 멀찌감치 떨어져 있었다. 해류의 시선을 따라가던 태왕이 고개를 슬쩍 저으며 해류를 추풍오의 안장에 올려줬다.

"조금만 경계를 늦춰도 사자황을 물어뜯고 괴롭히니……."

흐리는 말끝에 묻어나는 난감함에 해류는 웃음을 참을 수가 없었다.

"꼭 투기 심한 처나 첩 때문에 고심하는 가장의 하소연 같습니다."

그녀의 비유에 태왕의 눈에도 웃음이 반짝였다.

"고맙게도 추풍오와 사자황은 말이고 내게 반려는 왕후뿐이니 다행이오."

왕후뿐이라는 소리는 빈말이든 진정이든 한시적일 수밖에 없는 약속. 그래도 지금 이 순간, 태왕에게 그녀가 유일한 반려라는 사실이 기뻤다.

"폐하, 추풍오는 제가 고삐를 잘 잡고 있을 테니 사자황에 오르시지요. 제가 잘 돌봐 추풍오의 마음을 얻어서 언젠가는 사자황을 질투하지 않도록 만들겠습니다."

사자황에 훌쩍 오른 태왕이 옆으로 몰고 와 그녀의 귀에 뜨거운 입김을 훅 불어넣으며 낮게 속삭였다.

"그래. 그대라면 가능하겠지."

해류의 얼굴을 붉게 물들여놓고 그는 너무나 태연하게 신호를 보냈다.

"출발하자."

고등신 사당의 관천대는 국내성 북쪽 끝 언덕 꼭대기에 있었다.

우뚝 솟은 관천대를 중심으로 검은 기와를 올린 건물들이 호위하듯 배치되어 있었다. 높은 담을 두른 건물의 정문을 활짝 열고 일자와 신관들이 모두 열을 지어 태왕 내외를 맞았다.

태왕이 말에서 내리자 가장 앞에 선 퉁퉁한 중년 사내가 넙죽 인사를 올렸다.

"일자감 여리지, 태왕 폐하께 인사 올리옵니다. 어서 오시옵소서."

그리고 그는 곧바로 해류에게도 몸을 숙였다.

"왕후 폐하께도 인사 올리옵니다."

길게 도열한 일자들을 보며 태왕이 미간을 살짝 찌푸렸다.

"짐이 올 때마다 모두 나와서 기다릴 필요가 없다지 않았더냐."

"예에. 그렇지만 오늘은 왕후 폐하도 함께 오신다고 하여서요. 처음으로 방문하시는 것이니 모두 함께 맞는 것이 마땅한 예라고 생각했습니다."

"이곳에선 하늘을 살피는 책무보다 중한 건 없다. 그건 그 누구에게도 예외가 없으니 앞으론 절대 이런 쓸데없는 짓을 하지 말라."

태왕과 왕후 앞에서 충성심을 보이려던 계획이 어그러지자 일자감의 얼굴도 일그러졌다. 그는 신속히 몸을 푹 숙여 표정을 감췄다.

"얕은 짐작으로 성심을 어지럽혀 망극하옵니다. 폐하의 하명, 각골명심하겠사옵니다."

태왕은 관천대로 따라오려는 일자감을 물리쳤다.

"너는 가서 네 일을 해라. 관천대에서 오늘 밤 천문을 관측하는 자들이 있을 테니 궁금하거나 필요한 것이 있으면 그들에게 하명하겠다."

"예에."

모처럼 온 태왕 앞에서 자신의 능력을 과시할 기회, 동시에 천기를 논하며 태왕의 속내를 살펴 명림죽리와 사이에서 줄타기할 정보를 얻을 계기도 사라졌다. 여리지는 부풀었던 기대를 푹 꺼뜨리며 번을 설 자들과 관천대로 향하는 태왕의 등만 멀뚱히 응시했다.

고등신 사당의 관천대는 왕궁에 있는 것보다 훨씬 높았다. 끝도 없이 이어지는 계단을 오르는 것이 힘에 부칠 해류를 위해 태왕은 오늘 번인 일자들을 먼저 올려보냈다. 그리고 그녀가 충분히 따라올 수 있도록 천천히 계단을 올랐다.

호위들은 관천대로 향하는 문을 지키기 위해 남아 있고 일자들이 계단을 돌아 사라지자 그가 해류의 손을 잡아줬다.

훨씬 더한 접촉도 숱하게 해온 사이건만. 그의 커다랗고 따뜻한 손이 그녀의 손을 잡고 끌자 낯이 홧홧해지고 박동도 빨라졌다. 부끄러운 듯 그를 응시하는 해류의 입술을 그가 덮쳤다. 거침없이 들어온 혀가 달아나려는 해류의 혀를 감아 빨아들였다. 그렇게 한참을 삼키고 희롱하던 그가 아쉽게 몸을 뗐다.

"오늘 내내 이렇게 하고 싶었소."

"폐하……."

왕궁 관천대의 별 아래에서 처음 몸을 열었던 날이 떠오르며 몸에 전율이 돌았다. 고통스러우면서도 황홀했던 열락의 시간이었다. 사내가 여인을 갈급하는 게 어떤 것인지, 멀고 차갑게만 느껴졌던 태왕도 그녀처럼 붉은 피가 흐른다는 걸 처음 알게 해줬던 밤이기도 했다.

태왕도 같은 기억을 더듬고 있는지 그의 눈빛이 음흉하게 짙어졌다. 그는 붉게 젖고 부푼 해류의 입술 가장자리를 손끝으로 따라 그리듯 만지며 빙긋이 웃었다.

"아쉽지만 여기는 왕궁이 아니니…… 오늘은 왕후와 함께 하늘의 뜻만 살펴야 겠군."

해류는 고개도 들지 못하고 그를 따라 계단을 오르고 또 올랐다.

마침내 도착한 탑의 끝 누각은 당연하겠지만 왕궁의 것보다 넓었다. 먼저 도착해 있는 일자들은 둘씩 짝을 이뤄 각자의 자리에서 하늘을 살피며 부지런히 기록을 하고 있었다. 태왕은 인기척에 일어나려는 그들을 손을 들어 막았다.

"각자 임무를 행하라."

"예. 폐하."

익숙한 명령인지 그들은 태왕을 신경 쓰지 않고 하던 일로 돌아갔다. 해류가 흥미로운 얼굴로 별자리를 그리는 이를 흘끗거리자 태왕이 그들의 업무를 설명해줬다.

"여기서 아침부터 밤까지 교대로 해와 달, 별의 움직임을 관찰해 기록하고 계산해서 날과 절기를 알립니다. 그리고 저것은,"

태왕의 손끝이 가리키는 곳에는 기다란 막대기 같은 것이 세워져 있었다. 막대기에 비친 오후의 늦은 빛이 긴 그림자를 만들어 동쪽으로 향하는데, 그 둥그렇게 원을 그리는 반경엔 색이 다른 돌들이 일정한 간격을 두고 붙어 있었다.

"규라고 해의 움직임에 따라 생기는 그림자를 계산해 시간과 날, 달을 측정합니다. 왕궁과 관천대 아래에도 있지만 서로 오차가 있을 경우 이곳의 측정을 따르지요."

누대를 한 바퀴 돌면서 태왕은 해류가 모르던 일자들의 업무를 찬찬히 알려줬다. 사방이 탁 트인 관천대에서 보이는 풍경은 상상을 초월했다. 신선들이 타는 학이나 천신을 태우는 용마 위에서 내려다보는 정경이 바로 이것이겠구나 싶었다.

저 아래엔 국내성이, 서쪽엔 도도히 흐르는 마자수가, 북쪽과 동편엔 울창한 숲이 우거진 산과 멀리에는 드문드문 벌판이 보였다. 그 절경을 마무리하는 것은 해가 서서히 넘어가기 시작한 서쪽 하늘이었다. 처음엔 짙은 황금색의 노을이 점점 붉어지더니 금방 산 너머로 사라지고 하늘은 남빛으로 바뀌었다. 그리고 하나둘 별이 나타났다.

왕후가 되기 전까지 해류의 삶은 하늘을 우러러 별 같은 걸 살필 여유 따윈 약에 쓰려 해도 없었다. 왕후가 된 지금도 한가롭지는 않았기에 하늘의 색이 바뀌고 별이 떠오르는 것을 보지 못했다. 때문에 일자들에겐 흔할 수 있는 이 광경이 그녀에겐 너무나 경이로웠다.

경탄이 억제할 틈도 없이 흘러나왔다.

"아아!"

"마음에 듭니까?"

"예. 폐하, 정말…… 아름답습니다. 이런 광경을 매일 볼 수 있다니…… 제가 출사가 가능한 사내였다면 태학에서 천문학을 익혀 일자가 되고 싶었을 것 같습니다."

"왕후의 총명이라면 충분히 가능했겠지요."

태왕은 그를 위해 푹신한 늑대 모피를 깐 평상에 해류와 나란히 앉았다. 그리고 해류를 위해 가장 찾아보기 쉬운 별을 알려줬다.

"가장 먼저 떠오른 저 별이 태백성이오. 백성들은 개밥바라기라고 부른다지요, 아마?"

"아, 맞습니다. 샛별이라고도 부르지요. 저 별은 저도 알고 있습니다."

"그렇군요."

움직이지 않는 붙박이별부터 움직이는 별들까지 태왕은 하나하나 가리키며 그 이름을 알려줬다. 알려줄 때뿐, 다시 보면 금방 이것이었던가 싶지만 그의 차분한 설명이 좋아 해류는 귀를 쫑긋하며 집중했다.

그런데 팔찌 별자리가 어딘지 듣는 중에 갑자기 손에 차가운 것이 닿았다. 놀라서 아래를 보니 태왕이 은으로 된 팔찌를 그녀의 손목에 끼워주고 있었다.

이것이 무엇인지, 묻는 해류의 시선에 태왕이 그녀에게 가깝게 몸을 굽혔다. 들릴락 말락 아주 나직한 음성이 그녀의 귀에 쏙 들어왔다.

"그대에게 주고 싶어서…… 한번 만들어봤소."

태왕이? 이걸 몸소?

놀란 해류는 다시 팔찌를 내려다보고 손으로도 쓰다듬어봤다. 그녀의 새끼손가락 정도 굵기의 팔찌는 가늘게 뽑아낸 은사를 머리 땋듯이 꼬아서 만들어져 있었다. 이 정도로 가늘게 은사를 가닥가닥 뽑아내려면 공이 꽤 필요했다. 해류는 한눈에 그 수고를 알아봤다.

주변에 일자들이 있지 않았다면 소리를 내어 경탄하며 태왕에게 매달려 감사하고 또 했을 것이다.

말은 한마디도 하지 않지만 표정이며 떨리는 몸에서 감격을 감지한 태왕의 가슴이 벅차올랐다. 지난 시간의 악전고투가 보상받는 기분이었다.

마리습이 들었던 다음 날, 왕궁의 야장간에 부른 금은장에게 태왕은 금팔찌를 만드는 법을 가르쳐달라고 요구했었다.

금은장의 눈이 흐려졌을 때 그것이 얼마나 무모한 도전인지 깨달았어야 했다. 쇠와 금은 같은 금속이되 굉장히 성질이 달랐다. 어차피 둘 다 금속. 녹이고 두드려 모양을 내는 것이니 금방 익힐 것이다. 그 자신감이 얼마나 바보 같은 오만이었는지 금방 뼈저리게 배웠다.

금을 녹여서 얇고 매끈하게 펴고 그것을 다시 잘라내어 팔찌 모양으로 둥글게 구부려 땜해 잇는 것은 상상 이상으로 어려웠다. 더구나 작고 섬세한 장신구는 무기처럼 마구 메질할 수도 없었다.

결국 옥팔찌처럼 매끈한 환으로 만드는 것을 포기하고 금사를 뽑아 꼬는 것에 도전했다. 굵은 금사는 어찌어찌 뽑아낼 수 있었지만 실처럼 가는 금사 역시 능력 밖이었다. 금은장은 쑥쑥 잘도 뽑아내건만. 그가 당기면 중간에서 뚝 끊어지거나 금을 가늘게 만드는 구멍에서 아예 빠져나오지도 않았다.

오기가 나서 틈만 나면 야장간으로 달려가 계속 도전했지만 금세공은 열성만으로 되는 일이 아니었다. 그가 태왕이 아니었다면 금은장은 진즉에 뜯어말렸을 거였다. 차마 입 밖에 내지는 못하나 그의 얼굴엔 자기들에게 시키지 왜 이런 헛수고를 하나 하는 안타까움이 가득했다.

절대 포기하지 않고 머리에서 김이 나도록 금과 씨름하는 태왕을 보다 못한 건들마가 제 목을 반쯤은 걸고 현실을 일깨워줬다. 금은 숙련된 장인이 아니면 다루기 힘드니 그나마 덜 어려운 은으로 하라고.

해류에게 흔한 은팔찌를 준다는 게 싫어서 펄쩍 뛰었다. 그런데 건들마는 왕후는 정성과 마음에 가치를 두지 금이냐 은이냐를 따지지 않을 것이라고 장담했다.

그 충언은 귀에 쏙 들어왔다. 그가 시장에서 속아서 사준 도금 머리꽂이도 고맙다고 소중히 간직해주는 사람이었다. 심혈을 기울여 정성껏 만들어주면 그 마리습이란 자가 준 팔찌보다 더 아껴 착용할 것이다.

다시 처음으로 돌아가 은괴를 녹이는 것부터 시작해 은실을 뽑아내고 꼬아서 마침내 완성할 수 있었다. 팔찌를 잇는 땜은 금은장의 도움을 조금 받긴 했다. 남의 손이 닿는 게 내키지 않았지만 그 부분은 불가항력이었다. 대신 오늘 관천대에서 이렇게 끼워주기 위해서 광을 내는 것까지도 새벽에 직접 했다.

그는 달가운 기색이 가득한 해류를 보며 뿌듯함을 만끽했다.

이걸 내게 직접 만들어주다니. 손목에 끼고 있음에도 왠지 믿어지지 않아서 팔찌를 계속 만져보면서 해류는 차오르는 눈물을 애써 참았다.

"폐하, 평생…… 소중하게 간직하겠습니다."

태왕이 손수 만들어준 팔찌. 고구려 역대 왕후 중 누구도 받지 못했을 선물.

이 팔찌는 태왕이 왕후에게 주는 것이 아니라 지아비가 지어미에게 주는 정표였다. 이 감정이 사라진다고 해도 평생 남을 추억이었다. 그것만은 누구도 뺏어가지 못한다. 언젠가 왕실을 떠날 날이 오면 이것만은 반드시 가지고 가리라 결심했다.

젖은 눈이 다 마른 것을 확인한 해류는 고개를 들었다.

"이리 귀한 것을 제게 주셨는데…… 저는 무엇을 드려야 할지…….'

미동도 않고 그를 응시하는 해류의 손에 태왕의 손이 가만히 얹어지더니 아주 낮은 음성으로, 태산보다 무거운 것을 요구했다.

"그대가 우리 아이를 낳아주면 됩니다."

해류의 심장이 갈비뼈를 당장이라도 뚫고 나올 듯 두방망이질 쳤다. 뜨겁고 뭉클한 감정이 뱃속부터 온몸으로 퍼져나가는 것 같았다. 그러고 싶었다. 할 수만 있다면. 그를 꼭 닮은 아이를 품에 안겨주고 싶었다.

해류는 태왕의 품에 와락 파고들었다. 태왕의 팔이 호응하듯 그녀를 강하게 감싸 안았다.

일자들이 신경이 쓰이는지 해류가 꼼지락거리면서 빠져나갈 기색을 보였다. 하지만 태왕은 해류를 안은 팔을 한쪽만 풀었다. 나란히 앉은 그의 한 팔은 해류의 허리를 놓지 않고 어깨에 기대오는 무게와 체온을 즐겼다.

자신이 누구를 선택했는지 고하듯 하늘을 올려다본 태왕의 눈에 천상(天床)[94] 옆을 빠르게 스치고 사라지는 별똥별이 들어왔다. 아주 짧은 찰나였지만 그는 그 순간을 담았다.

주변 일자들이 기록하는 움직임이 전혀 없는 걸 보면 그들은 놓친 모양이었다. 만약 일자감 여리지나 혜와가 같은 광경을 목격했다면 아마도 발칵 뒤집혔을 징조였다.

천상에 별똥별이 침입하는 것은 왕의 비가 반란을 일으켜 여왕이 선다는 하늘의 경고.

그는 방금 보여준 광경이 착각이었던 것처럼 티 없이 빛나는 천상 별자리에서 그의 품 안에 있는 해류에게 시선을 내렸다. 지난겨울 해류와 초야를 보냈던 밤에는 객성이 북극성을 범했다. 그 역시 왕후나 후궁이 역적모의한다는 의미였다.

해류라면…… 꽤 훌륭한 여왕이 될 수도 있겠군.

지금 그의 어깨에 기대고 있는 이 여인이라면 가능하겠다 싶긴 했다.

해류가 왕후가 될 것을 예언하는 목성과 함께 빛났던 죽음의 별 적시기에 방금 천상을 침범한 별똥별까지. 하늘은 계속 고구려의 왕후가 태왕의 치명적인 적이 될 거라고 알려주고 있었다.

그런데 마땅히 가져야 할 경계심보다 재미있다는 감정과 더불어 궁금증이 들었다. 왜 이런 경고에도 불구하고 자신은 해류의 배신이나 반역을 의심하지 않는지.

---

94 침대 별자리

하늘이 알려주고픈 미래는 과연 무엇인지.

그를 데리고 관천대에 처음 올랐던 날, 부왕은 별을 살피고 숙고하되 그것이 의미하는 모든 걸 다 믿고 따르진 말라고 했었다. 하늘은 여러 가능성과 방향만 알려주는 것이지 결말은 얼마든지 바꿀 수 있다고 단언했다.

부왕은 그렇게 모든 걸 스스로 선택하고 짊어지면서 당신의 길을 걸어갔다. 그도 지금까지 그러려고 노력해왔다.

해류가 왕후가 된다는 예언에 밀려 그녀와 혼인했을 때 그는 그 이후의 운명은 자신이 결정할 거라고 결심했었다. 이번에도 그럴 작정이었다.

九

이제 평양성에도 관천대와 사직단(社稷壇)[95]이 설치된다.

관측과 기록은 일자들이 하지만 하늘의 뜻을 해석하는 것은 태왕과 두 사당의 극소수 신관들에게만 허용된 특권이었다. 국내성의 관천대는 하늘과 연결된 왕권의 상징이었다.

땅과 곡식을 관장하는 네 신을 모시는 사직단도 역대 태왕들의 위패를 모시는 종묘와 함께 국내성에만 존재했다. 사직단이 또 만들어지면 수도로서의 위용이 평양성에 나눠 실리게 되는 것이다.

정례적으로 정전에서 열리는 조회에 들었다가 나서는 귀족과 중신들의 표정은 무거웠다.

정전 뜰을 벗어나자마자 나란히 걷던 소노부 욕살 해사무가 씩씩거리면서 불평을 토해냈다.

"태왕께서 갈수록 심하신 것 같습니다. 우리 귀족들을 무시하는 것도 유분수지. 우리가 들러리도 아니고."

"저도 요즘엔 정전에서 회의가 있는 날이면 또 무슨 명을 내리실까 염려되어 전날부터 속이 갑갑하니 잠도 오지 않습니다. 다들 모이기만 하면 기다렸다는 듯이 날벼락을 떨어뜨리시니 원."

---

95   국토의 신, 곡식의 신, 토지의 신, 오곡의 신을 모시는 제단

"동감이오. 무릇 회의란 귀족과 중신들이 다 모여 의견을 모아 화합하여 결정을 내려야 하는 것인데. 요즘 전횡이 날로 더해지시는 것 같아 걱정입니다."

오늘 결정된 건 관천대와 사직단뿐이 아니었다. 수군의 원활한 움직임과 증원을 위해 북하와 패수 일대에 성을 추가로 쌓고 방비를 든든히 하라는 안건 역시 격렬한 반대에도 불구하고 태왕의 의지대로 관철됐다. 태왕의 행보를 비판적으로 관망하던 군사 세력 상당수는 수군 증원 안건 이후 저쪽으로 확실하게 기울었다.

천도는 싫지만 절노부의 들러리가 되는 것도 내키지 않는 관노부와 계루부 일부도 모르쇠로 엎드리니 최근엔 태왕의 뜻을 거의 막지 못하고 있었다.

이렇게 빨리 발톱을 드러낼 줄이야.

태왕 거련이 만만치 않다는 사실은 명림죽리도 일찌감치 간파하고 있었다. 그래도 그동안은 가급적 충돌은 피하고 중신들의 의사를 따라주는 방향으로 국정을 이끌어왔기에 방심했는데, 오랫동안 차곡차곡 쌓은 포석 위에서 날뛰기 시작하니 고삐를 잡기 힘들었다. 유연한 거죽을 벗은 태왕에겐 냉엄한 지배자의 위압감이 가득했다. 그 기나긴 안배를 왜 전혀 감지하지 못했는지 땅을 치고 싶을 지경이었다.

지금이라도 알았으니 아직은 역전시킬 기회가 있을 터였다. 빛이 밝아질수록 그림자도 짙어지는 법. 태왕이 본격적으로 뜻을 드러내면서 반발도 커지고 있었다. 명림죽리 일파가 꾸준히 준동한 보람이 있어 귀족은 귀족대로, 상인들은 상인대로 국내성이 수도의 위상을 잃을까 경계하고 있었다. 약간의 계기만 있다면 화산이 폭발하듯 불만이 터질 수 있을 거였다.

어떻게 하면 그 계기를 만들 수 있을까, 고심하면서 명림죽리는 현재로선 가장 든든한 동지인 해사무를 챙겼다.

"참! 우연찮게 가슴병에 특효라고 하는 우황과 백사 쓸개가 조금 생겼소이다. 연우에게 혹시 도움이 될까 싶어 보내려고 하는데 괜찮으실지요?"

"아이고, 그 귀한 것을! 국상, 정말로 고맙습니다. 좋다는 것은 다 써보는데도 지금 백약이 무효라……."

"허허. 빨리 쾌차하여야 할 텐데. 걱정이 많으시겠소. 이런 것들 말고도 좋다는 게 있으면 다 챙겨서 찾아봅시다. 어느 구름에 비가 들었는지 모르니 좋다는 걸 자꾸 쓰다 보면 뭐든 효험이 있겠지요."

"이 은혜는 절대 잊지 않겠습니다, 국상."

"은혜라니 무슨. 자식을 키우는 입장인데 도움이 될 것은 나눠야지요."

두런두런 대화를 나누면서 걷는 죽리 옆에 태왕의 호위 하나가 다가왔다.

"폐하께서 부르십니다."

"나를?"

"예. 모처럼 조회가 일찍 끝났으니 국상과 오랜만에 바둑을 두며 가볍게 환담이나 나누셨으면 하십니다."

느닷없는 초대였다. 태왕이 태자이던 시절에는 죽리와 종종 바둑을 두며 국정에 대한 의견을 나누기도 했었다. 즉위한 뒤로는 점점 뜸해져, 최근엔 아예 그런 시간이 있었다는 사실조차 다들 잊었다.

피차 대놓고 껄끄러운 사이인데 왜 갑자기 혼자만 보자는 것인지. 혹시 이대로 끌려가 머리에 철퇴라도 맞는 게 아닌가.

죽음의 공포로 죽리의 등골에 오싹하니 한기가 스쳤다. 옆에 선 해사무와 한 발 뒤에 따라오는 두 아들의 안색이 창백해지는 것을 보면 비슷한 생각을 한 모양이었다.

가장 먼저 죽리가 침착함을 되찾았다. 암습은 태왕의 방식이 아니었다. 태왕이 그의 목숨을 거둘 때는 누가 봐도 정당한 명분을 완벽하게 만든 뒤일 터. 그것이 진실이든 거짓이든 모두가 수긍할 근거 없이 무모하게 움직일 사람이 아니었다.

설령 그렇다고 해도…….

두려움을 떨치기 힘들었지만 여차하면 자신의 생명으로 태왕에 대항하는 계기를 만들 수도 있었다. 내심 비장한 각오를 다진 그는 여상하게 고개를 한 번 끄덕했다.

"알겠다. 안내하게."

그의 대답이 떨어지자 아들들의 눈이 화등잔만 해졌다. 부들거리는 손은 당장이라도 아버지의 바짓가랑이를 붙잡을 듯한 기세였다. 죽리는 거절하라는 아들들의 무언의 애원을 무시했다.

"너희들은 먼저 퇴청해라. 난 폐하를 뵙고 천천히 가겠다."

"저희도 기다리겠,"

그는 비장한 각오를 담은 아들의 대구를 단호하게 끊었다.

"아니다. 얼마나 걸릴지 모르니 너희는 이대로 집으로 돌아가라."

이 강경한 지시의 의미를 소규와 설로는 알아챘다. 만약에 태왕의 손에 세 부자가 모두 이승을 하직한다면 모든 게 끝이었다. 그가 변을 당하면 그걸 역전의 빌미로 반격을 도모할 구심점이 남아 있어야만 했다.

내키지 않는 기색이 역력했지만 두 아들은 수긍하며 물러났다.

"알겠습니다."

다른 이들이 왕궁 문 방향으로 멀어지는 걸 잠시 바라보던 죽리가 몸을 돌렸다.

"안내하시오."

태왕은 만보정에 있었다. 정자 난간에 팔을 기대고 연못을 내려다보고 있는 태왕의 뒷모습을 보며 죽리가 정자로 올라갔다.

"부르셨사옵니까, 폐하."

죽리의 인사에 천천히 고개를 돌린 태왕이 맞은편에 놓인 의자를 가리켰다. 탁자에는 바둑판과 돌이 놓여 있었다.

"앉으라."

"황공하옵니다."

그가 자리에 앉자 시종이 바둑판 옆에 섰다.

"어느 쪽을 택하겠느냐?"

"제가 어찌 감히 먼저 돌을 잡겠습니까. 폐하께서 먼저 하시지요."

"그래? 그럼 오늘은 내가 흑을 잡아보지."

태왕의 말이 떨어지기가 무섭게 시종은 태왕 앞에 흑돌이 든 은함을, 죽리 앞에는 백돌이 든 은함을 놓아줬다. 그리고 찻잔에 차를 붓고 아래로 내려갔다. 태왕이 난간에 기댄 팔을 들어 손목을 가볍게 까딱하자 주변을 지키던 시종과 호위들도 모두 멀찌감치 물러났다.

"그럼 시작해볼까?"

태왕이 먼저 한가운데 천원에 돌을 놓았다. 돌로 만든 판 위에 '딱' 하며 옥돌 놓이는 소리가 경쾌하게 울렸다.

"국상과 이렇게 둘만이 마주 앉은 것은 참으로 오랜만이군. 짐이 즉위하기 전이었던가?"

"예. 선왕 폐하께서 아직 강건하시던 시절이었지요."

아직은 초반이라 두 사람은 가볍게 담소를 나누며 부지런히 화점[96]을 채워나갔다.

"그래. 벌써 그렇게 세월이 흘렀구나. 그래도 국상의 기풍은 전혀 바뀌지 않은 듯한데? 여전히 다양한 수를 감추면서 날카롭게 공격해오는군."

"폐하 역시 두텁게 진을 치고 방어하시는 기풍을 그대로 지키고 계시는군요."

"하하. 그런가? 국상과 오랜만에 수담(手談)[97]이라 긴장되는군."

그때부터 두 사람은 정말 입을 닫고 반상 위에서만 대화를 나눴다.

둘의 실력은 막상막하. 상대가 참을성을 잃고 자충수를 둘 때까지 인내하는 태왕의 흑돌과 다채로운 포석과 날카로운 공격으로 상대를 혼란에 빠뜨려 무너뜨리는 죽리의 백돌이 호적을 이루며 일진일퇴의 공방이 이어졌다.

천지대패(天地大覇)[98]를 위한 포석을 놓으며 태왕이 중얼거렸다.

"국상이 짐에게 가장 믿음직한 오른팔이 되리라고 믿었는데……."

태후의 친정이 승평 왕자를 밀 때 같은 절노부임에도 명림죽리는 장자를 지지했다. 선왕의 뜻도 확고했고 팔은 안으로 굽는 법이니 도와봤자 본전이라는 현실적인 선택이었다. 무골 기질이 뚜렷한 승평 왕자보다는 문(文)에 좀 더 치우친 거련 왕자가 귀족들에게 친화적일 거라고 판단했다.

---

96 바둑을 시작할 때 바둑알을 놓는 점
97 바둑의 별칭. 손으로 나누는 대화라는 의미.
98 지는 쪽이 치명적인 피해를 입는 패배

명림죽리는 새 태왕과는 이전처럼 귀족들이 많은 권한을 위임받아 군신(君臣)이 균형을 이루는 통치를 기대했었다. 거련 왕자가 태자가 되고 즉위할 때까지는 그 선택이 더없이 만족스러웠다. 즉위 초의 태왕 거련은 그들의 이상에 잘 맞는 군주인 것처럼 보였다.

그런데 해를 거듭할수록 서서히 본색을 드러내더니 이제는 걷잡을 수 없는 수준이었다. 선왕과 형태는 다르지만 역시 그들의 기득권을 억압하기 시작했다. 귀족 세력 와해를 위해 이렇게까지 집요하게 평양성 천도를 추진하는 건 예상 밖이었다.

중원의 우세를 점하기 위한 회심의 일격을 걸고 들어가며 죽리는 그동안 눌러 왔던, 태왕에 대한 서운함을 토로했다.

"소신은 그때부터 지금까지 변함없이 폐하와 고구려를 위해 충성을 다해왔습니다."

중원을 치려는 백돌의 포석을 저지하며 태왕은 서늘한 질책이 담긴 눈초리로 죽리를 응시했다.

"훗. 평양성 천도를 반대하는 것도 오로지 충성심 때문이다?"

냉기 서린 코웃음에 죽리는 움찔했다. 천도 반대에 사심이 섞여 있는 건 사실이지만 그는 자신이 옳다고 믿었다. 태왕에게 귀족들의 결의를 알릴 기회라고 판단한 명림죽리는 국내성의 지지자들에게 퍼뜨리고 있는 논리를 태왕 앞에 펼쳤다.

"불필요한 토목은 국고를 축내고 백성을 도탄에 빠뜨리는 지름길입니다. 국내성에 다 있는 것을 굳이 먼 평양성에 새로 만드는 것은 꼭 필요한 데 써야 할 국고를 낭비하는 일이고 군왕의 도리에도 어긋난다고 소신은 생각하옵니다."

"짐이 화려한 궁궐을 짓겠다는 것도 아니고, 고작 관천대나 사직단을 가지고 과하고 불필요한 토목이라니 지나치지 않은가?"

최근에 계속 태왕에게 뒤통수를 맞았다는 깨달음에다 그간 쌓인 게 많은 터라 죽리는 잠시 평정심을 잃었다.

"고작이 아니지 않습니까. 선왕께서 지으신 아홉 사찰을 크게 증축하셨고 천신을 위한 제단에 수군을 위한 성과 관청, 그리고 오늘은 관천대와 사직단이니 이제 다음은 폐하께서 옮겨가실 궁궐이 되겠지요."

"네가 방금 말했듯이 부왕은 내해와 중원을 동시에 내달릴 수 있는 평양성을 중히 여기셨고 그곳으로 천도할 뜻을 생전에 이미 밝히셨다. 짐은 부왕의 유지를 받드는 것인데 너희는 어찌 감히 그 일에 사사건건 훼방을 놓는 것이냐."

"훼방이라니요. 저희가 어찌 감히 그런 망극한 생각을 품겠습니까! 영락태왕께서는 재위하신 해부터 국내성을 중심으로 동서남북으로 칠십여 개의 성을 빼앗고 천오백여 부족과 부락을 점령해 고구려의 세력과 위상을 크게 올리셨습니다. 그 짧은 동안 전례에 없는 위업을 세우시면서도 천도는 그저 천명만 하시었지 신중하셨습니다."

사방으로 외적의 압박을 받던 상황에서 즉위한 영락태왕은 죽리의 말대로 후연과 백제를 친 것을 시작으로 남북을 종횡무진 누볐다. 반대로 지금 태왕은 외교에 주력하고 전쟁은 가능한 한 피하는 정책을 펼쳐왔다.

불필요한 전쟁은 줄이는 게 옳다고 믿기에 밀어붙였지만, 과연 옳은 선택이었을지 그의 내면에서도 치열하게 자문자답을 거듭하는 중이었다. 부왕에 미치지 못하는 자신의 못난 회피가 아닌지 고심하는 부분이기도 했다. 명림죽리는 콕 짚어 그 역린을 건드린 거였다.

찰나지만 태왕은 눈앞이 시뻘게지는 걸 느꼈다. 당장이라도 칼을 뽑아 죽리의 저 나불거리는 입에 찔러넣고 싶은 욕망이 용솟음쳤다. 그 위험한 충동에 굴복할까 두려워 태왕은 어금니를 깨물었다. 소매 안의 주먹도 아프도록 꽉 쥐었다. 갈비뼈를 부술 듯 박동하는 심장 소리를 들으면서 안간힘을 써서 침착한 음성을 짜냈다.

"그래서? 네가 하고 싶은 얘기는 무엇이냐?"

고맙게도 여느 때와 비슷한 어투였다. 죽리에겐 그가 입은 상처가 노출되지 않았는지 격동을 감추지 않은 대꾸가 돌아왔다.

"폐하, 천도는 수백 년 동안 이어온 국가의 중심을 옮기는 중대한 사안입니다. 그런데 폐하께서 너무나 급박하게 진행하시니 혼란이 커지고 있습니다. 국내성의 백성들은 벌써부터 자신들의 근간이 흔들리고 홀대받는 것이 아닌가 동요하고 있습니다. 앞으로 천년 사직을 내다보며 모두가 동감하고 따를 때까지 기다리심이 옳다고 봅니다. 폐하와 우리 고구려를 위해서 좀 더 신중하고 진중하게 적절한 시기를 기다려주시면 좋겠다는 충심에 올리는 말씀이옵니다."

"신중? 진중?"

좀처럼 무엇에 반응하거나 동요하는 일이 없던 태왕이 죽리의 장광설을 대놓고 비아냥거렸다.

"너희가 말하는 그 적절한 때는 언제냐? 그때가 과연 있기는 한 것이냐?"

태왕답지 않은 거친 반문에 압박감도 느껴지고 내심 찔렸지만 죽리도 물러서지 않았다.

"꾸준히 추진하시면 그 적절한 때는 당연히 오겠지요. 왕이 백성을 불쌍히 여기지 않으면 안 되듯이 왕께 간하지 않는 신하는 충신이 아닙니다. 폐하의 말씀을 무조건 따르는 간신배를 원하시면 그런 자들만 곁에 두소서."

태왕의 안광이 다시 격노로 타올랐다. 소맷자락이 잠시 부르르 떨렸지만 태왕은 시선을 연못에 두며 천천히 호흡을 가다듬었다. 입을 열었을 때는 평소처럼 아무 감정도 묻지 않은 낮은 음성이 흘러나왔다.

"너는…… 창조리가 폭군에게 했던 소리를 그대로 옮기는구나."

창조리는 폭군 봉상왕을 쫓아내고 미천왕을 세운 국상. 감정이 격해지다 보니 저도 모르게 평소 태왕에게 하고프던 비판이 입 밖으로 그대로 흘러나와버렸다. 죽리는 그답지 않은 치명적인 실수를 주워 담기 위해 일단은 납작 엎드렸다.

"폐하, 소신이 어찌 감히 그런 일을 꿈에서라도 생각하겠습니까! 그저 일평생 고구려 왕실과 폐하를 지켜온 이 노신이 충심으로 올린 간언이옵니다. 부디 통촉하여주시옵소서."

태왕의 입술에 미소가 떠올랐다. 하지만 입술에만 그린 듯한 미소였다. 차분하게 가라앉은 냉안은 온 사위를 얼릴 듯이 싸늘했다.

"네가 짐을 폭군으로 만들고 넌 창조리가 되고 싶은 듯하니 짐은 봉상왕의 말을 빌려 묻겠다. 너는 진정 백성만을 생각하고 그들을 위해 죽을 각오로 간언하는 것이냐?"

죽리는 의자에서 내려와 바닥에 무릎을 꿇고 머리를 댔다.

"이 노신, 죽을 각오로 폐하께 간청 올립니다. 이 나라와 백성을 위해서 천도는 시기상조입니다. 통촉하시옵소서."

태왕은 허탈함을 감추기 위해 의자 등받이에 몸을 기대고 머리를 젖혔다. 그가 다시 고개를 돌렸을 때 벼린 듯 날 선 시선이 명림죽리에게 꽂혔다.

피차 한 치의 타협도 불가능하다. 명림죽리와 자신은 완전히 엇갈린 길을 가려는 정적.

부왕이 살아 있을 때나 자신의 즉위 초기처럼 명림죽리의 세력과 능력을 활용하며 국정을 꾸려갈 수 있기를 바랐다. 몇 년 전부터 그를 쳐내야 한다는 결심을 굳혔으면서도 적당히 꺾고 가능한 한 공존하고픈 미련을 버리지 못했다. 해류를 곁에 두기로 한 이후엔 그녀를 위해서라도 친정의 명맥은 남겨주고 싶었다.

아주 약간은 기대했다. 명림죽리는 천도를 반대하는 국내성 귀족의 구심점. 그만 설득하면 중심을 잃은 나머지는 와해될 것이다. 안타깝지만 지금 명림죽리를 보건대 불가능한 소망이었다.

이 노회한 늙은이는 지금 바둑판에서처럼 모든 지혜와 영향력을 총동원해 전력으로 천도를 막고 왕권을 약화시키려 들 터. 이 바둑은 승부를 내지 못하고 끝나지만 목숨을 건 진검승부는 이제 시작이었다. 혼인으로 승평을 손아귀에 넣은 죽리 일파는 다음 후계를 확보했으니 거칠 게 없었다. 희생을 피하기 위해 적당히 대적하거나 방심했다간 도리어 역공당할 수 있었다.

오늘 만남은 그가 가장 피하고픈 길을 마지막으로 확인하는 자리가 되었다.

자칫하면 하나뿐인 아우까지 희생해야 하는 전쟁.

승평이 지르는 단말마(斷末摩)의 비명, 하늘에 있는 부왕의 한숨, 태후의 통곡이 귀에 들리는 것 같았다.

태왕의 도착을 고하는 소리와 동시에 그가 침실로 들어왔다.

"폐하. 오셨……,"

웃으며 맞던 해류의 얼굴이 얼어붙었다.

폭발하기 직전의 살벌한 분위기. 태왕의 이런 모습은 처음이었다. 뭔가 심상찮았다. 연유를 물어볼 여유도 없었다. 등 뒤로 문이 닫히자 그는 해류의 팔을 잡아끌더니 침상으로 내동댕이치듯 눕혔다. 위에 덮치듯 엎드린 그의 거친 입술이 굶주린 듯 그녀를 삼켰다. 입안을 헤집는 움직임은 숨결을 삼켜버릴 듯 절박했다. 단단한 육체의 무게감이 그녀를 숨도 못 쉬게 압박했다.

"미안, 해류. 지금은 그대를 배려하지 못할 수 있다."

사죄하듯 중얼거리면서 그의 손은 해류의 치마를 걷어 올렸다. 다급한 손길이 겹겹이 입은 속옷을 뜯어내듯 벗겨냈다. 비단이 찢어지는 소리와 함께 여리고 뽀얀 피부가 그대로 드러났다. 아직 늦은 여름 해가 지지 않아 침실엔 어스름한 빛이 가득했다. 그의 눈에 하체가 훤히 드러나는 낯선 경험에 수치심이 피어올랐다.

"자, 잠깐만, 폐하!"

부끄러움을 느낄 시간도 길지 않았다. 그는 마치 낙인을 찍듯이 흔들리는 해류의 하얀 목덜미를 꽉 물었다. 바지의 끈을 다급하게 풀더니 그대로 푹 파고들려고 했다.

아직 온 사위가 환한 시간이었다.

수없이 그와 몸을 섞었지만, 태왕은 지금 한 번도 겪어보지 못했던 무자비한 욕정이 몰아치는 눈을 하고 있었다. 가슴에 맞닿은 체온을 느끼며 해류는 그가 중신들 앞에서뿐 아니라 잠자리에서도 엄청나게 자제심을 유지했다는 사실을 뒤늦게 깨달았다. 지독하고 집요한 탐닉. 그동안 드러냈던 것은 그가 가진 욕정의 일부였다. 그대로 다 풀어놓으니 맹수와 다름없었다. 그가 감춰두었던, 제가 알지 못했던 그의 일면이 두려웠다.

태왕 같지 않았다. 인형처럼 무력하게 그에게 눌리면서도 해류의 머리는 점점 더 맑아졌다. 엄청난 응어리를 자신에게 토해내려고 한다는 걸 느낄 수 있었다. 그렇다고 처분만 바라듯 이대로 납작 엎드려 있을 순 없었다. 왜 이러는지 알아야 했다.

공포에 짓눌리지 않으려고 그녀는 태왕을 마주 봤다. 어떻게든 그를 달래보려고 얽히려는 두 몸을 지탱하고 있는 태왕의 손에 힘들게 자신의 손을 옮겨 얹었다.

그가 빨리 이지를 되찾기를 빌면서 위로하듯 그의 손을 꼭 잡아줬다.

그 미약하지만 무력하지는 않은 단호한 거부는 번쩍, 반쯤 나갔던 태왕의 정신을 돌아오게 했다. 격한 분노와 좌절감에 휩싸여 잃어버린 이지가 돌아오자 죄책감이 해일처럼 그를 덮쳤다.

해류에게 이런 난폭한 짓을 하다니.

미처 벗겨내지 못한 속적삼은 반은 찢어지고 남은 반은 해류의 허리에 말려 있었다. 그 역시 단삼은 아직 입고 아래만 벗고 있었다. 침상과 바닥엔 그가 마구 뜯어내고 찢어낸 해류의 옷가지가 여기저기 흩어져 있었다.

엉망진창, 참혹한 광경에 이대로 땅이라도 꺼져 그대로 사라졌으면 싶었다.

처음 생각대로 야장간으로 갔어야 했다. 지금까지 그래왔듯이 버려야 할 감정이 다 사라지고 가라앉을 때까지 쇠를 두드렸어야 했다. 그러고도 남은 감정의 찌꺼기가 있다면 완벽하게 통제하도록 관천대에서 밤을 새워 자신을 추슬렀어야 했다. 그래야 한다고 이성이 다그쳤음에도 해류를 안고 모든 걸 잊고픈 유혹을 이기지 못하고 여기에 와버렸다.

"내 노염을 죄 없는 그대가 다 받아내야 했군."

상처받은 눈을 마주하기 두려워 그는 그녀를 꽉 끌어안았다. 꽉 잠긴 목소리로 간신히 사죄를 밀어냈다.

"미안……하다, 해류."

해류는 꼼짝도 하지 않았다. 울거나 화를 내는 건 감당할 수 있지만 이 침묵의 거부는 그 어떤 공격보다 두려웠다.

어떻게 하면 해류의 다친 마음을 달래줄 수 있을까 고심하는데 해류의 손이 그의 어깨에 가만히 얹혔다.

처음엔 착각인가 싶어서 꼼짝도 못 했다. 그를 때리거나 하다못해 밀어내는 것이 마땅했겠지만 분명히 살며시 도닥이는 움직임이었다. 너무 놀라서 강하게 안은 팔에 힘이 빠져나갔다. 그러자 해류가 천천히 힘겹게 몸을 돌려 그를 마주 봤다. 성이 잔뜩 나 있고 의구심도 가득했지만 고맙게도 그 눈망울엔 미움이나 공포는 없었다.

"오늘 성심을 해치는 일이 있으셨나 봅니다?"

그 질문은 그가 왜 이랬는지 최소한 들어줄 여지는 있다는 의미였다. 밀려오는 안도감에 가득했던 긴장이 빠져나갔다.

그가 짊어진 것은 홀로 감당해야 할 문제였다. 지금까지 그렇게 해왔고 앞으로도 마지막 숨을 쉬는 순간까지 그래야만 한다. 그렇지만 자신의 고뇌, 안타까움, 격노를 최소한 누군가에게 털어놓고는 싶었다. 부끄럽지만 해류에게 오늘 거친 행동을 이해받고팠다.

"오늘 명림죽리를 독대했소."

"……."

왜 태왕이 그답지 않게 이리 감정을 드러내고 격노했는지 알 것 같았다.

평양성 천도. 태왕은 가려 하고 명림죽리는 가지 않으려 하니 충돌은 불가피했을 터였다. 그래도 그의 난폭한 행위를 고이 덮고 용서해줄 정도까지는 아니었다.

"왜 국상을 만나셨는지…… 여쭤도 될지요?"

"가능하다면 그를 버리고 싶지 않아서."

고백을 내뱉고는 그는 똑바로 누워서 양손을 자신의 눈 위로 올렸다. 그림자처럼 자신을 따라다니는, 그러나 아무에게도 드러낼 수 없는 패배감과 열등감을 해류에게 토로했다.

"하지만 그는 짐을 서슴없이 버리더군. 부왕과 달리 짐은 무조건 믿고 따르기엔 모자라다는 소리겠지."

태왕은 자신을 위대했던 선왕과 끊임없이 비교하며 스스로를 채찍질해왔다. 부왕의 유업을 제대로 잇지 못할까 봐 얼마나 노심초사하는지, 그리 길지 않은 시간을 함께했음에도 해류는 알고 있었다. 오늘 명림죽리가 태왕 거련의 가장 약하고 치명적인 급소에 칼을 제대로 꽂은 모양이었다.

역린을 다쳤으니…… 아팠겠구나.

한계를 넘어선 진노였을 것이다. 누구에게도 보일 수 없는, 그녀에게만 보이는 모습인가 싶으니 그가 미워야 함에도 응어리가 사르르 풀려나갔다.

입에 발린 겉치레가 아니라 진심을 담아 해류는 그를 위로했다.

"폐하는 모자라지 않습니다. 저는 그분에 대해 알지 못하지만 선왕께서 폐하를 자랑스럽게 여기실 건 확신합니다. 선대의 위업을 잇기는 고사하고 다음 대에 고스란히 바수어버리는 왕조가 얼마나 많았습니까. 폐하는 부왕께서 이루지 못한 것을 하고 계십니다. 불필요한 자책과 자학은 그만두고 하려는 일을 하세요. 그리고 명림가는……."

그럴 리는 없겠지만 혹시라도 그가 자신 때문에 주저하는 부분도 있을까 싶어 해류는 단호하게 선언했다. 그녀도 명림죽리를 진심으로 만류했으니 양심에 거리낄 게 없었다.

"폐하는 넘치도록 기회를 주고 배려하셨습니다. 거부하는 건 그분의 선택이니 그 결과도 감수하겠지요."

태왕이 그녀의 방향으로 몸을 돌렸다. 한쪽 팔꿈치를 베개에 반쯤 기댄 그가 뜻밖의 말을 했다.

"해류, 그대는 부왕을 많이 닮은 것 같군."

"예? 무슨 망극한 말씀이십니까."

"당신도 부왕도 미련이란 게 거의 없는 것 같아. 그분은 속전속결, 그대처럼 뜻한 바가 있으면 지체하지 않고 불굴의 의지로 돌파하셨지. 그럼에도 끝내 되지 않는 것엔 절대 아쉬움이나 미련을 갖지 않으셨소. 차선을 찾아 바로 움직이셨고 난관이 생기면 그것을 가장 빨리 돌파해 목표를 이룰 길을 찾아내셨어."

그는 거친 충격의 몽롱함이 완전히 사라진 해류의 총총한 눈을 응시했다.

"그런데 짐은 아무리 해도 그게 되지 않아. 어떻게 하면 가장 피해를 적게 하면서 난관을 돌파할 것이냐를 떠올리오. 가지 않은 길, 하지 않았던 선택이 더 옳지 않았을까 두고두고 곱씹으며 질척이게 돼."

듣고 보니 그녀는 분명 선대왕과 비슷했다. 그녀는 꼭 원하거나 이뤄야 할 것은 전심전력, 포기하지 않고 될 때까지 부딪쳤다. 상처나 손해가 생겨도 탈탈 털고 목표를 이루기 위해 끊임없이 달려들었다. 반대로 아무리 궁리해도 가망 없겠다고 결론 내린 것에는 아까운 힘을 낭비하지 않았다. 일단 포기한 것은 옆도 돌아보지 않았다. 그녀가 왕후 자리에 미련을 두지 않는 것은 바로 그 때문이었다.

그걸 이 사람이 어찌 파악했을까.

그의 남다른 관찰력과 통찰력이 새삼 오싹했다. 그렇지만 정작 태왕 자신은 모르는 그의 강점을 그녀는 알고 있었다. 해류는 자신이 지켜보고 판단한 것을 알려줬다.

"당장 보기엔 좀 느리고 갑갑할지 몰라도 폐하의 방식이 적절할 때가 더 많다고 생각합니다. 정복이 아니라 통치일 때는 특히요. 폐하는 웅크리고 가만히 있는 것처럼 보이나 절대 포기하지 않고 방법을 찾으시지요. 더디더라도 모든 위험을 제거하면서 가야 할 길을 찾아가시고 결국은 그 목적지에 도달하십니다. 덕분에 따르는 백성들은 더불어 갈 수 있고 상처도 손실도 적습니다. 차곡차곡 건실하게 다져가며 쌓은 것이니 일단 이룬 다음에 흔들릴 위험도 적고요."

해류의 칭찬이 멋쩍은 듯 태왕 거련의 광대뼈 주위가 슬쩍 붉어졌다.

"부왕과 그릇 자체가 다른 나를 높이 평가해주니 민망하군."

건흥태왕 거련에게 영락태왕은 버팀목이자 이정표인 동시에 절대 넘을 수 없는 거대한 벽 같은 존재 같았다. 저렇게 무한히 존경하고 그리워할 아버지가 있다는 사실이 살짝 부럽기도 했다.

"감히 제가 평하는 것을 허락해주신다면, 선왕 폐하의 방식은 오로지 그분만이 가능하셨지요. 그 몰아치는 속도와 웅지를 따르지 못해 떨어진 자도 많았을 겁니다. 드러내지 않으셨겠지만 놓치거나 버린 것에 대한 후회도 있으셨을 거고요."

돌아봐야 소용없다고 치부하며 들여다보지 않았을 뿐, 해류도 수많은 후회를 뒤로하면서 살아왔다. 온 나라를 떠안았던 영락태왕은 그녀보다 훨씬 더 그득한 아쉬움과 회한을 홀로 곱씹고 반성했었을 것이다.

해류는 제 진심이 닿기를 바라면서 손을 들어 감히 그의 뺨을 어루만졌다.

"폐하답게 가십시오. 흔들리지도 초조해하지도 마세요. 지금처럼 한 발자국씩 가다 보면 폐하가 원하는 곳에 도달하실 겁니다. 전 그러리라 믿습니다."

태왕이 갑자기 해류를 으스러뜨릴 듯 꽉 끌어안았다.

"그 옆에는 그대가 항상 있겠지?"

과연 우리에게 그런 미래가 있을까?

오늘 명림죽리가 태왕과 타협했다면 가능할 수도 있었겠지만, 이제는 품기 힘든 희망이었다. 그녀를 곁에 두기 위해서 태왕이 치러야 할 대가가 너무 컸다. 그가 자신을 위해 희생하는 걸 해류는 원치 않았다.

그런 이성적 판단과 별개로 예견된 미래를 마주하자 가슴 한구석이 스산해졌다.

그날이 왔을 때 이 사람을 떠나서 본래 계획대로 잘 살 수 있을까. 처음으로 확답할 수 없었다. 부러워하면서도 결코 이해할 수는 없었던 승평 왕자의 순애가 비로소 무엇인지 알 것 같았다.

냉철한 상인의 시각으로 감식해본다면 태왕은 그녀가 감히 가질 엄두도 낼 수 없고 거래할 수도 없는 보배였다. 남에게 빼앗기거나 누군가 훔쳐 갈까 벌벌 떨지만 자기 힘으로 지킬 수도 없는. 아무리 탐나도 자기 능력에 넘치는 물건을 품는 건 자해 행위였다. 포기하고 눈길도 주지 않는 게 지혜로웠다. 그런데 그 당연하고 쉬운 일이 되지 않았다.

누군가를 가슴에 담으면 이리도 어리석어지는구나.

관천대에서 태왕이 직접 만든 은팔찌를 주던 날, 태왕의 부탁대로 그의 아이를 갖고 싶었다. 이 잘난 사내를 꼭 닮은 아이를 낳고 그 아이가 자라는 것을 보고 싶었다. 불가능하다는 걸 앎에도 이성으로는 제어되지 않는 욕구였다.

해류는 대답 대신 몸을 살짝 들어 태왕에게 입을 맞췄다.

대담한 행동에 당황했는지 그의 동공이 커졌다.

세상에 태어난 순간부터 그는 다음 태왕이 될 원자였고 태자였다. 지금까지 감히 그 누구도 멀쩡한 맨정신에 태왕의 얼굴에 손을 대거나 입맞춤까지 한다는 상상도 못 했을 거였다.

"해류……?"

미래가 어디로 흘러갈지 고민하는 건 관두기로 했다. 방금 태왕도 지적했듯이 그녀는 항상 오늘에 충실하고 회피를 싫어했다. 암울한 미래를 두려워하며 현재를 희생하는 건 바보짓이었다. 포기하는 건 마지막의 마지막에 하면 될 일. 인정하면 다시는 벗어나지 못할까 도피해왔다. 먼 훗날, 가져서는 안 될 이 감정을, 오늘 이 선택을 후회할지 모르겠지만 작금은 이 인연에 흠뻑 젖어 흘러가기로 했다.

"폐하를 사모하고…… 은애합니다."

처음 그의 눈에 떠오른 것은 짙은 당혹감이었다. 그걸 보자 해류의 심장이 찌르듯 아파졌다. 그러나 그건 찰나였다. 그의 입술이 서서히 둥글어지더니 드물게 눈까지 미소로 물들었다. 감출 수 없는 기쁨이 반짝이듯 물결쳤다.

"뭐라고 하는지 잘 듣지 못했는데 한 번 더 얘기해주겠소?"

"예에?"

낭패감이 그녀를 엄습했으나 그의 장난스러운 웃음에 안도감이 찾아왔다.

나는 낭떠러지에서 뛰어내리는 심정이었건만. 놀리는 태도에 화가 난 해류는 뾰로통한 표정으로 고개를 돌렸다.

"대단한 얘기가 아니니 그냥 잊으십시오."

"아니오. 난 꼭 들어야겠소. 해류, 뭐라고 했지?"

"폐하, 전 벌써 잊었습니다. 무슨 말씀이신지,"

태왕은 해류의 반항을 용납하지 않았다. 그녀의 어깨를 꽉 잡아 누르며 위로 올라왔다. 웃음기가 싹 사라진 그의 눈은 그녀를 칭칭 옭아매고 있었다.

"해류. 말해다오. 난 꼭 듣고 싶다."

말투는 명령이지만 그 안에 애타는 갈구가 넘실거렸다. 한번 입 밖으로 나간 말은 되돌릴 수 없는 것. 강력한 주박이 되어 그녀를 묶을 것이다. 그걸 앎에도 감추고 싶지 않았다. 부끄러움으로 심장이 터질 것 같았지만 해류는 또박또박 고백을 다시 밀어냈다.

"폐하를…… 폐하를 진심으로 사모하고 은애합니다."

그의 손이 해류의 손을 꽉 잡았다.

그는 부왕이 세상을 떠난 이후 처음으로 자신을 옥죄던 절제의 끈을 풀어냈다. 덕분에 해류는 태왕의 감정이 손에 잡힐 듯 느낄 수 있었다. 그는 지금 아주 기뻐하고 있었다.

"나는,"

뭔가 말하려던 그가 쑥스러운지 해류의 입술을 덮었다. 태왕의 손이 믿기지 않을 정도로 조심스럽게 그녀를 어루만졌다. 입술부터 목선을 따라 아래까지 애만져 오는 손길. 그녀의 허락을 구하듯 주춤주춤 느리고 부드러운 몸짓에 지쳐 늘어졌던 몸에서 거짓말처럼 열기가 스멀스멀 피어올랐다. 동시에 조금 아까 그답지 않은 행위에 기겁했던 것도 떠올랐다.

반쯤은 항의하고프고, 반쯤은 겪어보지 못한 거친 행동에 놀란 가슴이 가라앉지 않아서 해류는 그를 살짝 밀어냈다. 놀랍게도 그녀를 더듬던 태왕의 손과 입술이 몸에서 떨어졌다.

"해류……."

힘으로 하면 그의 한 손으로도 해류를 가볍게 제압하고 취할 수 있었다. 굳이 완력을 쓸 필요도 없었다. 그가 눈짓만 해도 납작 엎드려 무조건 따라야 했다. 그런데 지금 고구려의 절대자인 그가 그녀에게 간청하고 있었다. 끝내 거부하면 이대로 멈출 것이다. 그 확신이 해류를 짜릿하게 했다.

주춤하니 허공에 멈춰 있는 그의 손을 해류가 잡아줬다. 긴장하며 촉촉한 그녀의 눈망울을 응시하던 그의 눈에 안도감이 번졌다. 허락의 몸짓이 누르고 있던 야만적인 정복욕을 자극한 모양이었다.

그는 혼을 빨아들이는 것 같은 농밀한 입맞춤을 하며 최대한 깊숙이 부딪쳐 들어왔다.

"아홋!"

전희도 거의 없는 침입. 배 속을 헤집는 아릿하고 쓰라린 둔통이 그녀를 관통했다. 부드럽게 안기는 것도 좋았지만 태왕이 그녀를 갈구하고 때론 거칠게 탐하는 것도 좋아했다. 너무 음란한 게 아닌가 창피하면서도 그만이 주는 환락을 갈망해왔다. 오늘 그는 전에 없이 고삐 풀린 야수처럼 그녀를 깊숙이 헤집으며 날뛰어댔다. 그것도 만족스럽지 않은지 거친 숨을 토해내며 강렬하게 부딪쳐오는 움직임에 정신이 멍해졌다.

짙은 열기에 취해 있는데 어느 순간 태왕의 몸짓이 조금 부드러워지는 것 같았다. 이제 겨우 만족하는가 싶었지만 오산이었다. 그는 해류를 돌려 엎드리게 했다.

"아, 흐흑!"

지나친 쾌감을 견디기 힘들어 도망가려고 바둥거려봤지만 태왕은 용납하지 않았다. 허리를 끌어안은 단단한 팔과 거센 움직임만이 남았다. 사내의 거친 숨소리가 바로 귀에서 들리며 뜨거운 호흡과 땀방울이 그녀의 귓속과 옆얼굴로 흩어졌다.

흔들리는 등에 얹힌 태왕의 무게와 체온은 너무 뜨겁고 격렬했다. 정신이 아득해지는 것 같았다. 희미하나마 생각이란 것을 한 것은 그게 마지막이었다.

지칠 줄 모르는 격렬한 움직임에 해류는 혼절하듯 무너졌다. 고통과 쾌락이 뒤범벅되어 머릿속이 텅 비어버리는 것 같았다. 감당하기 힘든 자극에 몸부림을 치던 해류의 육신에서 힘이 빠졌다.

마침내 태왕이 절정에 도달한 것은 해류가 반쯤 기절해 늘어지고도 한참 뒤였다. 사정없이 그녀를 뒤흔들던 사내의 열기와 무게가 사라지자 서서히 다른 감각들이 돌아왔다. 다만 가혹하게 혹사당한 몸은 제 것이 아닌 것만 같았다.

엎드린 나신 위로 땀에 젖은 사내의 체온을 느끼면서도 꼼짝도 할 수 없었다. 까무룩 졸음에 빠져드는 가운데 목덜미 부분부터 지분지분, 따끔거리는 감각이 밀려왔다.

"아앗!"

어느새 바로 눕혀진 얼굴 위로 태왕의 입술이 덮쳐왔다. 농밀한 입맞춤에 잠이 확 깨어 달아났다. 팔에 힘을 주어 그를 밀어내려고 했지만 손가락 하나 까딱할 기운도 없었다.

"폐하…… 너무…….."

"해류, 후우…… 조금만 더…….."

나중에 너무 힘들다고, 매번 이러면 말라 죽을 것 같다는 지청구를 줘야겠다는 다짐만 하면서 축 늘어졌다.

이번에는 조금만 힘을 줘도 깨어지는 유리를 다루듯이 느리고 조심스러운 정사. 해류의 손에 깍지를 끼어 머리 옆에 내리면서 보드라운 입김이 뺨을 간질였다. 조심조심 입술을 열고 태왕의 뜨거운 혀가 들어왔다.

조금 전의 거센 교합으로 잔뜩 예민해진 해류의 구석구석을 그가 혀로 탐험하자 온몸이 그대로 녹아내리는 것 같았다. 가벼운 애무만으로도 자지러지는 성감대를 그는 너무나 잘 알았다. 그곳을 하나하나 섬세하게 탐해주는 게 까무러치게 좋았다. 사나운 욕망을 마구 드러내고 짐승처럼 그녀를 취하던 것이 착각처럼 느껴질 정도였다.

탄탄한 사내의 목을 끌어안는 해류의 입술에서 교태로운 신음이 흘러나왔다. 꽉 맞물린 남녀의 나신에서 따스함을 넘어 활활 타오르는 열기가 불꽃처럼 피어올랐다.

모든 것을 그녀에게 맞춘, 더없이 배려받은 시간이었지만 그럼에도 기진맥진했다. 그의 품에서 졸도하듯 잠이 들었던 해류의 귀에 익숙한 소음이 서서히 들어왔다. 분명 문이 열리거나 닫히는 소리였다. 그 생각이 들자 수면의 늪에 빠져들 때처럼 순식간에 빠져나왔다.

눈을 뜨자 가장 먼저 들어온 광경은 문을 닫으며 서둘러 사라지는 궁녀들의 뒷모습. 침실은 깔끔해지고 이미 해가 졌는지 방 곳곳엔 등촉이 밝혀져 있었다. 탁자 위에는 방금 들여온 것인지 김이 폴폴 나는 야식이 차려져 있었다.

어리둥절하며 상반신을 일으키는데 태왕의 팔이 허리를 감아왔다.

"깨우지 않도록 조심하라고 했는데."

"폐하."

민망함에 얼굴이 붉게 물들었다.

정신없이 곯아떨어진 동안 태왕이 궁녀들을 불러 난장판이었던 침실을 정리한 거였다. 태왕이 이제는 밤도 모자라서 훤한 낮에도 왕후를 끼고 있다고, 침실이 쑥대밭이었다고 뒤에서 얼마나 입방아를 찧을지 눈에 선했다.

"깨우시지 그러셨습니까."

가득 담긴 타박과 원성을 모를 리 없건만 그는 태연했다. 궁녀들이 곱게 개켜 올려놓은 침의를 알몸 위에 걸치며 일어섰다. 옆에 나란히 놓인 해류의 침의를 펼쳐 그녀 앞에 섰다.

"시장하지 않소?"

빨리 입지 않으면 벌거벗은 채로 탁자 앞으로 끌고 갈 기세였다.

해류는 젖은 솜처럼 무거운 몸을 억지로 일으켰다. 허벅지며 허리가 욱신거렸지만 잠시 자면서 어느 정도 회복이 됐는지 그럭저럭 운신할 만했다. 나신을 감싼 얇은 이불에서 쏙 빠져나와 최대한 잽싸게 그가 펼쳐 든 옷에 팔을 꿰었다. 얼른 허리에 끈을 묶어 몸을 가리고 태왕의 야장의 매무새를 추슬러줬다.

"왕후에게 옷시중을 받으니 좋군."

그답지 않은 너스레에 해류는 밉지 않게 살짝 흘기면서 탁자에 앉았다.

"오늘 정무에 독대까지 연이어져 한 때도 제대로 챙기지 못하셨겠네요. 자주 그러신다니 모시는 이들의 걱정이 크겠습니다."

몰두하면 방해받는 것을 싫어해 끼니를 거르는 건 흔했다. 태자 시절부터의 오랜 습관이라 시관이나 시종들도 눈치껏 상을 올렸지 드시라고 채근하지 못했다. 배를 채워야 하니 먹는 것뿐 특별히 좋아하는 음식도 없었다.

해류는 걱정스럽게 상차림을 살폈다.

"폐하께서 즐겨 드시는 것이어야 할 텐데요."

"모두 즐기는 것이니 걱정하지 마시오."

정말 그랬다. 해류와 마주 앉으니 왠지 식욕이 확 돌았다.

"다행이에요."

가벼운 식사를 끝내자 해류가 옆 탁자에 놓아둔 냉차 주전자를 들어 잔을 채워 그에게 건넸다. 잔을 받아 들려던 그는 해류의 손목을 잡았다.

손목은 벌게지고 살짝 부어 있었다. 필시 아까 들어오자마자 해류를 잡아끌었을 때 다치게 한 듯했다. 찬찬히 살피니 가슴이며 곳곳에 울긋불긋 거친 애무의 흔적이 보였다.

무엇보다 눈에 띄는 것은 하얗게 드러난 목덜미의 치흔. 보라색으로 변하는 것을 보니 멍이 심하게 들 것 같았다. 해일처럼 밀려오는 좌절감과 무력감에 허우적거릴 때 해류가 그만의 것이라는 흔적을 남기고픈 야만적인 충동을 이기지 못했다.

새삼 밀려오는 죄책감에 그는 해류를 끌어당겨 무릎에 앉혔다.

그는 약이라도 바르듯 할짝할짝 그 부위를 핥아줬다. 부끄러움과 짜릿한 느낌에 해류가 몸을 웅크렸다. 만족을 모르는 욕망이 다시 슬금슬금 샘솟았지만 자신에게 벌주듯 꾹 눌렀다. 무언의 사죄에 가만히 곤한 몸을 맡기고 있던 해류가 팔을 뻗어 그를 자신의 가슴으로 당겨 안았다.

감히 이래도 되는지 싶었지만 이렇게 안아주고 싶었다. 어린 시절, 슬프거나 힘들어 엉엉 울 때마다 어머니가 이렇게 꼭 끌어안아주었다. 그러면 왠지 마음이 편해지고 기운이 났었다.

옆에서 지켜본 왕이란 자리는 겉보기엔 더없이 영화로우나 그 실체는 무섭게 고독하고 힘들었다. 누구도 대신하거나 함께 져줄 수 없는 무거운 짐을 홀로 감당하는 그가 속으로만 흘리는 눈물이 보이는 것 같았다.

아무 욕망도 사심도 없는 순수한 위로.

편안했다. 갑자기 졸음도 몰려왔다.

그는 평소에도 수면시간이 길지는 않았다. 두 시진이면 아주 넉넉했고 한 시진만 눈을 붙여도 충분히 견딜 수 있었다.

오늘처럼 온 신경을 팽팽하게 당기는 힘든 싸움을 한 날엔 자는 것을 아예 포기했다. 수면을 돕는 향이나 약을 마셨을 때 흐리고 멍한 느낌이 싫었다. 무엇보다 약의 도움을 받는 걸 스스로 용납할 수 없었다. 이런 밤이면 관천대에 올라가 동이 틀 때까지 하늘을 살피거나 밤새 정무를 봤다. 그런데 놀랍게도 오늘은 졸렸다. 참을 수 없을 정도로.

해류 때문인가?

침상에 누운 그가 마지막으로 떠올린 상념이었다.

해류는 태왕이 잠든 모습을 지켜보고 있었다. 늘 그녀가 먼저 잠이 들었고 태왕은 단 한 번도 그녀보다 늦게 깨어난 적이 없었다. 기억을 더듬어보니 오늘이 처음이었다. 이렇게 무방비하고 평온한 모습을 본 적이 없었다.

단정하게 틀어놓은 상투관에서 빠져나온 헝클어진 머리카락이 이마에 흩어지고 일자로 위엄 있게 다물어진 입술도 느슨하게 풀어져 있는 모습은 소년 같았다.

그녀의 가슴에 얼굴을 파묻고 잠든 태왕을 살짝 끌어안았다. 그의 머리카락을 그가 해주던 것처럼 천천히 쓸어줬다. 나비가 파닥이는 것처럼 피부 아래를 살랑살랑 간지럽히는 두근거림과 포근함을 즐기며 해류는 그의 이마에 나비 날개가 닿듯

살포시 입을 맞췄다.

이 사람이 내 곁에서 조금이라도 편안하기를.

같은 시각, 명림죽리의 저택 내실은 금방이라도 터질 듯 팽팽한 긴장으로 가득했다. 자리를 채운 것은 국상이 태왕에게 불려갔다는 소식이 퍼지자 몰려든 절노부 중심 가문의 가주들이었다. 소규와 설로의 부름을 받아 모인 그들은 죽음 문턱에서 살아 돌아온 국상을 둘러싸고 함께 안도하며 분노하고 있었다.

과거 영락태왕의 숙청 때 방관했다는 이유로 소원해진 우가의 가주도 동석한 것을 보며 죽리는 안도했다. 승평 왕자의 존재는 왕자의 의사와 상관없이 지대한 영향력을 발휘하고 있었다. 군부에 입김이 막강한 우타소루의 이탈이 아깝지만 이 정도도 만족스러웠다.

태왕과 독대에서 죽리는 물리적으로 생명의 위협을 받지는 않았으나 무의미한 유예였다. 오늘이 아닐 뿐이지 그가 뜻을 꺾고 물러나지 않으면 조만간이었다.

태왕에게 무작정 당하지는 않을 것이다. 태왕도 그것을 안다.

죽리는 앞에 모인 이들과 하나하나 눈을 맞춰가며 자신의 결의를 전달했다. 제 입만 쳐다보는 그들에게 결단을 밝혔다.

"봉상왕 때 창조리는 폭군을 처단하기 위해서 사냥을 앞두고 '나와 뜻을 같이하는 자는 나를 따라 하라.'고 하며 갈댓잎을 관에 꽂았다지요."

명림죽리가 말하고자 하는 바를 그들은 대번에 알아들었다. 여기 왔을 때는 이미 뜻을 정한 것. 모두 비장한 어조로 맹세했다.

"저희도 모두 따르겠습니다."

예상한 대답이라 죽리는 덤덤하게 고개를 끄덕였다.

"고맙소. 우리 절노부가 모두 함께하려는 뜻을 확인하니 든든하구려."

"국상의 계획은 무엇인지요? 저희는 어쩌면 되겠습니까?"

우가 가주 재승의 다급한 물음에 죽리는 양손으로 다독이는 손짓을 했다.

"일단은 경거망동하지 말고 신중하게 몸을 숙이고 있어야 합니다. 태왕이 절대 만만찮은 분이라는 걸 잘 아시지 않소. 서로 함께 갈 수 없음을 확인했으니 더는 감추지 않고 우리를 압박하고 밀어붙일 겁니다. 거기에 휘말려 아주 조그마한 빌미라도 잡혔다가는 여기 있는 우리 모두 산목숨이 아닐 것이오."

두려움이 밀려오는지 창백해지는 그들을 보며 죽리가 격려하듯 여유로운 미소를 흘렸다.

"이건 나만 알고 있었던 것인데 이제 감출 필요도 없으니 알려드리지요. 실은 부여신 사당과 고등신 사당에서 천기를 해석하는 이들이 살짝 알려주기를, 새로운 왕이 서는 것을 의미하는 음덕(陰德) 별이 최근에 아주 밝아지고 있다고 했소."

하늘이 정말 우리를 도우려는 것인가. 미미하게 남아 있던 불안감이 사라지고 모두의 안색이 눈에 띄게 밝아졌다.

"하늘도 우리의 편이니 승평 왕자 전하를 위해서 전심전력으로 힘을 냅시다. 외모부터 무용까지, 선왕 폐하를 누구보다도 닮으신 그분은…… 우리 조상 절노부와 명림답부가 추대한 신대왕처럼, 또 창조리와 중신들이 목숨을 걸고 추대한 미천왕처럼 훌륭한 태왕이 되실 것입니다."

절노부 우가의 조카이자 명림가의 손녀사위.

태왕에게 외면받는 죽리의 다른 손녀와 달리, 혼인을 하자마자 회임까지 한 상태라 태중의 아이가 아들이면 다음 후계까지 확실해진다. 태왕만 끌어내면 앞날이 탄탄대로라는 확신이 그들을 용감하게 만들었다. 승평 왕자가 자신들 편에 설지에 대한 의문 따위는 아예 존재하지도 않았다.

경고와 격려가 둘 다 충분히 먹혔다는 판단이 서자 죽리는 가슴에 품고 있던 계획의 일부를 풀어놨다.

"만일을 대비해서 우선 각 집안의 사병들을 일당백이 되도록 훈련시키고 장비며 무장을 든든히 해주시오. 필요한 무기는 두지를 통해 댈 테니 은밀하게 잘 움직이기 바라오."

부담스러운 걸림돌인 비용 문제를 흔쾌히 해결해주는 제안이니 반대할 이유가 없었다. 참석자들의 머리가 흔쾌하게 아래위로 움직였다.

"그리고 다른 부의, 천도에 반대하는 이들과 친분을 더욱 돈독히 해주시오. 속내는 드러내지 말고 적과 아군을 잘 파악해서 우리 편이 될 자들을 선별해놓으시오. 절노부만이 아니라 다른 부도 더불어 봉기해야 대의명분이 서고 태왕을 막을 수 있습니다."

"명심하겠습니다!"

의기충천한 절노부 가주들이 돌아가자 죽리는 차남 두지를 따로 불렀다.

"네가 나라에 세금을 바치지 않고 따로 들여온 물건을 대어주던 그 동시의 상점 말이다."

두지는 아쉬움을 팍팍 드러내면서 동시의 상황을 보고했다.

"아, 예. 아버님. 그러잖아도 말씀을 드리려고 했었습니다. 실은 밀매해온 건들이 탄로 났는지 최근에 병사들의 급습을 받은 터라 지금은 그곳을 버리고 잠시 몸을 숨기고 있다고 합니다."

동시의 드팀전은 밀수는 물론 사무역으로 거래를 금지한 물건을 사고팔아 막대한 이득을 얻던 창구였다. 그것과 별개로도 정보를 얻거나 흘리는 유용한 수단이기도 했다.

죽리는 수염을 쓰다듬으면서 눈알을 굴렸다.

"쯧쯧. 오랫동안 탈 없이 잘하더니만 하필이면……."

아까운 것은 두지도 마찬가지라 한숨을 쉬며 맞장구쳤다.

"그러게나 말입니다. 요행히 미리 알고 잘 피하긴 했지만 혹시 몰라서 당분간은 움직이지 않을 모양입니다."

"그럼 그들과 연통은 아직 되는 것이냐?"

"하려고 들면 할 수는 있습니다. 그런데 왜 그러시는지요?"

죽리는 역시 하늘이 자신들 편에 있다고, 안도의 한숨을 길게 내뿜었다.

"그저 조심하는 것만으로는 우리에게 향한 태왕의 감시를 느슨하게 할 수 없다."

"하오면……?"

"잠시 북방을 조금만 어지럽힐 수 있으면 좋을 것 같구나. 상세한 것은 내가 지시할 테니 일단 연통이 닿는 대로 그자를 은밀히 불러들여라."

처음엔 무슨 소리인가 하여 멍하니 있던 두지의 동공이 크게 벌어졌다. 함축된 모든 뜻을 뒤늦게 깨달은 그는 창백한 얼굴을 끄덕였다.

"알겠습니다."

태왕의 신경을 흩뜨릴 수 있는 또 하나의 가능성이 두지의 머리에 떠올랐다. 흩뜨리는 정도가 아니라 막강한 정통성을 가진 태왕의 권위를 흔들 수도 있었다. 문제는 개인적으로 어마어마한 망신을 감수해야 한다는 거였다. 제 치욕은 물론이고 가문도 어쩌면 명운을 걸어야 하는 위험한 시도이기도 했다. 자칫하면 태왕을 기만했다는 죄목으로 역공당할 수도 있었다.

두지는 잠시만 더 그 비밀을 자신의 가슴에만 갈무리하기로 했다. 만일을 대비해서 좀 더 상세하게 탐문해봐야겠다. 확실해지면…… 어떻게 할 것인지는 그때 결정해도 되겠지.

마리습은 착잡한 얼굴로 서찰을 내려놨다.

"바로 채비를 해서 본가로 가봐야겠다. 형님이 위중하시다."

"옛!? 작은 나리가요?"

"그래. 서찰을 가져온 자가 밖에서 기다리고 있다고 했지? 곧 출발할 테니 먼저 돌아가 있으라고 해라."

"알겠습니다."

모두루는 놀란 가슴을 부여잡고 바깥채로 몸소 달려 나갔다. 본디 좀 쇠약하긴 했지만 그래도 아직 한창때인 분의 목숨이 경각이라니. 정말로 병이 중해 작은 나리가 세상을 떠나면 도련님은 어쩌시려나. 뒤숭숭한 상념을 한가득 떠안은 모두루는 하인을 돌려보내고 마리습이 본가로 갈 채비를 서둘렀다.

한발 앞서 도착한 하인이 마리습의 방문을 알렸는지 그가 탄 말이 멈추기도 전에 대문이 활짝 열렸다. 오랜만에 돌아온 마리습을 맞기 위해 집사와 하인들이 쏟아쳐나왔다.

"도련님! 오셨습니까."

말에서 내려 고삐를 넘겨주면서 마리습이 성급하게 물었다.

"형님이 정말 그렇게 많이 안 좋으신 거냐?"

집사는 마리습의 눈을 피하며 그를 재촉했다.

"어서 안으로 드시지요. 작은 나리께서 기다리고 계십니다."

집사의 어두운 표정은 그 어떤 웅변보다 확실한 대답이었다. 마리습은 형의 가족이 거처하는 동쪽 건물로 한달음에 달려갔다.

"형님."

벌컥 문을 열고 들어온 그림자에 침상 옆에 있던 여인 둘과 어린 소년이 일어났다.

마리습은 익숙한 얼굴에게 가볍게 인사를 했다.

"형수님, 오랜만에 뵙습니다."

10년 만에 보는 형수는 아이를 둔 어미라는 게 믿어지지 않을 정도로 여전히 소녀처럼 여리고 귀여웠다. 그녀는 마리습에게 고개를 살짝 숙이면서 옆에 있는 아이를 앞으로 끌어당겨 인사시켰다.

"라후야, 인사 올려라. 네…… 숙부님이시다. 어서."

낯을 가리는 듯 어머니의 등 뒤에 반쯤 숨어 있던 아이는 재촉에 주춤주춤 한 걸음 나와 동그란 머리를 꾸벅 숙였다.

"네가 라후로구나."

처음 보는 조카가 신기하고 반갑긴 했지만 마리습의 신경은 그들 뒤에 누워 있는 형에게 향해 있었다. 그는 아이의 머리를 대충 한 번 쓰다듬어주고는 침상 앞으로 다가갔다.

오래전 본가를 떠난 이후 오늘까지 발걸음도 않았다. 절 불러들이려는 핑계가 아닐까 생각도 했지만 멀쩡한 사람을 죽을 병자로 만들면서까지는 아닐 것이다. 그래도 반쯤은 속는 셈 치고 왔는데 형의 얼굴은 정말 위중이란 표현 그대로였다. 본디도 건강한 편은 아니었지만 지금 연우는 바삭하게 마른 이파리처럼 생기라곤 찾아볼 수 없었다.

"형님."

우렁차게 부르는 소리에 감고 있던 눈꺼풀이 파르르 떨리더니 연우가 힘겹게 눈을 떴다.

"세……적이냐?"

정말 오랜만에 듣는 이름. 이 집에 들어온 날부터 불리던 제 이름임에도 10여 년 만에 들으니 몹시 낯설었다.

"예. 형님. 세적입니다."

"다행이다…… 네가 벌써 갔을까 봐……."

아닌 게 아니라 조만간 다음 장삿길을 떠날 예정이었다. 며칠만 늦었어도 형의 상태는 까맣게 모른 채 출발했을 거였다.

"출발 전에 연통을 주셔서 다행입니다."

"곧…… 떠나야 하는 모양이구나. 나 때문에 혹여……."

"아닙니다. 아직 시일이 넉넉하니 형님이 쾌차하시는 걸 보고 가야지요. 제가 떠날 수 있도록 어서 털고 일어나십시오."

마리습이 너스레를 떨자 연우의 핏기 없는 입술에 힘없는 미소가 떠올랐다.

"그러면 좋겠지만……."

말을 흐리던 연우는 옆에 있는 아내에게 부탁했다.

"라후를 데리고 잠시…… 나가 있으시오. 난…… 세적과…… 얘기할 것이,"

그 몇 마디도 힘겨운지 띄엄띄엄 이어가던 그는 갑자기 기침을 미친 듯이 쏟아냈다. 마리습이 얼른 그를 부축하며 몸을 일으켜줬지만 기침은 멈추지 않았다. 그러다 쿨럭거리는 입을 막고 있는 수건이 붉게 물들었다.

"형님!"

놀라 기겁하는 마리습과 달리 당사자인 연우도, 그의 아내는 물론이고 아이도 별반 놀라지 않았다. 각혈은 이미 일상인 듯, 하녀가 연우의 입가에 묻은 피와 식은 땀이 밴 이마를 닦아주는 것을 지켜만 봤다.

겨우 기침이 잦아들자 연우는 손을 휘저었다.

"빨리, 나가시오! 너도……."

핏물이 밴 수건과 대야를 든 하녀와 모자가 나가자 연우는 조금 편해진 얼굴로 마리습을 응시했다.

"신수가 훤하구나. 네 상단이 크게 번성하고 있다는 소식은 전해 들었다."

"그 정도까진 아닙니다. 그럭저럭 굴러만 가고 있습니다."

"나는…… 얼마 남지 않았다."

"이립을 조금 넘긴 나이에 이 무슨 얼토당토않은 말입니까."

"오는 순서는 있어도…… 가는 순서는 없다지 않니. 그저 내 차례가 조금…… 이르게 온 것이지."

마리습도 부인할 수 없었다. 아니라고 하기엔 연우에게 드리운 사신의 그림자는 너무나 짙고 확연했다.

해씨 가문의 장자인 연우는 태어났을 적부터 허약했다. 어릴 때부터 산삼이며 녹용, 웅담, 뱀 등 기력을 보하는 데 좋다는 것을 달고 살았다. 몇 해 전 가슴병이 들어서는 용하다는 의원들이 붙어살다시피 하며 온갖 처방을 해준 덕분에 지금까지 버틸 수 있었다. 고국원왕의 손녀인 자미 궁주와 소노부의 욕살 해사무의 유일한 자식이 아니었으면 벌써 절명하고도 남았다. 그 정성이 무색하게 그것도 이제는 한계였다.

연우가 형이었지만 어릴 때부터 그를 보살피고 챙긴 것은 세 살 아래의 아우였다. 그것이 고마우면서도 미웠다. 약간만 무리하면 열이 펄펄 끓고 잔병치레가 끊이지 않았던 그와 달리 고뿔 한번 걸리지 않고 씩씩했던 마리습을 부러워했었다.

저승에 육신을 반쯤 담근 저와 달리 생명력이 넘치는 동생을 보니 오랫동안 잊고 있었던 질투와 열등감이 그를 삼키려고 했다. 연우는 또다시 자격지심으로 추해지려는 스스로를 다잡았다. 오늘 동생을 부른 이유를 되새기며 꼭 하려던 부탁을 입에 담았다.

"내가 죽으면…… 라후와 아라를 잘 돌봐다오."

"아버님이 아직 건재하신데 왜 제게 그런 말씀을 하십니까. 라후도 벌써,"

몇 살이더라? 조카가 태어났다는 소식을 들은 해를 잽싸게 헤아리며 마리습이 말을 이었다.

"벌써 아홉 살이나 되지 않았습니까. 아이들은 금방 자랍니다. 몇 년만 있으면 제 몫을 할 테니 걱정하지 마십시오. 그러니 형님도 괜히 나약한 생각은 말고 힘을 내서 라후가 성가할 때까지 잘 버텨야지요."

"나도 그러고 싶다만…… 하늘이 그렇게 길게 허락해주실 거 같지 않구나."

연우는 서글픈 눈으로 마리습의 시선을 잡았다.

"아버님은…… 라후가 알아서 다 자라 자기 몫을 하면 그때나 눈길을 주시겠지. 내 어머니는…… 그분은 더하실 테고. 너도 잘 알지 않느냐."

자미 궁주는 무엇에도 묶이는 것을 싫어했다. 그때그때 눈에 닿고 마음에 닿는 것을 즐기며 바람처럼 떠도는 삶을 사는 여인. 자신의 의무인 후계를 낳은 뒤 본가에는 내킬 때만 손님처럼 들렀다. 유일한 자식인 연우를 아끼긴 하지만 어미로서 애정을 주며 보살피진 않았다. 병약한 친아들에게도 그러니 손자에겐 더 무관심할 게 뻔했다.

지아비에게 무관심하니 축첩해도 전혀 투기하지 않았다. 덕분에 첩의 아들인 마리습은 일찍 어미를 잃고 본가로 들어와 살면서도 본부인에게 구박받은 적이 없었다. 마리습에겐 감사한 일이었지만 어린 아들과 아내를 두고 떠나야 하는 연우에겐 난감한 성향이긴 했다.

"아라는 아름답고 아직 젊으니…… 관습대로 내가 죽은 뒤 네가 취수를 해 아라를 챙겨다오."

"아니 무슨! 형님 그런 말도 안 되는 소리는 마십시오."

연우는 오랫동안 감춰왔던 죄책감과 후회를 죽음을 앞두고서야 겨우 드러냈다.

"내가 아니었다면…… 이미 오래전에 너와 아라는 부부가 되었을 것 아니냐. 너무 늦었지만…… 내가, 내 욕심으로 억지를 부려 비틀어놓은 것을 바로잡고 싶구나."

형이 알고 있었구나. 마리습은 자신과 아라만의 비밀이라고 믿었던 게 얼마나 어리석었는지 씁쓸하게 곱씹었다. 하긴, 둘 다 어렸고 마음을 감추는 법을 잘 몰랐다. 그들은 잘 숨기고 아무도 모른다고 확신했지만 연우를 포함해서 주변에선 다 눈치채고 있었을 것이었다. 그들이 모르는 건 아마도 딱 하나뿐일 터.

"아라, 아니 형수님은 온전히 자신의 뜻으로 형님을 택했습니다."

연우가 동생의 정인을 뺏었다는 죄책감을 안은 채 떠나게 할 수는 없었다. 그는 무덤까지 안고 가려던 비밀을 형에게 밝혔다.

"형수님의 양친이 형님의 청혼을 받아들였을 때 실은…… 전 함께 멀리 달아나자고 했습니다. 하지만 형수님은 형님과 혼인하겠다고 단호하게 거절했습니다. 두 분의 혼인엔 어떤 강압이나 억지도 없었고 형수님이 형님을 원하신 거니 공연히 미안한 마음을 가질 필요 없습니다."

"그래? 그랬구나……."

연우의 얼굴에 희미한 안도감이 퍼졌다. 마리습은 형을 더 편안하게 해주고 싶어 그가 할 수 있는 최선의 약속을 했다.

"라후는 하나뿐인 제 조카이니 제가 성심껏 살피겠습니다. 형수님은……."

형의 말마따나 젊고 아름다우니 청혼하는 자도 많을 테고, 재혼하면 자식도 많이 낳고 잘 살 수 있을 거였다. 그렇지만 아무리 연우를 안심시키기 위해서라고 해도 그가 입에 담을 소리는 아니었다.

"형수님은, 뭐든 그분이 바라는 대로 살도록 돕겠습니다."

"그래. 고맙다."

여심을 모르는 마리습을 살짝 동정하면서 연우는 머리를 끄덕였다.

조금 아까, 마리습이 방에 들어왔을 때부터 아라의 눈이 얼마나 반짝였는지, 늘 음울하던 그녀가 잠깐이지만 얼마나 환하게 밝아졌는지 연우는 놓치지 않았다. 아라가 그를 택했다는 동생의 고백이 거짓은 아니겠지만 절대 사모 때문은 아니었다.

연우만이 줄 수 있는 것. 소노부의 후계자고 장차는 가주이자 욕살. 소노부에서 가장 높은 여인이 되는 자리를 아라는 놓치고 싶지 않았을 거였다.

그래도 상관없었다. 그는 환한 햇살 같은 아라를 원했고 또 동생이 사모하는 여인을 원했다. 소원대로 그 여인인 아라를 얻었고 아들도 태어났다. 이제는 두고 떠나야 하는 가장 소중한 두 사람을 책임져주겠다는 약조도 아우로부터 받았다. 다른 이는 몰라도 세적은 믿을 수 있었다. 그는 일단 내뱉은 말은 하늘이 두 쪽 나도 지켰다.

이만하면 조금 짧기는 해도 크게 아쉬울 건 없는 인생이라고 해야겠지.

내내 마음에 걸렸던 숙제를 해결하자 맥이 확 풀리고 나른해졌다. 연우는 오랜 열패감을 떨치고 모처럼 찾아온 편안함에 몸을 맡겼다.

"난 이제 좀…… 쉬어야겠구나……. 너도 그만…… 나가봐라."

"예. 푹 쉬고 기운을 좀 내십시오."

형이 잠드는 것을 확인한 뒤 마리습은 방을 나왔다. 연우가 깨지 않도록 주의하며 문을 닫고 뜰로 내려오는데 형수 아라가 기다리고 있었다.

"아버님께서 뵙고 가라십니다. 지금 본채의 서재에서 기다리고 계십니다."

꺼지기 직전 촛불처럼 스러져가는 형을 만난 것만으로도 기력이 다 소진됐다. 단 한 번도 편하지 않았던 부친과 이런 날 실랑이를 벌이고 싶지 않았다. 무슨 소리를 할지는 들을 필요도 없기에 더더욱 그랬다.

"형님의 소식에 놀라 바로 달려오느라 긴급한 일을 두고 와서 바로 돌아가야 합니다."

"하지만 기다리고 계신데……."

"형수님께서 아버님께 말씀 잘 올려주십시오."

괜히 미적거리다가 아버지가 나타나면 곤란했다. 마리습은 곧바로 바깥채 마구간으로 가서 말을 잡아탔다. 10년 전 어느 날처럼 전속력으로 자신의 집이었던 소노부 해씨의 저택을 벗어났다.

✚

귀족과 중신들이 모인 편전은 최근엔 늘 그렇듯이 아슬아슬한 평화가 유지되고 있었다.

논의하는 주요한 사안들은 대체로 큰 이견 없이 일사천리로 진행됐다.

왕궁의 정전 옆에 자리한, 영성(靈星)에 제사를 올리는 영성당의 보수를 어느 부의 가문에서 책임질지는 별다른 이견 없이 순노부 걸사가로 결정됐다.

북위의 사신과 동행해 왔던 승려들이 국내성에 새로이 사찰을 건축하도록 허락해달라는 요청은 소소한 논쟁이 있었다. 불교를 믿는 백성이 많지 않은데 이미 충분하다는 의견과 우호를 위해 허락해주자는 쪽이 팽팽히 맞서다 서쪽 외곽에 작은 규모로 허가하는 것으로 결론이 났다.

온 백성이 참여하는 연례 가을 사냥대회 직전, 태왕과 귀족들이 함께 친목을 도모하는 사냥모임을 올해는 절노부 우가에서 주관하기로 하며 주요 의제는 끝이 난 것처럼 보였다.

중대사를 논하러 모처럼 회의에 참석한 귀족들이 슬금슬금 물러가려고 했지만 태왕은 의도적인 회피를 용납하지 않았다.

"아직 옹성⁹⁹이 없거나 부실한 석성들의 건축 문제는 어찌 됐는가. 필요한 곳과 시기를 조사해 의논하기로 한 지가 한참인데 어찌 아무 보고도 없는 것이냐?"

---

99 성문을 다시 에워싸는 성벽. 방어를 위한 고구려성의 특징적인 양식.

죽리와 그의 뜻에 동조하는 귀족과 중신들은 고개를 푹 숙여 표정을 감췄다. 태왕으로서는 많이 기다리고 참은 걸 거였다. 차일피일 시일을 끌어왔지만 한계였다.

눈치를 보던 태대형[100]이 얼른 이때를 위해 미리 입을 맞춰놓은 변명을 읊었다.

"옹성을 축조해야 하는 평지성의 조사는 마쳤사옵니다. 하지만 한꺼번에 시행하면 백성들의 부담이 크니 그 우선순위를 정하느라 늦어지고 있사옵니다."

"그래?"

타당하다고 여겼는지 태왕은 고개를 끄덕여 수긍해주고선 다시 물었다.

"그 순위를 정하는 기준은 무엇으로 잡았는가?"

"예? 아, 예에, 그것은……."

그것까지는 아직 세밀하게 입을 맞추진 못한 터라 태대형이 잠시 머뭇거렸다. 이렇게 빨리 태왕이 채근할 것은 계산 밖이었다. 어설프게 답했다간 본전도 못 건질 것이 뻔했다. 태왕을 포함해 누가 들어도 적절한 기준이어야 했다. 그는 다른 중요한 토목 시 적용하는 기준을 얼른 갖다 붙였다.

"최전방의 방위선에 해당하는 성들은 방비가 잘되어 있습니다. 그래서 외적과 비교적 가까이 맞닿아 있거나 이동하는 중요한 길목에 있는 성, 많은 백성이 살고 곡창지대를 지키는 성을 우선으로 보강할 예정이옵니다."

"현재 옹성의 보강이 가장 필요한 평지성은 어디냐?"

"예. 요하 쪽에서 북연과 접경인 무려성과 안산고성이 가장 급하옵고,"

처음엔 당황했지만 자신이 태만하지 않고 유능하다는 것을 태왕에게 알릴 기회였다. 태대형은 옹성을 보강해야 할 북방의 성과 그 이유를 줄줄이 나열했다. 신이 나서 떠드는 유려한 설명을 중신들은 안도하는 동시에 약간의 불안감을 품고 지켜봤다.

태대형의 장광설을 끊지 않고 흐뭇하게 들어주던 태왕이 돌연 질문했다.

"같은 기준으로 옹성을 쌓아야 하는 백잔과 가까운 남쪽 성들은 어디냐?"

---

100 고구려의 상위직 벼슬 이름

"예?"

태대형의 안색이 창백해졌다. 그가 머뭇거리는 그 잠깐 사이에 눈치 빠른 이들의 낯도 함께 굳어갔다. 태왕이 따로 정리해 올리라고 해도 되는 긴긴 내용을 다 들어준 까닭은 이 질문을 위해서일 것이다.

태왕은 다그치지도 되묻지도 않고 가만히 태대형을 응시했다.

진퇴양난. 보이지 않는 칼날이 목에 닿은 것을 감지한 태대형은 진땀을 삐질삐질 흘렸다. 어디를 둘러봐도 빠져나갈 구멍이 없다는 판단이 선 그는 머리를 푹 수그리고 입술을 뗐다.

"오골성과 박작성, 그리고……."

태왕에게 죽으나 명림죽리와 동료 귀족들에게 죽으나 어차피 매일반. 그렇다면 태왕에게 밉보여 쫓겨나지 않는 게 지금 상황에선 차악이었다. 그는 태왕이 기다려 마지않고, 국내성의 귀족들이 절대 언급되지 않기를 바라는 지명을 입 밖으로 밀어냈다.

"그리고, 평양성이 가장 시급하옵니다."

태왕의 얼굴에 떠오를 승리감을 보고 싶지 않아 죽리는 허공에 시선을 뒀다.

그가 눈을 부릅뜨고 지켜봤다고 해도 어떤 감정도 태왕에게서 찾지 못했을 거였다. 공들인 사냥감을 몰아넣어 그 목을 낚아채고 있음에도 그는 하염없이 무표정했다. 그 나른한 무심함이 그 자리에 선 귀족들을 더욱 등골 서늘하게 했다.

"네가 오늘 이 자리에서 말한 그 조건과 기준에 맞춰 가장 우선으로 옹성을 축조하거나 보강해야 하는 북쪽과 남쪽의 성을 정리해 내일까지 올려라. 그대로 진행하도록 하겠다."

움찔거리면서 반대할 빌미를 찾는 절노부와 소노부, 순노부의 귀족들에게 태왕이 과거의 치욕을 상기시켰다.

"짐의 증조부이신 고국원태왕의 모후와 왕후가 전연에 포로로 끌려가고, 또 그분께서 평양성에 쳐들어온 백잔과 싸우다 원통하게 전사하셨던 게 불과 수십 년 전이다. 두 번 다시 그런 치욕이 없도록 방비를 철저히 하라."

태왕의 몸은 편전에 있지만 그 눈빛은 아득히 먼 남쪽을 향해 있었다. 회의에 참석한 귀족과 중신들은 그것을 간파했다. 고구려를 통치한다는 같은 목적으로 같은 공간에 있으나 각자 심중에 담기는 감정은 달랐다.

태왕을 지지하는 사람들은 환희와 뿌듯함이, 그의 반대편에 선 사람들은 공포와 위기감이 가슴을 채웠다. 이대로 태왕 거련이 종횡무진 달려갈 때 펼쳐질 자신의 미래를 기대하거나 두려워하기 시작했다.

원하던 바를 얻어낸 태왕은 회한을 길게 가질 틈도 주지 않았다. 조금 더 그의 편으로 다가온 군사 세력을 다시금 격동시켰다.

"짐의 대에 반드시 백잔주의 목을 베어 고국원태왕의 원수를 갚을 것이다."

근초고왕에게 당한 치욕은 영락태왕 때 백제의 성 수십 개를 빼앗았음에도 풀리지 않은 원한이었다. 선대왕과 생사고락을 함께했던 무장들이 일제히 무릎을 꿇었다. 태왕의 의도대로, 명림죽리 일파에겐 뼈아픈 맹세를 그들은 외쳤다.

"소장들의 목숨을 바쳐 폐하의 뜻을 받들겠습니다."

그날 처음으로 태왕의 용안에 희미하나마 미소가 피어올랐다.

"그대들의 충성심을 보니 그날이 멀지 않은 것 같구나."

채찍은 충분히 휘둘렀으니 회유책을 쓸 차례였다. 분위기상 어쩔 수 없이 장수들의 맹세에 합류하는 귀족들을 슥 훑어보며 태왕이 옥좌에서 일어섰다.

"오늘 아침 승평 왕자가 서쪽에 침입한 서량[101]의 잔당을 전멸시키고 환도산성 부근까지 돌아왔다는 승전보가 도달했다. 왕자와 장수들을 위한 음지의례를 열 것이니 모두 지금 북쪽 별궁으로 출발한다."

"와아!"

장수들이 환호성을 질렀다. 반대로 편전을 나서자마자 모여 대책을 의논하려고 벼르고 있던 국내성파 귀족들은 우거지상이 되었다. 당장이라도 어찌해야 할지 지혜를 모아야 하지만 개선장군을 맞는 음지의례였다. 더구나 그들이 믿고 후일을 도모하는 기둥이 승평 왕자이니 그에겐 필히 눈도장을 찍어놔야 했다.

---

101 5세기 초 5호 16국 시대 나라 중 하나

다음을 기약하면서 그들은 태왕을 따라나섰다. 부연 흙먼지를 구름처럼 일으키며 태왕과 장수, 귀족들이 별궁을 향해 말을 달렸다.

"폐하께서 북쪽 별궁으로 출발하셨다고 합니다."

이른 새벽 전령이 달려와 승전보를 전할 때 함께 있던 해류도 들었다.

얼마 전 북량에 침입했다가 대패하고 도리어 멸망했다는 서량. 그 일부는 서쪽 멀리 도망쳐 새로 나라를 세우려고 하고, 남은 세력은 고구려를 포함해 북방의 국경을 어지럽히고 있었다. 고구려에 복속을 청하면 받아주겠지만 그 행실이 방자해서 조만간 처단해야 할 것 같다더니 얼마 전 승평 왕자를 사령관으로 한 중앙군이 출진했었다. 그 얘기를 들은 지 얼마 되지도 않았는데 벌써 서량의 패잔병들을 축출한 모양이었다.

"왕자 전하께선 출전만 하시면 연전연승하시니 폐하께서 참으로 든든하시겠습니다."

궁녀들의 재잘거림에 해류도 맞장구쳐줬다.

"그러게. 승전보를 알리며 무사히 돌아오셨으니 태후 전하께서도 한시름 놓으시겠다."

고은이와 명림 일가 모두가 춤을 추겠구나.

외적을 물리친 고구려 장수, 더구나 가장 가까운 혈육의 승리를 순수하게 기뻐할 수 없다는 게 서글펐다.

승평 왕자는 태왕과 천도를 반대하는 세력에게 더없이 확실한 대안이었다. 그의 속내는 모르겠지만 판세가 그렇게 돌아가고 있었다. 명림을 포함한 귀족 세력을 꺾으려는 태왕이 유일하게 고심하는 부분이기도 했다.

그는 아우를 지키고 싶어 했다. 슬프게도 권력 다툼의 속성상 그러지 못할 확률이 높았다. 그것을 잘 알기에 해류의 마음도 무거웠다.

이 역시 정점에 선 대가. 그와 함께하기로 한 이상 나도 감당해야 한다. 해류는 불필요한 상념을 지우며 당장 챙겨야 할 일들에 집중했다.

"별궁에서는 잘 준비하고 있겠지?"

"예. 왕후 폐하께서 명하신 대로 의례를 도울 궁인들과 고기 요리를 담당하는 숙수들이 사슴과 돼지에 양념, 술을 싣고 아침 일찍 출발했습니다. 이른 오전에 이미 행궁에 도달했다니 지금쯤은 한창 고기찜과 다른 요리들을 만들고 있을 것입니다."

"술과 식기는 어떻게 됐느냐? 악사와 무희들은?"

"술은 주통촌의 곡아주(曲阿酒)와 과실주들을 종류별로 여러 수레에 실어 보냈습니다. 식기도 왕자 전하를 위한 음지의례인 것을 감안해 은기와 금도금한 것들로만 선별해 가져가 상차림을 준비하고 있다고 조금 전에 도착한 전령이 전해왔습니다."

"악사와 무희들도 만반의 준비를 마치고 폐하와 전하가 도착하기만을 기다리고 있다고 합니다."

"잘하였다. 그래선 안 되겠지만 혹시라도 부족할 것 같다면 미리미리 파악해 바로 연통을 보내라고 별궁의 의례 책임자에게 당부를 전하라. 아주 조금의 결례나 모자람도 있어선 안 될 것이다."

"예. 전령에게 단단히 일러 돌려보내겠습니다."

"태후께서 궁금해하실 수 있으니 너는 지금 가서 진행 상황을 소상히 아뢰 올리거라."

지시를 이행하러 궁인과 궁관들이 썰물처럼 빠져나갔다. 능숙하게 지휘하는 해류를 흐뭇하게 지켜보던 여관 미려가 아까부터 준비해놓은 다과를 권했다.

"아침부터 내내 분주하셨는데 이제 한숨 돌리시지요."

"이렇게 수선을 떨 일이 아닌데. 음지의례를 직접 준비해보는 것은 처음이라 아직 서툴러 다들 힘들게 하는 것 같구먼."

"서투르시다니요. 수십 번도 더 하신 것처럼 하나도 놓치시는 것 없이 매끄럽게 잘 주관하고 계십니다. 태왕 폐하께서 오늘 별궁에서 주연상을 받으시고 아주 흡족하실 것입니다."

"그렇다면 다행이고……."

태왕에게 사모를 고백한 날 이후 해류의 마음가짐이 극적으로 바뀌었다.

그동안은 잠시 앉은, 언제든 떠날 자리니 욕이나 먹지 말자는 정도였다면 이제는 아니었다. 태왕은 난관이 많음을 알면서도 그녀를 왕후로 두겠다고 했다. 그가 험난한 길을 가기로 결심했다면 이 자리를 지키기 위해 그녀 역시 발버둥이라도 쳐야 했다. 막연히 태왕을 믿고 기대는 것은 스스로 용납할 수 없었다. 할 수 있는 한 왕후로서 입지를 세우고 우호 세력을 만들어 나중에 그의 짐을 조금이라도 덜어줘야 했다.

그 노력의 와중에 왕후와 태왕의 영역 사이에 있던 애매한 업무들이 해류에게 넘어오기 시작했다. 지금 일도 그 하나였다. 태왕은 새벽에 승전보를 받자 그것을 핑계로 음지의례를 바로 열어 오늘 회의에서 나올 귀족들의 반발을 줄이려고 했다. 그의 뜻을 들은 해류가 의례 준비를 주관하겠다고 나서면서 이 소동이 벌어진 참이었다.

일단은 큰 고비를 넘긴 것 같자 피로감이 몰려왔다. 맥이 탁 풀린 얼굴로 의자 등받이에 등을 기대며 양쪽 관자놀이를 눌렀다.

"상당히 피곤하신 것 같사옵니다. 잠시 누워 쉬시는 게 어떠실지요?"

"해가 아직도 훤한데 무슨."

내내 신경을 곤두세우고 있던 탓인지 확실히 노곤하니 눕고 싶은 유혹이 밀려오긴 했다. 요즘의 피로는 육체적인 것보다는 정신적인 이유가 더 컸다. 이렇게 속이 시끄러울 때는 바삐 움직이는 게 나았다. 해류는 가슴에 담고 있으나 여유가 없어 미루던 일을 떠올렸다.

"지금 비단을 둔 창고에 가보세."

왜 뜬금없이 비단을 찾으시나. 의아한 기색을 감추며 여관은 해류의 뒤를 따랐다.

느닷없는 왕후의 방문에 비단을 관리하는 궁관도 놀란 기색이 역력했다. 맡은 업무에 큰 허물은 없다는 자신감에 그들은 자신만만하게 왕후의 지시대로 붉은 비단을 넣은 상자를 열었다.

"이것들이옵니다. 찬염전에서 정성을 다해 붉은색을 골고루 아주 다채롭게 내었습니다."

"그래, 곱구나."

처음엔 의복을 만들려나 싶었지만 두께나 강도를 꼼꼼히 살피는 모양새가 그 용도는 아닌 것 같았다. 일일이 펼쳐 펄럭펄럭 흔들어보기까지 하던 왕후가 드디어 아무 무늬 없고 진한 적홍색 제(綈)[102]를 지목했다.

"저것을 가져가겠다."

"예."

저것만 덜렁 가져다가 어디에 쓰시려나. 출납일지에 왕후궁으로 비단이 한 필 갔다고 적으며 관리는 고개를 갸웃했다.

왕후가 무엇을 하려는지 궁금한 건 여관 미려도 마찬가지였다. 장소를 옮겨 금실 일습을 찾을 때까지만 해도 처음엔 태왕의 의대를 지으려나 했다. 그렇지만 왕후가 고른 천은 단 한 필이었다. 의대 일습을 만들려면 최소한 네댓 종류 이상의 천이 필요했다. 유일하게 택한 비단도 평상복이라 한들 태왕의 의복으로는 지나치게 검박했다.

왕후를 따라다닌 여관과 궁녀들의 의문이 풀린 것은 그날 저녁이었다.

왕후는 천을 커다란 깃발 크기로 자른 뒤 수틀에 매게 하고 거기에 태왕을 상징하는 황룡을 그려 넣었다. 그리고 앉아 금실로 한 땀 한 땀 수를 놓기 시작했다. 직녀가 하강한 듯 신기에 가까운 빠른 손놀림을 모두 넋을 잃고 바라보는 가운데 여의주를 물고 정면을 노려보는 금빛 용이 윤곽을 조금씩 드러냈다.

같은 시각, 명림두지의 대옥에선 두지와 그의 심복이 밀담을 나누고 있었다.

"정말 그자가 석도종이 확실한 것이지?"

"예. 오래전에 질자로 왔었던 신라 왕족 석도종이라는 자가 맞습니다. 신라로 돌아갔다가 실성 매금이 실각하고 눌지 매금이 즉위하자 고구려에 망명을 와서 몇 해 전부터 국내성에 머물고 있다고 합니다."

---

102 광택이 있고 두껍게 짠 평직 비단

실성에 묻어 보내진 먼 친척쯤 되는 줄 알고 무시했는데 왕족이었다니, 못내 불쾌한 두지가 되물었다.

"왕족이었다고? 신라 매금은 김씨인데 그는 석씨가 아니냐?"

그 질문의 의도를 달리 파악한 심복은 얼른 상세한 설명을 보탰다.

"신라는 김씨와 석씨, 박씨가 모두 왕족으로 그 세 성씨끼리만 혼인한다고 합니다. 석도종의 고모가 실성 매금의 어머니였다고 하더군요."

여진과 혼인할 주제도 못 되면서 그때 그 난리를 피우게 만들어? 과거를 곱씹을수록 이가 갈렸다. 중요한 내용은 다 알아냈지만 호기심에 두지는 다른 것도 캐물었다.

"신라에서 내자나 다른 식솔을 데리고 왔다더냐?"

"혼자 온 모양입니다. 서라벌의 상황을 잘 아는 자에게도 물어봤는데 아내는 그가 고구려로 떠나오기도 전에 이미 절혼해 다른 사내와 살고 있답니다. 자식은 딸만 셋으로 모두 왕족과 혼인해 서라벌에 있고, 그를 따라온 자는 수하 몇 명과 늙은 노비 두엇뿐이라고 합니다."

두지의 입술 끝이 심술궂게 휘어졌다. 모시던 매금은 쫓겨나고, 아내와 자식들에게까지 버림받아 고구려로 도망 온 신세. 끈 떨어져 초라한 도종의 상황이 몹시 고소했다.

"꼴좋구먼."

기분이 좋아 보이는 두지를 보며 심복은 석도종이 작년부터 왕궁에 드나들며 비원의 복원을 도왔다는 얘기를 전할지 말지를 잠시 고민했다. 석도종이 분재를 잘 키워 왕궁은 물론 몇몇 지인들에게 선물한 것이 보고할 정도의 일인지는 판단이 잘 서지 않았다. 주저하다가 아무리 사소한 것이라도 알리는 게 낫다 싶어 운을 뗐다.

"그리고 나리, 그 석도종이란 자가 분재를 잘 키우는데……."

분재란 단어에 과거의 치욕이 불쑥 솟았다. 그가 집안 상단의 수하를 닦달해 겨우 구한 슬슬 목걸이는 쳐다도 보지 않고 도종의 허접한 화분은 귀한 대접을 받았던 기억. 기분이 확 나빠진 두지는 손사래를 치며 심복의 말을 잘랐다.

"알고 있다. 그것 말고 다른 건 없느냐?"

따님이 왕후이시니 이미 알고 계신 모양이다.

그리 해석한 두지의 심복은 고개를 저었다.

"특별히 교류하는 이도 없고 대체로 두문불출하는 터라 달리 더 말씀 올릴 것은 없사옵니다."

"곁에 두거나 들락거리는 계집도 없고?"

"아, 그것이…… 흐흐흐."

그 부분은 보고 들은 것이 넘치도록 많았다. 심복이 실실 웃으며 두지에게 상세히 전했다.

"그의 얼굴이라도 한번 보고 싶다고 여인들은 물론이고 사내까지 그 집 주변에 인산인해, 진을 치고 있지요. 근데 모든 힘이 얼굴로 몰리고 하초는 부실한지 따로 부르거나 집에 들인 여인은 없는 것 같습니다."

재미난 얘기에 도취된 그는 주인의 얼굴이 붉으락푸르락해지는 것을 모른 채 신이 나서 덧붙였다.

"옥인(玉人)이니 벽인(璧人)이니 하도 시끄러워 소인도 구경이나 좀 하려고 기다리다 한 번 봤는데 진짜 사내가 저리 고와도 되나 싶더구먼요. 어쩌다 나오면 어찌나 난리인지 자주 바깥출입을 했다간 옛날 진나라의 그 위개(衛玠)라는 미남처럼 구경온 인파에 기겁해서 요절하기 딱 좋겠습니다. 그 딸들이 아비를 반이라도 닮았다면 정말 천하절색이겠더군요."

"그 입 닥치고 물러가라!"

"예?"

"쓸데없는 소리를 하려면 나가란 말이다. 탐문을 하랬더니 만고에 쓰잘데기없는 헛소문만 늘어놓다니. 에잇, 쯧쯧쯧."

혀를 차며 돌아앉는 주인의 분위기가 심상찮았다. 눈치 빠른 심복은 성미 사나운 주인의 심통이 자신에게 튀기 전에 잽싸게 튀어나갔다.

심복의 예상대로 두지의 울화는 시간이 지날수록 점점 더 부글부글 끓어오르고 있었다. 다시 국내성에 나타난 석도종의 존재에 오랫동안 잊고 있었던 열등감이 되살아났다.

젊은 시절 그도 준수하다는 칭송을 받았지만 석도종의 옆에선 늘 스스로가 추하게 느껴졌다. 그저 잘생기기만 했으면 외양만 반반하다고 무시했을 텐데, 하늘이 무심하게도 도종은 무용도 그보다 뛰어났고 박학다식하기까지 했다.

젊은 두지를 한눈에 사로잡았던 여진에게 보이는 것은 오로지 도종. 그녀의 시야에 그는 아예 존재하지도 않았다.

술수까지 써서 결국 여진을 얻었지만 거기까지였다. 아비 없이 태어날 아이까지 자신의 딸로 받아들였건만. 끝끝내 바라봐주지 않은 여진에게 그 역시 덧정도 남아 있지 않았다. 하지만 저 둘의 딸은 그와 명림 일족에게 왕후로 만들어준 은혜를 갚아야 했다. 그가 입을 열면 위태로워질 왕후 자리를 위해서도 반드시 그들을 도와야 했다.

해류에게 도종의 존재를 언제 알리고 어떻게 이용해야 할지. 두지의 머릿속이 복잡해졌다.

태왕 일행이 도착하고 얼마 뒤 승평 왕자와 전쟁에 나갔던 장수들이 별궁에 도달했다. 활짝 열린 별궁의 안뜰에서 개선장군을 맞는 음악에 남녀 무희들의 칼춤과 창춤으로 시작된 음지의례는 날이 샐 때까지 이어졌다.

워낙 급하게 결정된 행사라 준비가 미흡할까 봐 해류가 발을 동동 구른 게 무색하게 주연은 유려하게 진행됐다. 연회를 즐기지 않아 딱 기본만 준비시키던 태왕과 달리 근래에 드물게, 과거 선왕 시절을 떠올리게 할 정도로, 풍성하고 호화로웠다. 별궁 안 연회장에서는 부어라 마셔라, 흥겨운 웃음과 노랫소리가 끊이지 않았다.

반대로 별궁 문밖에선 소노부 해씨의 저택에서 달려온 사자가 발을 동동 구르고 있었다.

밤늦게까지 퇴궐하지 않는 해사무를 찾아 왕궁으로 온 사자는 뒤늦게 별궁으로 쫓아왔다. 그가 도착했을 때 음지의례는 이미 한창이었다. 태왕을 모시고 하는 행사에 감히 달려 들어갈 수 없어 눈치만 보는 그의 얼굴엔 초조감이 가득했다. 이제나저제나 의례가 끝나기만을 기다렸지만 결국 어슴푸레 해가 떠오르고서야 음악 소리가 잦아들었다.

미리 부탁해둔 궁관에게 태왕이 자리를 뜨셨다는 언질을 받자마자 그는 안으로 달려 들어갔다.

"나리!"

술에 취해 비몽사몽이던 해사무는 감기는 눈꺼풀을 억지로 밀어 올리며 목소리의 주인공에게 초점을 맞췄다.

"너는…… 무슨 일이냐?"

"속히 돌아가셔야 할 것 같습니다. 작은 나리께서 위중하십니다. 아무래도 오늘을 넘기기 힘드실 것 같다고……."

"뭐, 뭐라고!"

졸음기 가득하던 해사무의 눈이 번쩍 떠졌다. 서둘러 일어서려고 했지만 밤새 쏟아부은 술에 푹 전 다리에는 힘이 들어가지 않았다. 허우적거리다 넘어질 뻔한 그를 사자가 얼른 부축했다. 그 소동에 역시 술이 깨지 않아 몽롱하던 주변 사람들의 시선이 서서히 모였다.

"무슨 일입니까?"

사자와 어느새 달려온 별궁의 궁인에게 부축을 받고 선 해사무는 허둥지둥 발걸음을 옮겼다.

"아들이, 우리 연우가 지금…… 누구든 나중에 폐하께 말씀을 좀 드려주시오."

횡설수설하며 멀어지는 그를 보는 주변 귀족들의 얼굴에 의아함이 떠오르다 서서히 어두워졌다.

해사무의 장자 연우가 꽤 오래전부터 자리보전해왔던 것은 다들 알고 있었다. 용한 명의들이며 효험 있다는 약은 백방으로 다 구해 먹이고 있는 데다 아직 젊으니 털고 일어나려니 생각했다. 그런데 별궁까지 찾아와 귀가를 종용하는 걸 보면 위급한 상태임이 분명했다.

평소라면 음지의례를 마치고 하루 이틀 더 별궁에서 머물며 사냥을 하는 것이 관례였으나 그대로 파했다. 소노부 가주에게 닥친 비극을 배려해서 늦은 아침에 출발해 점심나절에는 다들 국내성으로 돌아왔다.

예상대로 그들의 집에는 부고가 도착해 있었다. 비보를 들은 이들은 옷만 갈아입고 바로 빈소가 차려진 해사무의 저택으로 향했다.

종고모의 유일한 아들이기도 한 연우라 어찌 됐는지 궁금해 태왕도 궁으로 돌아오자마자 안부를 챙겼다.

"소노부의 소가주는 어떻다더냐?"

주부는 오는 길에 귓속말로 전해 들은 비보를 옮겼다.

"그것이…… 욕살이 돌아오시기 전에…… 오늘 아침에 세상을 떴다고 합니다."

"하. 부자간에 마지막 작별도 못 하고 떠나보내다니. 해사무의 상심이 크겠구나."

일부러 그런 것은 아니지만 음지의례는 임종을 못 하게 한 원인이었다. 태왕은 뒤에 선 호위대장 을밀을 손짓으로 불렀다.

"계속 강행군하느라 곤하겠지만 네가 짐을 대신해 해연우의 빈소에 문상을 다녀와야겠다."

"알겠습니다, 폐하. 바로 출발하겠습니다."

"욕살의 장례식에 준해 비단과 금, 은을 부의로 가져가도록 해라."

"예."

을밀은 하사품이 실린 수레를 이끌고 소노부 해씨 저택에 차려진 연우의 빈소로 향했다. 태왕의 대리인으로 온 터라 다른 문상객을 제치고 최우선으로 빈청으로 안내됐다.

자식을 먼저 보내는 참척(慘慽)의 악상(惡喪)이라 부모인 해사무와 궁주는 빈소에 없었다. 아내와 아들 하나만이 머리를 풀고 곡을 하고 있었다. 젊은 과부와 어린 자식을 연민 가득한 시선으로 일별한 을밀은 빈소에 절한 뒤 상주 노릇을 하는 해사무의 차자에게 예를 표하려고 몸을 돌렸다.

상주를 마주한 을밀이 놀라 얼어붙었다.

그를 맞는 것은 바로 얼마 전 환도의 출처를 알아보기 위해 불러들였던 상단의 젊은 단주였다. 형을 잃은 애통함으로 초췌해진, 성도 없는 평민 마리습이라 알고 있었던 해세적이 을밀에게 맞절을 했다.

천수를 누린 이를 보내는 호상이라도 장례는 사람들의 가슴을 묵직하게 하는 일이었다. 젊디젊은 청년의 비보는 거기에 비할 바가 아니었다. 이립에 겨우 몇 해를 보탠 연우의 요절은 해사무와 별다른 우애나 친분이 없는 이들에게도 꽤 충격이었다. 해사무와 친밀하거나 가까운 이들은 따로 그를 만나 위로를 건넸지만 대다수는 그럴 엄두도 내지 못했다. 문상을 마친 객들은 침통한 얼굴로 각자의 일상으로 돌아갔다.

조문한 뒤 수레에 오르는 명림죽리의 안색도 어둡고 무거웠다. 애도는 일부이고 그의 가슴을 더 크게 채운 것은 초조함이었다.

아무리 엄중히 입을 틀어막고 단속한다고 해도 이런 일은 길게 끌면 안 되었다. 실수든 배신이든 태왕이 언제까지 모를 수 없었다. 이미 낌새를 눈치챘을 수도 있었다.

세가 비슷한 상황에서 결국은 대의명분 싸움. 상대가 기연가미연가하는 동안에 적절한 당위를 만들어서 속전속결로 판을 엎어야 했다. 절노부 안에서의 준비는 끝났고 부여신 사당의 보연과 추모신 사당의 여리지와도 뜻을 맞췄다. 이심전심 공감하던 소노부와 순노부에게 확실한 약속을 받아내, 거사의 때를 정하는 것만 남았다.

천도 반대파를 압박해서 평양성에 기어이 옹성을 쌓게 만든 태왕에게 귀족들의 불만은 커질 대로 커진 상태였다. 소노부와 순노부에서 가장 강성한 집안 한둘만 합류하면 나머지는 따라오거나 묵인할 거란 확신이 섰다.

하필이면 이때 연우가 세상을 떴다. 유일한 적자이자 장자를 잃은 해사무는 혼이 빠져 있었다. 한 치 한 푼의 빈틈도 없어야 하는 건곤일척의 대업에 동참시키기에 그는 지금 너무 약하고 위태로웠다. 그동안 해사무에게 들인 공이 아깝긴 했지만 미련을 둘 상황이 아니었다.

함께 문상을 왔다가 자신의 저택에서 보자고 한 우씨와 주씨 가주를 앞에 두고 그는 오늘 정한 뜻을 밝혔다.

"아무래도 해사무는 제외하고 가는 게 맞을 것 같소. 대신 소노부에서 해씨 다음으로 영향력이 큰 집안인 대실 일족의 가주인 형발소와 내일이라도 만나려고 하오. 그 역시 대무신왕 때부터 국내성에 자리 잡은 명문 귀족이라 천도를 반기지 않으니 분명히 다른 집안을 설득해 함께할 것이오. 순노부야 걸사가와 설가를 제외하곤 다 한미해 힘들일 의미가 없으니 그들만 포섭해봅시다."

"소노부 문제는 국상의 의견에 찬성합니다만 순노부의 설씨들은 제외하는 게 어떨지요? 그쪽은 죄다 무관들이라……."

주씨 가주의 의견에 우씨 가주도 고개를 끄덕이며 동조했다.

"걸사비우는 태학 때부터 제 친우로 우리와 뜻이 같은 것은 제가 장담합니다. 하지만 태왕께서 한수 이남을 평정할 뜻을 밝히신 이후 무신들은 그쪽으로 확실히 기울었습니다. 설가들도 그렇지 싶습니다."

"그럽시다. 공연히 위험을 무릅쓸 필요는 없지."

동조하는 죽리를 보며 우씨 가주가 목소리를 확 낮췄다.

"예정대로 진행하시려는지요?"

"본디 이런 사거는 미루다가 사달이 나는 법이오. 미리 의논했던 대로 우가에서 가을 사냥모임의 주관을 맡았으니 그것도 우리를 돌보는 천신의 보살핌인 듯하오. 하늘이 주시는 기회를 놓치지 맙시다."

"태왕께서 옹성 축조가 의도대로 됐다고 좋아하셨지만 실제로 가장 중한 것을 이룬 건 우리지요. 관노부가 눈치도 없이 올해 사냥모임을 주관하겠다고 나설 때 어찌나 조마조마하던지, 원."

"관노부야 연 씨 때문에 풍비박산이 났으니 어떻게든 태왕의 눈에 들고 싶겠지요. 아직도 천지 분간을 못 하고 있으니 말입니다. 어리석은 사람들 같으니라고."

"그런데 국상, 왕자 전하의 의중은 어떻습니까? 전하께서도 함께하시겠지요?"

이 질문은 조만간 나올 것이라 생각하고 있었다. 죽리는 진중한 눈빛으로 절노부의 두 가주를 응시했다.

"전하께는 알리지 않았소."

"예에?"

그들의 당혹감은 당연했다. 태왕을 쫓아낸 다음에 왕위를 이을 후계자와 앞서 공감해두지 않았다가는, 까딱하면 닭 쫓던 개 신세가 되거나 최악의 경우엔 토사구팽이 될 수 있었다. 죽리는 찬찬히 그 연유를 설명했다.

"왕자 전하는 음흉한 태왕과 달리 솔직담백하신 분이오. 전하 주변엔 지켜보는 눈도 많고 무엇보다 태왕께서 크게 경계하고 계시니 최대한 비밀로 해야 하오."

"하지만!"

죽리는 자신 있게 단언했다.

"사냥모임 때 지금 태왕을 벤 뒤 전하를 옹립하면 받아들이실 거요. 고금에 신하들이 반정을 일으켜 폭군을 쫓아내고 새 왕을 모실 때 거부한 전례가 없잖소."

"그렇긴 하지요……."

죽리의 장담에 두 가주도 납득이 가는지 표정이 풀어졌다.

형제간에 우애도 좋고 무엇보다 왕실에 대한 충성심이 깊은 왕자였다. 미리 언질한다면 망설이거나 그들의 거사를 태왕에게 알릴 수도 있었다. 모두 목숨을 걸고 하는 일이니 아주 사소한 불확실성도 남겨선 안 되었다.

"듣고 보니 국상의 안배가 옳은 것 같습니다. 천려일실이라고 뭐든 신중한 게 좋지요."

혹시라도 불안감의 불씨가 남아 있을까 죽리는 다시금 그들을 격려했다.

"다른 분도 아니고 승평 왕자 전하라면 꼬장꼬장한 우타소루며 다른 장수들도 틀림없이 따를 것입니다. 당신의 친아드님이니 태후께서도 흔쾌히 왕실을 장악해 주실 거고요. 표현을 못 하셔서 그렇지 과거에 친정이 도륙당해 가슴에 쌓인 한이 얼마나 크시겠습니까."

당시 죽리와 명림 일가는 발을 쏙 빼고 선왕 편에서 우씨의 숙청을 방관했었다. 그 사실을 지금 우씨 가주가 떠올릴까 봐 죽리는 얼른 격동시키는 격려로 마무리했다.

"그러니 다들 그날을 위해 분골쇄신합시다."

새 태왕을 세운 공신으로 누릴 부귀영화가 눈앞에 펼쳐지는지 그들의 입이 함박 벌어졌다.

"우리 전하야말로 정말 선왕의 웅혼한 기상을 다 담고 태어나신 분이지요. 청룡을 수놓은 전하의 붉은 깃발을 보면 외적들이 감히 대적할 엄두도 못 내고 달아난다면서요."

"정말 생각만 해도 든든합니다."

승리에 대한 확신이 있어야 배신하지 않고 더 열심히 움직이는 법. 죽리는 그동안 혼자만의 계책으로 묻어두고 있던 것도 그들에게 펼쳐 보여줬다.

"실은 보연 신녀와 일자감이 몇 달 전부터 왕자 전하께서 하늘의 뜻을 받은 태왕이시며, 그분이 등극하시면 태평성대가 되리라는 천기를 읽고 그것을 은밀하게 퍼뜨리고 있소."

"참으로 국상의 안배는 세심하고 정교합니다. 귀 얇고 어리석은 백성들은 그런 소리에 잘 혹하니 태왕이 바뀌면 반발은커녕 오히려 좋아하겠군요."

"목숨줄 지켜주고 배 안 곯고 등 따습게 해주면 되지. 그깟 하호들의 생각이 뭐가 중요하다고 신경을 쓰십니까. 그것보다 저는 태왕 직속의 중앙군이 걱정입니다. 우리 절노부와 소노부, 순노부의 사병들을 다 모은다고 해도 만약 수문위군과 다른 중앙군들이 나서면 아무래도 열세인데……."

"그 역시 염두에 두고 대비하고 있으니 크게 염려 마시오."

"예에? 정말요? 어찌하시려고요?"

죽리는 두지를 통해 진행 중인 일을 떠올리며 자신만만한 미소를 흘렸다.

"그것은 아직 도모 중이니 확실해지면 다시 의논을 드리겠소이다."

국내성 서편에 있는 승평 왕자의 저택은 오랜만에 돌아온 주인을 맞느라 분주했다. 식솔들뿐이 아니었다. 오는 길에서 개선장군 일행을 본 백성들도 몸을 숙여 예를 표하고 입을 모아 왕자를 칭송했다.

"전하, 고생이 많으셨습니다."

"전하, 대승을 감축드립니다."

"왕자 전하 만세!"

진심 가득한 축하와 감사인사에 왕자도 흐뭇한지 싱글벙글 입가에 웃음이 가시지 않았다. 그에게 인사하는 백성들에게 연신 아는 척을 해주던 왕자는 저택 문으로 들어오자마자 고은을 보고 말에서 뛰어내렸다.

"고은! 아니, 어찌 여기서 이러고 있는 것이오."

왕자는 고은 주변의 시비를 호되게 꾸짖었다.

"바람도 찬데 너희들은 말리지 않고 왜 비를 여기까지 나오게 했느냐!"

그의 안달복달을 즐기듯 지켜보던 고은이 방긋 웃으면서 승평의 소매를 살짝 잡았다.

"저들을 꾸짖지 마세요. 전하께서 돌아오셨는데 어떻게 방에서 기다리겠어요. 당도하셨다는 소식을 듣고 막 나온 참입니다."

"금방 내가 안으로 들어갈 터인데, 홑몸도 아닌 사람이 참."

겨우 배가 부풋하니 임신한 태가 나고 있는 정도인데 만삭의 임산부를 부축하듯 왕자는 고은을 감싸고 안으로 들어갔다.

참 다정한 분이시다. 지어미를 끔찍이 챙겨주시는구나.

궁에서부터 왕자를 따라온 시종과 시녀들은 흐뭇함과 부러움의 눈길을 보냈다.

침실로 들어오자마자 왕자는 고은의 배에 얼굴을 대었다. 마치 다 자란 아이에게 하듯이 점잖게 말을 걸어줬다.

"아비가 이른 대로 어머니가 편히 지내시도록 얌전히 잘 지냈느냐?"

"예. 전하의 당부를 따르는지 아주 잘 자라고 있답니다. 글쎄, 얼마 전에는 태동을 처음 했어요."

"태동? 정말이요?"

"예. 지금은 낮잠을 자는지 조용한데 저녁 무렵이면 굉장히 활발하게 뛰논답니다. 배에 손을 대면 전하께서도 느끼실 테니 아이가 움직이면 말씀드릴게요."

"꼭 그래주시오. 한창 힘들 때인데 자꾸 자리를 비워 면목이 없소."

"전하가 아니면 누가 무도한 서량의 잔당을 그리 쉽게 물리치겠어요. 저는 전하의 명성을 들을 때마다 정말 자랑스럽고 기쁘옵니다."

아내의 칭찬이 쑥스러우면서도 즐거운 듯 승평의 얼굴에 떠오른 홍조와 웃음이 짙어졌다.

"그대가 그리 말하니 내가 정말 대단한 것 같잖소. 하하."

"당연히 대단하지요. 저는요, 전하를 꼭 빼닮은 훌륭한 아들을 낳고 싶습니다."

"아들이 아니면 어쩌려고 단정하시오. 만약 여아라면 배 속에서 듣고 서운해하겠소."

"태아를 위해 약재도 보내주고 성심껏 기도를 해주고 있는 보연 신녀도 그리고 어머니도 배의 모양이나 노는 양이 아들이 틀림없다셔요."

고은은 승평의 손을 잡아 자신의 배에 올렸다.

"이 아이도 꼭 위대하신 조부님과 전하를 닮아 두 분의 위업을 이어가게 해달라고 날마다 천신께 기도하고 있답니다."

허허거리면서 고은에게 맞장구쳐주던 승평의 입매가 살짝 굳었다.

"무슨 소리요. 누구보다 부왕을 닮고 또 그분의 위업을 이어가는 건 폐하시지."

"태왕 폐하는 그분의 모후를 많이 닮으셨다면서요. 전하를 두고 다들 선왕 폐하 판박이라고들 하는걸요. 전,"

드물게 강경한 어조로 승평이 고은의 장광설을 끊었다.

"고은!"

언성이 높았다고 느꼈는지 승평은 얼른 목소리를 부드럽게 가다듬었다.

"난 당신이 무탈하고 이 아이가 건강하게 태어나기만 한다면 남아건 여아건 전혀 상관이 없소. 그러니 당신도 마음 편히 지내면서 천신께 순산만을 빌어요."

이 화제를 길게 끌고 싶지 않다는 불편함이 느껴졌지만 고은은 포기하지 않았다. 그리할 수 없다는 것이 더 맞으리라.

제 것이라 믿어 의심치 않았던 왕후 자리를 빼앗기고 평생 무시하던 해류 앞에 머리를 숙이는 건 충분히 했다. 승평 왕자를 유혹하는 음모에 적극 나선 것은 그가 다음 태왕이 될 거라는 조부의 확언 때문이었다. 형의 도구로 이리저리 뛰어다니며 죽어라 고생만 하는 왕자의 비로 절대 만족할 수 없었다. 나무랄 데 없는 이 왕자에게 유일하게 부족한 야심을 불어넣어야 했다.

"전하께선 억울하지도 않으십니까?"

"고은! 그만하시오."

"보연 신녀가 그랬습니다. 천기가 전하에게 향하고 있다고요. 태왕 폐하가 무서워 입을 닫고 있을 뿐이지 꽤 오래전부터 하늘은 그 뜻을 내보이셨답니다. 폐하께서 큰 침입이나 어려운 전쟁만 있으면 전하를 보내시는 것도 그 때문이겠지요. 전하께서 다치시거나 변고를 당하길 바라 그러는 게 아니겠습니까."

눈치를 봐서 왕자의 의중을 파악하고 슬쩍 흔들어보라는 조부의 조언이 아니라도 언젠가는 꼭 하고팠던 소리였다.

그러나 왕자는 철옹성처럼 흔들리지 않았다. 단호하게 그녀의 시도를 튕겨냈다.

"나라에 위기가 닥치면 태왕부터 왕족들이 앞장서서 싸우는 건 우리 고구려의 건국 때부터 내려온 유구한 전통이오. 우리가 제일 앞에 서기에 귀족과 백성들도 목숨을 걸고 따르는 것이고. 내가 많이 나선 것은 최근 몇 년이오. 태왕께서는 이보다 더 큰 싸움을 태자 시절부터 수없이 이끄셨소."

승평은 피로한 기색으로 등을 돌렸다.

"고은, 지금 당신 주변에서 누가 어떤 얘기를 속살거리는지는 잘 모르겠지만 내 당부를 명심해요. 그대 집안과 아이를 위해서라도 귀를 막아요. 그게 우리가 살길이오."

"전하!"

그는 당장이라도 뚝뚝 떨어질 듯한 눈물을 가득 담고 자신을 바라보는 고은의 시선을 회피했다. 처음이었다, 그가 고은을 외면한 것은. 승평은 망연자실한 그녀를 달래주고 싶단 충동을 꾹 눌렀다.

"나는 좀 씻어야겠소. 쉬고 있어요."

흐느끼는 고은을 두고 침실을 나오는 승평의 얼굴은 어둡고 복잡했다.

고은이 갑자기 저러는 까닭은 명림죽리나 그 집안에서 무언가 언질을 줬거나 충동질했기 때문일 터였다. 인정하고 싶지 않지만 각오했던 일이기도 했다.

고은과 혼인하겠다고 했을 때 태후도 태왕도 기껍게 찬성하지 않았다. 그들이 무엇을 염려하는지는 그도 명백히 알았다. 그녀를 놓지 못하겠다고 선언하며 그는 두 사람에게 절대 처가에 휘둘리지 않겠다고 약속했다. 그 결심은 변함없었다.

그럼에도 억울하지 않냐는 고은의 질책이 귓전에서 떨어지지 않았다. 잔잔한 호수에 던져진 돌처럼 파문을 일으키며 그의 평화를 잠식하고 있었다.

그가 어릴 적부터 줄곧 들어왔고 스스로에게도 끝없이 해왔던 질문이었다. 그가 숨을 거두는 순간까지 따라다닐 유혹이기도 했다.

철모르던 어린 시절의 한때, 형에게로 향한 부왕의 무한한 애정과 관심을 시샘했다. 부왕은 그도 귀애하고 아꼈다. 그렇지만 언제나 형님 다음이었다. 생모인 모후마저도 친자식인 그보다 언제나 형님을 우선시했다. 그 사실에 늘 허기가 졌다.

절대 형님을 시샘하거나 이기려 들어선 안 된다고, 귀가 닳도록 신신당부하는 모후를 이해할 수 없었다. 장자인 거련 왕자는 일찍 세상을 뜬 전 왕후를 많이 닮았다. 어린 시절 잔병치레가 잦았던 형과 달리 모두 그가 외양부터 부왕의 판박이라고 입을 모았다.

형님보다 뛰어나면 부왕도 그를 더 아껴주고 더 관심을 줄 것이라 믿고 부왕의 눈에 들려고 혼신의 노력을 다했다.

그 어리석은 망상은 곧 산산이 조각났다. 그가 영락태왕의 진정한 후계자라고 달콤하게 속살이며 장자를 깎아내리던 외조부며 외숙들은 태자 책봉을 앞두고 모조리 불귀의 객이 됐다. 부왕에게 후계자는 오로지 형님뿐이란 것을 어린 승평은 처절하게 깨달았다.

키가 자라며 마음도 자라니 보이지 않던 것이 눈에 들어왔다. 부왕의 사랑을 독차지하는 태자가 짊어진 의무를. 그러면 짓눌려 납작하게 찌부러질 막중한 무게를 태자는 감내하고 있었다.

외가가 숙청당하기 전부터 실은 승평도 이미 인지하기 시작했었다. 제겐 부왕이 태생부터 갖고 태어난 모두를 압도하는 위력도 정복욕도 부족하다는 것을. 비슷한 건 겉껍데기와 장수로의 재능 일부분. 그렇다고 거련 태자처럼 일생을 극기하며 수행하는 것 같은 삶을 살아갈 자신도 없었다. 그의 형, 거련 태자는 아주 어린 시절부터 어마어마한 기대에 포함된 채찍질을 감당하며 제왕의 길을 걷고 있었다.

승평은 적당한 의무, 적당한 권세를 가진 둘째 왕자의 길을 택했다. 적은 노력에 비해 누리는 대접은 그 이상이니 흡족하다고 스스로를 설득했다. 하나도 아쉽지 않다면 거짓이지만 그런 역심을 품어선 안 된다고 되뇌며 야망을 철저하게 거세해 왔다. 그나 그의 주변이 아주 조금이라도 움직이면 과거에 부왕이 그랬듯이 이번엔 형인 태왕이 결코 용납하지 않을 건 명명백백한 사실.

절대 흔들리지도 변하지도 않아야 한다.

뼈에라도 새기듯이 그는 그 맹세를 자꾸 되뇌었다. 오랜만에 요동치는 욕망의 고삐를 잡기 위해 안간힘을 썼다.

늦은 밤, 곳곳에 환히 등을 밝혀둔 비원을 궁녀와 궁인들이 분주히 오갔다.

사방의 창을 활짝 다 열어놓은 전각 안에는 조촐하지만 정갈한 주안상이 차려지고 있었다. 식기들은 금은과 도기로 아름답고 법도에 맞았지만 담긴 음식들은 찐 잉어 한 마리를 제외하곤 푸성귀나 열매였다. 기름진 것은 눈을 씻고 봐도 찾아볼 수 없었다. 왕궁의 주안상이라기에는 너무나 소찬이었다.

"폐하, 너무 단출하지 않을지요? 지금이라도 사슴고기찜이나, 아니면 방게라도 들이라고 하심이 어떨까요? 산 것을 그대로 장유에 절여 진상한 것인데 지금이 제철이라 아주 살지고 부드러워,"

"폐하께서 엄중히 이르시지 않았는가. 연회며 음지의례가 이어져 기름진 것은 질렸으니 요기나 할 수준으로 가볍게 준비하라고."

"그렇기는 합니다만……."

경험상 윗전들의 명은 딱 그대로 따르기보다는 한결 높이는 것이 안전했다. 흐리는 여관의 말끝에 염려가 묻어났다. 어쨌든 태왕의 지시였고 또 왕후도 이 정도면 충분하다고 하니 더 나설 순 없었다.

설령 눈에 차지 않더라도 왕후 폐하가 있으니 넘어가주시겠지.

여관 미려는 심간을 편히 했다. 술을 데우기 위해 화로에 부채질하는 궁녀를 채근하고 화병에 꽂을 꽃을 고르는 왕후를 도왔다. 먼지 한 톨 없는 바닥과 창틀을 보고 또 보며 혹시라도 빠지거나 부족한 것이 없는지 부지런히 챙기는데 담 너머에서 고하는 소리가 들려왔다.

"태왕 폐하 납십니다."

다들 하던 일을 마무리하고 왕후를 선두로 전각 아래로 내려갔다.

궁녀와 궁인들의 마중을 받으며 태왕이 성큼 들어섰다. 석등은 물론이고 고운 색색의 지등을 주렁주렁 달아 대낮처럼 밝힌 불에 비친 그의 얼굴에 감추지 못한 짙은 피로감이 엿보였다.

"짐이 공연한 청을 해서 왕후를 번거롭게 한 게 아닌가 싶습니다."

"번거롭다니요. 밤에 비원에서 폐하를 모시고 주연이라니 즐겁습니다. 다만 처음 준비하는 터라 미흡할 수 있으니 혹시 부족한 것이 보이더라도 너그러이 넘어가주세요."

"왕후가 하는 일인데 그럴 리가요."

해류와 함께 전각의 계단을 오르며 그가 치하를 잊지 않았다.

"음지의례가 근래에 보기 드물게 호화로우면서도 유려해 즐거웠다는 칭송이 자자하더군요. 급히 결정된 것을 잘해주셔서 고맙습니다."

태왕과 왕후가 전각에 오르는 것을 지켜보며 궁녀들과 태왕을 따라온 시종, 호위들은 눈치껏 담벼락 쪽으로 멀찌감치 옮겨갔다. 두 분의 오붓한 시간을 방해하면 안 된다는 것은 따로 지시할 필요도 없는, 올해부터 궁인들에게 추가된 암묵적인 불문율이었다.

주홍빛 불빛에 비치는 태왕과 왕후 부부의 다정한 그림자를 왕후궁의 여관과 태왕을 모시는 시종장이 흐뭇하게 구경했다.

태자 전하만 얻으시면 더 바랄 것이 없겠구나.

한마음으로 비는 그들의 기원을 받으며 태왕과 해류는 전각 안으로 들어갔다. 준비한 음식상 앞에 태왕과 나란히 서자 해류도 뒤늦게 걱정이 밀려왔다. 아닌 게 아니라 태왕을 모시기에는 지나치게 조촐해 보였다.

"이르신 대로 소찬으로 준비하긴 했는데, 너무 소박하지 않은가 싶네요."

"아니, 정말 딱 내가 바라던 그대로요."

해류가 따라주는 따끈한 술을 한 모금 마시며 그제야 긴장이 풀리는지 의자 등받이에 몸을 기댔다.

"이제 좀 살 것 같군."

태왕은 아무리 힘든 일이 있어도 말은 물론이고 표정이나 행동으로도 티를 내지 않았다. 이렇게 무방비하게 피로감을 드러내는 건 드문 경우였다. 근래 팽팽하게 당긴 활줄처럼 끊어질 듯 아슬아슬해 보였는데 아마도 그게 한계에 도달한 모양이었다.

그가 말하고 싶어 입을 열지 않는 이상 왜 힘들어하는지 물어도 대답해주지 않을 거였다. 연유는 모르더라도 조금이라도 편하게 해주고 싶다. 그 욕구에 해류는 용기를 냈다. 그의 뒤로 가서 어깨와 목덜미를 주물러주었다. 사당에서 모시던 우품신녀가 종종 시키던 일이라 능숙했다.

어깨에 손을 올리자 살짝 굳어지는 것 같더니 그는 곧 힘을 풀고 해류에게 몸을 맡겼다. 아프고 뭉친 자리를 기가 막히게 풀어준다고 칭찬받던 실력이 남아 있는지 그의 입술에서 기분 좋은 신음이 흘러나왔다.

"아아, 고맙군. 해류."

돌처럼 딱딱하게 굳어진 부분을 꽉꽉 눌러주면서 해류가 살짝 물었다.

"많이 곤하신 모양이네요?"

"연일 신경을 곤두세울 일들이 줄을 이으니…… 조금 피곤한 모양이오."

"어의를 불러 증위(蒸慰)[103]를 하시거나 정식으로 안마라도 받아보시면 어떨지요?"

"그 정도까지는 아니오. 그래도 해류 그대 덕분에 매일 잠은 푹 잘 자고 있으니

---

103 증기로 뜨겁게 달군 돌로 찜질

아직은 견딜 만해."

해류의 품에 아이처럼 안겨 잠들었던 날 이후부터였다. 희한하게 해류 옆에 누우면 긴장이 풀리고 잠이 쏟아졌다. 어디든 머리만 대면 바로 곯아떨어지는 해류를 신기해했건만 요즘 그도 거의 비슷했다. 지쳐 쓰러질 지경까지 스스로를 몰아붙이다 기진해 눈을 붙이는 것과는 다른, 새로운 경험이었다.

"하긴, 간혹이지만 폐하께서 주무시는 모습을 볼 수 있다는 것이 아직도 놀랍답니다."

"그렇게라도 그대에게 재미를 줄 수 있다니 다행이군. 팔이 아플 테니 그만하고 앉아요."

아직도 딱딱한 그의 목이며 뭉쳐 있을 다른 자리에 대한 미련이 남았지만 태왕은 강경했다. 해류가 미적거리자 팔을 들어 그녀를 잡아 의자에 앉혔다.

"같이 앉아요. 내가 편히 마주하고 술을 할 사람은 해류 당신밖에 없잖소."

앙앙불락하는 이들과 하하호호 하면서 부어라 마셔라 하는 것도 고역일 것이다. 산해진미를 마다한 태왕의 심정이 이해가 갔다.

"그러셔요. 술은 못 마시지만 옆에 앉아 친구는 되어드리지요."

"술을 못한다고?"

"예. 사당에 갈 때는 술을 마시기엔 어린 나이였고 사당에선 술은 엄격히 금지되어 있었으니까요. 냄새부터 쓰고 쎄한 것이 딱히 마시고 싶다는 생각도 들지 않아서 멀리하고 있습니다."

듣고 보니 해류가 술을 입에 대는 건 본 적이 없었다. 초야 침실에 둔 합환주는 둘 다 입에도 대지 않았다. 연회에서도 그녀는 잔만 받았지 마시지는 않았다. 가끔 둘이 함께 식사할 때도 그랬었다.

자신이 얼마나 해류에 대해 모르는 게 많은지 새삼스러운 동시에 민망해졌다.

"이런, 앞으로 왕후와 종종 조용히 주연을 즐길 작정이었는데 그대가 술을 못한다니 낭패로군."

"저는 물을 술잔에 받아 마시면 되지 않겠습니까."

"그래도 술이란 주고받는 맛이 있어야지. 혼자만 마시면 쓸쓸할 것 같소."

지금 마시고 있는 곡아주는 독해서 해류에겐 맞지 않을 거였다. 취향껏 즐기라고 골고루 갖다 놓은 술병을 열어 향을 맡아보던 그는 단술을 발견했다. 이거다 싶어 그는 병에 든 것을 해류의 잔에 조금 부었다.

"이것을 한번 맛봐요."

술은 그 특유의 톡 쏘는 듯한 독한 냄새부터 싫었다. 그래도 태왕이 몸소 잔을 채워주며 권하는데 계속 마다할 수는 없었다. 해류는 숨을 참으며 잔에 든 것을 꿀꺽 삼켰다. 각오한 쓴맛이나 시큼함이 아니라, 달달한 맛과 향이 목구멍을 넘어 입안에 사르르 퍼졌다.

맛있었다. 술맛이 이렇다면 왜 사내들이 기를 쓰고 퍼마셔대는지 이해가 될 것 같았다.

해류의 표정에 떠오른 놀람과 찬탄을 읽은 태왕의 얼굴도 밝아졌다. 그가 입술을 빙긋이 휘면서 다시 그녀의 잔을 채워줬다.

"단술이라오."

사약을 삼키는 표정이던 조금 전과 달리 해류는 달게 홀짝홀짝 마셨다.

"이름과 맛이 딱 맞춤이네요. 폐하가 아니셨다면 이렇게 맛있는 술도 있다는 걸 모르고 살다 갈 뻔했습니다."

"술 말고도 그대에게 알려주고 싶은 좋은 것들이 많으니 기대해요."

말투는 가볍지만 묵직한 약속이 담긴 말에 해류는 가슴이 콩콩 뛰고 콧잔등이 시큰해졌다. 태왕처럼 가볍게 기대하겠다고, 고맙다고 대답해야 하는데 말이 나오지 않았다. 감격을 주체 못 하고 꽉 잠긴 음성을 들려주고 싶지 않았다. 해류는 웃으며 태왕의 잔에 술을 채워줬다.

태왕의 소망대로 병이 비도록 주거니 받거니 잔이 오갔다.

단술이지만 어쨌든 술은 술이었다. 그녀는 몰랐지만 처음 마신 술에 얼근히 취해 한참 전부터 흔들거리고 있었다. 알딸딸하니 감기는 눈을 억지로 뜨고 있는 가운데 태왕이 느닷없이 물었다.

"그 마리습이라는 자가 해사무의 아들, 해세적이란 것은 알고 있었소?"

"예! 정말요? 마리습 단주가 소노부 욕살의 아들이라고요?"

눈이 휘둥그레진 해류를 보니 그녀도 그만큼이나 놀란 게 확실했다. 안도감을 삼키며 그는 을밀의 지시로 계마로가 조사한 내용을 그녀에게 전해줬다.

"해사무가 첩에게서 본 아들로 소노부의 상단에서 일하다가 십여 년 전에 독립했던 모양이오."

"그랬군요……. 모두루 상단은 제가 사당에 갔을 때 처음 봤는데 그의 경험담을 들어보면 더 오래전의 일들도 많아 좀 이상하다고 생각했었더니……."

풀리지 않았던 빈자리를 채워 넣으니 오히려 더 많은 궁금증이 떠올랐다. 왜 절노부 명림가의 상단과 쌍벽을 이루는 소노부 해씨 상단을 떠났나. 아무리 독립했어도 가족인데 도움을 받는 것은 고사하고 훼방 놓는 걸 피해가며 치열하게 경쟁했을까. 의문이 꼬리를 물었다.

고개를 갸웃거리는 해류를 태왕이 빤히 응시하다 지나가는 투로 슬쩍 물었다. 자신답지 않다는 걸 알고 있지만 확인하고 싶었다.

"그대가 왕후가 되지 않고 사당에 그대로 머물러 있었다면 마리습과 관계는 어찌 되었을 것 같소?"

왜 의미도 없는 가정을 묻는 것인지. 더구나 왜 마리습을 콕 짚어 묻는 것인지. 영문 모르겠다고 생각하면서도 해류는 한때 오매불망했던 제 계획을 정직하게 알려줬다.

"사당과의 거래는 사란과 계속하라고 이어주고, 단주의 오랜 신의와 우의에 감사하면서 전 어머니를 모시고 고구려를 떠났겠지요. 북연이든 북위든 길을 떠날 때 조력을 청했을 수도 있겠고요. 어디든 자리를 잡으면 단주의 상단과 또 거래를 텄을 수도 있겠네요."

귀한 비단을 짜는 기술자는 어느 나라든 두 팔 벌려 환영할 터. 여자 둘뿐이니 소소한 난관은 있겠지만 해류의 강단이면 어디서든 순조롭게 자리 잡았을 확률이 높았다. 국내성 주변도 벗어나보지 못했다면서 그녀의 탈출과 정착 계획은 실로 완벽했다. 해류의 뜻대로 풀렸다면 영영 만날 수 없었을 둘을 이어준 하늘에 감사하며 태왕은 남몰래 가슴을 쓸어내렸다.

"이건 정말 만약이란 가정으로 묻는 것인데, 만에 하나 그자가 당신을 여인으로 보고 연심을 고백했다면 어쨌을 거요?"

"예에?"

외마디 소리를 지르며 반문하던 해류가 곧 까르르 폭소를 터뜨렸다.

"그럴 리가요. 저를 망아지 같다거나 사내아이 같다고 놀리던 단주입니다. 무엇보다 늘 장삿길에 나서느라 몇 번 보지도 않았는데 어찌 연심 같은 게 생기겠습니까."

해류의 대답은 그를 만족시켰다.

마리습인 동시에 해세적인 그자는 해류를 여인으로 가슴 깊이 담고 사모했다. 반대로 해류는 그를 눈에도 넣지 않았다. 그 사실이 너무나 통쾌해 그의 연모를 알려주고 싶은 유혹까지 잠시 들 정도였다.

그랬다가 공연히 해류가 마리습을 의식하게 될 수 있기에 참았다. 고백도 못 하고 끝난 그의 연정을 떠올리니 그가 선물한 옥환을 해류가 종종 착용하는 것도 당분간은 참아줄 수 있을 것 같았다.

사내아이와는 전혀 거리가 먼, 농염한 곡선을 그리는 해류의 잘록한 허리를 당겨 안았다.

"물건을 보는 눈은 뛰어나지만 여인을 보는 눈이 먼 자로군. 이렇게 요염하고 그윽한 향취를 가진 그대를 사내아이 같다고 하다니."

이제는 익숙해질 법도 하건만. 그가 입을 열어 자신의 외모를 칭찬하면 여전히 어색했다. 도홧빛으로 확 물든 얼굴을 해류는 태왕의 가슴에 묻어 감췄다.

수줍음이 그의 욕망을 자극했다. 평소라면 그를 열렬히 환영하는 해류를 이 전각에서 안았을 것이다. 그렇지만 오늘은 욕망보다 호기심이 우선했다. 내내 궁금했으나 그동안 묻지 못했던 것이 있었다. 지금처럼 해류가 처음 마시는 술에 취해 경계심이 다 풀어졌을 때라야 대답해줄 만한 질문이었다.

그는 해류를 유혹하듯 목덜미를 슬쩍 깨물면서 가볍게 질문을 던졌다.

"만약 왕후가 되지 않았다면 어머니와 고구려를 떠나서 어찌 살려고 했소?"

평소였다면 절대 이런 위험한 질문에 답하지 않았을 터다. 능란하게 얼버무리며 슬쩍 넘어갔을 거였다. 술이 만들어준 몽롱함이 그녀의 경계심을 허물고 혀를 가볍게 했다.

"어머니를 잘 모셔줄 착하고 성실한 사내를 만나 혼인해서 서로 아끼며 잘 살았 겠지요."

미쳤구나, 감히 태왕에게 이런 망발을 하다니.

소리가 되어 나온 실언이 귀에 들어오자마자 정신이 확 들었다. 자각하자마자 그녀는 최대한 수습하기 위해 얼른 덧붙였다.

"우리 고구려는 과부나 혼인하지 않은 여인도 재물과 재주만 있으면 살 궁리를 할 수 있지만 서쪽이나 북쪽 나라는 지켜줄 사내가 없으면 희롱과 무시가 많다고 해서요."

다행히 태왕은 노여워하는 기색은 없었다. 도리어 흥미롭다는 듯이 그녀를 물 끄러미 응시했다.

"어째 지금 말한 조건들은 평생을 해로할 지아비가 아니라 일을 잘할 튼튼한 일 꾼이나 마소를 구하는 것 같군."

뜻밖의 품평에 해류는 웃음을 참지 못했다.

"예? 일꾼이나 가축이라니요. 그럴 리가요. 호호."

"여인이든 사내든 반려를 꿈꿀 때는 연모나 서로를 향한 단심을 바라지 않나? 그런데 그대는 어머니를 잘 모셔야 하는 조건을 가장 앞에 두고 그다음엔 착하고 성실함을 들었잖소. 혼인해 아끼며 잘 살겠다고는 하지만 어디에도 은애함은 그 조 건에 없군."

그녀는 한 번도 의식하지 못한 지적. 자신이 늘 품고 있던 생각을 태왕의 입을 통해 듣고 보니 그것은 어릴 때부터 입버릇처럼 이어지던 어머니의 소망이었다.

"어머니께서…… 제가 어릴 때부터 늘 말씀하셨지요. 너만 바라보는 착하고 성 실한 사내와 혼인해야 한다고요. 그래야 서로 아끼며 잘 살 수 있다고……. 그것이 저도 모르게 제 머리에 새겨져버린 모양입니다."

태왕은 해류의 설명에서 의도한 것보다 더 많은 사실을 파악했다. 해류가 그리 는 미래에는 항상 어머니가 최우선에 있다. 자신의 가장 큰 연적은 해류의 어머니 인 것 같다는 지적은 뱉지 않았다. 대신 새롭게 떠오른 궁금증을 해소하려 나섰다.

"해류, 그대는 사내에게 가슴 설레거나 연정을 품어본 일이 있었소?"

해류가 그를 연모하고 사모한다는 고백은 큰 기쁨이었고 진심이란 건 믿어 의심치 않았다. 혹시라도 과거에 다른 이를 연모했다는 고백을 들었다간 제 가슴을 칼로 찌르는 듯한 고통이 일겠지만, 그럼에도 확인하고 싶었다. 자신이 모르는 해류의 과거를 낱낱이 공유하고픈 욕심도 컸다. 그러면서도 당연히 그가 처음이고 유일하다는 대답을 예상했다.

그런데 뜻밖의 반응이 돌아왔다. 해류의 볼이 살짝 붉어졌다. 잠깐 우물거리는가 싶더니 그녀는 쾌씸할 정도로 명쾌하게 답했다.

"실은…… 신첩이 열셋이던 때에 설레어 잠도 이루지 못할 정도로 한눈에 반했던 분이 있었지요."

첫마디를 듣자마자 그는 자신의 경솔함을 후회했다. 왜 저답지 않게 굳이 파헤쳐 사달을 내는 것인지. 그자가 누구인지 알면 멀쩡히 둘 자신이 없었다. 못난 질투가 얼굴에 드러날까 두려워 몸을 돌렸다. 타들어가는 속을 달래기 위해 손수 잔을 가득 채워 한입에 털어 넣었다.

"그랬군."

그만하면 좋으련만. 해류는 평소와 달리 눈치를 다 팔아먹었는지 술잔을 들고 있지 않은 그의 어깨에 머리를 기대며 조잘거렸다.

"참으로 아름다운 미장부셨어요. 그 맑고 형형한 눈을 마주한 순간 아무것도 보이지 않고 그분을 위해서라면 목숨도 바칠 수 있을 것 같다고 생각했었답니다. 그분의 반려가 되는 것이 제 운명이라고 믿었습니다."

술주전자를 들고 그대로 술을 제 입에 쏟아붓고 싶었다. 당장이라도 그 입 좀 다물라고 소리를 지를 것 같아 그는 어금니를 꽉 깨물었다. 갑자기 해류가 몸을 일으켜 그의 앞으로 왔다. 투기하는 추한 모습을 보이지 않으려고 안간힘을 쓰느라 딱딱하게 굳은 그의 귓가에 대고 속삭였다.

"물정 모르던 열세 살 소녀는 첫눈에 반한 태자 전하의 아낌을 듬뿍 받으며 살거라고 믿어 의심치 않았어요. 간택에서 떨어져 사당에 가서도 그 기대를 버리지 못했답니다. 그래서…… 태자 전하가 다른 여인을 비로 맞으셨다는 소식을 들었을 때 몇 날 며칠을 남몰래 울었지요."

"해류!"

부글부글 당장이라도 끓어넘치기 직전이던 시기와 짜증이 일시에 사라졌다. 대신 환희로 가슴이 터질 것 같았다.

해류가 처음으로 사모한 사내도 바로 자신, 지금 더없이 연모하는 사람도 자신이었다. 그 사실이 이렇게까지 만족스럽다는 게 스스로도 놀라웠지만 정말 기뻤다. 동시에 아쉬움과 죄책감도 함께 찾아왔다.

그때 해류를 알아볼 안목이 있었다면 얼마나 좋았을까. 부왕은 절노부 여식을 들이고 싶어 하지 않았지만 그가 해류를 원한다면 허락은 했을 터. 그랬다면 둘 다 마음을 다치거나 상처받는 일은 없었다. 지금쯤 아이도 벌써 두서넛 있었을 거였다.

해도 소용없는 후회지만 그냥 덮고 갈 수는 없었다.

"내가…… 조금만 더 사람을 보는 눈이 있고 현명했더라면…… 우리가 이렇게 멀리 돌아 만나지 않았을 텐데. 당신에게 하지 않아도 될 모진 고생을 시킨 것 같아 많이 미안하오."

그의 고백에 해류의 가슴도 벅차올랐다.

태왕의 연모를 차지하고 있던 연 씨가 마침내 떠났구나.

연세아의 사통이 발각된 그 순간, 태왕은 가슴에서 그녀를 지웠지만 해류는 그 사실을 몰랐다.

해류에게 전 왕후는 세상에 없음에도 태왕 사이를 막는 연적이었다. 그녀를 잊지 못해서 자신을 박대한다고 여겼다. 태왕에게 사모를 고백하고 그가 진심으로 기뻐하는 걸 보면서도 그의 마음에서 제 자리는 몇 번째일지 남몰래 고민했었다. 이제는 그림자 없이 온전히 태왕을 담아도 되는 거였다.

해류는 답을 듣기가 두려워 그동안 묻지 못했던 질문을 그에게 던졌다.

"왜 폐하는 제게 의복을 만들어달라고 하시지 않나요?"

연 씨는 태자비 시절부터 태왕의 의대 일습을 직접 지었다고 들었다. 처음엔 태왕의 냉대에 화가 나서 외면했지만 최근에는 제 손으로 만들어주고 싶을 때도 있었다. 연 씨를 떠올리게 할까 두려워서 실행하지 못했다.

"……."

한참을 천장만 바라보며 침묵을 지키던 태왕이 천천히 입을 뗐다. 고심하며 한 음절, 한 음절 띄엄띄엄 힘들게 짜냈다.

"……폐왕후는 매일매일 지극정성으로 짐의 의대를 지었지. 그것이…… 처음에는 고마웠지만 나중에는…… 솔직히 점점 더 화가 났소."

이번엔 해류가 놀라 침묵하며 그를 응시했다.

"의대 같은 걸 만들 자들은 왕궁에 얼마든지 있소. 하지만 왕후의 책무를 대신할 자는 없어. 그런데…… 그녀는…… 정작 자신의 임무는 등한시했지."

꽃처럼 곱게 앉아 그를 연모하고 그를 해바라기 했다. 오로지 그것만 했다. 태왕의 반려로서 져야 할 막중한 책임은 외면한 채. 그러면 초지일관 끝까지 그리 살 것이지 왜 왕자를 낳아야 한다는 의무에는 끔찍한 배덕을 저지를 정도로 천착했을까. 아직도 이해가 되지 않았다.

은애하지는 않았지만 상처받지 않도록 지키고 아껴줬다. 그 배려와 신뢰가 처절하게 짓밟혔던, 당시의 상처가 욱신거렸다.

해류에게 그 감정을 고백하고 싶었지만 아무리 아파도 죽은 사람의 험담을 하는 건 옳지 않았다. 악연으로 끝나긴 했으나 부부의 연을 맺었던 이에 대한 예의기도 했다.

"그대가 의대 짓기를 정말 원한다면 짬을 내는 것은 몰라도, 그 일로 정말 하고프거나 해야 할 일들을 등한시하는 건 원하지 않아."

그가 무엇을 말하려는지 알 것 같았다. 해류도 같은 것을 원했다.

태왕 거련도 왕후 해류도 서로에게 해줄 수 있는 일은 각자의 자리에서 그 책무를 다하는 것. 그녀는 왕후로서 자신을 굳건하게 지키고 그를 도울 거였다.

"예. 그러겠습니다."

태왕이 벌겋게 달궈낸 쇠를 모루에 놓고 조심스럽게 구부리며 메질했다. 쇠를 두드리는 능숙한 손놀림에 따라 모양이 잡혀나갔다. 집게로 잡아 물에 넣어 식히는 것을 슥 보던 건들마가 모처럼 칭찬을 했다.

"처음 만드시는 건데도 쉬이 하시는군요."

"그런가? 그 팔찌에 하도 호되게 당하고 나니 큼직한 쇠를 다루는 일은 뭐를 하든 식은 죽 먹기처럼 느껴지는군."

건들마는 미지근해진 등자를 물통에서 꺼내어 모양을 두루두루 살폈다.

"모양이 잘 잡혔습니다. 또 하나를 만드셔서 같은 크기와 모양으로 만들어 다듬어주면 되겠습니다."

그는 등자용으로 잘라 펴놓은 쇠를 화로에 넣으면서 태왕에게 은근슬쩍 놀리듯 물었다.

"이것도 왕후 폐하께 드릴 것입니까요?"

"나이를 먹으면 궁금한 게 많아지고 쓸데없는 참견이 는다더니 너도 늙는가 보구나."

태왕의 타박에도 그는 전혀 기죽지 않았다.

"폐하를 처음 뵈었을 때 이미 늙었다고 구박하셔도 전혀 속상하지 않을 나이였답니다."

태왕은 앞에 선 수철장을 새삼스럽게 살폈다. 머리는 서리가 내린 듯 허옇고 얼굴은 쪼글쪼글. 눈은 떴는지 감았는지 분간이 되지 않을 정도로 주름이 늘어져 있었다. 의식하지 못하는 사이에 확 늙은 그를 보니 왠지 마음이 스산해졌다. 건들마는 그가 태왕으로 즉위한 뒤에도 마음을 편히 터놓을 수 있는 거의 유일한 존재였다.

"떠드는 걸 보니 아직 수십 년은 멀쩡하겠다."

"아이고, 악담은 그만하십시오, 폐하. 앞으로 수십 년을 더 불 앞에서 살라고요?"

"당연히 그래야지. 네가 없으면 짐의 갑옷이며 무구를 누가 챙기고 만들 것이냐."

"쌩쌩한 젊은 야장들이 줄을 섰건만, 허리가 꼬부라지고 있는 노인네를 부려먹는 것도 정도껏 하셔야지요."

투덜투덜 불평을 늘어놓으며 화로 앞으로 가지만 건들마의 입술은 벙긋 벌어져 있었다.

"불평은 그만하고 너는 빨리 네 일이나 해라."

그들의 말다툼 아닌 말다툼은 일상이라 다른 야장들은 눈도 들지 않고 제 작업에만 몰두했다. 몇 마디 주고받은 것을 끝으로 두 사람도 다시 하던 일로 돌아갔다. 뚜당거리는 메질 소리와 치익 하며 달궈진 쇠가 물에 식혀지는 소리만이 뜨거운 야장간 안을 채웠다.

등자의 틀만 대충 잡아놓고 태왕은 아쉬운 발걸음으로 나왔다. 몰아쳐서 하면 수삼 일 안에 끝낼 수 있지 싶지만 길게 짬을 내기 힘들었다. 그래도 틈틈이 부지런히 하다 보면 해류의 생일 전에는 마칠 수 있을 것이다.

그는 시종이 건네는 가벼운 갑옷을 걸치고 말에 올랐다. 수문위군의 훈련장으로 달리는 그의 머릿속은 해류의 생일까지 남은 날짜와 그가 낼 수 있는 시간을 부지런히 계산하고 있었다.

훈련장에는 지금 번을 서는 자들을 제외한 수문위군들이 모두 열을 지어 태왕을 기다리고 있었다. 태왕이 탄 말이 훈련장에 들어서자마자 그들은 일제히 말에서 뛰어내려 무릎을 굽혔다.

"태왕 폐하를 뵈옵니다."

번쩍이는 찰갑[104]을 입은 수천여 명의 장정들이 한 몸처럼 일사불란하게 움직이는 모습은 가히 장관이었다. 기합이 딱 든 삼엄한 모습에서 우타소루와 부장들이 얼마나 그들을 닦달하며 훈련했을지 익히 짐작됐다.

"기세와 사기가 높은 걸 보니 수문위군 대장군과 부장들의 노고가 컸겠구나."

---

104 작은 쇳조각을 이어 붙여 만든 갑옷

"황공하옵니다."

태왕이 말에서 내리며 신호를 주자 을밀이 납작한 목함을 우타소루에게 건넸다.

이것이 무엇인지?

우타소루의 눈에 의아함이 떠올랐다.

"수문위군에 내리는 것이다."

태왕의 명에 우타소루는 지체 없이 함을 열었다. 그 안에는 황금빛 봉황이 수놓인 붉은 천이 들어 있었다.

"수문위군의 깃발이 오래되어 낡은 것 같다고 왕후가 직접 수놓아 만든 것이다."

"예에?"

왕후가 직접 만들었다는 소리에 부장들도 고개를 눈치껏 빼며 함을 들여다봤다. 잠시 머뭇거리는가 싶더니 우타소루는 함을 바로 옆에 선 부장에게 넘기고 깃발을 들어올렸다. 그의 양팔에 펼쳐진 천에는 날개를 활짝 편 봉황이 부리부리한 눈으로 정면을 노려보고 있었다.

수문위군의 상징인 황금빛 봉황. 깃발이 너무 낡거나 상하면 길일을 택해 태우고 새로 교체하는 게 관례긴 했지만 왕후가 직접 만들어 하사한 것은 처음이었다. 감정이 벅차오르는지 그는 깃발을 펼쳐 펄럭이며 모두가 듣도록 크게 외쳤다.

"왕후 폐하께서 우리 수문위군을 위해 직접 만들어서 내리신 새 깃발이다."

"와아아!"

수문위군은 귀족가의 청년들만으로 구성되는 최정예군이었다. 대장인 우타소루부터 신입 병사까지 국내성과 왕궁을 지키는 막중한 임무를 맡은 군대라는 자부심으로 똘똘 뭉쳐 있었다. 자신들의 진가를 인정해주는 왕후의 선물에 젊은 청년들은 격동했다. 예상대로 기쁨과 찬탄의 함성이 훈련장을 쩌렁쩌렁 채웠다. 왕후의 선물을 바로 이용해 기세를 높이는 우타소루의 순발력은 감탄할 만했다.

예상 이상의 반응에 만족하며 태왕은 준비된 의자로 가서 앉았다.

"자, 그대들의 기량을 마음껏 펼쳐보라."

"명을 따르겠습니다! 폐하!"

우타소루의 눈짓에 부장들이 네 방향으로 흩어져서 부대를 통솔했다. 말을 자유자재로 움직이며 맥궁(貊弓)을 쏘아 과녁에 맞히는 마상술을 시작으로 말을 타고 달리며 다섯 자루의 칼을 적에게 날리는 비도술까지. 수문위군은 태왕에게 자신들의 능력을 보여주려고 최선을 다했다.

그들의 무예와 기량에 흡족해하는 태왕의 표정에 그들은 더욱 힘을 내서 그야말로 날아다녔다. 하지만 그들은 몰랐다. 모처럼 보이는 태왕의 미소 절반 이상은 바로 왕후 때문이었다.

꼭두새벽부터 일어나 침실을 빠져나가고 밤에도 그가 왔다는 소리를 듣고 후다닥 달려올 때 이상하다고 생각했었다. 그런데 잠을 줄여가면서 이런 걸 준비하고 있는지는 몰랐었다. 그는 오늘 아침, 이 깃발을 받던 순간을 흐뭇하게 떠올렸다.

"폐하, 오늘이 수문위군을 사열하고 훈련을 참관하시는 날이라고 하셨지요?"

해가 뜨기도 전부터 살그머니 나갔던 해류는 초조반을 받을 즈음에야 침실로 돌아왔다.

"그렇소만?"

"오늘 수문위군에 하사하시면 좋을 것 같아 준비했습니다."

잠이 모자라 눈시울이 시커멓고 쑥 들어간 눈으로 해류는 목함을 열었다.

"수문위군의 깃발입니다. 조금 전에 겨우 완성했습니다. 시일이 넉넉했다면 더 공을 들였을 텐데 너무 촉박해 자세히 살피면 살짝 거칠긴 합니다만, 그래도 폐하께 흉이 되지는 않을 정도는 되옵니다."

"이걸 왕후가 직접 만들었다고?"

"예. 솜씨는 왕궁의 침선장들보다 떨어질지 몰라도 제가 직접 만들었다면 폐하를 가까이서 모시는 수문위군에게 조금은 의미가 있을 듯싶어서요."

보면서도 믿어지지 않아 그는 위풍당당한 봉황이 날개를 펼치고 있는 깃발을 펼쳐서 다시 확인해봤다. 검붉은 눈을 빛내며 노려보는 봉황은 금방이라도 살아서 튀어나올 것 같았다. 값진 자수 비단을 만드는 재주가 있으니 어디서든 본인의 앞가림은 할 수 있다는 장담은 절대 허세가 아니었다.

"떨어지다니. 전혀 그들에게 손색이 없, 아니 훨씬 뛰어나오. 더구나 왕후가 직접 한 땀 한 땀 수를 놓아 만든 깃발이라니. 우타소루와 수문위군들이 크게 감격하겠군."

그 감동은 태왕에 대한 충성심으로 돌아올 터. 의복을 만들어 태왕의 총애를 얻으려 하지 않고 그를 따르는 장수들을 감명시키려는 해류의 판단은 아주 현명했다. 왕후의 자리에서 그 책무를 하겠다는 약속을 지켜주는 그녀가 고맙고 더더욱 애틋했다.

태왕의 깃발은 만들지 않고 수문위군을 우선했다는 장난 섞인 타박에 돌아온 그녀의 대답도 흐뭇했다. 그의 것을 먼저 수놓고 있었는데 수문위군 사열 소식을 듣고 잠시 접어두었다는. 조만간 완성해주겠다는 황룡 깃발을 받을 날이 기대됐다.

공연히 밤잠을 줄이지 말고 천천히 하라고 해야지. 완성되면 다음에 직접 군대를 이끌고 움직일 때나 평양성 등 순행을 갈 때는 그 깃발을 써야겠다. 즐거운 상상의 나래를 펼치던 태왕은 병사들의 움직임이 멈춘 걸 아슬아슬하게 알아챘다.

5인 1조로 말에서 내려 보병처럼 싸우다 다시 말에 올라 돌진하는 모습을 보여주던 수문위군이 이제 모두 기마한 상태로 열을 지어 서 있었다.

태왕은 먼저 옆에 있는 우타소루를 칭찬했다.

"기병이 보전과 기마전을 자유롭게 병행할 수 있으면 전마와 전력 소모를 최소화하면서 효과적으로 적을 섬멸하고 추적할 수 있겠구나. 우타소루 그대니까 편견 없이 이로운 것을 받아들이고 능수능란하게 운용하기가 가능했던 것 같다."

이 훈련을 시작했을 때 비천한 유목민들의 전술을 도입한다고 반발이 컸었다. 그걸 누르고 꿋꿋이 끌고 온 노고를 알아주는 태왕의 인정에 우타소루의 음성이 가늘게 떨렸다.

"망극하옵니다."

태왕은 천천히 일어나 배에 힘을 주고 크게 외쳤다.

"오늘 수문위군의 위용을 보니 국내성은 물론이고 고구려가 참으로 든든하다는 생각이 든다. 앞으로도 대모달의 지휘에 따라 전심전력으로 무용을 갈고닦으라."

"예에!"

태왕의 칭찬에 잔뜩 긴장했던 부장들의 표정도 부드러워졌다. 저 표정은 휴식이라는 보상을 의미했다. 모처럼 갑옷을 벗고 편히 쉴 기대에 다들 벌어지려는 입을 다물지 못하는 가운데 태왕은 거기에 하나를 더해줬다.

"다들 고생이 많았을 텐데 왕궁에서 술과 요리를 내릴 테니 오늘만큼은 푹 쉬고 즐기도록 해라."

"와아아!"

"태왕 폐하 만세!"

지금까지와 비교할 수 없는 우렁찬 함성이 울려 퍼졌다. 태왕의 명이 떨어지자마자 줄줄이 들어오는 수레를 보니 그동안 고된 훈련의 피로가 씻은 듯 사라졌다.

신이 난 걸음으로, 그래도 일사불란하게 열을 지어 훈련장을 빠져나가는 병사들을 보며 태왕이 부장들도 추가로 치하했다.

"다들 수고했구나. 이 정도 기량까지 올라오도록 훈련시키느라 고생이 많았다."

칭찬을 싫어하는 사람은 없었다. 기분이 좋아도 나빠도 대체로 험악한 표정의 우타소루였지만 오늘은 싱글벙글하는 입술을 일자로 다물긴 힘들었다. 부장들이 각자 통솔하는 부대와 함께 멀어지자 태왕은 우타소루에게 슬쩍 운을 뗐다.

"그런데 말이다, 저들이 있어 국내성이 든든하기는 하지만 치열한 전장에서 실제 적과 목숨을 걸고 싸우는 경험은 다른 군에 비해서 상대적으로 부족할 것 같은데 그 문제는 어찌 생각하는가?"

"옳으신 지적이시옵니다. 실은 저도 수문위군을 맡아 지휘하면서 늘 그 부분을 염려하고 있습니다. 무릇 병사란 사지에서 죽음을 눈앞에 마주하는 긴장과 압박을 겪어내야 그 어떤 위기에서도 당황하지 않고 실력을 백분 발휘하는데, 수문위군은 국내성과 왕궁만을 지키다 보니 아무리 실전에 버금가게 혹독한 훈련을 해도 한계가 있습니다."

정치적인 면에선 서로 이견이 생길 때가 있지만 군사적인 부분에서는 우타소루와 합이 잘 맞았다. 기대했던 대답을 들은 태왕은 그동안 별러왔던 의사를 타진해봤다.

"같은 생각을 했다니 역시 우타소루군. 그래서 말인데 다음에 또 국경을 침범하거나 어지럽히는 외적이 있어 중앙군을 파견할 때 각 부의 사병과 수문위군 일부를 함께 군단을 짜서 보내면 어떻겠는가. 사병들의 기량은 당연히 좀 떨어지겠지만 그래도 수문위군과 같이 편성하면 모자람이 채워질 듯싶은데?"

거기까지는 미처 생각을 못 했던지 우타소루가 무릎을 탁 쳤다.

"그리하면 되겠군요. 순번을 정해 교대로 전장에 나서면 실전 경험이 축적되어 기량도 더 높아지겠지요. 참으로 영명하신 말씀, 감읍하옵니다."

"각 부에 속한 사병까지 수문위군의 부장들이 이끌려면 힘들 텐데 어려운 일을 흔쾌히 받아들여주니 고맙구나."

우타소루의 눈에 형편없이 해이한 사병들. 나서면 월권이라 못마땅해도 입을 못 대던 그들의 군기를 꽉 잡을 상상만으로도 신이 났다. 저 유약한 자들의 멱살을 잡아끌어서 선왕 때처럼 천하무적의 정병으로 만들 것이라고 그는 호언장담했다.

"모자란 병사들의 능력을 끌어올려야 정예병이 늘어나는 법이지요. 우리 수문위군과 함께 몇 번 출전하면 사병들의 무용도 일취월장할 것입니다."

"우타소루가 그리 장담하니 든든하구나. 그대만 믿겠다."

소기의 목적을 달성하고 왕궁으로 돌아오는 터라 발걸음이 가벼웠다. 태왕의 기분이 모처럼 밝다는 것을 감지한 을밀이 슬쩍 물어왔다.

"뜻하신 대로 되신 모양입니다?"

"우타소루가 가장 갈망하는 것을 아니까."

"우타소루 대모달은 참으로…… 한결같습니다."

"그래. 그런 이는 흔치 않지."

아직도 우타소루의 충성심은 그가 아니라 선왕에게 향해 있었다. 우타소루뿐 아니라 상당수 장수들도 마찬가지였다. 그들을 확실한 그의 휘하로 만들기 위해선 앞으로도 많은 노력과 시간이 필요했다.

"그들의 움직임은 잘 파악하고 있겠지?"

"그러잖아도 오늘 계마로가 보고드리려고 준비하고 있습니다. 아직 어느 쪽인지는 확실치는 않으나 북연이나 북량 두 나라 중 하나와 접촉하는 것은 확실하다고 합니다."

"북량은 최근에 서량을 멸망시킨 후 지금 북위와 계속 대치 중이고, 북연도 북위와 북량을 견제하는 분위기라고 하니 그쪽 조정이나 왕실에서 우리 고구려의 내정까지 간섭하고 나설 여력은 없을 테고…… 국경 세력에게 접근하고 있겠군."

"소신의 의견도 같사옵니다. 계마로의 얘기로 고추대가의 상단이 봄에 떠난 일행이 있음에도 일정을 앞당겨 얼마 전에 또 한 무리가 서둘러 북쪽으로 출발했다는데 아마 그 교섭 때문이 아닐까 짐작되옵니다."

그들이 왕후인 해류의 안위를 신경 쓰지 않는 것은 알고 있었다. 해류와 여진을 위해서 두지만은 목숨이라도 부지하게 해주려고 했었다. 그런데 앞장서서 외적과 내통하는 두지의 움직임을 보니 요원하고 싶었다.

계산이 빠른 인사니 조금은 다를까 했는데 자업자득. 어쩔 수 없지.

태왕은 냉정하게 마지막 미련을 끊었다.

"그들을 잘 쫓고 있겠지?"

"예, 물론이옵니다. 계마로가 붙인 자들이 명림 상단을 뒤쫓고 있고 그쪽에 있는 간자들에게 미리 연통을 보냈으니 곧 그들이 어디로 향하는지 알 수 있을 것입니다."

"조만간 북량이나 북연의 성을 움직여 국경을 어지럽히려 들 것이다. 중앙군을 움직여 공백을 만들고 그들에게 향한 주의를 흩으려는 거겠지. 그들이 어디든 도착하면 그 주변의 성에 방비를 철저히 하라고 이르라."

다른 때라면 두말없이 따를 을밀이지만 오늘은 태왕의 명령이 조금은 이해가되지 않는 듯했다.

"그런데 폐하, 차라리 저들을 추포해 내통한다는 자백을 받아내고 곧바로 처단하시는 게 낫지 않을지요?"

즉위하고 3년은 어떻게든 명림죽리와 공존하며 그의 노련한 정국 장악 능력을 활용하려고 했다. 그러다 국상과 그의 추종 세력이 사라져야만 원하는 통치가 가능하다는 걸 인정하자 그들을 쳐낼 계획을 세웠다. 아주 서서히, 목덜미에 밧줄이 내려와 묶일 때까지 절대 눈치채지 못하도록. 그 기나긴 기다림의 끝이 다가와, 드디어 당겨 조이기만 하면 되는 수준에 도달했다.

많이 기다렸다. 여기서 놓치면 한번 크게 덴 자들은 더 깊숙이 숨어 암중모색할 것은 불 보듯 뻔한 일. 참을성 많은 그에게도 더 이상의 인내는 무리였다. 이제는 적절한 곳에 몰아넣고 일망타진할 시간이었다.

태왕은 지겹다는 표정으로 고개를 절레절레 저었다.

"그러면 명림과 기껏해야 절노부를 쳐내는 데 그친다. 다 모이도록 기다려 한꺼번에 뿌리를 뽑아야지. 아니면 그 지겨운 소모전을 다시 해야 하지 않느냐."

태왕의 입술에 엄동설한보다 찬 비웃음이 피어올랐다.

외적을 이용해 국경을 어지럽히는 것을 그들은 묘수라고 생각하겠지만 실은 치명적인 악수. 이번엔 그 토벌을 위해 수문위군과 5부의 사병들이 차출되어 출전할 것이다. 실전 경험을 쌓는다는 그 누구도 반박할 수 없는 명분으로.

태왕을 치기 위해 불철주야 훈련시킨 그 사병들. 그 귀한 전력이 엄청난 공을 들여 포섭한 외적과 싸우러 가야 한다는 사실을 들을 때 그 반응은 어떨지. 그것을 구경할 순간이 고대됐다.

명림두지가 보낸 자들이 부지런히 움직였는지 기다림은 길지 않았다. 북연과 대치하는 국경의 성에서 적들의 움직임이 심상치 않다는 급보가 날아왔다. 여차하면 주변 마을과 벌판을 태우고 모든 백성을 성으로 모아 청야전술을 펼치겠다는 성주의 보고에 귀족 회의가 소집됐다.

최근엔 비교적 원만하게 지내오던 북연의 군대가 왜 움직이는지. 이해할 수 없지만 그 연유를 찾는 건 나중 문제였다. 당장 맞닥뜨린 문제를 해결해야 한다는 점에서는 모든 귀족들은 이견이 없었다.

"주변의 성에서 차출이 가능한 병력을 우선 보낸다고 해도 그들도 역시 성을 지켜야 하니 한계가 있을 것입니다."

"수확을 앞둔 시기인데 모두 불태우고 성으로 들어가면 나라에서 곡식을 푼다고 해도 한 해 내내 백성들의 고생이 클 것입니다. 속히 원군을 보내시어 국경을 안정되게 함이 옳을 것 같사옵니다."

"맞사옵니다. 실기하기 전에 최대한 빨리 군대를 보내어 적들이 감히 준동하지 못하도록 막아야 합니다."

죽리와 태왕이 의도한 그대로의 주청이 줄줄이 나왔다. 태왕과 명림죽리 둘 다 속으로 쾌재를 부르면서 벌떼처럼 이어지는 병력 파견의 분위기가 무르익도록 기다렸다. 원군을 보내야 한다는 데 의견이 모이자 태왕이 결론을 확인해줬다.

"경들의 의견대로 내일이라도 바로 원군을 보내도록 하겠다."

"망극하옵니다."

명림죽리는 벌어지는 입을 다물기 위해 허리를 깊이 숙였다.

이제 의논할 것은 어느 부대를 보내느냐.

최선은 태왕에게 가장 충성스럽고 그들에겐 껄끄러운 계루부 장수인 고언지가 지휘하는 중앙 우군의 병력이었다. 그가 국내성에 없으면 태왕의 무력은 절반 가까이 빠진다고 해도 과언이 아니었다. 거사의 성공률이 확 올라갔다.

차선은 아직은 그 뜻이 오리무중인 승평 왕자가 휘하 부대와 중앙군 일부를 이끌고 나가는 것. 태왕을 몰아낸 뒤 개선장군인 왕자가 돌아와 왕위를 받으면 그 역시 딱 맞는 그림이었다.

오늘을 위해 미리 슬쩍 언질을 던져둔 소노부 대실 가문의 가주 형발소가 나서길 기다리는데 태왕이 선수를 쳤다.

"이번엔 수문위군에서 선발해 원병으로 보내겠다."

"예에?"

수문위군은 국내성의 요지와 왕궁을 지키는 군대. 말단 사병까지 모두 귀족 출신이었다. 태왕을 지키는 방어선이라고 해도 과언이 아닌 병력을 원군으로 내겠다니, 귀족들은 말을 잃었다. 특히 조만간 사냥모임에서 태왕을 칠 궁리 중이던 귀족들은 이게 웬 횡재인가, 행운에 입이 다물어지지 않았다.

하늘이 정말 우리를 돕는구나. 치기와 만용으로 기어이 자신의 목을 치는구나.

펄쩍 뛰고픈 심정을 겨우 누르고 있는데 그들의 들뜬 기분을 일시에 식히는 찬물이 끼얹어졌다.

"그리고 계루부를 포함해 다섯 부에선 각각 삼천씩 가장 뛰어난 사병을 선발해라. 수문위군과 함께 원병으로 보낼 것이다."

각부별로 삼천이나 내놓으라고? 일순 하늘이 노래지는 것 같았다. 수문위군 주력이 수도에서 빠져나가는 것은 환영이지만 그들의 사병은 조만간 있을 거사에 필요한 전력이었다.

사냥모임에는 그해에 주최를 맡은 가문의 사병이 경비를 맡는 게 전례였다. 최소한의 호위대를 제외하고 다른 병력이 따르지 않았다. 계획대로 속전속결로 거사가 마무리되면 상관없으나 문제는 그렇지 않을 경우였다. 무력 충돌이 일어났을 때 전력이 온전한 중앙군이 달려오면 세 부의 남은 사병으론 대적할 수 없었다.

죽리는 태왕의 일격에 넋을 잃고 선 동지들을 보면서 정신을 얼른 다잡았다. 여기서 밀리면 죽도 밥도 되지 않았다.

"폐하, 북연의 군대가 언제 밀려들지 몰라 위태로운 상황인데 실전 경험이 적은 수문위군과 각 부의 사병들을 보내는 것은 좀 위험하지 않을지요? 그들은 후위대로 준비하고 일단 선발대로는 왕자 전하나 북연과 대적한 경험이 풍부한 중앙군을 보내시는 게 어떠할지요?"

"국, 국상의 말이 옳은 것 같사옵니다. 아무래도 전투 경험이 많은 군대가,"

겨우 정신을 수습하고 지원하려는데 이번엔 우타소루가 나섰다.

"경험이 많은 병사들만 계속 출전하면 다른 병사들은 언제 그 실전을 경험해보겠습니까. 아직은 전쟁이 시작된 것도 아니고 불온한 움직임일 뿐입니다. 우리의 위세를 보여주는 통상적인 무력시위만으로도 해결될 수 있으니 소장이 직접 수문위군과 오부의 사병들을 이끌고 출진하겠사옵니다. 부디 허락해주십시오."

"대모달이 몸소 그들을 이끌겠다고?"

"예. 다른 분들의 지적처럼 실제 전투 경험이 일천한 병사들을 어찌 그대로 내보내겠습니까. 제가 지휘해 임무를 완수하겠습니다. 통촉하여주옵소서."

수문위군과 사병들을 함께 보내는 것만으로도 훌륭한 타협이고 성과라고 생각했었다. 우타소루가 직접 지휘하겠다고까지 나설 것은 기대하지 않았다.

그가 자원하니 더없이 완벽해지고 있었다. 이번에 차출된 사병들은 어떤 핑계를 대어서든 본래 속한 부로 복귀시키지 않고 태왕의 직속군으로 만들 작정. 사병들을 빼내어 귀족의 전력을 약화시키고 수문위군과 함께 즉시 전력감으로 훈련시켜 올 수 있으니 이거야말로 일석이조였다.

지금 사색이 된 자들이 바로 짐을 제거하려는 무리겠군.

그들 한 명 한 명을 눈에 새기면서 태왕은 너그럽게 우타소루의 소원을 들어줬다.

"그렇게까지 간청하니 그 뜻을 받아들이겠다. 수문위군의 대모달인 우타소루가 몸소 출전하겠다는데 아무 병사나 끌고 갈 수는 없다. 차출할 사병은 우타소루가 직접 선발하도록 하라."

그러잖아도 오합지졸을 내줄까 봐 은근히 걱정하던 참. 우타소루의 험상궂은 얼굴에 웃음꽃이 활짝 피었다.

"예. 최대한 빨리 출발할 수 있도록 소신은 지금 당장 나가 폐하의 명을 전하고 받들겠습니다."

말리거나 다른 의견을 내놓을 틈도 없었다. 혹시라도 훼방당할까 두려운지 우타소루는 바람처럼 사라졌다. 귀신에 홀린 것 같은 표정으로 귀족들이 서로를 마주보는 가운데 태왕이 쐐기를 박는 명을 내렸다.

"주부는 지금 정해진 내용을 교서로 적어 바로 전하고 오부의 욕살은 돌아가 사병의 선발을 도와라."

실로 전광석화. 정신을 차려 뭘 어찌해볼 틈도 없이 모든 것이 결정되었다.

"사병 차출이 절노부에 얼마나 큰 타격인데! 우타소루는 전쟁과 전공 말곤 머릿속에 정말 아무것도 없는 모양입니다."

계루부와 관노부의 사병을 먼저 차출하라고 순서를 미룬 뒤 죽리의 저택에 모인 세 부의 욕살과 가주들이 입을 모아 불만을 토로했다.

"각 부마다 사병을 삼천씩이나 차출하다니. 이건 쓸 만한 장정은 다 내놓으라는 거 아닙니까."

태왕의 주의를 돌리고 직속 부대를 외부로 돌리려는 계획은 처참하게 무산됐다. 그것도 모자라 자신들의 귀중한 전력 상당수를 거사에 쓸 수 없게 된 상황이었다.

"지금 삼천이나 훑어가면 다음 달의 그 사냥은 어찌해야 할지."

우씨 가주의 한탄에 순노부의 욕살이 두려운 듯 낮게 중얼거렸다.

"혹시 태왕 폐하께서 이미……?"

아니라면 이렇게 기다렸다는 듯이 사병을 차출할 수가 없었다. 더구나 우타소루가 그 사병까지 다 끌고 출진하겠다고 나섰으니, 그것도 미리 짠 게 아닌지 의심이 더럭 났다.

바로 오늘 아침까지만 해도 자신만만하던 그들의 얼굴에 떠오르는 두려움을 명림죽리는 놓치지 않았다. 이해타산이 어긋나는 기미가 보이니 흔들리는 자가 생기는 것은 당연한 이치였다. 이걸 내버려두면 우왕좌왕하다가 홀로 살길을 도모한답시고 배신자가 나올 수 있었다.

그는 그들이 딴마음을 먹지 못하도록 일부러 매섭게 질렀다.

"대사를 앞두고 다들 어찌 이런 약한 모습들이오!"

"국상……."

"두 사당에서 천기를 읽는 자들이 한 예언을 잊으셨소! 천운이 왕자 전하께 향하고 있습니다. 태왕이 아무리 발버둥을 쳐봤자 인간이 어찌 하늘의 뜻을 이길 수 있겠습니까!"

일단 불안감을 한풀 꺾은 다음에 죽리는 현실적인 방도를 제시했다.

"순노부와 소노부는 내일 우타소루가 사병을 선발하러 오기 전에 정예병은 감추고 머릿수만 최대한 채워보시오. 우가는 사냥모임을 주관한단 핑계가 있으니 어느 정도 양해가 될 것이고 우리 명림가도 다행히 감춰놓은 사병이 정예이니 큰 문제는 없을 것입니다. 시간이 없으니 아무리 우타소루라도 꼼꼼히 살피진 못할 것이오."

죽리의 지령에 용기를 얻은 듯 소노부의 대실가 가주도 호언장담했다.

"해사무가 상중이니 그 집안의 사병은 차출하지 못한다고 해야겠군요. 도리를 따지는 인간이니 우타소루도 인정상 우기지 못할 것입니다. 서둘러 돌아가서 정예병들은 핑계를 대어 멀리 보내고 다른 자들로 머릿수를 채워보겠습니다."

"저도 그리하겠습니다."

"여러분만 믿겠소이다. 다들 거사 때까지 조심 또 조심하며 분발해주시오."

다들 활기를 되찾고 서둘러 각자 할 일을 하러 갔다.

가주들을 배웅하고 온 죽리의 세 아들이 아비 앞으로 돌아왔다. 자신만만하던 조금 전과 달리 죽리의 낯빛은 침통했다. 염려를 가득 담은 아들들의 시선이 죽리에게 꽂혔다.

"아버님?"

"아, 잘 배웅했느냐?"

"예. 아버님 조언대로 사병 차출 피해를 최소화하기 위해 다들 바삐 돌아가셨습니다."

"그래……."

어떤 태풍이 몰아쳐도 산처럼 든든하게 버티던 죽리였다. 절체절명의 위기에도 껄껄 웃으면서 돌파할 방도를 찾아내던 부친인데, 초조해하는 모습은 처음 본다. 세 아들은 죽리의 머리 위로 불안한 시선을 교환했다. 서로 눈치를 한참 보다가 장남 소규가 나섰다.

"저……, 괜찮으신지요?"

죽리는 아들들의 염려를 알아채고 자세를 꼿꼿이 했다. 자식들마저 불안해할 정도면 연약한 이익공동체인 다른 가주들은 더 동요하고 있을 터.

젊은 시절 출사한 이래 세 왕을 모시며 승승장구했고 태왕을 제외하고는 가장 높은 자리에 섰다. 명림가를 고구려 최고의 명문가로 세워 두 손녀를 왕실로 시집보냈다. 교활한 젊은 애송이 태왕에게 밀려서 무너질 수 없었다.

할 수 있는 모든 방도를 쥐어짜내면서 그는 우선 두지에게 지시했다.

"우리 상단의 휘하들은 물론이고 네가 영향력을 발휘할 수 있는 상단과 상인들을 다 모아들여라."

사흘 뒤 우타소루는 봉황을 수놓은 붉은 깃발을 휘날리면서 북쪽으로 출진했다.

차출한 사병은 그가 원하던 수준까지는 아니었다. 어차피 군대는 지휘관의 훈련과 지휘에 따라 실력이 일취월장하는 법. 행군하는 동안, 그리고 적과 대치하면서 이 오합지졸의 정신이 번쩍 들도록 혹독하게 단련시킬 작정이라 크게 걱정하지 않았다.

태왕과 귀족들이 배웅하는 가운데 우타소루가 모처럼의 전쟁을 기대하며 신나게 떠났다. 요란한 출정식과 별개로 화제가 된 것은 깃발이었다.

새로운 깃발이라고 수문위군의 부장이며 말단 사졸까지 티가 나게 우쭐거렸다. 그 유세를 보며 다들 우타소루의 출전을 치하하려 태왕께서 기를 하사했나 보다 했다. 그런데 그게 왕후가 직접 수놓아 만든 것이란 소식은 잔잔하지만 큰 충격이었다. 지금까지 왕후가 손수 만든 깃발을 받은 부대는 없었다.

얼마나 대단한 충성심을 보이고 신뢰를 얻었기에 그런 영예를 차지했을까.

호승심 강한 무장들은 이를 악물었다. 자신들도 큰 공을 세우고 태왕에게 충성을 증명해 왕후가 만든 깃발을 반드시 얻어야겠다. 그 결의가 물결처럼 우타소루를 배웅하는 장수들에게 퍼져나갔다.

수문위군 깃발이 일으킨 작은 파문은 화살처럼 빠르게 궁에도 전해졌다. 태후궁의 빈청에 들어 자리에 앉자마자 태후가 툭 한마디를 던져왔다.

"왕후의 깃발 때문에 장수들이 아주 난리가 난 모양입니다."

"예? 무슨 말씀이신지요?"

"수문위군에 왕후가 직접 수놓은 봉황기를 내리셨다면서요?"

"아, 예에. 얼마 전에 폐하께서 수문위군의 훈련을 참관하러 가신다기에 급히 완성해서 하나 보낸 적이 있습니다."

"자신들의 충성심에 감복한 왕후 폐하께서 직접 만들어 하사하신 봉황기라고 수문위군들이 여기저기에 엄청나게 자랑질을 했다나 봅니다. 호승심이 강해 사소한 일도 남에게 지는 것을 죽기보다 싫어하는 게 무관들 아닙니까. 받지 못한 이들이 난리가 난 것이지요."

태후는 흡족함을 감추지 않으며 해류를 치하했다.

"진실로 명민한 판단이었습니다. 그런 것들이 장수들의 충성심과 사기를 북돋는 데는 최고의 영약이지요."

자신들만 떠들고 있는 걸 뒤늦게 느낀 태후는 맞은편에 있는 고은도 대화에 끌어넣었다.

"왕자비의 생각은 어떠하니?"

귀족들의 사냥모임에 사냥대회, 동맹까지. 줄줄이 큰 행사가 이어지는 10월을 앞두고 잠시 한가할 때 얼굴이나 보자는 태후의 초대로 이뤄진 자리였다. 아비들은 담을 맞대고 한집처럼 살긴 했지만 해류와 고은은 사실상 남보다 못한 사이. 오로지 태후의 면을 세워주기 위해 정다운 척 앉아 있었다.

입술을 꼭 다문 채 다탁만 응시하고 있던 고은이 억지로 미소를 만들었다.

"저도 그리 생각합니다. 왕자 전하의 휘하를 왕후 폐하처럼 챙기지 못한 저의 부족함과 비교되어 부끄럽습니다."

속내야 어떻든 오는 말이 고운데 가는 말이 거칠 순 없었다. 해류도 곱게 덕담을 돌려주었다.

"홑몸도 아닌 사람이 어찌 그런 것까지 챙기겠니. 넌 다른 생각은 하지 말고 손이 귀한 왕실에 건강한 아기씨를 순산해다오."

"다정하신 말씀 감사드립니다."

"왕후와 왕자비가 한 집안 출신이니 친자매처럼 허물없이 지낼 수 있어 참 좋군요."

사정을 모르는 태후는 다정한 대화를 흐뭇하게 지켜보더니 해류의 손을 꼭 잡아줬다.

"승평이 먼저 아버지가 되지만 내년에는 왕후와 태왕도 건강한 왕손을 안아볼 수 있을 겁니다. 내가 부여신 사당과 북두칠성을 모시는 영성 사당에 상달(10월) 첫날에 큰 제를 부탁해놨답니다. 왕자비의 순산과 왕후의 회임을 천신께 빌어달라고요."

달게 넘어가던 떡이 갑자기 목구멍에 걸리는 것 같았다. '올 게 왔구나'란 심정이기도 했다. 태왕이 왕후궁에 눈길도 안 줄 때는 지레 포기했지만 요 몇 달은 그야말로 문턱이 닳도록 드나들고 있었다. 언제쯤 소식이 있으려나 모두 목을 빼고 있는 게 해류의 눈에도 보였다.

다른 이들의 기다림은 크게 상관없었지만 태왕은 달랐다. 손수 만든 팔찌를 주던 날 자신의 아이를 낳아달라는 부탁. 어투는 가벼웠지만 그는 허튼소리를 하는 사람이 아니었다. 정말 간절히 바라고 원하기에 그 말을 입에 담은 게 분명했다.

"고맙사옵니다, 전하. 천신께서 그 기도를 듣고 정말 그리해주시면 좋겠습니다."

예의 바른 답례인사말이지만 실은 해류의 진심. 태왕과 그녀를 닮은 아이를 낳고 싶었다. 그걸 인정하자 무거운 몸을 불편한 듯 이리저리 자꾸 움직이는 고은에게 새삼 눈길이 갔다.

부러웠다. 은애하는 이의 아이를 갖고 태어날 날을 기다리는 그 모습이. 그러자 대부분 입에 발린 소리였던 조금 전과 달리 진심으로 축수할 마음이 들었다.

"우선은 왕자비가 꼭 건강한 아이를 순산하면 좋겠습니다."

"두 사람 다 정말 마음 씀씀이가 너무나 아름다워서 내가 눈물이 날 정도로 고맙습니다. 실은 일전에 보연과 미리내를 불러 순산을 비는 제를 올리는 문제를 의논하려 했더니, 왕자비가 왕후의 회임을 비는 기원제가 더 중요하지 않겠느냐는 얘기를 하더군요."

"그랬군요. 고맙다, 고은아."

"아랫사람으로 당연한 도리인 것을요. 너무 칭찬하시면 민망합니다."

말투는 더없이 고왔지만 숙인 속내는 달랐다. 흉중에 가득한 것은 악의와 경멸, 그리고 복수심이었다. 조부의 대업이 이뤄지면 승평 왕자는 태왕이, 그녀는 본디 제 자리였던 왕후가 되는 거였다. 아들이라고 모두 장담하는 이 아이는 다음 태왕이었다.

왕후 자리에 오르면 제일 먼저 저 잘난 척하는 얼굴에 피눈물이 흐르도록 해주리라.

고은이 홀로 독기를 펄펄 뿜고 있는 가운데 태후와 해류는 왕궁의 소소한 대소사를 나눴다.

"상달은 왕실부터 하호까지 참으로 분주한 때라 동맹까지 왕후가 정신이 없겠군요."

"그래도 한 해 해봤다고 작년보다는 조금 낫습니다. 지난해에는 태후 전하께서 발 벗고 도와주신 덕분에 가까스로 넘겼지요."

"왕후가 직접 관장한 뒤로 왕궁과 왕실의 모든 것이 얼마나 윤택하고 편안해졌는데 그런 겸양을 합니까. 그때 쫓겨난 자들의 후임은 제대로 소임을 하고 있답니까?"

손을 다 놓았다고 천명하지만 관심을 완전히 끊지는 않은 모양이었다. 해류는 지나가듯 보고한 일을 기억하고 있는 태후를 보며 정신을 바짝 차렸다.

"전임 책임자들의 선례를 봐서 그런지 성실하고 정직하게 하는 것 같습니다."

"다행이군요. 내가 따로 부탁할 것이 있어 그런데 기름을 담당하는 관리를 불러도 될지요?"

"당연한 일을 어찌 제게 하문하시는지요. 민망합니다."

"지금 왕실의 책임자는 왕후이니 당연히 허락을 받는 게 도리지요. 위에서 규율을 지켜야 아랫사람들도 그대로 따르는 법이에요. 예외를 자꾸 만들면 기강이 흐트러집니다. 왕후도 왕자비도 명심하세요."

해류는 감복하며, 고은은 융통성 모자란 것이 딱 모전자전(母傳子傳)이라고 속으로 투덜거리며 답했다.

"명심하겠습니다."

"말씀 가슴에 새기겠습니다."

그때부터는 동맹과 사냥대회, 두어 달밖에 남지 않은 고은의 해산 준비 등에 대한 소소한 한담을 나눴다. 만삭에 가까운 고은을 배려해 모임은 곧 작파했다.

수레를 타러 가는 고은을 배웅하고 돌아서는 해류의 머릿속은 복잡했다.

태왕의 첫 조카이고 손이 귀한 왕실에서 오랜만에 태어나는 아기였다. 아무거나 선물할 수는 없었다. 가장 그럴듯한 모양새는, 태후가 은근히 종용했듯 제가 직접 아기의 옷이나 이불을 만들어 내리는 거다.

과연 고은이 그걸 좋아할지가 의문. 태후 앞이라 엄청나게 자제하는 것일 텐데도 그녀를 향한 고은의 눈은 결코 곱지 않았다. 해류 역시 고은이 무슨 소리를 해도 삐딱하게 들리니 피차일반이긴 했다.

환영하지도 않을 선물을 굳이 힘들여 수고할 필요가 없다, 그래도 윗사람인데 감정과 상관없이 의무는 하는 게 낫다는 두 마음이 치열하게 싸웠다. 거기에 오늘 태후궁에서 얻은 만만찮은 숙제도 더해져 속이 시끄러웠다.

봉황기를 수놓을 적에는 그게 이렇게 큰 반향을 불러오리라곤 상상도 못 했다.

동기는 간단했다. 왕궁과 수도를 지키는 병력이면 가장 믿고 의지해야 하는 법인데 수문위군 대모달과 태왕이 껄끄러운 사이라고 들었다. 피차 미덥지 못한 부분이 있더라도 잘 화합하길 바라는 바람으로 고심하다 선택한 것이 깃발이었다. 형평성의 문제가 생길 수 있다는 부분엔 미처 생각이 미치지 못했다.

공평하게 태왕 직속 군단의 깃발을 하나씩 다 만들어야 할 모양이구나.

태후의 지적대로 그런 사소한 것으로도 태왕을 향한 충성심 경쟁을 불러낼 수도 있었다. 그녀가 조금만 더 수고하면 되는 거였다.

제 것도 빨리 완성해달라고 조르는 태왕에다 중앙군들까지. 해류는 태왕의 황룡을 포함해 청룡이며 주작, 현무, 백호, 삼족오, 기린 등이 떠오르자 머리가 띵해졌다. 동시에 슬슬 흥분도 밀려왔다. 쓸모 있으면서 아름다운 무언가를 구상하고 완성하는 것은 그녀가 가장 좋아하는 일이었다. 무엇보다 그녀의 재주가 태왕에게 작으나마 도움이 된다는 게 기뻤다.

"일단 황룡기를 먼저 완성하고…… 순서를 정해봐야겠다."

골똘해 있다 보니 상념을 중얼거린 모양이었다. 태후궁 내전 문 앞에서 대기했던 여관 미려는 찰떡같이 알아들었다. 희희낙락 고개를 끄덕이며 적극 찬동했다.

"정말 명민하신 판단이십니다. 다들 뛸 듯이 기뻐하고 감동할 것입니다."

자신이 소리를 내어 말했다는 걸 깨닫자 멋쩍어졌다.

"정말 그럴까……?"

"당연히 그렇지요. 왕후 폐하의 자수나 바느질 솜씨는 솔직히 왕궁의 침선장들도 한 수 접어야 하지 않습니까. 지금 잡고 계신 황룡도 아직 반도 못 놓으셨는데도 벌써 꿈틀거리는 품새가 금방이라도 용틀임을 하며 승천할 것 같습니다."

"호호, 미려 여관이 입에 발린 소리를 이리 잘하는 사람인 건 오늘 처음 알았구면."

"입에 발린 소리가 아니옵니다. 예전에 사가의 부인께 내리셨던 그 탄일 하례품도…… 앗!"

주절주절 떠들던 여관은 갑자기 당황했다.

"아아, 폐하, 용서하십시오. 제가 봉황기 때문에 너무 흥분해서 긴요한 전언을 깜박할 뻔했사옵니다."

"무슨 일인가?"

혹시 어머니께 무슨 일이라도 생긴 것인가. 해류는 잔뜩 긴장했다.

"태후 전하와 계실 때 사가에서 연통이 왔는데 고추대가께서 왕후 폐하를 꼭 알현했으면 하신답니다. 긴급한 사안이니 최대한 속히 뵈었으면 하신다고 소식을 전해온 이가 신신당부했습니다."

"아버님이?"

명림두지와는 가능한 한 얼굴을 마주하고 싶지 않은 게 솔직한 심정이었다. 여진과 함께 드는 게 아니면 핑계를 대어 허락하지도 않았다. 두지도 그걸 잘 알기에 이렇게 당당하게 알현을 청하는 것은 최근엔 없던 일이었다.

분명 명림가와 태왕이 관련된 문제일 것이다. 피해서는 안 될 것 같다는 판단이 들자 해류는 망설이지 않았다.

"지체하지 말고 바로 사자를 보내게. 내일 사시(오전 9시)에 들어오시라고."

두지는 기다리고 있었단 듯 다음 날 사시가 되자마자 왕후궁에 들어왔다.

개인적인 공간에 그를 들이고 싶지 않은 해류는 왕후궁 가장 바깥에 있는 빈청에서 두지를 맞았다.

"왕후 폐하를 뵈옵니다."

"어서 오세요. 무슨 일로 보자고 하셨는지요?"

"은밀히 드릴 말씀이 있으니 주변을 물려주셨으면 합니다."

"예?"

느낌이 좋지 않았지만 호기심이 이겼다. 해류는 배석한 여관과 궁녀들에게 눈 짓했다.

왕후만 두고 나가는 게 내키지 않는다는 티를 팍팍 내면서 여관은 두지에게 들 으라는 듯 강조했다.

"조용히 환담을 나누실 수 있도록 딱 한 장 밖에 물러나 있겠습니다."

작게 하는 대화는 못 듣지만 언성이 조금만 높아져도 충분히 들리는 거리였다.

여관과 궁녀들이 멀어지는 발걸음이 들리자 해류는 두지를 바라봤다.

"말씀하십시오. 무슨 일인지요?"

이 인사가 무슨 수작을 부리려는 것인가. 내게 바라는 것이 도대체 무엇인가. 두 지가 조롱기가 번들거리는 눈으로 자신을 노려볼 때도 해류는 담담했다.

해류를 마주하는 그의 눈에 가득한 것은 익숙한 악의와 심술궂은 적대감. 궁지 에 몰아넣은 생쥐를 희롱하는 고양이 같은 승리감이 두지의 낯에 떠올랐다.

그를 바라보는 해류의 등줄기에 서늘한 한기가 스쳤다. 불길했다. 감당할 수 없 는 끔찍한 악운이 기다리는 느낌. 슬프게도 그 예감은 틀리지 않았다.

그는 해류가 상상도 못 한 청천벽력을 떨어뜨렸다.

"넌 신라인의 딸이다."

- 2권에서 계속.